U0369767

性别视角与文学文化

主　编／乔以钢
副主编／陈　宏

南開大學出版社
天　津

图书在版编目(CIP)数据

性别视角与文学文化 / 乔以钢主编 ；陈宏副主编
. —天津：南开大学出版社，2022.3
ISBN 978-7-310-06276-8

Ⅰ. ①性… Ⅱ. ①乔… ②陈… Ⅲ. ①妇女文学—文学研究—中国 Ⅳ. ①I206

中国版本图书馆 CIP 数据核字(2021)第 279502 号

性别视角与文学文化
XINGBIE SHIJIAO YU WENXUE WENHUA

南开大学出版社出版发行
出版人:陈　敬
地址:天津市南开区卫津路 94 号　　邮政编码:300071
营销部电话:(022)23508339　营销部传真:(022)23508542
https://nkup.nankai.edu.cn

天津午阳印刷股份有限公司印刷　全国各地新华书店经销
2022 年 3 月第 1 版　　2022 年 3 月第 1 次印刷
240×170 毫米　16 开本　22 印张　2 插页　371 千字
定价:98.00 元

如遇图书印装质量问题,请与本社营销部联系调换,电话:(022)23508339

前　言

乔以钢

在人类获取知识的过程中，认知事物的视角和方法起着重要作用。一种新的学术概念的提出，通常关联着研究视角的拓展和研究方法的更新。“性别”范畴在文学文化领域的运用就是一个生动的例子。20 世纪下半叶以来，性别视角在人文领域得到比较广泛的运用，有效地促进了学术发展。

在此过程中，《南开学报》（哲学社会科学版）秉承开放的学术理念，跟踪学术前沿，关注性别研究在多学科的进展，陆续发表了一批相关论文。2005 年，我牵头申报的教育部重大课题“性别视角下的中国文学与文化”获批立项；同年在学报的支持下，开设了两期关于性别与文学文化研究的专栏，收到很好的反响。自 2006 年至今，该栏目定时在每年的第 2、4、6 期学报上刊出，众多学者有关文学文化与性别关系的研究成果借助这一平台得到集中的呈现。

这些学术论文借鉴性别视角，吸收多方面资源，审视中华历史文化传统，讨论古今文学文化现象及文学史叙事，并对性别研究的理论方法做出探讨。撰文者既有资深学者，也有学术新锐。他们贡献的许多高水平论文被《新华文摘》《中国社会科学文摘》《高校文科学术文摘》以及“中国人民大学复印报刊资料”等期刊转载，产生了重要的学术影响。2015 年，《中国图书评论》（第 4 期）曾刊发专文，评介栏目特色：“近十年来，‘性别视角下的中国文学与文化’专栏不仅贡献了一批优秀研究成果，某种程度上彰显了性别研究的实绩，在本领域产生了影响；而且，它的存在本身，亦是性别研究实践进程的一个‘标本’，可以作为观察学院内知识生产的视点之一。”

收入本书的论文即选自《南开学报》（哲学社会科学版）。全书分三辑：第一辑为性别理论探讨，第二辑对作家作品及各类文学文化现象进行研究，第三辑涉及文学史考察。这些论文生动地体现了性别维度的介入为文学文化研究带来的学术新意，从不同侧面反映了本领域的前沿动态。从中可以看到，去除历史文化中性别偏见的遮蔽，有助于丰富文学研究的视角，深入开掘中国文学的丰厚内涵，认识民族文化传统和文学变迁，推动具有全球视野和本土特色的性别理论建设。

作为栏目主持人和本书的主编，我对各位作者长期以来给予的宝贵支持怀着由衷的感激。正是有赖于大家提供的高质量研究成果，学报专栏才能在促进文学文化的性别研究方面切实发挥作用，也才会有这部论文集的问世。与此同时，也非常感谢《南开学报》给予的鼎力支持。如果没有学报对性别研究的重视和扶植，这个栏目不可能长期延续。迄今为止，如此力度的支持在国内同类学术期刊中很可能是绝无仅有的。

《南开学报》副主编陈宏博士多年来为栏目稿件的编辑付出了辛勤的劳动。此次我们共同编选这本论文集，展示优秀学术成果，意在为关心性别与文学文化研究的读者提供参考。限于篇幅，这里收入的只是多年来发表的论文中很少的一部分。为保证学术质量以及全书体例统一，此次录入时对个别文字及排版格式略有调整。

今后，我们对性别研究的关注还将持续，诚恳希望继续得到学界同人的大力支持；期待未来有更多的优秀成果问世，促进交流，嘉惠学林。

目 录

一、性别理论探讨

反思现代女性主义……………………………………………………………车铭洲 003

女性文学这个概念……………………………………………………………刘思谦 012

语言的神力：神话隐喻的性别观……………………………………………林丹娅 021

社会性别辨义…………………………………………………………………屈雅君 035

“妇女主义”：五四时代的产物

——五四时期章锡琛主持的《妇女杂志》……………………………刘慧英 043

女性主义：本土化及其维度…………………………………………………董丽敏 056

女性文学主体性论纲…………………………………………………………李 玲 066

女性意识、宏大叙事与性别建构……………………………………………郭冰茹 075

文化研究语境下的性别研究和怪异研究……………………………………王 宁 088

二、文学文化现象研究

《天雨花》性别意识论析………………………………………………………陈 洪 101

解放的困厄与反思

——以20世纪上半期知识女性的经验与表达为对象………………杨联芬 113

报纸媒体与女性都市文化的呈现

——对《大公报》副刊《家庭与妇女》的解读…………………………侯 杰 122

清末小说女性形象的社会性别意识与乌托邦想象

——以《女子世界》小说创作为例………………………………………刘 钊 133

从“娜拉”到“芸娘”
——现代文学翻译中的女性形象及其文化内涵…………刘 堃 146
当“才女”与“市场”相遇
——从高剑华看民初知识女性的小说创作…………马勤勤 158
“延安道路”中的性别问题
——阶级与性别议题的历史思考…………贺桂梅 172
延安文艺“仙姑”改造叙事研究…………马春花 182
萧红与张爱玲之比较
——以女性主义视角…………季红真 197
《生死场》：女性对“家庭”的恐惧与颠覆…………陈千里 204
“空白之页”与“变异转型”
——孙犁乡村女性叙事的复杂性…………王 宇 217
性别视角下的疾病隐喻…………李 蓉 230
当代少数民族女性文学的中华民族共同体意识
——以获“骏马奖”的女作家作品为例…………黄晓娟 241

三、文学史考察

论中国女性文学的思想内涵…………乔以钢 259
女神与女从
——中国文学中女性伦理表现的两极性…………王纯菲 269
重估现代女作家的出现
——以新文学期刊（1917—1925）中的女作者创作为视点…张 莉 280
论 20 世纪中国女性写作的历史意识与史述传统…………王 侃 291
徘徊在缺席和在场之间
——中国文学批评史上的女性声音…………李祥林 305
论 20 世纪 80 年代我国文学评论中的性别意识…………林树明 317

作者简介…………343

一、性别理论探讨

反思现代女性主义

车铭洲

现代女性主义是时代改变的产物，又在改变着的时代中不断更新主题和方法。20 世纪以来，西方女性主义者掀起一波又一波的“社会再造”（remaking society）运动[①]或“新社会运动”[②]，在全世界产生了深刻的影响。现代女性主义有许多变体，但其主流，在政治社会方面是政治激进主义和社会行动主义；在思想文化方面是具有明显后现代主义色彩的人学思潮。可以说，女性主义以女性视角，对西方传统社会和现代社会进行了扫荡性的批判，“女性主义理论的目标是写一部新百科全书。其名称是：由妇女而定的世界”[③]。但是，现代女性主义重行动轻理论，一直面临理论上的挑战。对女性主义不断反思，提高理论研究水平，是女性主义在当代发展的一大关键。本文就几个与女性主义密切相关的问题，做一些理论性概括和思考。

一

女性主义接受西方传统的亚里士多德的“政治社会”学说。亚里士多德说：“人生来就是政治动物”，“人生来就具有社会性”。因此，“公正是国家中人们的黏合剂，因为执法，即确定什么是公正，是政治社会中维持秩序的根本”[④]。但

① Miranda Flicker and Jennifer Hornsby, *Feminism in Philosophy*. Cambridge University Press, 2000, p.151.

②〔美〕罗伯特·古丁、汉斯-迪特尔·克林格曼主编：《政治科学新手册》，钟开斌等译，生活·读书·新知三联书店，2006，第 695 页。

③ Miranda Flicker and Jennifer Hornsby, *Feminism in Philosophy*. Cambridge University Press, 2000, p.133.

④〔美〕利普塞特：《政治人 政治的社会基础》，刘钢敏、聂蓉译，商务印书馆，1993，第 1 页。

女性主义否定亚里士多德的“实体主义”和“本质主义”的男优女劣“自然等级论”，并且以马克思关于人性的“社会关系论”作为对人性和性别分析的概念框架。马克思认为，人不但是最名副其实的社会动物，而且人是只有在社会中才能独立的动物。 所以，“人的本质不是单个人所固有的抽象物。在其现实性上，它是一切社会关系的总和”[①]。将马克思的“关系论”引入女性主义，是性别研究中具有哲学意义的重大突破。

西方传统哲学将人或“自我”理解为单个原子式的、具有固定本性的不变“实体”，将人的“本性”与人的现实存在性进行分割和彼此对立起来，并且用一种“主—宾”语言逻辑加以形式化为一种普遍的形而上学思维模式，它无法表达人现实的、具体的存在状态，人性或人的本质成了抽象物。现代分析哲学又以“外在关系论”为基础，提出了新的关系理论。“新关系论”与“实体论”不同，用爱因斯坦相对论的关系观念以及数学函项论和拓扑论的关系观念，理解和分析一切现象，用“关系逻辑”代替“实体逻辑”，体现了现代的相对主义和多元主义的精神。“新关系论”主张，一切现象都是运动变化的、相对的，都是一个由特定的观察系统所限定的“时—空四次元”中的“事件”或“事实”，即“各种性质和关系的总和”。这样，“世界是事实的总和”，是包括所有可能性关系的、以变动性和多样性为特征的“组合”，不是什么不变的、一元的“实体”的总和。这种运动变化的“事实”或“事件”，所包含的都是变量，可以用函项式表达出来。这些变量或变项之间的关系是函项（函数）关系，即在特定范围或特定领域的对应原则下的变量（变项）之间的关系，可用通常的函数式 $y=f(x)$ 表达这类关系。在这个函数式中，y 代表因变量，x 代表自变量，f 代表依特定领域（或定义域）而设定的 y 和 x 之间的对应原则。任何未知变量一旦成为可知变量，就确定了一个具体的关系状态（事实），人们可以将任何现象或任何问题，建立起一个“函项关系”，研究函项的变化和性质，就是研究现象的有条件的、具体的事实状态，获得关于事实的实际理解和描述。[②]

女性主义用“关系”观念研究性别关系。分析性（sex）与性别（gender）的区别，揭示性别及性别关系的社会属性，这是一项重要成就。不过，女性主义还没有完全摆脱关于人的抽象实体观念，还没有将人、人性以及人与人之间

---

① 中共中央马克思恩格斯列宁斯大林著作编译局编：《马克思恩格斯列宁斯大林论宗教和无神论》，人民出版社，1999，第24页。

②〔英〕伯特兰·罗素：《我的哲学的发展》，温锡增译，商务印出馆，1982。

的社会关系视为特定的“关系集合”，这就难以深入揭示和分析男人与女人以及男女之间的复杂多样的函项关系，从而将阶级社会传统的性别关系，归结为父权制、男性霸权、男权统治，将男女之间的关系，包括家庭成员之间的关系和夫妻关系，归结为阶级性的压迫和剥削关系，离开了具体分析，走向了抽象，导致许多观念和理论的矛盾和混乱。社会阶级关系，不可简单地归结为男性统治和压迫女性的关系，不可以将男性与女性的关系视为一般的对立和对抗关系并加以社会化。“新关系论”作为分析哲学“对思想进行‘科学’研究”的方法①，可以纠正女性主义性别分析中的这种片面性。

二

“平等”范畴是女性主义的核心范畴，男女平等问题是现代女性主义一以贯之的研究主题。随着时代的变化，现代西方政治哲学关于平等问题的研究，提出了新的理论分析，现代女性主义的性别研究，同样不可忽视这些新的理论成果。

社会同时存在着平等和不平等现象，这是一个普遍的事实。但是，当今时代的“平等”不再只是一般的“人生而平等”的公理，不再只是一般的人的“自然权利”（人权）论题，而是指向现存的“社会平等”和“社会不平等”的实际状态。而且在理论意义上，“平等”概念的一些内容也已被纳入了“法治”和“民主”概念的含义之中。人们对“平等”概念的现代意涵有了新的理解。

（1）平等是人类为构建社会稳定性而努力保持的社会的一种“平等化趋势”，平等作为人们需要的“基本益品”，是人们“对平等的追求”，是“社会和政治理想的平等”，是一种“非竞争性的平等”，是社会在一定历史阶段形成的社会目标和社会成员的共识、理想或价值观。②

（2）平等是一个限制性和对比性概念，平等和民主一样，在于“限制阶级不平等程度以及确保所有公民的需要能够得以满足的社会措施”③。平等是社会

---

①〔美〕罗宾·罗森：《女性与学术研究：起源及影响》北京大学出版社，2004，第349页。

②〔英〕杰弗里·托马斯：《政治哲学导论》，顾肃、刘雪梅译，中国人民大学出版社，2006，第159、72、178、182页。

③〔美〕罗伯特·古丁、汉斯-迪特尔·克林格曼主编：《政治科学新手册》，钟开斌等译，生活·读书·新知三联书店，2006，第686页。

结构性的调节机制和具体的原则和标准。平等是对不平等的正当限制。在一定时代，平等是有某种标准的、社会成员可接收的基本原则，平等与具体规则相关。正如货币是商品交换价值的衡量尺度一样，平等的衡量尺度是特定的规则，是一个“正当优先”原则[①]，是一定社会的一种具体的政策选择。因此，在现实中，平等和不平等现象是多元的，它们的性质、程度和比例是不同的，须具体分析。

（3）平等与时代、社会制度和社会成员的现实关切相关。现代传统政治在向非传统政治演化，传统的阶级主体在向社会主体演化，国家行动的公共性、社会性更为突出。平等是一种社会资源，平等是为“促进平等价值”而做出的“社会安排”，是对社会成员的“社会处境”的“边际的权衡”，是一种“边际效用平等”，具体的平等是针对不平等的临界值。其含义主要是一些人的社会处境的优化不能恶化其他人的社会处境，尤其不能恶化劣势人群的社会处境。平等是社会整体结构中的一种协调一致的和谐发展机制，坚持“最小的最大化”而不是“最大的最大化”原则，即最大限度地增进社会弱势群体的基本利益和社会总体的根本利益，这是全体社会成员生存、发展、安全的一条“基线”，也是社会平等的一条“基线”。[②]

依据这种相对主义和多元主义的平等观，具有后现代主义倾向的现代西方经济学家、社会学家和政治哲学家，从人性论出发，对现代世界资本主义制度展开激烈的批判，具有重要的理论意义和实际意义。

人是劳动的人，工作是人的劳动条件，劳动和工作是人的基本需要，也是人的“真正积极的财富”。[③]每个人“一份工作的需要”是人类的无条件的“公理”。因此，“失业本身才是当代人们最普遍的忧虑”，现代的失业和“立体式”贫民阶级的出现，[④]对人的生活安全和社会稳定造成了巨大威胁，而失业和贫困根源于资本主义制度。比如，最现代化、最发达的美国鼓吹的所谓“软力量”，即民主平等、自由市场和信息伞价值，都没有解决失业和贫困问题，当然也没有解决男女关系平等问题。以“人人平等”为自然前提的美国，仍然是一个“极

① 〔英〕杰弗里·托马斯：《政治哲学导论》，顾肃、刘雪梅译，中国人民大学出版社，2006，第170页。

② 同上书，第182、169、187、168页。

③ 同上书，第334页。

④ 〔美〕奥托·纽曼、理查德·德·佐萨：《信息时代的美国梦》，凯万等译，社会科学文献出版社，2002，第100、105页。

端不平等的社会”，[①]仍然是一个由严重不平等而引起社会分化的国家。原因在于资本主义自由市场关系中，市场的主权在少数雇主手中，控制着劳动市场，劳动者是被动的，没有职业的自主权。结果，作为社会共同资源或“公共益品”的“工作”却成了稀有商品，“二元劳动力市场”走向固定化和极化，[②]广大的“工作穷人”被限制在次级劳动市场中，劳动者没有条件获得好的工作。所谓“市场是资源重组的最终决定者”[③]，实际上，本应归社会成员共享的自然资源和社会资源被少数势力集团控制和享用，“职业”仍在阶级化，“职业”的性别关系仍是歧视性的。美国自称是“无阶级的社会”，是不实际的。失业、贫困和社会关系冲突是资本主义社会的制度性现象。现代资本主义仍然在产生着阶级不平等、社会不和谐、公德败落和社会公正的瓦解。自由市场资本主义时代早已过时，人类正进入“后市场时代”（post-market era）。当代的劳动市场和职业工作，实际上是组织人的存在的一种社会体制和社会秩序的一般形象。这种社会体制的基点应当是以“公共就业”[④]为导向的公平分配和安排现有的“工作”，建立一种安全的“工作”保障系统。这样，对资本主义世界“日益扩大的社会不平等”的批判，[⑤]直接导致女性主义也十分重视的性别职业空间的研究。

三

女性主义较早地将“空间”（space）或“场域”（locality）理念引入性别研究，同样具有突破性意义。恩格斯说：“一切存在的基本形式是空间和时间。”[⑥]人作为行动者，总是在环境中行动，空间和时间是人的活动形式或生存状态。人作为“社会人”或“社会关系人”，是自然时空和社会时空的统一。呈现这个“统一”的就是人的社会活动的“场域”或“场地”，因此，人又是“场域人”。不同社会时代的人性或人的社会生活状态，呈现为不同的空间状态。观察和分

---

①〔美〕奥托·纽曼、理查德·德·佐萨：《信息时代的美国梦》，凯万等译，社会科学文献出版社，2002，第113页。

② 李路路、孙志祥主编：《透视不平等：国外社会阶层理论》，社会科学文献出版社，2002，第28页。

③〔美〕奥托·纽曼、理查德·德·佐萨：《信息时代的美国梦》，凯万等译，社会科学文献出版社，2002，第113页。

④ 李路路、孙志祥主编：《透视不平等：国外社会阶层理论》，社会科学文献出版社，2002，第30页。

⑤〔美〕奥托·纽曼、理查德·德·佐萨：《信息时代的美国梦》，凯万等译，社会科学文献出版社，2002，第117页。

⑥《马克思恩格斯选集》第3卷，人民出版社，1972，第91页。

析人生存的空间状态，是对人的研究和性别关系研究的有效的可视化方法。现代科学、哲学、社会科学和女性主义都重视人的行动的“场所研究”，这具有重要的方法论意义。

在方法论上，女性主义强调通过研究人的现实生活状态即人的现实“生活世界”来研究性别关系。20 世纪 90 年代以来，人的存在的基本形式或性别关系的“空间状态”成了女性主义研究的一个主题，旨在建立所谓人的本性和状态的新概念。女性主义利用“空间”观念，研究人的肉体空间，进而将“工作场所”和“职业位置”，作为人的切身相关的最实际的迫切事情（practical urgency），作为人的生存状态和男女性别关系状态的“端点”，来分析社会平等和男女平等问题。

社会的平等和不平等，都是人的具体的生活形态，在社会的各个领域，都具有可见的“空间形式”。“工作”是性别关系的最重要的场所，最重要的生存空间。在当代，“工作决定地位和尊严”。[①]因此，男女平等关系的建设，要在人的具体的“工作场所”和“职业空间”中进行。在当今社会中，“职业”“工作场所”的社会性突出了，成了人性实现和两性关系优化的承担者和体现者，成了社会主体性的基础。

“职业空间”是人性的表现形式。现代社会的“职业空间”和“职业状态”，仍不适于人生存和发展的社会要求。女性主义和后现代主义都提出了“职业再设计”（job redesign）和“社会空间的完全重构”的口号。“为了思考和体验（性别）差异，我们不得不反思时间与空间整体存在的问题。”[②]人类社会原本是男女共生共存状态。私有制和压迫型社会，将妇女定位在狭隘的家庭关系中，难以进入更广阔的社会空间，形成了社会范围的性别隔离和对女性的多重排斥（exclusion）的现实以及关于这种现实的“社会认同”（social identity），破坏了正常的男女共享社会空间的人类生活方式。在现代社会里，相当多的妇女走出家门，进入职业领域和公共领域，扩大了社会活动的空间，整个社会有了改进。但仍未根本改变旧有的性别关系的空间分布，在社会活动领域和职业工作领域，处处存在着“妇女缺位”或“不足”，社会布满看得见的和看不见的不许妇女进

---

①〔美〕奥托·纽曼、理查德·德·佐萨：《信息时代的美国梦》，凯万等译，社会科学文献出版社，2002，第 184 页。

②〔美〕J. K. 吉布森-格雷汉姆：《资本主义的终结——关于政治经济学的女性主义批判》，陈冬生译，社会科学文献出版社，2002，第 196、106 页。

入的“围栏”（barriers），处处是对妇女的拒斥和“删除”（omission），空间的性别分布（gender distribution）极不正常。性别关系的“空间表达式”是残缺不全的，是男女分离的“同性恋式的”“工作空间”。性别关系的社会空间形态仍然是性别不对称的，是没有生命力和活动力的消极的社会空间，社会呈现出一派“不育性”和“死亡性”的空间形态。妇女生活工作的新的空间障碍（bar），使妇女的“工作处境”和“生活处境”陷入新的被歧视的境况。

现代科学技术的发展，昭示人和社会发展的动力正在发生着深刻变化，一种“新的发展模式”正在形成。人的自觉的能动性和创造性成了社会发展的普遍的、可再生性的动力。以泰勒制和福特制为代表的把人当作工具、对人进行机械控制的劳动组织形式和工作方式，以及由此产生的生产效率观和质量观，已经过时。人具有生物性潜力，也具有社会性潜力，人的生态系统和社会系统有“相关性”（reciprocity），有“动力性相互关系”[①]，在这种关系中才有人的完整性。这些关系的基础是空间关系。人类的社会关系体系必须是人类能够充分发挥创造性、发展性的体系，社会才能成为创造型和发展型社会。而要创建新的符合时代要求的新的社会发展模式，就必须用所谓“大爆炸扩散逻辑”（big bang logic of expansion）[②]，根除各种形式的“男性中心主义”（androcentrism），打破对妇女活动的“场域性”限制即对妇女活动环境的限制，创造一个男女“分享的世界”（shared world）。本来，社会关系在于男女共同生活的价值，现代对妇女的空间排斥是最大和最根本的不正义（injustice）。因此，首先要把“职业工作场所”作为改变性别歧视（sexism）和男性偏见（male bias）的基点，改变“公域男人”（public man）和“私域女人”（private woman）的偏见，消除社会生活中的性别排斥模式（patterns of exclusion），改变旧的性别定型（sex/gender stereotype），改变职业空间中性别关系的结构不对称（structural asymmetry）、不和谐（dissonance）和不平衡（disequilibrium），其实这些都是“特权”形式。性别关系对称、匀和的职业空间和位置空间，才是内涵丰富的“积极的社会空间”，这种空间是生产关系、生活关系、性别关系相互强化的统一，是一种人性化的创造力模式和多元动力模式。“职业”应当是利于人的全面发展的职业。这样的职业单位就形成一个新的人的质量和能量转化的“动力场”。由于强化了人的创

---

① 〔美〕A.马塞勒等：《文化与自我——东西方人的透视》，任鹰等译，浙江人民出版社，1988，第5页。

② Miranda Flicker and Jennifer Hornsby, *Feminism in Philosophy*. Cambridge University Press, 2000，p.148.

造性，职业单位和社会整体就有了更大的发展的“弹性”或“适应性”，社会的凝聚力和稳定性也就不再是外在的强制性控制，而成为人主动发挥作为人的创造力的社会发展和进步的内在动力机制。

现时代的人，“主要是能力的发展者和运用者”[①]，不是贪得无厌的物质消费者。这种人性要在社会空间的广泛参与中、在男女对应分享的“职业场所”或“工作场所”中、在与他人的合作中实现，因为只有在这种空间中，才能够培育和激发男女的能动性（agency）和积极性（activity）。人的能力的发挥，不再是财产意义上的自由和平等，不再是财富的掠夺和占有，而是“工作场所”的平等化。通过“工作场所”的平等化实践，实现非阶级对抗性的男女公民的需要（needs）和满意（satisfaction），实现人的创造性价值。妇女社会生活工作空间的开放和拓展，以及妇女的能动性和创造性的发挥，是当今社会科学和女性主义关注和研究的一个重要主题，是“新社会运动”的一大趋势。

当今时代的发展，使社会整体的主体性突出了。“人民”（people）不再是传统的具有统治资格的人们，而是包含众多成分的“群众”（multitude）；“平等”不再是一般的“人民主权”，而是没有对抗冲突的人与人的“共生关系”。“政治更多地发生在国家之外的关键性公共领域并指导着国家的行动”[②]，政治道德规范也更多地表现在人所处的具体的社会背景中，国家关注每个人具体的“人生境遇”，“公民社会”或“公共领域”的主体性和优先性逐步突显出来。社会和国家对人的创造性要求越来越强化。这些政治、经济、文化的新趋势，都在直接影响着公共领域或社会领域结构的变化。男女共同创造和共同分享生存、发展、安全价值，已成为时代主流，男女平等要求和平等关系也在融入这一新的潮流。

马克思主义从来重视人的职业所表达的社会地位和社会关系状态，重视生活上的职位与个人发展的关系，重视人的“工作场所”（工作空间）的性别关系和性别分布，重视“空间”自身的特有能量（capacity）及其对人和人性的巨大的有时是决定性的影响力。平等、正义、人权本身不是目的，而是社会成员增加共同利益和幸福的手段。平等精神和社会“平等化状态”的核心是“把个人

---

① 〔美〕罗伯特·古丁、汉斯-迪特尔·克林格曼主编：《政治科学新手册》，钟开斌等译，生活·读书·新知三联书店，2006，第685页。

② 同上书，第698页。

的潜力解放出来”。[①]平等是人获得创造能力的生存方式，并不是抽象的概念，而是一个人的实际生活领域平等化的过程，是人能够表现精力和能力的空间环境不断优化的过程，这个过程是历史性的、永无止境的。

适于人性关系的人的活动空间具有建设性功能和社会化功能。人生存的空间意义是与时代密切联系着的。深入研究现代人的空间关系和空间对人的能动性质，对性别关系研究有重大意义。人、社会、文化是同时产生的，空间是人社会化过程中的一个变项，人的存在价值就是人的空间变项的价值。从人类历史看，不存在什么先于社会关系的抽象的正义和平等原则，社会先于政治并且逐步构成政治。新时代的社会建设，就是建设有利于人的全面发展的性别动力空间，就是一种“空间生产力”建设，这是一个需要进一步探索的重大课题。性别创造性关系空间的深度设计是一项社会系统工程，要在男女全面分享社会空间中打造，在男女同步社会化的过程中实现。

〔原载《南开学报》（哲学社会科学版）2007 年第 2 期〕

---

① 〔美〕约翰·杜威：《人的问题》，傅统先、邱椿译，上海人民出版社，1965，第 100 页。

女性文学这个概念

刘思谦

女性文学这个概念再次浮出于文学研究界已有20余年的历史了[①]，20年来它不断受到诘难与质疑，至今也没有取得普遍认同。这是一种命名的尴尬。一个普遍的经常被问起的问题是所谓的女性文学与男性文学的问题：文学也有性别吗？既然出来个女性文学，那是不是也应该有个男性文学？无独有偶，20世纪30年代谭正璧写《中国女性文学史话》，就遇到过“何不另编男性文学史”的讽刺；张若谷编《女作家》杂志，也有人讥讽他“何不另编一本《男作家》”而只取悦于女性？看来，这个问题已经被问了半个多世纪了，看样子还会继续被问下去。面对这个问题，女性文学研究界表现出令人难堪的失语状态。

这是因为这个问题触及了两千多年来历史的盲点和性别意识的误区，不是三言两语所能够解释清楚的。记得在20世纪80年代中期，伴随着女作家创作的繁荣和“女性文学”这个概念的出现，报刊上围绕着什么是女性文学这个问题出现了热烈的争论。据谢玉娥编纂的《女性文学教学参考资料》所载，大体上有这样几种界定。第一种意见是只要是女性写的就是女性文学（不言而喻男性写的就是男性文学），这是一种非常便捷的按性别分类的方法。第二种意见是按性别加题材加风格的分类，即女性文学是女性所写的表现女性生活的体现了女性风格的文学。第三种意见认为女性文学是女性所写的表现女性意识的文学，即分类标准是性别加女性意识。还有一种意见认为虽然为男性所写但由于

① 据考察，“女性文学”这个概念继20世纪30年代之后再次浮出于80年代初期，出现在吴黛英的《新时期女性文学漫谈》，发表在1983年第4期《当代文学思潮》上；1985年第4期的《文艺评论》上，发表了她的《从新时期女作家的创作看“女性文学”的若干特征》；1986年第1期的《文艺评论》上，又发表了她的《女性世界与女性文学》一文。大体上可以肯定的是，吴黛英是新时期“女性文学”这一概念的最早提出者。

具有女性意识也应该划入女性文学。这种界定由于概念外延过于宽泛模糊了性别这个前提，我们暂且将其排除在外，而仅对以上三种意见进行梳理辨析。第一种意见把女性文学仅仅看作一种按性别分类的文学，就像青年文学、儿童文学按年龄分类，西部文学按地区分类。而这种分类法遮蔽了女性文学诞生和发展的历史条件，遮蔽了两千年的文学史实际上是一种女性主体性不在场的男性文学史这一历史事实，遮蔽了女性文学这一概念的历史性与现代性内涵，没有办法区分现代女性文学与古典女性诗词的区别何在。第二种分类法除了女性所写这一前提之外，着眼于表现女性生活和女性风格。可是人类生活是一个整体，男人和女人结合在一起繁衍生息生生不已构成了人类生存的基本方式，所谓的女性生活与男性生活是无法分割开来计算的，女性自我的“小世界”和自我之外的“大世界”，即张抗抗所说的女性文学面对的“两个世界”是联系在一起的。至于风格上的纯净、抒情、感性、细腻等等，不过是按照父权等级制的社会性别观对女性的一种后设的文化想象和文学审美预期，一种男女二元对立的等级制的思维模式。事实上女性文学可以纯净、抒情、感性、细腻，也完全可以不那么纯净、抒情、感性、细腻，反过来说男性文学亦如是，并没有一种先验的风格等级平均分派给女性和男性。至于第三种以是否具有女性意识作为分类标准，已经比较接近女性文学的质的规定性了。然而，由于“女性”这个概念本身的暧昧性、歧义性而带来了“女性意识”这个概念的暧昧性、歧义性，究竟什么是女性意识呢？是作为生物性自然性的女人的意识还是作为一个完整的、独立的人的女性意识？仍然需要回过头来对女性意识本身进行界说，方能说清楚女性文学这个概念。

最近有一篇论文题目叫作《女性文学中的非女性意识》，该文一方面把女性文学界定为“由女性写作的具有女性意识”的文学，一方面又把种种“非女性意识”诸如种种“与女性意识相对而言的”“以自己的异化来反异化”“以传统来反传统”“张扬女性意识的同时又缺乏女性意识甚至反女性意识”的作品纳入女性文学范畴来论述[①]，即标题中的“女性文学”概念已经被她（他）悄悄地偷换成了凡女性所写即是女性文学，造成了论题本身概念的混乱和矛盾：既然你所界定的是具有女性意识的才是女性文学，那么表现了种种“非女性意识”的就不是女性文学。“女性文学中的非女性意识”这一逻辑上难以成立的伪论题，

① 张细珍：《女性文学中的非女性意识》，《百花洲》2004 年第 3 期。

从一个方面表现了女性文学研究界对自己的学科领域中一些基本概念如“女性文学”“女性意识”等疏于梳理和辨析以及实践中的矛盾、混乱。

陈顺馨在她的《中国当代文学中的叙事与性别》一书中，根据她对“十七年文学”的研究，划分出男性叙事与女性叙事的区别在于男性是“权威的、集体的、也就是主流的”，而女性则是“情感的、个体的、也就是边缘的”。这一区分仅就“十七年文学”而言也是难以成立的，因为实际情况诚如她自己所言，“在主导意识形态的影响下，更多的是女作家在叙述故事时自觉或不自觉地采用男性视点”，而且“跨生理性别的视点的例子是可寻的”[①]。对此，我的博士生沈红芳在她的博士论文《女性叙事的共性与个性——论王安忆、铁凝小说创作的契合与差异》中认为，这一论点仍然没有摆脱男女二元对立的模式，不足以从本质上概括女性文学的特征和两性写作的根本差异。而且，能在多大程度上确定男性的就一定是“权威的、集体的、也就是主流的”而女性的就一定是“情感的、个体的、也就是边缘的”呢？尤其是20世纪90年代以来，个人化的多元文化格局开始形成，许多男性作家和女性作家从主流意识形态中疏离出来，以个人化的写作立场从边缘解构“权威的、集体的、也就是主流的”宏大叙事，女性的和男性的个人生存状况从历史的重重遮蔽中得到澄明，“情感的、个体的、也就是边缘的”成为许多男性与女性写作的共同特征。那么，究竟什么才是女性文学内在的精神实质呢？论者认为，在一个世纪的女性文学中，贯穿始终的是独特隐秘的女性经验和对女性价值的体认，这才是过去、现在那些仍然或多或少保留着性别无意识的男性作家们所不可能超越、更不可能采用的，也是那些虽“性别为女”却仍然或多或少保留着男权中心意识，自觉不自觉地把自己“他者化”“客体化”的女作家所未能企及的。独特的、男性所没有的女性经验，与对女性价值的体认，是她对女性文学之为女性文学的界定，这一界定已接触到这一概念的核心，但在措辞上仍有待推敲。如独特的女性经验是男性作家由于性别经验的局限和隔膜而不可能采用的，但对女性主体价值的体认这一点，则是超越了自身社会性别局限的男作家也可以做到的。同理，有的女性作家虽身为女性，但由于父权意识、男性中心意识的内在化而对女性主体价值混沌无觉者所在多有。这种复杂的状况，如何以清晰的语言概括出来，是一个需要斟酌再三的问题。

---

① 陈顺馨：《中国当代文学中的叙事与性别》，北京大学出版社，1995，第113页。

如何认识女性文学的诞生和如何界定女性文学这一概念，关系到我们对历史的根本看法。也就是说，只有在人类文明由母系制到父权制再到近现代由传统的封建父权社会向现代化自由民主社会的转型进程中，才可能出现属于女性自己的文学。这是女性文学诞生发展的历史大背景，也是它的必要前提和历史条件。女性文学的产生、发展和它的思想内涵，都是历史的和现代的，这在中国就是19世纪末20世纪初伴随着兴办女学、大学开女禁和人的发现、女性的发现而带来的现代知识女性、职业女性的出现和她们作为人的女性主体意识的觉醒，是现代反封建的民主革命使父死子继、子承父位的父权统治出现了某种断裂，是以维护这种统治为根本目的的意识形态体系出现了一些新兴的异质因素，才有可能在五四新文化运动中出现了我国第一个现代女作家群，出现了现代性的中国女性文学。这是一个漫长的历史演变过程，是女性作家言说主体、经验主体、思维主体、审美主体，在文学中由长期缺席、不在场到逐渐出席、在场的过程。对此，我的一名博士生王萌在她的博士论文《禁锢的灵魂与挣扎的慧心——晚明至民初女性创作主体意识的萌发》中，经过大量的实证考察，认为从晚明开始，女性的创作发生了与以往不同的变化，女性的主体意识出现了朦胧的觉醒，只是它不像五四新文化运动中那样鲜明而已。因此可以大体上肯定的是，女性主体意识的觉醒是女性解放的核心问题，也是随之而来的女性文学的核心问题，而晚明至民初的女性创作，则标志着中国女性群体觉醒的序幕已经拉开，也标志着中国女性文学诞生和发展的序幕已经拉开。在这之前，尽管历代文学从来也没有忘记过对女性的描写，尽管文学史上不乏美女、淑女、贞女、贤妻、良母和女才子、女英雄形象，尽管在某些朝代里众多的男作家旁边也点缀着一些女作家的名字，但她们从总体来看是作为男性言说和描写，作为男性欲望的对象化、符号化而出现在文学中的，女性的经验、女性对自己生存处境及生存状态的感知和思考被阻挡在文学之外，真实的女性在文学的世界里一片沉默喑哑。正是女性主体性的长期缺席，决定了一部文学史实际上是男性文学史这一历史事实，这也就同时回答了所谓“男性文学”这一莫须有的诘难其实是一个伪问题。女性文学之为女性文学的质的规定性，是女性由被男性言说到自己言说，由“娜拉”被男性代言到“娜拉”拿起笔来自己言说，是女性主体性由在文学中的长期缺席到逐渐出场。把女性主体性作为女性文学的基本内涵，并把五四新文化运动中诞生的以人的发现和女性的发现（即周作人所说的“为人和为女的双重自觉”）为精神血脉的五四女作家群的出现，作为我国女性文学的开端，而把这之前由晚明开始直到晚清和民国初期如秋瑾女侠等的具有朦胧的人文主义觉醒的女诗人们的创作作为中国女性文学的一个长长的序幕，是我的基本的女性文学观。

鉴此，我对“女性文学”这个概念界定如下：

> 女性文学是诞生于一定历史条件下的以五四新文化运动为开端的具有现代人文精神内涵的以女性为言说主体、经验主体、思维主体、审美主体的文学。

在这里，性别是女性文学的前提条件但并不是唯一的条件，也就是说，并非自然性别为女者所写的文学就一定是女性文学。把女性的言说主体、经验主体、思维主体、审美主体引入女性文学这个概念，这就排除了那些虽为女性所写却自觉不自觉地失去了主体性把自己“他者化”和表现出男权中心意识的作品。西方女性主义也曾这样设问：女人写的就一定是女性文学吗？身为女性就先验地具备了以女性身份说话的条件吗？她们的回答也是不一定。这是因为女性主体意识是一个有待生成的过程，并非一切生而为女者与生俱来的意识。由于父权制意识形态对女人日复一日年复一年的影响与形塑，女人由依附性的“他者”到主体性的自我的生成，是一个个人化的艰难的思想变革和心灵救赎的过程，现代性的历史进程也并不许诺每一个女人必然的主体意识，所以并不是每一个自然性别为女者所写的文学作品必然是女性文学。有一个最切近的例子即前不久像卫慧、棉棉的《上海宝贝》《糖》这样的主动地以性别秀来迎合商业文化、消费文化趣味，以丧失主体人格为代价，自己把自己“他者化”的作品，是不能算作女性文学的。诚如有的论者所说，这样的作品是“对美国60年代文化的误读”，“对麦当娜的仿制”，“充满了伪女权的姿态”。①

将女性主体在场与否作为界定女性文学的标准，并不如有的论者所说“是一种理论预设”而是对一个世纪以来女性文学兴衰起伏规律的一种理性认知，即女性主体意识、主体价值的在场与消遁，实在是关系到女性文学的兴衰与存亡。以丁玲的创作发展轨迹为例，在长达半个多世纪的创作里程中，丁玲由《梦珂》《莎菲女士的日记》《在暑假中》到《韦护》《水》再到《“三八”节有感》

---

① 周晓扬：《20年小说思潮》，江苏教育出版社，2003，第281－285页。

《风雨中忆萧红》《我在霞村的时候》《在医院中》再到《太阳照在桑干河上》《杜晚香》等，恰恰留下了一条曲折的女性主体意识两起两伏的辙印，是一个女性主体性生成－消溶－再生成－再消溶的过程，勾画出20世纪中国的“娜拉”们的主体性在历史演进中艰难曲折的起伏史，同时也是20世纪中国女性文学的兴衰史。女性文学和五四以来启蒙主义的人的文学同命运，和人的独立自由、人的价值和尊严同命运，和主体性、自我、个人这些人文主义价值理念同命运。这也是我为什么在界定女性文学这个概念时，一定要引入历史性和现代性这一内涵，引入主体性这一现代人的价值维度的原因。丁玲在小说《在医院中》，已经意识到了女性主体意识有一个被“消溶”的问题。她的女主人公陆萍在离开医院时想到了“人是要经过千锤百炼而不消溶才真正有用。人是在艰苦中成长”。遗憾的是丁玲没有在历史的演变中经得住“消溶”，她的女性主体意识在历史运动的变化中摔着跟斗，有时自觉不自觉地趋同迎合于虚假而空洞的叙事。当历史发展出现了新的转机，当女性文学迎来了一个新的生长际遇时，丁玲老了，她失去了在历史变动中反思自己所经历的创作道路和心路历程的能力，再也写不出《莎菲女士的日记》《三八节有感》《我在霞村的时候》《在医院中》这样的女性文学了。这说明女性文学的发展不仅需要一定的历史条件所开辟出来的话语空间，也需要女性作为独立的个人对主体性的选择、坚守与承担。

这样的以女性主体性为其基本内涵的女性文学是一种什么样的文学呢？女性文学一个世纪的发展里程，尤其是20世纪90年代女性文学的繁荣与发展，已经向我们呈现出它的一些鲜明特征，女性文学的地平线的轮廓日渐清晰：这是一种有性别而又不唯性别的超性别的“人的文学”；这是一种从“众声合唱”和权力话语、男性话语的双重遮蔽中抽身而出的在多元化文学格局中属于个人化的文学；这是一种告别了“寻找男子汉”的神话，也告别了单纯的单一的批判控诉男权意识视角，以平等的、平视的人的价值立场审视、反思男人和女人，审视、反思男人和女人的命运和他们真实的生存状态并致力于男人和女人主体性建构的文学。

女性主体性作为女性文学这个概念的核心，同时也是女性文学研究运用性别视角的一种价值尺度和价值支点。这并不是先验的和人为的主观设置，而是建立在对人的生命（男性和女性的）价值合理性和女性文学产生、发展规律性的认知。性别问题绝不仅仅是一个可以离开人类历史和社会变迁的单纯的生物自然性问题，或者说，在这似乎是单纯的生物性、自然性的性别问题后面，隐藏着历史的和社会的奥秘，隐藏着人类改变自己的命运，要求独立、自主、平等、自由的天然合理的生命诉求。这样的生命诉求，概括来说便是挣脱地狱般的“他者”地位，成为有着自己独立人格尊严的主体性的人。女性文学产生和发展的动力，女性文学的内在肌理，从根本上说便是这样一个在历史运动中女性由依附性的、从属性的“他者”到独立的主体性的人的生成过程。正是女性的主体性言说，正是被压抑的女性经验进入文学，改变了女性千年如一日的历史性沉默，是她们抗拒失语、抗拒权力话语和男性话语的双重遮蔽的一种生命方式。这样，作为以女性文学为主要研究对象的女性文学研究/批评，便不能不把女性主体性作为发现、阐释文本意义的一种价值尺度，作为运用性别视角时不可或缺的价值支点。有这样一种价值尺度和价值支点与没有这样一个价值尺度和价值支点是不大一样的。用阐释学的道理来讲，这是一个阅读者和阐释者的前理解问题，什么样的前理解（包括阅读视角、价值立场、知识储备等，甚至也包括了你在什么意义上使用女性文学这个概念）在很大程度上决定了你对文本意义做出什么样的发现和阐释，决定了你对深藏于文本中的意义或澄明、朗照或误读、盲视。将女性主体性作为一种价值尺度和价值支点引入女性文学研究，以这样的价值尺度和价值支点审视女性文学或男作家笔下的女性形象，便会有许多过去视而不见的新发现新见解。李玲的《中国现代文学的性别意识》，分上下两编分别审视中国现代男性叙事中的性别意识与五四女性文学的性别意识，其价值尺度便是女性的主体性。她对这个价值尺度的表述是“男女两性主体性平等，在主体平等的前提下尊重性别和个体的差异性”[①]，这也就是我在《中国女性文学的现代性》一文中所提出的“人－人－个人”这一综合了人的共同性与性别差异性、个人差异性的价值论与人性论、性别论的综合视角。[②]用这样的价值尺度审视中国现代文学的性别意识，李玲发现即使在一些经典性的男性作家的性别意识中，仍然保留着相当顽固的陈腐的消解、压抑女性主体性的性别意识，从而对中国现代文学做出了与前人和同时代人不同的新的整体性评价：“中国现代文学在有限度地同情女性苦难遭际、有限度地褒扬女性主体性、有限度地理解女性使命逻辑的同时，仍然十分顽强地在总体格局上维护着男性为具有主体性价值第一性、女性为只有附属性存在价值的第二性这一

① 李玲：《中国现代文学的性别意识》，人民文学出版社，2002，第13页。
② 刘思谦：《中国女性文学的现代性》，《文艺研究》1998年第1期。

不平等秩序。这种价值偏颇不仅出现在鸳鸯蝴蝶派——礼拜六派等通俗作家身上，不仅发生在新感觉派等摩登作家身上，而且也相当普遍地存在于新文学主流作家、经典作家身上，从而使得现代新文学在现代男性启蒙、革命的框架内悄悄背离了两性平等的启蒙原则，而在实际上走向了启蒙的背面。性别意识领域，由此也成为中国现代文学现代性最为匮乏的思想领域。"[①]这是一种相当准确和犀利的对现代文学的新发现和新见解，而帮助论者抵达这一新发现和新见解的价值之光，便是对女性天然合理的与男性平等的主体性价值的肯定与认同。林幸谦研究张爱玲的两大本专著《荒野中的女体——张爱玲女性主义批评I》及《女性主体的祭奠——张爱玲女性主义批评II》，所用的价值尺度也是女性主体性。正是由于对女性主体生命价值的体认，对张爱玲文本中女性主体言说和只属于张爱玲的女性独特而丰富的女性经验的体悟，林幸谦对张爱玲的解读，无论在深度上还是广度上，都超过了很多学者的水平，成为迄今为止对张爱玲研究的厚重之作。全书视野开阔，新见迭出，在张爱玲身处的民族国家革命语境中，全面论述了张爱玲对五四以来女性文学主体性言说的贡献。诚如胡锦媛所说："本书最重要、最不可忽视的贡献在于确定张爱玲文本的压抑主题，指出张爱玲并不盲目追随时代潮流，以阳化的革命女性与国族论述进入主流文学，即以女性在宗法体制的压抑处境来反面控诉宗法父权文化对于女性的歧视与迫害"，"试图进一步建构'压抑'与'主体'之间的辩证关系，思索'分裂的主体/他者如何挪用自身的匮乏与压抑力比多去建构女性文本'"。[②]这一切，被论者称之为"女性主体的祭奠"，也就是张爱玲作为女性主体，面对强大的父权宗法制压抑和强势的主流话语，在夹缝中寻找到持守女性主体性的言说方式。我个人尤为赞赏的是林幸谦对张爱玲这种特立独行的女性主体性言说方式即文本策略的分析，即解读"张爱玲文本中的女性角色，如何在性别焦虑之中能够兼顾女性的主体性，以及从何种视角找到颠覆父权的切入点"。例如，他指出了"张爱玲文本承载着女性在现实中所承受的历史、文化经验，并在这基础上把压抑中的弱势女性纳为叙述的主体"，"在男性家长/父亲的缺席下，女性家长的涌现遂成以女性为叙述主体的无父文本，这可说是张爱玲书写策略中最值得重视的问题之一"[③]。类似这样的论述，已经超出了张爱玲个案的意义而具有了关系到

---

① 李玲：《中国现代文学的性别意识》，人民文学出版社，2002，第117－118页。

② 林幸谦：《荒野中的女体——张爱玲女性主义批评I》，广西师范大学出版社，2003，第3页。

③ 林幸谦：《女性女体的祭奠——张爱玲女性主义批评II》，广西师范大学出版社，2003，第99－101页。

女性文学一个世纪以来起伏兴衰的普遍意义。联系以前其他人创作中的经验教训，自然而然地显示出张爱玲在中国女性文学史上的十分重要的位置。论者还从张爱玲文本的实际出发，综合运用了法国派与英美派女性主义术语，创造了许多新颖而又准确的新术语，如“压抑主题”“内囿主题”“铁闺阁”“儒家疯女”“闺阁政治”“无父文本”“阴性荒凉”“传统恐惧”等，这些饱含着鲜活的女性经验血肉而又充满着思维活力的学术化概念，令人耳目一新。

最后，需要说明的是，本文所界定的严格意义的女性文学概念，并不意味着为女性文学研究/批评的对象划定一个严格的狭窄的界限。因为这样的以女性主体性为基本内涵的女性文学文本，与女性所写的非女性文本及男性作家写女性的文本，具有相互联系的互文本关系。因此，对这些文本的研究/批评，自然也是女性文学研究/批评的题中应有之义。

〔原载《南开学报》(哲学社会科学版)2005年第2期〕

语言的神力：神话隐喻的性别观*

林丹娅

一般来说，文学语言具有自发性、情感性、主观性与内在性的特质，这个特质与文化作用于人的特性相结合，会使性别意识形态更普遍、更广泛、更持久地在文学语言中体现出来。在20世纪的语言学界，语言学家们合力掀起一个“语言学转向”的浪潮，它促使人们对语言本性有着更深入的探讨与界定。如果对其进行考察，会发现一个十分令人深省的现象，即那些被人们重新发现的语言本性，其实早蕴含在由文学语言构成的神话文本中。创世纪神话以神说的方式表明语言对于人的先在性。而在语言型神话中，父/男权制性别秩序话语，同时也被形象地赋予“天赋”的性质，语言在此成为性别无序到有序的唯一通道，“神说”性别秩序成为造人神话的核心内容。通过对神话如何彰显语言神力的叙事分析，可以发现与其语言观同在的性别观。

一

在文化全球化的今天，恐怕很少有人不知《圣经·旧约》中的创世纪神话。这是一个与其说是由“神说”构成的奇迹，莫如说是由文学语言构筑的奇迹。①

---

*本文为教育部哲学社会科学研究重大课题攻关项目“性别视角下的中国文学与文化”（05JZD00030）阶段性成果。

① 犹太学者艾里克·奥尔巴赫（Erich Auerbach）在其著作《模仿：西方文学中对现实的表现》（*Mimesis: The Representation of Reality in Western Literature*）中，成功地揭示了《圣经》不仅是一部宗教和历史文献，它也是与荷马的《奥德赛》并驾齐驱的伟大史诗，也即是说，它同时也是一部伟大的文学作品。从而开启人们对《圣经》的文学解读，包括其文体、叙事特点、人物塑造、整体结构、修辞手段、隐喻和象征含义等等。本文所采用的《圣经》故事皆出于《圣经》串珠版，中国基督教协会，1996。

它不仅是在说神的故事，还是在说神在说的故事；而且是在说“神说”在发生神效的故事。它说，神造了亚当后——

> 神说：“那人独居不好，我要为他造一个配偶帮助他。”……
> 神就用那人身上所取的肋骨造成一个女人……

人们也许会注意到这个叙事中所标明的男先女后、女人经由男人肋骨造成的情节——这几乎就是女性这个性别具有附属性与从属性的话语渊源。语言的神力以它自身的语言形式而展示，它赋予神以“神说”，即命名的方式，创造万物的权力与神力。然而，不仅如此，在此之前，它还为“神说”的情节安排了这样一个常常会被人们所忽略的细节：

> 神用土所造成的野地各样走兽和空中各样飞鸟都带到那人面前，看他叫什么。那人怎样叫各样的活物，那就是它的名字。那人便给一切牲畜和空中飞鸟、野地走兽都起了名……

这是个尤其要引起我们注意的重要细节：以神说命名的方式创世纪的神，在此却没有直接给这些活物命名，神把活物带到那人面前，把他的命名权转授予了“那人”，使“那人”拥有了天赋神权。于是，作为男性的亚当，便因此具有了造物者的身份与地位。于是，当“神就用那人身上所取的肋骨造成一个女人，领她到那人跟前。那人说：这是我骨中的骨，肉中的肉，可以称她为‘女人’（woman），因为她是从‘男人’（man）身上取出来的”时，毫无疑问，叙事在此已完成了一个别具性政治意味的文学塑造，即相对于女人夏娃来说，男人亚当是她的造物主，于是，一个鲜明的性别权力等级制从中出现，而这个等级制恰是经由文学语言所描述的语言权力的拥有与否来界分的：神命名那人，那人命名各样活物与女人。这不仅意味着神对“那人”与女人的等级界分，还意味着“女人”是与“各样活物”即飞禽走兽处于同一“非人”位置的界分。神/男性与女性，因语言所赋的命名或被命名，从而被界定了各自在生物学意义上的、社会学意义上的高低身份与地位。一种包含有性别不平等原则的秩序，在此开始经由语言的神力而得到确立。

然而，如果就让故事终结于此，似乎还不足于表现其“让语言表述语言性别”之神妙。接着，故事对这个被“神说”界定了性别等级与秩序的情节，进行了一次不无用心的反复：神曾吩咐亚当说，伊甸园当中那棵树上的果子他不能吃。但作为亚当骨中骨、肉中肉的夏娃，却偏偏没有听从神说，而是听从了“蛇”的诱惑，进而诱惑了亚当。从“蛇”在故事中出现的逻辑关系与所起作用来推测，“蛇”应是女性之“性”萌动的隐喻物（她引诱他，开始为赤身裸体害羞，这隐喻着女性较之于男性性早熟的经验，并于性禁忌中走进作为社会人的第一步）。[①]这是夏娃这个被 man 命名为 woman 的女人，自被造以来所做的唯一一件违背“神说”的事，也是一件以事实来验证神说有所藏匿的事。但就是这样一件事，却被神说为（作为）人类堕落的始由，女人也从此背上永远无法洗脱的原罪。其实这也是一个表述人的自然本性违反神意的情节，设置这个情节似乎只是为了更加强调“神意/理性力量”对“人本性/自然力量”的绝对控制与统治。从神对人的指责与诅咒来看，神最恼怒的既不是事件本身，也不是事件的后果，而是男人居然没有听从神说，而去听从了女人的话，神说的语言权威在这里受到女人言说的挑战与事实上的颠覆。听从本能的夏娃叛逆了“神说”的权威，因此，“神说”必须在此重建它的语言权威。“诅咒”——这个古老的充满神秘感的语言武器，它的灾难性后果完全经由语言效应而产生，原来就是这样从创世纪开始便伴随着人类而来。从中我们可以看到，语言不仅有着它至高无上的权力与威力，同时，更有从语言权力与威力中派生出来的暴力。在创世纪的“神的创造”一节中，《圣经》以神与语言及世界的同一性，显示了语言匪夷所思的权力特质[②]；在紧接其后的“伊甸园”中，《圣经》不仅显示了语言的控制力，而且还显示了语言控制力与性别的关系。神/男人与夏娃/女人经由此一回合的较量，更加确立了“神说”的不可违抗。

“伊甸园”是神造人的神话，与此神话同时共生的不是别的什么，而是男女性别次序与等级的话语。“伊甸园”紧接在神说开天辟地之后的叙事位置，也充分表明它在《圣经》话语体系中的首要性与重要性。这起码说明在人类文化思维中，居于首要地位的不是别的什么，而是性别等级的划分与秩序。为了更充

① 亚当之所以会违背神说，是因为夏娃的诱惑；而夏娃是因为“蛇”的唆使。那么，“蛇”究竟为何物，为什么会与神对立？神说为何在此突然失去制约力？夏娃为何一反性别等级与秩序既定，而变为主动？笔者曾就此做过辨识，认为“蛇”即女性之“性”之隐喻。参见林丹娅《用脚趾思想》，上海人民出版社，1999。

②《圣经·旧约》的创世纪神话显示了 “神以语言呼唤世界，语言与神同在并先在于世界”的理念。本人在本课题的另一阶段性成果《语言的神力：神话寓言的语言观》一文中作此辨识。

分地说明这个问题，我们可取一则来自东方的神话以互为见证。

据日本神话故事集《古事记》记载，日本的创世神共有七代十二人。第七代神是叫作伊耶那歧命与伊耶那美命的两兄妹。从故事寓意来看，这兄妹俩无疑是日本国与大和民族真正的始祖，是他们生育了日本列岛与地上诸神：

> 二神降到岛上……伊耶那歧命道：“我的身子都已长成，但有一处多余。想以我所余处填塞你的未合处，产生国土，如何？”伊耶那美命答道：“好吧。”于是伊耶那歧命道：“那么，我和你绕着天之御柱走去，相遇而行房事。”即约定，乃说定道：“你从右转，我将从左转。”
>
> 约定后，绕柱而走的时候，伊耶那美命先说道：“啊呀，真是一个好男子！”
>
> 随后伊耶那歧命才说：“啊呀，真是一个好女子！”
>
> 各自说了之后，伊耶那歧命乃对他的妹子说道：“女子先说，不好。”然后行闺房之事，生子水蛭子……于是二神商议道：“今我等所生之子不良，当往天神处请教。”即往朝天神。天神乃命占卜，遂告示曰：“因女人先说，故不良，可回去再说。”
>
> 二神回去，仍如前次绕天之御柱而走。于是，伊耶那歧命先说道：“啊呀，真是一个好女子！”
>
> 随后伊耶那美说道：“啊呀，真是一个好男子！”
>
> 这样说了之后，复会合生淡道之穗之狭别岛，其次生……[①]

这两则分别来自东西方的创世纪神话有着惊人的异曲同工之妙，为了更好地说明这一点，我们可做比较性阅读如下：

> 1.《圣经》：神造男人，后取男人肋骨造女人——男为先，女为后。
>
> 《古事记》：男女为兄妹——男为长，女为幼。

男性位先、位长，女性位后、位幼，暗合先来后到、长幼有序之伦理关系。

---

①〔日〕安万侣：《古事记》，周作人译，中国对外翻译出版公司，2001，第4—5页。

> 2.《圣经》：神领她到男人跟前，男人命说："这是我的……可以称她为女人。"
>
> 《古事记》：兄指定产生国土的方式，妹妹答："好吧。"

因男性位先、位长，故顺理成章男性占语言先机，女性则呈听从男性的姿态。男性占语言主动位、主动态；女人在此关系中自然生成为语言被动位、被动态。因语言所占的主动、被动位与主动、被动态的不同，从而显示出男性为主、为支配方，女性为附、为服从方的性别特性与关系。

> 3.《圣经》：女人见那棵树的果子好做食物，也悦人的眼目，且是可喜爱的，能使人有智慧，就摘下果子来吃了，又给她丈夫吃。
>
> 《古事记》：绕柱而走的时候，伊耶那美命先说道："啊呀，真是一个好男子！"随后，伊耶那歧命才说："啊呀，真是一个好女子！"

女性听从自己内心/感觉（性成熟/性本能）的召唤，忘乎所以，产生的冲动言行破坏了"神说"的性别秩序，导致女先男后、女主男附、女支配男服从的"人说"后果。

> 4.《圣经》：神对"蛇"说："你既做了这事，就必受咒诅，比一切牲畜野兽更甚。"……又对亚当说："你既听从妻子的话，地必为你的缘故受咒诅。"……
>
> 《古事记》：因女人先说，故不良，生子水蛭子。

神让胆敢违反性别秩序与等级的男人女人备尝违背"神说"的严重后果。现实男女的性别境遇，见证了"神说"的灵验与服从"神说"的事实，"神说"男女之等级秩序，从此定矣。

通过上述比照，我们可以很明显地看出这两则东西方经典神话在叙事上的共性特点。其一是伊耶那岐命与伊耶那美命在《古事记》中的位置，犹如伊甸园在《圣经》中的地位，它们都处于"神造人"叙事的首要位置上；而关于男女两性性别角色与位置的规定性情节，又都处于该叙事结构的核心位置上，这意味着在语言/意念型神话体系中，关于男女性别等级、秩序、角色规定性的叙事，是被位于人类秩序的一切之始、之首，是高于这个世界中饮食男女所必须与必然的一切之上。它们共同表明：从一开始就与人类共同诞生的社会秩序不是别的什么，而是性别的秩序与等级的框定，而打造这个人类社会第一秩序的神话情节，其设置模式也如出一辙。其二，由男先女后的次序关系顺理而成的男女长幼有序的人伦关系，再由男女长幼有序的人伦关系演化为男女主从有别的性别关系。其三，与打造男女主从有别之性别关系情节相匹配的是他们的语言：凡由男主口中说出的话，皆为肯定式句式和因肯定式句式而产生的命令式口气，它具有概念性、条律性、逻辑性特征，显示出语言的理性特质。其四，它们都在故事情节进程中设置了一个反复型的“纰漏”：在两性关系中处于被动位与被动态的女性，一反常态地在语言与行为上变为主动位与主动态。但这个“纰漏”立即就会被凌驾于“动物本能/自然力量”之上的象征理性力量的“神说”所纠补。德国哲学家卡西尔（Ernst Cassirer）的一个论断，恰好可以作为这个“语言性情节”所深含隐义的诠释：“人正是借助 logos，借助理性的力量，才有别于动物。”[①]logos 在古希腊又作“语词”（word），同时意指言语的能力与理性的能力。把这句话还原到故事中来解释，也即是说，受动物本能（女人）诱导而犯错的人，只有借助“神说/理性”（logos）的力量才能够摆脱“感性/女人/动物性”。其五，神通过惩戒重新修复了被女人言说颠覆与破坏了的性别秩序，从而再次强调并夯实了“神说/神赋”的不容置疑、不容轻视、不可违背、不可动摇的神圣位置，这使得男主女附、男支配女服从的性别关系，终于成为一种社会化的约定俗成的人伦关系。

二

上文已述，神话叙事是通过一种男女有别的言语颠覆与反颠覆的情节设置，从而夯实了“神说”真正成为牢不可破的神话的基础。而其中，最令我们感到不可思议并意味深长的事实是：尽管东西方文化千差万别，但上述两则分别来自东西方文化体系内的神话故事，却都不约而同地以概念性的、抽象性的、理性的语言形象为特征的男性言说主体，对以具体性的、形象性的、感性的语言形象为特征的女性言说主体的彻底征服与胜利而告终。如果我们的心智足够敏

① 〔德〕恩斯特・卡西尔：《符号・神话・文化》，李小兵译，东方出版社，1988，第 116 页。

锐的话，我们当然可以从这个叙事模式中发现一个关于“文化”自身的习性与命题的隐秘与隐喻所在：这个“拨乱反正”的情节过程，即象喻着理性/男性力量征服、取代、统领自然本能/女性力量的过程。换而言之，它隐喻着一种显而易见的视点：出于人的自然本能习性的言行，原来是“无序”的，它们必须也必然地会被来自人文的理性力量置放到“有序”的状态中，从而使性别秩序成为一种并非源于人的自然本能的习性活动，而是出自理性语言的规定过程，也即是人之所以成为真正意义上的“人”的过程，亦即“社会人”的过程。

可见，所谓“性别”，以及由此而产生的关于对“性别”的认知，是不能够来自“自然”的，一个社会化了的“人”，只能拥有“社会性别”（gender），这就是被美国女性主义学者盖尔·卢宾（Gayle Rubin）所揭示的“社会性别”的特征：它是“人类社会的一种基本组织方式，也是人的社会化过程中一个最基本的内容”[①]。在“神话”中，这个性别社会化的内容，被充分地表现在不容质疑与不可小觑的、具有无上权力与威力的“神说”上，因为我们可以从这类神话中非常清晰地看到正是由“神说”带来的一种既定的社会体制习俗，战胜了或压抑了来自自然本能的男女习性，并将其组织到规范好的“男性”“女性”的角色与活动中去，从而成为被社会认知与认同的男性与女性。同时，这个过程也充分体现了被凯特·米利特（Kate Millett）定义为“性政治”的特征，即性别关系也是一种权力关系，是“一群人可用于支配另一群人的权力结构关系和组合”[②]，因为我们可以从中看到“神说”让男性依据天生的生物学性别就可获得“天赋”特权，并以此控制、支配女性，并让这一性别统治权在父权制社会中得到制度化。由此，拥有这种“神说”的神话，其实也就是“一种为了使女性处于从属地位，并设法将其永远置于此从属地位的一列观念、偏见、趣味和价值系统”[③]。在此意义上，此类叙事可以说是维持一种性别权力制度所必需的一个叙事策略，其叙事本身既是性别文化过程的隐喻又是性别文化策略的体现。当然，如果我们在这样的一个叙事过程中，看到的是唯有语言使性别从无序到有序的话，那么，语言也即是这个性别文化策略的核心。如果我们看到语言所规定的“有序”被打上的是性别歧视烙印的话，那么，它所显示出来的必定也

---

① 王政：《社会性别与中国现代性》，2002年12月9日复旦大学讲演稿，《文汇报》2003年1月12日第6版。

②〔美〕凯特·米利特：《性政治》，宋文伟译，江苏人民出版社，2000，第32页。

③ 林幸谦：《历史、女性与性别政治：重读张爱玲》，麦田出版股份有限公司，2000，第210页。

是关于性别歧视的“有序”语言。

明确了上述问题以后，那么随之浮现的必然会是这样一个问题：对男女性别秩序的规定性为何会如此重要？它为什么会被叙事者置放在《创世纪》神话中如此首要的位置上？或换而言之，究竟是出于何种原因才使《创世纪》叙事有了这样的安排与记述？非常有趣的是，关于这些问题与这些问题的答案，我们居然可以从汉民族的神话类型与文化话语中，找到几近一致的对应与反映。在中国古代神话与传统伦理中，我们可以看到中国的先知与圣贤们，把性别秩序的奠定看作是与开天辟地齐头并进的同等大事来对待的现象，如中国著名的神话《盘古开天辟地》：

> 天地混沌如鸡子，盘古生其中。万八千岁，天地开辟，阳清为天，阴浊为地。盘古生其中，一日九变，神于天，圣于地。天日高一丈，地日厚一丈，盘古日长一丈。如此万八千岁，天数极高，地数极深，盘古极长。故天去地九万里。[①]

这则神话从故事表层上来看，它记述的似乎就是盘古开天辟地的事件；但从语义解读的深层意蕴来看，它记述的更是“盘古”这个神区分阴阳/男女秩序的事件。众所周知，阴阳在中国文化话语体系中也是男女性别的符号。盘古的出现，造成原来阴阳混合的分离。随着盘古的生长、强大，阴阳的分离越来越明显，越来越清楚：阳为天，阴为地，天去地九万里，阴阳被盘古开出的天地位置，就是男女被定性的位置与身份。二者的叠合，一语双关，开天辟地之日也是区分阴阳性别秩序之时。有意味的是，尽管盘古的形象是典型的力量之神，这则神话当属于力量型神话，与语言/意念型神话不可混同而言，但它们却对把性别秩序的规定性放在与创世纪并置并重的位置上一起叙事的策略则是如此一致。当然这不仅仅只是一种巧合，在这种巧合的背后，显然是一种思维的趋同性使然，是出自某种相同的宇宙观、世界观与性别观使然。

那么，这是一种什么样的宇宙观、世界观与性别观呢？它们之间又为什么会有这样的内在逻辑联系呢？应该说，最为简洁精辟的表述莫过于《易经》所

---

① 神话“盘古开天辟地”，见《绎史》卷一引《五运历年记》。

云："日月运行，一寒一暑，乾道成男，坤道成女。"[①]有天地，始有男女；阴阳之分，始于天地之分；男女生成，始于天地生成，这是自然的逻辑，也是人类认识自然的逻辑。这个共同性也许就是不管来自何种文化背景的创世纪神话，都会把男女之事当作创世纪叙事里的基础。但我们必须注意到的一点是，在人认识自然的过程中，本身包含着人认识事物的逻辑思维层次。如神为创世纪所做（说）的七日工，先说什么后说什么，次序排列有它的内在逻辑，反映的是自然构成的生物链，是人对自然生物链的逻辑性认知。然而，叙事要把男女性别分别安排在什么样的次序位置上，却并非出自自然性的逻辑认知，而是出自人文性的逻辑认知。因为只有出自人文性的逻辑认知，才会在神话叙事中留下显然是出自不同时代背景、文化背景、社会背景的话语痕迹。譬如，在创世纪神话中，有神照自己的模样用泥土造的世上第一个男人的叙事；也有女娲用泥土照自己的模样造出来的不知性别为何的第一人的叙事。至于为什么会在造人神话中出现造物神性别不同的情况，一般都认为这是由于该叙事出自或反映不同社会形态的缘故，如前者一般被认为是出自或反映的是父权社会，而后者出自或反映的是母系社会。类似这样的例子还有如"只知其母不知有父"的叙事与"只知其父不知有母"的叙事等等。正因为有这些差异的存在，才突显以下的特异之处：它们在有关性别的叙事上，则几乎没有什么差异。

首先是在此类神话中出现的对性别属性的刻意强调；由此对性别属性的刻意强调，使性别排列的次序在这个叙事中突显出来。"男先女后""男长女幼"通过《创世纪》神话言语而成为男女关系之经典范式，它对人们的影响是如此深刻与深远，以至于这种范式成为人们对男女关系的审美无意识。同时，通过"神说"的言说，把此种范式"自然"转换为"男强女弱""男主女附""男支配女服从"的性别关系形态。而为什么要将男女关系的次序做出如此编排，《易经》对此也有明确的说法："天尊地卑，乾坤定矣。"所谓"定"，定的就是人世秩序，无秩序就是"混沌"，把人世从混沌中澄清，就是要从无序中分离出有序。从这个意义上来说，《创世纪》神话哪里是在说开自然天地之辟，分明是在说开人文秩序之始。或者说通过开自然之天地，隐喻建人世之秩序，这是文学语言所特有的功能与功效。在这个用语言建构的秩序中，首要须定的便是男女性别之秩序。天地之定，就是乾坤之定；乾坤之定，就是阴阳之定；阴阳之定，就是男

---

① 金景芳、吕绍纲：《周易全解》，上海古籍出版社，2005，第 507 页。

女之定；男女之定，就是尊卑之定。但“神说”最“神”的地方也许并不是它说出的性别观，而是它可以把这种性别观的人文痕迹抹到几近于无——性别歧视观念溶入开辟“天地/阴阳”的自然景观中，使之完全“自然化”，从而造成性别歧视话语天经地义存在的人文景观。“乾，健也；坤，顺也”①；“阴卑不得自专，就阳而成之”；“男帅女，妇从男，夫妇之义，由此始也”②；等等。中国历代圣贤对“乾坤/阴阳/男女”属性的诠释，都源自于此性别秩序的演绎。

把男女性别之秩序的定位看得如此重要，当然并不仅仅是为了“夫妇”之义。换而言之，对性别秩序的定位，此意义并不在于夫妇关系本身，而在于它的社会伦理意义。宋明理学创始人周敦颐曾经对这一套源自中国儒家思想的伦理观，有十分精到的总结与说教。他说：“君君臣臣，父父子子，兄兄弟弟，夫夫妇妇，万物各得其理然后和，故礼先而乐后。”③也即是说，一个社会，一个由万物之灵长的人类构成的社会，首先就必须要有理性之秩序，各居其位，各守本分，各司其职，各尽其责。显然，在阶级社会中，这种秩序的安排只能出自统治阶级的需要。但颇为奇特的是，在神话中，与开天辟地一起被开辟出来的秩序话语，并非是有关于阶级、阶层、种族抑或还有别的什么秩序的话语，而是关于男女/性别秩序的话语，这是为什么呢？我们可以从中国数千年来被统治阶级最为推崇的儒家经典里，找到这个问题最明确的答案。在相传为孔子所作的《易经・序卦传》中，有这样一段话：“有天地然后有万物，有万物然后有男女，有男女然后有夫妇，有夫妇然后有父子，有父子然后有君臣，有君臣然后有上下，有上下然后礼义有所措。”④从“有天地”到“有夫妇”，这完全就是一段被《圣经・创世纪》神话所演绎的情节。来自中国古代最为经典的儒家言论，完全可以作为来自西方《创世纪》神话的正解，这不能不说是人类文化的奇妙之处。正是有了夫妇之序后，人间一切秩序由此始，正如来自中国古代的另外一则同样经典的女教言论所云：“事夫如事天，与孝子事父，忠臣事君，同也。”⑤人们当然会意识到夫妇关系的产生远在父子、君臣关系之前，那么这句话其实体现的正是这样的社会道德伦理观：忠臣事君就如孝子事父，而忠臣事

---

① 金景芳、吕绍纲：《周易全解》，上海古籍出版社，2005，第614页。

② 陈澔注：《礼记》，上海古籍出版社，1987，第1987页。

③ 谭松林、尹江整理，《周敦颐集》，岳麓书社，2002，第32页。

④ 金景芳、吕绍纲：《周易全解》，上海古籍出版社，2005，第618页。

⑤ 见班昭《女诫・夫妇第二》，载班昭、宋若莘、吕新吾等：《蒙养书集成》（二），三秦出版社，1990。

君、孝子事父就如妻子事丈夫一样，都要把所事对象当作自己的“天”。可见，天地定矣，阴阳定矣，男女定矣，夫妇定矣；而夫妇定矣，则父子定矣，君臣定矣。“夫妇”既是人类社会的起源，对其秩序的定义就意味着它将是所有父/男权制社会秩序定义的范式，因此，我们还可从中明显看到，原先具有性别特质的秩序话语如何顺理成章地转化为具有阶级特质的秩序话语的逻辑轨迹。“乾坤/阴阳/男女”三位一体同，“夫妇/父子/君臣”三事一式同，父/男权制秩序社会由此建构。这就是为什么在神话中，人类被创造出来后，他第一个必须面对的问题，第一个被安排的命运，不是别的什么，而是其性别的位置与秩序，这既是父/男权制的思维必然与逻辑必然，也是建构父/男权制社会的话语必须与根基所在。

对神话颇有研究的法国文化人类学家、结构主义人类学创始人列维-斯特劳斯（Lévi-Strauss）曾指出神话的这种特质：神话是人类心智所创造的，同时神话也创造出人类的世界观以反映人类心智本身的结构。[①]来自人类起源之始的夫妇自然之义，与父/男权制社会统治谋略的人文需求（如果不是从性别视点来表述的话，那么这句话还可以被这样表述：人类普遍的经验或人类潜藏的渴望与需要），促使中外东西方神话——无论是力量型神话还是语言型神话——都不约而同地把开辟性别秩序放在与开天辟地同等重要、同等首要的叙事位置上。如果考虑到力量型神话与语言型神话是体现/反映人类思维发展不同时期或不同形态的产物的话——前者体现/反映的是对自然力量的重视乃至膜拜；后者体现/反映的是对语言（精神/意念/主观）力量的重视乃至膜拜——我们还可以看到这样一个现象：尽管二者在语言观的表现上是如此不同[②]，但在性别观的表现上却是如此一致。这个事例也再次验证了笔者的判断：尽管中外东西方文化有着众所周知的千差万别，但于性别文化上，却有着不同寻常的高度惊人的一致性。由此，它还证明了另一个必须引起文化研究高度重视的事实，那就是性别文化的确比其他文化更具有普遍性，更来得强势，它可以涵盖不同民族与不同文化，跨越不同国界与不同时代，取代有差异的叙事而显示出统一叙事的能力。

了解了这一点，我们就能够理解凯特·米利特（Kate Millett）为什么会为两性关系与男权制做出这样的论断：其一，从历史到现在，两性之间的状况，

---

①〔法〕列维-斯特劳斯：《神话学：裸人》，周昌忠译，人民大学出版社，2007。

② 笔者以为，中国盘古神话与《圣经》创世纪神话中神创世界方式的不同，也反映了中西方语言观的不同，反之也是中西语言观不同的产物。详论见林丹娅《中西方语言观之辨异》，《东南学术》2006年第4期。

正如马克斯·韦伯说的那样，是一种支配与从属的关系。无论性支配在目前多么不为人所意识而显得沉寂，但它仍是我们文化中最普遍的思想意识、最根本的权力概念；其二，男权制根深蒂固，是一个社会常数，普遍存在于其他各种政治、社会、经济制度中，它也充斥于所有主要的宗教中。①

三

综上所述，我们可以透过神话叙事表层，看到沉淀于语表之下关于神话言语与性别文化的诸多信息：

其一，父/男权制性别秩序与开天辟地秩序同生，它们都存在于语言型神话与力量型神话中，它意味着父/男权制社会对性别秩序重要性的特定认知与需求，性别秩序高于、先于一切秩序。

其二，语言型神话比力量型神话更为深刻的是，它反映了人类对语言力量的感悟与认知。语言通过“神说”被形象地赋予“天赋”的性质，从而揭示了语言所具有的超乎个体与自然力量之上的文化本质。从这个意义上来看，索绪尔所说的“我们的思想倘若没有语言的鼎力相助，只能是一团混沌不堪、毫无条理的东西。思想就其本身来看，犹如一层雾幔。在语言出现之前，不存在任何先定的观念，任何事物皆混沌一团”这番话，正是创世纪神话叙事所预示我们的——我们的世界倘若没有语言的鼎力相助，只能是一团混沌不堪、毫无条理的东西。世界就其本身来看，犹如一层雾幔。在语言出现之前，不存在任何先定的观念，任何事物皆混沌一团——索绪尔所意指的，即是被“神说”体现出来的语言的功能与功效。一个有序的世界，借由各种形态的“神说”，即理性/语言，从混沌中开辟出来。

其三，在语言型神话中，一种有关父/男权制性别秩序的话语，同时也被语言形象地赋予“天赋”的性质。语言在此成为性别无序到有序的唯一通道，“神说”性别秩序成为造人神话的核心内容，它构成人类文化最初始的也是最基本的元素。在语言开辟世界秩序的同时，也把“语言——父/男权体制话语——文化”三位一体地根植在人类意识之中。因此，“神说”既揭示了语言的文化本质，也揭示了文化——首先是在此之中体现出来的性别文化的语言本质。

---

①〔美〕凯特·米利特：《性政治》，宋文伟译，江苏人民出版社，2000，第33—34页。

其四，人们不能忽略的且对本文命题尤其有着核心意义的是，这种对语言的文化本质与文化的语言本质的显示，以及对其间父/男权制意识的显示，都是隐身于“神话”这样的文学语言文本中。原型－神话批评的著名学者诺斯洛普・弗莱（Northrop Frye），他毕生都在坚持一个批评理念，即神话与文学的一致性原理。在他的研究后期，他把对神话与文学关系的认识，从文学结构规则扩展到意识形态、权力、性别政治等方面，他在意识形态从何而来的追问中，提出了意识形态与言语模式的关系问题。他认为短暂的描述性叙事〔按英国语义学家兼文艺理论家瑞恰兹（I. A. Richards）的概念，即为“伪陈述”（pseudo statement），这也是神话的文体特征——笔者注〕很可能构成自古以来人类交际的大部分，而且每种意识形态开始时都就其传统神话体系中意义重大部分提出自己的认识，并利用这种认识去形成并实施一种社会契约。[①]弗莱就此说过一句相当精辟的话，他说：“当人们行施或促进一种意识形态达到张狂和入迷的地步时，它的神话基础就十分明显地暴露出来。”这可以说是意识形态的一种特质，是意识形态蜕变为神话形态的秘径，是人们认识意识形态与神话关系的一个关键点。用这个观点来审视创世纪神话，可以说它就是父/男权意识形态达到张狂和入迷地步时，它脱离“科学语言——陈述”的语言形态，进入“文学语言——伪陈述，亦即神话”语言形态中的产物。因为“神话”的“伪陈述”的文学语言元素就滋生于这种张狂和入迷的情感状态之中，意识形态在此间蜕变为“神话”形态。正是在这样理解的基础上，才能理解弗莱接下去所说的：“这样一来，意识形态便成了应用神话体系，只要我们生活在一种意识形态结构中，它怎样为自身需要去改变神话，我们都必须相信或表白我们是相信的。”而意识形态一般都表达如下的内容：“你们的社会状态并不总使你们如愿，但是就目前而言，它就像神为你们所确立的秩序那样，是你们能指望的最佳状态。服从并工作吧。”这种话语，总会受到统治阶级的支持，因为其目的就是要使其神话规范成为人们思想唯一能寄托的准则。因此，“神话体系不论好坏，都是创造了或好或坏的意识形态”。这就是从意识形态到神话，从神话到意识形态的一个文化流程，亦即意识形态促使了神话的产生；神话反过来亦以自己的方式强调、渲染、巩固、推行了特定的意识形态，这也是创世纪神话所显示出来的文学语言与性别意识形态之间的关系；也是弗莱发现的神话中确有的一种特征，即神话体系变成意

---

① 〔英〕瑞恰兹：《科学与诗》，徐葆耕编，清华大学出版社，2003。

识形态并参与形成一种社会契约的过程。[①]

最后，笔者还要提出一个颇为吊诡的但很值得探究的现象，即从理性生发而来的对语言膜拜的历史事实，其本身恰恰却是被体现在、被保存在充满感性的文学语言文本（如神话）中。尽管这个事实曾长久地被冷落在人们对理性的狂热膜拜之外，但它却毫无疑义地证实了文学语言本身所具有的超乎寻常的强大文化功能。这个事实同时还意味着，那些来自人文化的理念与意识，也只有在文学语言中，才会被如此形象地、生动地、具体地显示，并起到润物无声、潜移默化的最佳人文效应；才能使集语言本体观、父/男权制性别观于一体的东西方创世纪神话，创造出一种根深蒂固的性别意识形态话语，从而源远流长地影响着人们，令人们不仅感到它存在的顺理成章，而且更感到它存在的天经地义。德国著名剧作家、诗人席勒（F. Schille）曾经发表过一个很有见地的观点，他以为艺术可以拯救信仰的尊严，就如把信仰保存在有意义的石料中，从而使真理在虚构中永生。[②]借用席勒的意思，我们可以这样描述上述创世纪神话所具有的功用：是神话拯救了语言的尊严，是神话把语言保存在活化石般的《圣经》抑或别的什么典籍中，从而使人们对语言的认知——某种类似真理的真理——在虚构中永生，这也许也正是文学语言所具有的性别文化功能的奥秘。

〔原载《南开学报》（哲学社会科学版）2008 年第 4 期〕

---

①〔加〕诺斯洛普·弗莱：《神力的语言——“圣经与文学”研究续编》，吴持哲译，社会科学文献出版社，2004，第 23－27 页。

②〔德〕席勒：《美育书简》，徐恒醇译，中国文联出版公司，1984，第 62－64 页。

社会性别辨义

屈雅君

社会性别，英文词 gender 的意译，在妇女研究、性别研究中被提及时，常常与 sex 相对比，这一对概念的译法也有多种，如：社会性别（gender）与性别（sex），性别（gender）与性（sex），性别（gender）与生理性别（sex），等等。

对于中国当代妇女学学者来说，社会性别这个概念是在 20 世纪 80 年代中后期的“西学东渐”中，随“新女性主义”一同进入研究视野的。随着中国妇女活动、妇女研究的深入，越来越多的妇女研究学者、妇女活动家在项目书中，在研究论著中，在学术会议上，以显著的位置和频度使用这个概念，足见它对妇女研究的重要性。本文试图以中国本土学者身份对琼·W·斯科特的社会性别理论进行解读，并在此基础上对社会性别概念做一多角度的辨析。

一、社会性别作为文化要素

对于社会性别（gender）这一概念，几乎每一位从事妇女研究和性别研究的学者都会熟练地重复一个经典的诠释：它具有与生理性别（sex）相区别的内涵，用以指两性在社会历史中形成的文化差异。因此，就字面而言，它并不复杂。通常，人们会对“女”和“男”总结出许多截然不同的特征。女性通常被认为弱骨丰肌、曲线柔美、嗓音婉转、性情温顺、心细、胆小、爱清洁、爱哭、情绪化等等；男性则体魄强健、线条粗犷、声音浑厚、性格刚烈、心粗、胆大、邋遢、有泪不轻弹、理性化等等。但我们很容易发现，上述特征仍可再做一次区分：一种是两性在自然条件下不可互换的，包括形貌、体征、功能等特征，如男性嗓音粗哑，女人脂肪丰厚，男性身材高大，女人会生孩子等，都是两性不可互换的特征；另一种是可以互换的，包括性情、意识、行为方式等特征，比如男性也可以细腻柔弱，女人也可以是刚烈豪放等。这后者，便属于“社会性别”研究的范围了。

这样一个看上去十分简单且易于接受的概念，在实践中却常常被忽略、被误读，以至于被拒斥。比如“女人温柔的天性”“女性的奉献精神”“男子汉气概”“大丈夫气节”等说法，通常被人挂在嘴边。虽然人们在对两性作如此描述的时候，并无任何轻视或歧视妇女的动机，相反表现出对两性各自优长的赞美，然而细究起来，它们都属社会的、文化的意识形态对男女角色的定型，而绝非性别的生理属性。

《英汉妇女法律词汇释义》中援引了美国历史学家斯科特的定义：“社会性别是基于可见的性别差异之上的社会关系的构成要素，是表示权力关系的一种基本方式。”[①]该词条进一步解释道：“社会性别一词用来指社会文化形成的对男女差异的理解，以及在社会文化中形成的属于女性或男性的群体特征和行为方式。尽管将社会性别和生物性别真实地截然区分开来是困难的，但是在概念上的区分是很有价值的。社会性别的概念能够清楚地表明，关于性别的成见和对性别差异的社会认识，绝不是‘自然’的……作为一种社会构成，它是可以被改变乃至被消除的。”[②]

“社会性别”一词的关键意义在于它的“社会性”，即由文化所生成、所赋予的属性。同由自然、物种给予性别的生理特征不同，社会、历史、文化意识形态所建构起来的性别特征，理所当然地包含着被社会、历史、文化意识形态解构、改变或者重构的可能性。这一点，是女性主义理论的出发点，也是其改造社会的合法依据，特别是当文化意识形态赋予社会性别的合理性在历史发展进程中遭遇到怀疑、否定的时候，其改造、重构的工作便已然在进行当中了。

---

① 〔美〕琼・W・斯科特：《社会性别：一种有用的历史分析范畴》，载琼・W・斯科特编：《社会性别与历史政治》，纽约哥伦比亚大学出版社，1988。该原文为：“a constitutive element of social relationships based on perceived differences between the sexes, and a primary way of signifying relationships of power.”

② 谭兢嫦、信春鹰主编：《英汉妇女与法律词汇释义》，中国对外翻译出版公司，1995，第145页。

二、社会性别作为关系体系

当然，仅仅从“社会关系的构成要素”的层面来理解社会性别，是远远不够的，“（社会）性别一词的使用强调一个完整的关系体系”[①]。因为，“社会关系构成要素”必然会涉及深层的社会关系。如果对我们上面谈到的那些性别的文化构成要素做深层追究，便会由表面深入其内部，看到它们之间的相互关联。你会发现，“男强女弱”，“男尊女卑”的意识是由这个社会的劳动分工、生产资料占有形式、生产力发展水平、婚姻制度、教育制度、文化传统等多种因素共同构成，它作为一个系统，自然地组成了一个相对独立、相对稳定的性别关系体系。它涉及人们对于两性生理性别的理解，涉及与性别相关的生产方式、法律制度、意识形态、大众文化心理等方方面面，以及由此决定的，男女两性所有的行为方式。这就是说，所有这些要素都处在一个系统之中，构成系统的平衡状态；每一种要素都因其他相关要素的存在而存在，并发挥作用；其间一种要素发生了改变，会影响到其他要素，进而影响到整个系统固有的平衡。比如，两性的劳动分工（一性别以社会劳动为主，另一性别以家庭劳动为主）会影响到生产资料占有形式，从而影响到两性的社会地位，进而影响到对两性教育重视程度的区别、婚姻的形式、一种性别对另一种性别从政治到经济再到心理的依赖关系等等，这种依赖关系还会影响到两性一般的行为方式，如女性的被动性、对自身外表吸引力注重，对于侍奉男性的技能、性情的自觉培养；同样也会影响到男性对自身社会地位的注重，对于独立承担社会角色的技能和主动性、支配性人格的培养等等。所有的文化要素都参与了这种性别建构，但所有文化要素之间都不是单向的、直线性的影响，而是双向的甚至是多向的、交叉的影响，它们共同维系着这个系统的动态平衡。因此，当一种要素发生变化时，不仅会影响到其他要素，同时也会受制于其他要素。比如，由于女性在决策领域中的弱势，退休制度的制定显然更有益于男性，而这一制度更强化了男性在政治上（晋升）和经济上（收入）的支配地位（随着劳动分配制度的改革，这种不平等有可能还会扩大）。再比如中华人民共和国成立后，当“男女平等”被写

---

①〔美〕琼·W·斯科特：《性别：历史分析中一个有效范畴》，载李银河：《妇女：最漫长的革命》，生活·读书·新知三联书店，1997，第156页。

进宪法，男主外女主内的传统还在发挥着作用，造成大步走向工作岗位的新社会女性面临家务劳动、社会工作的“双重紧张”。由此可见，当社会分工有所变化时，文化传统还在发生着潜在的影响力，这种影响力又会反过来影响着社会分工，从而使历史的进程呈现出惰性。

三、社会性别作为分析范畴

无论是“文化要素”，还是由这些文化要素构成的“关系体系”，都只是一种既存的社会现实。它们的存在，为社会性别理论提供了现实基础，同时，对这些社会现实的进一步发现、辨析和阐明，则需要自身的思想工具。斯科特从历史学角度将“社会性别”描述为一种“分析范畴”。她强调，社会性别“提供了一种区分男女两性不同性行为和社会角色的方法”①。如果说，当我们从“文化要素”和“关系体系”的层面来探讨“社会性别”时，它给予我们对这个世界的新的认知，那么，作为“分析范畴”的社会性别，则是认知的工具。

社会性别既然作为一种理论分析框架，就必然能够在一定程度和范围内被抽象出来，并具有相对独立的，超越现象之上甚至超越性别现象之上的方法论意义。它既是我们观察、发现、认知两性角色及其相互关系的工具，也在一定程度上成为我们重新认知世界的工具。比如，社会性别理论的政治性、实践性及其对身份、经验、立场的依赖向传统社会科学的科学主义、唯理主义提出了大胆的质疑和挑战；它对于消解边缘/中心二元对立的思想方法，既适合于分析两性关系，也可用来分析种族、民族、中西方关系，残疾人与健康人，同性恋与异性恋的关系。这些理论方法作为后现代主义文化理论的一部分，正在重新结构我们关于世界的知识。

当然，如果社会性别的理论框架仅仅涉及上述内容，它还不能成为一个相对独立的分析范畴。因为这些同其他研究领域存有共性的思想方法，事实上也可看作是性别研究对于其他研究领域思想方法的借用。社会性别研究只有具备自身独特的，与其他领域相区别的，无法为其他方法（如阶级、种族、民族等）所替代的角度和方法，才真正具有其存在价值。那么，这种独特性究竟何在呢？

---

①〔美〕琼·W·斯科特：《性别：历史分析中一个有效范畴》，刘梦译，载李银河：《妇女：最漫长的革命》，生活·读书·新知三联书店，1997，第153－156页。

第一，从时间上看，性别的社会建构最初与两性的社会分工相关，而这种社会分工无疑早于阶级的产生。因此，阶级理论尚不能触及性别的社会建构的源头，它只能为社会性别理论提供某种参照。从空间上看，两性的问题较之种族问题涉及的范围要广泛得多，上至国家的政策法规，下至社会的最小细胞——家庭，可以说，不是所有的地方都存在着种族问题，但是有人群的地方就存在着两性关系，也就有可能存在着两性之间的权力关系。因此，社会性别研究应该拥有属于自己的理论起点。

第二，由于性别是一种两极性概念（非男即女，虽然除一般意义上的男女外，性别还可以有其他的特殊形态，如两性人、中性人、异性癖等等，但两性终究是性别的基本形态），与种族的概念相比，性别与人类二元对立的思维模式呈现出完全的、内在的吻合。这种思维模式或许是在自然物诸多对立、对比关系（如白天与黑夜、太阳和月亮、水与火等等），包括两性关系中培养起来的，同时也参与了性别意识形态的建构。如汉语中的“阴”“阳”二词虽然直接从“日”“月”二字中产生，但很早就直接用来指代“男”“女”了。长期交互作用的结果是，性别二元对立不仅成为人们思维的内容，而且它在客观上已经成为人们思维的工具。比如：在医学上人们用“阳性”或“阴性”来指代“是”或“否”、“有”或“无”等非此即彼的两极概念；物理学中用“正”“负”电极来指代绝对对立的“阳”和“阴”；日常生活中，我们用“一决雌雄”比喻胜负甚至是你死我生的斗争。这其中，“阳”永远与“是”“有”“正”“胜”“生”相联系，而不可能是相反。以至于在上述所有成对出现的概念中，只是一种对应关系，而不是对等关系；是主动与被动、支配与被支配的权力关系，而不是平等的关系。当性别的两极性与人类思维的两极性相重合时，人类不仅思考“男”“女”问题，也用“男”“女”来思考问题。这使得性别的偏见较之阶级、种族的偏见更为深刻，更为稳定。

第三，由于女性的生理特点决定其具有特殊的社会功能（人的再生产），而且任何一个种族和阶级之中，都存在着两性的差异。因此人们更容易看到两性社会分工差异的必然性和合理性，而对于两性之间建立在生理差异基础上的主与次、支配与被支配的权力关系容易忽略，或者视为由两性不同的生理特征所决定的合理关系。所以，社会性别的研究既需要将生理差异与社会文化差异相剥离，也需要看到它们之间的关联，并从文化史与文明史的高度，对于增强这种联系和淡化这种联系的社会历史成因做认真的清理和辨析。

第四，两性在生理上不仅有功能上的差异（各自在人类种族的延续方面所承担的角色），同时也有外在形态上的差异（如形体、肌肤、嗓音等），这些差异除体现为上述功能的外在表现形态外，也是男女之间建立性吸引的条件。因此，性别的文化建构有着种族、阶级的文化构成所不具备的重要特点——两性差异的美学建构。它包括外在形态方面，即对两性生理的外在差异的夸张处理（如发型、化妆、首饰、服饰），也包括将体力上的“弱”扩展到心理和性情方面的弱化（如对两性不同的兴趣培养、知识构成、智力开发、性格塑造等）。尤其是后者。当“弱柳扶风”被人们普遍视为一种女性的“特点”的时候，它就成了一个涉及个性魅力的美学研究范畴，而不是涉及权力关系的政治学或伦理学范畴。因此，挖掘两性美学建构中的权力关系，是社会性别研究的独特的课题。

上述差异表明：尽管性别研究，特别是社会性别理论在消解中心/边缘二元对立思维模式方面，与种族、阶级研究具有共同性，但后两者的理论不能代替社会性别理论。这是社会性别作为一种理论框架和分析范畴而存在的充分理由。

四、社会性别作为研究领域

如果仅仅是分析范畴，那只是一种理论方法和研究工具，而社会性别能否作为一个学科，还在于它是否具有属于自身的学术研究领域。社会性别研究不同于传统意义上的“学科”的独特之处，在于它既有其他任何一个学科不可替代的理论内涵，同时又与所有传统的、形态完备的人文学科有着依存的关系。这里，且借助“人文学科”为我们提供的学科框架来为社会性别学科和研究领域定位。在《大英百科全书》的“人文学科”词条中，列举了各家各派对“人文学科”含义的理解：

> 人文学科构成了一个特殊的知识领域，即人道主义的知识领域。例如，它研究人的价值和人的精神表现，从而形成了有别于科学的范围。但是，人们发现要给人文学科建立起统一的标准还尚为困难……
>
> “人文学科”包括（但不限于）下列学科：现代语言和古典语言、语言学、文学、历史学、法学、哲学、考古学、艺术史、艺术理论和艺术实践，

以及含有人道主义内容并运用人道主义的方法进行研究的社会科学。[①]

尽管这种使若干学科包容于人文学科的情况并不罕见，但也常有观点认为这种划分是不妥当的。因为：一方面归类于人文学科的某些学科也可以采用一种完全与人道主义无关的研究方法，比如，语言学中对语言的研究与其归于人文学科，还不如划入自然科学；另一方面，不属于人文学科的某些学科倒可以采用人道主义的研究方法，比如，科学史和科学原理就属此类。既然如此，那么划分人文学科的标准就应另寻途径，而不可依据所研究学科的性质。因为它们作为分析或评论的艺术和方法超越于所有学科，有人就依此普适性地确定其性质。另一些人却认为划分标准更在于其目的或意图，亦即研究者在其学科研究中所抱的目的，无论什么学科都行，但其研究方法或目的必须以某种方式与人的价值相关联。

同样，作为人文学科的一个重要组成部分，社会性别研究领域的划分不是取决于知识的类型或研究对象自身的属性，而是取决于其研究者的价值立场以及建立在价值立场之上的理论工具或曰分析框架。世界妇女运动是从社会中存在的妇女问题引发的。当人们试图探索这些问题的成因时，便有了妇女研究。随着这种研究的深入，天然地承载着女性经验、身份和价值立场的性别视角开始向各个学科的内部深入，它们包括：社会学、人类学、教育学、心理学、法学、哲学、文学、历史学、宗教学、伦理学等等。在这些大的学科领域中，社会性别的理论框架开辟了属于自己的研究领域，同时又凭借诸多研究领域生长、发育、成熟起来，由此有了性别社会学、性别教育学、性别批评、性别伦理学等等与妇女、性别相关的学术分支领域。

当然，社会性别不应该是一个内涵封闭的概念，这不仅仅因为所有关于它的理论都仍在探索当中，更因为女性主义理论与生俱来的反省式的、自我质疑的内在结构。1998年，斯科特又发表了一篇专门探讨社会性别的文章：《对社会性别和政治的进一步思考》。如果说，十年前她的《性别：历史分析中一个有效范畴》一文侧重于阐述区别于生理的性别（sex）的社会性别（gender）的话，那么，这一次她却特别要厘清十年来这一概念在使用过程中出现的混乱。她指出：女性主义理论在发现gender的同时把它与sex对立了起来，没有认识到“自

---

①《大英百科全书》“人文学科”词条，不列颠百科全书公司，1974。

然”的范畴也是人类知识的一种形式。强调这种“自然的”和“社会的”决然对立也是一种人为的二元对立。[1]当然，斯科特对社会性别的进一步思考并不意味着对上述探讨的否定，而是一种反省式的超越。它加深了我们关于“社会性别”这一概念复杂性的认知，而它可开掘的意义空间还远不止这些。

〔原载《南开学报》（哲学社会科学版）2006年第6期〕

①〔美〕琼·W·斯科特：《女性主义与历史》，鲍晓兰译，载王政、杜芳琴主编：《社会性别研究选译》，生活·读书·新知三联书店，1998，第359—377页。

“妇女主义”：五四时代的产物

——五四时期章锡琛主持的《妇女杂志》

刘慧英

只要粗略地翻阅一下1921－1925年间的《妇女杂志》，我们就不难发现，当时主持此刊物的章锡琛和周建人对恋爱婚姻问题也就是两性关系问题情有独钟。从茅盾最早介绍爱伦凯（Ellen Key）的《爱情与结婚》[①]，到章锡琛1921年接任《妇女杂志》主编后反复强调“婚姻应以恋爱为中心”；从1922年首次推出“离婚问题号”，到1925年“新性道德号”的问世，《妇女杂志》连篇累牍地发表以“恋爱”或“婚姻”为主题的文字，“恋爱自由”或“自由离婚”的声音一浪高过一浪。章锡琛等人一再以“编辑余录”“革新预告”等形式直接表述着他们对以恋爱为基础的婚姻的重视：

> 近来颇有许多人，以为本志过于注重在性道德及增高女子地位各方面，而对于家事及其他方面，稍嫌忽略，这一事我们自己也颇觉得。但我们的意思，以为要希望家庭的圆满，不可不把家庭建筑在爱情的基础上，使男女的地位，完全平等，总能平等，否则家事虽然十分整饬，这家庭还是不圆满的。[②]

就在章锡琛接任《妇女杂志》主编一年之后、周建人到商务印书馆任职半年之后的1922年8月，以章锡琛、周建人、沈雁冰、周作人、胡愈之等多名文

---

① 四珍（沈雁冰）：《爱情与结婚》，《妇女杂志》1920年第6卷第3号。

②《编辑余录》，《妇女杂志》1922年第8卷第7号。

学研究会的成员为主体而创立了“妇女问题研究会”，分别在《妇女杂志》（第8卷第8号）和《晨报副刊》（1922年8月1日）刊登了《妇女问题研究会宣言》，他们以讨论妇女问题为首要宗旨，且提倡“妇女主义”。那么，在他们心目中“妇女问题”究竟是怎样的一个问题呢？请看《今后我们的态度》一文所宣称的：

> 妇女问题，并非专是妇女的问题，实在是两性的问题，是全人类的问题；把妇女和男子分成两种的人类，加以种种差别的社会的待遇，实在是不自然，是人类的极大的谬误。所以我们现在所应该研究的，不宜专限于妇女的一方面，必须着眼于全人类的生活，才是合理。[①]

他们反复强调“妇女问题”是“全人类的大问题”，解决了这个问题不仅“只是为妇女谋幸福，实在是为全人类谋幸福”[②]。应该说，妇女问题确实不仅仅是妇女自身的问题，但实际上它又首先是妇女自己的问题，两性关系只是这个问题的一部分。但在章、周等“妇女主义”者看来，它却首先是两性的问题，从这样一种表述可以看出“妇女主义”的主体并不是妇女，而是章锡琛、周建人等打着“妇女主义”旗号的要救妇女于“水深火热”之中，同时也救他们自己于“水深火热”之中的男性“妇女主义”者自身。明确了“妇女主义”者的主体性位置后，我们就能找到所谓的“妇女主义”的症结所在。

一、妇女问题等于“恋爱自由”？

章锡琛在一封答读者信中曾开诚布公地宣布:“先生劝我们注意到扩大女子教育，图谋经济独立，攻击旧道德旧法律，改革旧家庭等问题上，我以为解决这些问题的根本方法，只有提倡恋爱自由”，“爱伦凯女士的主张恋爱道德，主张母性尊重，便都从这‘生殖的神圣’而来。这也便是我想用恋爱来解决妇女问题的出发点。——这主张，在我的朋友中，只有建人兄最和我同意”[③]。也确实只有周建人的观点最能响应章锡琛：“在人类把性的关系和行为、要求、欲望

---

① 记者：《我们今后的态度》，《妇女杂志》1924年第10卷第1号。

② 同上。

③ 章锡琛：《恋爱问题的讨论》，《妇女杂志》1922年第8卷第9号。

看做低劣污秽的时候，妇女将永远被置在卑微的地位，妇女问题决不会有解决的希望，这是我们所敢断言的。"[①]1925 年 1 月，《妇女杂志》推出"新性道德号"，此事直接导致章锡琛离开商务印书馆、周建人调离《妇女杂志》，从而结束五四新青年（或称"妇女主义者"）主导《妇女杂志》的时代。从另一方面来看，这一事件则标志着以章锡琛、周建人为代表的以恋爱为中心的"妇女主义"走上了又一个新台阶，在这份专号中他们就五四高潮期《新青年》所提出的贞操观念做出了更为深入的讨论，他们对"贞操主义"进行了更为激烈的批判：

> 新性道德反对片面贞操，并非即为主张把旧性道德所责望于女子的贞操主义亦依样的加之于男子身上：这是我们先须知道的。旧日的贞操主义强令凡女子终身只能恋爱一个男子——或不如露骨的说，只能与一个男子发生性的关系，——是片面的，故为不合理，但是假若并要强令凡男子终身亦只可恋爱一个女子，则虽已改片面的为两面的，理论上似属圆满，而其为不合理也如故。因为恋爱不过是人类感情中之势最强烈，质最醇洁，来源最深邃者而已，决不能保其永久不变迁；若依贞操主义的说法，便是强令男女担保第一次的恋爱永不变迁，在势必不可能，如果定要强而行之，则贞操主义必将徒存形式……[②]

按照茅盾的说法，爱情是最美好、最神圣、至高无上的感情，却又是最易变的，因此任何法律和道德的条例都不应限制和束缚它，"恋爱是神圣不可侵犯的，为了恋爱的缘故，无论什么皆当牺牲：只有为了恋爱而牺牲别的，不能为了别的而牺牲恋爱。从这意义上，恋爱神圣也就是'恋爱自由'的意思：恋爱应该极端自由，不受任何外界的牵制"[③]。他们给予恋爱以无限的自由，甚至提出这样一种形式的两性关系："如果经过两配偶者的许可，有了一种带着一夫二妻或二夫一妻性质的不贞操形式，只要不损害于社会及其他个人，也不能认为不道德的。"[④]这被当时的北京大学教授陈百年视为"一夫多妻的新护符"而遭

① 记者：《我们今后的态度》，《妇女杂志》1924 年第 10 卷第 1 号。

② 雁冰：《新性道德的唯物史观》，《妇女杂志》1925 年第 11 卷第 1 号。

③ 同上。

④ 章锡琛：《新性道德是什么》，《妇女杂志》1925 年第 11 卷第 1 号。

强烈批评。[①]

罗素曾有这样一个立论："法律只能从'结婚与儿童的关系'上去干涉结婚，应该不问男女间的所谓道德问题。"[②]这被后来的"妇女主义"者演绎为："把两性关系看作极私的事，和生育子女作为极公的事。"[③]也就是说，两性关系只要不涉及生育便可极端的自由。从章、周等人最早宣扬爱伦凯的爱情婚恋观到他们打出"新性道德"的旗号，中间有一个逐渐接近西方自由主义乃至社会主义思潮的过程，虽然只有四五年的时间，但他们的婚恋观实际上已由西方的现代一夫一妻形式过渡到了一种更为自由、浪漫、现代的两性关系。1925年，章锡琛在与陈百年争论时甚至援引倍倍尔和罗素批评西方一夫一妻制的话作为反击。[④]

总之，恋爱成为两性关系的核心，而这样的恋爱又是以互相满足为前提的，但在他们的表述上却能明显地看出站在恋爱主体位置上的依然是男性，他要在恋爱中获得最大的满足，并同时也要兼顾到女性——即"对手"的满足：

> 性欲的满足并不是专为有利于一己的，同时亦须认为有利于对手的异性的。所以像从前那样把供给男子的性欲满足认为女子在结婚生活上的义务，乃是不道德的。男子不应该在性欲事情上强迫妻子满足自己的欲望，同时尤须顾及对手的欲望使她得到相当的满足，这是素来许多人所不曾注意的事情，然而却是新性道德上非常重要的事情。[⑤]

他们极力反对并批评男性将女性作为泄欲器具的观念和行为，"忘却了对手也是与己同样有人格的人了"，"性欲的对手，是一样有性欲的异性个体；满足自己的性欲同时也是满足对手方的欲望"。[⑥]这令我们想起五四时期的另一位风云人物、被称为"性博士"的张竞生。我们可从章锡琛、周建人和张竞生等人的文字中看到五四时期男性对爱情和异性的渴望是那么的一致和强烈，他们似乎都觉得通过男女之间的爱情可以解决这个世界的许多问题，甚至能够彻底改

① 百年：《一夫多妻的新护符》，《现代评论》1925年第1卷第14期。

② 瑟庐：《罗素与妇女问题》，《妇女杂志》1920年第6卷第11号。

③ 建人：《性道德之科学的标准》，《妇女杂志》1925年第11卷第1号。

④ 章锡琛：《新性道德与多妻——答陈百年先生》，《现代评论》1925年第1卷第22期。

⑤ 章锡琛：《新性道德是什么》，《妇女杂志》1925年第11卷第1号。

⑥ 健孟：《养成正确的两性观念的重要》，《妇女杂志》1923年第9卷第10号。

变这个世界。

张竞生于1923年4月在北京《晨报副刊》上发表《爱情的定则与陈淑君女士事的研究》一文，为悔婚另嫁的陈女士辩护，指出婚姻的基础是爱情，而爱情是“有条件的”“可比较的”“可变迁的”。从1923年4月至6月间，在北京《晨报副刊》上展开了热烈的争论，梁启超、鲁迅、许广平、孙伏园都发表了意见。最后，张竞生写了长文《答复“爱情定则的讨论”》，分上、下篇发表。张竞生的《美的人生观》和《美的社会组织法》[①]最早面世于1925年，与章锡琛等人提出“新性道德”为同一年。在这两部专著中张氏强调两性关系的和谐美满，提倡性美学，告诉人们性交的目的不是生理发泄，而是感官色欲的享受，使男女双方由“肉”的享乐达到“灵”的升华境界。

20世纪20年代的中国“妇女主义”者基本上已挣脱了民族国家话语的缠绕，在他们身上唯一所能看到的影子便是对种族延续的关注。与梁启超等“中国男性女权先声”[②]的集体主义民族国家立场不同，他们是一种纯粹的个人主义立场，然而，那种根深蒂固的性别角色偏见在他们心目中却丝毫没有改变。梁启超身处的时代因为民族国家话语的巨大笼罩和缠绕，性别角色偏见往往镶嵌在民族国家话语的缝隙之中，很难有一展身手的机会，而“妇女主义”者们身处五四后一个相对个人主义语境之中，那种偏见便显露无遗。

二、以男性为本位的“妇女主义”——偷梁换柱的弗弥涅士姆

五四新青年从束缚和压抑中走出，然而面对这些急于寻找现代“恋爱”的男子的却是“缠了足”、不识字、经济不独立，还在做“娼妓婢妾”“家庭的奴隶”“男子的牛马”的妇女群体，他们深感孤独和寂寞：

> 在居人类的半数的女性，人格尚不被正确的认识，尚不曾获得充分的自由，不能参与文化的事业以前，人类无论怎样进化，总是不具[③]的人类，

---

①《美的人生观》仅找到1925年5月由新潮社发行专辑，现均收入《张竞生文集》（上卷），广州出版社，1998。

②“中国男性女权先声”一词借用于刘人鹏所著《近代中国女权论述——国族、翻译与性别政治》，学生书局，2000。

③ 原文如此——本文作者注。

文化无论怎样发达，总是偏枯的文化。所以妇女问题，是世界全人类最重大的问题，不仅是一部分的人类的问题。①

他们决意要拯救和启蒙这些既是弱者又是他们的“对手”的妇女：“妇女解放的呼声，在近来的中国，已经渐高；但是这种呼声，发于妇女自身的，实际上还要比男子所发的少。这并不是我国妇女不愿解放，实在因为大多数的妇女，知识还是很低，不容易接受新思潮的缘故。所以要说对妇女解放，非得有热心毅力的先觉，实行俄国六十年前‘到民间去’的运动不可。这本是一切社会运动的基本，不止是妇女运动应该如此。”②本着这样一种精神，1922 年 8 月章锡琛等人发起成立了“妇女问题研究会”。他们甚至对自己做了界定：宣布“妇女主义”有一极重要的希望，就是“新人”（new man）——“没有往昔专制思想的男子”的产生，“妇女主义者热烈的希望，在男子的两性观念渐渐改变，养成一种正当的行为，思想，和性情，使将来两性生活建设在和谐和合理的上面”③。这个“新人”其实是章锡琛们对自己的一幅画像。

“妇女问题研究会”成立前后，章锡琛等人打出了“妇女主义”的旗号。虽然他们明确指出：“妇女主义，英文叫做弗弥涅士姆（feminism）。”④但通过他们的种种论述我们却可以看出“妇女主义”与“弗弥涅士姆”之间存在着许多复杂而微妙的差异和距离。

在“妇女主义”者心目中，“性”和“恋爱”是解决妇女问题的关键，这种试图从恋爱着手来根本解决妇女问题的主张被冠之以“妇女主义”。他们宣布：

妇女主义的运动，目的不真在专与男子抗衡，若专为了参政、法律、社会、工业地位的平等而竞争，这等地位即使竞争到手之后，而男女两性间仍然隔膜着，彼此没有了解的心，妇女的处境仍然是不幸的。两性的关系，是人间社会的根本，若是这根本的结合上的态度没有改良，虽然争到了别的权利，妇女主义的要求，还是留着极大缺憾，那里能实现同情、了

---

①《妇女问题研究会宣言》，《妇女杂志》1922 年第 8 卷第 8 号。

②《编辑余录》，《妇女杂志》1922 年第 8 卷第 7 号。

③ 高山：《新人的产生》，《妇女杂志》1923 年第 9 卷第 10 号。

④ 克士（周建人）：《妇女主义者的贞操观》，《妇女杂志》1922 第 8 卷第 12 号。

解、均等、友谊、自由、恋爱的家庭呢？[①]

“妇女主义”者将女子参政、要求与男性在法律地位、社会地位或就业上的平等统统看作是“专与男子抗衡”，他们对这样的“抗衡”是不以为然的，并指出：这些平等即使争取到了，依旧不能真正解决妇女问题。20 世纪 20 年代，周作人曾在《北沟沿通信》这篇著名的宣传妇女解放的文章中指出：“我不很赞同女子参政运动，我觉得这只在有些宪政国里可以号召，即使成就也没有多大意思。”周作人在当时是“妇女问题研究会”的发起人之一，且被后人认为是新文化运动初期的代表人物中唯一一位始终密切关注妇女问题的人。[②]

“妇女主义”认为，女权主义“向来要求在教育上、劳动上、法律上、社会上与男子同等的自由，究不过为了达到这妇女性的自由的准备”。也就是说，女权主义所争取的教育、就业、法律等等的男女平等，都不过是争取“性的自由”的一个过程或手段，争取“性的自由”才是妇女解放的终极和最高目标，因此，“始终只求与男子同等的自由，反使妇女去人的自由更远。所以在过于受职业教育，过于从事劳动，过于奔走政治的时候，应该养儿童的家庭，固然破坏，而妇女的性质自由，也不得不受阻害”[③]。他们指责女权主义的多个“过于”则使他们对女性不守“妇职”的抱怨溢于言表。他们批评坚持争取女性自身权利的女权主义为“急于谋自己的自由独立，所以牺牲男子的生活，固所不恤，有时即牺牲儿童的生活——因而牺牲文化——亦在所不恤”，并宣称：

> 向来的弗弥涅斯脱，咒诅性的差别，有想抹杀他的倾向；新的弗弥涅斯脱，却反夸示性的差别，要使他益加发达。前者要使妇女（同）于男子，后者却要使其差别愈深，各自发挥其性的特色。这种分化，实在可说是进化的特色……依著者微薄的科学的知识和直觉看来，永远的真理，恐怕是要归后者的。[④]

---

① 高山：《新人的产生》，《妇女杂志》1923 年第 9 卷第 10 号。

② 舒芜：《女性的发现·导言》，载周作人：《女性的发现——知堂妇女论类抄》，舒芜编录，文化艺术出版社，1990，第 6 页。

③〔日〕原田实：《弗弥涅士姆概说》，味辛译，《妇女杂志》1922 年第 8 卷第 5 号。

④ 同上。

他们为女性指出的生存意义是："获得女性的自由，完成其性的使命，与男子及儿童共同发展全种族文化的信仰。"[①]通过这样的描述我们可以看到，实际上他们更重视（或者说放大了）女性的"性征"——女性之所以为女性的那些特征，周建人认为人类在选择配偶时"以性征发达为美则是很普遍的条件"[②]。在一个以"恋爱"和"性"为普遍价值取向的价值体系中，两性的性征是否发达显然成为一个重要的审美乃至判断优劣的标准。

在他们看来，以往争取"人的自由"的弗弥涅士姆只是争"一切都与男子同等"的权利，而更"进化"的弗弥涅士姆则要获得"女性的自由"——"就是生育儿女的自由，享乐母性幸福的自由，无论结婚或不结婚时自己肉体的自由"，也即"妇女的性的自由"[③]。

三、用本质主义立场定位两性分工和性别角色

早在五四运动高潮时期、《妇女杂志》尚未完全"改革"之前，瑟庐《妇女之解放与改造》一文曾如此强调男女差异："吾人之主张妇女改造，乃本于德谟克拉西之主旨而主张之，非如极端妇女论者之主张男女完全同一也。盖人类之有男女，乃因于天性之自然，其本质上之不能无差异，犹其生理上之不能无差异。必欲改造妇女，使与男子完全同一，恐非事实上之所可能，吾人以为男女无论在家庭在社会在国家，固不当有主奴之分，然仍有分工之必要，此则吾人主张改造之本意也。"[④]"妇女主义"特别强调分工，他们认为分工是与性别不平等完全不同的一种客观存在，他们在一种貌似"公正"或"自然"的法则下来界定女性的职责：社会中的每个人都可按自己的能力去承担"社会事业"，"但有件事情，却是必得男女分任的，并且没有互作的可能，就是男子不能作妻作母，女子不能作夫作父，这是生理上自然的专责。男子应该以良夫贤父自期，女子应该以良妻贤母自期，不能互相推诿的"。作者再三强调："我觉得社会里的事业，没有应该女子做不应该女子做的可言，但这良妻贤母，却是女子所不

---

① 〔日〕原田实：《弗弥涅士姆概说》，味辛译，《妇女杂志》1922 年第 8 卷第 5 号。

② 周建人：《配偶选择的进化》，《妇女杂志》1923 年第 9 卷第 11 号。

③ 〔日〕原田实：《弗弥涅士姆概说》，味辛译，《妇女杂志》1922 年第 8 卷第 5 号。

④ 瑟庐：《妇女之解放与改造》，《妇女杂志》1919 年第 5 卷第 12 号。

可避免的。”[1]其实，性别分工和职责并非是一种完全自然意义上的定义，恰好相反，正是劳动的性别分工导致了社会性别的形成，从而也导致了性别的不平等乃至性别歧视和压迫。正如一些西方女权主义者所指出的：“社会性别不仅是对一个性别的认同，它还需要将性的欲望引导向另一个性别。劳动的社会性别分工牵涉到社会性别的双方——男性和女性，它创造了他（她）们，而且把他（她）们创造成异性恋的人。”[2]

瑟庐对男女分工，更明确地说是男女区别非常敏感，他在 1920 年发表了《妇女解放与男性化之杞忧》，其实这是日本社会主义女权主义者山川菊荣的一篇长文。山川菊荣是当时日本一位社会主义女权主义者，她在文中一再强调，母性是妇女的一种本能，但妇女还有其他的本能，而压抑、挫伤了其他欲望，同样是不自然的。她在文末动员女性：“不当以目前之安危为安危，而当以社会全体之幸福，为安固自己生活之基础条件。”[3]这显然与五四时期《妇女杂志》的男性“新青年”的思路不相吻合，而《妇女解放与男性化之杞忧》这一题目也很有可能是瑟庐的一种演绎。1921 年，瑟庐在介绍爱伦凯思想的文章中更是借题发挥，批评女子的男性化：“近代的女子，倾注全力于参政权运动，职业扩张运动，教一般女子都去模仿男子，和男子竞争，结果出现了一种不男不女称为‘第三性’的变态女性，这实在最可忧的现象啊！”[4]我们不妨看看他们对男女（尤其是女性）的界定：“男子总是富于男性（manliness），女子总是富于女性（womanliness）。”[5]李三无译野上健夫文则援引歌德的话：“女子最美的，是年轻的母妆点她的婴儿的时候。”他呼吁女性：“先从‘是人’的自觉为始，固是当然的顺序；但若只有这一点的自觉，还是不彻底；应该更进于‘是女人’的自觉。”[6]周作人也有类似的表述，而且更为著名。这里的“为女的自觉”实际上对应的是一种被他们极为贬低的“第三性”——1921 年的《妇女杂志》里经常出现这个词，有人还专门对此进行了界定：“第一性是‘男’，第二性是‘女’，第三性是女性的男性化，或男性的女性化。”并批评“第三性”是由妇女运动所

① 宁：《女子应当作什么》，《妇女杂志》1922 年第 8 卷第 8 号。

② 〔美〕盖尔·卢宾（Gayle Rubin）：《女人交易——性的“政治经济学”初探》，载王政、杜芳琴主编：《社会性别研究选译》，生活·读书·新知三联书店，1998，第 43 页。

③ 〔日〕山川菊荣：《妇女解放与男性化之杞忧》，瑟庐译，《妇女杂志》1920 年第 6 卷第 6 期。

④ 瑟庐：《爱伦凯女士与其思想》，《妇女杂志》1921 年第 7 卷第 2 号。

⑤ 乔峰（周建人）：《妇女运动中的思想解放》，《妇女杂志》1922 年第 8 卷第 8 号。

⑥ 〔日〕野上健夫：《两性之分业》，李三无译，《妇女杂志》1921 年第 7 卷第 4 号。

导致的“不良的结果”，甚至认为如果没有男女的区别，便是一种“野蛮状态。”①

与其说他们担忧女性的“男性化”，不如说他们从根本上对妇女从事社会职业不以为然，在他们看来职业妇女会影响其母性的发展：女性就业“则不免与‘母职’（motherhood）相冲突，将来社会组织完善后，妇女当使之专心于’为母’的职务，以改良人类的后嗣，增进人类的文化，若与男子去竞争职业，似乎可以不必呢”②。对不守“母职”的妇女进行分类批评：“从事职业或埋头学问，而不建设家庭”，“虽建设家庭而无子女”，“虽有子女，却托之乳母或家庭教师，而自己办种种社会的事业”。③他们根深蒂固地认为，女子应当富有女性味，那么什么才是女性味？他们推出了“母性”。瑟庐从批评女子的男性化转而又强调女子的“母性”：五四新青年推崇爱伦凯，固然首先是推崇她的“用恋爱做结婚的基础”，同时他们也竭力推崇爱伦凯的“母性中心说”。瑟庐在介绍爱伦凯的思想时指出：“现在提倡妇女解放的，往往由主张男女平权而主张女子的男子化，这实在有矫枉过正的弊病。男女固然应该平权，然而女子实在更负有一重比男子重大的职务；这职务……就是爱伦凯所说的‘为母’……并非只把小孩子扶养长大，像鸟兽哺子的一样；是要从肉体精神的两方面去训练孩子，使人类的后嗣能够逐代的改良。人类的文化，能够逐代的进步。这样的‘为母’，方可算得能够完成对于人类、社会最重大的任务。”④他们以表述爱伦凯的途径宣称：“女子倘然不能完成尽为‘母’的职能，即使从事于社会上不论什么有益的事业，‘女子’的使命，万不能算得完全。”⑤然而，爱伦凯将“母性”描绘得如此之美好，却将身为女性的自己列入“从事知识生产的妇人”而当“避去结婚”而独身，她给出的理由是：“妇人的知识生产力和生殖生产力，是互相制限的，从事于知识生产——如研究学术或从事著作——的妇人，能够避去结婚，知识才能安全。”⑥然而极力推崇爱伦凯的中国“妇女主义”者却完全不能认同这一点，他们最为担忧的就是有知识、有学问的人独身或不育：“从‘善种学’角度谈有学问的人不宜独身，应为‘民族进步’，甚至人类进步作贡献。”⑦

---

① Y.D.：《妇女的精神生活》，《妇女杂志》1922 年第 8 卷第 1 号。

② 李光业：《世界改造与妇女》，《妇女杂志》1921 年第 7 卷第 7 号。

③〔日〕野上健夫：《两性之分业》，李三无译，《妇女杂志》1921 年第 7 卷第 4 号。

④ 瑟庐：《爱伦凯女士与其思想》，《妇女杂志》1921 年第 7 卷第 2 号。

⑤ 同上。

⑥〔日〕原田实：《唱母性尊重论的爱伦凯女士为什么独身》，幼彤译，《妇女杂志》1922 年第 8 卷第 10 号。

⑦ 周建人：《中国女子的觉醒与独身》，《妇女杂志》1922 年第 8 卷第 10 号。

五四新青年从他们的前辈无政府主义者那里接受了“儿童公育”和“公厨”的概念，并希望家务劳动朝社会化方向发展：“应该把各家的伙食洗衣做衣等等工业合拢来自办一个总伙食所洗衣所……”，同时对家庭形式产生了严重的怀疑和否定，“既然讲到儿童公育了，试问以‘一夫一妇及子女’为主体的西洋式的 family 实际上还能成立么——实在也可以不必有了。”[①]然而，这种激进的观念并未发展成为主流，绝大多数人依然主张保留家庭形式——不过不再是几世同堂的大家庭了，而是一夫一妻带少量未成年孩子的小家庭。当时呼吁改革家庭、改良家务劳动的讨论很热烈：“我国的妇人，在家庭当中，每日被琐屑的事情所缠住，没有少许自己修养的空间工夫……妇人处理日常的家事，一定要应用科学的方法，使成为单纯化，方可以有空闲，作自己修养的时间……西洋的妇人，他的知识程度，不劣于男子者，就是因为他们的家政简单的缘故；炊事、扫除等，不过费少许之时间，所以他们得有余暇，作他不绝的精神修养。”[②]“妇女主义”者当然不是传统的卫道士，至少他们想象中的欲望对象不会是整日埋头于家务琐事的女性，所以他们希望女性在料理家务之外有更多的时间从事自身的“精神修养”是不言而喻的。

五四新青年在设想妇女的家务劳动社会化时提出了种种意见，然而他们恰恰不提男女（夫妇）双方共同承担家务劳动这一点，他们存在着一种根深蒂固的观念：家务劳动以及养育子女向来是女性的职责和义务，女性承担这些劳动是天经地义的。他们一再告诫妇女不要轻视家务劳动和家庭教育：“家庭生活，不是卑劣的生活，现代觉悟的妇人，何故轻蔑家庭呢”，“家庭教育，为基础的教育，他的效力，比较学校教育社会教育，还要大得多。家庭教育的责任，固然男女共同负担，而尤侧重在女子方面。所以女子应该自觉其在家庭中天职的重大，地位的尊贵……”[③]目的很明确，就是要引导妇女“发扬”其“母性”、安于“母职”，所有这些似乎与传统的女性观念并没有什么很大的差别。“妇女主义”者所追求的终极目标正如他们用爱伦凯的话所概括的：“一方是对于种族改善底要求，一方是个人从恋爱上寻幸福底要求，在这两种要求之间寻出适当的平衡调和。”[④]也就是说，“妇女主义”是一种个人主义的人生观与人种进化的

---

① 佩韦（茅盾）：《妇女解放问题的建设方面》，《妇女杂志》1920 年第 6 卷第 1 号。

② 李光业：《家庭之民本化》，《妇女杂志》1921 年第 7 卷第 2 号。

③ 同上。

④〔日〕本间久雄：《性的道德底新倾向》，瑟庐译，《妇女杂志》1920 第 6 卷第 11 号。

责任和愿望的完美结合，他们甚至提出，由恋爱而生的小孩比非恋爱而生的“质地更为优良”——这也成为恋爱的一个强有力的依据。持有如此的人生信仰者当然反对独生或不育，“妇女主义”者把种族的延续——妇女的生育看作是一种不可违抗的自然规律，妇女只有生育才能完成其女性之所以为女性的“使命”，因而他们竭力攻击独身主义和不生育行为：“切不可违背生物学上的事实！譬如抱终生的独身生活，想致力于学问，学问果然极要紧，可是世界上如果都这样，儿童从哪里来呢？”①他们为独身主义（首先或主要针对的是女性独身主义者）描绘了一幅可怖的情景：“固执独身主义者，不知不觉之间，把人生陷于冷酷、岑寂、惨淡、沉默、没趣的境域；或竟因此误视世界上一切对象，都含有恶意；世界上一切运动，都是危险。于是所谓黑暗世界，亦就因此实现了”，“独身是一不自然的事情，是逆天性的事情，是勉强的事情。”②他们甚至宣布：“结婚的人的寿命统计起来常比独身的为长。”③他们为妇女描绘的幸福画面是：妇女在“充满小孩的房里”，可以找到“更大的‘自由’，更深的人生知识，和人生的巨大的神秘的美呢”④。

“妇女主义”者对两性关系的构想，对女性性征的想象，以及对女性的界定，等等，都表明他们站在一种男性本体的立场。他们根据自身的阅历所想象的女性无非是一种集中国传统妻、妾、妓于一炉的女性角色特征，同样是作为五四时期反传统人士的易家钺曾批评传统的中国男性：“中国人妻好而纳妾的很多”，“妻虽好或因生理上的关系，或因别离上的关系，或因素爱冶游的关系，而狎妓，社会上都许可。”⑤也就是说，他们并不因为与妻子的感情良好而不纳妾或狎妓，对他们来说，与多个女性同时保持性关系是一件极自然而随便的事，这也在某种程度上说明，一个男性同时需要几种不同身份或品味的女性来满足自己的社会认同、感官欲望以及情感交流等等的需求。

传统中的妻子角色往往具有温婉贤良的品质，扶助丈夫成家立业，并教养子女长大成人；而妾既有传宗接代的功能，也有满足男子色欲的职能；妓在中国传统文化中的含义较为丰富，她往往被男性称为“红颜知己”，但又具有一定

---

① Y. D.：《妇女的精神生活》，《妇女杂志》1922 年第 8 卷第 1 号。
② 李宗武：《独身问题之研究》，《妇女杂志》1921 年第 7 卷第 8 号。
③ 周建人：《配偶选择的进化》，《妇女杂志》1923 年第 9 卷第 11 号。
④〔美〕威梗姆：《产儿制限与新种族》，克士译，《妇女杂志》1922 年第 8 卷第 6 号。
⑤ 易家钺：《罗素婚姻问题为中国人之观察》，《家庭研究》1923 年第 1 卷第 3 号。

的独立身份，不依附于某个男性。周作人在五四时期曾借古希腊人的话来论述所谓的女性“神性”和“魔性”：“古代希腊人曾这样说过，一个男子应当娶妻以传子孙，纳妾以得侍奉，友妓（hetaira 原语意为女友）以求悦乐。这是宗法时代的一句不客气的话，不合于现代新道德的标准了，但男子对于女性的要求却最诚实地表示出来。”[①]周作人在复述这段古希腊的“名言”时并未表现出批判性立场，倒似乎充满了赞赏的态度。虽然他也略带一点批评的口吻，但最终却还是肯定了它“最诚实地表示”了“男子对于女性的要求”。随着新思潮或新思想的深入人心，纳妾、狎妓日益成为一种遭到唾弃的历史劣迹，然而当“新时代”在建构“新女性”时，“妾”与“妓”的角色想象却又那么自然地回到这些新时代男性的观念中。

总之，五四时期的“妇女主义”包含着个性解放、妇女解放、欲望想象等多重因素，虽然它已不再局限于民族国家想象，但依然是一种以男性主体性为根本出发点和立场的对妇女的想象，它与中国现代初期的女权启蒙一样，是一种男性话语对女性乃至女权的建构，而不是妇女自己创建和从事的事业。

〔原载《南开学报》（哲学社会科学版）2007 年第 6 期〕

---

① 周作人：《北沟沿通信》，载周作人：《女性的发现——知堂妇女论类抄》，舒芜编录，文化艺术出版社，1990，第 14－15 页。

女性主义：本土化及其维度

董丽敏

20 世纪 80 年代以来，中国学界所讨论的“女性主义”，其概念、范围、体系，很大程度上其实只是停留在“西方女性主义”层面上，伍尔夫（Virginia Woolf）、波伏瓦（Simone de Beauvoir）、米利特（Kate Millett）、克里斯蒂娃（Julia Kristeva）、西苏（Hélène Cixous）、斯皮瓦克（Gayatri C. Spivak）等一连串名字及其研究成果，构成了进入中国女性世界的主要依据，当然，从另一方面来说，也构成了一种“影响的焦虑”。对于中国学界而言，“西方女性主义”一方面构成了一种似乎不言自明的理论典范与精神支持；另一方面，却又成为其建构自身主体性所需要克服的障碍。这种内在的张力与矛盾，很大程度上使得“中国女性主义”呈现出一种特殊的悖论性发展姿态，他者/自身、发达国家/第三世界、文化霸权/民族自尊心等错综复杂地交织在一起，形成了一种貌似政治正确然而又千疮百孔的奇特景观。正是在这种奇观中，女性主义“本土化”问题被格外凸现了出来。

从宽泛的意义上讲，女性主义“本土化”问题似乎并不特别值得深究。因为在跨文化的话语实践中，即使是异域女性主义的翻译与传播，也可以被译入地看作是一种本土化的努力——无论如何，在翻译与传播过程中，都包含着一定的前理解因素，也蕴蓄着某种本土需要的未来变数。但这些并不构成规避“本土化”问题讨论的主要理由，当女性主义在中国越来越远离本土现实而沦为一种话语象牙塔，当这种倾向越来越成为各方可以质疑和诘难女性主义存在的合理性与合法性的最好借口的时候，其明显的欧化所导致的话语的脆弱与空洞，就使得“什么是真正的本土化”问题，无比尖锐地横亘在中国女性研究者面前，难以回避。

在理想的层面上，女性主义的"本土化"，应该意味着对本土女性生存经验特殊性的尊重与挖掘，意味着寻找女性本土言说方式的尝试，也意味着在对抗传统菲勒斯文化基础上又试图摆脱西方女性主义"母亲"的双重叛逆的开始。但是，20 世纪 90 年代以来，无论是转化异域资源还是发掘本土传统，中国女性主义的本土化努力却呈现出种种误区和盲点，很大程度上影响了其进一步走向深化。

一、参照系：从制造"镜像"到观照自身

在讨论"中国女性主义"的时候，显然离不开"西方女性主义"这一参照系。20 世纪 80 年代以来，西方女性主义特别是欧美发达资本主义国家的女性主义，不仅成为中国女性主义最重要的理论来源，而且也成为其效仿和追赶的目标。考察"西方女性主义"这一重要参照系，很大程度上，可以触摸到中国女性主义一开始是如何确立自己的本土起点的，又是如何来规划本土化进程的。

有着数百年发展历史的西方女性主义，对于只有短短数十年女性主义探索的中国学界来说，构成了怎样的理论强势与心理冲击，这是不言而喻的：

> 我们都是在欧美求学和供职的中国学者。在我们的学习、教学、研究过程中，我们对西方妇女学和女权主义在各个学术领域中的发展有所了解。更确切地说，我们都在不同程度上得益于女权主义繁花似锦的学术成果和不断推陈出新的理论方法。尽管它们没有直接解答我们中国妇女面对的问题，但是它们开拓了我们的思路，使我们能从不同的角度思考分析问题，甚至改变了我们的思维方式。[①]

类似于上述这样将西方女性主义神圣化的表达，不仅是某一社群人的基本立场，很大程度上也是中国女性研究界一种普遍共识，它毫无保留地肯定了西方女性主义的学术成绩，也不无自卑地确认了自己的"学生"位置，但是，中

① 王政：《社会性别研究选译·序》，载王政、鲍晓兰主编：《社会性别研究选译》，生活·读书·新知三联书店，1998，第 2 页。

国女性研究界这样的对于自己弱势地位的指认，以及对于西方女性主义的向往与憧憬，真能作为女性主义本土化的起点吗？显然，这样的参照系确定是带着某种情绪化的成分在里面的。尽管这种情绪也是由对中国女性现实生存危机的清醒认识为基础生发开来的，但是，其中所暴露出来的对他者文化身份的由衷认同，却是值得警惕的，也是需要引起反思的。在所谓具有普遍意义的客观“知识”参照前提下，“西方女性主义”似乎可以抹杀地缘、民族、文化等方面的差异，成为一种不言自明的权威评判标准。其实在貌似不偏不倚的“参照系”的形象下，也隐藏着一种强势资本全球化希冀制造整齐划一的知识图景的需要。因而，无甄别地以文化身份认同作为建立参照系的前提，必然会使女性主义的本土言说出现某种偏离。

首先是基本判断的偏离。尽管西方女性主义者主要立足于两性不平等格局来展开自己的思考，但是，一旦这种思考降落到第三世界国家的土壤上，一旦成为第三世界国家女性主义的攀比目标，还是能够感觉到其中的变异。海外汉学中的中国性别研究，就使人看到了这种变异的现实。植根已久的“欧洲中心”或者“白人中心”的知识背景，使得西方女性学者对于中国女性生存状况的考察，无论如何很难摆脱那种以西方“文明”为核心的启蒙意识；她们对中国女性生活的把握，总是要笼罩在自身那种成熟的女性主义理论优势阴影下，类似于“中国女性缺乏女权意识”这样的观点，因而在很长时间内构成了海外汉学的基本看法。[①]将中国定位在“前现代”阶段，可以说，构成了西方女性主义进入中国女性世界的大前提；因而女性主义更多还是在文明/愚昧、西方/东方这样的大格局内展开，而不是立足于男性/女性这一基本性别框架的。有鉴于此，可以发现，西方女性主义观照下的中国女性生活，多多少少还是无法摆脱那种东方“奇观”的意味，在此基础上，很难真正建立起对女性共通悲剧性命运的相互认同。我们当然不能苛责西方女性主义者这种知识视野的盲区，但当这种盲区被中国的女性研究学界当作一种客观真相的时候，就应该对此加以质疑。以这样的“西方女性主义”作为参照系，不仅不能为中国女性主义的发展提供足够的动力，甚至连是否能够映照出中国女性生存的真实面貌，也成疑问，显然这样的参照系已经失去了其作为“镜子”的最基本的功能了。

---

① 鲍晓兰：《美国的中国妇女研究动态分析》，载李小江、朱虹、董秀玉主编：《平等与发展》，生活·读书·新知三联书店，1997，第368—369页。

其次是本土化方向的偏离。对于西方女性主义参照系的全面认同，除了构成对于中国女性生存现实的基本判断之外，更为重要的，还在于暗示了无论是在思维方式上还是在未来发展方向上，中国的女性主义似乎都应该与西方女性主义保持一致。因为在其预设的逻辑起点上，西方女性主义的发展经历了一个从萌芽到成熟的新陈代谢的过程，而这正被看作是中国女性主义所缺乏并最需要弥补的。这样的逻辑是一种简单思维方式下的类比，是以忽视知识生产的特殊语境为前提的，无疑会使中国本土成为“西方”这一空间的简单延续，使中国的女性运动变为西方女性运动一种滞后的翻版，从而湮没了其独特性。一直困扰中国女性研究学界的“女权主义”/“女性主义”概念之争，很大程度上，就使上述弊端呈现了出来：

> 从 80 年代以来，国内一些妇女研究者选择了“女性主义”一词为“feminism”的译词，同时又出现了用“女权主义”来指称西方的“feminism”、用“女性主义”来指称中国妇女的理论与实践活动的现象。这一现象隐含着一种将中国妇女的实践同国际妇女运动的实践作非历史性的、本质化的区别的倾向。译者们担心这种将中外妇女差异本质化的倾向会在国内妇女研究者与国际同行的交流中造成思想障碍。[①]

从表层看，“女性主义”与“女权主义”的概念命名纷争，只是反映了一种翻译名词上的侧重点差异；实际上，却揭示了中外女性研究界对于同一现实切入角度与知识背景的差异，以及由此隐含的权力之争。译者所忧虑的，并不是“女性主义”这一名称是否切实地指认了中国妇女的性别平等诉求，而是这一概念有可能使其无法与西方妇女运动进行沟通。结合上下文来看，其潜台词就是，中国的女性理论资源本来就来自于西方，当然没有理由不与西方的女性理论在话语上、在思维方式上保持一致。这种思路，尽管重视了不同的“女性主义”中“女性”这一核心概念内涵的相似性，同时却也掉进了另一个泥潭：完全以相似性抹杀了差异性，将参照系置换为“真理性”的存在，将知识的传播完全等同于知识的生产，贬斥与无视中国女性生存的特殊性，剥夺了中国本土女性

---

① 王政：《社会性别研究选译·序》，载王政、鲍晓兰主编：《社会性别研究选译》，生活·读书·新知三联书店，1998，第 9－10 页。

主义生存与发展的空间，明显就是把“本土化”当作了“西方化”的另一种形式。在这样的思路下，中国女性主义对于本土经验的言说显然就会在无形中被消弭掉。

我们并无意抹杀西方女性主义所产生的重要影响，但需要提醒的是，应该将这种影响加以区分和控制。西方女性主义可以作为一种参照系出现，但是它不能而且也不应该阻碍中国本土女性主义的发展。所谓作为参照系，是指它就是以“它者”的面目出现，其作用就是在于提醒种种“差异”的存在，但由于这种“差异”有可能受到参照系得以产生的知识背景、思维方式等方面的干扰，它并不等同于“真相”，而可能只是一种失真的“镜像”。因而，并不能完全以此作为理解中国女性生存现实的依据，当然更不能以此为蓝图来设计中国女性主义的未来走向，从而使其沦为一种丧失主体意识的影子存在。

二、差异：从价值判断回到学理判断

无论如何，中国女性主义与西方女性主义之间，是存在着巨大差异的。如何认识“差异”以及如何利用“差异”，无疑是女性主义本土化的又一个重要内容。因为，它涉及我们到底以何种立场和姿态来总结本土经验，以及如何重新确立中国女性主义和西方女性主义的关系等问题。

从 19 世纪晚期出现的中国女性觉醒，一开始就自觉地与民族国家建构联系在一起，自此以后，其前行步伐就开始与民族国家建构运动相伴随。五四时期，妇女问题被当作“人的觉醒”的一部分而受到新式知识分子的重视，“女性”由此被纳入社会变革的进程中。可以说，20 世纪 80 年代以前的中国妇女解放运动，一直是社会变革的有机组成部分。进入 80 年代以后，中国的女性主义逐渐向西方女性主义靠拢，更强调女性主义的独立性，注重女性主义作为一种边缘话语的激进立场，发挥女性主义对于主流文化的解构作用。可以说，以 20 世纪 80 年代为界，中国的女性主义在定位上、在形态上、在功用上，前后形成了明显差异。这种差异与其说是中国女性主义在发展过程中自身产生的分歧，还不如说是传统的“妇女解放”思想与西方女性主义的注入所形成的差异。

在相当长的一段时间内，对于这种“差异”，学界常常会给予一种负面评价。通常认为，中国女性主义其实是 20 世纪中国“现代性”话语的一种载体而已，从出发点到归宿，更多地与政治诉求联系在一起，而不是有效地体现了女性的自觉和需要。因而20世纪80年代以后那种“浮出历史地表”的女性主义激进书写，以为只有与主流文化形态断裂才会被肯定。在这样的评价中，应该说，一直拥有独立的女性主义传统的西方女性主义扮演着一个潜在裁判者的角色，很大程度上左右了学界的判断。

对西方女性主义参照系的质疑，使得我们有理由重新思考并定位这种“差异”是否只能停留于负面判断。可以发现，其实“差异”无处不在，即使是西方女性主义，也并不是铁板一块，也存在着各种主义流派，也存在着较大的差异。比如说，英国女性主义者更为看重社会实践，因而像阶层、制度、底层这样的概念，成为他们津津乐道的对象；而法国女性主义者更为看重女性个体经验，因而对于压迫女性个体的各种权力结构比较敏感；等等。但是，对于这样的差异，中国学界却很少给出孰优孰劣的判断，而只是说，不同的女性主义流派都体现出了各自不同的社会语境、文化传统的影响与要求，都是本国女性主义实践的一种结晶。

为什么中国女性主义与其他各国的女性主义比较所产生的差异，不能从这个意义上去理解？其实撇开西方中心论所导致的先验的价值判断，中国女性主义的发展完全可以被看作是一个独特的个案。李小江在《新时期妇女运动和性别研究》一文中就指出：

> 妇女与国家的关系，在西方女权运动中是一个弱点，因此长期以来是西方女权主义理论中的一个盲点。今天已有所弥补，这个弥补恰恰是借鉴了第三世界国家妇女运动的经验而实现的，这也是今后国际妇女运动和妇女理论发展的要点。在这方面，我们的实际经验和理论探索在今后国际妇女运动和妇女研究中具有重要的意义。[①]

与西方女性主义深深植根于个人主义文化传统不同，中国的女性传统总是与群体文化精神扭结在一起。可以说，中国的女性与女性观念，是与其得以诞生的特殊社会文化语境密切相关的。中国的女性主义要想从中脱颖而出，当然也不可能撇开其前提，这一点即使是海外学者也已经注意到了。伊沛霞（Patricia

---

① 李小江：《新时期妇女运动与妇女研究》，载李小江、朱虹、董秀玉主编：《平等与发展》，生活·读书·新知三联书店，1997，第357页。

Ebrey）在《内闱》中就认为：

> 宋代妇女生活的语境既包括权力的结构，也包括帮她们给自己定位于这些权力结构之内的观念和符号。它嵌在历史之内，其特征由社会、政治、经济和文化进程塑造并反过来影响那些进程。家族和社会性别体系毕竟不是孤立地存在的。强调妇女的能动性意味着把女人看作行动者。正如男人一样，女人占有权力大不相同的位置，她们做出的选择促使家庭和家族体系更新并产生细微的变化。①

这说明，中国女性主义的成长从一开始就没有往独立运动的方向发展，这既是一种生存的策略需要，也体现了以群体为本位的中国文化特点。从其演进进程来看，应该说还是针对国情的有效选择。

这样说来，我们大致可以断定，中外女性主义各自的发展特点是不可替代的，也是不能相互置换的，因而对于其间的差异，不可能用一个共通的女性主义标准去加以衡量，去判定其价值高下与得失。西方数百年来蓬勃开展的女性主义运动的确提供了丰富的女性主义理论，的确达到了较高的水平，但这只是一种学理判断，而非价值判断；并不能据此作为认同西方女性主义从而贬低自身的妇女实践的理由。如果一定要做出一种价值判断，那么也只有放置在本国的女性主义发展历程中去加以定位。

可以认为，通过参照系发现“差异”仍然是有意义的，但是发现“差异”的目的并不在于“趋同”，也不是以先验的价值立场来判定其他形态的女性主义有“矫正”的必要，而是要立足于“差异”，去把握“差异”背后的本国女性主义发展的独特道路，从而促进各个地域、各种形态的女性主义多元发展，以自己相对独立的声音加入女性主义运动的大合唱中去。

三、资源：从横向移植到内外整合

既然20世纪80年代以前中国女性主义的发展更应该被看作是一种与西方女性主义不同的道路选择，那么，由此来看待80年代以后中国女性主义更多向

① 〔美〕伊沛霞：《内闱：宋代的婚姻和妇女生活》，胡志宏译，江苏人民出版社，2004，第2页。

西方女性主义汲取营养的转向，也就变得富有争议。这样就引出了女性主义本土化的第三方面内容：今后中国的女性主义应该依赖的资源是什么？中国已有的妇女传统应该以什么样的面目出现？

从今天看来，女性主义在20世纪80年代以后的转向应该是各种因素共同施压的结果：有对“公正客观”的参照系的膜拜；有对“差异”的自卑；还有一点，就是中国女性研究学界内在的焦虑。基于第三世界国家的现实，中国本土的女性主义在很长时间内，都有急功近利的倾向。急功近利不仅表现为学界心态上的急躁——那种急于跟上发达国家女性主义运动的迫切；而且还在于，在这种心态下，很容易将西方女性主义理论简单化为一种现实解决方案。我们习惯于以“第二性”的理论去批判传统的男权文化，用“自己的房间”来强调现代女性个体经验守护的重要，以“边缘”“解构”“后殖民”来言说中国当下女性主义运动的特质。可以说，本土女性经验的言说，很大程度上，蜕变成了西方女性主义理论的实验场，而且由于这种实验带着很强的现实针对性，常常沦为“缺啥补啥”的眼前行为——比如说，在使用“第二性”理论之前，我们不大会想到要去了解：它是在什么语境下诞生出来的，和什么样的知识生产背景联系在一起；而中国的现实语境又是什么，是否有差别从而产生知识的变异。在这样的转向中，中国女性主义在无形中便是以西方女性主义参照系的存在来取代自己的思考，以现成话语的消费来消解自己的话语创造，其知识生产的力不从心可见一斑。当然不能指望这样的知识体系能够真正契合中国女性生存的现实，也正由于这种契合度是大打折扣的，女性主义在中国本土存在的合理性与合法性，也就很自然地被打上了问号。要想真正确立中国女性主义的存在意义，满足于话语拼贴，满足于西方女性主义提供的空洞的“女性”维度，显然是不够的。

事实上，如果将视野放大的话，就会发现，其实中国女性主义的上述症状并不是绝无仅有的，它们也是20世纪80年代以来整个中国学界出现的带有一定普遍性的情形。近20年以来，中国学界相当程度上笼罩在浓重的西方话语之下，理论创新沦为理论的挪用与移植，原创力基本上为话语游戏所遮蔽，总体上处在本土经验的“失语”境地。也就是说，尽管女性主义作为一种相当边缘的话语，其构成与表现有一定的特殊性，但是从其症候形态来看，更多还是与其文化语境保持着同一性。女性主义目前的困境，主要还是与“中国本土”思想状况联系在一起的，而并非是由于其“女性主义”的立场所造成的。这就意味着，中国女性主义要想走出目前少有作为、人云亦云的困境，恢复自己之于本土语境的话语能力，恰恰并不能够依靠西方女性主义，并不是要强化女性主义话语的特殊性，而是要将自身问题的解决与中国整个学术界原创能力的培植联系在一起。至少在本土化的问题上，较之于西方女性主义，中国女性主义与本国学术资源之间的距离应该更近。即使是对抗和清算传统菲勒斯文化，也并不意味着要全盘加以抛弃，是要在新的性别观念的基础上颠覆其旧有知识结构，而不是无选择地一概消灭。

支撑这个观点的一个有力证据就是，就西方女性主义而言，尽管也形成了一整套女性主义知识谱系，但是在其内部，各国的女性主义还是形成了各自的风格与特点，无论是英国学派、法国学派还是美国学派，如上所述，它们对于性别问题的关注侧重点以及基本目标，还是有着鲜明的区别的。而它们之所以能从一元格局中脱颖而出，很大程度上在于它们并不回避本土资源的浸淫。本土的女性传统自不必说，更值得关注的，是它们对于看起来似乎与女性主义无关的思想资源的借鉴、改写与重组。英国女性主义之于马克思主义[①]，美国女性主义之于黑人民权运动[②]，所得到的启发当然是巨大的，尽管这种启发有可能是以批判的形式进行的；法国女性主义与解构主义的渊源，更是公开的秘密。德里达（Jacques Derrida）关于二元对立结构的“悬置”与“延异”理论，拉康（Jacques Lacan）之于文化象征结构的发掘，在女性主义审慎的立场下，构成了法国女性学派的基本立足点与言说思路。[③]可见，西方女性主义的发展并不故步自封，本土的其他思想资源事实上成为丰富与壮大其力量的有效途径。

支撑这个观点的另外一个依据，也许可以用一个真实的个案来说明：著名的跨国连锁企业沃尔玛为了保持商品廉价水平，涉嫌非法雇用童工，遭到了美国一些人权团体的攻击和抵制，美国的女权组织亦是其中反应较为激烈的，她们不仅自己带头抵制，而且号召其他国家包括像中国这样的第三世界国家的女性也加入她们的行列。从表面上看，这样的行为无可非议，但作为第三世界国家的女性，我们却可以质疑其行为的立足点：在类似于世界女性大联盟的号召

---

①〔美〕罗斯玛莉·帕特南·童：《女性主义思潮导论》，艾晓明等译，华中师范大学出版社，2002，第141－180页。

②〔美〕伊莱恩·肖瓦尔特：《我们自己的批评：美国黑人和女性主义文学理论中的自主与同化现象》，载张京媛主编：《当代女性主义文学批评》，北京大学出版社，1992，第239－270页。

③〔美〕罗斯玛莉·帕特南·童：《女性主义思潮导论》，艾晓明等译，华中师范大学出版社，2002，第141－180页。

中，美国的女权组织是否将第三世界国家女性的生存特点考虑了进去？事实上，第三世界国家的底层女性作为廉价的劳动力，其福利待遇并不比美国的童工好到哪里去，一旦她们真的加入声援队伍，拒绝购买由美国童工生产的廉价商品，不仅会使自己的生存陷于困顿，更为重要的，会使另外一些更富有侵略意味的跨国公司的高价商品获得了合理存在的理由。这是否意味着，对于第三世界国家的女性来说，一种正义性的行为（声援童工）要以另一种更为根本的正义行为（第三世界抵制跨国资本主义更多的经济剥削）的丧失为代价？这样的质疑，并不指向于讨论美国的童工与第三世界国家的底层女性谁更值得同情，而只是说，任何一种理论都离不开其生发的土壤，都有其特定的丰富内涵，也都有其特殊的价值观照，这正是它存在的最为合理的理由。“女性主义”尽管立足于一种特殊的人群划分（男性/女性），但不能将其单一化，也不能将其孤立起来看待，地域、国家、民族、阶层、宗教等依然是其不容忽视的因素，它们共同构筑了“女性”的多元形象、多种身份，使“女性”从空洞的概念还原为一个个富有现实性的生命个案。在同一个沃尔玛事件中，美国的女权组织与中国这样的第三世界国家的女性主义者所敏感、所关注的完全可能是两类人群、两类内容，这完全是正常的，不需要去统一，中国女性主义的出发点与归宿只能是“中国女性”，是“中国”这一特定的文化空间与经济地域赋予女性的特定处境、特殊感受，而不是普泛性的“女性主义”的“中国化”，否则它将无法确立自己的价值立足点。

这样说来，加强而不是割裂与本土思想资源之间的联系，发掘本土多种资源作为养分，显然正是中国女性主义走出“失语”困境的当务之急。当然这并不意味着要全盘蛰伏在本土其他思想资源中，从而迷失自己的立场。只有当启发与批判以悖论的方式构成了女性主义发展的张力时，女性主义才能以观照本土的同时又兼顾女性命题的姿态向前奔跑，才能一步步地走向本土化的彼岸，从而建立起真正适应中国国情的理论体系。

〔原载《南开学报》（哲学社会科学版）2005年第2期，收入本书时略有修订〕

女性文学主体性论纲*

李　玲

“把女性主体性作为女性文学的基本内涵，并把五四新文化运动中诞生的以人的发现和女性的发现（即周作人所说的‘为人和为女的双重自觉’）为精神血脉的五四女作家群的出现，作为我国女性文学的开端，而把这之前由晚明开始直到晚清和民国初期如秋瑾女侠等的具有朦胧的人文主义觉醒的女诗人们的创作作为中国女性文学的一个长长的序幕，是我的基本的女性文学观。”[①]把女性主体性作为界定女性文学的基本原则，刘思谦无疑抓住了女性文学的核心本质。本文在赞成、认可刘思谦这一概念界定和历史划分的前提下，拟将主体性理论、主体间性理论与叙事学等其他文化、文学理论相结合，进一步探讨女性文学的主体性问题。

一、隐含作者的女性主体性

作为确立女性文学内涵的女性主体性，无疑应是专指隐含作者[②]的女性主体性，而非作品中女性人物的主体性或叙述者的主体性；而且，此种主体性应

*本文为2005年度教育部哲学社会科学研究重大课题攻关项目“性别视角下的中国文学与文化”（项目号：05JZD00030）阶段性成果。

① 刘思谦：《女性文学这个概念》，《南开学报》（哲学社会科学版）2005年第2期。

② 隐含作者是布斯在《小说修辞学》中提出的概念。“它的形象是读者在阅读过程中根据文本建立起来的，它是文本中作者的形象……它通过作品的整体构思，通过各种叙事策略，通过文本的意识形态和价值标准来显示自己的存在。”见罗钢：《叙事学导论》，云南人民出版社，1994，第214页。

是剔除了霸权的、经过现代修正的主体性，因而实际上是一种主体间性。[1] 因为“……主体间性并不是对主体性的绝对否定，而是对主体性的现代修正，是在新的基础上重新确立主体性。主体间性也翻译为交互主体性，后一种译法更能体现它与主体性的关系，即不是反主体性，而是主体间的交互关系”[2]。

从表现对象来说，女性文学可以表现张扬女性主体性的生活场景，也可以表现女性主体性沉沦的图景；可以刻画具有女性主体意识的人物，也可以刻画无主体性的女性人物或反女性主体性的男性人物或倒置性承袭男性霸权的女性人物。关键是女性文学在观照各种生活场景和各色人物的时候，必须贯彻尊重女性主体性而并不建构任何霸权的价值立场。这种价值立场以各种方式渗透于文本中，终必是隐含作者的一种文化态度。

关注叙述学理论，区分隐含作者立场与作品中人物立场的差别，可以有效地避免混淆作品价值取向与作品表现对象的失误。有人说，现实生活中女性经常处于无主体性状态中，某某作品不过是真实地表现了这一种状况而已，何必一定要苛求作家都去贯彻坚守女性主体性的立场？这种观点首先就陷入了作家有可能纯客观地去表现生活现象和大众生活观念的认识误区中。事实上，价值立场上不偏不倚的纯客观叙述是不存在的。零度叙述不过存在于语言层面上，它使得作者的价值立场显得隐蔽，因而更耐人寻味，并不可能从根本上取消价值判断。所谓客观表现女性无主体性状态，如果不能渗透否定的态度，就会成为对女性非存在的默许。批评中还存在另一种失误，即根据作品中的某某人物是毫无女性主体意识的人物，就立即判定该作家的性别立场成问题。这显然忽略了作家价值立场与作品中人物价值立场之间可能存在的差别，即忽略了作品的叙述态度这一关键问题。“在强调文学要表现真实的女界人生的同时，一些论者将文学所反映的东西当作生活实事去处置，特别是将人物所表现的性别倾向与作家本人的性别价值倚重等同。”[3]林树明在 1992 年就指出性别批评中存在这一失误，“可经过了十多年的历程，如此简单化的毛病仍存在”[4]。

女性文学在表现具有女性主体意识的人物或展示女性主体性的生活场景

---

① 参看刘思谦的《性别视角的综合性与双性主体性》和李玲的《主体间性与中国现代男性立场》，均见《河南大学学报》（社会科学版）2006 年第 2 期。

② 杨春时：《现代性与中国文化》，国际文化出版公司，2002，第 156 页。

③ 林树明：《新时期的女性文学研究述评》，《上海文论》1992 年第 4 期。

④ 林树明：《论当前中国女性主义文学批评的问题》，《湘潭大学学报》（哲学社会科学版）2006 第 3 期。

时，隐含作者应该投以赞许的态度；女性文学在表现反女性主体性人物及场景的时候，隐含作者应该投以否定的态度。总而言之，隐含作者应该具有明确的守护女性主体性且不建构任何霸权的价值立场。这就涉及隐含作者的主体性与人物主体性之间的关系问题。既然女性文学应该守护的是隐含作者的女性主体性，而并非作品中人物的女性主体性，那么，这是否与叙述学理论中反复强调的要重视人物主体性的观点相抵牾呢？

事实上，叙述学中强调尊重人物的主体性，并不意味着要让隐含作者的主体性退场。叙述学中所强调的人物主体性，有两个层面的意味：一个是技术层面的，意指作家不应该让人物变成作家思想的传声筒，而应该让人物性格具有其自身的内在逻辑性、具有人性的丰富性，总之，应该避免概念化写作；另一个是价值层面的，意指隐含作者应该尊重人物的价值立场，不应该以权威态度评判作品中人物的是非，而应该以对话的态度尊重作品中人物的价值取向。仅仅在叙事技巧方面强调隐含作者应该尊重人物基于其存在的人性丰富性，并不足以对隐含作者的价值立场造成什么冲击，因为这一原则并未真正挑战隐含作者在最高层面上控制作品价值走向的原则；而价值层面上强调隐含作者要以对话的态度而非一元独霸的态度对待作品中的人物，就有可能从根本上挑战了作品中隐含作者的权威地位，这就产生了隐含作者坚守女性主体性何以可能的问题。

然而，当下叙述学从价值建构层面上强调尊重作品中人物的主体性，并非倡导让隐含作者的主体性退场，并非倡导放弃作家的价值立场。首先，叙述学强调尊重人物的主体性，意即强调隐含作者要以对话的态度对待人物，那么，它就不是非此即彼地让隐含作者的主体性退场，而是让人物与隐含作者同时具有主体地位，从而构建出主体间的新型关系，否则对话的前提就不存在。其次，多元主体之间的对话可能产生多元立场，从而避免先验本质对存在的压抑，使得文学中人的存在具备了开放的性质，但也并非倡导走向相对主义和价值虚无主义。以对主体间性关系的理解尊重生命的多种选择、尊重存在价值的多元性质，是文学所应立足的一种基本态度；穿越现实的不完满性，追问可能生活的维度、守护本真的存在，则是文学应该坚持的另一种基本态度。只有这两种基本态度兼顾，文学才能实现探索存在意义的目的。文学作品中人物的某种价值立场能否作为应被尊重的多元价值之一元，应该看它是否具有守护本真存在、追问可能生活的意义。陀思妥耶夫斯基的《罪与罚》之所以让巴赫金赞不绝口，是因为隐含作者并没有以权威的态度武断地判定拉斯科尔尼科夫杀人是绝对的善或绝对的恶。这里，隐含作者尊重人物主体性，理解其内在矛盾，是由于分别根据良心的原则和社会公平的原则，拉斯科尔尼科夫杀死那位放高利贷的老太婆正是恶善兼具的。隐含作者在此并非无价值判断，而是在对拉斯科尔尼科夫内心矛盾的充分理解中既坚守了良心的原则，也坚守了社会公平的原则，并且探问了人的道德困境。隐含作者正是通过尊重人物的主体性而构建自我的主体性，正是在理解人物的价值难题中叩问了何为本真存在这一命题。由此可见，陀思妥耶夫斯基在创作中实践着的、巴赫金在理论上强调着的尊重作品中人物的价值立场这一原则，仍然是以人物的价值立场符合叩问本真存在为前提的。他们并非无原则地让隐含作者放弃对一切人物立场进行价值评价。《罪与罚》中的“未婚夫”卢仁受到隐含作者的唾弃，因为他极度自私、虚荣。这说明，叙述学中强调隐含作者不应该以权威的态度而应该以对话的态度对待作品中的人物，并不意味着要求隐含作者放弃对人物立场进行价值评判，而是指隐含作者应该通过耐心聆听人物的声音从而不放弃探索本真存在的机会，而当人物的立场损害到本真存在时，隐含作者仍然应该有明确的否定态度。

这样，当作品中的人物持反女性主体性的立场时，隐含作者就应该理直气壮地对之进行价值否定，因为反女性主体性的立场伤害了人类之一半的尊严和利益，是本真存在的异化。现实中的人总是有缺陷的，男性有时难以超越自我的视阈限制陷入自我中心思维中而站到反女性主体性的立场上，女性有时难以抵抗世俗的价值观而认同反女性主体性的女奴立场，隐含作者体谅人性的脆弱与不完全，也仍然应该把此种男性心理和女性心理作为人性的缺点来体谅，也就是说隐含作者在悲悯人性的弱点的时候仍然应该以视之为弱点为前提。这样文学作品对人性之弱点的体谅、悲悯就不至于堕落为纵容乃至于与之同谋的立场上。在张爱玲的《红玫瑰与白玫瑰》中，男性人物佟振保的欲望指向“红玫瑰式”的热情女性，观念上他却认为只应该娶“白玫瑰式”的传统淑女，隐含作者悲悯他欲望与观念分离所带来的内心痛苦、人格分裂，但是这种悲悯是与否定结合在一起的。作品以“坏女人”王娇蕊成长为痴情恋女并进而成长为母亲的经历反驳了佟振保对“红玫瑰”女性的妖魔化想象。作品中，固然佟振保关于“红玫瑰”式女性的妖魔化想象，在技术层面上始终与王娇蕊的女性成长话语构成交锋的对话关系，两个人物谁也没有改变对方的观念；但在作品的价值层面上，隐含作者则明确否定佟振保的女性偏见，以王娇蕊成长经历的书写完成了作品维护女性主体性的立场。隐含作者既悲悯又否定了男性人物反女性主体性的性别想象模式，作品最终在艺术审美的层面上超越了现实人性的不完美性，守护了本真存在。

二、女性隐含作者与男性人物

女性文学以守护女性主体性、守护本真存在为指归，就产生了守护女性主体性的隐含作者如何对待作品中男性人物的问题。尽管在人类文明史上，女性主体性曾经长期受男性霸权的压制，但是当下建构女性主体性并非要把男欺女关系改造为女欺男关系，而是应该超越主客二元对立的思维模式，把男女关系理解为主体间的关系，也就是说女性隐含作者应该以主体间的态度对待笔下的男性人物、对待自我。那么，这个女性隐含作者在审视笔下男性人物的时候，就应该避免“唯性别成分论”，即应该避免以身份定是非，而把作品中的男性人物理解为另一个平等的主体，以主体间性原则审视男性他者并反观女性自我。主体间性原则强调女性文学作品中女性隐含作者与笔下男性人物都是平等的主体，都不是另一方主体霸权压制之下纯客体性的存在物；同时这两个平等的主体在对方目光的观照下又在一定程度上都兼具客体的性质，从而限制了自我主体霸权扩张的可能性，而增添了主体的自我反思性质。这样，女性隐含作者在充分理解笔下男性人物对女性的爱欲时，又应该能够不去迎合某些男性人物纯粹物化女性的情爱想象；女性隐含作者在批判某些男性人物完全以男性需求来阉割女性生命完整性的思维偏执时，又应该能够理解男性在不压抑女性主体性前提下对女性合理的性别期待。总之，女性隐含作者以主体间的关系来把握自我与笔下男性人物之间的关系，应该要既能抗拒男性霸权意识，又能超越女性之我执，从而达到对女性和男性本真存在的共同守护。

女性文学反抗传统男性霸权，在性别关系中追求公平正义。这种反抗具有弱者对抗强权的性质，而在当下它实际上又面临着是否包含怨恨气质、是否缺乏高贵的精神向度这一拷问。

尼采把怨恨界定为“颠倒的价值目标的设定——其方向必然是向外，而不是反过来指向了自己”，并把它归之于“奴隶道德”，认为“一切高尚的道德都来自一种凯旋般的自我肯定，而奴隶道德从一开始就对‘外在’‘他人’‘非我’

加以否定”。[①]舍勒进一步阐释说，“怨恨的根源都与一种特殊的、把自身与别人进行价值攀比的方式有关”，舍勒又认为并非所有的比较都指向怨恨，“雅人在比较之前体验价值；俗人则只在比较中或通过比较体验价值”，只有俗人“其软弱的次类型将变成怨恨型”[②]。“怨恨是一种有明确的前因后果的心灵自我毒害。”[③] 由此可见，被界定为负面价值的“怨恨”必须满足如下三个必要条件：首先，它产生于弱者心中；其次，它是一种斤斤计较而又无能为力的态度；再次，它没有终极价值追求。

女性文学在反抗传统男权的时候，女性隐含作者确实常常承载着女性作为弱者的历史重负，在追求与男性同等的主体地位时常常陷入无能为力的文化感受中，但是获得主体意识的女性隐含作者却并非“在比较之前”没有终极价值追求。守望男女两性的本真存在、建构男女之间的主体间性关系是女性文学的终极价值追求。此种价值追求恰恰是“在比较之前”体验到的价值。因而女性文学不是在弱者地位上嫉妒男性的强者地位，而是以生命的本真存在、以主体间性关系为价值尺度，既反抗女性自我的无主体性地位，也悲悯男性在君临于女性之上、张扬主体霸权时所陷入的生命异化状态，悲悯男性在其他社会等级关系中可能沦为完全客体的无主体性状态，同时还警惕女性自我克隆男性霸权的可能。总之，女性文学尽管基于文学的象征本性而必然要从生活细节中探求深意，但却不是仅仅在利益上与男性斤斤计较，更完全不是要把男性从霸权主体的地位上拉到无主体性地位上，而是以对本真存在的追问反对一切生命的异化状态，以对主体间性关系的追求反对任何一种性别的主体沦丧与主体霸权扩张。而仅仅停留于攀比的怨恨情结中是产生不出女性文学守护本真存在、建构主体间性关系的高贵的精神向度的。

这样，当女性隐含作者面对作品中持霸权观念的男性人物时，其敏锐的批判态度中必然包含着深切的悲悯。对生命的大爱是女性文学的根基。当女性隐含作者面对作品中具有主体间性思维的男性人物时，其赞赏的态度中必然含着灵犀相通的喜悦。追寻“比较之前”体验到的终极价值，是女性文学的目的论意义。在目的论层面上，女性文学应能超越奴隶道德中的怨恨之气，而具备“与

---

① 〔德〕尼采：《论道德的谱系·善恶之彼岸》，谢地坤等译，漓江出版社，2000，第 21 页。

② 〔德〕舍勒：《道德建构中的怨恨》，载刘小枫选编：《舍勒选集》（上），上海三联书店，1999，第 409—412 页。

③ 同上书，第 401 页。

世界和实事本身直接沟通”[1]的高贵气度。

三、女性隐含作者与女性人物

女性隐含作者不仅要面对作品中的男性人物，还要面对作品中的女性人物。隐含作者与人物即使同为女性，她们之间仍然不是未被分化的混沌的同一体，而是两个独立的主体。她们之间的关系也应该是主体间的关系。

把女性人物视为无主体性的纯粹客体，是传统男权文学的基本立场。“倩何人唤取红巾翠袖，揾英雄泪”（辛弃疾《水龙吟·楚天千里清秋》），“设想英雄垂暮日，温柔不住住何乡。”（龚自珍《乙亥杂诗·少年虽亦薄汤武》）在这类抒写男性怀抱的作品中，女性对于男性世界来说未尝不是重要的，但是其重要性仅仅在于其工具性。当女性仅仅作为“红巾翠袖”为失意的男性英雄营造温柔之乡的时候，她们并没有机会获得同等主体的地位以与男性隐含作者进行深层的精神交流。男性隐含作者即使以喜爱之情凝视这些装饰他们梦想的女性人物，其目光由于未曾承载主体间性的内涵而在本质上也不免仍是空洞的、轻蔑的。

把女性人物视为女性隐含作者的同一体，则是女性主体意识初步兴起时期的特征。当女性隐含作者初步睁眼审视男性世界的时候，异性世界给她们带来强烈的异己感。她们体会到女性主体性存在的艰辛，不免希望有复数的“我们”来驱散心中的软弱感。[2]女性隐含作者通过与女性人物合一构成复数的“我们”，固然有利于在异己的环境中保存女性主体性之星火，但是未经充分个性化的女性主体意识却也未免难以达到深层探索女性存在的境界。五四时期“海滨故人”群女作家庐隐、石评梅、陆晶清的创作中，隐含作者时常与主要女性人物简单同一。《海滨故人》中，隐含作者在精神层次上把自己与感伤的女主人公露沙合为一体，二者之间构不成相互探问的精神张力，构不成主体间性的对话关系，这自然就在一定程度上限制了《海滨故人》往更深处追问女性精神世界的可能性。新时期的女性文学再度兴起时，张洁的《方舟》中，梁倩、柳泉、曹荆华三位女性固然性格各异、经历不同，但是彼此间只是在缺少深层精神交锋的情

---

① 〔德〕舍勒：《道德建构中的怨恨》，载刘小枫选编：《舍勒选集》（上），上海三联书店，1999，第425页。

② 刘思谦认为冯沅君小说存在男女主人公构成“复数主人公‘我们’”从而形成“叛逆之爱的精神同盟”现象。（刘思谦：《娜拉言说——中国现代女作家心路记程》，上海文艺出版社，1993，第29页）这个说法也适合用来阐释女性文学中常见的女性隐含作者与女性人物构成同一体的现象。

况下构成统一的女性同盟，并不审视、探问对方的精神世界，隐含作者对这三个女性人物也同样只是从“你将格外的不幸，因为你是女人”（《方舟·题记》）这单一层面理解其生存的艰辛，而没有作为他者去探问她们更深的精神世界、去探问她们之间的关系。隐含作者与笔下人物这几个立场上未经分化的女性构成混沌同一的“我们”的世界，作品也就在一定程度上失去了更深一层辨析女性的人性的机会。

女性文学主体意识比较成熟的作品中，女性隐含作者不仅与笔下男性人物也与笔下女性人物构成主体间的对话关系，而不仅仅是简单的同一关系。在张爱玲的《倾城之恋》中，白流苏出于传统女性生存境遇的限制，只能通过“谋爱”来“谋生”。争取被一个男人所爱、获得太太的名分，是她生存的必要条件。这样，与范柳原的交往中，她无暇关注范柳原的内心激情，对范柳原“我自己也不懂得我自己——可是我要你懂得我！我要你懂得我”的心灵呼唤漠无反应，只是希望能抓住机会成为范太太而不要沦为范柳原的情妇或回上海去当五个孩子的后妈。隐含作者深切理解、悲悯白流苏只能在生存层面上努力、无条件侈谈爱情的生存困境；同时又以男女双方“死生契阔，与子相悦，执子之手，与子偕老”的爱情尺度来观照、否定倾城之前白流苏心中的爱情贫瘠。前者展示了隐含作者理解女性历史命运、现实处境的思想深度，后者展示了隐含作者在情爱问题上的理想主义尺度。这样，隐含作者对女性人物就既有深层共鸣又有反思审视。由于反思否定与悲悯共鸣这两个层面共在，反思否定就没有流于苛酷刻薄，就不至于在隐含作者与人物之间建立起人格等级的优劣关系；悲悯共鸣就没有流于纵容放任，而能承担守护生命本真存在的使命。这就在女性人物与隐含作者之间形成了主体间的对话关系，而不是简单的同一关系。

小　结

在叙事文学中，隐含作者不能在作品中直接现身，他/她总是要在作品中派出自己的代表——叙述者。这就涉及叙述者是否可靠的问题。当叙述者可靠的时候，他/她就是隐含作者的忠实代表，其价值立场与隐含作者完全同一；当叙述者不可靠的时候，其价值立场虽然与隐含作者相冲突，但这种冲突、对话是局部的，不可能在整体上颠覆作品的价值走向。隐含作者必然要在整体局面上操控而不是放任自己的代表——叙述者。这样，女性文学中的叙述者可靠与否，只可能影响作品的艺术特色或艺术水准的高低，而不可能影响作品是否能够守护女性主体性这个价值层面上的问题。艺术特色、艺术水准与价值走向是不同层次的问题，所以，叙述者与隐含作者之间的关系在此存而不论。

另外，本文是在目的论（teleology）层面上探索女性文学主体性建构的问题，是从可能的维度而非现实已然存在的状态探究女性文学的应然性质。已有的女性创作在守护本真存在、建构主体间性方面未必均能达到目的论层面上所要求的完满状态。这并不能瓦解守护本真存在、建构女性隐含作者的主体意识、在女性隐含作者与男女人物之间建构主体间性关系这一系列女性文学的目的论要求。

〔原载《南开学报》（哲学社会科学版）2007 年第 4 期〕

女性意识、宏大叙事与性别建构

郭冰茹

一

在 20 世纪中国小说史的框架中讨论女性写作问题，自然离不开女性主义理论对女性意识的开掘、推动和梳理。何谓“女性意识”，借用乐黛云的定义，女性意识包括三个层面：“第一是社会层面，从社会阶级结构看女性所受的压迫及其反抗压迫的觉醒；第二是自然层面，以女性生理特点研究女性自我，如周期、生育、受孕等特殊经验；第三是文化层面，以男性为参照，了解女性在精神文化方面的独特处境，从女性角度探讨以男性为中心的主流文化以外的女性创造的‘边缘文化’及其所包含的非主流的世界观、感觉方式和叙事方法。”[①]因此，在“女性意识”的观照下，“女人”被发现、被解读、被重视；也正是在“女性意识”的观照下，女性文本独立于现代文学史的价值和意义得以凸显。

冰心、庐隐、丁玲、萧红是较早进入中国现代文学史的女作家。文学史家看重的是冰心的“问题小说”对五四时期家庭、教育乃至社会人生等诸多问题的思考；庐隐对一面背负着几千年的传统负荷，一面渴望追求人生意义和“自我发展”的五四青年们的生动写照；丁玲对五四退潮后小资阶级内心幻灭的刻画以及这一代知识分子从个人主义走向集体主义的过程；萧红笔下“北方人民的对于生的坚强，对于死的挣扎”[②]；等等。然而，有了“女性意识”的参照，冰心借助男性口吻对女性的描述“显而易见地包含着某种屈服于秩序的意味”[③]。庐隐小说中女学生们徘徊在父亲的门与丈夫的门之间饱受“情智激战”的煎熬，

---

① 乐黛云：《中国女性意识的觉醒》，《文学自由谈》1991 年第 3 期。

② 鲁迅：《萧红作〈生死场〉序》，《鲁迅全集》（第六卷），人民文学出版社，1981，第 408 页。

③ 孟悦、戴锦华：《浮出历史地表》，河南人民出版社，1989，第 75 页。

永远都只是“娜拉的瞬间”；丁玲的《莎菲女士的日记》被视为追求个性解放，肯定女性自身欲望的女性主义经典文本；萧红的《生死场》从女性的种种身体经验去透视生死以及民族存亡的宏大主题。[①] 至于张爱玲，则是在“重写文学史”的学术清理工作中“浮出历史地表”，并受到了持续的关注。她杂糅古典白话的语言形式、细腻的心理描写、对世事人情的体察和揭示以及从女性主义角度来解读她对女性命运的关注都成为常论常新的话题。

在“女性意识”的烛照中，越来越多的女作家开始“浮出历史地表”。比如原先一直只存在于庐隐的文字中，只因与共产党早期党员高君宇的爱情故事留名于世的石评梅，她的诗歌、散文和小说创作以及编辑理念开始进入研究者的视野；比如由于人事或文学观念等原因而被文学史的主流叙述所“悬置”的“珞珈三女杰”：苏雪林、袁昌英和凌叔华，她们既是名教授又是名作家，苏雪林的散文、袁昌英的戏剧和凌叔华的小说在20世纪30年代前后的中国文坛中很有影响，如今又重新受到研究者的重视；比如白薇，早在1925年就写出了诗剧《琳丽》，后来又有剧本《打出幽灵塔》《乐土》以及小说《炸弹与征鸟》《悲剧生涯》等，她的“浮出”成为我们今天了解20世纪20、30那个狂飙突进的年代里女性处境的难得文本；再比如苏青，这个集作家、编辑、出版商、书商于一身的女人，以她的《结婚十年》和一系列口无遮拦的散文道出新女性的尴尬、无奈、荒诞与绝望。“女性意识”主导下的性别视角因此成为一种洞见，昭示了被民族解放、国家独立、阶级革命等宏大叙事所遮蔽的性别经验。

借助“女性意识”，研究者们一方面清理了文学史，一方面也介入当下具体的文学书写，总结其成果和经验，并力图将部分作品经典化。在这种功利性的解读中，张洁的小说《方舟》被认为是新时期初年一部具有明确女性意识的作品，特别是小说的题记“你将格外的不幸，因为你是女人”所表达的情绪，更使之成为某种意义上的女性宣言。张辛欣的《在同一地平线上》《我在哪儿错过了你》展示了女性“雄化”后所造成的两性关系的紧张和社会结构的不稳定，从某种角度上质疑了新中国成立以来所确立的“妇女能顶半边天”的“男女平等”标准。王安忆的“三恋”，以及《逐鹿中街》《香港的情与爱》《长恨歌》等作品序列则是在修正此前的“男女平等”口号，在承认并肯定性别差异之后，

---

① 刘禾：《文本、批评与民族国家文学》，载唐小兵主编：《再解读：大众文艺与意识形态》，北京大学出版社，2007。

对女性“主内”角色的多向度探讨。至于20世纪90年代闪耀文坛的林白和陈染，更是西方女性主义理论的文本实践者，她们的文学创作都能使当代中国的女性主义批评找到西方的理论参照。在女性主义批评的理论实践中，谌容、张抗抗、王安忆、铁凝、毕淑敏、迟子建、徐小斌、卫慧、棉棉等女作家分别构成了新时期不同阶段女性文学的研究点。而被归入其他文学现象的代表作家，比如“朦胧诗”中的舒婷、“先锋小说”中的残雪、“新写实小说”里的池莉，还有惯以讽刺笔法写教授学者小世界的徐坤等，都被纳入女性主义批评的体系和框架中进行了解读。一时间众多的女作家构成了一部蔚为壮观的当代女性写作图景。

有了不同历史时期的女作家群体，书写“女性文学史”便成为可能。盛英主编的《二十世纪中国女性文学史》出版于1995年，这应该是较早的一部比较全面系统地梳理20世纪女性写作的文学史著作。该著作按照现代文学史的书写体例，将20世纪的中国依照重大的政治事件分为五个历史阶段，每个历史阶段自成一篇，篇首有“概说”来介绍这一阶段的社会文化语境以及女性写作的特色，然后分节来介绍这一阶段的代表作家，最后附以这一阶段女作家主要作品简表。在对每个女作家进行评述时，也是依照文学史的书写规范，先有作家简介，继而是代表作品的赏析和评价。这部上、下两卷的“女性文学史”收入的女作家之多之全，足以使其成为“女性文学史”的奠基之作，它为以后的女性文学研究提供了基本的史料和文献准备。

文学史的撰写往往以时间为经，串联起不同历史时期的作家和作品，有着固定的模式。然而，编撰者的史观不同，对作家作品的评价就有差异。比如在大陆通行的各种版本的现代文学史著作中，鲁迅、郭沫若、茅盾的地位和影响不容撼动，而在夏志清编写的《中国现代小说史》中，张爱玲、钱锺书被特别给予重视。相应的，女性文学史是从女性意识出发，以性别视角来凸显女性写作的价值和意义。显然，当我们把女性作为一个性别群体，将女性写作作为女性主义理论的实践工具时，为了达到既定的叙述目的，对20世纪女性文学进行归纳总结，去除枝蔓，突出女性意识的觉醒和表达不仅是有效的而且也是必要的，这也是以往的女性主义批评实践所做的重要工作。但是这种做法的代价便是遮蔽了女性写作的自身的丰富性，无疑也将女作家的作品价值窄化了。换言之，仅仅依赖性别视角，关于女作家作品中出现的一些问题便难以解答，比如被目为“五四之女”的冰心为什么从未在作品中表达出五四一代的叛逆精神，反而始终强调“贤妻良母”的女性观？《莎菲女士的日记》被女性主义者视为书写女性个体欲望的经典之作，然而为什么丁玲在一次访谈中否认这篇小说写的是女人的情欲？五四时期为什么几乎所有的女作家都写过同性情谊，这是否如一些女性主义研究者认为的那样与礼教制约下的性压抑有关？张爱玲、苏青这些在沦陷区盛极一时的女作家为什么很长时间没能进入现代文学史？如果不仅仅局限于“女性意识”，而是将这些文学书写放置在具体的历史文化语境中，这些问题也许不难解决。

此外，在一些女作家的文学书写中，由于文本的内容、价值或意义并不与“女性意识”的阐释珠联璧合。比如铁凝的《哦，香雪》《没有纽扣的红衬衫》《麦秸垛》《遭遇礼拜八》《甜蜜的拍打》《对面》等等，常被批评家认为其“性别特征其实并不显著，甚至，她的写作还有意回避了单一的性别视角，而更多的是在描绘人类的某种普遍性——普遍的善，普遍的心灵困难，普遍的犹疑，以及人性里普遍的脆弱”①。比如迟子建的《北极村童话》《白雪的墓园》《雾月牛栏》《清水洗尘》等等，都着力在重写文学与故乡、童年和大自然的关系，这是她小说风格的基本元素，与性别视角的关系并不是特别紧密。方方的《风景》被誉为新写实小说的开山之作，那个一家 9 口拥挤在 13 平方米的窝棚里，没有尊严，几近动物般的物质生存与女性主义批评的性别诉求相差太远，因而许多文学史中关于女性写作的章节都将方方排除在外。对于这些女性书写，女性主义批评又该如何阐释呢？

与此相关的是，虽然女性主义理论着力于阐发女性写作的价值和意义，但很多女作家并不愿意被冠以性别的标识，比如张洁，她始终强调自己是一个“炽热的马克思主义者和爱国主义者”②，坚信妇女真正的解放有赖于人类社会的全面进步，因此无论如何不能接受一个“女权主义者”的封号。在 20 世纪 80 年代的社会文化语境中，张洁的“非女权”宣言在某种程度上成为当时主流话语的一个注脚。我们不难理解，在一个张扬人道主义和启蒙主义旗帜的时代里强调“女权”无疑是偏狭的，是囿于性别而忽略“人类”的。然而当 20 世纪 90 年代“女性主义”成为一种潮流之后，张洁仍然表示：“西方女权主义向男性挑战，我对此不以为然。我不认为这个世界属于男性，也不认为它仅属于女性。

---

① 谢有顺：《发现人类生活中残存的善》，载铁凝：《第十二夜》，江苏文艺出版社，2002，第 343 页。

②〔德〕米歇尔·坎-阿克曼：《访张洁》，载何火任编：《张洁研究专集》，贵州人民出版社，1991，第 95 页。

世界是属于我们大家的。一个男子，如果他勇敢，正直，品格高尚，热爱正义，尊重女性，那他也会得到我的尊重。”[①]还有王安忆，她虽然强调性别，但同样拒绝“女性主义者”的标签，她主张在“男女平等”的主流宣传中重新检视性别差异，并将女性归位于传统的“主内”角色，进而探讨女性在“分内”实现个人价值的可能性。

女性主义理论在解读女性文本时遇到的问题，以及女作家不愿意接受“女性主义者”的封号，这在某种程度上反映出用“女性意识”或者“性别”视角处理中国问题时的局限。

二

晚清以来现代女性写作是 20 世纪中国现代文学的重要组成部分，由于现代文学始终参与着中国的现代化进程，女性写作的历史脉络也始终是与建构现代民族国家的宏大叙事相关联的。换言之，女性写作的起承转合都深刻地打上了这一元叙事的烙印。

女性主义理论的传播、“女性意识”的觉醒本质上是服务于女性解放的终极目标。自晚清始，女性解放的问题提上了议事日程，并与维新运动相伴而生。变法维新与女权运动原本是两种不同性质的革命，二者的联系，除了社会变革可能对女性的社会地位产生影响外，还得益于晚清维新人士将对女性解放的倡导与“强国保种”的国家诉求勾连在一起的。由是女性解放的话题从一开始就被置入政治体制的变革之中。1902 年梁启超发表《近世第一女杰罗兰夫人传》，明确地体现了维新党人在“国家”范围内讨论“女性解放”的思路。当中国传统的性别规范令妻“受命于家”而与国家、民族绝缘时，维新人士把女性与“强国保种”联系起来，为女性走出家庭，登上社会舞台创造了条件，同时也为女性解放提供了合法性。

“百日维新”之后，关于女性解放问题的讨论积极热烈，当时的“女界之卢梭”金天翮、《女学报》的主笔陈撷芬，以及诸多关注女权问题的有识之士，纷纷撰文强调女子应该谋求女学和女权，鼓吹男女平权和女子独立。这些文章虽

---

① 林达・婕雯：《与社会烙印搏斗的人》，原载香港《亚洲周刊》1984年12月9日，转引自戴锦华：《涉渡之舟：新时期中国女性写作与女性文化》，北京大学出版社，2007，第65页。

然各有侧重，但所有的论说最终都落实在“以备教育后来国民之用”上，显然，将女性解放与国家兴衰相连接是当时思考女性问题的共识，换言之，对女性问题的关注始终都是与现代民族国家的建构紧密勾连的。

五四新文化运动的发生，使女性解放的问题触及了思想文化的根源。从某种意义上说，新文化运动中的“打倒孔家店”正是从女性问题入手的，新文化运动借女性在家庭、婚姻、贞操、伦理道德等方面的劣势地位来批判礼教、确立“个人”，但这里的“个人”并没有具体的性别指向。所谓“独立健全的人格”，所谓“做一个真独立的‘人’吧！”①以及子君那句经典对白“我是我自己的，他们谁也没有干涉我的权力”适用于每一个想要冲破旧家庭桎梏的“人”。从这个意义上说，男性从礼教中解放了自己，并在与国家民族天然的同构关系中获得了自身的性别认同；女性同样也从礼教中解放了自己，只是这个“自己”是与男性一样的“人”，她也需要和男人一样建立起与国家民族的同构关系，确立自己的性别认同。新文化运动的旗手们在倡导“人”的解放和青年人“独立自主的人格”时，将女性解放纳入这一话语体系，这在某种程度上显示了思想界对女性问题的特别关注，也暗示了五四时期的女性解放与晚清以及民国初年一样，只能在整个社会的思想解放中顺势跟进。

救亡压倒启蒙是从思想文化的角度对 20 世纪三四十年代的中国的一种叙述。如果我们撇开对此的辨析和歧见，可以肯定的是，与个性解放、自由独立相关的五四思潮退场了，代之而起的是包含阶级解放、民族独立的主流叙事和政党意识形态。此时对性别问题的关注虽然与晚清时期的“强国保种”、五四时期的“个人解放”有了历史语境的不同，但其受制于社会政治的大格局并没有改变。在这个复杂的社会语境中，丁玲放弃了“莎菲式”的小资产阶级的苦闷，投身革命的洪流，书写工农革命；张爱玲借沦陷区新文学的退场，写男欢女爱，写世俗生活，成为耀眼的明星作家；萧红则始终专注于对个体生存境况的书写，对革命既有所介入，又有所疏离。这些不同的文学书写，不仅留下了大时代中的个人生命的印记，也留下了至今难解的困惑。这一时期女性书写的历史，依然是我们今天所面临的最复杂的历史。

在中国革命的历史大背景中，女性解放始终是从属于民族解放运动的，不论是维新派倡导“国民之母”，辛亥革命者宣传“女国民”、新文化运动的先觉

① 邓颖超：《姐妹们起来哟》，《女权运动同盟会直隶支部特刊》1923 年 3 月。

者们鼓吹女子的“独立人格”，还是共产党人动员女性参与社会革命，其最终目的都是为了服务于民族解放。所以，在不同的历史时期，总有许多女性主动参与民族解放运动。但是两者结合并不能掩盖彼此的差异，从根本上说，女性解放和民族/国家解放是两种性质的革命。女权运动需要改变的是社会的伦理秩序，而民族国家运动则要触动社会的政治体制。所以，当政权的争夺暂时告一段落时，二者之间的差异，或者说矛盾就显现出来了。

秋瑾的革命历程昭示了女性解放与民族解放之间的矛盾。这位希望并举实现民族革命与女界革命理想的革命者，在具体的革命过程中已然意识到实现二者的手段是不一样的，前者可以依赖迅猛的暴力革命，后者则需要进行必要而漫长的思想启蒙。秋瑾在权衡两者的轻重缓急之后终以民族解放为重，义无反顾地投身于起义的暴力革命中。事实上，对许多投身革命的女界人士而言，民族解放只是女性解放道路的第一阶段。所以，辛亥革命胜利之后，女子作为曾经的革命同盟者立即组建了“女子参政同志会”“女子同盟会”“女革命会”等政治团体，她们上书参议院，要求立法保障男女平等，并且享有选举权与被选举权。她们希望通过赢得参政权而干预国家立法以解决女子面临的教育、婚姻、缠足等诸多问题。然而，狂飙突进般的暴力革命并不能代替必要而且漫长的思想启蒙，民族解放的胜利果实也不可能轻易地嫁接给妇女解放运动。这便不难理解在“女子参政同志会”提出女子参政权时，孙中山最终以女子应首先“增进知识，养成高等资格”而予以驳回[①]。

在中国共产党领导的民族解放运动中，妇女解放运动同样不具备独立性。1922年中共第二次全国代表大会明确了“妇女解放是要伴着劳动者的解放进行的，只有无产阶级获得了政权，妇女们才能得到真正的解放”的方针，从此“妇女解放即是劳动者的解放”成为一种政治思想共识始终贯穿于这一革命进程中，而革命的胜利也意味着妇女解放运动的胜利。新中国的宪法对男女平权的法律保障，直接使女性享受了本应经历长期的思想启蒙和艰苦斗争才能取得的胜利成果，从中央到地方所设立的各级妇女联合会以行政机构的运作保障了妇女儿童的合法权益，完善的法律保障和组织结构使女权运动失去了革命的目标。

从某种意义上说，新中国的社会主义建设就是随着女性的性别改造/重塑展

---

① 孙中山曾面允林宗素日后会赋予女子参政权，但是当这则消息见报后，又因不敌社会保守势力的责难，而否认了此前的言论。相关史料见1912年1、2月间《申报》《天铎报》的相关报道。

开的。类似于“男同志能做到的，女同志也能做到”“妇女能顶半边天”这样的标语口号重新塑造了女性的身体和精神，这使女性作为一个群体的特性，消隐在“男女平等”“妇女解放”的革命目标中。如果说，五四时期倡导“个人”的解放，却没有具体的性别指向，那么在这个时代，性别指向的目标明确了，“个人”却消失了。这种状况一直延续到“文革”结束。

新时期与五四时期一样，都是要求打破思想禁锢，要求拨乱反正。陈独秀那篇《敬告青年》同样也适用于20世纪80年代的“人的觉醒”：“我有手足，自谋温饱。我有口舌，自陈好恶。我有心思，自崇所信，绝不认他人之越俎，亦不应主我而奴他人，盖自认为独立自主人格。以上一切操行，一切权利，一切信仰，唯有听命各自固有之智能，断无盲从，隶属他人之理。”[①]不过，在20世纪80年代的具体语境中，陈独秀所说的“他人”已经不是五四时期的伦理道德和婚姻家庭，而是极“左”思潮、迷信权威，这些与性别问题无关；而伴随这些问题引发的思想解放运动和启蒙运动，讨论的也不是女性的解放，而是人的解放。因此，80年代初的知识分子，包括女性知识分子首先考虑的都不是女性的问题，而是人的问题。张洁的《沉重的翅膀》描述重工业部改革的艰辛；谌容的《人到中年》表达了对知识分子生存的关注和呼唤；张辛欣的《在同一地平线上》描述了期待已久的机会来临时，人与人之间残酷的竞争；而戴厚英的《人啊，人》的后记则鲜明地彰显出了那个大写的“人”：“我走出角色，发现了自己。原来，我是一个有血有肉、有爱有憎，有七情六欲和思维能力的人。我应该有自己的人的价值，而不应该被贬抑为或自甘堕落为‘驯服的工具’。”[②]张辛欣、戴厚英的作品发表之后引出诸多争议甚至是批判都与女性问题无关，虽然这些文本后来得到了女性主义的解读。显然，在80年代的语境中，精英知识分子的人道主义文化立场才是思想解放潮流中的最强音。

纵观女性写作的历史，在任何一个历史时期都显示出历史大势之于女性写作的巨大影响。丁玲在1942年的检讨预示了女性话语面对民族国家话语巨大力量之后的妥协，而这种妥协绵延至今，最典型的例子便是，当20世纪80年代西方女权/女性主义理论随着思想解放的潮流风靡中国大陆时，几乎所有的女作家都否认自己是一个女性主义者，因为她们自认并非只为女性而写作，所以

① 陈独秀：《敬告青年》，《青年杂志》1915年第1期。

② 戴厚英：《〈人啊，人〉后记》，载《人啊，人》，广东人民出版社，1980，第353页。

如果将其写作限定在“女性”的范围之内，则局限了她们的写作意义。

三

从某种意义上说，女性写作探讨的是女性如何成为“女性”，成为怎样的“女性”的问题，或者说女性写作是女性性别建构的过程和体现。波伏娃说：“一个人之为女人，与其说是‘天生’的，不如说是‘形成’的。”[①]换言之，性别问题总是与社会制度、意识形态、文化传统等诸多因素相勾连的。因此对女性写作的研究也不能仅仅局限于“女性意识”或性别视角，而应在其中加入一些与性别相关或无关的参照系，比如官方宣导的意识形态与民间私人生活之间可能存在的差异，不同阶级、阶层、经济水平、地域、社会/生活圈、年龄、受教育程度、生活经历等所造成的个体差异，等等。此外如前所述，女性写作作为建构现代民族国家宏大叙事的一个重要组成部分，对性别建构的考察也必须与同一历史时期宏大叙事相参照。

从晚清到五四是中国社会发生巨大历史变革的时期。在建构现代民族国家的过程中，女权运动随势兴起，妇女解放因此而与社会历史变革相关联。女性获得了“国民”的身份，从而改变了她们在传统社会秩序中的位置，而随着五四思想解放运动的启蒙，催生女性的社会生活也发生了深刻的变化。尽管知识界作为“他者”对女性的塑造带有历史的局限，但女性意识和女性写作因此而获得了发育和成长的土壤，性别认同的问题由此凸现。晚清不断推进的女子解放和维新派确立起来的文学（特别是小说）的巨大感召力为现代女作家的出现孕育了条件，而投身写作也为刚刚获得“解放”走入社会的青年（包括女青年）提供了自我实现的途径和经济独立的可能，尽管在当时，女性从事文学创作并没有受到特别的鼓励或者限制。

现代女作家的出现，意味着女性有了自由言说的可能。“五四之女”们着力描画“新女性”走入社会后如何面对婚姻、家庭、职业、爱情、革命等问题，借此来思考“新女性”的性别建构问题。这正是从晚清到五四的历史变动过程中知识界塑造女性的必然结果。换言之，如果没有现代民族国家叙事的兴起，也就没有“现代女性”的出现。在这个意义上，女性的觉醒和社会化，始终是

---

①〔法〕西蒙·波娃：《第二性——女人》，桑竹影、南珊译，湖南文艺出版社，1986，第23页。

在“他者”的影响下进行的。历史首先是一个巨大的“他者”，它总是以大势规定女性解放在现代民族国家建立过程中的位置和顺序，因此女性解放始终是这一元叙事的一部分。知识界则是另外一个“他者”，它在参与宏大叙事的过程中塑造女性。正因为有了这些“他者”，冰心始终坚持女性在家庭中以奉献和自我牺牲为主调的贤妻良母观；苏雪林宁愿做个“养家男人”，不愿成为“司家的主妇”；庐隐追问那些受过高等教育，却既不善持家，又无力兼顾社会事业的“新女性”们“何处是归程”；也正是有了这些“他者”，丁玲将个体情欲的表达视为追求自我的体现而非情欲本身；凌叔华对新女性在家庭中的精神和情感空间的探索有了新的维度。虽然历史的规定和知识界的塑造，也使女性的性别建构带有了宿命性的困境，但是，当女性能够以文字的方式介入社会、国家时，当女性参与宏大叙事的建构同时也表达自己对性别问题的思考时，女性写作之于文学史的独特意义也就显示了出来。

20世纪30年代和40年代是中国战争频仍的阶段。乱世弃绝了传统的性别规范，也中断了“新女性”基于婚姻、爱情、家庭等方面对性别建构的探索。这其中有人放弃觉醒了的“自我”而投身革命，从而与革命构成了同构关系，此时的革命不再是“他者”，而成为“主体”的一部分。或许正因如此，丁玲才能彻底放弃她早期小说中的那些忧郁、苦闷、颓废且执着于个体情愫的modern girl，转而去书写她不怎么熟悉的工农兵；谢冰莹才能在《从军日记》中记录她的所见所闻而忽略战场上的性别问题；杨沫才能将《青春之歌》中一个女人对个人情感的选择讲述成知识分子对中国革命道路的选择。这其中也有人放逐了英雄、理想、爱情等主题的宏大意义，在文本中塑造一份常态的日常生活，让文本溢出“民族解放”“战争”“革命”这些时代的主流话语。此时这些主流话语仍然是“他者”，只不过是被悬置起来的“他者”。比如苏青的《结婚十年》、潘柳黛的《退职夫人自传》写出了婚姻的现实和无情；张爱玲的《倾城之恋》《连环套》《红玫瑰与白玫瑰》写出了爱情极为物质且世俗一面。还有人既介入革命又疏离于革命，此时的革命作为“他者”，始终“在场”。比如萧红，她短暂的写作生涯从未正面处理过革命题材，但她的日常生活被战争所笼罩。她的《生死场》《马伯乐》与建构现代民族国家的宏大叙事相吻合，可她进入这一宏大叙事的角度和方式却极为个人化，她始终自觉地从生存的角度来观照她的写作对象。这些不同的路径，不仅是革命战争年代错综复杂关系的折射，也呈现出这一复杂语境中探索性别建构的多样性。

社会主义革命对日常生活的改造对女性的意义非比寻常，虽然新政权及其推行的一系列政策法令让每个人（包括男性）都意识到了重新修正自己以适应新生活的必要，但女性在革命成功后所面临的问题更为突出。“妇女能顶半边天”“男同志能做到的事，女同志也能做到”在相当长的一段时间内成为标识新中国妇女解放程度的核心概念，这样的口号把作为个体的女人和作为性别群体的女性一起纳入现代民族国家的宏大叙事中，重新塑造了女性的价值观。相应的，这一阶段的女性写作对性别建构的探索呈现出与宏大叙事高度的同质性。草明、茹志鹃虽然也写婚姻家庭和爱情，但文本的主旨是：只有把一己之爱升华为对国家、对社会主义的爱，只有走出自己的小家庭，献身社会主义建设事业才能使女性收获真正的幸福；文本中的女主人公，也首先是社会主义国家的主人翁，她们首先对社会主义事业负责，与之相比，小家庭和一己之爱都是微不足道的。这样的表达方式是当时意识形态宣传的一部分，也是婚姻、家庭、爱情等现代女性写作的核心主题淡出新中国成立后女性文本的原因。

20 世纪 70 年代末 80 年代初，性别建构问题在历史转向新时期的过程中重新“浮出历史地表”。以现代化建设为中心的宏大叙事，重构了当代中国社会的政治、经济和文化，也改变了女性的生存状态。虽然新时期伊始，性别问题并不是知识分子首先考虑的问题，甚至该问题也没能像晚清和五四时期那样，构成知识分子思考民族国家宏大叙事的切入点，但“思想解放”运动所带来的观念解放和思想变革以及世俗生活的合法化都为性别意识的生长提供了土壤，在参与宏大叙事的写作中，女作家既突出了时代主题，也发现了现代化进程中的角色冲突，新时期女性的性别建构由此展开。从某种意义上说，新时期的性别建构过程是由西方女性主义理论的介入推进的，因为所有能够被纳入女性主义批评阐释系统的文本都得到了认真而严肃的意义阐发，比如《人到中年》《在同一地平线上》《山上的小屋》等等。但几乎与此同时，女作家们却试图在女性主义理论之外，探索性别建构的中国方式，比如王安忆的《逐鹿中街》《弟兄们》以及张洁的《红蘑菇》从“性别之战”的角度思考女性解放是否只是一场权力之争，像西方女权主义者所宣称的那样，赢得了“性别之战”是否就能使女性获得主体性。铁凝的《棉花垛》《玫瑰门》则将女性置于历史中，从而质疑了女性主义理论赋予女性参与历史建构的主体性。显然，新时期的女作家们对西方女性主义理论所标举的“女性意识”持怀疑态度，同时也将自己对性别问题的思考“融化”在她们书写社会生活的宏大叙事中，这未尝不是新时期女性性别建构的独特所在。

与新时期女性淡化“女性意识”的性别建构相对应的是20世纪90年代强化个人经验的性别建构。强调性别身份，注重个体的心理和生理经验在20世纪90年代的文学书写中蔚然成风，这是新时期思想文化背景重构的一个衍生结果。20世纪80年代中期以后，“寻根文学”“先锋小说”“新写实小说”“新历史小说”等文学现象纷纷重新设计了“个人”进入历史的方式，“个人”不再是英雄抑或精英，也不再是集体中的一员，叙述的主旨开始回归日常生活，回归“原生态”，宏大叙事逐渐被解构。这一写作潮流原本与性别建构没有必然联系，但西方女性主义理论，尤其是关于“身体写作”的理论在这一潮流中找到了切入点，相应地，迎合这一潮流的“个人化写作”也为女性主义理论提供了可操作的文本和范例。林白将女性身体经验的展露视为性别建构的途径，在《日午》《同心爱者不能分手》《致命的飞翔》《一个人的战争》这一文本序列中，多米们沉浸在自我抚慰所带来的自足与快感中，获得了自我的释放。陈染也以私密性的女性经验来呈现性别建构的困境，只是这种私密性的经验不仅表现为身体和欲望的表达，更体现为敏感、脆弱、碎裂、隔膜的内心生活。比如《巫女与她的梦中之门》《空心人诞生》《与往事干杯》等文本体现出女儿对父亲、替代性父亲/情人的复杂感受，而《私人生活》“从哲学的层面说正是讨论‘个人’的存在与位置，讨论了现代人内心的疏离感、迷失感和不安全感等等焦虑”[①]。“个人”是孤独的，陈染最终在《破开》中将女性的性别建构指向五四前辈们的“同性情谊”，但她赋予了姐妹们更强烈、更自觉的主体意识。从某种意义上说，一百年，女性的性别建构又回到了起点，但显然，此起点已非彼起点。

回顾百余年女性书写的历史，当我们将女性视为一个性别群体，将女性写作视为“女性意识”的觉醒和表达时，一部去除枝蔓、线索清晰的女性文学史得以呈现，对文学研究而言，这一学术工作不仅是有效的而且也是必要的。然而这种目标明确的批评梳理将女性写作与20世纪中国建构现代民族国家的宏大叙事相剥离，剔除了所谓的“旁枝末节”，也遮蔽了女性写作自身的丰富性。从某种意义上说，一部女性书写的历史也是女性自身进行性别建构的历史，而

---

① 术术：《陈染：生活在遗忘中》，《新京报》2004年5月27日。

性别建构与具体的社会历史文化语境密切相关，当我们撇开既定的规则和目标，重新进入故事讲述的年代，触摸那些文本，并将其与当时的思想文化问题相关联时，枝蔓丛生、枝节凸起、纷繁驳杂的女性文学史才因此得以绘就。

〔原载《南开学报》（哲学社会科学版）2016 年第 6 期〕

文化研究语境下的性别研究和怪异研究

王　宁

早在 20 世纪 90 年代初以来，西方文化界和文论界就出现了一股声势浩大的文化批评和文化研究浪潮，这股浪潮很快便将各种与后现代、后殖民有关的边缘话语研究纳入其不断扩大的研究领地，对传统的比较文学和文学理论研究形成了强有力的挑战。在这股文化研究大潮面前，一些原先从事精英文学研究的学者感到手足无措，他们惊呼，面对文学以外的各种文化理论思潮的冲击，文学以及文学研究的边界向何处扩展？传统意义上的比较文学和文学理论研究究竟还有没有存在的必要和价值？而另一些学者则对之持宽容的态度，并主张将基于传统观念之上的狭窄的文学研究的课题置于广阔的文化研究语境之下，尤其是要注重那些历来不为精英文学研究者所关注的“边缘”课题，例如种族或族裔研究（ethnic studies）、性别研究（gender studies）、区域研究（area studies）、传媒研究（media studies）等。毫无疑问，对性别和身份问题的考察是文化研究者所无法回避的课题，因而将性别问题以及由此而产生的同性恋（gay and lesbian）现象和怪异现象研究（queer studies，又译为“酷儿研究”）纳入广义的文化研究语境之下来考察是完全可行的。尽管国内学者对女权/女性主义批评理论和女性文学的研究已经取得了一定的成果，但对当前西方性别研究的前沿理论课题却知之甚少，更谈不上将其纳入文化研究的语境下来考察了。因此本文试图在这方面做一些尝试。

一、全球化时代的文化研究及其发展方向

文化研究自20世纪40年代崛起于英国学术界以来，至今已经有了长足的发展。虽然它在当今全球化的时代声势浩大，但正如有些学者所认为的那样，“它并非一门学科，而且它本身并没有一个界定明确的方法论，也没有一个界线清晰的研究领地。文化研究自然是对文化的研究，或者更为具体地说是对当代文化的研究”[①]。显然，这既是文化研究不成熟的地方，同时也是它得以迅速发展的一个长处。它的不成熟之处在于其研究方法的不确定，没有自己独特的理论视角，因而很容易把一些未受过专业训练的但确有着自己一孔之见的“业余学者”和文化人引入自己的领地。但同时正是这一“不成熟”之处才使得文化研究在近 20 年内有了迅速的发展。毫无疑问，本文所要讨论的“文化研究”（cultural studies）已经与传统意义上的文化研究（culture studies）有了根本的差别，在这里所说的文化研究中，“文化并不是那种被认为具有着超越时空界线的永恒价值的‘高雅文化’的缩略词”[②]，而是那些“不登大雅之堂”（unpresentable）的通俗文化或亚文学文类甚至大众传播媒介。它并不是写在书页里的经过历史积淀下来的精英文学文化，而是现在仍在进行着的、并有着相当活力的当代流行文化。当然，文化研究也是从早先的文学研究发展而来的，其早期形态有两个特征：其一是强调“主体性”（subjectivity），也即研究与个人生活密切相关的文化现象，从而打破了传统的实证主义和客观主义之模式；其二则是一种“介入性的分析形式”（engaged form of analysis），其特征是致力于对当下的各种文化现象进行细致的分析并提供理论的阐释。这两个特征毫无疑问都为文化研究在当今这个全球化的时代的发展奠定了基础。

尽管文化研究长期以来一直标榜自己反理论、反体制等倾向，但它所受到的理论启迪和所拥有的理论资源都建立在对现有理论的吸收上的。一般认为主要有这几个方面：早期的英国新批评派代表人物 F.R.利维斯的精英主义文学观和注重文学经典研究的倾向、意大利的马克思主义理论家葛兰西（A.Gramsci）的霸权概念、德国的法兰克福学派马克思主义批判理论、索绪尔的结构语言学

---

① Simon During ed., *The Cultural Studies Reader*. Routledge, 1993, p.1.

② 同上书，第2页。

和符号学理论、福柯的知识考古学和史学理论、拉康的注重语言结构的新精神分析学、巴赫金对民间文学的探讨、文学人类学对文学文化（literary culture）的书写以及文化人类学理论等等。可以说，在经过各种后现代主义思潮和后结构主义理论的冲击后，全球化时代的文化研究的范围更加扩大了，探讨的问题也从地方社区的生活到整个大众文化艺术市场的运作，从解构主义的先锋性语言文化批评到当代大众传播媒介乃至消费文化的研究，从争取妇女权益和社会地位的女权主义发展到关注女性身体和性别特征的性别研究和怪异研究，从特定的民族身份研究发展到种族问题和少数族裔文化及其身份的研究，等等。原先戒备森严的等级制度被打破了，高雅文化和大众文化的人为界线被消除了，殖民主义宗主国和后殖民地的文学和理论批评都被纳入同一（文化）语境之下来探讨分析。这样，“正如我们所期望的那样，文化研究最有兴趣探讨的莫过于那些最没有权力的社群实际上是如何发展其阅读和使用文化产品的，不管是出于娱乐、抵制还是明确表明自己的认同”①，而伴随着后现代主义理论论争而来的全球化大趋势更是使得“亚文化和工人阶级在早先的文化研究中所担当的角色逐步为西方世界以外的社群或其内部（或流散的）移民社群所取代并转变了”②。这种“非边缘化”和“消解中心”之趋势，使得文化研究也能在一些亚洲的发达国家和地区以及一些第三世界国家得到回应。

进入 20 世纪 90 年代以来，随着世界经济、政治和社会文化的全球化步伐加快，文化研究也有了快速发展的土壤。它迅速地占据了当代学术的主导性地位，越来越具有当下的现实性和包容性，并且和人们的文化生活的关系越来越密切。当代文化研究的特征在于：它不断地改变研究的兴趣，使之适应变动不居的社会文化情势；它不屈从于权威的意志，不崇尚等级制度，甚至对权力构成了有力的解构和削弱；它可以为不同层次的文化欣赏者、消费者和研究者提供知识和活动空间，使上述各社群都能找到自己的位置和活动空间。在全球化的语境下，文化研究已经逐步发展为一种打破传统的“欧洲中心主义”或“西方中心主义”思维模式，跨越东西方文化传统的跨学科的学术研究领域和批评话语。在文化研究这一广阔的语境之下，我们完全可以将长期被压抑在边缘处的性别问题和性别政治提到文化研究的议程上来。而全球化的进程则使得对性

① Simon During ed., *The Cultural Studies Reader*. Routledge, 1993, p.7.

② 同上书，第 17 页。

别问题和性别政治的研究不再是西方发达国家的专利，已成为一些东方和第三世界国家的学者从事文化研究的重要课题。

二、从女权和女性研究到性别研究

早在后现代主义大潮在西方学术界衰落之后，多元文化格局刚刚形成之时，女权主义作为一种边缘话语力量在西方文化理论界扮演的角色就开始显得愈来愈不可替代。进入全球化时代以来，传统的注重女性权益和社会地位的女权主义理论思潮更是以不同的“面貌”出现，如性别政治（gender politics）、怪异研究（queer studies）或酷儿研究、妇女研究（women studies）、女同性恋研究（lesbian studies）等，颇为引人注目。在汉语中，女权主义又可以译成“女性主义”，但在不同的历史时期其内涵的侧重点却有所不同：早期的女权主义之所以称为“女权”主义是因为它所争取的主要是妇女的社会权益和地位，以达到与男性同等的权益；而当今的女性主义和女权主义的时常混用则显示出一部分已经享有与男性同等权利的女性，尤其是知识女性，所要追求的恰恰是女性在生理上与男性存在的天然的差别。她们并不满足于男性的认同，而恰恰要追求不同于男性的“女性特征”和女性身份。这一差别人们能从“feminism”这个术语逐渐为性别政治、怪异研究、妇女研究、同性恋研究等诸概念所依次取代而看出其中的转向，这自然也体现出女权/女性主义研究内部的一种转向。但尽管如此，女权/女性主义的边缘性仍是存在的，而且是双重的：在一个“男性中心”社会中的边缘地位和在学术话语圈内所发出的微弱声音，这两点使得女权主义理论和女性文学始终具有强烈的论战性和挑战性，并一直在进行着向中心运动的尝试。早在 20 世纪 80 年代初，女权主义就曾经和西方马克思主义以及后结构主义共同形成过某种“三足鼎立”之态势，后来，到了 80 年代后期，随着后结构主义在美国理论界的失势和新历史主义的崛起，女权主义在经过一度的分化之后又和西方马克思主义以及新历史主义共同形成过一种新的“三足鼎立”之态势。进入 20 世纪 90 年代以来，随着女权主义的多向度发展，它又被纳入一种新的“后现代”文化研究语境之下得到观照，在这一大背景之下，由传统的女权主义理论研究演变而来的妇女研究、女性批评、性别政治、女性同性恋研究、怪异研究等均成了文化研究中与女性相关的课题。总之，时至今日，作为一种文化思潮的女权/女性主义和作为一种批评理论的女权/女性主义仍然有着强大的生命力并显示出其不断拓展和更新的包容性特征。

女权主义曾经有过三次浪潮。第一次浪潮始自19世纪末延至20世纪60年代，这一时期的特征是争取妇女的权利和参政意识，所强调的重点是社会的、政治的和经济的改革，这在某种程度上与60年代以来兴起的“新”女权主义运动有着明显的差别。而且这时的女权主义批评家所关心的问题主要局限于其自身所面临的诸如生存和社会地位等问题，并未介入理论界所普遍关注的问题，因而其局限性也是显而易见的。女权主义的第二次浪潮则使得女权主义运动本身及其论争的中心从欧洲逐渐转向了北美，其特征也逐渐带有了当代批评理论的意识形态性、代码性、文化性、学科性和话语性特征，并被置于广义的后现代主义的保护伞之下。这一时期为学界所关注的有五个重要的论争焦点：生物学上的差异，经历上的差异，话语上的差异，无意识的差异以及社会经济条件上的差异。论者们讨论的主题包括父系权力制度的无所不在，现存的政治机构对于妇女的不适应性和排斥性以及作为妇女解放之中心课题的女性的差异等。应该承认，这一时期的批评家和女性学者所关注的是女性的独特性和与男性的差异。经过20世纪70、80年代的西方马克思主义的勃兴、后现代主义辩论的白热化和后结构主义的解构策略的冲击，女权/女性主义本身已变得愈来愈“包容”，因此它的第三次浪潮便显得愈来愈倾向于与其他理论的共融和共存，形成了多元走向的新格局：包括西方马克思主义的女权主义，黑人和亚裔及其他少数民族的女性文学，有色人种女性文学，第三世界/第三次浪潮女权主义，解构主义女权主义，同性恋女权主义，精神分析女权主义，性别政治，怪异理论，等等。这种多元性和包容性一方面表明了女权主义运动的驳杂，另一方面则预示了女权主义运动的日趋成形和内在活力。

在文化研究的广阔语境下，以女性为主要对象的性别研究主要包括这样几个方面：女性性别政治，西方马克思主义的女权主义，反女性的女性主义，女性写作和女性批评，法国的精神分析女性主义理论，女性诗学的建构，女性身份研究，女性同性恋研究，怪异研究。从上述这些倾向或研究课题来看，一种从争取社会权益向性别差异和性别政治的转向已经再明显不过了，也就是说，所谓女性的性别政治已经从其社会性逐步转向性别独特性。这一点恰恰是文化研究语境下的性别研究的主要特征。本文将在下面两节中分别予以评介和讨论。

三、文化研究视野中的女性同性恋批评和研究

在文化研究的语境下考察性别和身份问题，我们自然不可回避这两个突出的社会文化现象：女性同性恋和怪异现象。在这一节里，我们主要讨论女性同性恋现象以及由此而产生的女性同性恋批评和研究。

众所周知，20 世纪 50、60 年代在一些欧美国家曾经兴起过性开放的浪潮，大批青年男女试图尝试着婚前无拘无束的性生活，致使传统的婚姻和家庭观念受到强有力的挑战。之后随着女权主义运动对妇女权益的保护，尤其是对人工流产的限制，这种性开放的浪潮逐渐有所降温。性开放浪潮所带来的后果有三种：其一是传统的婚姻和家庭观念的逐渐淡薄，青年人虽然对结婚和生育持审慎的态度，但对婚前的同居生活则更加习以为常；其二则是呼唤一种新的和谐的家庭和婚姻观，这实际上是对传统的家庭和婚姻观念的继承；其三则是在经历了性开放浪潮的冲击之后，一些知识女性也模仿早已在男性中流行的同性恋倾向，彼此之间建立了一种亲密的关系，久而久之便发展为对异性恋的厌恶、拒斥和对同性的依恋。人们对这些有着较高的文化修养和社会地位的知识女性的所作所为感到极为不解，甚至认为她们十分“怪异”。起源于 20 世纪 70 年代、兴盛于 80、90 年代的所谓“女性同性恋研究”（lesbian studies）以及兴起于 20 世纪 90 年代的“怪异研究”（queer studies）就是在这样一种历史和社会背景下应运而生的。目前对这两种现象的研究已经被纳入广义的文化研究中的性别研究范畴下，并逐步成为其中的一个相对独立的子学科领域。

早期的女性同性恋现象及其批评（lesbian criticism）的出现与先前已经风行的男性同性恋（gay）现象及其批评（gay criticism）有着密切的联系，但同时也与早先的女权主义运动有着某种内在的继承和反拨关系。作为女权主义批评的一个分支，“女性同性恋批评尤其起源于有着女性同性恋倾向的女权主义政治理论和运动，因为它本身就是由妇女解放和男性同性恋解放运动发展而来的”[①]。一些知识女性，主要是白人知识女性，既不满于妇女本身的异性恋，也不满于男性同性恋者的那种肆无忌惮的性行为，因而她们自发成立起自己的新

① Bonnie Zimmerman, “Lesbian”, in Michael Grodon and Martin Kreiswirth ed., *The Johns Hopkins Guide to Literary Theory and Criticism*. The Johns Hopkins University Press, 1994, p.329.

组织，并称其为“激进女性同性恋者”（radica lesbians）或把自己的事业当作一种类似“女性同性恋解放”（lesbian liberation）的运动。她们认为女性同性恋主义使妇女摆脱了父权制的束缚和压迫，可以成为所有妇女效仿的榜样，因此女性同性恋主义是解决女权主义的没完没了的抱怨之最佳方式。[①]还有一些更为极端的女性则公然号召妇女与男性“分居”，同时也与异性恋妇女“分离”，她们认为这不仅仅是性行为上的分离，而且更是政见上与前者的分道扬镳。毫无疑问，早期的这些极端行为为女性同性恋批评及其研究在20世纪80年代的逐步成型、90年代的蔚为大观奠定了基础，应该说当代女性同性恋文学理论正是从这种女性主义和分离主义的语境中发展而来的。

女性同性恋批评的发展也得到一定的机构性支持。例如早期的“女性分离主义”学派（feminist-separatist school）从一开始就注重建构自己的文化，她们通过创办自己的刊物和出版社，出版自己同人的作品来扩大影响，后来她们甚至在有着数万名会员和广泛影响的现代语言学会（MLA）的年会上组织专题研讨会，以吸引更多的知识女性加入其中。当然，女性同性恋运动一出现就遭到了相当的反对，主要是来自女性内部的反对，另一些人则对之持理解的态度。比较持中的观点以利莲·费德曼（Lillian Faderman）为代表，她在《超越男人的爱》（*Surpassing the Love of Men*，1979）一书中号召妇女建立起一种类似自文艺复兴以来一直存在于美、英、法作家的作品中的“浪漫的友谊”，但她并没有对有性的和无性的亲密关系做出明确的区分，这实际上也是当代女性同性恋没有朝着畸形方向发展的一个健康的先声。

尽管迄今女性同性恋文学批评家和学者大多为白人知识女性，而且阅读和研究的对象大多为经典的女性作品，但有色人种和少数族裔女性也开始了自己的批评和研究，这方面最有影响的早期著述为芭芭拉·史密斯（Barbara Smith）的论文《走向一种黑人女权主义批评》（Toward a Black Feminist Criticism，1977），其中花了不少篇幅从女性同性恋的理论视角来解读黑人女作家托妮·莫里森（Toni Morrison）的小说《苏拉》。在这之后研究非裔美国同性恋女性主义的著述也逐渐多了起来，这显然与美国这个多元文化社会的混杂的民族和文化身份有关。而相比之下，在欧洲的批评界和学术界女性同性恋批评的声音就要小得

---

① Bonnie Zimmerman, “Lesbian”, in Michael Grodon and Martin Kreiswirth ed., *The Johns Hopkins Guide to Literary Theory and Criticism*. The Johns Hopkins University Press, 1994, p.329.

多。如果说“古典的”女性同性恋理论还有着不少令其他学术领域可以分享的概念的话，那么经过解构主义训练、崛起于 20 世纪 80 年代的新一代批评家则把这些“传统”抛在了脑后，再加之有色人种妇女的参与以及男性同性恋理论的吸引，女性同性恋理论愈益显得驳杂。这些深受解构主义影响的批评家将一切“统一的”“本真的”“本质的”东西统统予以解构，从而使得“lesbian”这一术语成了父权话语体系内的分裂的空间或主体的表征。这些观点大多体现在卡拉·杰（Karla Jay）和琼娜·格拉斯哥（Joane Glasgow）合编的论文集《女性同性恋文本和语境：激进的修正》（*Lesbian Texts and Contexts Radical Revisions*，1990）中的一些具有原创性的论文中。显然，进入 20 世纪 90 年代以来直到 21 世纪初叶，女性同性恋理论依然方兴未艾，批评家们围绕自我的本质、社群问题、性别和性等问题而展开异常活跃的讨论，此外，学界也越来越尊重传统的女性同性恋女性主义（lesbian feminism）的不少观念。这一切均为这一研究领域的稳步拓展营造了良好的外部文化环境。在文化研究的大视野中，性别研究和性别政治成了其不可缺少的重要方面，甚至包括男性同性恋研究在内的这方面的研究机构也在一些大学建立了起来。但相比之下，对女性同性恋的研究更加引人瞩目。这可能与 90 年代崛起的“怪异理论”或“怪异研究”不无关系。

四、文化研究语境下的怪异研究及理论思考

尽管人们难以接受女性同性恋现象，甚至对研究这种现象的女性学者也抱有一些偏见，但对其反抗男权话语的激进批判精神还是可以理解的。而对于怪异及其怪异理论，人们则有着某种天然的敌意，这主要是出于对怪异现象本身的误解所导致。实际上，怪异在很大程度上是由男性同性恋、女性同性恋发展演变而来的，或者说是这二者平行发展到一定阶段的一个必然产物。由于男性同性恋者的不懈努力，男性同性恋运动在相当一部分国家已经合法化，因而对男性同性恋的研究也就被认为是理所当然的。而对于女性同性恋行为，不少人，尤其是女性内部的一些坚持传统者，则认为是有违常理的行为。由于被认为“怪异者”的人都是女性，而且大多是由女性同性恋发展而来，与前两种同性恋既有着一定的联系又不无差别，因此研究者也自然会将其与前二者相关联。“怪异”（queer）根据其英文发音又可译为“酷儿”或“奎尔”，意为“不同于正常

人”（non-normative）的人，而用于性别特征描述时这一术语则指有别于“单一性别者”，也即如果作为一个男人的话，他也许身上更带有女性特征，而作为一个女人，她又有别于一般的女性，他/她也许不满足甚至讨厌异性恋，更倾向于同性之间的恋情，等等。这里需要指出的是，“怪异理论”（queer theory）被引进中国时，由于中国性学家李银河的翻译和推广，根据其英文发音将其译成“酷儿”，这在一定程度上就改变了其本来的含义，而更多地含有“了不起的”（marvelous）和“不同凡响的”（remarkable）意思。但在英语世界，仍然有不少人认为，这样的人与正常的、有着鲜明性别特征的人不可同日而语，属于“怪异的”一族。但是对于究竟什么是“怪异”，人们至今很难有一个准确的定义。正如怪异研究者安娜玛丽·雅戈斯（Annamarie Jagose）所不无遗憾地总结的：“显然，迄今仍没有一般可为人们接受的关于怪异的定义，而且，确实对这一术语的许多理解都是彼此矛盾的，根本无济于事。但是怪异这个术语被认为是对人们所习惯于理解的身份、社群以及政治的最为混乱的曲折变异恰在于，它使得性、性别和性欲这三者的正常的统一变得具有或然性了，因此，造成的后果便是，对所有那些不同版本的身份、社群和政治都持一种批判的态度，尽管这些不同的版本被认为是从各自的统一体那里演变而来的。”[①]这实际上也就道出了怪异这一产生于西方后现代社会的现象所具有的各种后现代和解构特征：在怪异那里，一切“整一的”“确定的”“本真的”东西都变得模棱两可甚至支离破碎了，因此怪异在这里所显示出的解构力量便十分明显了。从当代美国怪异研究的主要学者的思想倾向来看，她们大都受到拉康和德里达的后结构主义理论的影响：前者赋予她们对弗洛伊德的“利比多”机制的解构，而后者则赋予她们以消解所谓“本真性”（authenticity）和“身份认同”（identity）的力量。身份认同问题是近十多年来文化研究学者普遍关注的一个课题。在传统的女权主义者那里，女性与男性天生就有着某种区别，因而要通过争得男人所拥有的权利来抹平这种差别。但女性同性恋者或怪异者则在承认男女性别差异的同时试图发现一个介于这二者的“中间地带”。比如说，传统的女权主义者仍相信异性恋，并不抛弃生儿育女的“女性的责任”，而怪异女性则试图用“性别”（gender）这一更多的带有生物色彩的术语来取代“性”（sex）这一更带有对异性的欲望色彩的术语。在全球化的语境下，人们的身份也发生了裂变，也即身份认同问

① Annamarie Jagose, *Queer Theory：An Introduction*. New York University Press, 1996, p.99.

题变得越来越不确定和具有可讨论性：从某种单一的身份逐步发展为多重身份。这对怪异理论也有着影响，因此怪异理论也试图对身份认同这个被认为是确定的概念进行解构，也即对身份的本真性这一人为的观念进行解构。传统的观念认为，一个人的身份是天生固定的，而后现代主义者则认为，身份虽天生形成，但同时也是一个可以建构的范畴。对于怪异者而言，即使生来是一个女性，也可以通过后来的建构使其与异性恋相对抗，因而成为一个更具有男子气质的人。对男性也是如此，并非所有的人都必须满足于异性恋的，有的男人即使结了婚，有了孩子，照样可以通过后来的同性恋实践使自己摆脱传统的异性恋和对女性的性欲要求。因此怪异理论与其说是诉求身份不如说更注重对身份的批判。[①]

美国怪异研究的主要理论家朱迪斯·巴特勒（Judith Butler）认为，反身份的本真性恰恰是怪异所具有的潜在的民主化的力量："正如身份认同这些术语经常为人们所使用一样，同时也正如'外在性'经常为人们所使用一样，这些相同的概念必定会屈从于对这些专一地操作它们自己的生产的行为的批判：对何人而言外在性是一种历史上所拥有的和可提供的选择？……谁是由这一术语的何种用法所代表的，而又是谁被排斥在外？究竟对谁而言这一术语体现了种族的、族裔的或宗教的依附以及性的政治之间的一种不可能的冲突呢？"[②]这些看来都是当代怪异理论家和学者必须面对的问题。而在目前的文化研究语境下，已经有越来越多的学者关注性别研究和身份政治，而处于这二者之焦点的怪异无疑是他/她们最为感兴趣的一个课题。

怪异现象一经出现，就受到了各方面的关注，出于对怪异理论的科学性的怀疑以及对其研究方法的主观性的怀疑，一些学者还试图从遗传基因的角度甚至人的大脑的结构等角度来对这一现象进行科学的研究。于是"怪异学"（queer science）也就应运而生了。在一本以《怪异学》为名的学术专著中，作者试图从科学的角度来探讨这样两个问题：究竟是什么原因使一个男人变成同性恋者或异性恋者的？以及谁又在乎这些呢？[③]由于这样的探讨已经大大地超越了文化研究的领域和范围，我将另文予以评介。我在这里只想指出，随着中国的现代化进程的大大加速，一些大城市已经率先进入了后工业或后现代社会，繁重

---

① Annamarie Jagose, *Queer Theory: An Introduction*. New York University Press, 1996, p.131.

② Judith Butler, *Bodies That Matter: On the Discursive Limits of "Sex"*. Routledge, 1993, p.19.

③ Simon Le Vay, *Queer Science*. The MIT Press, 1996, p.1.

的工作和学术研究压力以及自身的超前意识致使一些知识女性对异性恋冷漠甚至厌恶，因而女性同性恋的征兆也开始出现在一些知识女性中。因此对这一社会文化现象的研究也将成为中国的文化研究语境下的一个令人瞩目的课题。

〔原载《南开学报》(哲学社会科学版) 2005 年第 5 期〕

二、文学文化现象研究

《天雨花》性别意识论析

陈　洪

弹词《天雨花》是清代俗文学的皇皇巨著。[①]全书三十回，九十余万字，在二三百年间拥有广泛的读者和听众，而在女性中影响尤大。论者甚至有“南‘花’北‘梦’”的提法，把它与《红楼梦》相提并论。这虽有溢美之嫌，却可见当时风行的程度。

这样一部重要作品，作者却面目模糊。自嘉庆以来的刻本皆首弁《原序》，署名“梁溪（今江苏无锡）陶贞怀”，并明白表示女子身份：

> 家大人……惜余缠足，许以论心，谓余有木兰之才能，曹娥之志行，深可愧焉。
>
> ……别本在清河张氏嫂、莒城张氏嫂、同里蒋氏姊、高氏姊、管氏妹，并多传抄讹脱，身后庶将此本丁宁太夫人寄往清河。[②]

不但有所明示，而且就身后作品流传的思虑与叮咛也分明呈露出女性的特点。但是，近人对此颇多置疑。其理由主要为三点：第一，《原序》最早见于嘉庆九年（1804）遗音斋刻本，而嘉庆五年（1800）孔庆林氏据《天雨花》作杂剧《女专诸》，在序言中称原作出于“浙中闺秀某”，可见其未见“遗本”之《原序》，从而足证“陶贞怀”之说为后出。第二，嘉、道间某抄本结尾有“要知执笔谁人手？前人留下劝后人”，亦可见其时并无“陶贞怀”之成说。第三，晚清

---

① 从较为宽泛的意义上讲，《天雨花》不妨视为韵散相间的小说。

② 陶贞怀：《天雨花·原序》，李平编校，中州古籍出版社，1984。

《闺媛丛谈》又有出自男性作家徐致和之手的说法，谓其尽孝娱母，作此弹词“以为承欢之计”，此外还有“江西女子刘淑英”及“康熙初年某男性遗民”等观点，皆对“陶贞怀”说形成挑战。[①]

应该承认，这些理由动摇了“陶贞怀”说的权威地位。但是也应该指出，这尚不足以完全推翻此说（《原序》有“别本……并多传抄讹脱”之说，至少可以减轻第一、第二两条理由的分量）。所以，在发现新的材料之前，《天雨花》的作者具体为何人以存疑较妥。

实际上，在目前的情况下，比起具体判断作者姓甚名谁来，分析、判断文本的性别意识，对于深入理解作品，对于发掘作品特有的文化意义，都更为重要一些。因为《天雨花》所流露的女性创作意识，在同类作品中，甚至在整个文学史上，是十分突出，且富于典型意义的。这主要表现为：贯穿于作品的反抗男权统治的描写；对于多妻制的敌视；女性的评判尺度；写婚姻家庭而绝无秽笔。

一

作者用浓墨重彩刻画了两个理想人物——左维明与左仪贞。父女二人都是德才兼备、文武双全、品貌皆优的完美形象。但奇怪的是，二人之间经常发生冲突，有时还相当激烈，甚至到了性命相搏的地步。而作者对于冲突双方，却是左右双袒——左维明总是符合于伦理纲常、道德准则，而且总是最后的胜利者；左仪贞总是站在人情物理一面，并通过作者的叙述笔调而充分赢得同情。

如第十六回，左仪贞的堂妹秀贞因陷贼被判死罪。[②]作为一个弱女子，她完全是政治斗争的无辜受害者。但其生父左致德与叔父左维明都怪她玷辱门庭，见死不救。左仪贞出于姐妹情谊与二人发生剧烈冲突：

> （仪贞）“若言三妹这件事，实因叔父害她身……如何责在一女子，此言太觉不通情……”小姐道：“……但把三妹救了出来，也是人情天理。”致德起身来一唾：“我今当你梦中人！……不打之时了不成！”

---

① 陶贞怀：《天雨花・前言》，李平编校，中州古籍出版社，1984，第1—7页。

② 此事件后来发生戏剧性转折，但在左氏父女冲突时，二人所了解的情况就是如此。

小姐听了心中怒，又复开言冷笑云：“只怕梦中人还有些仁义之心，梦中语还稍存公道，不似梦外之人……”

左公离坐便抽身，道言：“兄弟休与辩，畜生放肆不成文！惟有重责无他说。”①

接下来的近两万字集中写父女之间的意志较量。左仪贞私改手谕，再三跪求，透露信息，甚至自杀、绝食，不救出秀贞誓不独生。而左维明不仅屡屡设计谋杀秀贞，而且对仪贞也毫不容情，张口便是：“今朝必要来打杀，莫要轻饶逆畜生！”“我也不必来问你，只立时打死有何论？”“从今与你断绝天伦之义，父女之情，任你饿死便了。”作者对这一冲突过程的描写，有两点特别值得注意。一是左维明责骂时总要点明仪贞的性别，由此凸显其行为的越轨，如“小小一个闺中女……如此施为了不成”“你道那个闺门女，恁般大胆乱胡行”等等，并且直言：“惟女子与小人为难养也！近之则不逊，远之则必怨。”二是强调二人意志间的较量，如左仪贞在父、叔逼迫之下明白宣告：“违拗父亲难免罪，任从责罚死应该。三军可以来夺帅，匹夫立志不能更！钢刀加首难从命，总是今朝不顺亲。”而左维明则反复强调仪贞的“拗”：“女子执性”“其执拗处，原是生性使然”“这般拗性怎区分”“执拗之人曾见有，从来不及这仪贞”等等。尤其是围绕仪贞绝食的大段描写，焦点就是谁的意志更坚强。合观这两点，文本表现性别冲突的意味十分明显。

有趣的是，凡写到左维明与奸党、匪徒冲突时，作者总是把他写得不仅刚直不阿，而且有情有义；而一写到他与左仪贞的冲突，就立刻变得蛮横、偏执。作者虽写二人互不让步，但左维明以威势压人，左仪贞为情义抗争，笔墨间的轩轾是十分明显的。

意味更明显的文例是左仪贞为母抗父一段。第二十二回写由于左维明“闺门严禁，不得出游”，以至左夫人“到此八年，连房屋还未曾全识”。左夫人不甘心，便带领仪贞姐妹数人到自家花园游玩。左维明发现后，以“内则”“闺训”为据，对母女大加训斥，结果夫妇反目。他先是要以家法责打，又将夫人深夜锁闭于园中。左仪贞认为“父亲言语多尖利，总来铲削母亲身……欺人太甚真不服，我今怎肯顺爹心？”于是挺身而出，持剑救出母亲，并以理相争，驳得

① 陶贞怀：《天雨花》，李平编校，中州古籍出版社，1984，第636—637页。

左维明“默默无言难理论”。接下来一段，男权与反男权的斗争更为显豁。左维明理屈词穷之下祭出“夫权”与“父权”的法宝，命仪贞“速跪尘埃受责刑”，“今朝不是来责你，借你之身责母亲”，以此逼迫夫人就范。然后又得寸进尺，强令仪贞之母饮酒，而且一定要连饮数杯；继而逼迫其吃饭，而且一定要连吃三碗。夫人恨道：“欺人太甚真堪恨，算来非止一桩情。受他委屈多多少，各人心内各自明。”当然，结局是仪贞与母亲不得不屈服，但作者的感情态度却显然是倾向于弱者一边。

这样的家庭冲突在其他作品中同样存在，但相比之下有一明显相异之点。其他作品若同情女性，必对男性人物贬抑；反之亦然。而此书的左维明却是第一号正面人物。他不仅在政治斗争中人格高尚，而且在上述性别冲突中，见解、智慧也总是高人一筹的。从道理上讲，左维明每次都是“正确”的；只是他居于支配地位的权力令人（包括左仪贞、左夫人，其实首先是叙述人）反感。有趣的是，作者笔下的左仪贞从整体人格上看，也是名教卫士，纲常伦理一丝不苟。父女间的冲突其实无关乎作品宣扬的大“原则”。从表面看，二人立场有别：父讲理而女讲情。但细推敲，父之理女并不反对，女之情父亦理解，所以二人间的冲突实质乃是一种权力意志的冲突。左维明扮演的是居于优越的权力位置的父亲、男性，左仪贞代表的是有才智、合情理却被迫居于臣服地位的女性。①

在同时代男性作家的笔下，绝无这样的写法。例如《野叟曝言》，取材与思路与《天雨花》十分接近，《好逑传》也颇有相似之处，稍晚的《儿女英雄传》立意也相通，然丝毫没有对男权抗争之笔。《红楼梦》及稍前的《林兰香》、稍后的《镜花缘》，都批判男权，但作品中男权的代表都属被批判之列。唯独此书，男权的代表在作品的整体中是赞颂的对象，甚至男权本身也得到理性的肯定，而同时又在感情态度上、在具体描写中对其提出挑战。

这种矛盾的写法是封建时代知识女性矛盾心态的不自觉流露。一方面，她们认同于封建伦理（被迫的，或者自愿的）；另一方面，她们又深切地感受到父权制社会中男女二元对立的严酷现实，感受到男权无所不在的压迫。这种感受因其才智、能力之不凡而较一般女性更为强烈。从《天雨花》对左仪贞才智权变的刻意描写中，我们感觉到，作者正是在这方面特别自负，因而才塑造出才

---

① 小说中 4 次写到父亲企图逼死亲生女儿的情节，过高的“复现率”自然产生出特殊的意味——女性对无法摆脱的男权畏惧而又敌视的心理。

智权变见长的“女强人”左仪贞，才有意识地安排她与男主角的才智较量，最后无意识地表现为性别间的意志冲突，并把同情的笔墨洒向冲突中女性的一边。

对于女作家在写作中，特别是在小说写作中的这种矛盾态度，朱丽叶·米切尔认为具有相当程度的普遍性。她称女作家的小说“既是妇女小说家对妇女世界的拒绝，又是来自男性世界内的妇女世界的建构。”[①]即一方面遵从父权制的秩序来构建艺术世界，一方面又抗拒这种秩序，从事着一定程度的颠覆。“陶贞怀”通过左仪贞的形象，正是发出了这样一种女性的“双重”的声音。

二

《天雨花》的女性意识还表现于对婢妾的敌视。

清代描写家庭生活的文学作品，大多有婢妾的形象，并不同程度地涉及妻妾关系。在男性作家的笔下，婢女、小妾往往是楚楚可怜的，这在明末清初的“冯小青”题材热中尤为明显。冯小青为冯某之妾，才华绝代，而冯某性情粗豪，冯妻悍妒非常，终使小青备受磨难而死。清初以此为题材的小说戏剧有十余种，另外涉及的还有多种。这充分表露出身处多妻制矛盾漩涡中的男性的某种心理。在男作家笔下，即使写婢妾之恶，如《林兰香》的任香儿、《红楼梦》中的赵姨娘，也只是个人品质，同时往往另有可怜可爱之其他婢妾，如《林兰香》的女主角燕梦卿，《红楼梦》的香菱、尤二姐等，作者因其为妾为婢而笔墨之间格外予以同情。

《天雨花》却大不相同。全书的女性反派角色大多安排给婢妾，如左维明之妾桂香、左致德之婢（后为郑国泰之妾）红云等，皆用相当多的笔墨来写其恶。桂香为左维明自家人众的唯一反派，正面形象的树立、故事情节的发展，与她关系甚大。作者把她刻画成淫贱、愚蠢、恶毒的形象，极力加以丑化，笔墨中流露出强烈的轻贱、敌视态度。这个人物身世背景与《红楼梦》的几个丫鬟颇有相似之处，但作者的感情态度却判若云泥。她八岁被卖进府，在老夫人身边“服侍随身十五春”，待老夫人安排她出嫁时，由于“志气多高傲”，眼中只有左维明一人，便道：

---

① 张岩冰：《女权主义文论》，山东教育出版社，1988，第98页。

> 小婢八岁来卖进，恩养如今十五春。夫人待我如亲女，义重恩深不忍分。情愿一世来服侍，不愿终身配下人。①

这一节极类似于《红楼梦》中的鸳鸯。当老夫人答应放她回家时，她历数自己家人的不是：“狗肺狼心不是人”，“今朝若是回家去，正好卖我身来做本银”。这又类似于晴雯（以及鸳鸯）的故事。本来这样的经历很容易被处理为可怜可爱可惜的形象，但《天雨花》的作者却笔锋一转，把她写成处处流露出邪恶的可鄙可恶可笑的人物。值得注意的是，桂香的“邪恶”并非完全出于个人品质，而很大程度是其欲邀夫宠的妾妇身份。《天雨花》字里行间似乎都有作者这样的潜台词：“凭你，也配？！”从这个意义上讲，作者敌视的不是桂香这个人，而是其婢妾的身份。

这种敌视心理甚至有病态的表现。作者一而再，再而三地安排桂香被毒打，拳脚、皮鞭、棍棒，无所不用其极，最后还让她“绑缚云阳身首分”。每逢写到这里，作者总是津津有味地描写，仿佛在品味“贱婢”的痛苦。如：

> 使尽平生之气力，照其粉面就施刑。二十巴掌来打罢，满口鲜红眼鼻青，双腮足有一寸厚，有口难开泪直淋。
>
> ……维明喝令从重打，肉绽皮开鲜血淋……桂香倒地身难起，哀哀哭得好伤心……维明喝令来扯过，菱花拖到地中心。一鞭抽去鲜红冒，背上油皮揭一层。桂香号哭声震屋，恨无地洞便钻身。刚刚打到十数下，桂香死去又还魂。②

> 左右家人齐应是，即揪贱婢到庭心。麻绳几道来捆缚，左安执棍便施刑。迎风起落难禁架，桂香痛哭震厅门，看看打到三十棍，肉绽皮开鲜血喷……③

作者真是“情不自禁”了，特别是第十一回这段，用了一千三百多字来写行刑，迹近残酷的笔墨与全书的格调殊不相合。而书中另一个初为婢女后做侍妾的红云，作者也给她安排了身首两分的下场。还有黄御史小妾吕巧莲被沉江

---

① 陶贞怀：《天雨花》，李平编校，中州古籍出版社，1984，第150页。

② 同上书，第169－176页。

③ 同上书，第405页。

溺死，左家冒充小姐邀宠的婢女凤楼被“绑下枭首级”，如此等等，不一而足。小说史上写小妾受虐的作品并不罕见，但大多是作为被侮辱被迫害的形象出现，如《金云翘》《醋葫芦》等。像本书这样明显敌视婢妾的情感态度，在男作家笔下似未曾有，我们只能视之为女性对于自己婚姻地位的危机感的变相表现。

由此而进一步通观全书，作者上述笔墨虽不高明，甚至有刻毒之感，但其背后隐含的婚姻家庭观念却是应予充分肯定的，即明确否定多妻制，而且是带着强烈的感情色彩，这在中国小说史中同样是十分罕见的。

三

作品中女性意识的另一表现是情节安排中流露出的衡量男性的价值尺度。

《天雨花》中的左维明是个封建社会的理想型人物。他文武双全，“家资巨富”，少年中第，位极人臣。特别是智谋与武略超人，所以不论何种情势，何等对手，他都能应付裕如。在这些方面，他与后出的《野叟曝言》的主人公文素臣极为类似。[1]不过，二者的差异也是相当明显的。

与男作家笔下的理想人物比，左维明的特色首先在于生平不二色，正如他本人自夸的：

> 我在杭州三载春，爱我之人多不少，妙莲庵内众尼僧，荀家献尽殷勤意，妖狐变作美人身。我身若是心不正，安得性命转回程？[2]

作者对这一点十分在意，反复写其在这方面经受的“考验”，如狐精迷惑有三次之多，“贱婢”引诱竟达五次，还有妓女的陷阱、宫女的诡计、淫尼的牢笼等，几乎终其一生都要接受“忠贞”的检验。当然，左维明过一关又一关，从无“失足”，从而完成了自己的高大、完美、理想的形象（当然，也就是作者心目中的理想形象）。

① 中国小说史上以一个家庭为中心的作品大致可分为3类：一是贬斥批判型，如《金瓶梅》；一是留恋感叹型，如《红楼梦》；一是赞颂向往型，如《天雨花》《野叟曝言》等。《天雨花》与《野叟曝言》二书的主人公左维明与文素臣不仅形象相类，而且经历——包括与权奸的斗争，平定朝廷的判乱，与僧道、精怪的斗争等——也极为近似。从这个角度讲，《天雨花》创造了一个模式。

② 陶贞怀：《天雨花》，李平编校，中州古籍出版社，1984，第246页。

即以狐精“考验”而论，一次是“月貌花容美十分”的女子自荐枕席，结果被左维明把“细软娇柔”的手指“只一掐”，“中指齐齐断骨筋”，于是现出狐狸的丑形；一次是“玉质香肌软又温”的黎又娇与其同床，结果同样被左维明“掐断指中筋，大叫一声原形现”。宫女、妓女的“考验”其实也都差不多：任妖娆百般，左自岿然不动，而最后一定要把这些妖精及“准”妖精杀死——尽管她们或百般求饶，或本属无奈。

与文素臣比，二者在不断经受“色”的考验方面颇相似，但结果却大不相同。文素臣所经“考验”多为是否不欺暗室，而送上门的女人骨子里大都是可亲可爱的，故开始文虽峻拒，结局却照单全收。文也遇到狐精之类的“考验”，结局是凭他的出众的性能力把狐精降伏。这显然带有男权与男性自我炫耀的意味，和《天雨花》为左维明设计的决不二色表现大相径庭。

《天雨花》的作者不仅安排左维明顺利通过一次次“考验”而终于“守身如玉”，还多次让左维明就此直接表态。如：

> 夫人道：“你为何不寻几个姬妾？…… ”左公便道：“言差矣，为何反愿这般行？我曾当日亲言誓，再不将心向别人。如何纳甚偏房宠？只愿夫人有妒心。”①

> 左公暗笑回身转……温言来慰左夫人：“……当初赵松雪作词示管夫人云：‘我为学士，你做夫人……我便多娶几个胡姬、赵女，也不为过分。’管夫人答词云：‘我侬两个忒杀情多……我的泥里有你，你的泥里有我。’赵览之，大笑而止……有才有智多权术，愿卿须学管夫人。”②

让男主人公立誓不二色，而且期盼夫人有权术、有妒心以利于“监督、保证”，这种笔墨如果出于男性之手就恐怕有些不正常了。类似情况，《野叟曝言》的描写也可做对比。文素臣与妾刘氏谈论夫妻问题，文自述其“理想”是一妻四妾，“一室之中，四美俱备”。刘氏则大加赞扬，道是：

> 有大志者，必有奇缘；有奇才者，必有奇遇。……这等机缘，在他人

---

① 陶贞怀：《天雨花》，李平编校，中州古籍出版社，1984，第686页。

② 同上书，第179－180页。

实属万难，在相公则易如反掌。[①]

让女性如此衷心拥护一夫多妻，若非男作家所为，也恐怕有些不正常的。

左维明的另一特色是对日常家庭生活的浓厚兴趣。书中反复写他与妻子、女儿嗑嘴磨牙，其兴味浑不似经天纬地的朝堂重臣所当有。兹略举一二：

> 夫人笑道："好意作诗奉贺新婚，不蒙称赏，反要问起罪来，真是奇事！"维明道："胡说！什么新婚，你捉弄丈夫，该当何罪？"夫人道："你使妾当夕，可有罪么？"维明笑道："你自让妾当夕，与我何干？"夫人笑道："休强辩，……"维明笑道："此言虽是，然总因是你误人。今日只是打了桓清闺，方消此恨。"夫人道："听你便了，我手无缚鸡之力，自然任你欺凌，有甚说得。"御史挽住佳人袖，勾抱怀心笑语云："以卿如此娇柔质，细雨微风也不禁，当恐窗开来日晒，每愁帘动有风侵……"夫人笑唾抽身起，侍儿暗笑尽含春。[②]

> 小姐说罢连冷笑。左公见说许多论，不禁说笑称奇事："为人子者这般行，果然半点无忌讳！乃尊度量太慈仁！累次被你来毁骂，不还一字死其心……"小姐道："孩儿怎敢骂父？只是爹爹扭住仪贞寻事，觉得可笑耳……"左公笑道："此论甚是有理，家里自出了那精灵（按：指仪贞），到今已二十四岁矣……"小姐冷笑回身转："这般乔话说谁听？……"当时回步归西院，左公暗笑自思寻："枉称她是聪明女，这样机关辨不明……"[③]

显然，这里谈话的内容并不重要，作者所着力表现的是夫妇、父女之间的拌嘴之乐。而左维明尽管时有"霸气"，但对家庭生活的浓厚兴趣却颇显其可爱——这一评价角度在众多男性作家的世情小说中也是未曾有过的。

左维明还有一个特点，就是给女性以充分的安全感——家里家外，无论何种危机，妻女皆可完全依赖之。作者特别强调他文武双全，不同于一般的书生：

---

① 夏敬渠：《野叟曝言》，人民文学出版社，1997，第89－90页。

② 陶贞怀：《天雨花》，李平编校，中州古籍出版社，1984，第171－172页。

③ 同上书，第1204页。

锦绣珠玑随口出，万字千言不费心。三教九流无不晓，百家诸子尽知能。兵机阵法多精熟，天文地理更深明。更兼武艺般般好，打拳舞棒胜于人。将门之子英雄种，迂腐全然没半分。①

并以他人作反衬：

却教老杜如何处？眼看娇妻送贼人！此时之乎也者全无用，子曰诗云怎当兵？毛锥杀不得诸强盗，文章唤不动枕边人。②

书中三次写强盗劫持妇女，被劫者一次是左家的乡邻，一次是左家的亲友，一次是左家自身，三次全赖左维明的胆略与武勇化险为夷。不厌其烦写同类情节，可以看出作者对于男主人公“护花使者”形象的厚爱乃至偏爱。③

文素臣、铁中玉也是文武双全的人物，也扮演“护花使者”的角色，但与左维明相比有明显差异之处：二人均曾落难，均被女子救命且加以呵护。而左维明自始至终如根深本固的大树，周围的女性皆可依偎于他而获得稳定与安全，却不必为他提供保护，为他操心。两种形象所反映的创作心理显然是十分不同的。

四

写家庭生活难免写到性。明清的世情小说十之七八有秽笔。即使高雅如《红楼梦》，也有多浑虫灯姑娘、秦锺智能一类笔墨点染其中。而《天雨花》却大不相同，全书凡涉及夫妻生活的地方，纯用含蓄笔法，绝无秽亵。如写左维明宦游归来，与桓氏久别后的初夜：

早听谯楼交二鼓，佳人才子转房门。相思两地三年久，此日相逢无限情。④

---

① 陶贞怀：《天雨花》，李平编校，中州古籍出版社，1984，第 16 页。

② 同上书，第 36 页。

③ 这一点似可作为该书写作于清初乱离之世的旁证。

④ 陶贞怀：《天雨花》，李平编校，中州古籍出版社，1984，第 244 页。

连“颠鸾倒凤”之类的小说套话都没有，“无限情”轻轻三个字便带了过去。又如写左仪贞新婚之夜，千余字的篇幅，并无一语近亵。写到床笫时，亦不过：

> 玉人低首无言语，状元怎禁那春心。温柔软款情如蜜，双双同展绣鸾衾。通宵画烛妆台上，月映纱窗亮似银。星河良夜闻清珮，流水桃花遇玉真。连理同枝春色满，鸳鸯比翼共和鸣。意密情深缘不浅，才子佳人天配成。[①]

着眼之处也是在“意密情深”“情如蜜”，而落笔则全在一种幸福氛围的渲染。——不写性而只写情，这应是那个时代女作家区别于男作家的标志之一。[②]

作品中偶尔涉及性生活时，作者的态度也与当时一般小说迥异。如第七回，左维明以在外久旷为理由，坚持要与夫人同寝；而夫人则以怀孕须注意“胎教”为说，拒绝其要求。这一段围绕“胎教”之是非，津津乐道写了一万余字，而中心是夫妻对性生活的不同态度，以及在性生活中的主导权问题。这个话题在男作家的笔下似未曾见，而作者站在女性的立场，表现孕妇自我保护的意识，更是通俗文学中绝无仅有的。

作者对这个话题的浓厚兴趣，不仅表现在文字的篇幅上，而且表现于情节的刻意雕饰。围绕“丈夫要求，妻子拒绝”的矛盾，作者设计了四次冲突：第一次左维明先以“既然你要遵胎教，决不前来犯你身”骗过桓氏，然后强行上床，而“夫人柔弱力难禁”；第二次“夫人竟执定此意，牢不可破”，左维明便设计将其灌醉，乘机潜入；第三次左维明先骗后强，“夫人两手来推拒，如何敌得半毫分？浑身香汗如淋雨，看看松到里衣衾……”，最后还是“夫人无奈顺郎心”；第四次左维明更直接动用夫权，以杖责要挟，“只因正身怀孕，不便施刑，所以把丫鬟代责。”四次冲突皆以左维明得逞终结，但作者的谴责之意还是相当明显的。作者借桓氏之口一再谴责道：“相公虽则是能人，只怕过于奸恶难延寿，还该忠厚两三分。”“言行相违岂是人！”“你今方得廿五岁，不要太使尽心机！”这样的诅咒之言实已超出了小夫妻斗嘴的通常界限。

胎教之说，多见于《女教》《女训》之类，然其说不一。相关的比较权威的

---

① 陶贞怀：《天雨花》，李平编校，中州古籍出版社，1984，第728页。

② 郑振铎前辈或曾指出此点，然未及细论。

说法是《礼记》，其《内则》云："妻将生子，及月辰，居侧室。夫……则不入侧室之门。"因此，在这次冲突中左维明是明显背离了礼教"原则"的。作者这样处理非常特殊，因为全书的其他部分左维明无不时时代表着儒学与礼教的原则。这个例外可有两种解释：一是作者对胎教及孕妇自我保护的话题太感兴趣了，为展开这一话题而牺牲了左维明形象的一贯性；一是作者关注家庭中性生活的主导及和谐问题，而正如霭理士《性心理学》所言，"女子的性生活大部分受男子的性生活的限制和规定"，"在性关系的树立上，男子占的是一个优越与支配的地位"①。故作者借此话题表示不满以及反抗意向——"夫人心下多不乐；此等奸人世少寻。我偏烦躁他偏笑，玩于掌上太欺人。""玩于掌上"云云，是故事中夫人的不满，也是作者的心声。

对孕妇的心理乃至生理要求如此体贴、关心，对性生活持如此态度，似乎在当时（甚至现在）的男性作家笔下是不曾有过的。

总之，从《天雨花》文本所流露的性别意识看，具有相当鲜明的女性特色，与当时（甚至古今）的男性作家的作品大不相同，因此，其作者当以女性为是。而作品此种性别意识之流露，也使其成为女性写作的典型文本，从而具有了多方面的研究价值。

〔原载《南开学报》（哲学社会科学版）2000 年第 6 期〕

---

①〔英〕霭理士：《性心理学》第 7 章第 2 节，潘光旦译注，生活·读书·新知三联书店，1987，第 443－444 页。

解放的困厄与反思

——以20世纪上半期知识女性的经验与表达为对象*

杨联芬

五四新文化运动以后，知识人普遍认识到，“从家族生活到个人生活”，是现代社会发展的必然方向①；以个人主义取代家族主义，也成为新时代的价值追求。20世纪20年代以后，因受教育而离开家乡外出谋职的青年渐渐多起来，传统家族式大家庭，逐渐被越来越多的城市夫妻小家庭（现代核心家庭）所取代；至20世纪40年代，知识女性的职业化在较大城市的中产阶层中，已属常态。由此，知识/职业女性，不但离开了传统宗法制大家庭，也常常走出夫妻二人的小家庭，进入社会公共事业。然而，实现了经济独立，并不意味着她们必然获得平等与自由。当家务和生育仍是女性“天职”时，收入有限而家务繁重的一般城市职业女性，往往心力交瘁。

1943年，冰心以男性口吻并以“男士”笔名写就的《关于女人》系列虚构小品②，其中《我的邻居》《我的学生》等，表现的就是现代妇女家庭责任与自我实现之间的严重冲突。《我的学生》故事尤为悲怆。女主人公S，原本是名校毕业的名媛，结婚以后，心甘情愿做一个新式的贤妻良母——一边服务社会，一边竭尽全力经营家庭。她乐观、智慧并富于情趣，将家庭营造成一个幸福、温馨与安全的归宿。抗战时全家迁到云南，失去优裕的生活条件，除了需要外

---

*本论文为国家社会科学基金项目“西方性别理论与中国现代文学思潮研究”（11BZW123）阶段性成果。

① 黄石：《家庭组合论》，《妇女杂志》1923年第9卷第12号。

② 冰心的《关于女人》的文体，看似纪实性散文，实则全为虚构，其中有的像小说，有的像随笔散文，很难进行文体归类。

出工作，日常家务也骤增。然而她对繁重的家务无怨无悔，还自己种地、做菜、腌咸鸭蛋；每有客来，则全力款待。她“处处求全，事事好胜”，“一人做着六七个人的事，却不肯承认自己软弱”，最后积劳成疾，英年早逝。小说以悲剧性的结局，表现了现代“贤妻良母”式知识女性的艰难处境。被社会和家庭双重责任压得喘不过气的处境，正是爱伦凯所指出的女性的母性天职与发展个人自由之间的冲突，这是“世界历史上最大的悲惨冲突”，因为冲突的双方，不是善与恶，而是两个最大的善。①冰心这篇小说的女主人公，因战争这一偶然事件而失去职业与家庭兼得的物质条件——战前她家雇有仆人，繁重的体力劳动她不必一一亲力亲为——却因此更具有广泛的代表性。②女性面临的这种困境，早在1927年的《新女性》杂志就曾发起过讨论。主编这样描述知识女性的处境：

> 现代女子，都有攻究学问，改造社会的大愿望，但同时她们却不能不尽天赋的为妻为母的责任，然照现在社会的情形，这两种任务，常不免发生冲突，因此每易使她们感到绝大的苦闷。究竟女子应抛弃了为妻为母的责任，攻究学问，改造社会？还是不妨把学问和社会事业暂时置为缓图而注重良妻贤母的责任？③

为避免冲突的悲剧性结果，有些女性便只好放弃一头，选择独身。冰心小说《西风》与陈衡哲小说《洛绮思的问题》，以相似的题材（只不过陈衡哲的小说写的是美国人），表现了选择放弃爱情和家庭，终生独身的高等职业妇女，她们在事业有成、实现自我之后，却失去人生应有的爱情、家庭，寂寞与悲凉就是她们“成功”之后的“报偿”。凌叔华小说《绮霞》，女主人婚后安然做起贤妻良母，后因放不下热爱的音乐而远赴法国求学，归来做女校教员，但丈夫早已另娶；她获得了事业，却失掉了家庭，只好独身。④独身的女教员，作为新女性最普遍的生存方式，在20世纪20年代的小说中，构成一道独特而灰暗的风

---

①〔瑞典〕爱伦凯：《恋爱与结婚》，朱舜琴译，社会改进社，1923，第161、163页。

② 抗战胜利以后，报章文字中，常见有职业女性倾吐苦闷的文字。如1948年《伉俪月刊》第2卷第10期，署名木每的文章《现代妇女的苦闷》，详细叙述了作者每天的紧张生活及内心苦闷：作为都市职业女性，她每天在职场与家之间奔命，薪水低廉，每月所得，仅够自己吃饭；家务繁重，身心俱疲；稍有抱怨，则丈夫怄气；等等。

③《现代女子的苦闷问题》编者按，《新女性》1927年第2卷第1期。

④《绮霞》1927年7、8月连载于《现代评论》第6卷第138、139期。

景线。[①]现代女性的三大诉求——思想的自由、劳动的自由和性的自由[②]——若能落到现实，则女性自身必定遍体鳞伤。

20 世纪 20 年代初中期，独身主义一度成为知识女性热衷的话题，不少报刊曾开辟“独身主义”专号。[③]1924 年《妇女杂志》“职业问题号”上，有人调查当时的职业妇女后指出，职业女性中，人数最多的是中产阶级以上出身、受过良好教育的女性，她们以某种职业为志向，在艺术与学术上有抱负，代表着妇女解放的方向，但她们却大都抱独身主义。[④]从报刊资料看，持独身主义立场的人中，女性大大多于男性；个中缘由，除受教育女性难以找到理想的爱情外，最大的原因，便是家庭对女性有致命的束缚，知识女性不但接受了“婚姻是恋爱的坟墓”的观念，还普遍认为家庭是束缚个人的囚牢，为妻为母无异于沦为“家庭的奴隶”。[⑤]如果女性在“个人”的意义上获得解放，换来的却是独身主义，则这样的解放，有违中国妇女解放倡导者着眼于社会进化和民族向上的初衷。章锡琛和周建人，一度将独身主义看作女性主体觉悟的一种体现，[⑥]后来却改变看法，将女性独身看作女权运动的负面结果，他们对女性问题的言论，也从强调“个性”，转而强调“女性”，认为妇女的解放，应在个性解放基础上再进一步，达到“母性”在更高基础上的回归。[⑦]20 世纪 20 年代中期，一些男性女性主义者（如妇女问题研究会的成员），往往在“恋爱”问题与“母性”问题上，显出两种极端的态度——“恋爱”论上很激进，“母性”论上却“保守”。章锡琛就是一例。关于后者，他认为在政治经济上追求男女平等的欧美女权运动，忽略了女性的本质，产生的是与男人对立的“另一种男人”；而独身主义的出现，就是其恶果之一。[⑧]

然而，否定了独身主义之后，如何解决女性的自我实现呢？1927 年 1 月《新

① 这类小说还有叶绍钧：《春光不是她的了》，《东方杂志》1924 年第 21 卷第 15 号；凌叔华：《李先生》，载《女人》，商务印书馆，1930。

② 谦弟：《我所认为新女子者》，《新女性》1927 年第 1 卷第 11 期。

③ 姜瑀的《五四知识女性独身主义思潮——兼及石评梅》对此有集中考论（北京师范大学硕士学位论文，2014，第 2 页）。

④ 晏始：《中国职业妇女的三型》，《妇女杂志》1924 年第 10 卷第 6 号（“职业问题号”）。

⑤ 谦弟：《我所认为新女子者》，《新女性》1927 年第 1 卷第 11 期。

⑥ 参见瑟庐（章锡琛）的《文明与独身》、周建人的《中国女子的觉醒与独身》，均载《妇女杂志》1922 年第 8 卷第 10 号。

⑦ 章锡琛：《妇女运动的新倾向》，《妇女杂志》1923 年第 9 卷第 1 号。

⑧ 同上。

女性》组织的“现代女子的苦闷问题”专题讨论中，针对现代女性社会责任与“贤妻良母”之间的冲突，“海内名人”二十来位，蔡元培、周峻夫妇，周作人、周建人兄弟，沈雁冰、吴觉农、樊仲云、陈望道、顾颉刚、潘家洵、孙伏园、陈学昭、陈宣昭[①]等，解答献疑，见仁见智。有趣的是，这组讨论中仅有的四位女性（除陈学昭姊妹和蔡元培夫人周峻，还有一位吴煦岵），两位无法给出自己的答案——她们自己也正是歧路彷徨的知识女性。而男性学者，大致分四类：一类认为这是一个伪问题，如孙伏园、樊仲云、徐调孚等，他们或认为二者根本不存在冲突，或认为若有冲突，也是女子怯懦、无能所致。这种武断的意见，相当能体现社会上大多数人（男性）的观念，恰好证明女性的困境，与环境和制度有极大关系。第二类是理想主义者，如顾颉刚等，他们承认冲突，并提供方案——打破婚姻制度，儿童公育。这是新文化运动开始以来相当有代表性的一种声音，可惜远水解不了近渴。第三类则赞同理想，但面对现实，如周作人、沈雁冰、周建人、陈望道等，他们都认为这个冲突根源于现存社会制度，只有改造制度，女性的困境才能从根本解决。但在共产主义尚未实现的现实中，“没有别的调和的办法，只能这样冲突地去做”[②]。第四类，蔡元培是代表，承认“贤母良妻”是社会对于现代女性“最主要的要求”；帮助男子专心服务社会，培育优良子女，就是女子对于社会“间接的贡献”，因此“良妻贤母的价值，与研究学问，改造社会无二”[③]。这实际是晚清贤母良妻主义的继续，激进的新女性很难认可——陈学昭就对此做出强烈反应，她对周峻一类愿做贤母良妻的女性不以为然，对现实中一些从事妇女运动却完全服膺于男权等级制度的阔太太，也非常愤慨，说：“你们去做你们的太太好了，别来管我们的妇女运动罢！”[④]

晚清女权启蒙理论关于妇女的“分利”说，和五四时期的人格论在忽略女性家庭劳动之社会价值这一点上，不幸与其要反对的传统站在了同样的立场。但这并非中国男性才有的盲点，而是世界普遍的现象。人类社会长期的父权制结构，使男性眼光成为“普遍标准”，导致女权运动必然以“男性化”为开端。在中国妇女运动中，很多男性仍然未能对男性本位的社会意识有深刻自觉，因

① 陈宣昭与陈学昭似是本家或堂姊妹关系。陈宣昭在本期的讨论中说“我姊学昭发表了一篇《给男性》……”陈学昭1977年摘掉右派帽子后致周扬信称其“住在我童年的好友我的姊姊陈宣昭同志家”。参见徐庆全：《新发现的陈学昭致周扬信》，《中华读书报》，2003年10月15日第5版。

② 周作人：《现代女子的苦闷问题》征文，《新女性》1927年第2卷第1期。

③ 蔡孑民：《现代女子的苦闷问题》征文，《新女性》1927年第2卷第1期。

④ 陈学昭：《“现代女子苦闷”的尾声》，《新女性》1927年第2卷第3期。

而在论及女性为妻为母的角色时，多以“自然属性”的认知而抱持理所应当的态度。从这个角度看，爱伦凯的母性论，强调母性是女性的权利而不仅仅是生物的“属性”，以及母职的神圣等，挑战了传统男性本位意识，具有革命性的意义。可惜她的这个观念，未能像她的恋爱论和离婚论一样，深刻影响五四新文化。

1926 年 12 月，《新女性》上陈学昭的文章《给男性》，就是针对男性本位而歧视女性的贤妻良母观，对男性整体上进行了一次猛烈的“扫射”，使一向尊重和体恤女性的夏丏尊，也一并“躺着中枪”。夏丏尊曾在《闻歌有感》一文中，对女性终身被束缚在为妻为母的角色中毫无保留地耗尽一生的生命形式，充满怜悯，感到痛心。他的意见，是要使人们对女性的贤妻良母角色有充分的尊重与感激。他认为，需要改变的不是制度，而是观念；不是事实，而是“对事实的解释”。他认为新女性把贤妻良母的责任，作为个人自我实现的手段来主动选择，是提高女性尊严的方法：

> 我不但不希望新女性把个人的自觉抑没，宁希望新女性把这才萌芽的个人的自觉发展强烈起来，认为妻为母是自己的事，把家庭的经营，儿女的养育，当作是实现自己的材料，一洗从来被动的屈辱的态度。……为母为妻的麻烦，不是奴隶的劳动，乃是自己实现的手段，应该自己觉得光荣优越的。①

这些话其实很有道理，只是，“对事物的解释”权力，不在女性手里。陈学昭不满的，还有夏丏尊对于女性“天职”的认定：

> 贤妻良母主义虽为世间一部分人所诟病，但女性是免不掉为妻与为母的。说女性于为妻与为母之外还有为人的事则可以；说女性既为了人就无须为妻为母，决不成话。②

在将为妻为母的家庭劳动纳入社会价值这方面看，陈学昭与夏丏尊没有根

---

① 丏尊：《闻歌有感》，《新女性》1926 年第 1 卷第 7 期。

② 同上。

本冲突。所不同者，夏丐尊将为妻为母看作女性的自然属性，而陈学昭却将其看作女性的人权："女子是人，男子也是人，为妻为母是人权，正如为夫为父也是人权是同样的道理。所谓贤妻良母及父与夫，都只是名称上的分别，职务上是一样的重要。"[①]因此她根本反对"贤妻良母"这样的概念，相应地，她也不赞同以"贤夫良父"来平衡男女，她认为男女的关系，是"人权的父与母"。[②]将为妻为母明确地视为女性的一种权利，这是带有根本性质的一种观念变化，可以说这是一种彻底的主体的觉醒。[③]但这种觉醒在现实中，即便夫妻都在"人权"意识上做到平等和相互尊重，女性的经验也仍然是沉重的。一个典型的案例是1935年《女子月刊》主编黄心勉的"苦死"。[④]

黄心勉与丈夫姚名达，都是江西兴国人，虽是旧式婚姻，但二人志趣相投，新婚之夜便有"相见恨晚"之感。[⑤]心勉原只高小毕业，婚后在姚名达鼓励下先后考入江西省立女子师范和第二女子中学。她除了育儿持家，就是读书，一心做自食其力并对社会有所贡献的人。1932年，夫妇俩在上海创办了女子书店，次年《女子月刊》创刊。时商务印书馆已被日军炸毁，《妇女杂志》停刊。姚黄夫妇办《女子月刊》，是想接力《妇女杂志》的女性启蒙使命，"替天下女子制造一座发表言论的播音机，建筑一所获得知识的材料库，开辟一个休息精神的大公园"[⑥]。姚名达1925年入清华研究院，受业于梁启超，1928年毕业后任商务印书馆编辑，1934年至1937年任复旦大学历史研究法教授。以他的收入，这个小家庭完全可以过上舒适的小布尔乔亚生活。但他们淡泊名利，生活俭朴，以"知识界的劳动者"自居，一心想对社会、对中国的女性解放有所贡献。[⑦]他们把收入的绝大部分，投入到女子书店、《女子月刊》；而书店的盈利，又全部投入接连创办的纯粹社会服务性质的女子图书馆、女子奖学金、女子义务函授学校。[⑧]庞大的事业和计划，使"他们家庭的生活费，只占去收入十分之一，是过着最低的生活"，晚饭常常只有"一碗小白菜，他们却津津有味地吃下几碗

---

① 陈学昭：《现代女子的苦闷问题》征文，《新女性》1927年第2卷第1期。

② 同上。

③ 姜瑀：《五四知识女性独身主义思潮——兼及石评梅》，北京师范大学硕士学位论文，2014，第33页。

④ 洪可人：《谁死得太可惜》，《女子月刊》1935年第3卷第7期。

⑤ 姚名达：《黄心勉女士传》，《女子月刊》1935年第3卷第6期。

⑥《发刊词》，《女子月刊》1933年第1卷第1期。

⑦ 姚黄心勉：《女子书店的第一年》，《女子月刊》1933年第1卷第2期。

⑧ 参见《女子奖学金章程》《女子图书馆章程》，《女子月刊》1933年第1卷第1期；《女子义务函授学校章程》，《女子月刊》1933年第1卷第2期；姚名达：《黄心勉女士传》，《女子月刊》1935年第3卷第6期。

饭”[1]。为节省开支，在《女子月刊》创办的第一年，他们不曾雇用一个人，“自审查文稿，发出排印，校对，发行，登报，收账，通信，会客，乃至包书，寄书，送书，任何琐事都是我们夫妻俩亲自做。我们又素重人道主义，不肯请雇娘娘，不肯蓄鸦头，家里有两个三四岁的小孩子，吵得要命”[2]。在黄心勉的人生路上，生育、家累，与她事业上的追求，常常严重冲突：早年在江西省会读书，两个孩子在老家染病，她不得不中断学业回家照顾，孩子却仍然双双夭亡，精神受到极大创伤。后入江西省立第二女子中学，却又因怀孕而中断学业。在上海创办《女子月刊》后，在极端繁重的工作之外，还有四个孩子“吸髓吮血”。[3]黄心勉“爱丈夫，爱儿女，爱母，爱弟，爱广大的群众，待什么人都那么慈祥，和蔼，忠诚，同情”[4]。博爱与责任，使她对工作、家庭和他人的请求，竭尽全力地付出，曾因不堪重负而想自杀。姚名达记述这段生活时写道：“这三年来，她所遭遇的困难是不可以数计，她自身的生活是劳苦到极点，她的心理是忽儿兴奋，忽儿悲伤。本来衰弱的身体是更加衰弱了，本来悲观的心情是更加悲观了。”他引用妻子的话描述她的处境：“吃的是没菜饭，穿的是破袖衫”；“把随时收入的金钱都花作印刷费了，每天都感着极度的恐慌。逼得刻苦度日，不敢浪费分文”；“自朝至暮，工作不休”；经常“蓬头垢面，连吃一顿饭也要数次停止去办事。常常在印刷厂校改错字，到晚上十二点钟才回家。还要抚养一群小孩子，管理一家琐屑”；常常“弄得焦头烂额，捉襟见肘，筋疲力尽”。[5]而姚名达呢，除了研究、写书、讲课，就是协助妻子，竭尽全力。夫妻二人曾因焦虑而发生龃龉，他还因此短暂“离家出走”过。但最终，爱情、体恤以及共同的社会使命感，使他们相濡以沫，咬牙搀扶前行。在《女子月刊》任过编辑的赵清阁，回忆当年情形时说：

姚名达自任经理，终日奔走于江湾的复旦大学、女子书店、编辑部、家庭之间；他执教、看稿，还要料理家务，照管孩子；劳动量的负荷相当沉重，但他表示宁可自己累死，也绝不把妻子拖回家庭；他是一个彻头彻

---

① 孙昌树：《本刊的由来及其展望》，《女子月刊》1934 年第 2 卷第 1 期。

② 姚黄心勉：《女子书店的第一年》，《女子月刊》1933 年第 1 卷第 2 期。

③ 同上。

④ 姚名达：《黄心勉女士传》，《女子月刊》1935 年第 3 卷第 6 期。

⑤ 这是姚名达在《黄心勉女士传》中引用黄心勉自己文章中的话，见《女子月刊》1935 年第 3 卷第 6 期。

尾的实践妇女解放论者，是一位言行一致，捍卫女权的好男儿。因此黄心勉非常敬爱他，也非常感激他，她常说，不是姚名达的开明，黄心勉只能围着锅灶转一辈子。可见他们夫妻互相理解，生活得多么幸福、恩爱。[①]

“两性间的牺牲精神，往往为了恋人的关系，虽是赴汤蹈火，亦所不辞。这种不可思议精神，决不是学校里边几位说教似的教员体验而得的内容，可以做比拟的。”[②]这是1923年《妇女杂志》“我之理想的配偶”征文活动的来稿中，所引用的厨川白村《近代的恋爱观》中的话，这段话颇可作姚黄夫妻婚姻的注脚——“结婚的关系，也应当如是，最初用恋爱做本位，巩固了外面，更须坚实那内部，花虽凋谢，但更须使实格外丰腴。由互助的精神，再进化而增进其复杂性，且开拓新境地而扩大之，爱子女，爱家族，爱邻人，爱种族而及于世界人类。人间的道德生活，也借此完成”[③]。姚名达与黄心勉相偕相助、共同奋进的十六年，实践了“理想的配偶”爱自己兼及他人和社会的美丽人生。但爱情的真挚，与博爱的道德，却未能使他们享受到应有的幸福，而被理想所埋葬。对于爱妻的死，姚名达在极度悲伤中，写下这样沉痛的话——

假如我也像一般弃旧恋新的男子，把心勉遗弃在乡下，哪会生下这么多的孩子呢？假如心勉也和一般独善其身的女子一样，不问社会国家的事，假如我也和一般重男轻女的人一样，不帮她过问妇女大众的事，怎么会创办《女子月刊》和书店，把自己劳死压死呢？[④]

超负荷的工作，频繁的生育，繁难的家务，使黄心勉积劳成疾，在《女子月刊》办得风生水起时[⑤]，年仅三十三岁便撒手人寰。在痛悼黄心勉时，姚名达及其他作者，都特别提到生育对黄心勉生命的致命摧毁。“姚先生的墓志铭里

---

① 赵清阁：《女子书店与姚名达》，载《文汇读书周报》1994年12月3日，引自李晓红《〈女子月刊〉：社团、党派、性别之间的博弈》，载厦门大学人文学院：《人文国际》第2辑，2010年8月，第191页。

② 漱琴：《我之理想的配偶》征文第7篇，《妇女杂志》1923年第9卷第11号。该期是“配偶选择号”，在所刊载的100多篇《我之理想的配偶》的征文中，绝大多数作者，表达的正是平等互助的现代的两性观和婚姻观。

③〔日〕厨川白村：《近代的恋爱观》，《妇女杂志》1922年第8卷第2号。

④ 姚名达：《黄心勉女士传》，《女子月刊》1935年第3卷第6期。

⑤《女子月刊》以其客观的立场，严谨的作风，丰富的知识，成为《妇女杂志》后影响最大的女性期刊，被尊为“中国女性唯一的良师益友”。见孙昌树：《本刊的由来及其展望》，《女子月刊》1934年第2卷第1期。

说：‘旋如中学，更习师范科，皆以产儿辍业，……而始产男汉涛，女春申，皆以体羸遇疾。……继孕四胎，每产后必哭，迄无以自解，……去冬怀孕，呕吐厌食……’黄女士享年三十三岁，自十八岁婚后，在十六年之中，生产已六次，怀孕一次，平均两年一胎，在这里，我们觉得女子的一生，对于生育的负担，实在太重了……”在那个节育的观念和手段都相当不普遍的时代，“通常一生生育十次以上的女子，是很普遍的一回事”；“除了少数有钱人的太太，得雇用乳妈，保姆，佣妇，及购置奴婢，压榨他们的血汗”外，绝大多数女性一生的最沉重的负荷，便是生育。所以，当时不少人都认为，黄心勉之死，一方面是事业上的鞠躬尽瘁，死而后已；另一方面也是家庭的“琐屑”和养育孩子，“摧毁了她的健康”。[①]黄心勉死时，腹中还怀有一个五个月的小生命。她受尽磨难，最后被沉重的担子压垮。她留下的遗嘱，那份妻子和母亲对亲人的牵挂、担忧与爱，读来催人泪下。[②]

黄心勉的悲剧，不过是五四以来职业女性人生困境的一桩个案。在女性苦苦追求自我实现的漫漫长途中，“职业”与“母性”的冲突，即“善与善的冲突”，可谓人类追求自由和解放的历程中，最寻常也最悲壮的情节。而回顾这些历史，为今人珍视来之不易的平等权利，并以更辩证的态度推进性别平等，无疑仍然具有现实意义。

〔原载《南开学报》（哲学社会科学版）2016 年第 4 期〕

① 上官公仆：《悼黄心勉女士联想到节育》，《女子月刊》1935 年第 3 卷第 7 期。

② 姚名达之《黄心勉女士传》抄录了黄心勉留给他和孩子的 3 封遗书。

报纸媒体与女性都市文化的呈现

——对《大公报》副刊《家庭与妇女》的解读*

侯 杰

随着近代中国报刊业的发展，知识的生产和智慧的传播变得越来越便捷。读报，既是都市人接收信息的一个重要途径，也逐渐演变成他们的一种生活方式。大量资讯透过报纸媒体进入人们的生活，同时也影响乃至改变着人们的生活。于是，报纸媒体的编者、作者们开始意识到报纸具有塑造都市文化、传播公共观念、供都市人群消费等多重功能。因此，他们往往利用报纸媒体建构出这样一个公共场域，塑造女性形象，然后经由读者的阅读消费和实际的生活糅合在一起，把编者和作者的想象投入生活之中。这也为我们探寻天津女性都市文化，特别是媒体参与建构的舆论空间中女性主体性的某些面向提供了可能。[①]

与以往研究[②]有所不同的是，本文拟以《大公报》副刊《家庭与妇女》为例，以该报对于女性家庭生活的引导为切入点，探讨媒体如何反映并塑造女性都市

---

* 本文为教育部哲学社会科学研究重大课题攻关项目“性别视角下的中国文学与文化”（05JZD00030）阶段性成果。

① 女性生活的研究，源自于新文化史学的兴起和发展——关注人们的衣食住行等日常生活内容对于一个人或是一个群体的思想的影响。从女性生活的各方面可以了解到生活背后的文化内核。

② 在研究近代中国妇女生活史的著作中，郑永福和吕美颐的《近代中国妇女生活》（河南人民出版社，1993）是一本很值得参考的书，作者探讨了自1840年到1921年间妇女生活的几个重点，诸如身体的解放，从天足到服饰，城乡妇女的差异，婚嫁，宗教、女工的情形，等等，透过不同阶层妇女生活的比较，读者能比较清楚地了解她们各自的生活状况。在重点研究都市女性的生活的著作中，以周叙琪的《1910－1920年代都会新妇女生活风貌——以〈妇女杂志〉为分析实例》（台湾大学出版委员会，1996）一书颇具代表，该书从教育、婚姻、服装、家事、育儿等项目来重建当时的妇女生活，反映都市新女性的生活风貌。该书重在探讨男性知识分子如何利用妇女报刊建构理想的妇女生活和形象。

文化，女性怎样参与都市文化的构造、传达自己的声音，以及如何表达主体意识等等问题。

一、媒体对于女性家庭生活的塑造

《大公报》是一份创刊于1902年6月17日的报纸，早年曾因发表文章、刊载广告等缘故，将诸如电影、自行车、摩登等新事物和新名词介绍给读者，多为人们所接受，久而久之，约定俗成，与都市人的生活与观念及其表达密不可分。该报几经风雨，推出的副刊——《家庭与妇女》创刊于1927年2月11日，至8月26日为半月刊，同年9月6日改为周刊，至1930年5月22日停刊。尽管《大公报》在1930年6月1日推出《家庭》专刊，似为《家庭与妇女》改变而来，但由于内容和版面与《家庭与妇女》差别很大，故此初步断定《家庭和妇女》应截止于这一时期，而我们的讨论也以此为限。

《家庭与妇女》的内容十分广泛，只要稍加检索就不难发现其中包括对于都市女性服饰、装束以及家庭生活方式和生活观念的介绍，如“夏季的轻快装束”“发的装饰”“脚的装饰”等时尚话题；“理想的家庭”“婚姻问题的调查答案”“我的择偶观”等婚姻家庭问题；“烹饪常识”“家庭药库”“无线电知识”等有关新式家庭生活的问题。此外，还涉及“德国妇女的家庭生活”“美国女权运动的回顾”等国外妇女运动和妇女生活状况的记述，特别是“放足运动”“天乳运动”“打倒妾的运动”“解决女子职业问题的紧要”等妇女解放议题。《家庭与妇女》的编者还采取征稿、刊发文论等方式就某些社会、文化现象，将婚姻、家庭、身体等某些原本属于女性自身、私人范畴的话题，引入公共领域，变成公共话题，让读者、作者发表不同意见和评论。编者和作者掌控话语权，让都市女性在阅读中“明白自身的地位，明白她们所负担的家庭间的责任和社会有什么关系”[①]。足见，带有某种训导式的语言更进一步表明报纸媒体中编者、作者和读者间所存在的不平等关系。篇幅所限，本文着重关注该报副刊对于女性家庭生活的引导。

该副刊介绍过颇为“先进”的家用电器及其基本构成和工作原理，例如无线电收听器、天线、引进线、电池灯等等。文章多选译自美国*Popular Science*

---

①《我们的旨趣》，《大公报·家庭与妇女》（天津）1927年2月11日第8版。

月刊上的“A.B.C. of Radio”一栏刊载的关于无线电收听器之常识。[1]因为新型家用电器本身新奇可喜，加上行文“浅易明显切合实际，颇能引起一般读者之兴味”[2]。需要强调指出的是，该副刊在介绍新产品的时候，将科学原理讲解得浅显易懂，旨在为妇女增长现代科学知识提供可能。此举可以视为传播现代科学新知、开女智的一种重要方式。关注家政知识的时代意义究竟是什么，男性知识分子对于女性家庭责任的不断确认，是显而易见的。把它置于不断向西方学习的近代历史的发展脉络之中，不难发现，此种西化的科学治家理想，也体现出人们对于现代生活的想象和追求。

还需要注意的是，在接受与理解这种新生活方式的过程中，人们更具开放心态。有作者呼吁，家庭生活应该更具现代气息，“娱乐可使一家之人得闲暇时间最佳之利用，使群感共同生活之乐趣。增加相爱之情谊”；“娱乐中如音乐与图画可以养成审美之智识，如种花与养鱼可以造成劳务清洁之习惯”。[3]竹君在文中就提倡日常生活的艺术化和科学化，主张建立家庭音乐会，作者认为：“人人能享受艺术味，使生活音乐化”。[4]很多家庭甚至根据自己的需要制定了“家庭享乐预算表”，这里的享乐不只是停留于过去的奢侈浪费，而是转变为新的休闲方式，如看电影、参加音乐会和新的家庭教育方式的实行。[5]而这种预算表的出现则更标示了人们新家庭娱乐观念的转变和对新生活方式的接纳。

无论是无线电收听器、电池灯，还是种花养鱼、家庭音乐会，都成为传递“现代”气息的符号。大众传媒、消费社会、商品化的概念与都市文化难解难分，代表“现代化都市”的符号借助报刊媒体进行转换、传播。同时，考察历时性和空间性的文化过程，媒体传播的不仅仅是记载在纸张上的语言文字符号，更力求在家庭范围内塑造市民的“现代性”。

受过教育的女性在家庭生活方式上有什么改变呢？该副刊发挥了媒体的作用，进行了集中言说。首先，厨房要十分清洁，饭厅、碟碗，都应当非常清洁。[6]家政革命的核心价值在于提倡家庭饮食的卫生和健康。更有译自美国新科学杂

---

① 金马：《家庭的设备》，《大公报·妇女与家庭》（天津）1928年7月19日、26日第10版。

② 金马：《家庭的设备》，《大公报·妇女与家庭》（天津）1928年7月19日第10版。

③ 黄嘉慧：《家庭之娱乐问题》，《大公报·妇女与家庭》（天津）1927年6月26日第5版。

④ 竹君：《家庭音乐会的组织的价值》，《大公报·妇女与家庭》（天津）1929年5月16日第13版。

⑤ 参见《暑期家庭享乐预算表》，《大公报·妇女与家庭》（天津）1929年7月18日第13版。

⑥ 参见《烹饪的基础方法与用具的清洁整理》，《大公报·妇女与家庭》（天津）1929年12月12日第13版。

志上的一篇名为《吃饭要规》的文章，专门分析蛋白质、淀粉、脂肪等营养成分对人体的作用。[①]根据食物的营养成分，把食物分为如下几类——鱼类、虾蟹类、家禽野味种、蔬菜类等，并加以系统介绍和讲解。[②]由此可见，该副刊特别强调妇女在处理家庭日常事务的时候，勇于吸收新知，关注家庭的健康，改变传统的生活习惯和方式。从表面看来，这只是倡导一种积极健康的新家庭生活方式，但事实上，器物和生活现象的现代化，又在一定程度上影响着社会性别制度和城市文化的现代性演进。

这一时期的天津新女性并不像近代上海女性那样奉行独身主义，女性不仅没有更多地要求脱离家庭，而且强化女性对于家庭的重要性和家庭是女性的责任等认知。由于康有为、梁启超提倡贤妻良母式教育，女学的教育重点偏向家政。有作者就指出新式教育造就的是西化了的新女性，“大多数自命为时髦的女子，其中也很多是受过教育的，都将国外舶来的繁华奢侈的风俗习惯，当做神圣一般的供起来”；她们与家庭的关系大有问题，“许多已嫁的女子，只要生活充裕，所有家务的处理，子女的养育，倒像是无足轻重似的。这实在是个中国家庭的大缺点”。[③]受过教育的妇女如何来处理家庭关系呢？该作者认为最重要的是妇女应当主动承担家庭的责任，受过教育、有思想的女子应当是有能力并承担责任的“新女性”：“近来有知识、有思想、有见解的女子，日渐多了，她们也有点了解组织家庭之后，她们应有相当的知识，相当的责任”；“就烹饪知识来讲，男子都要学会，以备不时之需，也算得了常识的一部分，何况女子呢”。[④]作者举了一个烹饪的例子，将在传统社会中专属女性的厨房，重新确定为女性的活动空间。教育、媒体和两性商媾的结果是，女子比男子应该在家庭生活中承担更多的责任——“男子都要……何况女子呢”。报刊文章的创作本身是一个过程，涉及实体符号、符号文字化、文字传播等环节，而此一过程本身就是对文化形态以及社会性别制度的再塑造。然而不容否认，教育、商媾、再教育之后的家庭观念和性别制度仍比较偏向传统。

自民国初年以来，关于家庭与妇女的讨论就没有停止过，婚姻制度、家庭

---

① 赵颐年：《吃饭要规》，《大公报・妇女与家庭》（天津）1927年7月26日第10版。

② 参见《烹饪常识》，《大公报・妇女与家庭》（天津）1928年9月27日第、10月4日、10月18日、10月25日、11月15日、11月22日第10版。

③《我们的旨趣》，《大公报・妇女与家庭》（天津）1927年2月11日第8版。

④《烹饪常识》，《大公报・妇女与家庭》（天津）1928年9月27日第10版。

生活等等议题都被公开讨论、检视——是传统还是现代？有人认为："旧家庭制度暂不适于今日之潮流，新家庭制度又未成立，值此新旧交替之际，道德披靡，风尚日偷。故团结知识界妇女，倾注全力于家庭革新之运动，实为目前当务之急。"①而该副刊所提供的并非一个简单、直接的答案，而是文化、信息、符号传播、商榷的过程，在社会生活的诸多领域内，发挥着制造和发布信息的作用。作为天津市发行量最大的报刊之一，它表明符号的生产与传播在都市文化建构过程中具有十分重要的地位。此外，它传播了一种从自发的社会文化变成具有商业动机的消费文化。

该副刊所刊载的很多文章，都涉及传统与现代的争论。而在现代中国，都市文化实际是在与传统文化尤其是乡村文化断裂的基础上不断孕育和发展的。它并不是传统农耕文化合乎逻辑的自然进化和延展式发展的结果，而是对工业化导致的社会变革的回应。媒体对新家庭生活方式的倡导有助于都市文化的建设。

婚姻家庭的变动受到社会的普遍关注，"娜拉出走"在天津引发了广泛的讨论。《大公报》就此曾展开"新性道德"②"女子人格独立"③等问题的争论。而"娜拉"被搬上戏剧舞台以及天津"娜拉"周仲铮的离家出走事件，都成为这一时期天津女性都市文化的戏剧化表现。《大公报》刊载的有关《玩偶之家》的演出消息，也反映了不同阶层的女性试图挣脱家庭束缚、追求自主婚姻的社会现实。"除了知识女性外，中下阶层的贫苦女性，也多有为争取婚姻自由，不惜反抗父母，逃出家庭之事例。"④重要的是，该副刊还透露出一些读者对这类事件的复杂心态。"在赞扬未婚女子因反封建反专制而出走之际，仍多将淫妇之名或道德谴责的眼光，加诸已婚妇女的出走之上。"⑤

恰恰相反，该副刊更强调女性在家庭中的重要与责任。足见，该副刊所表达的家庭观念和性别倾向是传统与新潮并存，这在涉及传统与现代争论的文章中多有体现。

---

① 黄嘉慧：《家庭之娱乐问题》，《大公报·妇女与家庭》（天津）1927年6月26日第5版。

② 俱新：《新性道德的基础》，《大公报·妇女与家庭》（天津）1928年9月27日第10版。

③ 天然：《女子是个人》，《大公报·妇女与家庭》（天津）1929年10月3日第13版。

④《鼓姬之家庭革命》，《大公报》（天津）1929年11月18日第9版；《少女逃婚》，《大公报》（天津）1930年1月9日第9版。

⑤《淫妇畏罪破镜重圆》，《大公报》（天津）1928年4月5日第7版；《淫妇私逃反称被逐》，《大公报》（天津）1928年5月27日第7版。

二、由编者、作者、读者构成的公共舆论空间

毋庸讳言，《大公报》等报纸在现代中国直接或间接地营建了都市人的文化观念及社会心态。报刊自从在中国逐渐流行之后，对于中国现代性和时尚的建构起到了相当重要的作用。它改变了旧有的信息传播方式，极大地增加了信息受众的数量，以至于一篇文章刚刚登载，各地读者便可以迅速浏览；依靠现代印刷技术，文化信息得以被大量复制，其中所隐含的各种意义直接或间接地刺激了市民对于知识和信息的需求，营建了市民的心理模式，使之成为都市文化中不可或缺的一环。对于依靠类似于报纸媒体所建立起来的文本的现代想象，诚如当代学者李欧梵所言："从一开始，中国的现代性就是被展望和制造为一种文化的'启蒙'事业。"[①]此外，报纸媒体并非单纯的纸质大众媒介与传播思想的工具，而是一个颇为庞杂的文化机构。它并非孤立地存在于社会之中，而是与商会、学校、地方士绅、精英知识分子结成错综复杂的关系，形成一个舆论表达的空间，并充当了思想表达－思想实践的某种链条。因此，报纸媒体在反映、塑造都市女性的审美潮流、都市文化和社会性别认同的力量无疑是巨大的。

《大公报》副刊《妇女与家庭》非但代表了中国现代文化的独特传统，而且也提供了一个"媒体"理论：现代民族国家的建构和民主制度的发展是和印刷媒体分不开的。[②]该副刊在反映、塑造女性都市形象等方面是怎样处理"传播者和受众"之间关系的呢？根据传播学的"5W"理论，信息的传播大概都要遵循"什么信息通过什么途径在何时向什么地方和谁"传播的规律。媒体传播过程中的每一个环节都不是独立、割裂的，传播者、传播内容、媒介本身和受众，这多重关系是互动的。而"编者—读者—作者"的往来则较好地诠释了这一互动关系：编者作为报纸媒体的策划者和主办者，其思想观念和价值趋向在一定程度上直接影响着报纸的倾向、主要内容和读者群的选定；而作者是报纸内容的创作者；读者是报纸的主要传播对象，作者和读者有时候又常常角色互换。作者和读者的兴趣爱好经过聚焦、反馈之后，有可能反过来影响编者的办报策略和报纸的价值走向，因此也在一定程度上决定和影响了报纸的存在。考察这一

---

① 李欧梵：《上海摩登——一种新都市文化在中国 1930－1945》，北京大学出版社，2001，第 57 页。

② 李欧梵：《李欧梵自选集》，上海教育出版社，2002，第 138 页。

文化互动场域，有助于探讨报纸媒体如何拟造女性都市文化，进一步追寻女性声音、社会性别认同的整合。

《大公报》的编者在媒体信息传播过程中所扮演的角色和发挥的作用显而易见，可以用“策划和引导者”来概括，其思想倾向直接决定了传播内容和传播队伍的建立。作为副刊《妇女与家庭》的创办者和第一任编辑，经过五四新文化运动的何心冷[①]不满足于在拥有很多女性读者的栏目中男性作者一枝独秀：“《妇女与家庭》中的文字，平均起来，由女子执笔而发表意见的，不十分多。所以有许多问题，都是让男子在那里隔靴搔痒，未免太煞风景了。我相信，我们这个报，当然有许多女读者，不过是不肯作文而已，所以我要求，请你们提出点切身问题，讨论讨论，无论如何，总可以给其余的一般女子一些很好的帮助。”[②]何心冷的这个提议主要是为了扩大作者队伍，由以往很少言说的女性参与讨论，同时鼓励女性读者大胆发表言论。没过多久，此举就收到了一定的实效。一些女性开始撰稿讨论自己的切身问题，从而变读者为作者。较为典型的是北京的“迷我女士”在“阴暗沧海，混混冥冥，一路无望，迷糊徘徊”之时，看到别人发表了谈论重男轻女的文章后，也就教育改良和经济独立等问题阐明自己的观点。在她看来，“我乃中等学校的学生，没有丰富的知识”，“本没多大的能力来谈这个问题，更不配与□君来讨论”，所以要把自己的言论公诸报端，“第一是因为我切身问题，第二是因看心冷君的给不认识的女友们的鼓舞”。[③]足见，编辑何心冷的鼓励产生了效果。

何心冷还不断提出包括都市女性在内的市民普遍关注并容易发出议论的各种话题，交由作者和读者讨论。这主要是因为何心冷在该副刊明确表明自己的编辑态度，“尤其是欢迎许多姊妹们能够将本身的问题，切实地报告供给一般社会讨论和研究”。如1927年9月8日，他在《“贵族领头”与“脑袋架子”》一文中提出“尽管大家讨论妇女解放，而装饰这件事在人家心目中还是必要的”，遂引起人们对于妆饰这一话题的关注，并挪出一定的版面刊登有关资讯。于是，几乎在每一期上都有关于女性装饰的讨论文字，以及各种图片。在他向作者和

---

① 何心冷，《大公报》的著名副刊编辑，1923年9月到《大公报》编辑报纸副刊，主要编辑有《艺林》《铜锣》《小公园》及《妇女与家庭》等副刊。

② 心冷：《给不认识的女友》，《大公报·妇女与家庭》（天津）1927年8月11日第8版。

③ 迷我女士：《读“妇女的习惯怎样革除”后的我见》，《大公报·妇女与家庭》（天津）1927年9月8日第5版。

读者们表示出“关于家庭的改良以及家庭陈设美的计划，都是我们所十分欢迎的”[①]态度之后，关于家庭改良和家庭陈设美的文章逐渐增加，并经他之手，在副刊上刊出。如《整理器具法》[②]《大家庭和小家庭的片面观》[③]《美国通行的壁橱》[④]等。可见，“编者”何心冷对于该副刊的精心设计，起到了实际引导者的作用。

正是在编者的鼓舞下，作者开始踊跃投稿，响应征文者来自众多社会阶层，其中既有男性作者[⑤]，也有女性作者。在女性作者中，除了精通文字的知识分子之外，也有粗通文墨的普通人。MY 女士便是在编者的鼓励下敢于发声的典型代表之一。她非常谦虚地说自己仅仅是一个受过初等教育的人，且感觉“作文的能力，非常薄弱，恐怕有许多词不达意的地方”，但是仍然希望叙述个人的家庭生活和心得，遂撰写了《我的家庭》一文。“虽是一个很穷苦的，简单的工人家庭，但是他的构成，是我们自己的努力的结果，所以我愿意叙述出来，让大家批评”，并表明自己对婚姻和家庭的看法。她认为男女双方：第一，必须能力相当；第二，必须志趣相同；第三，必须经济独立。[⑥]MY 女士的文章同样引起了其他读者的注意。有读者随即来函，大力赞赏她的勇气和人格：“读了 MY 女士新家庭的自述，我对她的人格，非常钦佩。她可算是我们女界中的一个觉悟者，一个实践者”，为此，这位读者还提出自己关于新家庭要素的观点：“身体必须彼此健强”[⑦]。编者使该副刊成为女性书写的一个相对广阔的场域，MY 女士的文章引起了一场小讨论，形成了女性互动。

此后，MY 女士不断撰文来讨论自己和其他女性的切身问题。在《两点钟的印象》一文中，她讲述了自己在工厂失业后，到另外一个烟草公司应聘时的情景。[⑧]在《大题小作——我也来谈谈重男轻女问题》一文中，她就重男轻女问

---

① 心冷：《编者之言》，《大公报·妇女与家庭》（天津）1927 年 12 月 14 日第 5 版。

②《大公报·妇女与家庭》（天津）1928 年 1 月 12 日第 10 版。该文中讨论了家庭陈设中器具整理和摆放以及卫生问题。

③《大公报·妇女与家庭》（天津）1928 年 2 月 2 日第 10 版。该文中讨论了家庭改良之问题。

④ 李君：《美国通行的壁橱》，《大公报·妇女与家庭》（天津）1928 年 4 月 5 日第 9 版。

⑤ 男性作者投稿这一现象相当普遍，也是过去和同时代的报刊中的主流现象，所以这里就不单独提出来分析。

⑥ MY 女士：《我的家庭》，《大公报·妇女与家庭》（天津）1927 年 9 月 8 日第 5 版。MY 女士，出生于一个中产阶级家庭，6 岁丧父，高校毕业后，反对邻村营长的求婚，后来邻居张君去工厂工作，她经过几番周折，来到天津和张君在同一个工厂工作。不久，两人建立了幸福美满的家庭。

⑦《大公报·妇女与家庭》（天津）1927 年 9 月 15 日第 5 版。

⑧ MY 女士：《两点钟的印象》，《大公报·妇女与家庭》（天津）1927 年 10 月 5 日第 8 版。

题发表了深刻的见解，在读者中引起较大反响。芳影在读后感中指出，“我读了MY女士的《大题小作》以后，除我自己对于MY女士和她的理论给予我深切的教训，确实的，我的内心对于与她这些言论很感动的，还起了共鸣作用！”①。在MY女士看来，“女性自身的问题，需要我们自己来讨论，需要我们自己去解决”。与开始的时候缺乏信心相比，MY女士在言说的过程中不断关注和确立自己的主体性。为了能在文章中表达自己的观点，分享个人经验，MY女士还阅读了有关妇女问题的理论书籍，同男性商讨一些性别议题：“我所看过的关于妇女问题书籍很少（只有《妇女问题讨论集》，《将来之妇女》），很缺乏理论，所以虽在这篇不成东西的文章里，还加了张君（我的丈夫）不少的助力，才能脱稿。”②

MY女士的作品不同于男性社会名流和倡导妇女解放的女性精英的文章，完全是借助于该副刊在读者中产生影响，从而得到某种认同。这足以说明女性所发出的这些声音不仅表达了她们个人的切身感受，还构成了那个时代的一些议题。由于她们的声音和思想不时出现在报纸媒体上，所以既起到引起读者留心关注女性问题的作用，又有助于报人和市民理解一般女性的想法。由此，编者、读者、作者在共同关注的议题下被聚集到一起。也正是这种并非“持论甚高”、表达精彩，却像是里巷琐言的文章，透露出更多都市女性的生活和观念，对于我们重构现代都市女性生活和心态史具有不可替代的意义和价值。

这一个案还为我们提供了深入分析的可能，MY女士的文章是在编辑何心冷的鼓励下出现的，所谈论的话题——新式婚姻、女工失业、重男轻女都是天津城市现代化过程中的重要议题。换言之，她所选择的问题及其表达的个人经验、对问题的看法都无法彻底脱离时代话语，或多或少都经过编者的暗示和设计，究竟哪些是她自己的声音，值得深思。贺萧在研究20世纪上海娼妓的时候，曾经提出她们确实说了话，她们的话不但被记载下来，也呈现了个人的经验，所以她们的声音有些可能是经过设计而呈现，也有可能是原音重现。③需要注意的是，MY女士言明在撰文时，“还加了张君（我的丈夫）不少的助力”。

---

① 芳影：《“大题小作”共鸣》，《大公报·妇女与家庭》（天津）1927年9月28日第5版。

② MY女士：《大题小作——我也来谈谈重男轻女问题》，《大公报·妇女与家庭》（天津）1927年9月21日第5版。

③ 参见贺萧：《危险的愉悦：20世纪上海的娼妓问题与现代性》，韩敏中、盛宁译，江苏人民出版社，2003，第3—7页。

不论是她的文字必须给丈夫“过目”“修改”之后才能投稿，还是她的丈夫对她的文字有过修改建议甚至直接动手增删，最起码她在表达思想的时候就已经必须面对男性思想的预设。还有一种可能，文章本身就是她和丈夫“商讨”的结果。无论如何，MY 女士见诸报端的文章显然接受了两位男性——何心冷、张君直接或间接的帮助。所以，报纸媒体提供的并非是一个纯粹女性或者纯粹精英理念的思想或实践。实际上，它提供的是一种社会性别观念、制度商榷的可能。女性作者也并非全然丧失主体性，表面上看来男性编者是主导，但他们往往也会被女性作者牵引；女性作者的书写尽管会受到主流话语、男性编者的引导，却表达了个人的声音。可见社会性别的言论、思想、制度正是在反复的商榷、议论中呈现出一定的实像。换言之，女性通过报纸媒体也参与主流话语的制造、复制和传播，同时也说明男女共同参与了女性都市文化的创造。

或许正是由于编者强化作者和读者的女性身份，所以一些男性作者取了女性化的笔名。如在 1927 年第 12 期上发表《读了〈微弱的呼声〉后》的作者虽署名为“莲”，但是却声明：“当我未写这篇文章之先，须要郑重地声明。我实实在在是个男子。并非冒牌货。但是在我们自己同行的眼光看来，也许要说我是倒戈者吧。”[①]这一时期或此前，撰稿人使用女性化笔名者并不罕见，署名为“某女史”者往往也是男性。而“莲”不仅公开表明男性身份，而且还站在女性的立场上谈论男女平等，其“倒戈”之举既可以视为都市男性对于男女平等问题具有更多现代观念，又会招致以“感同身受”的方式引导女性思想解放的嫌疑。

足见，该副刊的作者和读者还存在着一定的性别模糊性。

三、结　语

《大公报》的《妇女与家庭》副刊，在 20 世纪二三十年代的天津存在了五年，向人们展示了天津都市文化的某些面向，表现出“编者—作者—读者”之间的互动，以及编者和作者利用这一虚拟空间，塑造女性主体性形象，影响读者乃至更多都市人生活的特性。《大公报》不仅记载和反映了天津的都市文化，同时借助市民生活方式、价值判定、审美情趣的彰显，影响了两性的社会性别

① 莲：《读“微弱的呼声”后》，《大公报·妇女与家庭》（天津）1927 年 7 月 26 日第 5 版。

认同。

女性都市文化的出现是城市社会、政治、经济和文化共同作用的结果，非常复杂，既有现代对传统的改变，也有传统与现代的抗争。而天津女性都市文化所表现出来的两种张力则呈现出明显的特点。然而作为一个开埠较早的都市，天津在北方常常起到率先垂范的作用，都市化程度较高。像新家庭生活方式的引进和确立，各种新设备的使用，莫不如此。市民们的观念和行为更具开放性，容易接纳新事物，但现象和符号背后的社会性别制度却仍然具有矛盾、商媾的实质。

作为一个以反映女性生活、观念为主的副刊，《妇女与家庭》很好地呈现了20世纪二三十年代天津的女性都市文化。该副刊还成为一种重要的文化传播途径，积极地加入性别关系的建构中，不断地传递出关于性别角色的规范，或明或暗地表明自身对不同性别角色、不同社会身份的基本态度，在批判传统两性关系的同时，倡导建立新的性别关系和文化。所有这一切，不仅不同程度地反映了女性都市文化在不断发展变化的历程，而且也或多或少地表明男性的性别观念在影响女性以及受女性影响的多种情况下的实际状况，加之报纸媒体对性别问题的独特呈现，从不同侧面反映并构建了这一时期都市文化中所存在的社会性别关系。

〔原载《南开学报》（哲学社会科学版）2007年第2期〕

清末小说女性形象的社会性别意识与乌托邦想象

——以《女子世界》小说创作为例*

刘　钊

乌托邦（Utopia）原意为“乌有之处”，因16世纪英国社会主义空想家托马斯·莫尔的政治著作《乌托邦》得名。该书描画了一个叫“乌托邦”的地方，那里的人们实行公有制，按需分配，统一饮食与服饰……这是一种至今未见的美好生活图景，一方面间接地指出了现实的缺憾，另一方面又给予人们改变现实、渴望未来的动力。由于《乌托邦》采用了虚构的小说创作手法，所以它被后来的西方文学界看作“亚小说”文类的范本，“乌托邦小说”概念得以形成。作为一种具有强烈政治意味的小说文本，中国乌托邦小说产生于清末民初之际。据统计，从“庚子之变”至1919年的20年间，我国创作和翻译的乌托邦小说有400余篇①，在主题类型上以政治小说和科幻小说居多。其中政治小说与救亡图存的现实关系密切，创作数量颇丰，尤为引人注目，出现了以梁启超的《新中国未来记》、康有为的《大同书》、蔡元培的《新年梦》、吴趼人的《新石头记》等为代表的一批作品。这些小说的作者们以批判当时国内的社会现实为出发点，构想了未来中国“应然”的乌托邦生活图景，对建设未来中国表现出浓烈的理想主义诉求。

乌托邦小说在表达人们改变不如意现实、期望未来生活的愿望时，通常采用叙述未来的方式。然而，“乌托邦”本身是一种人类普遍存在的思想精神状态，

---

*本文为教育部人文社会科学研究规划基金项目“现代中国女性话语的乌托邦研究”（10YJA1047）阶段性成果。

① 耿传明：《清末民初乌托邦文学综论》，《中国社会科学》2008年第4期。

远远超越了一种单纯的小说类型。源于 19 世纪到 20 世纪之交内忧外患的特殊环境以及外来文化的猛烈冲击，清末的小说创作大多没有受限于乌托邦小说通常的“将来完成时”叙述。作为一种思想，乌托邦“可以指人类的愚蠢念头或人类希望中的极致，是对完美境界的徒然的梦想，期望在一个永远不存在的国度或理性的努力中来重新创造人的环境及其体制，甚至是人类存在缺陷的本质，以此来丰富日常生活的可能性”[①]。清末小说中的乌托邦思想与启蒙思想家们期望女子在改变社会现实中发挥作用的政治命题一脉相承。受梁启超“欲新一国之民，不可不新一国之小说”[②]思想的影响，他们创办女性期刊[③]，开辟小说专栏，以女子爱国、母职、恋爱等为中心主题塑造女性形象，满足他们对于女子政治身份的期待，客观上成为现代中国女性话语建构的资源。

一

“庚子之变”是清王朝自甲午海战后所遭受的又一次沉重打击，同时也使中国知识界充满焦虑，具有忧患意识的启蒙思想家们急于在西方以及日本经验中寻找答案。“女权”[④]概念经由日本传入中国后，令国内知识界耳目一新。由于“女权”与“民权”紧密的内在关联性使性别与拯救民族国家的现实需要联系起来，“女子”一时成为具有政治魅力的性别群体。1904 年，丁初我等人创办了《女子世界》月刊，自觉肩负起教育、引领女性群体走出蒙昧的历史责任。他们在探寻国家落后挨打的根源时，认为“自女权不昌而后民权堕落，国权沦丧”，并预言“二十世纪中国之世界，女子之世界”[⑤]。将“国权沦丧”归咎于“女权不昌”显然是不符合历史事实的，过分强调女子在民族国家历史变革中的作用也是具有乌托邦色彩的主观想象。但是《女子世界》通过社说、演坛、传记、科学、教育、卫生、女学文丛、事件、记事、文苑等栏目，试图从政治、教育、

① 姚建斌：《乌托邦文学论纲》，《文艺理论与批评》2004 年第 2 期。

② 梁启超：《论小说与群治之关系》，《新小说》1902 年第 1 期。

③ 据不完全统计，庚子之变至五四新文学运动发生期间，在国内外创办的影响较大的女性期刊有《女子世界》（1904，常熟）、《中国女报》（1907，上海）、《中国新女界杂志》（1907，日本东京）、《女学生》（1910，上海）、《妇女时报》（1911，上海）、《女权日报》（1912，长沙）、《妇女鉴》（1914，成都）、《香艳杂志》（1914，上海）、《女子世界》（1914，上海）、《中华妇女界》（1915，上海）、《妇女杂志》（1915，上海）等。

④“女权”概念由马君武于 1902－1903 年引进中国，见日本学者须藤瑞代：《中国“女权”概念的变迁》，社会科学文献出版社，2010，第 51－53 页。

⑤ 金一：《女子世界发刊词》，《女子世界》1904 年第 1 期。

科学、文化等多方面实现张扬女权、宣传女学、倡导男女平等的办刊宗旨，将性别作为关注国家命运的新视点，突出强调了女性的社会地位与国家命运的关系。当然，这份刊物与清末民初大多数期刊一样，逃不过夭折的命运，仅持续两年便被迫停刊，加上 1907 年（丁未六月）续出的 1 期[①]，总共出刊也只有 18 期。由于出刊时间较短，刊载的小说作品数量自然极为有限，14 篇小说中还有几篇作品不符合现代小说文类的划分标准[②]。但是，为数不多的这几篇小说紧密围绕社会需求，通过小说创作塑造特定时代的女性形象，体现了当时女性期刊文学创作总体上所具有的乌托邦思想。

“女子爱国小说”《情天债》（署名东海觉我）[③]是《女子世界》中连载的第一篇小说。从小说的内容和叙述方式来看，与梁启超的《新中国未来记》有相似之处，可谓清末典型的女性乌托邦小说文本。《新中国未来记》创作于 1902 年，作者运用“将来完成时”的叙述方法，以 1962 年为叙述起点，倒叙了 1902—1962 年间中国 60 年的历史变迁，想象并营造了一个未来的乌托邦理想王国。《情天债》与《新中国未来记》一样，以见证历史的老者为叙述者，描述了未来中国的现实景象：

> 咳！列位，今年已是一千九百六十四年甲辰的新正了。今日我们的帝国独立在亚洲大陆上，与世界各国平等往来，居然执着亚洲各国的牛耳。我们的同胞呼吸自由的新空气，担着义务，享那权利。如今，虽算不得太平的世界、大同的世界，这黄金的亚洲大陆也渐渐发出那极辉煌、极绚烂的光芒了。

该作品写于 1904 年，作者想象出来的 1964 年的中国已经改变了受辱于西方列强的被动局面，拥有理想化的国际地位和政治关系。楼阁联云、人烟稠密、商埠繁盛、铁路蜿蜒、汽笛轰鸣，使国土“这一片地，好是黄金作成的一般，

---

① 该期有秋瑾亲笔题字的刊名，据此有人认为是秋瑾续出《女子世界》，实为陈志群所编辑出版。

② 列在小说栏目下的安如的《松陵新女儿传奇》（第 2 期）、大雄的《女中华传奇》（第 5 期）和挽澜的《同情梦传奇》（第 8 期）3 篇为传统的“传奇”叙事。此外，觉佛的《狮子吼》（第 6 期）、横的《美人装》（第 2 年第 6 期）、志群的《女子世界》（第 14 期）等作品政论性十足，萍云（周作人）的《好花枝》（第 13 期）类似现代抒情散文。

③ 东海觉我，即徐念慈（1874—1908），早期女学的倡导人之一，曾创建竞化女子学堂，后为曾朴小说林社之主编。

耀得眼花”，呈现出异常繁荣的景象。尽管历史已经印证了作者当时的想象，但这一场景对于 20 世纪初年的普通中国人来说是不可思议的，是地地道道的乌托邦。与梁启超将“未来新中国”的建立归功于政党变法有所不同，《情天债》中曾经充满“鸦片鬼”“病夫”的那个国家，在 60 年后转变为军事强大的帝国，得益于“帝国第一女杰、革命花苏华梦之力”。由此可见《情天债》不仅蕴含着乌托邦的政治理想，还以凸显女主人公社会作用的方式表达了乌托邦的性别理想，也可以说，作者的政治理想中包含着性别理想，甚至以性别理想的实现作为争取政治理想的前提。“人权未必钗裙异，只怪那，女龙已醒，雄狮犹睡。相约鲁阳回落日，责任岂惟男子”[①]。作者把 60 年中国社会的变革归功于一个“女杰”固然是不合史实的，但与梁启超突出女子责任、地位的思想一样，具有强烈的时代性。

与梁启超政论体小说不同，徐念慈更关注小说的娱乐性和对世俗生活潜移默化的影响。他认为：“小说者，文学中之以娱乐的，促社会之发展，深性情之刺戟者也。”[②]这是他的《情天债》没有像梁启超《新中国未来记》那样全部采用抽象的政治论辩进行文学创作的重要原因。他不仅以细腻、形象的文学语言描绘了未来理想的社会景象，还以赋有艺术感染力的女性形象塑造突出了女子的社会革命意义与价值。小说第一回以超现实的创作手法和第一人称、第三人称混合叙述的方式，描写了女主人公苏华梦的噩梦，借此交代了当时的社会背景和“我”的身份，为苏华梦后面的爱国思想和行为做了很好的铺垫。苏华梦小时候曾言，长大“嫁给全国人”，“他日决不受压制”，令在场人“为之绝倒”。这种朴素的爱国志向和稚嫩的“女权”意识得益于她从小所接受的女学堂的现代教育。作者以学生自立会活动为背景，在作品中着重刻画了苏华梦的爱国行动。甲午惨败之后，广州湾、威海卫、旅顺大连湾等国土相继沦落，英美德法日俄各国列强则欲建立联盟继续瓜分中国，这种侵略行径引起了自立会的愤慨。自立会是主张“人人享那自由的权利与国家独立自主”的进步学生组织，成员除苏华梦外，还有真理、罗慕兰、杨国权、言自由、黄爱种等人。作者以象征手法为自己笔下的人物命名，表达那个时代追求自由、崇尚国权、张扬女权的政治理想。在刻画苏华梦形象时，作者注意到其思想成长的曲折性。一方面，

---

① 梁启超：《新中国未来记》，收入《饮冰室文集》之八十九，中华书局，1989，第 55 页。

② 徐念慈：《余之小说观》，《小说林》1908 年第 9 期。

她认为青年人应该把主要精力放在求得学问上面；另一方面，她又对国人“不到乌江不尽头”的依赖、逃避意识使民族蒙难的现实充满忧虑。在黄爱种的启发下，他们共同确立了“我们不愿同胞受此苦难，看同胞长此愚蠢，想整顿整顿”的启蒙理想和革命目标，为苏华梦的爱国行动做出思想上的准备。

除苏华梦之外，作者还生动地刻画了钟文绣的形象。如果说，苏华梦的思想成长缺少丰满的发展逻辑，那么，作者对钟文绣思想形成与发展的叙写则多少弥补了苏华梦形象塑造中的缺憾。钟文绣出身于乡绅之家，家道殷实。在女学堂声势不断扩大的形势下，母亲在家里为她请了一位先生。受洋派先生的影响，她逐渐变得满口自由、权利、平等，言谈举动越来越“不合规矩”，母亲对她的管束也便越来越严。然而，她在西方思想观念的影响下，秉持“不自由毋宁死”之信条，视自由为生命，因而遭遇爱母亲与爱自由之间的矛盾及二者择一的痛苦。与小说对苏华梦自然天成的女权、爱国思想表现得比较简单相比，作者用较大篇幅描写了钟文绣终于离开家乡、奔赴上海求学的复杂心理活动，为她日后自愿请缨陪同苏华梦赴日本和俄国考察埋下了伏笔。

清末是中国女权运动的萌芽时期。对这一史实的记载大多见于史书和男性启蒙者的政论文字。当时，以生动形象的文学叙述反映这一思潮的上乘之作明显不足，其原因与这一时期文学的政治性要求高于艺术性追求有直接关系。虽然《情天债》是未完之作，与《新中国未来记》一样仅有四回，但从前四回的创作来看，作者在预设并书写中国内忧外患60年的历史时，注意到了文学创作有别于政治演说的独特意蕴。他试图通过着意刻画的一批爱国知识女性形象（除苏华梦、钟文绣外，还有在东京创立女性团体共爱会的罗慕兰、卫群媛等），寄托自己的性别政治理想。最终，以苏华梦为核心的知识女性群体彻底改变了中国被列强瓜分的局面，创造了强大的“新帝国”。

从《女子世界》撰文者所表达思想来看，他们对中国未来政体的期待并不统一。徐念慈的理想仍然是帝国制，志群在与期刊同名的《女子世界》一文中，表达了对未来中国由帝制走向共和的向往。“听说共和国女子有权，固然也快活的。但我是老大帝国人，还可惜我们老大帝国竟还是老大。我们同胞姊妹竟还沉黑狱不意。”[①]但是，他们共同建构一个理想的“女子世界”的目标是一致的。

① 志群：《女子世界》，《女子世界》1905年第14期。

志群虚拟了一个西方模式下的“女子世界国”，并表达了“我最敬爱的是女权[①]，我最希望的是女权”[②]的思想。文章虽标“短篇小说”，但文学性欠缺，政论性较强，与《新中国未来记》的叙述方式更为相似。它所虚构的“女权”世界使作品显示了乌托邦小说的特征，表达了与《情天债》相同的指归，即女子的爱国思想是与“女权”互为表里的。

二

如前所述，中国乌托邦小说出现于清末，与之相比，中国文学中古已有之的乌托邦思想在这个时期却更加蓬勃地发展起来。或者可以说，这个启蒙时代并不是一味热衷于乌托邦小说创作的文学时代，反之，启蒙思想家们欲借助文学的方式表达自我的性别启蒙思想。中国文学的乌托邦思想是“站在社会现实的对立面，从与社会现状相反的方向去构想，表现出鲜明的对社会现实不满的情绪”[③]。性别乌托邦思想的主旨就在于，批判女界蒙昧的现状，敦促女子迅速觉醒。《女子世界》中富有性别乌托邦思想的小说多于《情天债》《女子世界》这样的乌托邦小说，它们针对女子生存的现实，提出了建构女子新世界的设想。周作人在《女子世界》中的翻译小说在思想上和艺术上所体现的就是这样的追求。周作人是一位在中国近现代史上始终积极倡导妇女解放的思想家，他在五四前后创作了大量呼吁妇女解放的文章，其进步的性别观念雏形可以追溯到《女子世界》的创作时期。《女子世界》创刊不久，周作人便在第五期“女学文丛”上发表了《说生死》和《论不宜以花字为女子之代名词》两篇文章，分别署名“会稽十八龄女子吴萍云”和“吴萍云”，这“是周作人首次公开发表作品”[④]。他的第一篇翻译小说《侠女奴》也发表于此[⑤]。后来他追忆自己与《女子世界》的渊源：“当时我一个同班的朋友陈君定阅苏州出版的《女子世界》，我就把译文寄到那里去，题上一个‘萍云’的女子名字，不久居然登出，而且后来又印成单行本。”[⑥]可见《女子世界》是周作人初步实践文学创作与翻译的园地。《女

① 原文此处为“女懽”一词，疑为“女權（权）”之误。

② 志群：《女子世界》，《女子世界》1905 年第 14 期。

③ 孟二冬：《中国文学中的“乌托邦”理想》，《北京大学学报》2005 年第 1 期。

④ 止庵：《周作人传》，山东画报出版社，2009，第 18 页。

⑤《侠女奴》连载于《女子世界》第 8、9、11、12 期，1905 年由小说林社出版单行本。

⑥ 周作人：《学校生活的一页》，《晨报副刊》1922 年 12 月 1 日，收入《雨天的书》。

子世界》中的5篇翻译小说，有4篇是他的作品，即《侠女奴》《女猎人》《荒矶》《天鹞儿》[①]。除上述提及的作品外，《女子世界》中还有他创作的《好花枝》和《女祸传》，使其成为在《女子世界》发表文学作品数量最多的作者。

翻译小说是周作人在《女子世界》文学创作中的主要成绩[②]。关于翻译原则，如他在《女猎人》中所说："是篇参译英星德夫人《南非搏狮记》，而大半组以己意，惟所引景物随手取及，且猎兽之景未曾亲历，所言自知未能略似，阅者不足深求致胶柱而鼓瑟，人名地名亦半架空（今假定属中主人翁为篆因女士，其地为寿眉之山），无所据也。"[③]周作人最初并非直译外国小说原作，发表在《女子世界》的其他翻译作品也有如此"假造"的特质，目的是凸显自己的创作意图和文学的时代要求。

《侠女奴》是《女子世界》中篇幅最长、最精彩的一篇小说，是阿拉伯民间故事《一千零一夜》中妇孺皆知的《阿里巴巴与四十大盗》的翻译之作。周作人并未直接采用故事原名，而是以"侠女奴"为题，突出"性别"的用意十分明显。在清末政治小说倡行的语境下，曾以休闲性、娱乐性取胜的侠义小说大有被取代之势。但是，它的可读性胜过政治小说一筹，原因是行侠、仗义等中国传统美德符合大众的审美心理需求。所以，作者以原本的故事情节作框架，按照中国的文化语境对故事原来的部分情节和结局进行了必要的修改。例如，在人物语言中删去了阿拉伯地区的宗教和弟弟纳嫂为妾等内容，重点突出了女奴曼绮那忠诚、仗义、不贪图利益、为人除患的传统美德与智慧、勇敢、尚武的个性。曼绮那几次拯救主人于危难，令主人十分感动。译作改变了原作中女奴嫁于阿里巴巴经商的侄儿的结局，当主人埃梨不仅要给她自由还要将她嫁于自己的儿子时，曼绮那却回答说："除患，吾分也。吾不敢邀非分之福。且予自行心之所安，富家妇何足？算吾勿愿也！"可以说，曼绮娜的品质与行为本身并不具备特殊的性别因素，但以此为核心塑造女性形象，不难看出周作人对下层女子仗义行事的敬重和对女性的美好期待。他以平民意识和底层观照切入性别

---

① 夏晓虹认为《造人术》（署名索子，载《女子世界》第16、17合卷）亦为周作人之作，待考。

② 范伯群主编的《中国近现代通俗文学史》称："1905年周作人把爱伦·坡的《金甲虫》翻译成中文，并且易名为《玉虫缘》发表在《女子世界》的5月号上。"（范伯群主编：《中国近现代通俗文学史》上卷，江苏教育出版社，1999，第760—761页）有误。《女子世界》1905年5月号不存在。1906年第4—5期（原16、17期）合刊，上载周作人翻译小说《天鹞儿》和政论文《女祸传》，无《玉虫缘》一篇。《玉虫缘》于1905年由小说林社出版单行本。

③ 会稽萍云女士（周作人）：《女猎人》，《女子世界》1905年第13期。

问题的思考是切合《女子世界》的办刊宗旨与时代需求的。

与《侠女奴》相比，周作人发表在《女子世界》第十三期上的两篇作品趣味性明显不足，却比较直白地表达了自己对于女界的看法，进一步为女性构想了完美的生存状况。《好花枝》借花喻人，记述了女子阿珠对花朵凋零的无尽感伤。作者细腻地描写了花朵的姿态与诸种自然景象，借景抒情，以落花隐喻女界令人忧虑的现状。在文末，周作人以笔名"萍云"现身，直言自己对女子不幸命运的感喟："五浊恶世！何处是人间世？落花返枝之世界，吾惟于梦中或得见之，然吾恐无此梦福……吾以此，深悲我女界。吾见有许多同胞甚苦：'锦衾延寂寞，红泪谢欢娱。'女界何多缺陷，此其一……"[①]女子的命运如落花般凄惨，若想落花重上枝头，是不可能出现的好梦。虽然作者对于女界的沉疴不无悲观的叹息，却还是心怀落花返枝的希望。何以实现如此理想？周作人认为，要以女性自强为根本，强健的体魄是女性自强、自救的一个途径。因为"女猎人乃女军人之嚆矢"，所以他创作了《女猎人》，刻意描画了英勇的猎杀狮子的女猎人形象，借此寄托自己的性别理想。当然，作者深知"女好中无如是人，彼其驯柔可怜，虽稚兔无是过也。噫！然则吾之女猎人惟于吾纸上见之而已"[②]。尽管现实中并没有真实的猎狮女豪杰，女子大概仅仅可以猎些稚兔等小动物，但作者还是虚构了这个乌托邦女子形象，并为其设想了猎狮成功的可能，进而得出结论：女性同比自己强大的对手抗衡，不仅需要体力还需要智慧，从而进一步深化了与《侠女奴》相同的主题。

周作人发表在《女子世界》上的几篇小说，不仅在政治上为女界寻求出路，文学的审美追求也比较自觉，使其创作从开始就有意规避了片面、单一的政治书写。从文学内部来讲，"清末民初翻译家到底翻译了哪些小说家哪些小说类型，这种选择几乎规定了中国读者对西洋小说的理解……雨果、托尔斯泰之所以不如哈葛德受欢迎（清末民初，柯南道尔的小说翻译介绍进来的最多，其次就是哈葛德），很大原因取决于中国读者旧的审美趣味——善于鉴赏情节而不是心理描写或氛围渲染"[③]。周作人早期的翻译既有富有传奇色彩的《侠女奴》，也选择了当时并不特别受欢迎的雨果的小说。但是，这个选择除了审美需要外，

---

① 周作人：《好花枝》，《女子世界》1905年第13期。

② 会稽萍云女士（周作人）：《女猎人》，《女子世界》1905年第13期。

③ 陈平原：《小说史：理论与实践》，北京大学出版社，1993，第236页。

仍然是与性别问题的思考紧密联系的。《天鹨儿》[1]写的是一女子的情人在战争中牺牲，她未婚生女。为养活女儿她将孩子寄养在一对夫妇家中，自己去工作。这对夫妇利用她与孩子不便公开的身世，对她百般敲诈，并虐待孩子，使孩子成为他们全家的奴仆。周作人用细腻的笔触描写了孩子在母亲怀抱中安详的样子，这与孩子后来衣不遮体、食不果腹、沦为奴隶的惨象形成鲜明的对比。当时社会在"女权"思想的影响下，积极鼓动女子走出家庭，参与社会革命和工作。然而，小说中孩子的悲剧命运却昭示了母亲的社会职责与抚育孩子的家庭职责之间存在的矛盾。特别是当时国人急于改变"东亚病夫"的形象，开始关注儿童的成长，母职的重要性也成为社会责任的一部分。在这样的背景下，《天鹨儿》将政治主题隐喻于文学表述的审美趣味之中，含蓄地揭示了女子兼顾社会与家庭两个生活领域的两难境遇。

与乌托邦政治小说中偏向于女子爱国不同，周作人翻译小说中的性别乌托邦思想关注的多是女子在日常生活领域中的地位与自我革新。周作人在《女猎人》中有明确的阐释："作者因吾国女子日趋文弱，故组以理想而造此篇。过屠门而大嚼，虽不得肉，聊且快意耳。然闻之理想者，事实之母。吾今日作此想，安知他日无是人继起。实践之，有人发挥而光大之，是在吾姊妹。"他所塑造的女性形象，无论是智慧的女奴、英勇的女猎人还是为谋求生存而放弃母职的女子，在当时的社会环境中均为罕见之人。集多种美德于一身不仅是超性别的、也是超人的理想，它仅存在于周作人的文学文本中，但正如他所说，如果女性能够去实践，使"理想"发扬光大，这就不是虚置的目标。乌托邦性别理想的意义也就在于此。

三

爱国救国、增强智慧、锻炼体魄、履行母职四类女性形象在《女子世界》的小说中比较典型。她们从思想到行动均有异于传统的女性群体，构成了思想文化界对于时代"新女性"的想象。传统社会长久以"女诫"规训女子，家庭生活甚至是她们生存的唯一空间，她们在家庭（家族）中的地位往往是依凭传宗接代的生育能力而确立的。清末以来的文化启蒙以"男女平权"的理想化目

---

① 周作人：《天鹨儿》，《女子世界》1905 年第 16、17 期。

标向女子展现了家庭以外的社会场景。与男子一样享有受教育权、经济权和民权，由“分利”者变为“生利”者[1]的主张，调动了女子参与社会的积极性。由民权衍生出的中国“女权”与西方妇女所要求的政治选举权不同[2]，在民族国家的需求中演绎为参与社会革命、救亡图存的“义务”。归结起来，塑造女性形象的目的也正是思想家们以文学手段启示妇女在“女权”的名义下承担起社会的职责。因而，近代中国思想文化界以倡导反缠足、兴女学为起点的妇女解放运动是一个以塑造乌托邦女性形象实现女子“社会性别化”的过程，借此使囿于家庭领域的女性整体上成为参与社会革命的力量。

社会性别理论反对性别本质论，否认生理学层面上的两性差异是产生两性社会行为差异的根本原因，认为性别的社会属性不是先天的而是后天在社会生活中形成的。这一观点是丹纳“种族、时代、环境”三要素理论[3]在性别问题上的反映，并在中国倡导“女权”的社会实践中得以验证。清末以来的思想文化界一直坚持为女子创造解除身体束缚、精神束缚、获取生存能力的社会环境，通过提高女性对不合理生存境遇的认识、憧憬美好的未来而促进女性的自我觉醒。当然，充斥于期刊文学中的女性形象绝大多数出自男性知识者、启蒙者之手，女性处于“被”启蒙的地位和过程中，女性自我启蒙的声音极其微弱。这样，男性自然而然地成为当时女性话语的代言人。

大量女性期刊应该是女性发出自己声音的阵地，但以 1898 年李蕙仙和康同薇创办中国第一份女性刊物《女学报》为开端，由男性代为立言的女性话语形态就出现了。《女学报》的创办者虽为女性，但她们却是梁启超的妻子和康有为的女儿。康梁等启蒙思想家们不仅直接为她们的报刊提供经济支援，还是主要撰稿人，实则凭借“女”字名头为自己开辟了启蒙妇女、宣传女权的园地。此后的女性期刊几乎也都是男性亲自或指导创办的。与此同时，女性写作小说的条件也未成熟，男性同样成为期刊文学场景中女性缺席者的代言人。在女性期刊的各类文学专栏中，像周作人一样，假女子之名进行创作的不乏其人，致

---

① 梁启超认为，育儿女、治家为室内生利，与西方相比，中国妇女没有从事室外生利事业而自养的。中国妇女中分利者占四成，而余下的六成室内生利者又不能尽其用，“不读书、不识字，不知会计之方，不识教子之法。莲步夭娆，不能操作。凡此皆其不适于生利之原因也”（《新民说·论生利分利》，《饮冰室专集之四》，中华书局，1989，第 87 页）。

② 妇女的政治选举权在民国政府成立后并没有实现，直到 1949 年新中国成立后，随“男女平等”得到法律上的承认才获得。

③〔法〕H·丹纳：《艺术哲学》，张伟译，北京出版社，2004。

使女性名字特征明显或标有某某女士的作者真实性别模糊难辨。周作人在最初发表文章时，曾特别强调自己的“女子”身份，将两篇处女作均投在专为女学生习作开设的“女学文丛”栏目中，就是为了增加自我“女子身份”的可信度。对于这个问题，周作人后来解释道：“少年的男子常有一个时期喜欢假冒女性，向杂志通信投稿，这也未必是看轻编辑先生会得重女轻男，也无非是某种初恋的形式，是慕少艾的一种表示吧。”[①]事实也许并不像周作人所说的这样随意，假“女士”之名早有先例，并形成风气。马君武曾说：“梁托名‘羽衣女士’，在《新小说》上连续刊出长文《东欧女豪杰》。君武羡其文而慕其人。梁等竟故意怂恿君武与子虚乌有的‘羽衣女士’通函会晤，留学生界一时传为笑谈。”[②]梁启超有一诗，名曰《东欧女豪杰代羽衣女士》，公然自代羽衣女士，可以确认马君武所说为实[③]。这就不难理解梁启超对《女学报》的支持，更不难理解周作人等人的仿效。产生这种现象的原因在于，除了男性启蒙家们擅长利用报刊宣传启蒙妇女的思想外，作为一本女性期刊，是需要有女性声音与女性读者沟通情感的，以《女子世界》为代表的一批清末女性期刊的创办者和撰稿人们，便以虚假的女性身份弥补和填充了当时女性声音的缺失，具有合目的性与合功利性的女性形象被“社会性别化”塑造出来。

苏华梦和曼绮那是《女子世界》中由男性塑造的两个鲜明的女性形象。这两个形象不仅赋有强烈的时代色彩，还分别表现了当时女性形象塑造的两种思想资源。前者是以思想文化界大力宣扬苏菲亚（《东欧女豪杰》、罗兰夫人《近世第一女杰罗兰夫人传》[④]等人的爱国行动影响下产生的爱国女英雄；后者“其英勇之气颇与中国红线女侠类”[⑤]。出于对外国女英雄和古代女豪杰的推崇，清末文化界为女性塑造出一批寻求自由、振兴女界的形象典范，营造出以女豪杰、女雄、英雌、女国民等为概念的女性生存空间[⑥]。秋瑾是清末为数不多的先觉知

---

① 周作人：《知堂回忆录·我的笔名》，转引自止庵：《周作人传》，山东画报出版社，2009，第 18 页。

② 莫世祥：《马君武集》，华中师范大学出版社，1991，第 4 页。

③ 梁启超：《题东欧女豪杰代羽衣女士》，收入《饮冰室文集》之四十五（下），中华书局，1989，第 21 页。

④《东欧女豪杰》，署名岭南羽衣女士，发表于《新小说》1902 年 11 月至 1903 年 7 月，第 1—5 号。《近世第一女杰罗兰夫人传》，作者梁启超，发表于《新民丛刊》1902 年第 17—18 号。刘慧英在《20 世纪初中国女权启蒙中的救国女子形象》（见《中国现代文学研究丛刊》2002 年第 2 期）一文中，指出了东欧女豪杰形象在中国发生的误读。

⑤ 周作人：《侠女奴》，《女子世界》第 8、9、11、12 期。

⑥ 关于这些问题的论述可参见乔以钢、刘堃《“女国民”的兴起：近代中国女性主体身份与文学实践》，《南开学报》2008 年第 4 期；李奇志《清末民初思想与文学中的“英雌”话语》，湖北教育出版社，2006。

识女性。自 1902 年北上之后，她的思想发生巨大变化。东瀛留学后，秋瑾练习演说、参加革命、宣传女权、创办《中国女报》，直到舍身就义，促成她从一个普通的传统知识女性向革命者、启蒙者的转变。在自我形象的塑造过程中，秋瑾同样是以西方的女英雄和传统的女豪杰两类形象为精神来源的。在诗歌《〈芝龛记〉题后八章》中，她对花木兰、秦良玉、梁红玉等古代女杰充满敬佩之情，吻合了当时启蒙家鼓动女子"巾帼不让须眉"，与男子一样报效"国家"的意愿。她还曾以西方女英雄为楷模宣言："余日顶香拜祝女子之脱奴隶之范围，作自由舞台之女杰、女英雄、女豪杰，其速继罗兰、马尼他、苏菲亚、批茶、如安而兴起焉。余愿呕心滴血以拜之，祈余二万万女同胞无负此国民责任也。速振！速振！！女界其速振！！！"[①]然而，对于成为女英雄、女豪杰的内在精神需求，秋瑾在表述中是不明确的，她曾说："你家能够出个女英雄、女豪杰，使世界的人崇拜赞扬还不好吗？我只怕你家没有这样的福气罢！"[②]表明她的认识中还缺少充分的女性主体性。由此断定，她的思想还没有超越当时思想文化界男性为女性所代言的话语体系。反之，清末民族国家危亡之际，男性以"男女平权"的政治话语为主体建构了女性话语空间，以女性"社会性别化"为途径，在现实生活和文学场阈内，共同完成了符合社会性别期待的女性形象塑造。

综上，自"女权"概念引进中国，"解放妇女"便与民族国家的救亡图存合流为时代不可或缺的声音，妇女群体改造自我生存境遇的热情和拯救民族的责任感在性别乌托邦的构想中被激发出来。以"男女平权"为核心的性别乌托邦是近现代中国建构民族国家的需要，也是思想文化界代女性"立言"的话语方式，女性文学形象因而肩负了启蒙"女国民"实现"强国保种"的社会责任。也许，乌托邦是否能够实现并不重要，重要的是，它为人们"改变现实提供了一种强大动力"[③]。作为一种思想观念，它不仅曾经为广大妇女指出了未来发展的方向，还以具体的社会性别化的途径促进了妇女解放运动的逐步深入。五四时期，女性知识群体大规模地觉醒，女性的自我声音逐渐清晰，这标志着中国女性由被动接受"解放"向主动"解放"自我的层面转型，女性的主体性随之生成并日渐丰富。尽管女性至今仍处于男性中心文化的边缘地位，但是，建设

---

① 秋瑾：《精卫石》，收入郭长海、郭君兮《秋瑾全集笺注》，吉林文史出版社，2003，第 458 页。

② 同上书，第 483 页。

③ 耿传明：《清末民初乌托邦文学综论》，《中国社会科学》2008 年第 4 期。

女性自我的美好未来仍然是女性自我追求的精神动力。由此看来，以《女子世界》为代表的清末女性期刊所倡导的性别乌托邦思想，在中国女性走向社会性别的道路上立下了不可磨灭的功绩。

〔原载《南开学报》（哲学社会科学版）2012年第6期〕

从“娜拉”到“芸娘”

——现代文学翻译中的女性形象及其文化内涵*

刘 堃

自“西学东渐”以来，“翻译的现代性”已成“现代中国”应有之义。翻译参与构建中国现代文学亦是一个不争的事实。晚清翻译小说的繁荣、民初通俗翻译小说的流行、《新青年》杂志文学翻译的实践和五四时期文学翻译的多元选择，无不体现着翻译文学与社会思想文化转型之间的内在因应关系。然而，我们并不能因此把中国现代文学视为西方史学界“冲击－反应论”①的文化验证，而应看到晚清以来中国文学以“文本外译”或者“双语写作”的方式向西方输出中国传统文化形态和价值观的种种努力。这种双向互译的文学活动尽管不能在传播效能上等量齐观，但也形成了某种潜在的对话关系，既展示出异质文化彼此吸引、互为社会文化改良援手的“合目的性”，又催生出一系列具有参照意味的文学形象。例如，“娜拉”与“芸娘”就是在中西文学互译过程中的两个影响深远的女性形象。本文拟以“娜拉”与“芸娘”形象的文学翻译及其改写、传播为研究对象，分析这两个形象在 20 世纪前半期中国风云际会的时代语境

---

* 本文为南开大学“中央高校基本科研业务费第二期第一批人才支持类项目”阶段性成果。

① 美国学者费正清于 20 世纪 50 年代提出的“冲击－反应论”，其理论核心是把东亚社会尤其是中国社会看成是一个基本处于停滞状态、长期在低水平上循环往复、缺乏内部动力突破传统框架的社会，认为只有 19 世纪中叶西方资本主义的冲击，才打破了这种停滞不前的状态，使中国社会发生巨大变化，向近代社会演变。因而 19 世纪西方的冲击，也就成为激发中国和亚洲其他国家和地区发生变化的决定性的动力和活力。无疑，这种“冲击－反应论”是“西方中心论”在学术领域中的某种反映。从 20 世纪 70 年代后期开始，这种理论越来越受到东西方学者的质疑和挑战。费正清也部分地纠正了自己对中国历史的观点，承认自己的中国史观并非无懈可击，并在《中国新史》和再版的《美国与中国》中对自己以前的观点进行了修正。

下不断演变的文化内涵。

一、“娜拉”在中国：思想启蒙与妇女解放运动之镜像

在《新青年》杂志1918年第4卷第6号的“易卜生专号”里，胡适与学生罗家伦翻译的《娜拉》（即《玩偶之家》）只能用“不胫而走，脍炙人口”来评价，此后的30年间，仅《玩偶之家》的中文译本就有9种之多，同时这出话剧在剧院和学校剧团也久演不衰。剧中女主人公娜拉（Nora）成为五四时期翻译过来的最为著名的文学形象之一，在多个文本中被不断转写和转译。

胡适是中国最早全面系统评论易卜生的学者。据《胡适留学日记》载，他在“易卜生专号”上发表的《易卜生主义》，早在其留学期间即用英文撰写成，并在康奈尔大学哲学会上宣读过。在《易卜生主义》一文中，胡适通过对易卜生的《玩偶之家》《国民公敌》《群鬼》等作品内容的介绍和运用，宣扬了他所阐释的“易卜生主义”（即健全的个人主义）。1919年，胡适又在《新青年》第6卷第3号上发表了第一部中国“娜拉剧”《终身大事》。剧中女主角田亚梅女士和她的恋人陈先生私奔了。田女士/娜拉所体现的是胡适心目中的现代理想人格，即“人人都觉得自己是堂堂地一个‘人’，有该尽的义务，有可做的事业”[①]。有学者认为，剧中陈先生开来的汽车是一个醒目的符号，意味着接受了西式教育、崇尚西方近代物质文明与价值观，并拥有一定的经济政治资本的资产阶级青年一代的反抗。这辆车是“载着自由恋爱和国民国家的梦轻快地开走的”[②]。田女士与陈先生私奔意味着“新价值”对“旧伦理”的胜利，“女主人公要出走的父亲之家，与要建立的新家，在胡适文本的潜在话语中，分别代表了两种不同的文化形态和价值取向：前者代表传统宗法制度以及专制、迷信等旧文化；后者代表新文化，被无条件地想象为反抗专制的个性主义者胜利的归宿”[③]。可以说，胡适借“易卜生主义”来宣传健全的个人主义思想，代表了新文化运动时期知识分子的典型启蒙模式，即“以思想革命为一切改造的基础”[④]，一面以

---

① 胡适：《美国的妇人》，《新青年》1918年9月第5卷第3号。

②〔日〕清水贤一郎：《ノーラ、自动车に乗る——胡适〈终身大事〉を読む》（《娜拉坐汽车——读胡适〈终身大事〉》），《东洋文化》1997年3月第77号。

③ 杨联芬：《新伦理与旧角色：五四新女性身份认同的困境》，《中国社会科学》2010年第5期。

④ 罗家伦：《一年来我们学生运动底成功失败和将来应取的方针》，《新潮》1920年5月第2卷第4号。

雷霆万钧之势攻击传统文化，一面大量绵密地引进当时流行于欧洲的各种思想学说，并通过翻译介绍西方文学来达到启蒙民众、呼唤现代民族国家主体的目的。

五四运动爆发后，“易卜生主义”的影响进一步扩大，现实中也涌现出来许多“娜拉”式的女性①，1923年，北京女子高等师范学校的女生排演了《终身大事》，产生了极大的影响，以至于随后出现了一系列以“娜拉出走”为主题的社会问题剧②。与此同时，冰心、丁玲、萧红、张爱玲、苏青等女性作家的作品，从全新的视角展示了五四新女性的个性解放要求，这也是对“易卜生主义”所激起的个性主义浪潮的一个有力回应。1923年，鲁迅在北京女子高等师范学校做了题为《娜拉走后怎样》的著名讲演③，这篇演讲的核心与其说是论述经济权与妇女解放的关系，不如说是对“娜拉”形象的两个层面进行了区分：第一层面，对于写实的“娜拉”，即当时众多通过求学脱离父家和包办婚姻的青年女性而言，“出走”的行动将面临经济现实与伦理道德的诸多困境，鲁迅在其小说《伤逝》（1925）中塑造了子君这一出走的女学生形象，通过男主人公涓生独白忏悔的形式，把“娜拉出走”的现实困境升华为美学范畴的悲剧；第二层面则是象喻意义上的，即五四时期的青年，在精神上普遍经历的脱离旧制的集体出走，娜拉形象在此“精神出走”中发挥了最大的刺激作用，以至于“娜拉超越了伦理的意义而成为中国现代的象征”④。从胡适到鲁迅，启蒙知识分子笔下的娜拉，并不纯然是一个女性形象的化身，其所指涉的，实际涵括所有从傀儡般的旧身份出走的青年一代。⑤

经由《新青年》“易卜生号”的鼓吹而盛行的“易卜生热”，在后五四的思

---

① 最著名的例子是“李超事件”。李超原籍广西，是北京女子高等师范学校学生。李超为逃婚而求学，先到广州，后到北京，但是她的家人反对这一选择，并断绝了她的经济来源。李超最终于1919年8月贫病交加而亡，年仅24岁。此事在当时受到知识界的极大关注。1919年11月19日至26日，北京《晨报》连续刊发《李超女士追悼大会启事》，为之宣传。11月30日，北京学界在女高师为李超举办了隆重的追悼会。蔡元培、胡适、陈独秀、蒋梦麟、李大钊5位新文化运动主将均发表了演讲，会上散发了胡适所撰的《李超传》，此文在《晨报》上连载3天。

② 如熊佛西的《新人的生活》、侯曜的《弃妇》、郭沫若的《卓文君》、张闻天的《青春的梦》、余上沅的《兵变》、欧阳予倩的《泼妇》等。

③《娜拉走后怎样》是鲁迅于1923年12月26日在北京女子高等师范学校文艺会上的一篇演讲稿。后来收入他的杂文集《坟》中。鲁迅在演讲中指出，娜拉出走以后“或者也实在只有两条路：不是堕落，就是回来”。同时提醒女学生们“自由固不是钱所能买到的，但能够为钱而卖掉”。

④ 林贤治：《娜拉：出走或归来》，百花文艺出版社，1999，第2页。

⑤ 比如巴金长篇小说《家》的男主人公觉慧，就是一个离家出走的“男性娜拉”。

想文化语境中日渐降温。胡适后来回顾《易卜生主义》，以为这篇文章所以能有“最大的兴奋作用”，因为“它所提倡的个人主义在当日确是最新鲜又最需要的一针注射”[①]。从20世纪20年代后期开始，民族主义迅速勃兴。通过对中国社会性质与革命道路的讨论，左翼意识形态的影响力不断扩大。1931年，茅盾从检讨五四运动的角度，把“易卜生主义”与资产阶级的弱点联系起来：“（中国社会的历史状况）使中国新兴资产阶级感觉到他们的命运的不稳定，使他们无论如何不能有历史上新兴阶级的发扬踔厉的坚决乐观的精神，他们迟疑审虑，这在他们的文学上的反映就不得不是客观地观察而没有主观地批评的易卜生的写实主义。胡适之所以努力鼓吹的易卜生主义——只诊病源，不用药方，就是这样的心理的自嘲而已。”[②]在另一篇文章里，茅盾更明确地指出：“个人主义（它的较悦耳的代名词，就是人的发见，或发展个性），原是资产阶级的重要的意识形态之一，故在新兴资产阶级的意识形态对封建思想开始斗争的‘五四’期而言，个人主义成为文艺创作的主要态度和过程，正是理所必然。”[③]

对于易卜生的再解释和对于五四的反省，促使“娜拉”的符号意义也发生了偏移和转变。在茅盾的小说《虹》（1929）中，主人公梅行素不满于娜拉“全心灵地意识到自己是‘女性’”，要努力克制“自己的浓郁的女性和更浓郁的母性”，准备献身给“更伟大的前程”，“准备把身体交给第三个恋人——主义”。在以无产阶级为主体的“革命”的召唤下，梅行素完成了“时代女性”的“革命化”过程。不过，相较于梅行素对于“主义”的畅想，20世纪30年代左翼电影里面的时代“新女性”，则用更加直接的方式回答了“娜拉走后怎样”的问题。例如电影《新女性》[④]中的女主人公韦明（阮玲玉扮演），与男同学自由恋爱，未婚先孕，离家出走，虽然争取到了婚姻的自由，却被恋人抛弃，她凭借自己的知识才华教书、写作，独立谋生抚养孩子，但最终在经济压力下不得不卖身，不堪受辱而自杀。耐人寻味的是，韦明这一形象实现了五四女青年所有关于“娜拉出走”的设想，包括接受新式教育和自由恋爱，甚至走得更远——成为职业妇女和单身母亲，但仍旧不能生存；让“娜拉”们拥有个人意志而“出

---

① 胡适：《介绍我自己的思想》，载欧阳哲生编：《胡适文集》第5卷，北京大学出版社，1998，第510页。

② 茅盾：《“五四”运动的检讨——马克思主义文艺理论研究会报告》，载《茅盾文集》第19卷《中国文论二集》，人民文学出版社，1991，第240页。

③ 同上书，第266页。

④《新女性》由孙师毅编剧，蔡楚生导演，联华影片公司，1934。

走”是新文化运动的旨归，但“走后怎样”才是妇女解放的真正议题，质言之，相对于已经争取到的个人自由，社会所能提供的发挥这种自由的机会与空间却并未完全对女性敞开。

与韦明相对照的是女工李阿英。导演蔡楚生通过一组巧妙的对比蒙太奇镜头鲜明地表达了是非褒贬：放纵起舞中男男女女旋转轻移的皮鞋、辛苦劳作中劳动者艰难迈动的草鞋；舞场上陪男人跳舞的韦明，夜校里带着女工唱歌的李阿英，钟楼上大钟指针的旋转……当韦明从舞场的空虚中归来，李阿英上工去的巨大身影越发映衬出韦明的渺小。蔡楚生对此解释道：

> 我们用这种象征手法，把对生活抱有崇高理想和革命斗志的女工李阿英和软弱彷徨的知识妇女韦明，构成一种鲜明强烈的对照……想让许许多多的韦明，感悟到只有和劳动人民相结合，才能克服她们的软弱；只有投身于民族解放斗争和阶级斗争的伟大行列中，才能在这些斗争的胜利中同时求得自身的解放。[①]

聂绀弩在《谈〈娜拉〉》一文中写道：“新时代的女性，会以跟娜拉完全不同的姿态而出现。首先，就不一定是或简直不是地主绅士底小姐；所感到的痛苦又不仅是自己个人底生活；采用的战略，也不会是消极抵抗，更不会单人独骑就跑上战线。作为群集中的一员，迈着英勇的脚步，为宛转在现实生活底高压之下的全体的女性跟男性而战斗的，是我们现在的女英雄。”[②]他期待这样的“英雄”替代“娜拉”，成为新的时代偶像。聂绀弩的意见，体现出20世纪30年代左翼文化阵营在妇女解放问题上的思想倾向。五四时期具有个人主义和思想启蒙内涵的娜拉形象，在30年代的左翼文化思潮中被解构，并被建构出一种成长为无产阶级集体主义英雄妇女的可能性。[③]

1936年，夏衍创作了三幕话剧《秋瑾传》，借助鉴湖女侠的革命行动来激励当时的女性。显然，在夏衍看来，相较于寻求个人独立的娜拉，把自己投入整个民族解放中的秋瑾，更值得颂扬和仿效。此后，中国进入抗战时期，国内的

---

① 蔡楚生：《三八节中忆〈新女性〉》，载木艺、方声编：《蔡楚生选集》，中国电影出版社，1988，第470—471页。

② 聂绀弩：《谈〈娜拉〉》，《太白》1934年第1卷第10期。

③ 张春田：《民族寓言：后“五四”的“娜拉”故事》，《粤海风》2008年第1期。

注意焦点很快从易卜生和娜拉身上转移到拯救民族的战争中。易卜生从此在中国几乎消失了。到了1942年，郭沫若在《〈娜拉〉的答案》一文中，又重新提出“娜拉走后怎样”的问题。他认为这个问题的答案：“我们的先烈秋瑾是用生命来替他写出了。”秋瑾作为另外一个女性形象符号，一个“侠之大者，为国为民”的女英雄，代替了娜拉[①]，“为中国的新女性，为中国的新性道德，创立了一个新纪元”[②]。至此，一个翻译过来的文学形象“娜拉”，以及她所燃起的、在中国长达20余年的涉及文学、戏剧、政治的纷争，基本上淡出了文化政治的舞台。总之，“娜拉在中国”这并不漫长却曲折的旅程算是结束了，但是，她在20世纪前半期的中国所具有的旗帜般的动员力量和符号学意义，及其在不同话语系统中的文化政治能量，均值得后人深味。

二、“芸娘”崇拜：传统文化个人主义的“文艺复兴”及其世界性

在“娜拉型”戏剧上演最盛的1935年，林语堂完成了对清人沈复的笔记《浮生六记》的英译，这一译本在英文期刊《天下》与《西风》刊载后引起强烈反响，女主人公芸娘被视为“最美的中国女子”。同一年，他用英语写作的《吾国与吾民》（*My Country and My People*）在美国引起轰动，林语堂又继续用英语写作了《生活的艺术》（*The Importance of Living*）（1937）、《孔子的智慧》（*The Wisdom of Confucius*）（1938）、《老子的智慧》（*The Wisdom of Laotse*）（1948）等。从书名上看，林语堂以一种通古达今的文化气魄，把中国传统文化置于先进的位置上，而他的美国读者则需要在古典中国的智慧与艺术面前做一个虚心的小学生。这样一种对晚清以来中西文明等级阶序的颠倒，与20世纪30年代世界范围内的政治危机有关。美国经历了第一次世界大战、经济大萧条及其引发的社会政治危机之后，普遍出现了对资本主义的怀疑情绪，而中国经历了辛亥革命的失败、军阀割据所导致的饥荒战乱之后，五四知识分子们盲目崇拜西方、企图以西方制度文化改造疗救中国的愿景也宣告破产。于是，异质于西方现代文化的中国传统哲学及其生活方式就成为某种潜在的资源，以期对包括中

---

① 关于秋瑾的形象转写的分析，参见拙文《侠女、启蒙者与母亲：秋瑾形象的视觉呈现与主体位置》，《情况》（日本）2012年8月号。

② 郭沫若：《郭沫若全集·文学编》第19卷，人民文学出版社，1992，第215—221页。

国在内的“现代化进程”加以修正。有趣的是，林语堂在向美国人介绍孔子、老子等思想家的同时，也把一个名不见经传的中国女性，即《浮生六记》里的芸娘，介绍给了异国读者。

五四运动落潮之后，一方面社会现实的混乱黑暗使逃避现实的鸳鸯蝴蝶派小说大受欢迎；另一方面，一些明清文人悼亡忆旧、陈情感伤的回忆录[①]被重新发现，屡屡翻印，成为大受青年喜爱的热门书而流行一时，并且引起了知识界的关注和讨论。在这类旧籍中刊印版次最多、流传最广、影响最大的当首推沈复[②]的《浮生六记》，自1924年由俞平伯整理标点首次以单行本印行后，直至20世纪40年代至少已印行了50余版次，可见该书受读者欢迎的程度及流传之广[③]。沈复只是乾嘉之际一个苏州无名文人，此六记是他的自传，分别为“闺房记乐”“闲情记趣”“坎坷记愁”“浪游记快”“中山记历”“养生记道”，后两记散佚。《浮生六记》中沈复不断追忆和妻子芸娘相识相恋的柔情蜜意，以及坐困穷愁、却充满闲情逸趣的居家生活，其最大的文学成就是塑造了芸娘这样一个美好的女性形象：她聪慧好学，热爱生活，欣赏自然美、艺术美，勤俭持家又善于创造情趣，却由于不谙礼法世故历经坎坷，贫病而逝。林语堂在英译本自序中盛赞芸娘是“中国文学上一个最可爱的女人”，甚至突发奇想，要去他们家做客，十分生动地想象自己坐在椅子上打瞌睡时，芸娘会用一条毛毯给他盖在腿上。他最后深情地总结，在这对夫妻身上他“仿佛看到中国处事哲学的精华”，即“那种爱美爱真的精神，和那中国文化最特色的知足常乐、恬淡自适的天性”。[④]

林语堂在基督教背景的家庭和学校中长大，对于典型中国式大家族聚居的生活并不熟悉，因此，沈复夫妇由于不拘礼法而遭到家族排斥所导致的困厄，在林语堂的译作里只是一笔带过，他对沈复夫妇生活方式的肯定，偏重于个人

① 包括（明）冒辟疆《影梅庵忆语》、（清）沈复《浮生六记》、（清）陈裴之《香畹楼忆语》、（清）蒋坦《秋灯琐忆》等，这些明清之际的文人写下的笔记大多描写闺阁生活琐事，多不合正统礼教，故皆属文坛末流，为士林所不屑。然而，在西学涌入、新说迭出的20世纪二三十年代，它们却成了与西书新著并列流行的文字。

② 沈复（1763－1825），字三白，号梅逸，长洲（今江苏苏州）人，清代文人，无详细生平记载，据《浮生六记》中的夫子自道，他出身于幕僚家庭，从未参加科举，热爱书画、园艺，曾习幕、经商、卖画为生。

③ 仅中国国家图书馆辑录收藏的版本所见，20世纪20－40年代间印行的《浮生六记》就有50余种版本，有的出版社在短时间内印行多次，如1924年北京朴社最早出版了俞平伯校阅本，至1933年不到10年间该社就已印行了8版。此外，上海亚光书局至1944年也已印行了6版。之前最早的版本应为光绪四年（1878）申报馆《独悟庵丛钞》版。

④ 林语堂：《〈浮生六记〉英译自序》，载蔡根祥：《精校详注〈浮生六记〉》，万卷楼，2008，第17页。

本位主义的、对个人情志的追求。他在多篇谈论生活艺术的文章中，引述沈复夫妇对庭院房间的布置、插花的艺术、享受大自然等种种怡情悦性而富于艺术情趣的记事，赞赏“他俩都是富于艺术性的人”[①]。他特别赞美芸娘具有“爱美的天性”，她与丈夫一起赏景联句，亲手制作美食等，使日常生活充满了艺术情趣。在林语堂看来，这种重视“生活的艺术”的人生哲学，对于中国人来说是“奠定了相当的稳健与安全的基石”[②]。不得不说，林语堂在一种“文化输出”的心态中把中美两种文化进行了一种二元对立的简化，他认为“美国人是闻名的伟大的劳碌者，中国人是闻名的伟大的悠闲者”[③]，希望芸娘作为“中国传统文化和生活态度的完美典范”，能够唤起对美国人对“美”的感受与追求，并对以“忙碌”为象征的现代工业文明有所补益。

最初点校此书的俞平伯对《浮生六记》的喜爱并不亚于林语堂，这从他给不同版本写了两篇序言就可以看出来。但其喜爱的出发点又有所不同。首先，作为周作人的爱徒、五四时期著名的散文作家，俞平伯特别看重《浮生六记》文字清新真率，无雕琢藻饰痕迹，其文心之妙“俨如一块纯美的水晶，只见明莹，不见衬露明莹的颜色；只见精微，不见制作精微的痕迹”[④]；其次，在他看来，此书最值得称道的是沈复、芸娘夫妇在日常生活中所表现出来的“个人才性的伸展”。沈复曾怂恿芸娘女扮男装，去水仙庙观看神诞花照，曾与她密谋托言归宁而偷偷游历太湖，他们还商定等到芸娘鬓发斑白后要偕同出游，饱览江南的名山秀水……俞平伯以赞赏的笔调列举了沈复与芸娘任情随性的洒脱行为，如他二人日常生活中不知避人而“同行并坐”的恩爱举止，芸扮男装后“揽镜自照，狂笑不已”等，在俞平伯看来，这些“放浪形骸”的举动，充满了脱离传统礼法羁绊、个人性情尽情舒展的“新人”的魅力。

不仅如此，与传统文人恪守“载道”不同，沈复以率真自然之态度记述家庭生活，碍于礼教的夫妇昵情，也欣然于笔下，因此俞平伯称赞沈复的文字“极真率简易，向来人所不敢昌言者，今竟昌言之”，他认为，沈复是个生性率真的“真性情的闲人”，因而能“不知避忌，不假妆点，本没有徇名的心，得完全真

① 林语堂：《生活的艺术》，载《林语堂文集》第 7 卷，作家出版社，1995，第 272 页。

② 林语堂：《吾国与吾民·赛珍珠序》，外语教学与研究出版社，2009，第 1 页。

③ 林语堂：《生活的艺术》，载《林语堂文集》第 7 卷，作家出版社，1995，第 149 页。

④ 俞平伯：《校点重印〈浮生六记〉序》，载蔡根祥：《精校详注〈浮生六记〉》，万卷楼，2008，第 11 页。

正的我”，故其字里行间 “处处有个真我在”。[①]

这一评点至少蕴含着两层意思：第一，儒家文人传统的显在层面是尊经践礼、文以载道，但文人在个人/内心生活上始终存在洒脱飘逸、率真放达、任情随性的潜在追求，李白、苏轼的诗歌和魏晋名士、明末异端们的行状，都生动鲜活地呈现着这种追求。在明清以来名士汇聚的江南苏州，所谓“名士之风”更是一种根深蒂固的文人的迷信，它就像一个无形的徽章，让文人们彼此确认，让作为沈复同乡的俞平伯立刻心照不宣，与之惺惺相惜。当五四新文化运动兴起，儒家文人传统冠冕堂皇的政教面向趋于瓦解，其个人面向的“名士之风”又与新文化运动对“个人”的发现、界定和推崇若合符节，于是沈复的“真性情”就被俞平伯拿来作为新时代的一面旗帜而欣喜挥舞着了。第二，沈复的率情任性，不仅意味着“真我”/自我的发现，同时也意味着女性/他者的发现。换言之，只有具备了放纵和表达“真我”能力的男性文人，才有可能发现并尊重女性的个性、才气与生命，才有可能描摹出“中国文学上最可爱的一个女人”，才有可能“替女性”发现自我——《浮生六记》毕竟不是芸娘的作品，她只不过是沈复之眼所观察、沈复之笔所描画的对象，是期待被发现和被塑造的“那一个”形象。[②]

正是在这种新观念的观照下，俞平伯通过沈复夫妇这一实例，对沈复夫妇追求个性伸展而受大家庭排斥压制深表同情。这一倾向与胡适他们当初翻译介绍《娜拉》及易卜生主义的初衷不谋而合。在这个意义上，《浮生六记》实际上已经脱离了原作者沈复的话语系统，而被纳入一个新的观念系统和表述系统中，并被赋予了新的时代内涵。一方面，只要打破旧家庭制度，就会使个性得到解放、民族焕发活力的因果逻辑，借由沈复夫妇率情任性的个人生活及其受到大家庭排斥的悲剧而构成，从而使得《浮生六记》由一个“个人叙事”文本转变为一个内在于“新文化”思想脉络的“宏大叙事”文本。另一方面，沈复夫妇的事例还意味着，作为启蒙思潮一个核心概念的“个性解放”，不只是一个由西方引进的外来观念，它还有着本土传统的基因和血缘，只是以往被压抑摧残而不得彰显。俞平伯想要强调的是，与“现代散文”这一文类相似，个人主义与其说是从西方舶来，不如说是中国既有的文化基因在历史契机下“文艺复兴”

---

① 俞平伯：《校点重印〈浮生六记〉序》，载蔡根祥：《精校详注〈浮生六记〉》，万卷楼，2008，第 11 页。

② 参见李长莉：《〈浮生六记〉与“五四”文化人的三种解读》，原载《中华读书报》2005 年 8 月 10 日，收入陈平原编：《现代中国》第 7 辑，北京大学出版社，2006。

的产物。[①]

总之，芸娘形象所蕴含的“恬淡自适”的美感与“真我性情”的个人价值，经由林语堂的翻译和俞平伯的阐释而加倍放大，分别因应这不同时代、不同社会语境下中美两国的读者需求，从而获得了广泛的接受。

三、翻译的主体性：“觉悟”与文化再构

梁启超在《五十年中国进化概论》（1922）一文中指出，“近五十年来，中国人渐渐知道自己的不足了”，他把这种基于民族危机的不满足概括为三个历史时期，第一时期为“器物”上的，第二时期为“制度”上的，第三时期为“文化”上的。[②]显然，晚清洋务派的“师夷长技以制夷”对应于“器物时期”，维新派知识分子对于国体/政体的论述与想象对应于“制度时期”，而新文化运动以来，不同代际、不同知识结构、不同政治立场的知识分子所关注的问题纷纷从政治转向文化领域，则对应于“文化时期”。这并不意味着文化可以与器物、制度截然二分，也不意味着文化是循器物、制度之序进化的高级阶段，仅从翻译的角度来看，西方文化的输入一直贯穿着这三个时期，并且作为客观知识体系、技术文明/技术理性的“西学”与作为上层建筑的宗教、政治往往彼此纠缠——但直到中国内部与外部的政治形态与社会生活发生巨大的变化，传统文化与西方文化之间的冲突才日趋显影和深入，引人注目的标志性事件是五四运动前后在知识界爆发了剧烈的“中西文化论战”[③]，而文化冲突深入化的标志则是知识分子的争论从公共领域（国体和政体）拓展到私人领域（家庭和婚姻）。“文化时期”与前二时期相比，发生了一个重要而显著的变化：知识分子不再纠结于对西方文化的迎拒抑或对中国传统文化的守成/谋变，而是在经历了中西方文化的双重断裂之后，萌发出一种“再造新文明”的“觉悟”。[④]

---

① 1926年11月，周作人为俞平伯点校的《陶庵梦忆》作序，说道：“现代的散文在新文学中受外国的影响最少，这与其说是文学革命的还不如说是文艺复兴的产物”；“我们读明清有些名士派的文章，觉得与现代文的情趣几乎一致，思想上固然难免有若干距离，但如明人所表示的对于礼法的反动则又很有现代的气息”。

② 梁启超：《饮冰室文集点校》（第5集），吴松等点校，云南教育出版社，2001，第3249－3250页。

③ 1918至1919年，杜亚泉主编的《东方杂志》与陈独秀主编的《新青年》就“东西文明能否调和”展开了激烈思想论战，最终杜亚泉去职，《新青年》获得新的言论领导权。

④ 参见汪晖：《文化与政治的变奏——战争、革命与1910年代的“思想战”》，《中国社会科学》2009年第4期。

促成这一转折的，正是20世纪30年代的中国与西方所共同面临的文化/政治危机。早在林语堂用中国文化补救西方之不足之前，梁启超在《欧游心影录》（1919）里所谈论的“中国人之自觉”，就不再是借鉴西方文明的自觉，而是从西方文明危机中反观自身的自觉。他谈到，这个自觉，“第一步，要人人存一个尊重爱护本国文化的诚意；第二步，要用那西洋人研究学问的方法去研究他，得他的真相；第三步，把自己的文化综合起来，还拿别人的补助他，叫他起一种化合作用，成了一个新文化系统；第四步，把这新系统往外扩充，叫人类全体都得着他好处”①。这种“文化化合作用”所形成的“新文化系统”，同时宣告了作为二元对立概念的现代西方/中国传统的失效，而这种“新文化系统”的主体，是“我们可爱的青年”，他鼓舞他们“立正，开步走”，“大海对岸那边有好几万万人，愁着物质文明破产，哀哀欲绝的喊救命，等着你来超拔他哩；我们在天的祖宗三大圣和许多前辈，眼巴巴盼望你完成他的事业，正在拿他的精神来加佑你哩。”梁启超在清华国学院的学生张荫麟给这段话加了一个注释：“及欧战甫终，西方知识阶级经此空前之大破坏后，正心惊目眩，彷徨不知所措。物极必反，乃移其视线于彼等素所鄙夷而实未尝了解之东方，以为其中或有无限宝藏焉。先生适以此时游欧，受其说之熏陶，遂确信中国故纸堆中有可医西方而自医之药。”②

由此我们看到，在20世纪上半期的文化语境里面，中国知识分子对于东西方文明的反思与重构的愿望呈现为一个整体性的背景，这正是笔者在这篇文章里所谈论的问题的起点：不论是“中国式娜拉”对于个人权利与自由的价值追求，还是左翼文化对于“娜拉”的扬弃、解构与重写；不论俞平伯如何给生活在19世纪的“芸娘”包裹上20世纪的新价值外衣，抑或林语堂如何假借“芸娘”之美给美国送去文明调和的心灵鸡汤，他们的出发点都是一种强烈的“文明觉悟”，只有在对这一时代特征充分了解的基础上，我们才能从一个更为宏观的角度来观察和把握20世纪中西文学互译行为的深层内涵。也是从这一角度，中国现代知识分子对娜拉与芸娘形象的翻译、改写与阐释，具有一种文化主体的意味。酒井直树（Naoki Sakai）认为，翻译直接影响了20世纪亚洲的主体形成。在向西方学习的过程中，翻译是最为痛苦的学习过程：翻译召唤了学习者

① 梁启超：《欧游心影录》，载《梁启超全集》第5册，北京出版社，1999，第2987页。

② 张荫麟：《素痴集》，百花文艺出版社，2005，第192页。

寻求某些东西的主体性，却又要在异国语言的象征秩序里打碎它。[1]但在娜拉与芸娘的翻译和阐释者那里，由于有了“文明觉悟”的内在动力，他们的翻译行为没有导致翻译理论所说的“译者的消失”[2]，而是通过对两个女性形象的不断重构，在异国的文化资源和语言里间接地构筑起了现代中国的主体，如果说一个多世纪以来的“中国梦”仍然在延续的话，那么文化主体性就是这个梦想的内核，这也正是我们重新思考这两个翻译形象及其背后的文化内涵的意义所在。

〔原载《南开学报》（哲学社会科学版）2013 年第 4 期〕

---

① Naoki Sakai, *Translation and subjectivity*. University of Minnesota Press, 1997, p. 28.

② Venuti, Lawrence, ed., *Rethinking Translation: Discourse, Subjectivity, Ideology*. Routledge, 1992, pp. 1-17.

当“才女”与“市场”相遇

——从高剑华看民初知识女性的小说创作

马勤勤

女性撰写小说，是晚清才开始出现的文学现象。众所周知，由于近代出版业的发达、科举制的取消，加之稿酬制度的建立，作家的职业化也发轫于此期。当时，有不少男性文人或知识者都以职业小说家的身份活跃于文坛，并靠此维持生计；对此，前人已论之甚详。然而，女作家的职业化，则一般认定是在五四运动之后。然而，近年来的研究成果已经揭示，清末民初时期参与小说创作的女作家有数十位，她们的作品达到100多部。[①]那么，这些小说女作者在现实中的身份都是怎样的？依据目前已知的资料，是否有职业女小说家的存在？

此前，黄锦珠教授经过细致考察，指出著译《地狱村》《猴刺客》等5部小说的黄翠凝，即为清末民初的职业女小说家，早寡的她凭借小说赚取稿费，不仅实现生利自养，同时还供给独子张毅汉求学，使之成为民初著名小说家。[②]本文将要讨论的高剑华，正是笔者发现的另一位清末民初职业女小说家；较之黄翠凝，她在小说职业化的道路上走得更远。

高剑华出身高门大户，却迫于经济压力，投身于通俗文坛；她凭借出众的商业眼光，不断调适自我，俯身适应读者的趣味。与同期女作家相比，高剑华创作小说不仅产量高、速度快，而且“商品化”特征也最为典型。更有趣的是，

① 参见马勤勤：《隐蔽的风景——清末民初女性小说创作的兴起与呈现（1898－1919）》，北京大学博士学位论文，2014年6月。

② 参见黄锦珠：《黄翠凝：清末民初职业女小说家》，载苏子敬主编：《第四届中国小说戏曲国际学术研讨会论文集》，里仁书局，2013，第301－329页。

由于创作主体的女性身份，让高剑华的小说呈现出一种携带着极强“商业性”的女性心理和女性特质，从而在民初文坛上别具一格。

一、高剑华的家世与生平[①]

关于高剑华的家庭出身，向来不为学界所知。日前，笔者在高剑华主编、出版于1919年的《治家全书》中，找到一张《新婚双影》的照片。事实上，这是一幅高剑华的全家照，图中标注了人物信息——“伯高保康”“母高朗瑜”“姊氏高剑华”“姊丈许啸天”“新郎高剑秋”“新娘章缕馨”。[②]这张照片非常重要，笔者之所以能考证出高剑华的家庭出身，正是由“伯高保康”这条线索，一路追踪而来。

高保康，字龚甫，仁和诸生、候选训导，工篆书[③]，光绪十一年（1885）副贡生[④]，曾任乌程县教谕[⑤]、并获朝廷嘉赏国子监学正衔五品衔[⑥]。他是清代名儒高学治（宰平）的长子，他的弟弟高保徵，就是高剑华的父亲。[⑦]章太炎在杭州诂经精舍求学时，除了俞樾，也常向高学治问学；其于高氏去世后，作《高先生传》一文，以志怀念。《高先生传》明确说道，“子二，保康、保徵”[⑧]。又，章太炎还提到高学治“好金石”，而高保康也曾说父亲“所藏亦不下二百余石”[⑨]。此外，高剑华与丈夫许啸天两家为亲戚，许啸天自述与妻“原属中表”“自总角而定白头约”[⑩]。据《清代文学世家姻亲谱系》，“许正绶子许传霈娶高学治女高

① 关于高剑华的生平，黄锦珠在《吕韵清、高剑华生平考辨：兼论清末民初女小说家的形成》（《东吴中文学报》第26期，2013年11月）中已有相当充分的梳理。故本文仅将重点放在黄文未提及的内容，其余从略。

② 高剑华编：《治家全书》，交通图书馆，1919。

③ 李放：《皇清书史》卷12，《辽海丛书（影印本）》第3册，辽沈书社，1985，第1499页。

④ 吴庆坻重纂：《杭州府志》卷142“人物”，铅印本，1925。

⑤ 中国第一历史档案馆编：《光绪宣统两朝上谕档（第17册·光绪十七年）》，广西师范大学出版社，1991，第193页。

⑥ 顾廷龙主编：《清代朱卷集成（298）》，成文出版社，1992，第375页。

⑦ 关于高保康，资料极少。笔者得到高家后人许高渝、徐家桢两位先生的帮助，特此致谢。特别是许高渝，其祖许克丞曾为光复会会员，安庆起义后险遭满门抄斩，家境开始败落。1940年后，全家寄住在其生父的表姐、杭州孩儿巷高家；为表感激，将许高渝过继高家。关于高剑华祖父和父亲的姓名，是自幼长期住在高家的许高渝先生告诉笔者；笔者才顺藤摸瓜，最终找到章太炎的《高先生传》，坐实这一情况。

⑧ 章太炎：《章太炎全集（四）》，上海人民出版社，1985，第210页。

⑨ 高保康：《乐只室印谱序》，郁重今编：《历代印谱序跋汇编》，西泠印社出版社，2008，第615页。

⑩ 许啸天：《新情书（十首）》，《眉语》第4号，1915年2月。

性饰”[①]，《清代朱卷集成》也说许家惺之父为许传霈、母为高性饰，高性饰为高学治的三女儿，亦即高保康、高保徵之妹；而许啸天，正是许家惺胞弟[②]，也是许传霈和高性饰之子[③]。如此，也就印证了许啸天所说与高剑华“原属中表”的关系。

关于高剑华的父亲高保徵，目前资料甚少，只知他曾任奎光阁典籍[④]，且“善治生”。在章太炎看来，高学治“以好金石，财略尽”，悉赖二子保徵，才能“得取给”“得寿考”。[⑤]可见，高保徵具有很强的经商能力。更有趣的是，高氏一门似乎有着类似的家族基因，商才辈出，在杭州有“高半城”之誉。其中，以晚清杭城最大的布店“高义泰布庄”和最大的锡箔作坊“高广泰锡器店”最负盛名；另有“高仁大布庄”“狮子峰茶庄”，以及西湖边的大庄园“红栎山庄”。[⑥]以高剑华后来在出版市场上的表现观之，她似乎在一定程度上继承了来自父亲甚至是整个家族的商业天赋。

高剑华的父亲高保徵去世很早。庚戌年（1910），高剑华打算去京师女子师范学堂应考，母亲面露难色，曰：“脱汝有不讳者，吾何以对汝死父于地下。”[⑦]而高剑华也曾自述，“未入京时，先随母至甬郡，盖自先君去世，家业凋零，孀母弱弟，度日维艰”[⑧]。由此可知，自高剑华的父亲早亡之后，家境开始凋零；为了生计，母亲不得不至甬上（即宁波）某女子小学任教，高剑华也随母前去助教。

关于高剑华的生年，据其自述“生长西湖二十年”[⑨]，可以判断她大概生于1890年前后；其夫许啸天则生于1886年[⑩]，年龄大体相当。在进入京师女子师范学堂之前，高剑华曾就读于杭州女子师范学校，尝谓“于杭校侦访殆遍，以科学不完全，教授法不良为憾”。1910年，高剑华在报章上偶然看到京师女师的招生广告，于是“思慕之心顿起”，央求母亲前去投考。是年农历七月，高剑

---

① 徐雁平编著：《清代文学世家姻亲谱系》，凤凰出版社，2011，第312页。

② 顾廷龙主编：《清代朱卷集成（298）》，成文出版社，1992，第375、374页。

③ 见《一诚斋谜胜》，《眉语》第10号，1915年9月。

④ 顾廷龙主编：《清代朱卷集成（298）》，成文出版社，1992，第375页。

⑤ 章太炎：《高先生传》，《章太炎全集（四）》，上海人民出版社，1985，第210页。

⑥ 徐家祯：《东城随笔·人物篇》，国际华文出版社，2004，第107－110页。

⑦ 高剑华：《俪华馆游记·北京旅学记》，《眉语》第1号，1914年11月。

⑧ 高剑华：《俪华馆游记·甬上风土记》，《眉语》第2号，1914年12月。

⑨ 高剑华：《俪华馆游记·金牛湖赏雨记》，《眉语》第6号，1915年4月。

⑩ 此据许啸天的《自传：四十六年的巡礼》（《红叶》1931年第1期）推测。

华离乡北上，经过考试，正式成为京师女子师范学堂的学生。[①]高剑华从北京结束学业后又返回杭州，时间约在1912年夏。李叔同在《(俪华馆主）高剑华女士书例》中，称其“前夏自北京师范校归”，此文写于“甲寅季秋”[②]，即1914年，那么“前夏”就是1912年之夏了。此外，许啸天写于1915年的《新情书》也称，与高剑华“结褵四载”；可见二人完婚亦在1912年，也许就是高剑华由京返杭之后。

关于他们的婚后生活，许啸天自称结婚四年“不轻别离”“枕边细数团圆夜，除却离家总并头”“相爱不可谓不深”[③]；高剑华也说，“嫁得夫婿是文人，天涯櫜笔，形影相随”[④]。此外，柳佩瑜也在短篇小说《才子佳人信有之》中，透过宠物猫“雪婢”的视角，描述了他们恩爱甜蜜的家庭生活。可见，尽管许啸天和高剑华并无子女后代[⑤]，但也融洽幸福。1914 年，高剑华和丈夫一同创办了《眉语》杂志，前后出版两年；在此期间，她撰写了多篇小说。1917年，高剑华又模仿《眉语》发行了《闺声》，但仅出一期。此后，她将主要精力放到《治家全书》的编辑工作中。该书于1919年6月1日出版[⑥]，“八厚册，铜版像、锌版图千余幅”[⑦]，分图像、传记、诗文、婚姻、交际、家政、医药、妊娠、育儿、烹调、工艺、美术、园艺、畜养、法律、游戏，共16篇，可谓包罗丰富、应有尽有。

20世纪20至30年代，高剑华虽偶有创作，如在《上海潮》发表短篇小说《野花》，在《红叶》连载长篇游记《如此天堂》，出版诗集《俪华馆吟草》[⑧]，甚至还写过新诗[⑨]；但工作的重心是编辑畅销出版物。值得一提的是，高剑华编过多部唐人诗选，如《李太白诗选》《杜工部诗选》《白香山诗选》《韩昌黎诗选》《李义山诗选》(上海群学社，1930－1932年)，并以白话作注。此后，高剑华还与许啸天共同主持“现代百科家庭生活丛书”的出版工作，收录两人合编之《畜植与生产》《交际与娱乐》《医药与卫生》《修养与法律》《性爱与结婚》《家计与

① 高剑华：《俪华馆游记·北京旅学记》，《眉语》第1号，1914年11月。
② 载《眉语》第1号至第4号，1914年11月至1915年2月。
③ 见许啸天《新情书（十首)》，《眉语》第4号，1915年2月。
④ 高剑华：《俪华馆游记·越中风土记》，《眉语》第4号，1915年2月。
⑤ 对此，笔者曾求教许啸天的胞兄许家恒的孙子许宝文先生，特此致谢。
⑥《〈治家全书〉现在装钉中准阳历六月一号凭券发书》，《申报》1919年5月28日。
⑦《高剑华女士主撰兰社诸女士合辑〈治家全书〉》，《申报》1919年2月25日。
⑧ 载高剑华编：《红袖添香室丛书（第五集)》，群学社，1936。
⑨ 高剑华：《雨夜》，《红叶》1930年第3期。

簿记》（上海明华书局，1936年）。此外，高剑华也独立编订了《红袖添香室丛书》，总计6册。

抗战时期，高剑华随许啸天辗转各省避难；受时局影响，他们付梓出版物的数量锐减。抗战胜利前夕，光复会老会员周亚卫、尹锐志夫妇等在重庆恢复光复会，在领导成员名单中，有许啸天与高剑华。[①]战后，二人回到上海。因普及教育运动的需要，高剑华受邀与冯玉祥、郭沫若、田汉、陶行知等人卖字兴学，“以所得笔润，尽充普及教育之研究及推行经费”[②]；与此同时，许啸天也在蒋维乔主持的诚明文学院任教。[③]1948年12月13日，许啸天遭遇车祸，不幸身亡[④]；据说高剑华在新中国成立后，曾在上海妇联工作[⑤]，卒年不详。

二、高剑华的生计

清末民初时期，职业化的小说家群体正式形成，林纾、吴趼人、包天笑等一批优秀的小说作者，均为依靠稿酬生活得十分优裕的典例。高剑华和许啸天，亦为其中一员。

然而在晚清，许啸天还是一个名副其实的“革命青年”。1903年，他向《苏报》投稿，得到章太炎赏识，随后加入光复会，与秋瑾等人创办大通学堂，筹备起义。后来事败，许啸天逃至上海，靠典当衣服、被铺为生。其间，他曾短暂地为《民呼报》撰写剧本，但生活并无根本改变。1910年，在南京谋职的许啸天将对“南洋劝业会”的意见写成小说，投至《劝业日报》，竟收到稿费20块银元，并被该报聘为记者。[⑥]也许这次的成功刺激了长久生活困窘的许啸天，让他的卖文生涯正式开启。1915年，《眉语》第5号刊出了一则《许啸天启事》：

鄙人前撰小说登载《民立》《天铎》《时事》《时报》各报者，不下百万

---

① 于刚：《回忆新政协筹备会对某些政治派别和团体的处理经过》，《春秋》2009年第2期。

②《冯玉祥、陶行知等六人卖字兴学》，《陶行知全集》第12卷，四川教育出版社，2002，第623－624页。

③ 郑逸梅：《死于飙轮下的许啸天》，载《清末民初文坛轶事》，中华书局，2005，第279－280页。

④ 1948年12月14日《申报》之《许啸天遭汽车猛撞，受伤极重命恐难全》称车祸发生在“昨日午后四时五十分”，即1948年12月13日。

⑤ 此据许宝文先生的介绍。

⑥ 关于许啸天早年生活的描述，笔者参考了他的3篇文章，即《我与话剧的关系》《八角钱——自传中的一节》《读秋女侠遗集的感想》，载《永安月刊》（1948年，总第115期）、《红叶（汇订本）》（1933年第9期）、王灿芝编《秋瑾女侠遗集》之序言三（台湾中华书局，1976）。

言。然从未留稿，以致散佚无存。如有收藏以上各报者，请将具“啸天生”名之小说抄下见惠……

由此可见，在1910至1915年间，许啸天的撰述十分勤奋，已经成了一名职业小说家。

与丈夫相比，高剑华向职业作家发展的时间略晚。前文已述，晚清时期，她先随母亲在宁波助教，后赴京师女子师范学堂求学。1912年，高剑华与许啸天完婚，之后主要陪同丈夫从事新剧事业，并无固定工作。[①]可以说，在《眉语》杂志创办之前，夫妻二人的生计应主要依靠许啸天的稿酬。

1914年11月，《眉语》创刊，由许啸天和高剑华共同编辑。该刊出版时间不到两年，却大获成功，屡次再版；由于畅销，广告费还一度飙升至60元的“天价”，在当时无人能及。即使被禁停刊之后，《眉语》的影响也没有真正消歇。1916年，许啸天和高剑华又推出“小本小说”系列和短篇小说集《说腋》，其中作品大多来自《眉语》，可谓“二次贩售”。1917年4月，高剑华又创办模仿《眉语》的刊物《闺声》。[②]在笔者看来，《眉语》的成功运作不仅奠定了许啸天和高剑华在文学界、出版界的地位，同时也建立了二人的信心，成为他们一生从事出版业的重要契机。

自1919年起，高剑华和许啸天编撰了大量普及读本和流行书籍，多达百部以上。具体而言，可分为四类：其一，追随白话文学潮流，为《红楼梦》《儒林外史》等古典小说添加新式标点、做白话注解，有时甚至以白话改写原作，如《聊斋志异》；其二，响应“整理国故”运动的号召，校订先秦诸子典籍、唐代诗集以及明清之际的文人著作，也常以白话注解；其三，编辑工具书、实用读本和消闲读物；其四，撰写历史小说和言情小说。这些书籍有一些非常受欢迎，且多有再版，甚至印行数十版次。郑逸梅曾回忆，许啸天的《清宫十三朝演义》“社会影响很大，经过一二十年，不知再版了若干次”[③]。

除了“卖文为生”，夫妻俩的另一项生计来源，是高剑华“卖字为生”。高

---

① 见许啸天在《我与话剧的关系》及《民国春秋演义》四十二回《王金发撤销督府，许啸天受惊越城》（国民图书公司，1929）中对自己在辛亥革命前后行踪的叙述。

② 参见马勤勤：《作为商业符码的女作者——民初〈眉语〉杂志对“闺秀说部”的构想与实践》，《中国人民大学学报》2015年第5期。

③ 见郑逸梅的《死于飙轮下的许啸天》。据笔者目力所及，至1948年，《清宫十三朝演义》已印行24版。

剑华的祖父高学治好金石；大伯高保康是书法名家，还曾襄助西泠印社的创办；比她小一辈的高时丰、高时显和高时敷，均为“西泠印社”的成员。[①]正是在这样的家庭氛围熏染下，高剑华也练得一手好字。早在《眉语》创刊之际，即有《高剑华女士书例》刊出，李叔同赞其“书法摹米南宫，矫健飞舞，能得其神似”。《申报》早年亦常有她的书法广告登载。20世纪30年代，许啸天创办《红叶》杂志，也曾刊出高剑华的书例。抗战胜利后，她又与冯玉祥、陶行知等6人“卖字兴学”，可见书法水平之高。

综上，许啸天与高剑华一生的主要经济来源，大抵为从事出版业所得。然而，他们最终成为职业作家，除了极强的撰述能力之外，敏锐的商业眼光和游刃有余的经营能力，也是获得成功的重要条件。早在《眉语》杂志的成功运作，这种能力就显现出来了——他们将小说“女作者”商业化、符码化，提出了“闺秀说部”这样一种新奇的小说理念，充分满足大众的猎奇心理。1915年5月9日，袁世凯承认“二十一条”，消息传出，民愤鼎沸；而自5月28日起，高剑华即在《申报》上连续刊出《高剑华女士书“尔忘五月九日”香字轴》的广告，称“墨香字雅，辞严义正，凡属国民，均宜家悬一轴，以自警励”。1919年以后，夫妇二人先后追随“白话文学”和“整理国故”的潮流，出版诸多古籍白话注解；至“革命文学”兴起，又办起鼓吹左翼思想的《红叶》杂志。许啸天在发刊辞中说：

> 本刊的地位很有趣，非仅是狭小，而且不能直见天日，上面总有东西重压着。而且，这压着本刊的，往往又是女性的照片。于是，在难以抓取题材的时候，我想这是无上的题材了。本刊，就专门作为研究女性的刊物吧。[②]

有趣的是，此时许啸天还对《眉语》的办刊思路念念不忘。可见，《红叶》一面复制了《眉语》将女性作为“金字招牌”的方法，另一面又融入时代新思潮。果不其然，这份刊物在当时颇受欢迎。该刊曾发表《许啸天不会赚钱》的“编者语”，称外埠读者来信反映刊物售卖九个铜板过于昂贵；许啸天声明：“这

---

① 余正编：《西泠印社志稿》，浙江古籍出版社，2006，第135、130页。

②《红叶（汇订本）》1932年第8期。

或是一般报贩的作祟，因为我们在封面上分明写着本刊每份定价二分。”[①]从常理上讲，若一份报刊能让报贩加高价格售卖，那一定供不应求。

可以说，高剑华和许啸天深谙民众喜好与市场需求，总能适时捕捉商机、追随潮流，故而在数十年的出版市场竞争中屹立不倒。那么，他们走上商业化的出版之路，究竟是哪一方起到了更大作用？前文已述，高剑华出身商儒结合的大户之家，父亲高保徵“善治生”，整个高氏一门也商才辈出。因此，高剑华完全有可能从父亲乃至家族那里继承到卓越的经商天赋。反观许啸天，其曾祖“赤岩公”虽也是商人出身，却不善经营；直到祖父许正绶进士及第，境况才略有改善。[②]然而，许啸天之父许传霈专心仕途，无奈八次乡试均未中举[③]，终究还是“家寒力薄”[④]。而且，许啸天在婚前曾一度醉心革命，还曾靠典当衣物为生。在南京谋职期间，他虽然赚取一笔稿费，开启“卖文”生涯，但也未见任何商业运作之举。

此外，还有一则材料颇能说明问题。1948 年，许啸天车祸身亡，检查遗物时发现稿子 2 篇，本该刊于《海晶小说周报》；然而，高剑华在悲痛之余，竟然提出此篇为丈夫绝笔，“生前与死后之价值完全不同”[⑤]。可见，她对出版市场商业价值的追求已经深入骨髓。因而，我们有理由相信，在夫妇俩操持一生的商业化出版之路上，判断每一个市场“增长点”时，即使高剑华没有起到主导作用，也一定是许啸天最得力的助手。

三、高剑华小说的“商品化”特征

在清末民初的小说女作者中，高剑华总计发表作品 11 篇（详见下表 1）。尽管从篇目来看并非最多，但若以字数计算，文字量当为最大。她的短篇小说全在 20 页上下，并尝试写过 3 部长篇，尽管只完成 1 部。需要说明的是，在高剑华的小说中，《刘郎胜阮郎》《蝶影》与《梅雪争春记》讲的是外国故事，风俗、场景皆为域外之象，叙事手法也与其他作品略有差异，显得清晰明快；因

① 《红叶》1931 年第 64 期。

② 许啸天：《自传：四十六年的巡礼》，《红叶》1931 年第 1 期。

③ 许啸天：《顾亭林思想的研究》，载《国故学讨论集（下）》，群学社（上海），1927，第 261 页。

④ 《一诚斋谜剩》之许啸天“附识”，《眉语》第 10 号，1915 年 9 月。

⑤ 西西：《许啸天的绝笔》，《海晶小说周报》第 3 卷第 3 期，1948 年 12 月。

此，笔者疑为改译之作。所以，本文仅以高剑华另外8篇小说为主要讨论对象，上列3篇仅作补充。

表1　高剑华小说篇目一览表

小说名称	发表刊物	发表时间	文章类型
《处士魂》	《眉语》第2号	1914年12月17日	文言/短篇
《春去儿家》	《眉语》第3号	1915年1月15日	白话/短篇
《裸体美人语》	《眉语》第4号	1915年2月14日	文言/短篇
《刘郎胜阮郎》	《眉语》第7号	1915年5月30日	文言/短篇
《绣鞋埋愁录》	《眉语》第9号	1915年8月	白话/短篇
《蝶影》	《眉语》第10号	1915年9月	白话/短篇
《裙带封诰》	《眉语》第12号	1915年11月	白话/短篇
《梅雪争春记》	《眉语》第13－18号	1915年12月－1916年5月底6月初	文言/章回
《卖解女儿》	《眉语》第14号	1916年1月	白话/短篇
《帘影钗光录》	《闺声》第1号	1917年3月23日	白话/章回
《箝声蝶影录》	《闺声》第1号	1917年3月23日	白话/章回

在我们正式进入高剑华的小说之前，先对她的小说观念做一探析。高剑华在小说《卖解女儿》的开篇，对正史、野史所载花木兰、梁红玉、红线女、聂隐娘等“娥眉系剑”的故事发表一番感慨，而后言道：

要之，帋墨所凭，非尽虚诞，亦难尽实，即观者亦不必深求原理，足供墨士文人消醒解闷而已。如今在下要说一个垓下女儿，其事体不知起于何年何月何日何时，虽无事迹可寻，亦有柔情可喜。梅窗无事，拾得破笔一枝，败墨一盒，记出这件故事给大家取笑的意思。读者有心，可不下求全之毁、不虞之隙，也就万幸了。

与晚清小说家要求读者通过小说增长见识、有所醒悟相比，高剑华只告诉读者“不必深求原理”“消醒解闷”“给大家取笑”等句，已经清晰地表明了她的小说思想。可见，叙述者不仅没有居高在上的启蒙姿态，反而将自己降于“娱人”的位置。

另外，高剑华的小说《处士魂》，根据杭州西湖孤山林逋墓的传闻敷衍而成。文末的“许啸天附识”，交代了创作缘起：

> 剑华女士，性恬淡，嫉俗如仇，平居常有隐逸之念……尤喜孤山清幽，尝挽余坐林墓前，娓娓谈韵事，且有孤山偕老之顾（愿），余戏谓：“孤山终古属林家，牛眠之侧，岂容人居？汝不虑处士之见呵耶！”女士乃以其遐想，撰为小说以示余，余笑曰：“是亦假杯酒以浇君块垒耳！”

可见，该篇不仅为读者打发时间，更出于作者的“自娱”需要，乃高剑华夫妇言谈笑语的助兴之物。正如《眉语》之《本社征求女界墨宝宣言》所言，“笔歌墨舞，清吟雅唱，风流自娱，无强人同”①。

不过，尽管高剑华的小说立意消闲，但并未放弃“助益于世道人心”的传统观念。具有《眉语》发刊词性质的《〈眉语〉宣言》明确写道：“虽曰游戏文章、荒唐演述，然谲谏微讽，潜移默化于消闲之余，亦未始无感化之功也。”②细读高剑华的小说，也常有暗含讽喻的意味。例如，《裸体美人语》就表达了一种鄙夷金钱权势、崇尚自然任性的观点：自父亲去世，眉仙渐感孤寂，忘记老父“毋作伪、毋趋势、毋逐名利”的遗训；一日偶遇裸体美人，得其点化而幡然悔悟，最终远离尘俗。然而总体而言，高剑华小说的教诲气息比较淡薄，且大多是标举好人好报，谴责仗势欺人，批评良心沦丧等，非常接近普通市民的审美和趣味，并无“先觉觉后觉”的启蒙意识。

可见，高剑华的小说观念，基本符合民初小说界面向市民阶层、立意消闲娱乐的主导倾向；而她的小说大抵为言情之作，也合于当时小说界主流。在言情小说中，女主人公的地位不言而喻，而这恰好也是“商品化”小说不可或缺的核心质素。梁启勋尝言，“天下之小说，有有妇人之凡本，然必无无妇人之佳本”③；鲁迅亦感慨，“小说家积习，多借女性之魔力，以增读者之美感”④。可以说，女性形象塑造的成功与否，是小说能否受到欢迎的关键。高剑华对女性形象的塑造，不仅十分独到，而且还渗透着极强的女性意识。

---

①《眉语》第2号，1914年12月。

②《眉语》第1号，1914年11月。

③ 曼殊：《小说丛话》，《新小说》第13号，1905年3月。

④ 鲁迅：《〈月界旅行〉辨言》，翔鸾社，1903，第2页。

首先，高剑华擅于使用第一人称——特别是女性第一人称来讲述爱情故事。《春去儿家》即为一例。鬟儿幼年在金陵做客时与表兄怡哥相好，归乡后屡遭邻人石公子的欺负调戏，父亲也被其陷害至死；幸有怡哥赶来料理后事，并将鬟儿母女带回金陵，二人感情日笃，结为夫妇。不料，石某嫉妒心起，先设计害死怡哥，又因愧疚病重。去世前，他致信鬟儿忏悔，并说明真相。

通读全篇，除了以女性口吻来讲述人物的悲欢离合，最吸引人的，是女主人公在讲述中不断穿插内心剖白。在小说中，鬟儿无意读到父亲藏起的《会真记》《红楼梦》《牡丹亭》，“怎当他临去秋波那一转”等句，使她越看越有味道，于是接连阅读三夜。这一幕，几乎可以看作女主人公情欲开启的关键。此后，这些句子几乎每天都在鬟儿头脑中出现，她常常于镜中打量自己：

> 两个和秋水般的媚眼，映着芙蓉粉颊，还高耸着两道宫样眉儿，正是樱唇乍启，匏犀微露，雾鬓风鬟。看官，若说我这模样儿，是天天自己见惯了的，不知何故，今日见了，便吃了一惊，不觉的一声长叹，蓦然想起了“如花美眷，似水流年”这八个字。

显然，对当时违禁小说的阅读激发了鬟儿自我意识的觉醒；而小说对鬟儿情爱心理的揭示也显得相当大胆：

> 抬起头来一看，只见那人轻裘缓带，神彩飞扬，却飘飘逸逸的站在我面前。呀！这不是我镇日相思梦中牵挂的那怡哥吗？我当时又惊又喜，却又羞晕满面。

不难发现，女性第一人称叙事能够增强小说的主观色彩，让女性的情感与欲望一览无遗，从而激发读者对女性内心私密的窥探兴致。身为女性的高剑华，对女性心理的把握格外精准，使鬟儿的形象韵味十足。倘若这篇小说改用第三人称来讲述故事，将会失色不少。

其次，高剑华笔下的女主人公，基本是被爱情笼罩的宠儿。小说模式大多为两位，甚至多位男子共爱一女。[1]例如，《绣鞋埋愁录》中三男一女的情感纠

---

① 此处受黄锦珠《女性主体的掩映：〈眉语〉女作家小说的情爱书写》（《中国文学学报》2012 年第 3 期）一文的启发。

葛。男主人公“我”因偶然拾得的绣鞋与幼年玩伴蘅芬巧遇，二人渐生情愫。后来，在蘅芬的生日宴会，“我”无意间听到她与一位男子互诉衷肠；气愤之时，忽闻枪声响起，那少年死于非命。警方指认蘅芬为凶手，情急之下，“我”挺身而出；在羁押途中，原谅了蘅芬并与之愈加亲厚。“我”被关入大牢后，有男子前来探视，讲述杀害少年的谋划；原来他是蘅芬表兄，因追求蘅芬不得而雇凶杀其心上人。随后，男子允诺可为“我”和蘅芬脱罪，条件是我们终生不得再见；“我”拒绝，遭到严刑逼供。不料峰回路转，真凶竟主动投案，主使人亦被充军，“我”与蘅芬美满地生活在一起。

与《绣鞋埋愁录》模式相近的，还有《刘郎胜阮郎》中斐立、康纳士围绕古伦娜的争夺，以及《蝶影》里巴理士、波拉治对茱莉的追逐。有趣的是，在这些故事中，女主人公都有移情别恋的经历，甚至背叛自己的有恩之人；可是，旧情人却不离不弃，或不惜为之苦守，或甘心代之受刑，虽间有一时之怨气，却最终释怀。世俗之眼常谓“淫奔”女子为失节；可是，高剑华不仅没有在道德上否定她们，而且还赋予这类女主人公美好的形象，读来很容易让人生出伤感、怜惜之意，而全无厌恶、憎恨之情。不得不说，这种倾向与创作主体的女性身份关系颇大。

高剑华也在小说中描写过一男一女的故事，但女性仍然占据浪漫爱情世界的中心。例如，《裙带封诰》和《卖解女儿》皆出现了对女主人公一往情深的男子形象。《裙带封诰》中的登州刺史周大武，始终对幼年玩伴九儿念念不忘，不仅拒绝窈窕侍女柳儿的自荐枕席，还不嫌弃九儿为盗魁之女的身份，甚至派人暗中劫狱，释放九儿的大盗父亲。《卖解女儿》的书吏严碧岩从狱中救下了靓儿，两人私订终身；在靓儿母女亡命天涯之际，他“好似被情丝缚住了似的”，心神不宁、坐卧不安，最后干脆辞去差事寻找靓儿。当两人相遇时，碧岩已然面黄肌瘦，连走路都彳彳亍亍、飘飘摇摇。

可以说，高剑华的小说作品，恰因塑造了独特的女性形象而别具一格。如果说其对女性心理的精准把握、大胆表露，更多满足了男性读者的窥探欲望的话；那么，以女性为中心的情爱世界的建立，则又能调动女性读者的兴致，使她们将自我投射到小说的想象空间中，进而获取现实中无法得到的心理补偿。可以说，这种基于创作主体的女性身份而创造出的具有“商业性”的女性特质，在民初文坛非常独特，也弥足珍贵。

此外，高剑华的小说还有一些“市场化”的典型特征，大体而言，可以概括为两点：

其一，语体香艳。例如《绣鞋埋愁录》，在男女主人公的押解途中，“我”买通了官差，得以与蘅芬共处同一囚车。在一番互诉衷肠之后，作者写道：

> 我告看官，自从初见了蘅娘，直到如今，虽说是凄凉困苦、哭哭啼啼，我却得着了美人的真情。一般的也和他亲了几个吻，舐干了他的泪珠儿，也算是人生在世第一件苦中的乐事了……将蘅娘轻轻放下，又和他亲了几个吻。

此处，高剑华可谓相当大胆，不仅写到男女主人公私定终身，还使用比较露骨的笔触，描写二人的拥抱亲吻。

另如《刘郎胜阮郎》，当斐立尾随古伦娜被发现之时，“情不自禁，伸手抱女郎纤腰，口触女郎发，数数亲之”。随后，作者写了一大段斐立的表白：

> 吾亲爱之古伦娜，汝于暗中呼我名，我固在是，以我之灵魂躯命悉已受卿驱遣，卿即低声，我固闻之如天召。以我之尘俗，得亲色笑，亦云幸矣，更何复有他念！无如卿之天姿，感人至深，吾之相思，魂梦中久久未能忘却。今以一语问卿，卿其审度而答我，以我之蠢蠢，后此一生，能否为女郎永远之奴隶也？

对于这类香艳、露骨的男女情话，高剑华十分热衷；在她的小说作品中，亦常常可见。

其二，叙述曲折、富有趣味。例如小说《卖解女儿》，高剑华起笔于靓儿母女江湖卖艺，遭殷家公子调戏而逃亡遇险。写至此处，作者宕开一笔，插入母女的家世来历：靓儿之母曾被其父林琼所救，因而以身相许；而父亲也因此遭遇仇人报复，被发配充军 20 年。随后，高剑华又回到故事的叙事主线——靓儿母女被捕，幸亏书吏严碧岩相助。随后，作者又揭出一个惊天秘密，原来碧岩就是陷害靓儿父亲的仇人之子。走笔至此，高剑华又开始交替叙述严碧岩和靓儿的不同境况。这一边，靓儿母女在逃亡路上巧遇林琼、全家团圆；而另一边，严碧岩不堪相思之苦，辞官后四处寻访靓儿。最终，靓儿在比武招亲之时，与落魄的碧岩相遇，有情人终成眷属。在这篇小说中，高剑华将两代人穿越于不同时空的爱恋巧妙地结合在一起，精彩纷呈、引人入胜。

此外，还有多篇小说可以展现高剑华高超的叙事能力。如《春去儿家》，本来只是一个情节平淡的故事，但作者却通过不断地制造悬念来调动读者的阅读热情。而《刘郎胜阮郎》《绣鞋埋愁录》《蝶影》《裙带封诰》和《卖解女儿》，也皆有情节跌宕之处，尤其是最后两篇，高剑华将武侠与情爱因素做了融合，于传统形式中翻出新意。

高剑华出生在一个商儒结合之家，祖父高学治是清末名儒，学问极高；伯父高保康亦是当世名流，尤精书法；父亲高保徵善于经商，家境殷实。可以说，高剑华本来可以如普通的大家女子一样，过着衣食无忧、春花秋月的闺中生活。但不幸的是，她父亲早亡，家境败落，寡母弱弟，生活艰难，这让高剑华早早地体会到了生活的艰辛。然而，幸运的是，她生活在一个文学高度商品化的时代，又从父亲那里继承了过人的商业天赋，这使得高剑华有条件与丈夫许啸天从文字中讨生活，叱咤出版市场30余年。同为民初时期女小说家的刘韵琴曾感慨，“闲锄明月种梅花，破浪乘苦愿已差”，她所向往的其实还是传统闺秀恬淡闲适的风雅生活；但她仍然表达出走出家门、投身救国的愿望，是谓“仗剑走天涯”，其小说也立志“抨击帝制，警惕国人”、始终与反袁斗争相结合。[①]而同样出身闺秀的高剑华，却为经济所迫，不得不投身于通俗文学的出版市场。当她俯身适应市民阶级的审美与趣味时，对于自己的选择是否会像刘韵琴一样只有豪情而没有遗憾？但是，当她以文字生利实现自养，而寻常女子却只能依附丈夫过活，她的心中是否也曾生出常人所不能体会的自豪与骄傲？斯人已逝，难以妄评，但笔者依然认为，这个“才女”与“市场”相遇的故事，尽管充满无奈，却也精彩。

〔原载《南开学报》（哲学社会科学版）2016年第2期〕

---

① 参见马勤勤：《清末民初女小说家刘韵琴及其反袁小说》，《南京师范大学文学院学报》2015年第1期。

“延安道路”中的性别问题

——阶级与性别议题的历史思考

贺桂梅

1941－1943 年中国共产党在以延安为中心的陕甘宁边区施行的一系列政治、经济和文化的新政策，不仅成为此后共产党推翻国民党反动政府的基础，也为新中国确立了基本的建国模型。这一新体制被一些研究者称为“延安道路”[①]。尽管许多研究者都承认中共取得抗战胜利和建立新中国，与其妇女政策有密切关系，如杰克·贝尔登（Jack Belden）写到的，“在中国妇女身上，共产党人获得了几乎是现成的、世界上从未有过的最广大的被剥夺了权力的群众。由于他们找到了打开中国妇女之心的钥匙，所以也就找到了一把战胜蒋介石的钥匙”[②]，但在具体的研究中，性别问题却没有得到重视。[③]

关于从延安新政策开始的中国革命时期的妇女解放史，形成了一些影响广泛的“定见”，比如革命政权将妇女从家庭中解放出来，但没有特别关心女性性别本身的问题；比如革命实践尽管赋予了女性广阔的社会活动空间，却忽略了女性在社会角色和文化表达上的独特性等。这些“定见”并没有在复杂的历史语境中得到具体讨论。而自“文化大革命”结束以来，当代女性文化则在反思以往的妇女政策的基础上，将女性问题与阶级议题分离，即侧重于其生理、心

---

① 〔美〕马克·赛尔登：《革命中的中国：延安道路》，魏晓明、冯崇义译，社会科学文献出版社，2002。

② 〔美〕杰克·贝尔登：《中国震撼世界》，邱应觉等译，北京出版社，1980，第 394 页。

③ 参见马克·赛尔登：《革命中的中国：延安道路》一书，该书指出当时的农村政策“将农民问题视为男性村民的问题”，同时著者检讨道：“《延安道路》以及包括我在内的后来的研究者所出版的著作都没有认真探讨性别及家庭问题。迄今人们对这些问题依然语焉不详。”参见马克·赛尔登《革命中的中国：延安道路》，魏晓明、冯崇义译，社会科学文献出版社，2002，第 270 页。

理和文化表达的独特性。其中，一个重要方面是，20 世纪 80 年代以来女性话语关注和表达的主要是“知识女性”的问题，从与新启蒙主义话语的结盟到引进西方当代女性主义理论，女性话语始终潜在地以中产阶级女性作为女性主体想象的基础。于是，革命时代的工农女性形象逐渐从文化舞台上消失身影，而代之以充满中产阶级情调和趣味的女性形象。本文重新回到对于形成社会主义中国的女性文化和政策具有关键意义的“延安道路”，考察革命实践与女性话语间的冲突和磨合过程，就不仅仅是一种历史研究，同时也尝试为当代社会主义女性话语实践提供一种理论参照。

一、“四三决定”的农村妇女政策与“妇女主义”

1943 年开始全面施行的延安新政策，一个重要方面包括关于性别问题的新决议，这指的是由中央妇女委员会起草、经毛泽东修改后于 2 月公布的《中国共产党中央委员会关于各抗日根据地目前妇女工作方针的决定》(以下简称“四三决定”)。在考量这一政策的意义时，“四三决定”认为：“多生产、多积蓄，妇女及其家庭的生活都过得好，这不仅对根据地的经济建设起重大的作用，而且依此物质条件，她们也就能逐渐挣脱封建的压迫了。”它并不否认动员妇女生产主要是为解决根据地的“经济建设”问题，但同时也认为妇女经济地位的提升将帮助她们“挣脱封建的压迫”。不同的妇女运动文献和当时的介绍资料都强调，参与生产运动使农村妇女的家庭地位得到提高，她们的社会活动范围也扩大了；且由于边区政府采取了一些鼓励妇女参与生产的特别措施，比如评选女“劳动英雄”[①]“劳动模范”，有比例地选择妇女参与农村政权组织等，也提高了农村妇女的社会地位。但“四三决定”同时强调，提高农村妇女的地位，必须以保证“她们的家庭将生活得更好”为前提，也就是说，妇女地位的提高不得破坏原有的家庭结构和家庭关系。

“四三决定”的出台，事实上也是整风运动的一部分。1941 年秋天，中共发起整风运动不久，即改组了中央妇女委员会，由蔡畅接替王明担任中央妇委书

① 1943 年 3 月 8 日，陕甘宁边区组织了纪念“三八妇女节”会议，农村妇女们“手里打着毛衣、纳着鞋底、织着袜子，以崭新的姿态庆祝自己的节日”，并评选出 7 位农村妇女作为“陕甘宁边区劳动英雄”，“多少年来被人们所轻视的妇女竟成为英雄，这巨大的变化实在太令人兴奋了，整个边区为之轰动”。(中华全国妇女联合会编：《中国妇女运动史：新民主主义时期》，春秋出版社，1989，第 514 页。)

记，并于当年9月，中央妇委、中央西北局联合组成妇女生活调查团，调查根据地妇女运动现状。[①]“四三决定”一开篇便批评了原有妇女组织的工作方式“缺少实事求是的精神”，缺乏“充分的群众观点”。在列举具体的事例时，除指责她们没有把经济工作看作“妇女最适宜的工作”之外，主要强调妇女工作者“不深知她们的情绪，不顾及她们家务的牵累、生理的限制和生活的困难，不考虑当时当地的妇女能做什么，必需做什么，就根据主观意图去提出妇女运动的口号”，尤其批评那种经常招集她们出来“开会”的运动方式所造成的“人力物力”上的浪费。蔡畅在1943年3月8日发表于《解放日报》的社论文章《迎接妇女工作的新方向》中，对过去工作中的“错误”偏向说得更为具体：“特别是妇女工作领导机关的知识分子出身的女干部，有不少是只知道到处背诵‘婚姻自由’‘经济独立’‘反对四重压迫’等口号，从不想到根据地实际情形从何着手……当着为解决妇女家庭纠纷时，则偏袒妻子，重责丈夫，偏袒媳妇，重责公婆，致妇女工作不能得到社会舆论的同情，陷于孤立”，进而更尖锐地批评她们“甚至闲着无事时，却以片面的‘妇女主义’的观点，以妇女工作的系统而向党闹独立性”。蔡畅在此激烈批判的“妇女主义”，很大程度上可以视为与“延安道路”在性别问题上构成冲突的对立面。尽管难以找到行诸文字的直接史料来说明“妇女主义”如何阐述自身及其具体的行为方式，但可以断定，这种由“知识分子出身的女干部”所持的观点，大致是把女性（尤其是其中居弱势地位的年轻女性）利益视为主要衡量标准的，因此，在具体处理农村家庭纠纷时，才会“偏袒妻子，重责丈夫，偏袒媳妇，重责公婆”。

“妇女主义”造成的问题是，采取过于激进的做法，鼓动农村年轻女性的独立和个人要求，势必造成乡村矛盾，尤其是与根深蒂固的乡村男权观念，以及通过家庭/家族秩序实施的男权控制之间形成冲突，这种激烈颠覆或破坏传统乡村结构的做法，显然会影响乡村社会的稳定发展。在不同的材料中都可以看到这种做法对乡村社会的消极影响。如蔡畅的文章在介绍示范地区的妇女工作经验时提到，运动早期在鼓动妇女参加纺织厂时，即引起了乡村男性的抵制：“赚几个钱，老婆没有了怎么能行？”杰克·贝尔登在他的《中国震撼世界》中，详细讲述了一个乡村女性金花如何利用共产党的妇女组织迫使她的公公和丈夫就范的故事。金花迫于乡村习俗和父母意愿，嫁给一个大自己十多岁的“丑”

① 中华全国妇女联合会编：《中国妇女运动史（新民主主义时期）》，春秋出版社，1989，第508－519页。

男人。丈夫和公公、公婆、小姑子的虐待，使她了无生趣且充满仇恨。共产党在村里组织妇女会之后，金花依靠组织的帮助"教训"了丈夫，并迫使他答应不再虐待妻子。金花也和他离了婚，并满怀希望地畅想未来的新生活。[①]——正是上面这个故事，使贝尔登得出结论，认为共产党找到了"打开中国妇女之心的钥匙"。尽管故事发生的时间在"四三决定"之后，且区域也不一样（冀中而非陕甘宁边区），但从故事描述的内容上看，金花及其所在村庄的妇女会的过激行为，显然并非延安新政策鼓励的方式。"四三决定"批评此前妇女政策的错误时，列举的内容与金花的故事有许多相似之处，"在宣传男女平等、婚姻自由，鼓励妇女向封建势力做斗争的过程中，采取了一些比较激烈的斗争手段。例如给虐待媳妇的婆婆戴高帽子游街，在大会上批斗打骂妻子的丈夫，轻率的处理婚姻纠纷等"[②]。尽管中共鼓励农村妇女争取平等的地位，但上述激烈矛盾，显然与中国共产党力图形成广泛的社会动员、赢得乡村农民拥护这一目标发生冲突。

为了减少之前妇女运动造成的问题，"四三决定"倾向于寻找一种更为实际的方式，以避免乡村矛盾，即强调妇女参与生产和增强她们对于经济生产的贡献。毛泽东在阐述新妇女政策的必要性时，明确提到需要得到乡村男性的认可："提高妇女在经济、生产上的作用，这是能取得男子同情的，这是与男子利益不冲突的。从这里出发，引导到政治上、文化上的活动，男子们也就可以逐渐同意了。"[③]这事实上是通过从激进的妇女运动转变到保障妇女的工作、劳动权利，既通过社会权利的强化促使女性从家庭中解放出来，又达到维护乡村稳定的目的。"四三决定"列举的妇女参与经济生产的诸项能力，既包括传统家庭女性的活动，"能煮饭、能喂猪"以及能"把孩子养好，保护了革命后代"[④]，也包括此前乡村传统不允许女性（尤其是年轻女性）参与的纺织、种地、理家等活动。在此，"四三决定"一方面鼓励女性参与社会工作，提升了妇女的地位和自主性；另一方面，在质疑和批判传统乡村的男女权力关系上又有所减弱，而把家务劳动视为女性理所当然的任务。当然，这种措施毫无疑问适应了当时社会，特别是乡村社会的基本状况，保证了党的事业顺利发展。

---

① 〔美〕杰克·贝尔登：《中国震撼世界》，邱应觉等译，北京出版社，1980，第340—382页。

② 中华全国妇女联合会编：《中国妇女运动史（新民主主义时期）》，春秋出版社，1989，第510—511页。

③ 中华全国妇女联合会编：《毛泽东周恩来刘少奇朱德论妇女解放》，人民出版社，1988，第46页。

④《更进一步发动解放区妇女参加生产卫生文化运动》，《解放日报》1943年3月8日第1版。

把经济生产作为农村妇女工作的“首要任务”，极大地调节了乡村的性别矛盾并提升了妇女的社会地位。但由于乡村传统的父权制家庭结构根深蒂固，以及当时的历史环境的影响，妇女地位的提高还是受到了一定的制约。整风运动之后发起的“大生产运动”的一个重要构成部分是纺织业，早期施行的集体大工厂生产由于战时环境、交通、组织生产等方面的问题，而改为以家庭为单位的作坊式生产。在这种生产方式中，由于原材料的获取、产品的流通等因素使妇女直接介入社会活动。但这不是破坏而是强化了家庭结构，如迪莉亚·达文指出的：“家庭是基本的经济单位。这种家庭并不是资本主义社会的那种小的（纯婚姻上的）家庭，而是乡村中的‘大家庭’，它的目的在于有效地利用劳动力。这种大家庭是正在支持抗战的农村经济的基础。所以，作为行动的基点，应该重新构造和巩固这类家庭。”[①]也就是说，不仅是由夫妻、公婆组成的小家庭，还包括由宗族、邻里等构成的乡村伦理秩序，亦同样被保持和巩固。尽管战争时期，由于男性参军而造成的空缺有可能削弱家庭内部男性对女性的压制，但由于维护家庭结构关系和乡村伦理秩序，事实上压制女性的父权制结构并未松动。而且因为强调生产，往往是那些此前控制家庭资金和有更熟练技术的老年女性（母亲或婆婆）更能在生产运动中得到好处，她们对年轻女性的控制不是减弱而是增强了。[②]因此，经济生产能够把妇女从家庭中解放出来，但却不能改变由于资本的引入而导致的农村女性内部在年龄、经济地位、技术掌握等方面形成的新的控等级。

“四三决定”与“延安道路”的新政策是密切相关的，即不再激进地强调“反封建势力”，而以动员民众为核心，与以父权制为核心的乡村伦理秩序形成协商关系。如果说“妇女主义”是脱离具体的历史环境片面强调农村妇女（尤其是年轻女性）的利益，那么“四三决定”出于经济和文化动员的考虑所形成的乡村组织方式，在消除那些因前者而造成的社会不和谐，强化人民团结的同时，农村传统的父权制家庭结构下女性如何摆脱男权压制、进一步得到解放的理论命题被弱化了。作为一种可能的结果，在贝尔登的故事中，金花或许将不是以

---

① 迪莉亚·达文：《妇女工作-—革命中国的妇女和党》，转引自〔瑞典〕达格芬·嘉图：《走向革命——华北的战争、社会变革和中国共产党 1937－1945》，杨建立等译，中共党史资料出版社，1987，第 281 页。

② 达格芬·嘉图提道：“老中农妇女却在生产运动中占据着领导地位。这是由于后者有熟练的纺织技术，纺织是她们主要的生产活动，她们是‘劳动群众中仅有的有足够资金购买纺车、织机和其他设备以及原材料的人’。地主和富农出身的妇女也成为妇女协会的成员。”（见〔瑞典〕达格芬·嘉图：《走向革命——华北的战争、社会变革和中国共产党 1937－1945》，杨建立等译，中共党史资料出版社，1987，第 281 页。）

打跑丈夫、规划自己的新生活作为结局，而是为避免农村矛盾，和她的丈夫、公婆勉强生活下去，在共产党的领导下，他们将不能如以前那样虐待她。

二、延安“新女性”和离婚事件

“四三决定”形成的另一个重要倾向，是把农村妇女的重要性提高到了整个妇女工作的核心地位。它发出号召，要求“妇女工作者”“女党员”“机关里的知识分子出身的女干部”(被称为延安“新女性”),“深入农村去组织妇女生产”。整风运动之后，“新女性”经历了向工农兵立场的转移，旧有的自由主义倾向得以转变，更加贴近人民群众，相应地，“新女性”所关注的性别问题，也因此被搁置起来。

在此之前，最有代表性和争议性的“新女性”是1942年3月9日在《解放日报》上发表杂文《“三八”节有感》的作家丁玲。尽管丁玲并非“妇女工作者”，但她提出的却是女性问题，且其关注的对象是当时的革命政权未公开讨论的性别观念及延安“新女性”在婚姻、家庭关系上的两难处境。《“三八”节有感》是丁玲即将卸去《解放日报》“文艺”副刊主编之职前写就的杂文。[①]她曾这样回忆文章的写作经过：“三月七号，陈企霞派人送信来，一定要我写一篇纪念‘三八’节的文章。我连夜挥就，把当时我因两起离婚事件而引起的为妇女同志鸣不平的情绪，一泄无余地发出来了。”[②]丁玲提及的两起“离婚事件”无法找到具体的文字材料，但尼姆·威尔斯提供的一则材料或可作为参照：一位老布尔什维克“仅仅由于美学上的理由”，提出和“曾随他长征，而且刚生了一个壮实的男孩”的妻子离婚。这一事件在延安引发了争论和“斗争”。[③]丁玲几乎将她全部的同情都倾注于为婚姻和生育、育儿所拖累的女性身上。她充满感情地写道，“我自己是女人，我会比别人更懂得女人的缺点，但我却更懂得女人的痛苦”，进而发出了曾饱受批评的呼吁：“我更希望男子们尤其是有地位的男子，和女人本身都把这些女人的过错看得与社会有联系些。”在描述延安女性的处境时，丁玲格外强调“社会”而非“个人”因素。她批评包围延安女性的各种

① 值得一提的是，此时（1942年2月）的丁玲刚刚和陈明结婚不久，陈明是离开妻儿与丁玲结合的。参见周良沛《丁玲传》，十月文艺出版社，1993，第427页。

② 丁玲：《延安文艺座谈会的前前后后》，《新文学史料》1982年第2期。

③〔美〕尼姆·威尔斯：《续西行漫记》，陶宜、徐复译，解放军文艺出版社，2002，第166－168页。

说法中的性别观念——“不管在什么场合都最能作为有兴趣的问题被谈起。而且各种各样的女同志都可以得到她应得的诽议”；她更批判结了婚且生了小孩的女性之间的不平等——“被逼着带孩子的一定可以得到公开的讥讽：‘回到了家庭的娜拉’。而有着保姆的女同志，每一星期可以有一天最卫生的交际舞，虽说背地里也会有难比的诽语悄声的传播着”[①]；更重要的是，她提出在离婚问题上不应该简单地批评女性“落后”，而应该“看一看她们是如何落后的”。显然，强调社会因素的丁玲认为造成女性“落后”的因素之一，在于革命政权没有提供保障性措施来分担女性因怀孕、养育孩子而遭受的尴尬；另一更重要的因素是一种普遍的观念，即女性“天然”应该怀孕、生育和抚养孩子，还包括照顾男性，女性因承担这些“看不见”的额外负担而付出的代价，被看作是应该的。因此即使一些女性愿意放弃社会工作做一个“贤妻良母”，她“落后”于革命时代的命运也并不被人同情。

丁玲就离婚事件提出的女性问题，不仅涉及男女两性关系，而且特别关注已婚且生育的女性群体在家务劳动上遭遇的歧视和性别压迫。与农村女性相比，延安“新女性”面临的问题不是是否“走出家庭”的问题，而是在拥有社会工作之后，迫于工作和家庭的双重压力而承受的身体、心理压力，以及被迫“退回家庭”之后遭受的歧视。当丁玲指责延安女性永远处在流言蜚语的包围之中，且同情所有女性时，她强调的是，尽管延安“新女性”获得了与延安男性同等的社会工作权利，“延安的妇女比中国其他地方的妇女幸福”，但那些制约她们的性别观念仍然存在，那些来自“男同志”的讥讽，或许是更能引起身处革命圣地的丁玲的愤怒的；而她关于已婚且生育的女性所受到的家庭牵累，则更触及家庭结构内部的性别关系模式。丁玲在此提出的问题，正是当时关于女性解放提出的解决方案——通过赋予女性社会工作权利、参与社会事务来获得解放——所没有涵盖到的。性别观念并没有作为独立的问题在延安得到讨论，但从相关的史料中仍可隐约看出一些端倪。经常被提及的是红一方面军的30位女性高层领导[②]。尼姆·威尔斯写道，这些女性所赢得的重要地位，是因为她们“进行了长期艰苦的斗争，自己赢得了在红星下的合法地位”。她并提到一个有趣的现象：“无论对待大小问题，她们都是志同道合的集体。红军中只有真正有

① 丁玲：《“三八”节有感》，《解放日报》1942年3月9日。

② 参阅郭晨：《巾帼列传——红一方面军三十位长征女红军生平事迹》，农村读物出版社，1986。

胆识的勇士才敢在大小问题上冒犯这个集体。”这些女性的团结一致，颇有意味地显露出女性革命者在性别问题上自觉的一面。但一方面，她们显赫的地位也笼罩在“作为苏维埃上层领导人的亲密伴侣和多年的老战友”这样的看法下；另一方面，在生育问题上，这30位女性或为避免麻烦，大多采取不生育，或即使生育，也几乎无力照料孩子；或因身体虚弱和生育退回家中。从这些相关的史实来看，丁玲在《“三八”节有感》中提出的问题并非虚词。

尽管丁玲的立场称不上是“女性/女权主义”，但她赋予女性特别的同情，她对于性别观念的敏感，以及对于造成女性弱势地位的“社会”因素的强调，都使她提出的性别问题有一定的真实性，不过与“妇女主义”存在的问题一样，丁玲一味地关注女性而忽略了中心的政治任务。因此，她和她的《“三八”节有感》在整风运动中遭到批判。在检讨文章中，丁玲仍旧拒绝否定自己提出问题的真实性：“我在那篇文章中，安置了我多年的痛苦和寄予了热切的希望”，但承认“我只站在一部分人身上说话而没有站在党的立场说话”，而重新摆正“党性”和“女性”的位置。①丁玲在女性问题上和延安时期主流观念间的差异，最终的解决方式，便是搁置处理问题，以“党性和党的立场”作为收束，这固然是当时革命形式的需要，但是这种性别方式，也使得隐约呈现的性别问题被遮蔽了。这种历史留下的余音，构成此后中国革命实践中的问题，也是今天重新清理这段历史借以提出问题并展开理论讨论的空间。

三、马克思主义和女性主义的结合

不仅仅是延安新政策，事实上整个20世纪中国革命实践，都倾向于把妇女解放作为整个民族解放和阶级运动的现代化议程的统合而非分离的部分。从20世纪20年代向警予等左翼领袖把妇女运动纳入劳工运动开始，20世纪中国妇女运动一直包含着一种潜在的冲突。从蔡畅在1951年回顾共产党与妇女运动之关系时提及的“右”和“左”两种错误倾向，大致可以看出冲突的关键所在。“右”的倾向即“以资产阶级妇女运动的观点来代替无产阶级妇女运动的观点”，“只和上层妇女进行团结”，“做了资产阶级的尾巴”，而“脱离了广大工农劳动妇女”；而所谓“左”的倾向，则是“将妇女运动突出，把它从整个的革命

① 丁玲：《文艺界对王实味应有的态度及反省》，《解放日报》1942年6月16日第4版。

斗争中孤立起来，离开当时的中心政治任务来谈妇女解放”。[①]一是妇女内部的阶级差异，一是妇女运动和“党的中心政治任务”的关系，蔡畅的倾向性是明确的，既强调“无产阶级妇女运动”比“资产阶级妇女运动”重要，同时强调妇女运动必须服从党的中心工作。其中蕴含的恰是阶级/性别议题的结合以及以何种方式结合的问题。

如果说阶级/性别议题的结合问题不只表现于“四三决定”之中（“四三决定”不过表现得更明显并将其制度化），而有着更深远的历史脉络的话，则可以追溯到五四后期左翼革命话语如何整合女性话语，尤其是整合现代都市激进女性文化的方式。在此，丁玲仍旧是一个值得分析的恰当个案。作为后五四时代的都市知识女性，丁玲在她早期的作品中，相当清晰地表现了对现代都市资本体制中女性“色相化”处境的自觉。她的处女作《梦珂》（1927）以遭到性骚扰的女模特事件为开端，以梦珂清醒地被迫步入由男性色相目光所构造的“女明星”位置而结束，显露出女性所遭遇的制度化的性别压制处境。罗岗相当有趣地借用“技术化观视”这一范畴，提出“丁玲不是在理性的层面上讨论‘娜拉走后怎样’，而是在都市的消费文化、社会的凝视逻辑和女性的阶级分化等具体的历史背景下把抽象的‘解放’口号加以‘语境化’了”[②]。丁玲后来陆续在《莎菲女士的日记》（1928）、《阿毛姑娘》（1928）等作品中，深化了她在《梦珂》中提出的女性问题。20 世纪 30 年代初期，有着激进女性立场的丁玲转向左联革命。就革命的本义来说，如果丁玲早期小说显露的是资本体制和男权体制的结盟，则女性解放势必应该在颠覆双重压制（性别和阶级）的意义上提出。但当时的权威左翼理论家冯雪峰在判定丁玲早期小说的性别批判的意义时，却认为那仅仅是“殖民地和半殖民地所传播的那种最庸俗和最堕落的资产阶级的‘恋爱文化’”[③]，即将激进女性文化指认为“资产阶级的”和“殖民主义的”，而取消其合法性。就更普遍的历史意义而言，冯雪峰的判断并非武断，而与第三世界、后发现代化国家的女权主义理论暧昧的现代性特征联系在一起，即这种源自西方的以中产阶级女性作为主体想象的激进理论，显然需要更为复杂的转换环节才能得到“半殖民地”时期中国的阶级解放理论的认可。而这种“转换”

---

① 蔡畅：《中国共产党与中国妇女》，《人民日报》1951 年 6 月 27 日第 1 版。

② 罗岗：《“视觉互文”与身体想象——丁玲的《梦珂》与后五四的都市图景》，2003 年 12 月 27－28 日“文本分析和社会批评”学术研讨会（海口）会议论文。

③ 冯雪峰：《从〈梦珂〉到〈夜〉》，《中国作家》1948 年第 1 卷第 2 期。

无论在作为左翼理论家的冯雪峰还是在激进女作家丁玲那里，都没有成为自觉的问题。这不仅是造成丁玲后期的革命小说取消了女性视点和性别议题的个人原因，也可以说是民族解放的革命运动简单取消激进女性文化的历史原因之一。

“延安道路”对性别问题的态度，事实上也与当时国际共产主义运动所依据的妇女解放理论有着密切关联。国际共产主义运动侧重从经济角度关注与工作相关的妇女问题，并把妇女受压迫的根源指认为资本主义制度，因此，解放妇女的实践方案就是鼓励妇女进入公共劳动领域。类似的妇女解放观念同样被实践于中国的革命运动中。在抗日战争、解放战争时期和新中国成立后，共产党领导的中国革命把建立和建设独立的民族国家政权作为目标，并且动员“半数的女同胞积极参加”，但这种动员是以“男女都一样”的方式提出的，而女性的特殊问题和性别要求没有受到特别重视。从中国共产党在乡村展开的社会动员和经济发展来说，相当程度地借重了传统的家庭结构，也就是说，至少在乡村家庭中，男权中心的性别模式依然存在，女性介入公共领域及社会地位的提高，往往是在不改变家庭内部的性别秩序的前提下进行的。这种做法虽然提高了妇女的社会地位和自主性，但也导致女性的双重负担问题，即在承担社会工作的同时，承担家庭劳动。如果说当时的国际共产主义运动始终将女性解放作为阶级解放的同一议题的话，那么在对待家庭父权制的方式上，则显示出女性解放与阶级/民族国家解放的不同面相。当代女性主义者提出不仅应当对资本制度提出批判，同时也应该向父权制挑战，妇女解放应该在反抗资本主义和父权制的“两个战场”①作战，由此，以更为积极的方式把女性主义结合进社会主义实践。这些发生于20世纪60－70年代西方女性主义理论界的讨论，或可作为思考中国妇女运动历史的参照。

〔原载《南开学报》（哲学社会科学版）2006年第6期〕

①〔美〕罗斯玛丽·帕特南·童：《女性主义思潮导论》，艾晓明等译，华中师范大学出版社，2002，第171页。

延安文艺“仙姑”改造叙事研究*

马春花

在《小二黑结婚》中，围绕三仙姑这个“巫婆”，赵树理先后写了“两次下跪”。一次是“三仙姑坐在香案后唱，金旺他爹跪在香案前听”；另一次，三仙姑被交通员引到区长房里，“她趴下就磕头，连声叫道：‘区长老爷，你可要给我做主！’”。前一跪，是“刘家蛟一只虎”跪在三仙姑面前，香案后的三仙姑神鬼加身，乡村权势人物也不得不匍匐在她脚下，这显示了她作为巫者的力量；后一跪，则是三仙姑跪在区长面前，此刻她只是个“擦着粉的老太婆”，其巫性迷魅被革命力量一扫而空。果然，这一跪之后，三仙姑就改过自新，不仅撤去香案，不再“装神弄鬼”，而且开始学做“长辈”。“两跪”间的叙事反转，既事关小说的情节发展、三仙姑的人物形象塑造，亦交织着延安时代的民间信仰与乡村政治的历史变迁，从而使之具有了极其复杂的文化政治内涵。

三仙姑这样的女巫[①]形象，在延安文艺中并不少见。《反巫婆》《考神婆》《红鞋女妖精》[②]等都直接以巫婆改造为主题；丁玲的《太阳照在桑干河上》中，有一个让革命者迷惑又惊恐的女巫白娘娘；至于那个凸显“旧社会把人逼成‘鬼’，

---

* 本文为国家社会科学基金重大项目“《中国女性文学大系》（先秦至今）及女性文学史研究”（17ZDA242）阶段性成果。

① 女巫是一个通行于中西方的相对中性的学术名词，在中国不同地区则有很多褒贬不一的叫法，南方有某某仙、师娘、看香头、某某娘等俗称，北方则有仙姑、巫婆、神婆、某娘娘等俗称。参见小田《论江南乡村女巫的近代境遇》，《近代史研究》2014年第5期。考虑到延安文艺中的女巫多被称为仙姑，且分析的三个文本中有两个被叫作仙姑，一个被叫作娘娘，就采用了仙姑这一叫法。不过，有时为了论述方便，也用女巫一词。

②《反巫婆》由颜一烟编剧，《考神婆》的作者是赵树理。《红鞋女妖精》则是艺人韩起祥的说唱故事，后也改编成秧歌剧、歌剧，与“白毛仙姑”的民间传奇，在延安被鲁艺学员并称为“一红一白”，说它们都是装神弄鬼，宣扬封建迷信。

新社会把‘鬼’变成人”的“白毛女”，也是被村民误认的“仙姑”。仙姑故事在延安文艺中的大量出现，当然与延安反巫神运动相关，但亦须指出的是，相对于男性神汉，阴性的仙姑看上去更贴近非理性的神巫世界，而让革命理性之光照彻仙姑的暧昧阴性之地，自然还有性别政治方面的考量。虽然仙姑叙事在延安文艺中所在多有，但目前的研究多集中于“知识分子改造”“二流子改造”“文艺形式改造”等方面，少有人关注仙姑改造话题。[①]基于此，本文拟以《小二黑结婚》《太阳照在桑干河上》《白毛女》这三个经典文本为例，通过分析其中的仙姑形象及其改造叙事，重估性别建构、民间信仰与革命政治之间的复杂关系，进而从延安道路的经典革命叙事中，发现一个女性主体的别样革命性景观。

一、延安文艺中的“仙姑”形象

巫术并非严格意义上的宗教现象，但与宗教有密切关系。“巫”者一般由女性担任，《说文解字·巫部》中曰：“巫，祝也。女能事无形，以舞降神者也。”意思是说女性更容易与无形的神鬼相沟通。《国语·楚语下》：“民之精爽不携贰者，而又能齐肃衷正，其智能上下比义，其圣能光远宣朗，其明能光照之，其聪能听彻之，如是则明神降之，在男曰觋，在女曰巫。”巫者通过交会神鬼，以占卜吉凶、禳灾解难，只有那些精爽齐肃且聪明能干的人才能担当。巫最初由女氏族长兼任，后来才出现了专门以巫术为职业的女巫。[②]母系社会是女巫时代，女巫受到尊崇。及后的父系社会，却是父神时代，（女）巫成为异端并备受压抑，逐渐成为邪恶的象征。16－17世纪欧洲“猎巫运动”盛行，女巫成了社会危机的替罪羊。17世纪末，猎巫运动伸展到新大陆，美国萨勒姆的女巫审判震惊世人。中国历史上虽没有大规模捕杀女巫的运动，但也从不乏对巫觋的禁令，比如地方政府或知识精英严禁巫术活动，禁止女巫进入家门等。[③]现实世界对女巫的禁令和捕杀已成历史，文学艺术对女巫的迷恋却似乎长盛不衰，尤其

---

① 王宇在《三仙姑形象的多重文化隐喻》（《学术月刊》2013年第1期）一文分析了三仙姑形象的多重含义，但并不涉及仙姑叙事与延安政治的关系。孟悦关于《〈白毛女〉与延安文学的历史复杂性》（《今天》1993年第1号）侧重《白毛女》不同版本之间的文化政治，对本文的写作具有启示意义，但其论述重点也并不在仙姑改造所蕴含的民间信仰与革命政治间的关系上。

② 王贵元：《女巫与巫术》，河北人民出版社，1991，第1－2页。

③ 可参见小田：《论江南乡村女巫的近代境遇》，《近代史研究》2014年第5期。

在当代西方，女巫已成为大众文化娱乐消费的经典符号。中国明清小说也多有女巫形象，甚至类型化为征战型、驯服型与淫荡型三种。[①]胡永儿、唐赛儿等等，都是交织历史与神话的有名女巫形象，在《平妖传》、《女仙外史》、“三言二拍”等明清小说中被反复刻画。至于一般女巫，则混迹于“三姑六婆”之中，成为引诱良家妇女、破坏伦理秩序的灾祸之源。

现代文学中，沈从文笔下的女巫最是与众不同。散文《凤凰》中的女巫“结合宗教情绪与浪漫情绪而为一”“发狂，呓语，天上地下，无往不至”，其与蛊婆、落洞女“同源而异流，都源于人神错综，一种情绪被压抑后变态的发展”。在沈从文看来，湘西的女巫是“近于迫不得已”的情感狂病，“她的群众是妇人和孩子……当地妇女实为生活所困苦，感情无所归宿，将希望与梦想寄在她的法术上，靠她得到安慰。这种人自然间或也会点小丹方，可以治小儿夜惊、膈食”。与启蒙知识者将女巫看成应被清除的封建迷信不同，沈从文却认为“它的产生同它在社会上的意义，都有它必然的原因。一知半解的读书人，想破除迷信，要打倒它，否认这种‘先知’，正说明另一种人的‘无知’”。不仅如此，沈从文还将女巫与湘西联系起来，赋予其诗学意义：“三种女性的歇斯底里，就形成湘西的神秘之一部分。这神秘背后隐藏了动人的悲剧，同时也隐藏了动人的诗。”

与延安革命追求相一致，延安文艺中的仙姑也内在于反迷信、反传统的现代脉络之中，大致有“性过度者”“政治反动者”“阶级复仇女神”三类。“性过度者”自然要数赵树理笔下的“老来俏”三仙姑，已经四十五岁了，却“脸上要抹粉”“小鞋上仍要绣花，裤腿上仍要镶边”，旧相好都老去了，就“又团结了一伙孩子们，比当年的老相好更多，更俏皮”。最能体现三仙姑性欲过度的状况，是她对小芹婚事的态度，她之所以反对小芹和小二黑恋爱，竟是因为吃醋：“小二黑这个孩子，在三仙姑看来好像鲜果，可惜多一个小芹，就没了自己的份儿。”因此，她不顾女儿的幸福，“想早给小芹找个婆家推出门去”，甚至还暗暗窃喜于小芹被金旺们抓走。三仙姑过度的性欲望，显然逾越了所谓“自然”的母性边界。

作为“政治反动者”出现的仙姑形象，以丁玲小说《太阳照在桑干河上》中的白娘娘——白银儿为代表。白银儿家里设有赌场，不但与恶霸钱文贵、甲

---

① 许军：《论明人小说中的造反女巫》，《民族文学研究》2012 年第 5 期。

长江世荣等反动分子有牵连，还勾搭着小学教员任国忠。她先是拒绝下马造成了贫农孩子的死亡，后来更是受人指使假借白先生下马，散播谣言让农民安于命运与现状，不要参与土改斗争。虽然白银儿无儿无女，是个寡妇，没土地，不雇工，按照土改运动划定阶级的标准，她实在算不上是剥削阶级，也非土改的斗争对象，所以在第一次土改中，她和钱文贵一样丝毫没受到触动，但是，白银儿的巫医身份，尤其是她借巫术散播谣言的反革命行为，导致她必然是一个需要接受双重改造的革命对象。

不同于三仙姑和白银儿，白毛女作为一个正面仙姑形象，是左翼革命文学中“阶级复仇女神”的原型。白毛女原是佃农之女喜儿，父亲杨白劳被迫卖女后喝卤水自尽，喜儿则入地主家为婢，后被地主黄世仁奸污且差点被卖掉，逃至深山之后，喜儿庇身于奶奶庙，偷食庙里贡品，因毛发皆白，被村民误认为是“白毛仙姑”，她也将计就计，以“白毛仙姑”之名索取贡品为生。后来，黄世仁来到庙中避雨，白毛女猛扑向他，使他受惊而病。白毛女最后被共产党发现并救出，其阶级诉苦使群众陷入怒火难遏、群情激昂的情境，黄世仁最终“如砍倒的树干一样在群众脚下跪倒”。白毛女到底翻身解放，由“鬼巫”变为“新人”。

三仙姑、白娘娘、白毛女，这三个延安经典文艺中的仙姑形象，看起来极为不同。三仙姑出自农民作家赵树理之手，是个滑稽可笑的“彩旦”造型[①]；白娘娘是现代革命女作家丁玲笔下的反面角色；白毛女则是由周扬主导、鲁艺集体创作的产物，完全是革命需要的正面形象。基于创作者之不同的性别身份、社会经验与写作目的，三个仙姑虽或各个不同，但三者作为底层女性，成为巫者对其人生改变的意义，却有一致之处。

先看三仙姑，她之成巫，源自女性的性压抑：三仙姑下神，足足有三十年了，那时三仙姑才十五岁，刚嫁给于福，是前后庄上第一个俊俏媳妇。于福是个老实后生，不多说一句话，只会在地里死受。于福的娘死了，只有个爹，父子两个一上了地，家里就只留下新媳妇一个人。村里的年轻人们觉着新媳妇太孤单，就慢慢自动地来跟新媳妇做伴儿，不几天就集合了一大群，每天嘻嘻哈哈，十分哄伙。于福他爹看见觉得不像个样子，有一天发了脾气，大骂一顿，虽然把外人挡住了，新媳妇却跟他闹起来。新媳妇哭了一天一夜，头也不梳，

① 杨天舒：《论赵树理小说人物的戏曲丑角化》，《南京师范大学文学院学报》2011 年第 4 期。

脸也不洗，饭也不吃，躺在炕上，谁也叫不起来，父子两个没了办法。邻家有个老婆婆替她请了一个神婆子，在她家下了一回神，说是三仙姑跟上她了，她也哼哼唧唧自称吾神长吾神短，从此以后每月初一、十五就下起神来，别人也给她烧起香来求财问病，三仙姑的香案便从此设起来了。

俊俏的女子，婚姻不如意，情绪受到压抑，因而发狂成巫，一如沈从文笔下的湘西女巫。不过，三仙姑的成巫过程更为主动，她的发狂、大闹、成病，其实是一场撒泼式地抵抗家庭父权的表演。但经由神婆这个媒介，新媳妇成了三仙姑。“青年们到三仙姑那里去，要说是去问神，还不如说是去看圣像。三仙姑也暗暗猜透大家的心事，衣服穿得更新鲜，头发梳得更光滑，首饰擦得更明，官粉搽得更匀，不由青年们不跟她转来转去。”在不破坏原有乡村家庭秩序、性别秩序和伦理秩序的同时，三仙姑和那些同样处于性饥渴状态中的贫穷男性各得其所。

白银儿的成巫不像三仙姑这么富有戏剧性。她成巫之前的生活我们所知甚少，只知她无儿无女，是个寡妇，她的姑妈也是个寡妇，两个寡妇一起生活在僻远的乡村，应该极为艰难，甚至极有可能像鲁迅笔下的祥林嫂一样被其本家所卖。[①]不过，白银儿的姑妈是个巫医，她把巫医之术传给侄女，白银儿就成了白娘娘，为人治病的同时也开设赌场，村上各色人物常会聚其家，村民也对她充满了敬畏。

三个仙姑中，喜儿命运最为悲惨，她并非巫医，也没有巫医治病救人的所谓法术，她仅被误认为仙姑。不过也只有她，无须像女巫那样通过沟通人神来禳灾解难，她本身就被认为是“法力无边”的女神/鬼——白毛仙姑。因此，这个最不像仙姑的仙姑，其威慑力量也最大，尤其是在原来的民间传奇中，白毛仙姑实际是流传甚广的陕北地方的一种宗教崇拜与民间信仰。

在成巫之前，这三个女性或者是乡村父权体系下的被损害者，或者是阶级与性别双重压迫的牺牲者，如果不是成巫，她们可能“落洞而死”，也可能被转卖、被剥夺财产，或者冻饿而死。在僻远贫穷的陕北乡村，她们孤注一掷的出路或反抗，也许只能是变成或被变成女巫，通过放逐所谓“正常”的女性自我来背叛世俗伦理规范，借助鬼神与宗教的超现实力量，来抗拒世俗父权伦理的

① 浦安修的《五年来华北抗日民主根据地妇女运动的初步总结》中关于华北农村妇女生活的调查显示：“寡妇在人们看来，地位更是低，凡是其近本家均可将其变卖。”（中华全国妇女联合会妇女运动史研究室主编：《中国妇女运动史料（1937－1945）》，中国妇女出版社，1991，第697页。）

束缚、压抑与迫害。因此，成为女巫、皈依某种宗教力量，对她们而言其实是逃逸与对抗父权的有力武器，正如波伏娃所言，"妇女把宗教当作一种满足自己欲望的托辞和借口"①。古往今来，底层妇女热衷于各种神秘宗教会门在很大程度上也与此有关。

虽然成巫会使这些底层女性游离乡村父权，并可以利用宗教迷信来改善生活条件，可是一旦变成女巫，她们在获得某种"卑贱的权力"②的同时，也意味着女性身份的彻底污/巫名化。事实上，小说作者对她们的巫术灵验与否的关注，远远抵不上对其女性气质与女性欲望的好奇与厌憎。因此，这些文本中的女巫基本都是不洁净、不名誉的"反常"形象：三仙姑性欲望过度，甚至将自己的女儿都看成须战而胜之的性对手；关于白娘娘，评论家冯雪峰认为她只是一个联结阶层关系的结点，却有意无意地忽略其"巫医"身份及政治意义③；至于喜儿，则是家庭潜在的祸水，这个"模样怪俊"的女孩子，在扎上了"二尺红头绳"、过分凸显其女性气质后，也直接引发父亲杨白劳的死亡。④

过度的女性气质和女性欲望，既是男权文化愉悦和迷恋之源，更是其恐惧和困惑之处，再加上与这个女性世界交汇的莫可名状、神秘暧昧的宗教信仰，延安文艺中的仙姑与其女巫先辈们一道，构成了一个与光明世界相反的黑暗大陆。实际上，女性决定成为女巫，就是执意以一个"绝对他者"的身份内在于世界，并构成了对既有权力结构的挑战。女巫既是父权制社会的后果，也是女权主义政治的历史源泉之一。

二、"仙姑"的祛魅与改造

女巫所表征的鬼魅世界、黑暗大陆，曾经是中国文学"非规范"传统之一，

---

①〔法〕西蒙娜·德·波伏瓦：《女人是什么》，王友琴、邱希淳译，中国文联出版公司，1988，第429页。

②〔法〕朱莉娅·克里斯蒂瓦：《恐怖的权力：论卑贱》，张新木译，生活·读书·新知三联书店，2001，第297页。

③ 冯雪峰认为："本身不是地主分子的'破鞋'白娘娘，被写在小说中，不仅为了写社会，为了表示这是旧社会的一角；同时也不仅为了写地主；而且也为了写斗争，为了写农民群众。她在小说中是有机的存在；她联系着地主阶级，也联系着农民群众，而且在阶级斗争中也有她的作用；她和小学教员任国忠是占的同等地位。"（冯雪峰：《〈太阳照在桑干河上〉在我们文学发展上的意义》，载袁良骏编：《丁玲研究资料》，天津人民出版社，1982，第331页）笔者认为，主要是"女巫"身份，而非污名化的"破鞋"，赋予了白银儿"联系"各种乡村力量的能力。

④ 韩琛：《革命变雌雄：中国社会主义电影的性别政治》，《文化研究》2015年第4期。

《聊斋志异》中的花妖鬼魅，大多亲切可喜。现代以来，科学与理性昌明，魑魅魍魉等“异端”被排斥和驱逐，祛魅/昧成为现代启蒙之要义。五四反传统话语的一个重要组成部分，就是反迷信的“打鬼”与“驱魔”。扫除蒙昧、清理魅惑、建构现代理性精神，即是有破有立的改造国民性策略。丁玲小说《太阳照在桑干河上》中的仙姑改造叙事，一开始基本延续的就是祛魅的五四现代启蒙传统。

在小说中，白银儿这个仙姑是经由土改干部杨亮之眼而进入读者视线的。不同于工作组组长文采，杨亮来到桑干河的第一件事是去访问妇女主任董桂花。一个曾在图书馆工作过的男干部，为什么要从访问妇女主任开始他的工作，这是小说一个让人困惑之处，因为即使在延安，即使是女干部，也不愿意做妇女工作，妇女工作普遍被认为是低级工作。[①]这个访问更有意味之处还在于他与两个特别女人的“诡异”相遇，这两个女人是贫农赵德禄的妻子和女巫白银儿。

> 她赤着上身，前后两个全裸的孩子牵着她，孩子们满脸都是眼屎鼻涕，又沾了好些苍蝇。她看见杨亮走了过来，并不走进院去，反掉转脸来望……杨亮不好意思去看她，却又不得不招呼……杨亮不觉的望了这个半裸的女人，她头发蓬乱，膀子上有一条一条的黑泥……杨亮从心里涌出一层抱歉的感情，好似自己有什么对不起她们母子似的。

贫穷肮脏的女人“赤着上身”，却一点也不“女/性化”。这个真实、贫穷与敞开的女性身体，让杨亮这个二十五六岁还没结婚的男同志无法面对，不知如何处理。这个女人极力邀请杨亮“进屋里来吧”，从阶级立场来说，他应该走近她，但他还是“匆忙的跑走了”。与对待那个赤裸的女人及其身体不同，杨亮并未被白银儿邀请，然而却“被好奇心所驱使，决定闯进去看看”：

> 院子里很清静，不像刚刚有过那末一大群人的。有一股香烛气味飘出来。他轻手轻脚地直往里走，在上屋里的玻璃窗上凑过脸去，看见里面炕

---

① 杨亮是作为一个正面人物来写的，他有丁玲笔下的知识者的爱读书、沉静、理性的品质，又不乏深入农民和农村现实生活的热情和能力。杨亮的位置，类似于丁玲当年在土改中的定位：“我在村里虽然没做主要工作，但是，我在村子里是一面听，一面观察、体会、理解，我是想，在这样一个伟大的运动中，人们是怎样的变化着，活动着。”（丁玲：《关于自己的创作过程》，1952年4月。）某种程度上，杨亮充当了叙述者/作者的角色。《“三八”节有感》受到批判后，丁玲刻意不再流露自己的女性立场，而化身为男性——一个（爱读书的）启蒙知识分子和（土改组的）革命干部的结合体，但是对女性和女性命运的关注却并未改变。

上正斜躺着一个女人，她穿一身白衣服，穿白鞋的小脚翘在另一只腿上。她的脸向里，但她好像已经听到窗外边的声音，并不回过脸来，只安详的娇声娇气地喊道：“姑妈！你把刚才送来的葫芦冰拿到屋里来吧”。杨亮赶忙悄悄地退了出来，说不出来的惊诧。

杨亮的惊诧首先是来自女巫白银儿过分女性化带来的神秘与魅惑。斜躺的身体、白衣服、白鞋、翘起的小脚、娇声娇气的安详声音，都与前面那个以赵德禄女人、董桂花为代表的贫瘠粗糙的乡村女性身体不同。如果说白银儿是因其过分的女性气质与装扮而显得突兀，那么那个真实的半裸女人则因“性”的过分消失而同样突兀。有意思的是，杨亮逃离了那个真实的阶级化女体，却被这个过分装饰的神秘女体所吸引：

刚才那个躺着的女人已经站在门外的走廊上，一身雪白的洋布衫，裁剪得又紧又窄，裤脚筒底下露出一双穿白鞋的脚，脸上抹了一层薄薄的粉，手腕上戴了好几副银钏，黑油油的头发贴在脑盖上，剃得弯弯的两条眉也描黑了，瘦骨伶仃的，像个吊死鬼似的叉开两只腿站在那里。

从透过窗玻璃的窥视，到近距离打量，白银儿在杨亮眼中由人变“鬼”：“像个吊死鬼似的叉开两只腿站在那里。”从娇声娇气的“女人”到叉开两腿的“吊死鬼”，这种陌生化与丑化的修辞策略不仅没有消除女性的神秘，反而产生了一种恐怖效果，就像三仙姑那“看起来好像驴粪蛋上下上了霜”的满是皱纹的脸一样，也是让人既惊惧又迷恋。在白银儿“慢条斯理”地问“你找谁”后，杨亮终于也落荒而逃，他“赶快往外走，说不出是股什么味道的心情，好像成了聊斋上的人物，看见了妖怪似的。他急步跑到街上，原来还是在酷热的炎日下，他顾不得再看什么了，忙着向前走，并忙着去揩汗”。

原来在革命的炎日下，桑干河竟然还有一个由白银儿表征的鬼魅世界！好在杨亮还是挣脱了那个世界来到太阳底下，幻化成“吊死鬼”和“妖怪”的女人也被村民揭了底：原来不是什么巫神鬼怪，而是个生活不检点的寡妇！丁玲笔下的女巫出场，是一个视觉权力碰撞的时刻，里面包含看/被看、男性/女性、外来者/村里人、革命者/仙姑等二元关系，这里既有男性凝视女性，也有女性的回看，但外来男性革命者的欲望目光最终被乡村仙姑所捕获。丁玲细致描述了革命干部杨亮从吸引、迷恋、恐惧、逃离到解魅的整个过程，这一着魅与祛魅的书写，与五四作家的反迷信书写有异曲同工之处，只不过启蒙者为革命者代替而已。

与一般现代作家从外部视角书写乡村女性不同，赵树理是从乡土内部视角来写三仙姑的。虽然在三个女巫中三仙姑的女性欲望最为强悍，但同时也最具日常气息，而异端的日常化是最好的祛魅策略，因为宗教信仰的终极保证，始终来自对超验的笃信。“米烂了”的故事，在《小二黑结婚》中，其实就是对宗教的仪式祛魅。日用常行突然现身打破了宗教氛围，神鬼附身的“三仙姑”被突然降格，一下子坠入现实世界，变成了一个操心三餐俗务的妻子与母亲。三仙姑一开始设起香案，“顶着红布摇摇摆摆装扮天神”，更像是一个不满于婚姻的女人的撒泼耍赖，后来的事实更证明，她成巫就是为了满足自己的性欲望。小芹不听她的话，她就“愁住了，睡了半天，晚饭以后，说是神上了身，打了两个呵欠就唱起来”，“她起先责备于福管不了家，后来说小芹跟吴先生是前世姻缘，还说神非教于福马上打小芹一顿不可”。这哪里是女巫，分明就是一个胡搅蛮缠的母亲。在《白毛女》中，作者则安排“奶奶庙捉鬼”一场戏，来直接揭穿“白毛仙姑”的底细：“仙姑”非但不“法力无边”，居然还有一个哭喊着叫娘的孩子！

揭开巫术的秘密及其仙姑的卑贱本质，基本还是在五四启蒙框架之内，而延安道路的历史创造性在于，它是人的改造而非仅仅是人的启蒙，它不仅要打烂一个旧世界，同时还要创造一个光明灿烂的美丽新世界。于是，仅仅指出仙姑的秘密和欺骗性是远远不够的，祛魅后的仙姑必须改换面目，重新做人，成为新秩序中“正常健康”的妇女。因此，写三仙姑，不仅要写她装神弄鬼、借巫术满足自身性欲望的实质，还要写她幡然悔悟、改换装束、习做长辈。写白银儿，不仅要写她不检点、借巫术与政治势力勾结，还要写她终于害怕，再“不敢搽脂抹粉”，而且接受并开始内化“迷信”“懒婆”“改造”等现代政治修辞。三个仙姑中，改造效果最好的自然是“白毛仙姑”，其最终不仅被重新肉身化为喜儿，而且还是深受阶级压迫的农民女性。在民间传奇的革命改编中，受苦受难、被误认为仙姑，只是喜儿通向阶级复仇的必要条件；喜儿的解放，不仅表现在从鬼（神）到（女）人的复位，更表现在她登上阶级斗争的前台，控诉地主阶级的罪恶，成为农民革命的助推器。在 1970 年的改编舞剧《白毛女》中，喜儿直接就是钢枪在手，跨步向前，最后定格于革命舞台而非家庭，成为地道的革命意识形态化身。

不像现代科学话语战胜封建迷信话语的五四启蒙框架，延安文艺中的仙姑改造叙事的完成，则主要依赖于政党的政治权威。白娘娘的转变直接关联于土改的深入，如果不是钱文贵等成为斗争对象，暖水屯彻底翻身并被“太阳”笼罩，白银儿之暧昧神秘的世界或者不会被注意，也不会被驱赶。至于三仙姑，一辈子都是别人跪倒在她/巫面前，如果不是来到区上，不是迫于政党权威面前，怎么能够想象“半辈子没有脸红过的三仙姑”，居然“偏这会撑不住气了，一道道热汗在脸上流”，而且也不能想象那些陕北乡村女人们怎么敢对一个“仙姑”当面评首论足。《白毛女》不管是从形式改编，还是从内容来看，实际上都取决于革命意识形态的需要，白毛仙姑只有被共产党解救，加入共产党领导的诉苦仪式，消灭黄世仁，才能最终消除阶级压迫与性别歧视造成的“污/巫名化”创伤。

其实，所有的仙姑改造叙事都隐含着一个再性别化的维度，巫身份的放弃与恢复正常的女性身份是紧密相连的。甚至可以说，正是通过恢复“正常”的女性身份，将歇斯底里的“失常”女性唤回世俗世界，女巫的改造才能真正完成。白银儿先是“不敢搽脂抹粉”，然后是“把她的白先生请到箱子里去了”；三仙姑也是先“把自己的打扮从顶到底换了一遍，弄得像个当长辈人的样子”，然后也“把三十年来装神弄鬼的那张香案也悄悄撤去”；而白发萧萧的白毛仙姑要返回人间也要重新换上一身花衣，但是正如孟悦所强调的，这些性别和身体标记的复现并不是一次复原，而是一个再生和重创的奇迹，这位再生重造者乃是共产党。[①]在强大的政权力量及其革命意识形态的驱动下，“装神弄鬼”的仙姑终于重归新的家庭秩序、性别秩序和社会生活。

与延安文艺的其他改造叙事相比，仙姑改造叙事的独特性还在于其复杂的性别维度。仙姑实际上是对女性“性”力量的臆想与放大，作为“黑暗大陆”的女性似乎总象征着某种神秘莫测的潜能，而通过指定并驱除这以女性为象征的暧昧他者，未来的光明世界也得以真正显现。《小二黑结婚》《太阳照在桑干河上》《白毛女》都有一个从黑暗痛苦的旧世界到光明普照的新世界的叙事变迁，从这个意义上来说，仙姑世界成为延安光明世界的一个内在他者，而对仙姑的改造则是延安政治与延安道路形成的有机组成部分。

---

① 孟悦：《性别表象与民族神话》，《二十一世纪》1991 年 4 月号，总第 4 期。

三、"仙姑"改造与延安政治

在延安时期频繁进行的各种社会改造运动中，对"仙姑"的改造是包含在"二流子"改造与反迷信、反巫神运动中的。其时的"二流子"，"是对陕北农村不务正业，不事生产，以鸦片、赌博、偷盗、阴阳、巫神、土娼等为活，搬弄是非，装神弄鬼，为非作歹的各种人的统称"[①]。在"二流子"改造运动中，作为"巫神"的仙姑属于"正式的二流子"。不过，延安文艺中的"仙姑"改造叙事，与"二流子"改造叙事有很大差别。后者一般讲述的是好吃懒做的男二流子通过改造最后发家致富的故事，像《锺万财起家》《刘二起家》《刘生海起家》《兄妹开荒》等。延安文艺中的仙姑改造叙事，并不关注其能否成为勤劳积极的劳动者，而在于消除其过度的女性气质和女性欲望，使之最终放弃巫者身份，在重回传统性别家庭秩序的同时，也能被组织进新的社会运动和社会秩序中去。从这个方面来看，延安文艺中的女巫改造其实更直接关联于现实中的反迷信、反巫神运动。

毛泽东曾将"迷信、不识字、不卫生"称为边区"三大害"。1939 年延安成立了自然科学研究院，1940 年成立了自然科学研究会，在该会宣言中，明确提出"破除迷信，并反对复古盲从等一切反科学进步的迷信残余毒物，使民众的思想意识和风俗习惯都向着科学的进步的道路上发展"。1940 年 9 月，胡乔木在《中国青年》第 2 卷第 11 期上发表了《反迷信提纲》，说"迷信的根本基础就是相信神仙鬼神命运灵魂等等超自然超物质的东西的存在，相信这些东西支配着天地日月、风雨雷电、水火木石、舟车门灶、生老病死、成败祸福，总之是支配着世界和人生的一切，并且要和这些东西来往，就必须依靠各种宗教的仪式和法术"。胡乔木没有区分宗教与迷信，但在具体的反迷信运动中，中共公开表示不反对宗教，基督教、佛教、伊斯兰教都可以充分自由地进行宗教活动，只要他们遵守边区政府的法律，不反对共产党的领导，不利用宗教作为政治活动的手段。[②]

边区政府的反迷信运动一开始针对的主要是陕北各种民间宗教组织及游走

---

① 朱鸿召：《延安日常生活中的历史（1937－1947）》，广西师范大学出版社，2007，第 58 页。

② 参见〔美〕冈瑟・斯坦《红色中国的挑战》，马飞海等译，上海译文出版社，1999，第 227－229 页。

乡间的巫神。早在1938年7月15日，陕甘宁边区政府就布告“禁止佛教会、一心会活动”，因为它们“假借神教名义，利用人民迷信心理，进行欺骗阴谋，引诱落后群众，帮助汉奸工作”。[①]1944年，边区政府又开展了轰轰烈烈的反巫神运动，号召要“勤勤恳恳地像改造二流子一样去改造巫神，破除迷信”。《解放日报》于1944年4月29日也发表《开展反对巫神的斗争》的社论，指出巫神“其目的就是为了欺诈取财，损人利己，谋自己的生计”。1944年7月延安县召开反巫神大会，会前高岗等与巫神们谈话，告诉他们当巫神是欺害人民、伤天害理的事，劝他们再不要干这勾当了，要好好生产，做个好公民。[②]颜一烟的《反巫婆》、赵树理的《考神婆》《万象楼》以及后来未完稿的《神仙世界》、陕北说书艺人韩起祥的《红鞋女妖精》、丁玲的《田保霖》、葛洛的《卫生组长》、欧阳生的《高干大》等，都是直接或间接配合“反巫神运动”的文学文化实践。

反巫神运动首先涉及的是现代科学理性知识与传统巫医之术的冲突。陕北民间巫神盛行，既与当地浓厚的民间宗教信仰有关，亦与当时卫生医疗条件落后、疾病瘟疫流行有很大的关系。虽然中共来到陕北后，开始着手建立现代医院，在乡村实行卫生合作社，但总体来看，乡村的医疗卫生状况还是非常落后。在这种情况下，巫术治病在民众中还是一个相当普遍的医疗形式。“陕北的巫神具有特别的权威，在缺乏卫生设备的乡村，他几乎包办了民间的‘医药’”。[③]三仙姑、白银儿作为仙姑的主要职能之一就是下神看病，《小二黑结婚》开篇就写“金旺他爹到三仙姑那里问病”，《太阳照在桑干河上》也写了白银儿“下马”给小孩看病开方的事。不过，这种古老而神秘的巫医之术，与科学理性的现代卫生观念相悖，早在20世纪初就已经成为蒙昧的同义语，成为传统中国的负面象征。因此，普及卫生知识、科学常识，将巫神改造成劳动生产者，从而在身体和精神两方面塑造现代国民，也一直是边区文化教育建设的一项重要工作。1944年11月陕甘宁边区二届二次参议会批准的《陕甘宁边区文教大会关于开展群众卫生医药工作的决议》中就认为：“边区的大量巫神，主要是边区文化落后以及医药缺乏和卫生教育不足的产物。因此，要消灭巫神的势力，首先要普及卫

---

① 陕西省档案馆、陕西省社会科学院合编：《陕甘宁边区政府文件选编》第1辑，档案出版社，1991，第82页。

② 以上资料转引自陕甘宁边区政府办公厅编：《展开反对巫神的斗争》，冀南新华书店，1948，第34－36页。

③ 赵超构：《延安一月》，上海书店，1992，第181页。

生运动和加强医药工作。”[1]甚至连当时妇女运动的工作“也应当以文化、卫生各种科学教育为中心”[2]，当时延安唯一的妇女报纸《中国妇女》的主要内容就是宣传卫生常识及医疗知识。

但是，相对于反迷信、倡科学的现代化任务来说，延安反巫神运动实际上还关涉乡土社会的权力重构问题。以巫神为代表的乡村民间宗教组织，实际上是地方社会空间中一支重要的政治力量，其与革命政权的地方建设互相冲突。《小二黑结婚》主要表现了乡土社会的两股政治力量：一支以“刘家峧的一只虎”的老社首金旺他爹为首，后来延续为金旺和兴旺两兄弟，这个宗族土豪集团操纵并控制了整个刘家蛟；另一支政治力量则以三仙姑为代表，其香案神坛所在处，既是求医问卜之地，也是重要的乡村公共空间，“吃饭时候，邻居们端上碗爱到三仙姑那里坐一会，前庄上的人来回一里路，也并不觉得远。这已经是三十年来的老规矩”。围绕着三仙姑构成的这个乡村公共生活空间，是刘家蛟权力结构中的重要一极，并在某种程度上对乡村豪霸势力有所制衡。比如金旺他爹要到三仙姑那里求神问卜，“三仙姑坐在香案后唱，金旺他爹跪在香案前听”，这一跪一坐，一听一唱，既是仙姑力量的体现，也是乡村社会势力互相制衡的写照。当然，需要进一步指出的是，这两股乡村势力都与地方信仰有关。《太阳照在桑干河上》中的暖水屯，除了钱文贵这个最大的政治势力外，白银儿的家也是屯里乡民公共活动的空间。沟通人神的仙姑，同时也串联起乡村各个阶层，反动甲长江世荣与后来成为支部书记的张裕民都是常客，甚至江世荣找张裕民办事，也是“特别到白银儿这里来找他”。

乡村中国之多元混杂的这种相对自治政治，与现代革命要建设的一体化社会是难以兼容的，前者对后者具有潜在的消解与抵抗作用，而后者的建立也必须以对前者的清除为基础，因此，现代革命不仅要消灭钱文贵、金旺他爹这样的乡村宗族土豪势力，同时也要清除巫医神汉等民间宗教势力。实际上，反宗教、反迷信运动一直是现代革命话语的一个重要组成部分，同时也是国家政权

---

① 西北五省区编纂领导小组、中央档案馆编著：《陕甘宁边区抗日民主根据地（文献卷）》下册，中共党史资料出版社，1990，第481页。

② 中华全国妇女联合会、妇女运动历史研究室编：《中国妇女运动历史资料（1937—1945）》，中国妇女出版社，1991，第805页。

建设的结构性内容。[①]在论述国民党政府的反宗教运动时，杜赞奇指出，常常以巫师、祭司、郎中为领袖的，多是按照神秘的礼仪和魔力建立起来的民间宗教的秘密团体，本身或者在历史上曾经有过反制度、反国家政权的行为，或者潜在地具有此种倾向。政府则通过颁布区分信仰与迷信的法律，确认合法信仰者，而排斥那些难以从政治上控驭的非法信仰者，从而巩固对于地方社会的控制。[②]

延安边区政府发动的群众性的反巫神运动，与国民党政权的反宗教运动，虽然方法上有所不同，但在重构乡土社会政治权力，进而建立一体化的现代政权体制的目的上，却有类似之处，二者都看到了围绕巫神的民间宗教信仰体系，在政治上具有潜在的挑战统一新政权的离心力量。1942 年 1 月 19 日，《新华日报》发表了题为《文化战线上的一个紧急任务》的社论，这样描述“迷信的政治”：

> 一个带着迷信伪装的迷途，正在敌人特务机关的摆布下，诱惑我根据地的同胞迷失方向，葬送自己。我们要加强对敌政治斗争，就必须给参加会门的同胞，做一番艰苦的“指路”工作……很多地方会门与特务机关结合，造谣破坏。他们用“不管兴邦和丧邦，不管前王与后王”来败坏我民族气节，他们用“日本打中国，是中国人遭劫数”来转移我们的斗争目标，沦丧我抗战意志，他们用“二十八宿落漳河两岸”“保宣统，真龙天子出现”来反对抗日政府，反对政府的政策法令，他们用“今生修得来世福”，来削弱斗争情绪……这些事例无一处不表现出它的破坏作用，也证明了教育群众、克服落后，是每个文化战士的当务之急。

延安文艺的很多“反巫神”题材作品中，都有民间宗教与反动势力勾结、煽动群众破坏革命政权的情节。在《白毛女》里，群众宁可耽误了开会，也要去给白毛仙姑烧香，而狗腿子穆仁智又利用白毛仙姑造谣惑众；《太阳照在桑干

---

① 反巫神反迷信运动实际上也涉及现代政治与现代医疗之间的关系，对疾病的解释和治疗方式，与现代的政治诉求也紧密相连（黄晓华：《解放区文学中的疾病书写》，《二十一世纪》2008年12月号，总第99期）。福柯在分析法国大革命时期的医学时曾指出大革命前后的数年间，先后出现了两种有影响的神话：一种是医学职业国有化，一种认为社会如果回归到原初的健康状态，一切疾病都会无影无踪。两种神话看起来指向相反，但福柯认为实际上是同构的（福柯：《临床医学的诞生》，刘北成译，译林出版社，2001，第35页）。

② 杜赞奇：《从民族国家拯救历史：民族主义话语与中国现代史研究》，王宪明译，中国科学文献出版社，2003，第 99 页。

河上》，白娘娘与甲长江世荣勾结，说白先生显身，真龙天子在北京，要老百姓安分守己，从而破坏土改。因此，仙姑的存在，不仅有悖于“推行科学的文化的教育，进行大众的启蒙运动”，而且仙姑与地方政治势力的勾结，也会威胁到乡村的政权建设。比起仅仅是不能成为社会组织内有效劳动力的边缘人“二流子”，打击改造女巫、神汉等民间宗教势力，对中共最终确立其在乡村的政治与文化领导权，显然更为重要。

仙姑改造既是重塑国民的现代启蒙工程的延续，也是革命政党重构乡土中国的政治文化权力的需要。当三仙姑扑通一声跪倒在区长面前，白娘娘一次次战战兢兢找到土改工作组、希图与江世荣等划清界限，白毛仙姑上台控诉黄世仁的时候，就不仅仅意味着反迷信的胜利与改造国民性工程的完成，更意味着芜杂混沌的民间宗教信仰与乡村小政治的瓦解，现代革命政权对地方社会权力重构工程的全面完成。延安文艺中的仙姑改造由此既在文化象征层面，同时也在现实政治层面，使延安政治真正得以落实。

〔原载《南开学报》（哲学社会科学版）2018 年第 2 期〕

萧红与张爱玲之比较

——以女性主义视角

季红真

萧红和张爱玲是中国现代文学史上两个优秀的女作家。她们都经历了长期被人遗忘的过程，又都在新的时代里被重新发现，成为文学史上的“神话”。这是两个风格完全不同的作家，无论是思想还是艺术形式都截然不同。但是她们又都是个性鲜明的作家，其作品都是以自己特有的女性视角的方式探寻和质疑了社会乃至人类文明，从而超越了自己的时代，成为文学永恒的主题。

一

萧红出生在 1911 年，辛亥革命爆发在这一年。张爱玲出生在 1920 年，五四运动在前一年发生，中国共产党于第二年成立。这是中国历史上的多事之秋，国家的政治革命、民族存亡的危机与文化的震动，导致了时代的动荡，这些都造成了她们坎坷跋涉的人生之旅。

她们都生长在具有维新倾向的家庭中，以不同的方式受到了新思潮的影响。萧红出生在黑龙江省呼兰城（现呼兰区）一个新派乡绅的家庭。她的父亲赶上了教育转制的新潮，上学时就秘密加入国民党，后来又投身于五四新文化运动，亲自砸毁了学校里祖师爷的塑像，后来成为呼兰县（现呼兰区）教育界的首脑人物。他倡导新式教育，提倡办女学。甫一设立女生部，就送萧红去读书，使她成为中国最早的现代知识女性。张爱玲出生在一个顽固守旧的封建遗老的家庭，祖父张佩伦是李鸿章的女婿，当时已在政治上失势，只能靠遗产为生。不过，办洋务的家风还是熏陶了她的性格，用小脚“横跨两个时代”和东西方世界的母亲给她树立了人生的楷模。她从小受了新式教育，又在大都市中耳闻目睹了新兴中产阶级的生活，使她确立了自立的人生理想。她们都在少年时代，就萌生了以艺术为人生的目标。萧红小的时候喜欢绘画，成名之后还梦想着到法国去学画。张爱玲则从小被目为天才，幻想过从事各种艺术的职业，决心长大要像“林语堂一样出风头”，最终选择了作家这个职业。

她们的青年时代都和父权制的文化产生过激烈的对抗。萧红为了升学和父亲发生激烈的争吵，后来又不愿意像礼物一样被父亲用作政治联姻的工具而离家出走。张爱玲则是因为违背传统大家庭的规矩过于亲近了母亲，以及因为留学的要求，遭到父亲的毒打。她们都有被父亲囚禁的经历，萧红是在家庭的经济制裁之下，被迫重返故乡之后，被囚禁于伯父在阿城福昌号屯的祖宅里达十个月之久。张爱玲则是被父亲囚禁在家里的空房子中有半年左右，生病也得不到治疗。她们的伯父都曾经扬言要打死她们，逃亡成为她们求生的唯一出路，而且她们都处于战争的时代，社会乃至家庭的混乱，使她们出走具有可能。萧红是在“九一八”事变爆发之后，在亲友的帮助下，逃离伯父家。而张爱玲则是在佣人的帮助下，从父亲的家逃到母亲的家。逃亡成为她们一生经历的总体象征，在萧红首先是为了逃避战争对于生命的直接威胁，从东北到青岛，又到上海、武汉、重庆，最后到香港，最终还是死在日本侵略战争的炮火中；而张爱玲则是为了物质的生存，战争中断了她的学业，也打破了她通过努力达成的梦想，动摇了她对于文明法则的信念。在战争中她辍学逃回上海，因为体力不支，打工赚学费的愿望破灭，只能靠卖文为生。此后又到香港，最终流落定居美国。

正是由于她们的命运和经历，这两位才华卓著的女作家对男权文化的反抗和逃亡，才直接体现在精神的流浪上，主要是对传统文化价值的反抗，以及对现代文明的虚伪采取不同程度的质疑。

萧红虽然置身于左翼文学的潮流之中，但她对于左翼阵营内部一些男性作家存在着的性别歧视，并不持赞同的姿态，特别是反对那种建立在狭隘的阶级论之上，忽略人性、忽略性别差异的文学观念。她的独特之处在于，她所追求的文学理想并没有局限于阶级、种族、性别，而是从女性特有的视角审视社会、审视人生。在她的早期作品中，还写到过职业的革命家，在表现他们献身精神的同时，对于他们亲属所处的悲凉境地表现了深刻的同情。到写作《生死场》

的时候，就转向表达整个民族的求生欲望，因此而成为20世纪30年代民族精神的经典文本。而她的这种洞见，超越了本土文化，具有了一定的世界视野，如她在日本写给弟弟的信中，对于日本民族的病态也有着深刻的体察，说日本“这里没有健康的灵魂”。抗战全面爆发之后，她在《七月》杂志的一次座谈会上，明确地提出“作家要永远对着人类的愚昧”，当时人类最大的愚昧就是遍及全球的法西斯灾祸。也正因为她的这种对主流文化一定程度的“游离”态度，导致了她的思想不能为她的同时代人所完全理解，甚至在某种程度上被误解。而张爱玲在创作伊始，就有意识地适应五四以后平民文学的思潮，她宣称自己是一个“自食其力的小市民”，以此把自己和靠遗产为生的遗老家庭区别出来，也和“学成文武艺，货予帝王家”的封建士大夫文人区别出来，还和鲁迅这些自觉地承担着启蒙责任的精英知识分子区别出来。她称赞上海人的通，就是要把沦陷时期身份暧昧的上海人和纯粹殖民地的香港人区别出来。她成名之后，日伪政权中的许多要人想结交她，都被她拒绝了。①而且，她当时发表文章的刊物是《杂志》，它幕后的支持者具有共产党的背景。②她到中国香港和美国之后，也没有参加任何政治党派。这种角色帮助她固守了一份女性的经验，并由此成功地抗拒了男权文化的精神扭曲。

二

萧红和张爱玲的一生没有出任过任何公职，完全靠写作为生。她们都和自己时代的主流话语保持了心理的距离，从边缘角度审视着历史、文明、社会、人生与人性，从中可以看到她们相近的人文立场。这种边缘的人文立场，使她们对男权意识占主流的现实文化的“精神逃亡”得以成功。

这样的人文立场，也使她们在一定程度上避免了政治的偏见，直接洞察民族和人类生存的基础——两性关系，对既有价值观念的怀疑与质询精神贯穿于她们的全部创作。所谓文明就是一整套的文化制度，没有这样的文化制度，人类不可能区别于动物界。如果文化制度太僵死，也会对人的自然生命产生压抑，最终导致整个社会文化的退步。这就是每一次政治革命导致的文化震动，都伴

① 刘川鄂：《张爱玲传》，十月文艺出版社，2004。

② 邵迎建：《传奇文学与流言人生》，生活·读书·新知三联书店，1998。

随着对于民族文化反思的原因。也是每一代人成长起来之后，在青春期都会有不同的反文化姿态的根由。而且不同的文化制度中不同的价值观念，也导致人类彼此之间形成偏见。萧红和张爱玲都生活在一个社会动荡的时代，伴随着文化变革的是残酷的战争。历史为她们提供了这样的机缘，使她们可以洞察在和平时期常常被人们忽视了的一些基本问题。尽管一个关注乡土，一个关注都市，但都保持了对于一些传统价值观念的质疑态度，使她们有可能发现人类共同的一些问题。

她们都痛感到文明的荒凉。萧红首先是在社会学层面上，关注着民族生存中惨烈的阶级压迫。其中，生和死的问题一开始就是她表现的基本主题。萧红开始写作的时候，已经经历了母亲的死，至爱的祖父的死，失去亲子的伤痛，这使她在一般左翼文学的主题中，熔铸了更多生殖与死亡的思考。她发表的第一篇小说，题目就叫《王阿嫂的死》，讲述的是一个劳苦的孕妇佣工的故事。王阿嫂的丈夫被地主烧死之后，她独自带着一个养女生活，由于遭到毒打而早产，她死去之后的几分钟，新生的孩子也死去了，养女再一次沦为孤儿。

其次，则是在大量自述性散文中，对于无爱的个人生活的回忆。尤为典型的是对于新型的知识阶层，萧红从女性的立场进行了嘲讽，从散文《三个无聊的人》到长篇小说《马伯乐》，都是她这一思想的延续。一直到接近生命终点的时候，在她诗性的绵绵乡愁中，都深深地感叹着一种亘古的忧愁，生命的原始悲哀。例如，在《呼兰河传》中，回忆童年的第三、第四两章，每一节的第一句话都是“我家是荒凉的”，或者“我家的院子是荒凉的”。这是自然人文状态的荒凉，也是生命价值的荒凉。

张爱玲一开始对于传统文化就抱着怀疑的态度。最早发表其作品的《二十世纪》杂志的编者按，对于她的评语非常到位：因为对于自己的民族有着深邃的好奇，所以她有能力向外国人诠释中国文化。张爱玲在一系列的散文中，从服饰、戏剧、音乐到文学都对中国文化的基本精神进行了深入的阐释，并非常精辟地指出，就是因为对一切都怀疑，所以中国文学中弥漫着大的悲哀，对于人生所有笼统的观察都指向虚无，所有的欢悦都是集中在物质的细节上。张爱玲痛言中国是“一个缺少诚和爱情荒的国度”。对于中国女性的生存，她更是备感悲哀。她说京剧《红鬃烈马》中的王宝钏，像一尾冻在冰箱里的鱼，生命中最好的年华已经过去。至于她的《倾城之恋》《金锁记》等小说中的遗老家庭，表现的骨肉相残更是触目惊心。对于现代文明，她则是中国最早的质疑者之一，一再地谈到中产阶级的荒凉。所谓中产阶级就是这样的一群人，他们适应了现代商业社会专业分工的需要，靠自己的知识和技能向社会换取生活资料。她的中篇小说《白玫瑰和红玫瑰》就是这方面重要的代表作。中年的张爱玲作《五四轶事》，对于新的婚姻制度也是嘲讽有加。

她们都是反常识的作家，对于男权社会中的既定法则有着从本能到自觉的反叛。同时也寻求着精神的最终归宿，尝试着去确立女性的主体。在一个男权的社会，女人是无主体、无话语的，她们的文学活动无疑是勇敢的探索。

这种探索在萧红是对于人类之爱的渴望。她对于鲁迅的理解，特别是关于鲁迅对青年人态度的阐释，都立足于博大的人类之爱。她曾经问过鲁迅，你对青年人的爱是父性的还是母性的？她一生的跋涉，都是向着温暖和爱的方向憧憬与追求，体现着一种女性独有的理想。她在生命行将结束的时候，写作了一个重要的短篇小说《后花园》。主人公是一个贫穷的磨倌，他暗恋着邻居家的女孩，由于自卑而不敢向她求婚。女孩出嫁了，他又默默地照顾着她的母亲。女孩把母亲接走了，他陷入了大的悲哀，追问人生的意义。寡妇老王关照了他，两个人相依为命，生了孩子。后来老王死了，孩子也死了，后花园换了主人，他还在单调地敲着梆子推磨。她把这种人类的永恒之思寄托在一个磨倌的身上，接近于莎士比亚笔下的忧郁王子哈姆雷特关于生存还是死亡的犹疑，也近似于托尔斯泰《战争与和平》中的安德烈·包尔康斯基公爵负伤之后躺在大地上关于人生意义的思考。

张爱玲则是在开阔的东西方文化视野中，首先审视并发现自己民族的精神——“汉民族的活泼喜乐与壮阔无私”。其次则是对于母性精神的呼唤，她说如果有一天我获得了信仰，我信仰的将是奥尼尔的戏剧《大神勃朗》中的地母娘娘。在其小说集《传奇》中的最后一篇小说《桂花蒸·阿小悲秋》中，主人公阿小是一个无名分的普通女佣。“小”是男权社会中对女人最一般的称谓。雇主哥尔达的“达”谐“大”的音，是一个国籍不明的白种人，比十个女人还要小奸小坏。在哥尔达遇到麻烦的时候，阿小不顾个人的得失，爆发出母性的情感，帮助和保护了他。从而颠覆了男权社会中，男大女小的偏见，也颠覆了白种人优于黄种人的文化偏见。张爱玲思想的终点，是超越于阶级、种族、文化和性别之上的广大的慈悲。

三

任何伟大的作家，其成就都要表现在对于民族语言的创造性贡献。萧红和张爱玲，都是这方面的杰出代表。她们的创作穿越了各种思想的迷雾，植根于民族文化的深厚土壤，发挥了汉语自身的神奇魅力。

萧红更多地继承了中国诗文的传统。她散文中的好多句式都接近诗歌的语法特点，在对常规语法的破坏中，准确地传达出自己的感觉。她的小说一开始就以自由的文体，突破了中外小说的一般规则。她立志写一种不是小说的小说，她的小说文体对 20 世纪 80 年代中国小说的文体革命提供了思想的资源。《呼兰河传》在总体上是一首诗，具备古典诗歌的所有特点，比如意境、韵律、抒情性等等。但是仔细分析，就可以发现它所借鉴的艺术形式很多。第一章运用的是电影的手法，有镜头感，推拉摇移，整体地表现了小城呼兰的人文地理风貌，最后定格在火烧云上。其中对大泥坑的叙事，具有整体的象征意义，既是写实也是隐喻，表现出对于蒙昧的精神生存的整体感受。第二章是风俗画，详细地介绍了这座小城的各种民间风俗。第三、第四两章是抒情诗，以复沓的旋律回忆了自己的童年。第五、第六、第七三章是短篇小说，有人物、有故事。贯注整部作品的乡愁，使文体不同的各章获得诗性的统一风格。

张爱玲则更多地继承了中国白话小说的传统，一直到晚年她都对《红楼梦》情有独钟，并且注释《海上花列传》。她的小说文体接近于话本的叙述，其中也运用了电影的手法，比如《金锁记》曹七巧丈夫生前死后的叙述，就是运用了蒙太奇的手法。大量口语的运用，蕴藏着特定地域中大量的文化信息，以至于当时的批评家指责她受旧小说的影响，语言过于陈旧，妨碍读者的理解。其实这正是她的艺术魅力所在，以陈旧的语言翻出新意。就连一些书面语，她也能推陈出新。《沉香屑·第二炉香》中，描写葛微龙站在姑母别墅的走廊上看风景，张爱玲从庭园草坪中一棵应景的小小杜鹃花开始，顺着主人公的视线写到庭园之外的景致，“星星之火可以燎原”，满山“轰轰烈烈”开着野杜鹃，灼灼的红色一路“摧枯拉朽”烧下山坡子去了。她居然连续用了三个最普通的成语，而且读起来都很贴切。

正是由于她们对于汉语的这种领悟和驾驭能力，丰富了文学的表现力，并由此增加了整个族群精神情感的凝聚力。同时也可以看出，她们以民族文化为本位的写作立场。这是她们能够不朽的根本原因，也是后继模仿者源源不断的根本原因。

〔原载《南开学报》(哲学社会科学版) 2006 年第 2 期〕

《生死场》：女性对“家庭”的恐惧与颠覆*

陈千里

萧红的《生死场》是一部很独特的作品，鲁迅称其为“越轨的笔致”。这个论断成为后人评论这部作品的基调。《生死场》的“越轨”与独特表现在方方面面，而其中透露出的女性对“家庭”的恐惧性想象，以及强烈的颠覆现行“家庭”的意愿，则是在中国古今文学中都十分罕见的。

《生死场》贯穿始终的主题就是题目明确标示着的“生死场”——死的命运与生的挣扎。但是，这个“生死场”的具体内涵有一个由家到国的意义递进、变迁过程。而从文本的实际构成来看，事件的发生与演进，则大半是在家庭的“平台”上——全书共分十七节，去掉极短的过渡性的两节，十五节中有十一节描写的是家庭中的故事[①]。这部作品的总体结构看似散漫，实则别有匠心在。贯穿全书的是三个家庭的变迁。开篇与收尾写二里半与麻面婆的家庭，“套”在结构第二层的是王婆与赵三的家庭，“套”在里面的一层，则是金枝家庭的故事。全篇首尾呼应，一层套着一层，在三个家庭的空间里演进着生与死的故事。[②]从这个意义上讲，“生死场”的“场”，既可以说就是那块灾难深重的黑土地，也不妨说是那块土地上的一个个痛苦的家庭。因此，这部作品中的家庭描写，无论是对于小说创作来说，还是对于“家庭”书写的研究来说，都是不容忽视的。

---

*本文为教育部哲学社会科学研究重大课题攻关项目“性别视角下的中国文学与文化”（05JZD00030）阶段性成果。

① 只有14、15、16、17这4节是例外，而这与主题的发展有关。

② 从结构角度看，小说开头部分，先后出场的家庭是二里半、王婆、金枝，结尾收场的顺序是金枝、赵三、二里半。

一

家庭中夫妻关系的异化是萧红特别着力刻画的，其中最惊心动魄的当属月英、王婆与金枝的遭际。这些遭际的描述折射出女性对于“家庭”的恐惧性想象。

月英原是村子里最漂亮的女人，作者只用一句话就写出了她当年的可爱：“生就的一对多情的眼睛，每个人接触她的眼光，好比落到绵绒中那样愉快和温暖。”可是在她久病之后，被丈夫憎厌、虐待，陷入生不如死的绝境。这里作者的描述是令人倍感恐惧的：

> 晚间他从城里卖完青菜回来，烧饭自己吃，吃完便睡下，一夜睡到天明。坐在一边那个受罪的女人一夜呼唤到天明。宛如一个人和一个鬼安放在一起，彼此不相关联……
>
> “你们看看，这是那死鬼给我弄来的砖，他说我快死了！用不着被子了！用砖依住我，我全身一点肉都瘦空。那个没有天良的，他想法折磨我呀！”

在这个时候，夫妻的感情分毫也不存在，家庭对于这个女人而言成了真正的地狱。

更能正面表现作者对此看法的是围绕金枝婚前婚后的描写。全书唯一的柔情描写是金枝开始恋爱的时候。那时像所有初堕情网的少女一样，世界忽然变得一片光明，到处荡漾着春光：“静静悄悄地他唱着寂寞的歌；她为歌声感动了！”“口笛婉转地从背后的方向透过来；她又将与他接近着了！”“仿佛她是一块被引的铁跟住了磁石。”“静静的河湾有水湿的气味，男人等在那里。”可是作者明确地表示，这一切都是少女自己的感觉，是少女眼中所见、耳中所闻。她笔锋一转，把叙事角度由金枝转到一个冷漠的旁观的“全知”，整个事情的意味忽然发生了质变：

> 五分钟过后，姑娘仍和小鸡一般，被野兽压在那里。男人着了疯了！他的大手敌意一般地捉紧另一块肉体，想要吞食那块肉体，想要破坏那块热的肉。尽量的充涨了血管，仿佛他是在一条白的死尸上面跳动，女人赤

> 白的圆形的腿子，不能盘结住他。于是一切音响从两个贪婪着的怪物身上创造出来。

一切美感不复存在，只有野兽一样的本能。作者此时采取了“天地不仁，以万物为刍狗”的叙事态度，似乎漠然俯视着旋生旋灭的生物界，把人类为自己披上的文化外衣剥了个干净，使其赤裸裸地现出本相。但是，读到下文，就会明白作者不但不是漠然，而且是以极其强烈的主观的态度来观察，来叙述。她在这里所要表达的是为天真的女孩子的惋惜，以及对男人的憎厌与警觉，更为明显的是通过小鸡与野兽的意象对比，白的死尸、贪婪的怪物等一系列联想，强化、渲染了某种女性潜意识中对性行为的不洁之感与恐惧心理。

金枝的婚后生活将女性对于家庭的恐惧想象演绎到极点。结婚没有几天，金枝就感受到“男人是炎凉的人类”。她的丈夫成业不顾她怀孕后身体的虚弱，不断地责骂她为“懒老婆”，而且只顾自己的欲望强行房事，导致了她的早产。更不可思议的是，当他不断地把生计的压力转移到金枝头上，不断地争吵骂詈之后，脾气越来越暴躁，竟然演出了杀子的人间惨剧：

> 成业带着怒气回家，看一看还没有烧菜。他厉声嚷叫：“啊！像我……该饿死啦，连饭也没得吃……我进城……我进城。”
>
> 孩子在金枝怀中吃奶。他又说：“我还有好的日子吗？你们累得我，使我做强盗都没有机会。”
>
> ……
>
> “我卖：我摔死她吧！……我卖什么！”就这样小生命被截止了。

不能想象这个蛮横狂野的男人，半年前还是唱着“昨晨落着毛毛雨……小姑娘，披蓑衣……小姑娘……去打鱼”的那个温情脉脉的情郎；不能想象这个痛苦的母亲就是半年前那个沉浸在自己甜蜜梦想中的小姑娘；不能想象这两人的结合，就是为了互相拖累，连“做强盗都没有机会”。而这就是萧红要表达的，就是萧红要告诉读者的。当然，这样的情境是特定的，是在那个闭塞、愚昧的“生死场”中发生着的。但是，萧红显然不是想把对家庭、对夫妻关系的质疑限于这个闭塞的空间，因为联系前文对热恋中男女感受的不同描写，联系其他几对夫妻的感情状况，这个成业就不是被萧红设定为特殊的变态者，而是作为男性之负心、之不可靠的典型来刻画的。如同白居易的《新乐府·井底引银瓶》在讲述了一个具体的少女悲惨遭遇故事后，唯恐读者把故事的含义局限了，特意加上了“寄言痴小人家女，慎勿将身轻许人”，从而把意蕴扩大开来使其具有某种普适性。萧红也在这段故事前后加了若干感叹性的文字，如“年青的妈妈过了三天她到乱岗子去看孩子……乱岗子不知晒干多少悲惨的眼泪？”“小金枝来到人家才够一个月，就被爹爹摔死了：婴儿为什么来到这样的人间？”这样就把个别的事件，赋予了意义辐射的功能。

“婚姻是恋爱的坟墓”道出人类普遍对于婚姻家庭的困扰与疑惧心理，而女性在这方面的感悟往往与对配偶变心的忧虑相关。薄情郎、负心汉一类文本的反复演绎更多体现了女性角度的认同与诉说。《生死场》中多处情节从叙说男性薄情的角度，透露女性对“家庭”的疑惧，尤其典型的是成业婶、叔与成业之间的一段对话：

婶婶远远的望见他，走近一点，婶婶说：“你和那个姑娘又遇见吗？她真是个好姑娘。……唉……唉！”

婶婶像是烦躁一般紧紧靠住篱墙。侄儿向她说：“婶娘你唉唉什么呢？我要娶她哩！”

“唉……唉……”婶婶完全悲伤下去，她说：“等你娶过来，她会变样，她不和原来一样，她的脸是青白色；你也再不把她放在心上，你会打骂她呀！男人们心上放着女人，也就是你这样的年纪吧！”

……

成业的一些话，叔叔觉得他是喝醉了，往下叔叔没有说什么，坐在那里沉思过一会，他笑着望着他的女人。

“啊呀……我们从前也是这样哩！你忘记吗？那些事情，你忘记了吧！……哈……哈，有趣的呢，回想年青真有趣的哩。”

女人过去拉着福发的臂，去抚媚他。但是没有动，她感到男人的笑脸不是从前的笑脸，她心中被他无数生气的面孔充塞住，她没有动，她笑一下赶忙又把笑脸收了回去。她怕笑得时间长，会要挨骂。男人叫把酒杯拿过去，女人听了这话，听了命令一般把杯子拿给他。于是丈夫也昏沉的睡在炕上。

萧红精心结撰的这一段文字，把成业叔父与婶娘恋爱、婚姻与家庭的经历与成业即将开始的这种经历联系起来，以一段情歌做纽结，强化了婶娘预言的说服力，使得女性在这一过程中的悲剧命运被涂上强烈的宿命色彩。这样，站在人生这条道路起点的侄子与将要到达终点的叔父，彼此之间的语言和态度交相发明，展示着婚姻与家庭的过去与现在、现在与未来。两代人的"同台"出现，就把时间维度引入了婚姻家庭问题中，明确告诉读者：一切都是注定的，一切都是无奈的。热情终要变得冷淡，亲密终要变得疏远，追求终要变为压制，审美终要让位于实用——这就是当时农民们家庭的实况，也在一定程度上展示了人类两性之间"战争与和平"的部分真相。作者通过这种类似实况描写的文字，来集中表达自己的认识与态度——站在女性立场上的态度。这一大段描写可以说是对"家庭"做文学性诠释的经典文字，如同《诗经•氓》的"士之耽兮，犹可说也；女之耽也，不可说也"，"桑之落矣，其黄而陨"，"言既遂矣，至于暴矣"。同样，"等你娶过来，她会变样，她不和原来一样，她的脸是青白色；你也再不把她放在心上，你会打骂她呀！男人们心上放着女人，也就是你这样的年纪吧"也是可以跨越时空的文字。

从遇人不淑、丑陋的性事到家庭暴力，文本中弥漫着女性对于"家庭"的疑惧之情，而对生育的骇人描写将对"家庭"的恐惧性想象发挥到触目惊心的地步。萧红用了整整一节来集中描写村子里女人们生孩子的场面，包括五姑姑的姐姐、金枝、麻面婆和李二婶。这样处理，生育就不再是其他故事中的一个环节，而是本身成了直接表现的对象。其实，生育几乎可以说是家庭生活的题中必有之义，但在大多数的家庭题材作品中没有正面的描写。比如即使以生育为重要情节的《家》，瑞珏的难产也只是虚写，让觉新隔着一扇门，听着里面女人"微弱的呻吟"或是"痛苦的叫喊"。同时，巴金写瑞珏生育的真实意图（或说实际效果）是控诉大家族中的愚昧与残忍，并非把生育当作表现的目的。而萧红则不然，生育的描写是她要表现的题旨的重要支撑。这一点，葛浩文、刘禾等先后有所揭示。[①]萧红与男性作家们之间出现这样明显的差别，表面上是性别不同造成在场与否的视角问题，但那只是表层的原因。真实的深层的原因是对生育本身的感情态度根本不同。

---

① 葛浩文：《萧红传》，复旦大学出版社，2012，第 41 页；刘禾：《跨语际实践——文学，民族文化与被译介的现代性（中国，1900－1937）》，宋伟杰等译，生活・读书・新知三联书店，2002，第 290 页。

在男权主导的家庭观念中，生育是妇女在家庭中的第一天职，母性、母爱也总是被罩上神圣的光环。而在萧红的笔下，生育被赋予了完全不同的意义。她赋予生育的第一重意义就是完全着眼于生理性、动物性。第六节是这样写的：

> 房后草堆上，狗在那里生产。大狗四肢在颤动，全身抖擞着。经过一个长时间，小狗生出来。
>
> 暖和的季节，全村忙着生产。大猪带着成群的小猪喳喳的跑过，也有的母猪肚子那样大，走路时快要接触着地面，它多数的乳房有什么在充实起来。

这当然是扣紧着“生死场”的“生”而安排的，既是把笔下农民们的生存状态之恶劣再做强化——和牲口一样地活着，又是在“万物刍狗”的意义上观照人类的生育。萧红唯恐这一意图被读者忽略，在此节结尾又赘上一笔：

> 麻面婆的孩子已在土炕上哭着。产婆洗着刚会哭的小孩……窗外墙根下，不知谁家的猪也正在生小猪。

她的这种笔法和前文引述的金枝偷情的动物式性爱描写一样，都是对人类生存、人类家庭的文化装饰的颠覆。

通过对性交的“兽性化”描绘，以及把生育和牲畜繁殖平行对照（“人和动物一起忙着生忙着死”），萧红实现了这一意图。另一重意义则是从女性的感受角度，把生育看作加在女人身上的刑罚。她把第六节的标题径直写作“刑罚的日子”，并一再突出这一看法：“刑罚，眼看降临到金枝的身上”“很快做妈妈了，妇人们的刑罚快擒着她”。萧红并以在场者的视角，正面描写了一个分娩的场面：

> 日间苦痛减轻了些，使她清明了！她流着大汗坐在幔帐中，忽然那个红脸鬼，又撞进来，什么也不讲，只见他怕人的手中举起大水盆向着帐子抛来。最后人们拖他出去。
>
> 大肚子的女人，仍涨着肚皮，带着满身冷水无言的坐在那里。她几乎一动不敢动，她仿佛是在父权下的孩子一般怕着她的男人。

她又不能再坐住，她受着折磨，产婆给换下她着水的上衣。门响了她又慌张了，要有神经病似的。一点声音不许她哼叫，受罪的女人，身边若有洞，她将跳进去！身边若有毒药，她将吞下去。她仇视着一切，窗台要被她踢翻。她愿意把自己的腿弄断，宛如进了蒸笼，全身将被热力所撕碎一般呀！

……

这边孩子落产了，孩子当时就死去！用人拖着产妇站起来，立刻孩子掉在炕上，像投一块什么东西在炕上响着。女人横在血光中，用肉体来浸着血。

至少在中国的文学史上，萧红之前从未有人这样写过。在生育的过程中，母体与新生命一起在生死边缘挣扎。“女人横在血光中，用肉体来浸着血”，“孩子掉在炕上，像投一块什么东西”，这种血淋淋的场景是和她的“刑罚”生育观紧密联系着的。这里，萧红的“越轨”不仅仅是在“笔致”上，更重要的是在观念上。由于她完全站到了女性的立场上，对生育者的痛苦就不仅是旁观者，而是有感同身受的体验，于是就有了追问与不平：这种痛苦究竟是为了什么？为什么在家庭中，这样的刑罚要单单落到女人的头上？萧红通过对比来强化她的诘问，男人的冷漠、无情与女人巨大的痛苦形成了强烈的反差。当那个酒醉的男人迹近变态地折磨分娩的老婆时，家庭对于她就成了名副其实的地狱，“受罪的女人，身边若有洞，她将跳进去！身边若有毒药，她将吞下去。她仇视着一切，窗台要被她踢翻。她愿意把自己的腿弄断”。这是何等强烈的嘶喊，又是何等强烈的控诉！一切被遮蔽的、掩饰的真相在这样震耳的声浪中凸显，一切被天经地义化的价值面临着被重新审视。当然，萧红的态度不无偏颇，但是没有这样振聋发聩的声音，也不可能使人们从习焉不察的麻木中惊醒。

二

《生死场》不仅弥漫着从女性立场生发的对家庭的恐惧性想象，还隐含有颠覆现行“家庭”观念的强烈意愿，后一方面主要表现在作者对王婆形象的塑造上。小说的独特叙事方式，使文本显得仿佛没有一个中心人物。但深入寻绎，作者笔触的轻重还是有很大差别的。王婆就是小说落笔最重的一个形象；而作者描写的最为深入的家庭就是王婆的家庭；作者的家庭观念，也是在王婆的刻画中得到淋漓尽致的表现。

王婆形象的特点有四个突出的方面：一个是多次的婚姻，一个是旺盛的生命力与坚强的意志，一个是在家庭中的主心骨作用，一个是村子里妇女们的“无冕”领袖地位。

王婆结过三次婚，有过三个家庭。第一个家庭是她自己主动离开的。对于她的第一个男人，作品着墨甚少，只是写他打老婆，不负责任，把老婆、孩子打跑了，自己也就光棍一个回老家了。可注意的是王婆的态度，面对家庭暴力，到了忍无可忍的时候，自己断然带着孩子离开，去开始新的生活，使得村子里的妇女对此又好奇又“感动”。第二个家庭十分不幸，先是这个姓冯的丈夫病死，继而王婆带去的儿子又被官府捉去枪毙。王婆是在丈夫死后不久，便离开已经成人的儿女，孤身一人再次改嫁到了赵三的家中。把这样一个多次主动改嫁的女人作为女主角来写，并塑造成令人敬佩的形象，这本身就表现出作者对封建传统观念的大胆叛逆。而通过王婆三次不同的家庭生活经历，还流露出萧红对于家庭的一种深刻的解构态度——这一点，我们留待后面分说。

王婆形象的第二个特点是她旺盛的生命力与坚强的意志。作品里对这个多次逸出生活常轨的女人情有独钟，非常生动地描写着她的动作、言语和心灵：

> ……王婆束紧头上的蓝布巾，加快了速度，雪在脚下也相伴而狂速地呼叫。
>
> ……王婆宛如一阵风落到平儿的身上；那样好像山间的野兽要猎食小兽一般凶暴。
>
> ……王婆永久欢迎夏天。因为夏天有肥绿的叶子，肥的园林，更有夏夜会唤起王婆诗意的心田，她该开始向着夏夜述说故事。

这实在不像一个乡村老太婆，或者说不像寻常的老太婆。而更令人难忘的是其死而复生的经历。当她为儿子的死而痛不欲生服毒自尽时，所有的人都以为她已经死了，甚至怕她还魂而施以毒手，她却奇迹般地复活了。

萧红也许有意也许无意，在描写王婆的生命力、意志力的时候，多与其丈夫赵三对比来写。赵三在作品的诸多男人形象中是一个强悍的角色，但是与王婆的意志较量中却总是占不到上风，甚至处于劣势地位。最令人惊心动魄的一段是王婆的复活：

> 许多条视线围着她的时候，她活动着想要起来了！人们惊慌了！女人跑在窗外去了！男人跑去拿挑水的扁担。说她是死尸还魂。
>
> 喝过酒的赵三勇猛着："若让她起来，她会抱住小孩死去，或是抱住树，就是大人她也有力量抱住。"
>
> 赵三用他的大红手贪婪着把扁担压过去。扎实的刀一般的切在王婆的腰间。她的肚子和胸膛突然增涨，像是鱼泡似的。她立刻眼睛圆起来，像发着电光。她的黑嘴角也动了起来，好像说话，可是没有说话，血从口腔直喷，射了赵三的满单衫。

这一段描写潜在的意味非常复杂：王婆不肯轻易死去，作为丈夫的赵三却唯恐她不干脆利落地死；赵三"勇猛地""贪婪地"要置自己的女人于死地，而女人不仅没有被整死，反而顽强地活过来；复活的表现是喷出一口黑血，这血"射了赵三的满单衫"。王婆生之意志在与男人的搏斗中显现，并最终获得了胜利，其中蕴含的象征意味是萧红自己对于人生与家庭深隐的恐惧、执着与诉求的不自觉流露。小说多次写到王婆与赵三之间在日常生活小事上的意志较量。如赵三从一开始就有经商的愿望，因进城而误了打麦，被王婆狠狠数落了一通；又如后来抗租失败只得编鸡笼卖，一度也赚了一点钱，于是他就让王婆也来加入这桩营生，王婆不仅不肯加入，而且对他挣来的那一点钱也做出很淡漠的姿态。而最后的结果是王婆胜利：

> 赵三自己进城，减价出卖。后来折本卖。最后他也不去了。厨房里鸡笼靠墙高摆起来。这些东西从前会使赵三欢喜，现在会使他生气……但是赵三是受了挫伤！

在家庭里，不管赵三什么态度，王婆就是自行其是，旁若无人。当她高兴的时候，尽管赵三父子都不在家里，她也是兴致勃勃地炸鱼、烹调，热气腾腾地自己享用；当她对赵三失望，对生活失望的时候，她就把一切家务都抛到脑后，自顾自地"烧鱼，吃酒"，然后一个人在院子里露宿。

但是，王婆绝不是懒婆娘或是悍妇。她无论是在全村的妇女之中，还是在赵三甚至其他男人们面前，都表现出超众的见识与能力。她的第三个特点就是在家庭中所起的主心骨作用。在暴风雨袭来的时候，她指挥赵三抢救场上的粮食；在处置家庭重要的一笔资产——老马的时候，也是她来出面。特别是面临生死攸关的抗租危机时，她的果决、大胆、机智，都不是寻常农妇所能比得上的。

王婆形象的第四个特点是她在女性中俨然的“领袖”地位。她的家是妇人们农闲时聚会的“根据地”。这当然是因为她在自己家里有地位，但也反映出她在女友中的威信。小说着意写了她的口才，“王婆领着两个邻妇，坐在一条喂猪的槽子上，她们的故事便流水一般地在夜空里延展开”，“她的讲话总是有起有落；关于一条牛，她能有无量的言词”。所以作者戏称她做“能言的幽灵”。她丰富的人生经历也是“领袖群雌”的资本。村子里有女人难产，她总是到场并果断地动手来保住母亲的生命；当少妇不懂妊娠卫生，伤及身体的时候，她就来传授自我保护的道理。而最为浓墨重彩的一笔是她对月英的帮助。月英因病被丈夫虐待，状况惨不忍睹。王婆不避脏臭为她擦洗，让这个可怜的女人在生命的终点感受到人间的一丝温暖。正是因为她的这些表现，村里的女人没事的时候愿意聚到她的周围，有事的时候则到她这里来讨主意。

这样一个个性鲜明、极具特色的女性形象，除了表现出黑土地上底层民众“生的坚强和死的挣扎”之外，还传达出作者颠覆传统家庭观念的渴求与努力。西蒙娜·德·波伏娃指出，婚姻使得女人成为男人的附庸：

> 在（家庭）这个“联合企业”中，男人是经济首脑……女人改用他的姓氏，属于他的宗教、他的阶级、他的圈子；她结合于他的家庭，成为他的“一半”……依附于她丈夫的世界。
>
> 女人在家里的工作并没有给她带来自主性……无法赢得做一个完整的人的资格……她终归是附属的、次要的、寄生的。

她还认为，女人从未形成过一个可以和男人对等的群体，而只能通过男人所主导的家庭来体现自己的价值，实现自己的生存。[1]

---

①〔法〕西蒙娜·德·波伏娃：《第二性（全译本）》，陶铁柱译，中国书籍出版社，1998，第488－492、521页。

这当然都是对于当时家庭状况的准确的描述。家庭对于女性的意义，很大程度就是如此。

《生死场》中的王婆形象却对此提出了尖锐的挑战。在女人和家庭关系的问题上，王婆最突出的意义就在于对“依附性”的彻底颠覆。首先，她的三次婚姻经历就使得家庭不再具有对她画地为牢的束缚作用；更何况，在脱离、选择家庭的过程中，王婆是遵照自己的自由意志而行事的。这样，就把家庭对于女性那些曾被认为是天经地义的约束力解构掉了。其次，如前文分析的那样，她在家庭中不仅不甘于被支配的地位，而且实实在在地与丈夫分庭抗礼，甚至在重大事项上发挥着主导的作用。更为引人注目的是，作者对她的自作主张、任意行事的自由意志，给予了充分的同情，笔墨之间流露出欣赏的、倾慕的态度，这样就把王婆对家庭的态度和王婆其他优良的品性——刚强、机警、明达等一起，放到了道德制高点上。

这样一个挑战传统家庭观念的女性，却是全书感情世界最为丰富的形象。她自述第一个孩子夭折前后自己的心理变化，看似无情实则令人心酸。她对儿子死讯的强烈反应，对女儿的复仇教育，都是带有震撼力的情节。这样一个情感丰富的角色，她对传统家庭观念的蔑视与叛离，自然会赢得读者的同情。对于女性对家庭的依附性，作品的第四节还通过另外的方式进行了颠覆。这一节主要写的是女人们之间的友情，中心则是王婆。

> 冬天，女人们像松树子那样容易结聚，在王婆家里满炕坐着女人……
>
> 王婆永久是一阵幽默，一阵欢喜，与乡村中别的老妇们不同。她的声音又从厨房打来：“五姑姑编成几双麻鞋了？给小丈夫要多多编几双呀！”
>
> 五姑姑坐在那里做出表情来，她说：“哪里有你这样的老太婆，快五十岁了，还说这样话！”
>
> 王婆又庄严点说：“你们都年青，哪里懂什么，多多编几双吧！小丈夫才会希罕哩。”
>
> 大家哗笑着了！但五姑姑不敢笑，心里笑，垂下头去，假装在席上找针。等菱芝嫂把针还给五姑姑的时候，屋子安然下来，厨房里王婆用刀刮着鱼鳞的声响，和窗外雪擦着窗纸的声响，混杂在一起了。

这是整部作品中唯一的欢乐场面。如果和女人们在自己家庭中的屈辱、苦闷情景相比较的话，真有天堂与地狱的差别。"像松树子那样容易结聚""满炕坐着女人"，表现出女人同性之间的聚合力，也就从反面显示出家庭中情感的缺乏与彼此的隔膜。正是由于家庭功能的残缺，才使得女人们暂时地逃离家庭那狭小空间的束缚，在同性的友情中寻找另外的精神家园。"哗笑""可笑""灵活的小鸽子"之类欢乐与轻松的字眼，有力地表达出"此地乐，不思蜀"式的心态，与王婆的特立独行形象呼应着，共谋解构着女人对于家庭的依附性。萧红在这一节对女人们的谈话做了一个概括，或者说是评价：

> 在乡村永久不晓得，永久体验不到灵魂，只有物质来充实她们。

这句话向来被看作是一种悲悯式的批评[①]，但如果顾及整个语境的话，其中还有不尽然的地方。这句话的上下文是女人们开始放肆地谈论"性"，不仅"邪昵"地说笑，还要彼此动一动手脚，然后从中感到极大的快乐：

> 每个人为了言词的引诱，都在幻想着自己，每个人都有些心跳；或是每个人的脸都发烧。就连没出嫁的五姑姑都感着神秘而不安了！她羞羞迷迷地经过厨房回家去了！只留下妇人们在一起，她们言调更无边际了！王婆也加入这一群妇人的队伍，她却不说什么，只是帮助着笑。

可见"灵魂""物质"云云，在这里是特指男女之间的关系，"灵魂"指的是城里人、文化人挂在嘴边的"爱情"，"物质"则专指性交。联系到小说里其他地方描写的性爱场面无不粗野乃至恐怖，这里的"心跳""发烧""羞羞迷迷"反而带有几分美感了。同性的情谊几乎要替代组成异性家庭的根基——性爱，家庭对于女性的向心引力在此又一次受到严峻挑战。以王婆为核心的女人圈子的快乐场景反衬了女人们各自不如意的家庭生活，这样的笔致有意无意间颠覆着"家庭"的神话。

在中国现代文学三十年（1919－1949）中，涉笔家庭的女性作家不在少数，她们对于家庭的书写都程度不同地融注着女性角度的经验和想象，同时又呈现

---

① 例如："《生死场》中的妇女'永久不晓得，永远体验不到灵魂，只有物质来充实她们。'这就是她们可悲的生存状态。她们的情感世界得不到满足，只有用'物质'来麻痹自己的灵魂。"（陈琳：《对人类生存意义的文化观照——评萧红的〈生死场〉》，《安徽师大学报》1997年第4期）

出各具特色、异彩纷呈的面貌。比如冰心早期的《两个家庭》等作品，从可口的菜肴到宜人的花草，儒雅的丈夫与贤惠的妻子，处处是理想家庭生活琐屑而又实在的内容，仿如一个涉世未深的女孩子做的粉红色的梦；而张爱玲的《金锁记》《倾城之恋》等，展示了婚姻家庭中常态与变态的交相为用，质疑传统伦常，暴露家庭中赤裸裸的金钱利害；又如苏青的《结婚十年》以半自传的笔法将平淡的家庭生活写得别具滋味，揭示了现代女性在当时家庭生活中的种种困境。与这些作品相比，《生死场》从表面上看似与女作家个体的情感、生活最为疏远，呈现的是家与国变奏的宏大话语，但细读之下，就会发现熔铸在宏大话语之中的，是萧红顽强、独立的女性视角与经验，而其中突出体现的女性对“家庭”的恐惧性想象与颠覆意味，可视为中国现代女性文学中最具深度的表述之一；同时，我们也由此联想到萧红本人的坎坷经历，这一点或许在考量作家与文本间微妙关系的研究中具有特别的意义。

〔原载《南开学报》（哲学社会科学版）2008 年第 2 期〕

“空白之页”与“变异转型”
——孙犁乡村女性叙事的复杂性*

王　宇

在中国现当代文学的乡村叙事者中，没有一个人像孙犁那样，持久地将乡村女性作为自己乡村叙事的一个最重要的支点。在某种程度上我们甚至可以说，孙犁的乡村叙事就是乡村女性叙事。在他的全部 40 篇短篇小说中[①]，有 28 篇以乡村女性为主人公，在其余的篇章中，乡村女性虽不是主人公，但也占据相当重要的篇幅。而他的中长篇小说全都以乡村女性为主人公，如《村歌》中的双眉，《铁木前传》中的九儿、小满儿，《风云初记》中的春儿。而他所有为人称道的作品无一不是以乡村女性为主人公。20 世纪 80 年代以来出现了一些针对孙犁乡村女性形象的优秀研究成果，其主题大约可以概括为下面几个关键词：女性美，人性美，女性崇拜，战争中的母性，作家自身的情感经历，等等。本文力图在吸收已有研究成果的基础上谋取“僭越”的蹊径，探求孙犁乡村女性叙事中鲜为人谈及的一些侧面，如孙犁很少涉及甚至极力回避一些女性议题，以及孙犁乡村女性叙事在 20 世纪 50 年代的变异性转型。当然，本文更要追溯这些现象所赖以产生的深层文化缘由。

---

*本文为国家社科基金项目“21 世纪初年女性乡土叙事潮流的崛起及其意义”（13BZW125）阶段性成果。

① 孙犁的短篇小说从 1930 年的《孝吗》到 1950 年的《婚姻》，正好 40 篇。他的小说创作高峰期是 20 世纪 40、50 年代，短篇小说则集中于 20 世纪 40 年代初到 50 年代初。1949 年后他开始中长篇小说创作，有中篇小说《村歌》《铁木前传》和长篇小说《风云初记》，此后孙犁不再写小说。1981 年复出以后的“芸斋小说”写的都是真人真事，是写人的散文随笔。

一、缺席的“乡村娜拉”

人们最熟悉的孙犁笔下以水生嫂为代表的乡村女性形象群主要是少女和少妇，她们清纯机灵、温婉贤淑、柔情似水又泼辣能干、儿女情长又深明大义。这类人物形象除了在政治层面上作为毫无保留地支持、奉献民族、阶级解放事业的“人民”意象外，更多地作为家园（母性）、民族传统、人性美的意象而获得广泛传播和认同。事实上，孙犁自己似也更注重这两个层面上的内涵，这其中隐含了深厚的战争文化缘由。

首先是乡村女性作为家园、民族传统的意象。孙犁在20世纪40年代最早的一篇以乡村女性为主人公的短篇小说《女人们》（1941）中，这样描述穿红棉袄的乡村少女在寒风中脱下带着体温的棉袄给八路军伤员盖上的情景：“我只觉得身边这女人的动作，是幼年自己病倒了时，服侍自己的妈妈和姐姐有过的。”“妈妈和姐姐”正是此后刀光剑影战争岁月中孙犁的乡村女性叙事的基调。值得一提的是，“妈妈和姐姐”原本应该是年长的女性，但孙犁笔下承载“妈妈和姐姐”母性功能的女性几乎全是十几、二十几岁的少女、少妇形象（个中缘由在第二部分详述）。

有学者在论述日据时期台湾乡土文学时谈到，“日据时期台湾文学提供了一种切实有力的实践，那就是在文学中顽强地保存、积淀着民族历史、传统、性格的风土习俗，乡土文学正是承担起了这一保存民族集体记忆的任务”①。出于同样的原因，抗战时期的乡土文学无论是在主题还是意象上都与五四时期有很大的不同。而符合父权传统性别规范的本质化的女性形象也最容易成为中华民族集体记忆、本质化传统的载体。正如钱理群所说：“40年代作为‘流亡者’的中国作家，越是出入于战争的‘地狱’，越是神往于一个至善至美的精神‘圣地’，以作为自己心灵的‘归宿’。孙犁（及其同代人）笔下的‘圣女’不过是这种‘归宿’的‘符号’。”②母亲、家园以及与此密切相关的民族传统，是战争年代流离失所的个体饱经漂泊的心灵最急切的渴望与诉求。处身军旅的孙犁对这点必然更有体验。而近代以来形成的根深蒂固的“乡村即为中国缩影”的观

---

① 黄万华：《史述与史论：战时中国文学研究》，山东大学出版社，2005，第417页。

② 钱理群：《拒绝遗忘》，汕头大学出版社，1999，第201页。

念，导致民族形象总是与乡土不可分离，山脉、河流、田野、村落要比街市、高楼、霓虹更适合作为中华本土、家园的意象。基于这两方面的原因，再也没有比本质化的乡村女性形象更能承载这样的诉求，更能胜任家园、母亲乃至民族传统的象征意义。这是20世纪40年代孙犁“水生嫂系列”乡村女性形象成功的重要原因。

基于这一文化诉求，孙犁在20世纪40年代的乡村女性叙事很少涉及同一时期同处解放区的赵树理、孔厥、菡子等作家作品中常见的妇女反抗乡村封建父权传统，争取恋爱自由、婚姻自主的题材。这些解放区作家笔下的“乡村娜拉”形象是对五四文学中以知识女性为主的娜拉形象和祥林嫂式的乡村女性形象的超越和丰富。而孙犁笔下却少有这样的“乡村娜拉”形象，他的叙事中心始终是乡村女性在战争中的奉献精神、母性情怀。有关她们的爱情描写，只是被当作乡村女性对民族、阶级解放事业的一种特殊奉献（将爱情奉献给抗日英雄、革命军人）才获得叙事的合法性。这样的叙事逻辑在1946年的小说《钟》中表现得很清晰。贫穷的小尼姑慧秀和村里麻绳铺伙计大秋相爱并怀孕，但这场有悖宗法乡村礼俗秩序的爱情并没有获得叙事合法性。叙事人的态度始终闪烁其词、晦暗不明。甚至参加革命之后的大秋还将这场恋爱视作“混账事”，告诫自己“不要再做这些混账事”。女作家菡子的小说《纠纷》也涉及相近题材。寡妇来顺妈与帮工刘二相爱并生下孩子，小说明确肯定来顺妈对幸福的大胆追寻。尽管来顺妈同样面临乡村宗族礼法的强大压力，但抗日政府的村长、乡长始终支持她。而慧秀却独自一人长久地挣扎在精神屈辱与物质贫乏的双重困厄中。大秋近在咫尺却忙于革命斗争，也怕“影响不好”从不来看一眼。直到斗争胜利后大秋也没和慧秀结婚。日本人又来了，慧秀为了保护大秋，被鬼子刺穿胳膊，她用身体、鲜血证明自己对大秋的忠贞，也是对革命的忠贞，这样的忠贞才终于洗刷了她的“不洁”。她如愿地嫁给了大秋。婚后的慧秀，“风来，她背着身子给大秋遮风，雨来，淋湿她的衣服头发，也不叫淋在她丈夫身上”。慧秀这些行为不仅是一个妻子在保护丈夫，也是在保护革命领导人的意义上被叙述。一如她冒着生命危险保护那口被当作革命政权宝贵财产的钟。小说取名“钟”正暗示慧秀对大秋和革命的双重的“忠”。

而写于1948年的《光荣》，则是一个典型的现代版王宝钏寒窑苦守的故事。《钟》和《光荣》这两篇小说由于褪去了《荷花淀》式的如诗如画的面纱，对民族、阶级解放战争背景下的新妇德的张扬就变得十分明显。这固然是战争环境使然，但同处战争背景下的解放区作家赵树理的《孟祥英翻身》，孔厥的《凤仙花》《苦人儿》《一个女人翻身的故事》，菡子的《纠纷》等作品，尽管最终目的都是要把妇女解放当作民族、阶级解放的注脚，但客观上还是能够将重心始终放在现代革命战争给乡村女性带来的境遇、身份、命运的改变上，而不仅仅是这些乡村女性对革命战争的奉献。可见，孙犁式的对传统、家园、母性的守望并没有成为战争时期所有作家乡村女性叙事的支点。写于 1942 年的《走出以后》是孙犁战争时期唯一一篇涉及“娜拉出走”的故事。乡村姑娘王振中摆脱婆家的控制，偷偷离家出走去上抗日学校，走前发出子君式的呐喊“这是我情甘乐意的，谁也管不了我”。小说既强调王振中的“出走”对民族国家的意义，也表明“出走”对女性自身的意义，“回去了就不会再有王振中了”。民族解放战争在征用乡村女性人力资源的同时，也为乡村女性自身的主体成长提供了契机。小说预示着孙犁乡村女性叙事的另一种可能性，但孙犁并没有拓展这种可能性。

二、“美的极致”与“空白之页”

众所周知，也正如我们前文提到的，除了作为家园、民族传统的载体外，孙犁笔下“水生嫂系列”乡村女性形象还是人性美的载体。这同样与战争环境密切相关，更与孙犁个人审美理想相关。“看到真善美的极致，我写了一些作品”，“善良的东西、美好的东西，能达到一种极致，在一定的时代，在一定的环境，可以达到顶点。我经历了美好的极致，那就是抗日战争”。[①]在残酷而粗粝的战争中，女性美几乎成了作家超越残酷现实，感受生命美好的唯一飞地。他需要这片飞地，因此，他才要那么执着地去表现女性之美，以至于无视具体环境的真实性，如《荷花淀》中月下编席的水生嫂与远处缥缈的白洋淀构成如梦如幻的意境；《吴召儿》中写到吴召儿冒着生命危险勇敢地冲向敌人时，也不忘以诗意的笔调写到“那翻在里面的红棉袄，还不断地被风吹卷，像从她身上洒出来的一朵朵火花，落在她的身后”。这似乎也能解释我们前面提到的何以孙犁笔下承载“妈妈和姐姐”母性功能的女性几乎全是十几、二十几岁的少女、

---

① 孙犁：《文学和生活的道路——同〈文艺报〉记者谈话》，载《孙犁文集》（四），百花文艺出版社，1982，第 392－393 页。

少妇形象，而不是在容貌上已无优势的年长妇女形象。相反，年长的乡村女性在孙犁小说中总处于次要的，甚至政治、道德身份负面的位置上。

如果说，在很大程度上孙犁式的人道情怀、战争浪漫主义正是体现在他对女性美的诗意书写上，那么在他看来战争的残酷也莫过于对这种美的无情毁灭。《琴与箫》是他小说中少见的表现战争惨烈、残酷的篇章。小说通过老船夫的转述详细记叙了两个俊气、可爱的小女孩惨死的场景，以及这件事对八路军战士"我"的震撼：

> 我在孩子们的脸上，像那老船夫的话，我只看见一股新鲜的俊气，这俊气就是我的生命的依据。从此，我才知道自己的心、自己的志气，对她们是负着一个什么样誓言的约束，我每天要怎样在这些俊气的面孔前受到检查。

显然，孙犁将捍卫美好生命免遭杀戮看作战士战场上浴血鏖战的目的，在他的笔下生命的美善、世俗的幸福始终是革命者斗争、牺牲的内在动力。[①]在后来的长篇小说《风云初记》中，有这样一个细节，长工老温半辈子受苦劳碌，抗日政权让他成了家，但在新婚第二天他就参军上了战场，"有了妻子，就有了牵连，也就有了保卫她们的责任，生活幸福，保卫祖国的感情也就更深了"。在孙犁看来，女性的美正是世俗的幸福、生命的美好，甚至人生全部意义的最恰当象征。因此，他不愿看到也无力承受这种美与意义的毁灭，"看到邪恶的极致，我不愿意写，这些东西我体验很深，可以说镂心刻骨，可是我不愿意去写这些东西，我也不愿意回忆它"[②]。于是，写于1945年的小说《芦花荡》又将三年前的小说《琴与箫》中的惨烈故事用乐观语调重写了一遍，两个小女孩都没死，老船夫单枪匹马奇迹般地击退了全副武装的鬼子，保护了她们。审美诉求超越和改写了现实经验，这是孙犁乡村女性叙事的重要特征。

也许正是基于这一逻辑，尽管孙犁也描写了战争带给乡村女性的种种磨难，贫穷、动荡、繁重的劳作，甚至《"藏"》《钟》等小说还写到女性在战争环境下

---

① 路翎在《洼地上的战役》中写朝鲜战场上战壕里班长王顺遥想着家乡小路上背着书包奔跑的女儿，小战士王应洪珍藏着朝鲜姑娘的信物，内心充满了力量。孙犁和路翎显然遵循了同一叙事逻辑。

② 孙犁：《文学和生活的道路——同〈文艺报〉记者谈话》，载《孙犁文集》(四)，百花文艺出版社，1982，第393页。

怀孕、临产这些艰难的经历，但他却始终回避那场战争带给乡村女性的最残酷、惨烈一面——日军的性暴力。当然，这其中还有更深刻的文化原因。不仅孙犁，同时代的男性作家的抗战叙事，甚至在20世纪80年代之前的全部抗战叙事中几乎都很难见到这方面的内容。正如有日本学者在研究1941年发生在山西境内的因日军扫荡造成的“西烟惨案”和“南社惨案”时指出的，“这两个惨案好多资料里都有记载，但是女性被抓并受到性暴力残害的事情，在资料里连抽象的表述都没有”[①]。20世纪80、90年代以后，侵华日军对中国女性，尤其是乡村女性所犯下的性暴行，日益从历史尘封中被挖掘出来。从近年来披露的史料来看，孙犁笔下的乡村女性的主要活动区域（冀中平原一带）正处于侵华日军经常性实施性暴力的地域范围内。而孙犁20篇以抗战背景下乡村女性活动为主要内容的小说[②]，从不正面涉及这方面的内容。但我们还是能在几篇小说里看到一些蛛丝马迹。如《“藏”》中有这样一个场景：村庄在夜里突然被鬼子包围，男男女女都被赶到街上集合，女人们“尽量把脸转到暗处，用手摸着地下的泥土涂在脸上”；《采蒲台》中青年妇女们一边编苇席一边唱道：“我留下清白的身子，你争取英雄的称号”；《芦苇》中躲避扫荡的小姑娘携带一把很小的小刀，当被责怪小刀杀鬼子不顶事时，姑娘“凄惨地笑了笑”，低头拔草不语，而“我的心骤然跳了几下”。再一个就是《荷花淀》中水生参军前嘱咐妻子的最后那句话：

> “不要叫敌人汉奸捉活的。捉住了要和他拼命。”这才是那最重要的一句，女人流着眼泪答应了他。

这一切都意味着孙犁显然并不缺乏这方面的素材，但他的叙事却在这方面留下意味深长的沉默，不再有下文。结构主义文论代表人物彼埃尔·马舍雷指出，一部作品与意识形态的关系，不是看它说出了什么，而是看它没有说出什么。正是在一部作品意味深长的沉默中，最能确凿地感到意识形态的存在。“我

---

①〔日〕石田米子：《调查发生在山西省的日本军队性暴力》，载秋山洋子、加纳实纪代编：《战争与性别——日本视角》，社科文献出版社，2007，第205页。

② 这20篇小说分别是《芦苇》《女人们》《懒马的故事》《走出以后》《琴和箫》《丈夫》《老胡的事》《第一个洞》《山里的春天》《荷花淀》《麦收》《芦花荡》《钟》《“藏”》《光荣》《蒿儿梁》《采蒲台》《吴召儿》《小胜儿》《看护》。

们应该进一步探寻作品在那些沉默之中所没有或所不能表达的东西是什么。”“实际上作品就是为这些沉默而生。”[①]正是在孙犁叙事的沉默、空白处我们读到了性别意识形态的意味：女性身体的贞洁是国家、族群荣誉的象征，“女人‘不仅是女人’，还是国家的人格化象征。在这种情形下，女人不是人，或者说不是个人”[②]。因此，水生交代妻子万一被活捉就要“和他（鬼子——笔者注）拼命”，女人似乎也一直在等着这句话，“这才是那最重要的一句”，比起进步、识字、生产都重要得多。尽管进步、识字、生产一向是孙犁叙述战争中乡村女性的中心。

孙犁的“空白之页”，丁玲早将它填满。在丁玲写于1939年的小说《新的信念》中，侵华日军给乡村带来的灾难被集中在对乡村女性的性残害上。西柳村的女人凡是没有逃走的，从老奶奶到13岁的小孙女一个都不能幸免。丁玲不惜挑战文学审美的极限、乡村伦理的禁忌，不断让奶奶详细诉说她所亲见的日军强暴少女的惨不忍睹的场景。奶奶甚至面对自己的儿子、孙女的父亲不断言说自己和孙女被蹂躏的情景。年老的母亲“一点不顾惜自己的颜面”的疯狂言说，在她的言说中不断呈现的被撕裂了的母亲、女儿的身体、淋漓的血污，这一切不仅仅点燃作为儿子/父亲的男人们复仇的火焰，更是要直面儿子/父亲们不敢直面的现实，敞亮孙犁式战争叙事中一直刻意遮蔽的乡村女性真实的战争经验。这样的经验在《我在霞村的时候》中获得更加尖锐的表述，丁玲另类的声音穿透历史时空在半个多世纪后的铁凝那里得到遥远的回响。被认为是孙犁文学世界忠实后继者的铁凝，在老师终止、空白的地方一次又一次直面惨烈的历史。[③]

如果说孙犁注重的是“水生嫂”们如何在战争中激发出至善至美的人性极致，并以此成就男人们在战争炼狱中的生命“飞地”，与此同时却留下了历史的空白之页，那么，丁玲正是在孙犁的“空白之页”上书写“水生嫂”们自身如何在战争炼狱中万劫不复。如果说前者是飞翔的话，那么后者无疑是下坠。无论是飞翔还是下坠，都是不可忽略的女性战争经验。

---

① 〔法〕P. 马舍雷：《文学分析：结构的坟墓》，载董学文、荣伟编：《现代美学新维度——“西方马克思主义”美学论文精选》，北京大学出版社，1990，第363页。

② 〔美〕克内则威克：《情感的民族主义》，北塔、薛翠译，载陈顺馨、戴锦华选编：《妇女、民族与女性主义》，中央编译出版社，2002，第143页。

③ 如铁凝在20世纪80年代中篇小说《棉花垛》和21世纪初的长篇小说《笨花》中，一再描写抗日女革命干部乔和取灯惨遭日军性暴力的情形。

三、变异性转型：《村歌》

孙犁在1949年后创作的《山地的回忆》《秋千》《小胜儿》《正月》《女保管》《婚姻》等全部七篇短篇小说，依然以乡村女性为主角。这些乡村女性形象基本延续20世纪40年代水生嫂形象的脉络。值得一提的是写于1950年的《婚姻》。《婚姻》讲述了一个孙犁此前小说中极少见到的类似《小二黑结婚》的故事。与赵树理不同的是，孙犁始终将叙事中心放在乡村少女如意身上，如意比赵树理笔下的小芹更具叛逆性、主体性。而真正代表孙犁乡村女性叙事新突破的，则是写于1949年的中篇小说《村歌》。《村歌》中的双眉以及后来的长篇小说《风云初记》中的俗儿、中篇小说《铁木前传》中的小满儿实际上构成一个与此前以水生嫂为代表的乡村女性形象谱系完全不同的系列，在当时的文学语境显得相当另类，标志着孙犁乡村女性叙事的转型。主人公双眉的形象可以看作是《铁木前传》中小满儿的前身。俊俏泼辣、大胆能干、积极要求进步的双眉，表面上看起来不过是孙犁之前乡村女性形象的延续，但仔细辨析会发现这个形象有一些崭新的特质。双眉其实是村里颇有争议的人物。首先她有一个政治身份暧昧的家庭出身，本人又爱打扮、爱出风头，争强好胜、特立独行，因此村里有人认为她有“作风问题”，甚至是“破鞋”“流氓”，以至于在合作组整顿时被清除出合作组。双眉对村人加诸自身的种种负面评价不服，积极主动为自己争取发展空间，以政治、工作上的出色表现来获得乡村新政权的认可。但双眉对乡村传统性别规范的冲撞还是时时成为她政治进步的障碍。这些出格行径最后总算被组织上定为“不是原则问题”，支委会终于“拧拧支支地通过了”双眉的入党申请。无论是将双眉清除出合作组还是支委会上的“拧拧支支”，都表明现代革命伦理与乡村传统性别规范之间的悄然联合。叙事对这种联合不置可否，却又在小说结尾，以欣赏的笔调写到双眉在舞台上的纵情飞扬：

> 双眉唱着，眼睛望着台下面。台下的人，不挤也不动，整个大广场叫她的眼睛照亮了。
>
> 她用全部的精神唱。她觉得台上台下都归她，天上天下都是她的东西。

让女性生命力这样飞扬狂放，在同时代的作品中是少见的，在孙犁自己此前的小说中也是从未有过的。事实上，在写于1942年的《走出以后》中，孙犁借第一人称叙事人、八路军干部"我"明确表示"不喜欢女人的那一种张狂"，而双眉俨然就是一个张狂的人物，不仅在工作中张狂，生活中也处处张狂。她已不再像20世纪40年代水生嫂、秀梅（《光荣》）们那样，工作上大胆泼辣，在生活中则谨小慎微地恪守着乡村传统的妇德。由此可见，离开战争年代，孙犁的女性观出现明显变化。钱理群在论述20世纪40年代女性形象时谈到，"40年代的中国作家所关注与歌颂的女性形象，已不再是二三十年代的西方型的'时代女性'（如茅盾的梅行素、章秋柳、孙舞阳；曹禺的繁漪、丁玲的梦珂、莎菲女士；等等），而是具有传统道德美的东方女性（经常举出的典型有：老舍《四世同堂》里的韵梅，孙犁笔下的水生嫂，以及曹禺笔下的愫芳、瑞珏，等等）"。"在二三十年代，作家努力发掘的是女性形象中的'女人性'……而40年代的作家，却在努力发掘'母性'"[①]。如果这里的"女人性"指的是女性作为一个性别主体的特征，即女性性，那么，这样的论述基本上是恰当的。[②]如果说，此前孙犁的乡村女性人物身上更多的是母性、妻性（包容、奉献、孕育、忠诚、忠贞），那么，双眉身上显然不具有这些特征。双眉已然不属于水生嫂的谱系，却与20世纪30年代陈白露、繁漪、莎菲、梦珂有着潜在的血缘联系。这一谱系的女性人物在20世纪50年代以后的文化语境中显然很难获得叙事的合法性，《村歌》写于1949年，这时一体化的文学规范尚未被严格推行开来，而小说叙事对双眉正面身份的维护已经颇为艰难。随着时间推移，一体化文学规范的强化，这类人物形象必然要走向反面。这便有了后来写于1950—1954年间的《风云初记》中的反面人物俗儿和写于1956年春天的《铁木前传》中的摇摆于正反两极之间的小满儿。

四、《铁木前传》中的性别政治与阶级政治

实际上，《风云初记》和《铁木前传》中女性人物基本上都以对照的方式出现。《风云初记》中的乡村女性春儿和俗儿是一组对照，知识女性李佩钟和春儿又构成另一组对照。在一定程度上，李佩钟和俗儿都是为了衬托春儿的形象而

---

① 钱理群：《拒绝遗忘》，汕头大学出版社，1999，第200页。

②"女人性"这一概念在20世纪80年代以来的语境已经被深刻污名化，被与父权社会对女性的角色定位相混同。因此，我们使用"女性性"这一概念来表述女性的特质。

存在。《铁木前传》中的九儿和小满儿也是一组对照。春儿和九儿显然是两部小说极力要歌颂、肯定的正面女性人物形象。双眉之后的这两个形象又回到了水生嫂形象的套路上。由于承载过多的政治理念，春儿和九儿的形象显得生硬模糊，远不如水生嫂鲜活、生动。这似乎也说明，离开了战争文化语境，孙犁擅长的水生嫂式的乡村女性叙事惯例正在遭遇瓶颈，反倒是反面人物俗儿、小满儿，令人耳目一新。当然，在《风云初记》的后半部俗儿形象迅速脸谱化、妖魔化，最终走向彻底的反面。而到了 1956 年初夏，创作于“百花齐放”氛围中的《铁木前传》，孙犁开始重新审视俗儿这类女性人物，小满儿身上同时兼有双眉与俗儿的影子，或者说叙事者让她摇摆于双眉与俗儿之间，犹豫不定，这似乎也与这时乍暖还寒的创作氛围有关，这才有了这个人物身上的种种暧昧、矛盾之处。

小满儿和双眉其实有很多共同点：一样俊俏能干、爱打扮、争强好胜，不断冲撞乡村传统性别规范，因此在村里颇遭非议；两人同样也有一个暧昧的家庭出身。但两人也有不同的地方。虽然同样生命力旺盛、青春蓬勃，双眉将旺盛的生命力投入农村合作化运动中，并因此获得了村庄新秩序对她身上“另类性”的勉强包容，不予计较；而小满儿旺盛的生命力却无所皈依，像一股危险的、难于驯服的力量在乡村秩序外游荡：

> 无论是在娘家或是在姐姐家，她好一个人绕到村外去，夜晚，对于她，像对于那喜欢在夜晚出来活动的飞禽走兽一样，炎夏的夜晚，她像萤火虫一样四处飘荡，难以抑制那时时腾起的幻想和冲动。她拖着沉醉的身子在村庄的围墙外面，在离村很远的沙岗的丛林里徘徊着。在夜时，她的胆子变得很大，常常有到沙岗上来觅食的狐狸，在她身边跑过，常常有小虫子扑到她的脸上，爬到她的身上，她还是很喜欢地坐在那里，叫凉风吹佛着，叫身子下面的热沙熨贴着。在冬天，狂暴的风，鼓舞着她的奔跑的感情，雪片飘落在她的脸上，就像是飘落在烧热烧红的铁片上。
>
> 每天，在夜深人静的时候，才回到家里。她熟练敏捷地绕过围墙，跳过篱笆，使门窗没有一点儿响动，不惊动家里的任何人，回到自己炕上。

不难看出，这段描述显然有意无意地将小满儿与狐狸相类比。在父权文化传统中，美女、性与狐是一种由来已久的原型性联系，对这种联系的想象最著名的莫过于《聊斋志异》。正如一位德国学者所言:"狐狸作为一种神或恶魔的动物,也出现在中国、朝鲜和日本的童话故事中。这种动物在行为和心理方面的特征植根于这样一种信念,即认为狐狸能够变为一个具有诱惑力的女人(或进行相反的变化)。母狐(= 情妇)作为传统婚姻体制的反面形象出现。她美丽与贪婪和欺骗相联,与立于社会标准之外的美丽妇女的表现相似。"①叙事人将小满儿与狐狸做类比,正是建基于这样的关联性上。叙事在有意无意间表现小满儿身上的种种狐性,如俊俏狐媚、狡黠多变、敏捷轻盈,喜欢在夜深人静的村庄边缘游荡……

从空间归属上看,小满儿和狐狸一样都来自村庄之外的某个暧昧不明的地方。小满儿出身于"县城东关一户包娼窝赌不务正业的人家",这句话除了说明小满儿政治身份暧昧外,还表明她的地域身份也相当暧昧,是以农耕为本位的村庄社群的另类。九儿虽也来自异乡,但这个"异乡"是另一个村庄,并且九儿很快就融入本村进步青年团体中,而小满儿则拒斥这个团体,想方设法逃脱开会、学习、生产等集体活动,长久地徘徊在村庄新秩序之外。与此同时,小满儿同样也不被宗法乡村的旧秩序所接纳。她早已结婚,却从婆家出走,长期寄居姐姐家。小满儿实际上是一个出走的娜拉。但是娜拉离家出走后倘若不加入革命集体这个"大家",那么,出走的行为本身在道德上就暧昧不清了。小满儿成天和不务正业游手好闲的六儿、黎大傻等人混在一起,有意无意爱到门口、街上招摇自己的美貌,惹得大壮等村里的年轻人魂不守舍,还在青梅竹马的六儿、九儿之间横插一杆。因此,她被大壮媳妇宣判为一只充满危险诱惑的"小母狗"。不被新旧两种秩序接纳的小满儿,实际上成了一个无名的存在物。她的夜游、诡异的举动、内心的孤独痛苦、独自在菜园里哭泣,全源自这一无名状态。

其实,小满儿也曾想摆脱这样的状态,寻求新的命名。当村里宣传婚姻法时,她似乎也看到了希望,积极了起来,那些男女平等、妇女解放的话语显然也打动了她,"但后来听到有些人想把问题引到检查村里的男女关系,她就退了出来,恢复了自己的放荡的生活方式"。小满儿的后退实际上是一种自我保护,她明白新的秩序中是不会有自己这种人的位置的。借此,我们也不难看到,恋爱自由、婚姻自主并不是任何女性都有资格享有的。也许小满儿和双眉的最大

---

①〔德〕汉斯-约尔格·乌特:《论狐狸的传说及其研究》,许昌菊译,《民间文学论坛》1991年第1期。

区别，在于双眉成功地在乡村新秩序中找到了一个位置，获得了新的命名，而小满儿却对乡村新秩序欲迎还拒。被排除在新旧秩序之外的小满儿内心非常孤独，村子里包括她爱恋的六儿在内，没有人能理解她。当她得知外来的干部到村里来不是"只看谷子和麦子的产量"，而是来"了解人"时，她便将获得理解的希望寄托在外来的干部身上，甚至还向干部敞开心扉，描述了她所向往的一些人和事：四月初八庙会的盛况；春天的原野里姑娘小伙像鸟儿一样，成双入对地在半人高的麦地里自由地飞进飞出；抗战时期发生在庙里的神奇的伏击战、枪林弹雨中搬运子弹的漂亮尼姑；长得好看会吹笙却因为恋爱不自由而自杀的尼姑……

乍看起来，小满儿提到的这些人和事只鳞片爪，让人摸不着头脑，并且与眼下干部要她去参加的政治学习毫无关系，但这正是孙犁的神来之笔。小满儿之所以拒斥眼下开会、学习这一类活动，是因为这些活动与她的生活理想相去甚远，她的内心深处无限向往另外一种传奇浪漫、灵动率性的生活，它完全不同于眼下枯燥乏味的劳动、开会、学习。她懊悔自己没能赶上那种美妙的生活，她之所以喜欢六儿，就是因为六儿的率真任性最接近她的生活理想。这种类似知识分子式的"生活在别处"的理想，显示这个乡村少女非同一般的内心世界，也是对那个时代刻板的乡村女性形象的超越。其实小满儿的生活理想又何曾不是孙犁的理想生活，小满儿不仅体现了孙犁的人道主义文学理想（就像许多论者所论述的那样），同时也寄托了他的人生理想。因此，具有深厚人道情怀的孙犁内心其实相当钟爱这个人物，但作为一个"根正苗红"的主流作家孙犁又意识到这种钟爱的危险性①，于是，在人道情怀与阶级政治的冲突难以调和之际，性别政治这种最古老、最不易觉察的政治开始发挥作用。许多论者都谈到小满儿这个人物体现了孙犁作为知识分子叙事人的人道情怀与阶级政治话语之间的二元冲突，但实际上这个人物体现了男性知识分子叙事人孙犁的人道情怀、性别政治话语与阶级政治话语之间错综复杂的多元纠葛。在写于四五十年代之交的《村歌》中，孙犁固然对双眉身上的女性性别特质心存疑虑，但还是不断地以双眉进步的政治身份、纯洁的道德身份来覆盖她身上的这种"异质性"，从而

---

① 关于小满儿形象以及《铁木前传》整体叙事的内在悖论与丰富，杨联芬在《孙犁：革命文学中的"多余的人"》（《中国现代文学研究丛刊》1998年第4期）中有非常出色的论述，对笔者深有启发。还要提到的是，在20世纪90年代之前的孙犁研究中，人们关注的是水生嫂的形象，而在近20年来的孙犁研究中，小满儿的形象一直备受关注。

使这个形象总算具有了正面意义，甚至在小说结尾还情不自禁地表现了双眉女性生命的张扬与狂放。而到了《铁木前传》中，孙犁变得非常犹豫，他更加感觉到小满儿身上的性别特质作为一种显而易见的异质性已经很难与进步的政治身份、正面道德身份共存。因此，他一方面情不自禁表现小满儿身上女性性别特质的美好，另一方面又凸显这一性别特质的异质性，直至将它异端化、他者化（与狐狸相类比），小满儿不能不成为一个政治落后、道德身份暧昧的人物。这不仅缘于叙事者不得不遵循的阶级政治逻辑，同时缘于其不自觉的性别政治逻辑。

结　语

本文论析了孙犁乡村女性叙事中鲜为人谈及的一些面向，比如为何孙犁很少涉及同一时期其他解放区作家笔下常见的妇女反抗乡村封建父权传统，争取婚恋自主的题材，为何孙犁在表现民族解放战争中乡村女性所迸发出来的人性美的极致的同时，却极力规避这一特殊女性群体在这场战争中触目惊心的性别罹难。同时，本文还论及孙犁乡村女性叙事在20世纪50年代自我颠覆性的变异转型，他不断提供与水生嫂式乡村女性形象迥异的乡村女性形象，双眉、俗儿、小满儿几乎可以看作是繁漪、梦珂、莎菲的乡村版，但作家对这类人物又心存疑虑。人道情怀、阶级政治、性别政治错综纠葛，造就这类人物形象内涵的丰富与矛盾，正是这些面向构成了孙犁乡村女性叙事的复杂性。如果说，乡村女性一直是孙犁观察与表述乡村的最重要支点（正如我们在文章开头提到的），那么，孙犁乡村女性叙事的复杂性实际上意味着他的乡村叙事的复杂性、丰富性。尽管在20世纪90年代以后学界已充分意识到孙犁创作的复杂性，但少有人将这种复杂性与他笔下的乡村女性叙事相关联，因为孙犁笔下以水生嫂为代表的乡村女性形象非常契合（同时也再生产了）我们关于乡村、母亲的最本质化的文化记忆和想象，而这样的记忆与想象具有神圣不容颠覆的精神原乡的意味。

〔原载《南开学报》（哲学社会科学版）2014年第4期〕

性别视角下的疾病隐喻

李　蓉

苏珊·桑塔格在《疾病的隐喻》一书中，对疾病作为一种修饰手法或隐喻加以使用的情形进行了考察，她希望借此来消除人们对于各种疾病先入为主的陈见，从而恢复疾病的自然属性。这种对疾病"祛魅"的努力，从现实的角度看是有意义的。不过，从文学等学科受该书影响的研究状况来看，桑塔格对疾病隐喻的考察和梳理，不是让我们"消除和抵制隐喻性思考"[①]了，而是让我们更加意识到疾病隐喻的无处不在，并用这种隐喻思维来研究、考察"疾病"被言说的意义。

柄谷行人在研究日本现代文学的起源时就认为，疾病在日本现代文学产生之初就是与意识形态紧密相连的，"病以某种分类表、符号论式的体系存在着，这是一种脱离了每个病人的意识而存在着的社会制度"[②]。在中国近现代的文化和文学中，对疾病的书写也存在相似的状况。在从近代以来寻求社会和文化变革的精英知识分子那里，"健康 / 病态"是他们描述民族和国民的一种最常见的用词，体现了一种政治和文化批判的修饰策略。在他们的表述中，封建文化的腐朽、没落正显示出其病入膏肓的症候，他们以自然人性为健康人性的标准，认为背着几千年的传统文化重负的国民在精神上充满着病态。那些改革者和启蒙者正是在作为救治社会和国民灵魂的"医生"的意义上显示了其肩负的历史使命的神圣性和重大性，众所周知的鲁迅的"弃医从文"就是一例。

如果说疾病的文化、政治隐喻体现了人们在现代性的理想建构中所形成的

---

①〔美〕苏珊·桑塔格：《疾病的隐喻》，程巍译，上海译文出版社，2003，第5页。

②〔日〕柄谷行人：《日本现代文学的起源》，赵京华译，生活·读书·新知三联书店，2003，第103页。

一种思维模式，那么，作为对历史中这种处于主流的现代性思维的回应，在当下对文学疾病的研究中，疾病的文化政治学的研究也相应比较受重视。这里我将换一种思路即从性别的角度来考察现代文学中的疾病描写，我希望在以晚清至五四以来男性精英知识分子对女性疾病的隐喻性描述的背景下，通过对女性疾病的自我书写中所呈现出来的个人的、性别的意味的分析，来揭示其中所包含的性别立场和意义。

一、他者镜像中的女性身体疾病

在晚清至五四以来的男性精英对女性疾病的描述和书写中，女性疾病都是在象征符号和批判功能的意义上出现的，它体现了一种男性文化的思维。在晚清的民族主义话语中，封建文化对女性身体的禁锢导致了女性身体的病态，而女性身体的病态会直接影响国民的身体素质从而导致民族的衰落，因此，出于强国保种的政治目的，女性身体的解放就成为拯救民族的重要环节。而在之后五四启蒙作家笔下，女性的疾病则是最有力的批判封建文化的话语策略，女性作为封建社会和传统礼教的牺牲品，她们个人的病痛和死亡充满着历史的必然。正是在对封建文化控诉的意义上，“女性疾病”干脆直接以死亡的形式出现。鲁迅笔下的祥林嫂，巴金笔下的梅、瑞珏、鸣凤等女性的死就担当着这样的功能。由于这些女性的死亡不是个人存在意义上的身体的死亡，而是社会、文化意义上的身体的死亡，因而其死亡前的疾病过程并不重要，甚至可以省略。由此，来自女性自身对于男性文化的审视和疾病过程中女性个人的生命体验却被省略了。在《伤逝》中，对于子君的死我们只看到这样两句简短的对话：“不知道是怎么死的？”“谁知道呢。总之是死了就是了。”死亡的安排使子君只能缄默无语，我们听不到子君自己的诉说，只能听到绢生的忏悔；我们只和绢生一样知道子君不愿活在“无爱的人间”，而子君由病到死的整个生命体验都被覆盖在绢生无尽的回忆和忏悔之中。可以说，女性的死亡是五四时期男性作家在为女性代言时的最好策略。

而在20世纪20年代茅盾、蒋光慈等早期革命作家笔下，由于女性身体成为男性想象革命的载体，又由于“性”在早期革命文学中的不可或缺性，因此，性病也就成为那些观念前卫的革命女性可能会遭遇的疾病。尽管这些女性往往要承受道德不检点的质疑，然而，这种道德的约束对于那些崇尚享乐和刺激、果敢向前的“新女性”来说实在算不了什么，个人生命的欲望和意志对她们才是最重要的，所以，这些“新女性”不为传统性道德所禁锢，以身体和性作为赌注，义无反顾地投入个人欲望和生命意志的激流之中。在这些小说中，致病的病毒对她们身体的侵入，一方面增添了小说浪漫主义的颓废气息，另一方面，即将到来的死亡又似乎要取消这些“新女性”强悍的生命意志。这一特征在蒋光慈的《冲出云围的月亮》、茅盾的《追求》等作品中都有充分的体现。

与鲁迅等作家对女性疾病的想象直指政治、文化不同的是，早期革命文学作家所展开的想象是较为个人化的，借助于女性身体的“性”的泛滥，他们表达了一种对于革命游离的、无从把握的感受。由于作家重视的是疾病所具有的隐喻意义，因而对疾病本身所带来的身心的巨大痛苦也就没有投入多少笔墨。

因为篇幅关系，以上只是简单对男性作家笔下的女性疾病作了一些论述。与男性作家对女性疾病的书写相比，女性作家对疾病的自我书写呈现出不同的特征。

二、女性疾病的自我书写及其隐喻

在现代文学中，女性创作表现出对疾病题材的特殊兴趣，她们对疾病题材的热衷，不仅是因为受到男性创作中的疾病书写风尚的影响，更是由于女性在面对历史、文学中男性对女性疾病的书写时看不到真实、自主的女性主体。在社会文化领域，晚清对缠足、束胸的解除，仅仅意味着男性拯救者对女性作为客体的身体痛苦的解除，而来自女性个人经验深处的痛苦却仍然一如既往地折磨着她们，她们对男性赋予女性经验的反抗方式仍然只能是回到女性身体的病痛之中，在身心一体的疾病状态中表述女性世界的隐痛。

尽管苏珊·桑塔格反对把疾病当作隐喻，但不可否认的是，在中国现代文学中，疾病仍然更多的是在隐喻的意义上存在的，大则是国家、民族的隐喻，小则是个人精神状态的隐喻。对于女性创作而言，也明显存在着这种疾病隐喻的书写模式，只不过这种隐喻与男性笔下的女性疾病隐喻有着很大的不同。在女性创作中，疾病作为女性表达和排泄个人内心情绪的一种方式，成为她们精神世界病痛的象征。由于疾病是一种身体异常的状态，因而通过进入疾病状态这种方式，就可以获得并传达一种不寻常的经验，“疾病在文学中的功用往往作为比喻（象征），用以说明一个人和他周围世界的关系变得特殊了，生活的进程对他来说不再是老样子了，不再是正常的和理所当然的了”[①]。在对疾病的书写中，女性作家往往是在抓住疾病超出日常界限的特征的前提下，通过对疾病状态女性的“异常化”的书写来表现女性在日常状态下所难以表达的内心冲突和精神焦虑。

西方早期浪漫派作家就常常把疾病当作人格的象征性表达，格罗德克认为：“病人自己创造了自己的病”，“他就是该疾病的原因，我们用不着从别处寻找病因”[②]。现代文学中女性疾病的自我书写也明显具有这种特征。疾病是女性精神苦闷的外化，然而放在更大的文化、文学空间来看，它的意味可能更为丰富。当女性在她们的创作中以主动的方式言说疾病时，疾病就不再是一种社会、文化强加到她们身上并且要摆脱的命运，而是她们不得不领受的生命处境。女性疾病的自我书写改写了个人疾病与国家意识形态相连接的隐喻模式。借用疾病所具有的逾出日常界限的功能来书写女性的生命哀歌和由此而爆发出的生命呐喊，正是女性疾病的自我书写的意义所在。下面我将通过具体的文本来说明这一问题。

1. 从自虐到自救——女性疾病的精神隐喻

在庐隐的笔下，女性疾病的现代书写特征已初露端倪。庐隐笔下的主人公多是被人生的苦闷所缠绕的女性，她们多因抑郁而生病、死亡，《或人的悲哀》中的亚侠，《丽石的日记》中的丽石，都是忧郁成疾，与其说是心脏病，不如说是“心病”。忧郁病是传统文学中经常出现的女性疾病，可以看作是一种典型的传统女性疾病书写方式。不过，虽然写的是“传统疾病”，但值得注意的是，庐隐笔下的女性疾病却已显露出通过疾病逸出规范从而表达自我的女性疾病书写的现代特征，如“今天病了，我的先生可以原谅我，不必板坐在书桌里，我的朋友原谅我，不必勉强陪着她们到操场上散步……因为病被众人所原谅，把种种的担子都暂且搁下，我简直是个被赦的犯人，喜悦何如？”（《丽石的日记》）这样一种通过疾病而脱离日常规范控制的心态，在以后的女性疾病书写中得到了更多的延续和发挥，它可以看作是女性为获得探求自我的空间所做的努力。

丁玲的《莎菲女士的日记》更典型地表现了疾病对于女性探求自身的意义。在莎菲的“自己分析自己”的心灵历程中，“肺病”是小说中莎菲基本的生活状

① 〔德〕波兰特：《文学与疾病——比较文学研究的几个方面》，载叶舒宪主编：《文学与治疗》，社会科学文献出版社，1999，第265页。

② 〔美〕苏珊·桑塔格：《疾病的隐喻》，程巍译，上海译文出版社，2003，第43页。

态，也是莎菲探寻自我的主要策略，因而小说中莎菲总是通过不停地咳嗽来强化疾病的感受。同时，肺病的禁忌恰好与人物的情绪形成严重的冲突，“医生说顶好能多睡，多吃，莫看书，莫想事，偏这就不能，夜晚总得到两三点才能睡着，天不亮又醒了。”莎菲的探求自身不只是希望真正拥有自我，同时也希望拥有朋友们的关注并进而获得真正的理解，这是疾病中莎菲的重要的心理特征，她曾经为了获得蕴姊千依百顺的疼爱，装病躺在床上不肯起来。疾病中的莎菲的确拥有了非常密集的朋友的关爱，得到了许多在日常生活中所得不到的满足。可以看出，占有人间更多的感情是莎菲在短暂的人生中最大的渴望，丁玲对莎菲这种急切地占有自我和他人的心理状态的表现正是置于疾病状态下才得以完成的。然而，尽管莎菲在身体上得到了许多关爱，而在精神上她遭遇的却是更大的不满足和更深切的孤独，从这一点来看，疾病又加速了她内心渴望的幻灭，这更把莎菲自己推到一种无所依托的精神绝境中，最后她只有“悄悄的活下来，悄悄的死去”。

因此可以说，正是借助于疾病，丁玲才成功地完成了对莎菲这个人物的刻画。莎菲的狷傲、狂放、喜怒无常、自怨自艾等性格特征从日常的角度来看，是自我膨胀的非正常行为，但由于人物在疾病状态中，所以这些行为又是能够被她周围的朋友所接受和容忍的。因此，从疾病对于女性探求自身的意义出发，疾病对于莎菲的意义应该看作是莎菲在日常状态下得不到释放的生命热情借助于“疾病”为自己提供的宽容环境而得到了尽情地释放。正如桑塔格所说，“对疾病的罗曼蒂克看法是：它激活了意识……它能把人的意识带入一种阵发性的悟彻状态中。把疯狂浪漫化，这以最激烈的方式反映出当代对非理性的或粗野的（所谓率性而为的）行为（发泄）的膜拜，对激情的膜拜……”[①]在疾病形成的个人与社会暂时绝缘的屏障中，莎菲充满焦灼地探求着自我：“我真不知应怎样才能分析我自己”，“我，我能说得出我真实的需要是什么呢？”“凡一个人的仇敌就是自己”。如果说女性疾病书写的现代特征就是通过疾病的书写获得具有自主性的自我，那么丁玲对莎菲的疾病书写已经显示出这种现代特征。

而在《阿毛姑娘》中，丁玲则悲剧地表现了疾病作为女性获得自我拯救的方式的意义。当健康活泼、单纯知足的阿毛从荒僻的山谷走出，嫁给了山外的小二后，她的心灵开始骚动、欲望开始增加了。阿毛对那些到这里来度假和养

① 〔美〕苏珊·桑塔格：《疾病的隐喻》，程巍译，上海译文出版社，2003，第35页。

病的都市青年男女的生活充满着无边的遐想。开始，阿毛还拼命帮丈夫和婆婆干活，想通过自己的努力彻底改变生活的面貌。家人无法看透阿毛的这种心思，都夸奖阿毛勤劳，而阿毛自己从养蚕、烧饭、洗衣的辛劳中得到的却是“自慰的苦味”。当阿毛后来发现这种努力是徒劳无功的，小二永远也不能给她想要的那种生活时，她的勤劳没有了。后来阿毛又把希望寄托在那些每天来逛山的男子身上，希望能有那么一天一个富裕、温情、浪漫可爱的男子将她带走。当阿毛的一些离奇想法和行为遭到家人的反对后，阿毛的抗拒通过身体表现出来，她变得沉默而消瘦。这时阿毛也并没有停止幻想，只是她原来是渴望梦幻实现，而现在则把梦幻看作是无望生活的一种慰藉，为自己找点暂时的麻醉。

在无望的折磨中，阿毛病了，“她发青的脸色比那趿着拖鞋女人的苍白还来得可怕。她整夜不能睡，慢慢的成了习惯，等到灯一熄，神志反清醒了。于是恣肆的做着梦。天亮时，有点疲倦了，但事情又催促她起来。她不愿为了这些让阿婆骂她懒，她又不觉得那些操作有什么苦，有时故意让柴划破自己的手，看那红的鲜血冒出皮肤来。又常常一天到晚不吃一口饭”。阿毛始终缄默着，不愿对任何人说出她心中的思虑，因为她知道即使说出也无人能理解，她只能用自虐来表达和宣泄她的痛苦。

开始，阿毛还无限羡慕那得了严重肺病的城里姑娘，“在阿毛看来，即使那病可以致死她，也是幸福，也可以非常满足的死去。”因为那年轻姑娘身边有一个爱她的男子的陪伴。然而，年轻姑娘的死却让阿毛觉得幸福的短暂和人生的无常，死亡使阿毛对人生充满了虚无感，“她不再去梦想许多不可能的怪事上去。不过她的病却由此更深了”。如果说年轻姑娘的死只是让阿毛觉得“幸福是不久的，终必被死所骗去”，阿毛从她羡慕的美妇人深夜弹奏的凄惨的曲调中就进一步悟出“根本就无所谓幸福”的道理，“她辗转思量了一夜，她觉得倒不如早死了好”。如果说小说的前半部分重点在写阿毛欲望膨胀的悲剧，那么到了后半部分我们可以看到，在欲望彻底消失后，阿毛面对的则是无边的虚无。对于阿毛的自杀，周围的人包括小二都不能理解，阿毛临死前只是说：“不为什么，就是懒得活，觉得早死了也好。”从自虐到自杀，阿毛选择这种残酷的生命方式的原因尽管起于那些遥不可及的幻想，然而，最终却并不是那些幻想置阿毛于死地，而是幻想的破灭把她推向了绝境。尽管阿毛无法在现实层面对命运进行抗拒，但阿毛在对生命彻底绝望的情况下，所能选择的只有疾病和死亡，她是通过这样一种自虐的方式获得对个人生命的拯救。从某种意义上说，对死亡的无惧使她摆脱了被命运制服和控制的客体地位，从而以悲剧的方式完成了自己对人生的一次谋划。

萧红的《小城三月》写的也是这种从自虐到自救意义上的女性疾病和死亡。翠姨很早就订了婚，对方是个又丑又小的男人，三年到了，婆家要她正式过门，翠姨一听就病了，后来到哈尔滨去办嫁妆，认识了哥哥的那些大学生同学，她就更不愿出嫁了。翠姨后来越病越厉害，听说婆家为了让她的病早点好，急着要娶她过门，翠姨“就只盼望赶快死，拼命地糟蹋自己的身体，想死得越快一点儿越好”。对于翠姨后来的死，所有的人都不能理解，包括翠姨喜欢的哥哥。对于像翠姨这样的传统女性来说，她无法为自己的命运选择新的可能，死对于翠姨来说是斩断无尽的绝望的最好的方式。

阿毛、翠姨都是变革时代的女性，一方面现代生活的气息悄悄地刺激着她们的心灵，并为她们对新生活的想象提供了雏形，但另一方面她们的生活又不得不继续在传统的轨道上继续，这种状况的最终结果就是她们必须承受巨大的身心分裂的痛苦，疾病就是这一状态的特殊呈现。但从文学的角度来看，疾病在女性创作中的意义并不是对女性生命的一种扼杀，相反，在这种极致的生命状态中，女性因脱离了现实的约束从而恢复了自主的能力。

然而，女性的这种感性、敏感、喜欢对个人命运做出超出现实限制的思考和幻想的思维方式，站在男性的立场看却是一种精神病态。在《雷雨》中，繁漪的精神处境就被周朴园看作是“疯病”，因而他才逼着繁漪吃药，但繁漪却一再强调自己没病。回顾近现代以来的妇女解放历程，这一细节可以看作是一个象征，即象征着男性权威常常从政治、文化的立场先把疾病强加于女性，然后再以女性的拯救者自居。正是因为如此，女性才渴望对疾病进行重新书写。

当然，并不是所有的男性对女性的疾病书写都远离了女性的个人体验。在男性作家中，能够从女性的体验和立场出发来书写疾病的重要代表是茅盾。在《一个女性》中，茅盾继续发挥了他善写女性心理的才能，并且把他在其他作品中描写“时代女性”时那种常常带着男性欲望目光的女性身体描写方式也降低到了最低限度，真正从一个“人”的立场来写女性的生命和疾病。小说中的女主人公琼华原是个骄傲的公主，但在家道中落之后，巨大的生活落差使她一病不起，医生说是“女儿痨”，即肺病，琼华听了凄惨一笑，“她现在是当真厌倦了这罪恶的世界，她祈望早些死；……她想不出一条路给自己勇敢地活着。她没有勇气再在这罪恶的世间孤身奋斗了”。

然而，小说写到这里并没有结束，茅盾笔锋一转，写到在琼华的病体中却奇迹般地生长出了爱情——尽管这爱情来自琼华的幻想。琼华爱恋的对象叫张彦英，正是这个人让她认识到了世界的险恶，同时，在被故乡遗弃这一点上，他们应该是同病相怜的，于是，炽烈的爱情在琼华的病体中逐渐燃烧起来。“长久以来肺结核就与爱情和死亡的想象结合在一起。病人身体的消耗与欲望的满溢往往形成一种吊诡，平添了一层浪漫的色彩”[①]，对于病重的琼华来说，爱情使“希望的火又从冷灰里复燃了”，渴望、幻想与疾病一起包围着她，生理和心理的、病状和兴奋的融为一体，“琼华的胸中满贮着炽炭似的热望，熏红了她的双颊，又刺激她不能睡眠。她整夜张开了期待的倦眼，望着神秘的黑暗；她看见一点一点的火星在满房里游荡，黄的绿的飘带在她床里舞蹈……”疾病使幻想穿越了身体的界限，发烧从隐喻的层面来看就是热情。强烈的渴望加速了患者向死亡的靠近，在这场身体与精神的较量中，巨大的精神能量的释放与肉体的逐渐消蚀同时进行，最后显然是精神战胜了肉体，而随着肉体的死去，精神强大的力量也烟消云散。茅盾的这篇小说颇具女性作家的疾病描写特征，即把女性主体意识渗透到对疾病的书写中，使二者互为映照。

2. 真实的女性疾病书写

上述作品与其说写的是身体的疾病，不如说写的是精神的疾病，也就是说，女性疾病只是在作为精神的隐喻的意义上存在的，与女性真实的身体疾病并没有很大关系。实际上，女性在对疾病的书写中，也表现出对真实的身体疾病的关注，这种关注往往表现为通过疾病来观察女性的命运和生存状态。

张爱玲的《花凋》就试图展示真实的疾病与女性命运的关系。待嫁的川嫦被介绍给留学回来的医生章云藩，几次见面后互相之间有了好意，川嫦却病倒了，而且是肺病，章云藩天天来看她，为她治病，还说：“我总是等着你的。”两年过去，川嫦的病不见起色，章云藩不得不找新人。川嫦的病花了父母不少的钱，这使她觉得自己对所有的人都是个拖累。川嫦最后想看一眼上海，于是她坐着黄包车趴在李妈身上，“像一个冷而白的大白蜘蛛”，这一阴冷而恐怖的身体比喻，贴切地显示出川嫦生命的无力和瘫痪状态。通过川嫦，张爱玲对女性自我与疾病的关系有着透彻的解析：“川嫦本来觉得自己是个无关紧要的普通的女孩子，但是自从生了病，终日郁郁地自思自想，她的自我观念逐渐膨胀。

① 王德威：《现代中国小说十讲》，复旦大学出版社，2003，第111页。

硕大无朋的自身和这腐烂而美丽的世界，两个尸首背对背拴在一起，你坠着我，我坠着你，往下沉。”肺病阻断了那些美丽的人生期盼，尽管这不仅是女性生命的无奈，而且也是普遍的生命的无奈，但把这种命运放在一个年轻的待嫁的女子身上，把疾病、死亡和爱情、婚姻拴在一起写，却更加符合张爱玲的苍凉的人生哲学，对于女性来说，对爱情、婚姻的绝望往往就是对全部生命的绝望。川嫦无论拥有多少自主意识，都敌不过致命的疾病的打击，这明显带有生命形而上的虚无感。如果说前述的一些女性疾病的自我书写，都是以精神之痛在先、身体之痛在后的形式进行的，那么张爱玲的这篇小说，则反映出女性创作直接通过对真实的女性身体之痛的书写来思考生命存在的倾向。

在萧红的作品中，这种对女性真实的身体和疾病的关注就更加突出，这主要表现在她对怀孕、生育这些女性特有的生理现象的书写上。尽管怀孕、生育是女性的自然生命现象，然而，由于女性在完成人类延续生命的这一活动中，要承受巨大的身体痛苦，特别是在物质条件非常有限的情况下，它们对于女性就意味着受难和死亡，因此，这种自然的女性生命现象却显示出种种反自然、非人道的特征。在萧红笔下，农村妇女的疾病体验是无关浪漫的人生幻想的，因为她们连最起码的生存需要都得不到保障，特别是女性在被男性社会唯一认可的生育职能上，也得不到起码的人道关怀。萧红通过对生育带来的身体的痛苦、变形以至死亡的描写，对女性在男权社会中最基本的社会认同和自我认同的方式予以了否定。

在《王阿嫂的死》中，怀孕的王阿嫂在给地主做工时，稍歇一会儿就遭到殴打，在丈夫被地主放火烧死后，王阿嫂早产了，“等到村妇挤进王阿嫂屋门的时候，王阿嫂自己已经在炕上发出她最沉重的嚎声，她的身子是被自己的血浸染着，同时在血泊里也有一个小的、新的动物在挣扎。王阿嫂的眼睛像一个大块的亮珠，虽然闪光而不能活动。她的嘴张得怕人，像猿猴一样，牙齿拼命地向外突出”。《王阿嫂的死》作为萧红的第一篇小说，显示出萧红一开始就对农村女性的生殖苦难特别关注，并且这一主题一直延续在萧红的创作中，成为萧红文学创作的一个母题。对女性疾病特别是生殖苦难的关注，显然与萧红个人的人生经验密切相关，疾病伴随着萧红的人生和她的创作，《生死场》《小城三月》这些描写女性疾病的作品就是她在生命的最后阶段完成的，疾病成为萧红书写她个人的女性立场的重要方式。

在《生死场》中，萧红以抗日战争为背景，描写了东北农村妇女的生存现实。萧红没有如五四以来的男性作家那样把女性的疾病和苦难与民族、战争直接联系起来，“国家的劫难既不能解释，也不能抹去女人身体所承受的种种苦难”[①]。在萧红这里，对疾病的书写也没有表现出前述女性疾病的自我书写中的那种浪漫的幻想和狂热的激情，而只有处于生存和死亡之间的身体的挣扎和受难。在这篇小说中，萧红对女性的性爱、怀孕、生产到产后的每一阶段生活都进行了审视，她发现，每一阶段无一不充斥着恐惧和痛苦。这里有未婚先孕所导致的对自己身体的排斥和抗拒：“金枝过于痛苦了，觉得肚子变成个可怕的怪物，觉得里面有一块硬的地方，手按得紧些，硬的地方更明显。等她确信肚子里有了孩子的时候，她的心立刻发呕一般颤唆起来，她被恐怖把握着了。”还有女性在生育过程中的身体受难：“受罪的女人，身边若有洞，她将跳进去！身边若有毒药，她将吞下去。她仇视着一切，窗台要被她踢翻。她愿意把自己的腿弄断，宛如进了蒸笼，全身将被热力所撕碎一般呀！”也有生育后女人身体的继续受难：美丽的月英因为生产而得病瘫在床上，时间长了连丈夫也不愿管，“她的眼睛，白眼珠完全变绿，整齐的一排前齿也完全变绿，她的头发烧焦了似的，紧贴住头皮。她像一头患病的猫儿，孤独而无望”。总之，在对农村女性残酷的生存现实的书写中，萧红以女性的立场对于女性所承受的生命苦难给予了深切的同情和深入的表现。

由以上分析可以看出，无论是对女性疾病的精神隐喻的书写，还是对真实的女性疾病的书写，疾病在小说中都不是作为一般性、日常性的细节，而是作为重要的情节线索出现的，疾病与人物的性格、命运等有着直接和密切的联系，这就形成了与男性对女性疾病的符号化、象征化的书写不一样的疾病书写特征。

女性在历史的话语中难以找到表达自身的方式，对于那些穿越女性生命而又难以获得主流话语认同的经验，女性创作总试图找到一些特殊的表达方式，女性疾病的自我书写就是这样一种女性寻求自主的言说方式的努力。同时，由于疾病是在女性特殊的生理、心理特点下形成的女性关注自身的一种方式，是从女性身体经验出发的一条言说途径，因此女性疾病的自我书写体现了身体对于女性写作的意义。尽管在很多作品中，身体的痛苦只是精神痛苦的显现，身体只是在表达女性精神层面的意义上存在着，但是，由于这种精神之痛本来就

① 刘禾：《跨语际实践——文学，民族文化与被译介的现代性（中国，1900—1937）》，宋伟杰等译，生活·读书·新知三联书店，2002，第296页。

包含着身体需求缺失的因素，并且，这种精神之痛最后又是返回到身体之中获得体认的。因而可以说，女性疾病的自我书写是在身体与精神合一中完成的对女性自我的探求和寻找。

〔原载《南开学报》（哲学社会科学版）2007 年第 6 期〕

当代少数民族女性文学的中华民族共同体意识

——以获“骏马奖”的女作家作品为例*

黄晓娟

中华民族共同体意识是由中华各民族共建共享的文化意识凝聚而成的，中华文化是中华民族共同体的重要载体。源远流长、博大精深的中华文化是中华各民族共同创造的，是中华民族的灵魂和中华民族文明发展的内生动力。各民族文学与文化在中华文化的大格局中形成互补互渗的内在机制。中华文化形成了独特的文字、语言和富有民族特色的文化构成，其中的精华部分充分体现了中华民族的民族属性、民族精神。中华各民族文化在长期的历史发展过程中，各民族独特的自然条件和文化氛围对文化所具有的民族属性的形成有着多方面的影响；同时，各民族相互交流与交融，形成了你中有我、我中有你的文化整体以及各民族一些共有的文化特征。多元一体是中华文化最突出的特点。中华民族共同体意识在尊重多元民族认同的基础上，建立起国家认同的文化纽带，促进中华各族儿女像石榴籽那样紧紧抱在一起。

“从上古三代到19世纪的中国文化是中国的传统文化。20世纪可以说是中国文化的转变时代。中国文化的发展是既有变革性，又有承继性的。”①文学是文化的重要构成和重要载体，灿烂多姿的中华优秀传统文化为中华各民族文学形成广阔的审美空间提供了重要的精神内涵。全国少数民族文学创作“骏马奖”由中国作家协会、国家民族事务委员会共同主办，设奖的宗旨在于繁荣少数民

* 本文为国家社会科学基金项目“少数民族女性文学的中华文化认同与传承研究”（15BZW190）阶段性成果。

① 张岱年：《张岱年全集》第7卷，河北人民出版社，1996，第314页。

族文学创作，“维护祖国统一、民族团结”[①]，具有鲜明的“民族性”特征。获奖的作品基本上呈现了当代少数民族文学创作的整体样态。从 1981 年 12 月第一次颁奖至今，这一奖项的名称经历了三次变化：第一至第五届称为“全国少数民族文学创作奖”；第六、第七届称为“全国少数民族文学‘骏马奖’”；第八至第十一届称为“全国少数民族文学创作‘骏马奖’”。在 2004 年中宣部“对中国作协《关于申报全国性文学评奖项目的报告》的批复”中，“全国少数民族文学创作‘骏马奖’”被定为国家级文学奖。历届的获奖作品包括小说、诗歌、散文、报告文学、儿童文学和翻译，其中翻译奖将用少数民族文字创作的文学作品纳入评奖体系。1987 年，在第三届全国少数民族文学创作奖评奖活动中，曾对人口在 10 万以下的少数民族的作家作品设立过“特别奖”，第九届全国少数民族文学创作“骏马奖”正式设立了“人口较少民族特别奖”。

根据笔者统计，从 1981 年第一届到 2016 年第十一届，“骏马奖”获奖作品总数呈递减趋势。但是，在整个获奖作品数量递减的情况下，女作家获奖的比例却有所增加。从第一届到第十一届，获奖的女作家作品共有 89 篇。见表 1。本文以历届获奖的女作家作品为研究对象。

表 1 历届“骏马奖”获奖作品总数与获奖女作家作品数对比表

获奖情况	届次										
	一	二	三	四	五	六	七	八	九	十	十一
获奖作品总数	140	118	79	93	60	55	50	30	35	25	24
获奖女作家作品数	6	5	9	12	10	11	9	5	10	4	8
获奖女作家作品数占获奖作品总数比例（%）	4	4	11	14	17	20	16	17	29	16	33

当代少数民族女性文学是中华文化意识的载体与媒介之一，历届获全国少数民族文学创作“骏马奖”的女作家作品，展示了当代多民族文学中不同的族

① 《全国少数民族文学创作“骏马奖”评奖条例》（2012年2月28日修订），http://www.chinawriter.com.cn/zx/2007/2007-01-08/804.html。

群经验和多元的文学传统所构成的气象万千的中华文化，增加了中华民族共同体中的多元文化元素，为促进民族文化向心力的形成、建设共享现代文化、构建中华民族共有的精神家园意识发挥着重要的作用。

一、文化认同与民族共同体意识

民族认同的核心是文化认同。文化认同包含对共同的历史记忆、精神文化和责任使命的体认。在《中华文化辞典》中，“文化认同”一词被解释为一种肯定的文化价值判断：“文化群体或文化成员承认群内新文化或群外异文化因素的价值效用符合传统文化价值标准的认可态度与方式。经过认同后的新文化或异文化因素将被接受、传播。”①由此可见，“文化认同”包含群体文化认同和个体被群体的文化影响两方面，“是人们在一个民族共同体中长期共同生活所形成的对本民族最有意义的事物的肯定性体认，其核心是对一个民族的基本价值的认同；是凝聚这个民族共同体的精神纽带，是这个民族共同体生命延续的精神基础”②，中华民族是一个“由共同的历史叙事、集体记忆和命运关联的历史命运共同体”③。中华文化是中华民族精神的思想本体，中华文化共同体的认同是中华民族共同体意识形成的最根本的基石。“对中华文化的认同既包括对各民族共同创造的优秀传统文化的认同，也包括对当代中国与时俱进创造的中国特色社会主义文化的认同。”④就文学的功能而言，通过作家的文学书写，中华民族共同体的民族自觉形成与发展得以被认知。同样，蕴含于民族文学中的文化认同也是中华文化最深层的文化基石。在历届“骏马奖”获奖女作家的作品中可以看到，不同民族文化孕育和生产的民族女性文学，既具有本民族文化传统、血缘特质，又与中华文化传统保持着内在的联系。

1981 年颁布的第一届少数民族文学创作奖，打破了“文革”后的沉寂，以全面贯彻党的民族政策为主旨，极大地激发了少数民族作家前所未有的创作热情。他们在作品中充分展现了时代所赋予的激情。在获奖的作品中，藏族女作

---

① 冯天瑜主编：《中华文化辞典》，武汉大学出版社，2001，第 20 页。

② 王文杰：《文化走出去》，人民日报出版社，2013，第 180 页。

③ 朱碧波：《论中华民族共同体的多维建构》，《青海民族大学学报》（社会科学版）2016 年第 1 期。

④ 徐德莉：《中华优秀传统文化与中华民族共同体意识》，《光明日报》2017 年 4 月 10 日。

家益希卓玛的短篇小说《美与丑》[1]，满族女作家邵长青的短篇小说《八月》[2]，壮族女作家李甜芬的短诗《写在弹坑上》[3]，回族女作家马瑞芳的散文《煎饼花儿》[4]等，满怀热情地描写社会主义新生活，饱含深情地抒发对新中国的无比热爱。民族文化认同融化在中华文化之中，中华文化体现为一种文化向心力，凝结为中华各族儿女共同的追求和情感。这一时期的少数民族女作家肩负着深沉的使命感和强烈的责任感，她们的创作主旨集中而鲜明，正如玛拉沁夫所言："一个少数民族作家，应当写以歌颂祖国统一和各民族团结为主题的作品。"[5]由此可见，个人、民族、国家紧密相连，成为早期少数民族文学重要的叙事力量。

20 世纪 80 年代中后期的少数民族女作家的创作，从尽情释放对祖国的挚爱，逐渐转向对本民族文化之根的追求和审视民族心理的历史变化，以及探寻优秀的文化传统和弘扬优秀的民族精神，这一变化丰富了中华文化的审美内涵。满族女作家边玲玲的小说，有不少描写蒙古族、鄂伦春族、达斡尔族等北方少数民族生活习俗的内容。《丹顶鹤的故事》[6]生动地描绘了蒙古族姑娘乌梅美轮美奂的"丰收舞"："轻快的舞步，柔软的手臂，富有弹性的肩膀，含而不露的那么一种自美感。"[7]在这里，文化认同既包含本民族的文化资源，又交融着其他民族的文化因素，在超越民族范围的审美中，体现了人类共同的审美元素。中华民族共同体意识的构建在本质上也是文化的"寻根"。边玲玲流露在作品中的文化认同，渗透在观念行为、习俗信仰、思维方式之中，既拓展了文化寻根的内涵，同时也是中华多民族包容开放的深情呈现。

中华优秀传统文化是中华民族的文化基因和精神家园，是培育中华民族共同体意识的重要精神力量。当代少数民族女作家的创作从未间断过从中华传统文化中汲取思想能量和道德能量，这是少数民族女作家对中华文化认同的具体表现。在这个意义上，少数民族女作家是本民族文化传统和中华文化的体现者和传承者，她们通过创作促进民族文化向心力的形成和中华文化认同的实现。

---

① 益希卓玛（藏族）:《美与丑》,《人民文学》1980 年第 6 期，获第一届全国少数民族文学创作奖。

② 邵长青（满族）:《八月》，获第一届全国少数民族文学创作奖，获奖后选登于《民族文学》1982 年第 3 期。

③ 李甜芬（壮族）:《写在弹坑上》,《解放军文艺》1979 年 9 月号，获第一届全国少数民族文学创作奖。

④ 马瑞芳（回族）:《煎饼花儿》,《散文》1980 年 10 月号，获第一届全国少数民族文学创作奖。

⑤ 转引自托娅、彩娜:《内蒙古当代文学概观》，内蒙古大学出版社，1997，第 156 页。

⑥ 边玲玲（满族）:《丹顶鹤的故事》,《民族文学》1984 年第 1 期，获第二届全国少数民族文学创作奖。

⑦ 边玲玲（满族）:《丹顶鹤的故事》,《民族文学》1984 年第 1 期。

回族女作家霍达用创作持续对人生和民族展开思考，表现出对民族文化精神的理性追求。她的长篇小说《穆斯林的葬礼》[①]描述了“玉器梁”三代人的命运变迁，以及对处于巨大的灾难中的中华民族的前途的思考。她在作品中对回族历史和文化的追寻，对民族精神中尚义轻利和坚韧进取等美好品质的颂扬，对中华传统文化中的人文关怀、仁义品格、和谐精神、包容气度等精神品质的敬重，是对本民族和整个中华民族优秀传统文化价值观的认同。“若从中华民族文化史的角度来讲，回族既凭借着操汉语且‘大分散’的先天优势，始终置身于各民族文化之林，沉浮在汉文化的汪洋大海中，以开放、主动的姿态汲取着除伊斯兰文化之外的其他文化的滋养。同时又因‘小聚居’而执着、持久地葆有伊斯兰文化于生活的方方面面。”[②]她的《补天裂》[③]着重刻画中华民族面对灾难时所表现出来的不屈不挠的民族精神，主人公易君恕的一腔爱国热血尤其令人荡气回肠。在作者的心目中，易君恕就是爱国英雄人物的化身。正是一代又一代中华儿女在灾难面前自强不息的努力奋斗，铸就了中华民族的自信力。民族自信力是中华民族前进的动力，是民族之魂；团结、自强是引领中华文化发展的重要精神纽带。

中华民族精神在民族文化中涵养而成，是中华文化认同的守护神。霍达等少数民族女作家的家族小说，在不同层面上反映了儒家文化的孝悌、仁义、忠恕等伦理价值对塑造中国人的世界观所产生的决定性影响。中华传统文化是一个多层次多维度的结构系统，儒家、道家、佛家文化是其重要的子系统。“虽然儒、佛、道文化对各民族文化都有或深或浅的影响，但它毕竟是汉族的主流文化；而很多少数民族于特定的自然和人文环境的生存与发展中也建立了具有各自特色的文化系统，它们应是中国传统文化总系统不可或缺的子系统，亦是深化传统文化与现代文学关系研究的颇为重要的维度。这不仅因为少数民族文化参与了现代中国文学的建设，即使儒、佛、道文化也渗入了少数民族文化的因素，而少数民族文化也汲取不少儒、佛、道文化的成分。”[④]

中华传统文化在兼容并蓄中形成了一个有机的整体，其中，儒家文化的作

① 霍达（回族）：《穆斯林的葬礼》，《十月·长篇小说》1987 年第 16 期，获第三届全国少数民族文学创作奖。

② 马丽蓉：《20 世纪中国文学与伊斯兰文化》，安徽教育出版社，2000，第 3 页。

③ 霍达（回族）：《补天裂》，北京出版社，1997，获第六届全国少数民族文学“骏马奖”。

④ 朱德发：《深化传统文化与现代文学关系研究的沉思》，载李钧主编：《传统文化与现代中国文学名家》，山东大学出版社，2014，第8页。

用是不可忽视的。在中华传统文化的历史发展过程中儒家文化具有巨大的影响力，可以说儒家文化的伦理价值“在某些方面主动地塑造了中国文化的认同”[①]，对增强中华民族的凝聚力产生过巨大作用，是中华各民族共享的文化资源。在少数民族女作家的创作中，对于中华传统文化的认同潜移默化地隐含于文本的日常生活中，是一种生活形态。深受儒家文化和京剧艺术影响的满族作家叶广芩，她创作的《本是同根生》《梦也何曾到谢桥》《瘦尽灯花又一宵》等一篇篇古韵文化色彩浓郁的小说，在持续对国民劣根性的注视和反思中，在对清高脱俗、刚正不阿的人格精神的发掘中，传递着对民族、社会和人类命运的思考。由此，中华文化的认同蕴含在人物的行为模式、价值观念、思维方式、情感表达方式中。叶广芩坚持不懈地通过小说这样的叙事性文体，在人物的命运中展示民族性，在对汉文化资源的汲取和延伸中诠释民族精神。她的散文集《没有日记的罗敷河》[②]同样在对中华文化的认同中彰显本民族文化底蕴，挖掘本民族文化的人情美、人性美，并以一种批评的精神检讨传统文化，流淌着浓郁的中国式文人气息，凸显出浓郁的民族性质感。

少数民族女作家通过深入历史与文化深处的探寻，用文学创作参与中华文化核心价值的生成，她们的作品既保留着精神上的独特性、差异性，又在会通文化中国的完整版图中形成共同的价值取向，使差异与会通构成文化认同的表征。藏族女作家央珍的《无性别的神》[③]被誉为“一部西藏的《红楼梦》”。作品以央吉卓玛的人生命运为主线，展现了 20 世纪 20 至 50 年代西藏噶厦政府、贵族家庭以及寺院的历史，反映了西藏在革命历史话语中所经历的时代巨变。其间贯穿着作者对藏族文化的自省和对真善美的追求，民族记忆与时代整体性的历史氛围与之形成的内在呼应，在对社会历史的解读中，联系着中华文化的发展与变化，构成了作品的思想深度与艺术独特性。藏族女作家梅卓是一位具有明显中国古典文化气息的作家，她的长篇小说《太阳部落》[④]以独特的时间经验和空间经验书写藏族的苦难历史，探寻人生命运，思考民族前途，展示藏族古老传统与民族心理，历史感与人生感悲欣交织。小说通过对民族传统美德的歌颂和对野蛮落后积习的鞭挞，阐明“人性的力量是可以改变一个人的性格和

① 杜维明：《现代精神与儒家传统》，三联书店，1997，第 384 页。

② 叶广芩（满族）：《没有日记的罗敷河》，吉林人民出版社，1998，获第六届全国少数民族文学“骏马奖”。

③ 央珍（藏族）：《无性别的神》，中国青年出版社，1994，获第五届全国少数民族文学创作奖。

④ 梅卓（藏族）：《太阳部落》，中国文联出版公司，1995，获第五届全国少数民族文学创作奖。

行为，甚至影响一个部落、一个民族的命运和前途的”[1]。这一思考与20世纪中国文学“改造国民灵魂”的基本主题在精神层面融会贯通，本民族人文精神的精髓与现代意识的思想在作者的创作中水乳交融。

文化是由无数个体的形象汇聚成一个群体的意识。在霍达、叶广芩、央珍、梅卓作品中体现出来的民族忧患意识、民族精神与国家意识，是中华民族在反对外来侵略的生死存亡斗争中，各族同胞患难与共、团结御侮的体现，也是中华民族内在凝聚力的体现。正是因为这一凝聚力历经不同历史阶段而不断强化，促使中华民族团结的纽带更加牢固。对传统文化精神的认同，展示出当代少数民族女作家独有的历史文化感与温润的情怀，以及渴望通过文学创作实现中华文化价值的提升：“以笔为灯，辉映出少数民族文学的真正意义——向善、向爱、向民族大义。”[2]这份由中华儿女在一个世纪以来对共同命运的关注凝聚而成的家国情怀，是中华文化本质特征的确认和文化归属，同样承担着塑造中华文化认同的潜在功能。

以儒、释、道为代表的中国古典文化，如天人合一、人本主义等人文理念，为多民族文化共存提供了精神空间。在当代少数民族女作家的诗歌中，古典文化和文学传统以不同的面貌延续，中华传统文化在文学的渲染中积淀出深厚的思想内涵和丰富色彩。水族女作家石尚竹的短诗《竹叶声声》[3]饱含深情地歌唱沐浴在民族政策光辉下，像凤凰羽毛一样美丽的水乡。诗人用清新的笔调描绘了竹叶、溪水、晨露、芦笙调，意境优美。甜蜜生活与泥土清香相融合的图景令人向往，人与自然和谐的诗画景致让人陶醉。蒙古族女作家萨仁图亚的诗集《当暮色渐蓝》[4]中所展现的宁静、平和、安详，在浓郁的古典文化内涵中拓展开诗的语言空间与语意空间。彝族女作家禄琴的诗集《面向阳光》[5]意境淡雅优美，感情真挚自然，赓续了日常经验与审美经验相对统一的古典文化传统，以鲜活的生活气息构建诗歌的立体审美效应。在她们的作品中可以看到从《诗经》《楚辞》到唐诗、宋词抒情写意的精神风骨，化为或浓或淡的艺术汁液。一条绵长的传统文化基因的线索，隐藏在诗意表述的观察视角中和叙述的语言方式中。

---

① 吴重阳：《中国少数民族现当代文学研究》，中央民族大学出版社，2013，第230页。
② 肖勤：《沿着民族的、泥土的脉理写作》，《人民日报》2010年1月28日。
③ 石尚竹（水族）：《竹叶声声》，《山花》1984年第6期，获第二届全国少数民族文学创作奖。
④ 萨仁图亚（蒙古族）：《当暮色渐蓝》，春风文艺出版社，1986，获第三届全国少数民族文学创作奖。
⑤ 禄琴（彝族）：《面向阳光》，贵州民族出版社，1996，获第六届全国少数民族文学“骏马奖”。

这份对于传统文化自然深远的呼应，凸显出作者内在经验和文化认同的水乳交融。

除了价值规范认同、宗教信仰认同、风俗习惯认同之外，文化认同还包括语言文字认同、艺术认同等。中华多民族文化之间的互补特征和多重的文化审美因素对于作家形成宽阔的审美视野、开创多样的审美空间有着积极的作用。少数民族女作家的汉语写作，以汉字所蕴含的思维方式和表达特征传递着对中华文化的认同，形成中华文化内蕴的文化多元的对话。在艺术表现形式上，少数民族女作家的汉语写作是在语言文字认同的基础上对中华文化内涵的认同。

文化认同是通过对文化的认可而产生的归属感。“文化认同是最深层次的认同，是民族团结之根、民族和睦之魂。”[①]中华传统文化积淀为中华民族的文化心理结构，形成了中华民族特有的文化气质。当代少数民族女作家的创作不断地在文化认同中提升民族的向心力和凝聚力。

二、文化传承与现代的平衡

中华文化是开放的动态体系，其源远流长的发展过程，是一个不断在时间上承继、在空间上传播的过程，在历史和地域的传承中形成了多元文化融合发展的中华多民族文化。当代少数民族女作家的创作，通过对共同历史记忆的书写、对传统文化的传承，通过对现代化建设的参与和共享，自觉构建中华民族共有的精神家园。

20 世纪 80 年代以来的少数民族女性文学站在新的文化视野上，在新旧文化冲突中探索人的本性，在本民族古老习俗的真善美中，多角度地思考人类精神价值，在现代境遇中思索如何保存本民族文化的特性和面向未来的发展，以及如何更好地与其他文化展开对话与交流等，体现出自由、开阔的文化创新空间。

在现代化的进程中，少数民族女作家的创作不约而同地关注到了现代文明与古老传统不可避免地在民族地区所形成的强烈碰撞，她们以不同方式书写传统文化在嬗变过程中的疼痛和重构民族文化精神的思考。第二届获奖的白族女

① 《促进各民族和睦相处、和衷共济、和谐发展》，http://politics.people.com.cn/n/2015/0619/c70731-27183572.html。

作家景宜的中篇小说《谁有美丽的红指甲》[1]在传统与现实的冲突中，展示了当代白族女性的生存境遇和精神世界；与景宜同一年获奖的佤族女作家董秀英的短篇小说《最后的微笑》[2]，以现代的视角彰显佤族的传统文化精神。她们的创作为当代文学和文化增添了多向度的审美元素。董秀英的小说集《马桑部落的三代女人》[3]以作者的祖母、母亲和自己为原型，真实地反映了佤族三代女性从愚昧、苦难走向文明的命运，从中概括了佤族的历史变迁，敏锐地触及民族传统文化的积弊，显露出女性历史意识与社会意识的逐渐觉醒。

"与80年代女作家较多关注社会层面问题不同，90年代女作家的确更注重个人生活和个人体验，个体生命意识较强；但如果对女性写作的理解不是过于狭隘的话就可以看到，在这之中，她们的创作并不曾从社会生活中消遁……女性写作并没有统一的模式，它注定是千姿百态的飞翔。"[4]同样，少数民族女作家的写作在继往开来的文学发展中充满着多层面探索的活力与生机，在对主流文化的认同中凸显差异，书写个性。她们关注传统文化变迁中人与人之间关系的变化，彰显独特的审美价值，展示出一个丰富的精神群体的追求。叶梅是一位具有内在精神思想脉络的土家族女作家，她有着多元的文化背景和开阔的创作视野："我的个人成长和三峡文化的滋养分不开……三峡文化包括问天、问地、与神灵对话的巫文化、外来文化、移民文化即汉文化的融入。"[5]不同文化的碰撞和融合在她的作品中有精彩的描述，形成了她对生活的独特感知和在创作中诗性的、富于创造力的表现。她的小说集《五月飞蛾》[6]用一系列充满了鄂西韵味的故事，彰显了土家文化的独特性、民族的生存状态和生命态度。叶梅以一种历史性的眼光通过对土家人在时代变迁中生活境遇的观照和对走进新时代新生活的人物命运的描写，思考现代文明对传统文化的影响，历史意识与当代关怀的交织形成了作品丰厚的社会感和时代感。达斡尔族女作家萨娜的小说集《你脸上有把刀》[7]是反思现代化的代表之作。作为族群文化的守望者，作品

---

① 景宜（白族）：《谁有美丽的红指甲》，《民族文学》1983年第10期，获第二届全国少数民族文学创作奖。

② 董秀英（佤族）：《最后的微笑》，《青春》1983年第11期，获第二届全国少数民族文学创作奖。

③ 董秀英（佤族）：《马桑部落的三代女人》，云南人民出版社，1991，获第四届全国少数民族文学创作奖。

④ 乔以钢：《中国女性与文学——乔以钢自选集》，南开大学出版社，2004，第222页。

⑤ 叶梅（土家族）：《我的文学创作与三峡文化》，载湖北省图书馆编：《名家讲坛3》，武汉出版社，2007，第84页。

⑥ 叶梅（土家族）：《五月飞蛾》，中国文联出版社，2004，获第八届全国少数民族文学"骏马奖"。

⑦ 萨娜（蒙古族）：《你脸上有把刀》，大众文艺出版社，2003，获第八届全国少数民族文学"骏马奖"。

记录了少数民族在“现代化”进程中摆脱贫穷之后，面对民族文化传统流失所产生的刻骨铭心的伤痛经验。她深刻地认识到东北地区萨满文化是中国传统文化不可或缺的构成部分，萨满文化对东北作家作品独特文化内涵与艺术魅力的形成具有重要的影响，这一思考在她的小说《有关萨满的传说与纪实》中延续，从现实关怀指向终极关怀。达斡尔族女作家孟晖的长篇小说《孟兰变》①既有传统文化的自觉映射，也体现出有意识地渗入现代理念，构成对历史和现实的双重体察，“淡化了对历史问题的思考和探讨，从琐碎的日常生活提炼出哲性的思考，在日常叙事中蕴藏着传统文化的元素：儒家的伦理道德、佛家的超脱禅意、道家的玄虚神鬼。小说在想象、阐释、再创造中丰富和传承传统，古老的思索成为传统文化精神的脉传，努力寻求历史真实与历史感性、理性的统一。”②

在传统文化走向现代文化不可阻挡的进程中，更为年轻一代的少数民族女作家没有停止过思考和再发现传统的价值，文化传承和历史书写在与现代平衡中追求新的突破。朝鲜族女作家金仁顺的长篇小说《春香》③的突破带有多元性和放射性。小说在融会传统与现代的语境中，塑造了兼具传统温婉与现代独立的朝鲜女性。作者采用现代方式写历史小说，传统和现代的女性气质在作品中得到完美体现。作为70后的女作家，金仁顺的小说在现实中寻找古典情怀，叙事善于从传统文化立场出发，通过创作蕴含时代内涵的作品，以笔下的人物传承中华文化的气韵情趣，提供具体的生活场景和精神风貌。淡化历史的真实性，更为关注传统文化的传承与现代意义，这是金仁顺追求的审美趣味和文化精神，展示出作者擅于把握文学与历史建构关系的能力，体现出相当深厚的传统文化底蕴和传承创新的自觉。

“文化总是在传统与现代之间的张力中发展前行的。传统文化是在不断创造中形成的，又是在不断创造中被突破和创新而走向现代的”④，当传统进入现代，民族文学必然面向更为复杂的时代内涵。如何认识和处理中国现代化进程中传统与现代的对抗、城市与乡村发展的不平衡？鄂温克族女作家杜梅的短篇小说《木垛上的童话》⑤在关于村庄故事的讲述中，关注那些曾经以打猎为荣誉和生

① 孟晖（达斡尔族）：《孟兰变》，作家出版社，2001，获第七届全国少数民族文学“骏马奖”。

② 黄晓娟：《用美构筑传统文化的圣殿——论孟晖的〈孟兰变〉》，《南方文坛》2017年第1期。

③ 金仁顺（朝鲜族）：《春香》，中国妇女出版社，2009，获第十届全国少数民族文学“骏马奖”。

④ 邹广文：《当代文化哲学》，人民出版社，2007，第238页。

⑤ 杜梅（鄂温克族）：《木垛上的童话》，《民族文学》1986年第9期，获第三届全国少数民族文学创作奖。

存之本的村庄人，以及他们在没有猎场的村庄无以维持生计的生活状况，从而思考在现代文明中面临的一系列问题。德昂族的第一个女诗人艾傈木诺，她的诗集《以我命名》[①]通过个人的成长经历展开对现代性的思考，在现代文明浸染下成长的女孩，因为“不会跳阿爸爱跳的锅庄/不会像阿妈在黑布衣裳上/描红绣朵”[②]，而流露出深切的困惑与伤感。仡佬族女作家肖勤的中短篇小说《丹砂》[③]用独具特色的故事情节描写了丹砂在仡佬族人心目中的重要意义，丹砂是仡佬族独有的文化符号，作者在时代的边缘探索仡佬族根脉延续的文化内核，探索传统文化价值的现代传承。仡佬族的另一位女作家王华的长篇小说《雪豆》[④]在描述落后乡村的苦难中，重点关注的是现代文明极具破坏性的一面，从而引发对现代文明的思考。达斡尔族女作家苏莉的散文集《旧屋》[⑤]在充满矛盾的现代文明进程中感慨人与人之间纯真关系的流失，为现代人追寻永远的心灵家园。

面对文化内部存在的理想与现实的矛盾，当代少数民族女作家通过创作，对民族文化进行再认识、再创造，在传统文化与现代文化的冲突中寻求传承的平衡，带来对多元文化的思考。她们以文学的形式积极探索文化调整阶段中多民族文化的和谐相处，寻求文化基因与当代文化相适应、与现代社会相协调。这一探索不自觉地内化为一种精神动力，表现出主体自信与文化创新精神及其对本民族文化和中华文化的保存、维护和创新意识。

文化与人们特定的生活方式密切相关，面对文化传承与现代发展，当代作家在复兴优秀传统文化的同时，又要与时俱进地创造凸显本民族特性、具有全人类“共性”的新文化。“真正文化自觉的人，他的精神状态应当是‘古今同在’的；并且由古今同在的程度，来决定他的精神的深度和广度。所以复兴中国文化，在精神上，必然是复古的，同时必然是开新的；复古与开新，从精神上说乃是同时存在的”[⑥]，中华优秀传统文化是少数民族女作家创作的精神资源与历史依傍，她们在创作中重塑民族文化、修复民族精神，不断赋予其新的时代内涵和现代表达形式，以笔铭记文化传承与创新的种子。传承是创新的基础，创

---

① 艾傈木诺（德昂族）：《以我命名》，云南民族出版社，2007，获第九届全国少数民族文学“骏马奖”。

② 艾傈木诺（德昂族）：《以我命名》，云南民族出版社，2007，第3页。

③ 肖勤（仡佬族）：《丹砂》，作家出版社，2011，获第十届全国少数民族文学“骏马奖”。

④ 王华（仡佬族）：《雪豆》，中国电影出版社，2007，获第九届全国少数民族文学“骏马奖”。

⑤ 苏莉（达斡尔族）：《旧屋》，作家出版社，2000，获第七届全国少数民族文学“骏马奖”。

⑥ 李泽厚：《世纪新梦》，安徽文艺出版社，1998，第396页。

新是传承的提升，优秀的作家是文化传承创新的主要载体。在新的文化理念的熏陶下，当代少数民族女作家的创作以文学的思维方式和审美意识开启了崭新的话语空间，充分体现了在历史和现实、传统和现代、民族性和世界性之间积极探索的文化姿态，通过对民族文化形而上的精神追问，对美好生活和理想境界的探寻,用优秀的作品参与中国当代文学创作和中华民族共同体意识的建构。

三、女性视角与文化立场

在当代少数民族文学从社会意识形态向审美意识形态转变过程中，女作家以独特的叙事方式表达了女性的立场。她们关注时代变迁中女性的命运和女性个体在不同历史时期的境遇体验，以及女性在文化发展中的身份与位置。

对女性命运的关注，最初表现在描写少数民族女性成长历程的小说中。佤族女作家董秀英的小说《马桑部落的三代女人》以自传性的叙述方式，描写传统文化中的落后愚昧对女性的压制，表达了追求自由的强烈诉求。小说从女性解放的视角展示了祖母、母亲两代佤族女性漫长的苦难史和宿命般的命运，重压在老一辈女性身上的不仅仅有沉重的体力劳动，还有陈旧落后的观念束缚和更多无可奈何的忍辱负重。社会的解放使年轻一代的佤族姑娘妮拉获得了受教育的机会，成为部落里第一个进城读书的女性。知识的获得给予妮拉打开新生活大门的力量，乐观坚强的妮拉成为转型期佤族女性形象的代表。在现代女性人物画廊中，接受新知识的女性是最早觉醒的。而对于妮拉的觉醒，作者更多地从社会层面进行关注，描写女性解放与展现时代风貌相结合，这也是国家认同感的一种表现。

在白族古老的民俗中，如果是火把节没染红指甲的女人，将被视为不贞洁。景宜《谁有美丽的红指甲》中的渔家姑娘白姐，是当地最美的姑娘，也是火把节上从不染红指甲的与众不同的女人。她受新思潮的影响，对自由、理想的爱情充满了渴望。但是在当时的双月岛，落后的道德观念依旧根深蒂固。当新时期女性意识的苏醒遭遇传统婚恋观，面对严酷的现实，反叛的白姐无可奈何地经历了爱情幻灭的痛苦。她勇敢的抗争却因为阿黑的妥协而告终，最后，白姐选择以“离开”的方式表达自己的不屈服。她嫁到藏人居住的梅里雪山，去重建自己的生活。与董秀英笔下的女性形象相比，景宜对于女性命运的思考更为复杂，她的笔触更多地深入女性的内心深处，探索作为女性的生命本体的情感起伏，在白姐的身上注入了景宜作为女性的个人体悟。白姐对爱情的坦荡率真的追求，是对羁束女性向往美好自由情感的旧观念的挑战。作者在对时代、社会文化、白族传统道德价值观的深刻反思中，更多地表达了女性对自由人格的渴望，触及对女性生命本体的探索。从这一变化可以看出，少数民族女作家从对社会层面的关注，转到注重女性经验的内在化，增强了女性自身的主体意识。而为了摆脱旧道德的束缚，女作家笔下的女主人公不约而同地选择以“出走”的方式走向新的生活，这一选择呈现出与新时期女性主义文学的相似性体验。

女性的变迁反映着历史的变迁，从女性的生命体验揭示潜藏于历史深层的脉动，少数民族女作家的笔触不约而同地指向了传统的陈规陋习，在文明与愚昧的冲突中反思女性的解放历程。达斡尔族女作家阿凤的短篇小说《咳，女人》[①]体现出鲜明的女性意识。作品塑造了一位渴望实现自我价值的达斡尔族女性——“妻子”。在她的身上难能可贵地具有现代女性大胆追求自信自立的特质，展示出达斡尔族女性在自我解放的道路上迈出了历史性的一步。阿凤通过对达斡尔族女性生存命运与灵魂的持续关注，用创作开启了女性自审的思想空间。

“亲上加亲”是彝族传统婚姻的陋习，带给女性最大不幸的是不自由的婚姻。彝族女作家阿蕾的小说集《嫂子》[②]用彝文写就。小说中的嫂子是一位勤劳朴实、俊俏智慧的彝家妇女。在彝族的传统中，嫂子和沙玛拉惹的“婚外情”遭遇了残酷的逼迫，无处藏身，最后不得不选择以古老的殉情方式，作为爱情自由的悲剧归宿。这种带有浓郁悲剧色彩的选择，是对彝族传统包办婚姻和彝族女性不公平地位的勇敢挑战。作者对嫂子不幸的命运寄予了深切的同情，对于彝族女性现实的生存处境和未来发展进行了思考。阿蕾对于彝族女性命运的思考，展示出来的不仅是具体的精神上的痛苦，也是一种抽象的、文化意义上的象征式思想困惑。

在情爱纠葛中书写女性，通过女性特有的生存体验考察社会时代的变迁，少数民族女作家的小说既承接了五四个性解放的主题，也体现出 20 世纪 80 年代文化启蒙对她们的影响。叶梅的《五月飞蛾》展示了一个女人与一个时代的关系。走进新时代的二妹，踏出了一条从认识城市、认识自我到寻找自我价值的足迹。二妹在寻求现代生活方式中所经历的种种感伤，是走出民族地区的乡

---

① 阿凤（达斡尔族）：《咳，女人》，《民族作家》1987 年第 3 期，获第三届全国少数民族文学创作奖特别奖。

② 阿蕾（彝族）：《嫂子》，四川人民出版社，1997，获第六届全国少数民族文学“骏马奖”。

村迈向远方都市的女性命运的普遍写照，是白姐、妻子、嫂子在时代发展过程中的延续性展示。二妹的身上体现出了作为女性的主体意识的增强，对爱情主动把握能力的增强，同时在对身边其他人的帮助中展示出女性在寻求自强自立道路上所达到的新高度。

更为年青一代的壮族女作家陶丽群、彝族女作家鲁娟、回族女作家马金莲，她们在新的历史维度中思考女性的命运，思考传统女性角色的分化和女性新文化角色的形成，为女性身份意义进行重新定位，在女性意识上具有多重内蕴。"女性以及土地"是壮族女作家陶丽群持续深入的创作主题。她的中短篇小说《母亲的岛》[①]描写了一位"出走"的母亲形象。一向恭顺的母亲在五十知天命的时候，本该享受天伦之乐，却意外地独自离家出走了，为的是要冲破"母亲天生就是为丈夫和孩子而存在"的母性神话和角色束缚。长久以来，作者看到的母亲是孤独的、沉默的、落寞的，走出家庭的母亲通过种菜、养鸭子走进了社会，获得了自强自立。母亲用出走的方式反抗传统观念赋予女性无谓的自我牺牲形象，寻找生命个体的价值。在她的身上呈现了当代壮族女性朴实坚韧、勇敢独立的生命张力。

回族女作家马金莲的小说《长河》[②]以春夏秋冬四个季节为线索连接起了四个女性有关死亡的故事："秋"是年青夫妻的死亡，"春"是幼时伙伴的死亡，"夏"是瘫痪在床的母亲的死亡，"冬"是村中长者的死亡。小说以朴实的文风、平静的笔调叙述着对于死亡的理解，传递着女性在历经风霜中日积月累的生命体验和韧性。"我们来到世上，最后不管以何种方式离开世界，其意义都是一样的，那就是死亡。村庄里的人，以一种宁静大美的心态迎送着死亡。死亡是洁净的，崇高的。"[③]作者从女性的立场直视死亡，从发现女性心灵秘密的同时，感悟人类的生命体验，在文化层面深度思考死亡的终极意义，流露出一份坦然的精神气韵，这是来自女性特有的生命感悟。

"80后"彝族女作家鲁娟的诗歌集《好时光》[④]，流淌着丰盈的彝族文化，展现了大凉山美丽的自然风光：高高的山岗，蜜一样的母语，云朵倒映大地，草原上的绵羊和野花，如诗如画的彝族风光和充满阳光的女性生命和谐美好。

---

① 陶丽群（壮族）：《母亲的岛》，《野草》2015年第1期，获第十一届全国少数民族文学"骏马奖"。

② 马金莲（回族）：《长河》，《民族文学》2013年第9期，获第十一届全国少数民族文学"骏马奖"。

③ 马金莲（回族）：《长河》，《民族文学》2013年第9期。

④ 鲁娟（彝族）：《好时光》，四川文艺出版社，2013，获第十一届全国少数民族文学"骏马奖"。

“好时光”在女诗人多维度、多层面的穿透式描写中，以女性独特的个体经验为基础而延伸，表征着现代社会女性身份的变化，重新阐释了当代彝族女性的历史地位，展示出当代女性生命气象的千姿百态。

中华多民族文化通过当代少数民族女作家笔下一个个丰富的女性生命而洋溢。当代少数民族女性文学对本民族女性命运的思考，与当代中华民族所有女性命运的历史相融合，显现出鲜明的女性意识、富于张力的女性话语和多元的审美特征。当代少数民族女作家在对女性命运的思考中，自觉从时代发展的角度观照女性，在个体经验的基础上传达人类共同的普遍经验，体现出一种多维度、多层次的女性文化立场。蕴含在女性文化立场中的体悟与追求内化到文学中，成为当代文学与文化不可或缺的精神资源，为中华民族共同体意识的构建注入了鲜活的生命力。

四、结　语

当代少数民族女作家对文学精神价值的追求，体现为对本民族丰富多彩的文化习俗的热爱，对中华文化价值观的认同，对女性命运的终极关怀。文化认同既是一种存在，又在变化中、连续中显现差异，在差异中体现持续的存在。中华优秀传统文化是中华民族的根基，中华民族的认同感在各族人民心中是根深蒂固的。体现在当代少数民族女性文学中的文化认同，一方面通过民间口耳相传的神话、传说、故事吸收本民族文化的营养；另一方面通过汉语写作建立自己的文学世界，自然而然地沿袭并发展悠久深沉的汉文化传统。[①]与此同时，在对传统文化传承与创新中注入新的活力，使中华文化具有多元的相互性、传承性、创新性和时代性。

20 世纪 90 年代中期以后，费孝通先生不断提及“文化自觉”的理念，多元文化共存是各个文化样态得以确立的前提。中华文化多元共生的文化样态，是各民族对“多元一体”的中华文化的高度认同和强烈归属。当代少数民族女性文学在中华文化共同体的构建中，通过对中华民族共同的历史记忆、共同的精神文化和共同的责任使命的书写，既体现出文学与文化的自觉，又在积极传

① 阿来：《穿行于异质文化之间》，《作家通讯》2001年第2期。文中表达了藏族文化和汉族文化双重身份对他创作产生的重要影响，这种影响同样体现在当代少数民族女作家的创作中。

承中华多民族文化精髓和继承传统文化的基础上，创新民族文化，铸牢中华民族共同体意识。中华传统文化在文学的传承与创新中生生不息，带来中华民族共同的自豪感和自信心。当代少数民族女性文学在中华民族共同体意识和人类命运共同体意识的思考中凝练出的团结和归属意识，为构建中华民族共有的精神家园发挥着重要的作用。

〔原载《南开学报》（哲学社会科学版）2018 年第 6 期〕

三、文学史考察

论中国女性文学的思想内涵

乔以钢

中国女性的文学创作活动曾长期处于农业社会形态和宗法制文化的背景之下，其生存方式给文学创作带来极大影响。尽管确有一些妇女在文学创作中发出过自己的人生之怨、不平之鸣，一定程度上表达了女性的情感愿望，但从总体上说，由于妇女丧失了人格上的独立，困守于家庭和儒教，其创作在题材、主题、艺术手法乃至文学体裁的运用上都不可避免地带有明显的局限性。就其实质而言，古代妇女文学只能是作为男性文学创作的附庸而存在。迎着20世纪的曙光，真正意义上的、富于人之主体意识的中国女性文学在五四新文化运动中诞生，在人的自觉与女性的自觉相互碰撞、相互融汇的基本态势下成长。它改变了古代妇女文学附属于父权文化、缺乏女性主体意识、审美情趣单调的狭隘格局，在为时代和社会进步讴歌的同时，以敏锐的生活洞察力和丰富的艺术感觉，展示女性经验，表现女性尊严，体现了丰富的思想内涵和多元的艺术审美追求，为整个中国文学事业的发展做出了可贵的贡献。本文拟从宏观角度对中国女性文学的思想内涵及其特征进行初步探讨。

一

现代意义上的中国女性文学是在较大规模的社会革命、思想文化革命的历史际遇中发生发展起来的。在中国，近百年的历程异常艰难，社会制度和社会生活的变革空前剧烈。也正是这血与火的锻造、磨砺，促使中国人民开始觉醒、奋发，为自由解放而斗争。从20世纪初开始，追求社会进步民族振兴的作家怀着理性和良知，面对民族危亡、国家战乱和民众苦难，努力使自己的文学创作同人民事业联系起来。他们的创作密切关注社会风云，贴近人民群众的社会实践，体现出鲜明的时代精神。这种倾向客观上构成百年来中国文学的重要特征。以文学的形式描绘社会生活，反映群体情绪、个人情感，体现一定的思想倾向和审美价值判断，成为包括女作家在内的绝大多数中国作家的自觉追求。中国女性文学从诞生之日起，就同时代和社会运动结下不解之缘，甚至长期从属于民主的、阶级的社会革命运动。这一特点既为中国女性文学的发展提供了一定的便利，也给它带来某些局限。而从另一角度看，女性文学创作本身即构成中国现当代文学传统的一部分。

将女性文学发展置于这一总体格局中加以考察可以看到，百年女性文学创作所经历并仍在继续经历着的，从根本上说，同样是传统文学向现代文学的转型。在这之中，传统主题意蕴向现代思想内涵的转换占有重要位置。也正是在这一点上，尤为鲜明地标示着 20 世纪女性文学较之旧时代妇女创作所发生的质变。

传统妇女文学的作者，大致由女皇后妃、女官宫娥、名媛闺秀、娼妓婢妾等阶层的女性构成，其作品所包容的生活空间、思维空间以及心理空间，一般来说比较狭隘。大多数情况下，她们的创作所表现的，主要是妇女在宫墙、闺阁、庭院等狭小圈子之内的个人情感，如离别之恨、遭弃之怨、寡居之悲、相思之情，以及风花雪月引发的种种思绪等。宇宙在女人心中变得狭小，人作为社会实践主体所可能具有的丰富的生活体验、深广的生命意识被扼杀，代之以与身边生活直接相关的个人情感，文学主题显示出很强的私人性与封闭性。现代意义上的中国女性文学是在社会变革中兴起，在扬弃妇女文学传统的过程中发展的。以 20 世纪初民主革命豪杰、女诗人秋瑾的创作为开端，女性文学活动发生深刻变化。秋瑾的人生虽然短暂，其创作在形式上和语言上与新文学也还有明显距离，但她将女性人格意识的觉醒注入作品，以崭新的思想内涵显示出时代风云对中国知识女性精神素质、情感结构所产生的重大影响。文学女性的多情善感从此开始包蕴丰富的社会内容和阔远的人生境界，其创作指向不再囿于个人生活的狭小天地，而是同时辐射到广阔的社会历史领域，从而开始趋向博大、深邃。秋瑾的文学实践，为中国女性文学创作思想品格的重建以及传统妇女文学向现代女性文学的转换竖起了界石。在她之后，五四新文化运动催生的女作家及其后继者追随时代，通过自己的文学实绩，进一步拓展了女性文学的创作空间，其表现领域在内宇宙和外宇宙两方面均得到不断扩大和深入开掘。这种进展与20世纪整个文学事业的进程是同一步伐的。

在现代文学发展史上，一个为人所公认的事实是，很多时候恰恰是女作家的创作率先引导了某一阶段文学潮流的转换或更新。例如现代文学30年间，五四时期冰心创作的“问题小说”，30年代初期丁玲告别左翼文坛“革命加恋爱”模式的短篇《水》，以及淞沪战争爆发后葛琴反映中华民族抗战心声的小说《总退却》等，无不领风气之先；又如新时期初年，舒婷为“人”的生命和女性价值讴歌的朦胧诗，刘真、茹志鹃的“反思小说”，80年代中叶刘索拉、残雪等充满现代意识的“先锋文学”，以及稍后方方、池莉等表现平民日常生活、心理情绪的“新写实”小说，再到90年代陈染、林白侧重女性生命体验的创作等。尽管这些创作基于复杂的时代、社会和个人因素，有着这样那样的不足与缺憾，但只要将其置于特定的历史语境中，就不能不承认女性创作者在文学的思想内涵方面所表现出来的开拓精神、所取得的建设性成就。

总之，在近百年间的文学发展进程中，尽管女性创作主要是作为一种文学现象存在而并未构成相对独立的文学运动，但这并不意味着其间缺乏自己的传统和创造。应当看到，就女性文学的思想内涵而言，它绝不仅仅是文坛边缘的一种存在和点缀，而是直接地、富于创造性地参与了20世纪各个时期中国文学现代精神的熔铸和锤炼。

二

对于认识和把握中国女性文学的思想品格来说，如果仅仅看到它与20世纪中国文学同体、它的文学精神与时代共生这一点，显然是不够的。女性文学之所以有理由作为考察中国文学的一个独特角度存在，与体现在作品内涵中的性别因素有着十分重要的关联。

一个显而易见的文学事实是，百年间的女性创作始终涌动着中国女性追索光明、争取解放的心潮。追索光明、争取解放，于此绝非虚饰之语，在女性创作者的具体文学活动中，它切实意味着为民族独立、国家昌盛而激切呐喊，为包括妇女解放在内的社会解放而热烈呼唤；同时，也回荡着为人之个性的解放、为女性冲破身心牢笼、求取彻底解放而发出的深挚吁求。当然，在不同历史时期的女性创作中，基于主客观原因，女作家们往往各有倚重或倾斜，具体表现形态更是姿态万千。

就女性文学的实践来说，作品的思想内涵无疑来源于客观现实与女作家主观世界的双向交流，二者本身所具有的丰富性与变动性决定了作品内涵的无限多样与变化；但每一时代的文学都有代表性作品，个性之外又有共性，于是在一定意义上形成某些主题模式。这些模式既相互区别又相互联系、补充，同时处于不断的变化之中。在此着眼于女性主体与内外部世界的关系，就与女性文学思想品格密切相关的几方面主题略加分析。

在中国女性文学创作中，以“女性与社会”“女性与革命”为内涵的社会性主题的涌现值得珍视，它在女性文学史乃至妇女发展史上所具有的意义是客观存在的。这是因为，此类创作是现代知识女性作为社会的人、以文学的方式投身社会历史进程的生动体现。与旧时代妇女创作基本局限于私人生活、私人情感不同，中国现代女性创作在发展过程中逐渐向社会各领域、各层面延伸，支撑起这一片天地的是现实生活中传统女性角色向现代女性角色的转换。其间，“女性与社会”主题富于人道主义色彩，“女性与革命”主题则政治意味浓郁。而不管是在启蒙文学、革命文学、抗战文学、工农兵文学的创作主题中，还是在新时期直至20世纪末的创作中，“妇女解放”这一命题始终为各个时期女作者所共同关注，尽管她们所采取的方式可能有相当大的差异。其中，以秋瑾为开端，许多现代女作家先后投身社会革命。在她们看来，妇女解放有赖于社会的、民族的解放。这种认识促其在创作中更多地将妇女问题作为社会问题的一部分加以表现。与此同时，也有不少女作家在社会变革问题上态度比较平和，抑或试图通过改良的方式来实现男女平等，然而她们的创作中同样蕴含着对妇女现实境遇的深刻不满。这些政治立场不同和思想倾向相异的现代女作家所发出的呼吁或激进或温婉，但都出自争取妇女解放的自觉。此外，以女性的爱心、女性的眼光刻写民生民俗，反映日常生活，表现大众生存状态，也是此类创作时常选取的角度之一。女作家基于人之主体精神的时代责任感、社会使命感以及人生忧患意识，从中得到生动的体现。

相比之下，女作家笔下的女性主题显得更为引人瞩目。这类创作主要关注的是女性在现代社会里基于性别角色所进行的社会实践、精神实践以及其间的身心体验。它的诞生与五四时期“人”的觉醒的时代主题、文学主题密切相连。在五四女作家个性解放的呼唤中，萌生了女性主题的幼芽，它新鲜稚嫩充满活力。然而，随着时代形势的急遽变化，这一主题未待很好地发育便很快被多数创作者所悬置乃至抛弃，取而代之的是带有强烈政治性、民族性和阶级性的创作。此种状况延续数十载，直至新时期到来后才逐步改观。20 世纪 80 年代前期，在特定的社会历史条件下，女性主题意蕴出现了种种与五四时期女性创作的相近之处。其中，批判封建传统和“左”的政治思潮对女性的压迫、扭曲和异化，寻求女性自我价值，可谓强音。然而，这显然并非女性文学“最后的停泊地”。人们很快意识到，此类创作实际上更多的依然是出自社会视角，这是不能够令富于创造力的女作家们满足的。80 年代后期到 90 年代，在时代的变迁中，年轻一代女作家的性别意识进一步自觉，她们更强烈地追求女性精神的自由和女性生命的舒展，部分创作开始更多地向女性人生倾斜，注重从女性立场、女性视角出发，表现女性与社会、女性与他人、女性与自身以及女性与自然诸方面的关系。其中一些作品自觉地选择了向男性中心文化挑战的姿态，表现出鲜明而强烈的女性意识、女性情感。这类创作在社会上产生了相当大的影响，也引发了种种争议。

应当说，女性主题是特别能够显示女性文学特色与价值的部分，其无可替代性不仅在于它拥有女性观察生活、表现自身所特有的视点、角度以及鲜活生动的感受和体验，更为本质的是它源于女性生命本体、无形中打上性别烙印的世界观、人生观。实事求是地说，女性主题绝非仅限于展露和宣泄在父系文化圈中女性所承受的性别压抑——包括生存压抑、心理压抑、性爱压抑、情感压抑等，而是同时显示了女性在认识自我、理解社会方面所达到的深度以及所面临的困惑，其中蕴含的女性自审意识和批判精神尤具现代意味。此类作品生动记录了时代女性的精神成长，此前极少呈露在文学创作中的女性思维方式、女性生存本相、女性情感特征、女性生命感受和女性审美情趣等，往往从中得到不同程度的表现。当然，在历史发展现阶段仍处于男性中心文化特定语境的情况下，这种表现既有可能托起女性精神的“飞翔”，又有可能导致女性生命的“坠落”。其间蕴含着女性文学新的生机，也有着女性创作可能蹈入的陷阱。这一处境在某种意义上可以说是带有“宿命”意味的，因为女性解放的程度在任何时候都势必受制于历史发展的水平，同步于“人”的解放的程度。尽管在具体的女性创作中，作家完全可以有不同的策略选择，但从总体格局上看，女性文学的发展在一个相当长的历史时期里，几乎是无可避免地要面临这样一种植根于历史文化的悖论。它制造着女性主题发展的困境，也焕发和激励着女性文学实践者的创造力和勇气。

在东西方文化交流空前活跃、各种现代思潮纷纷涌进并发生影响的大环境中，在世界文学潮流融汇渗透的文坛背景下，女性文学主题自然而然地出现了具有现代意味的拓展，这一点在上述社会性主题和女性主题的创作中都有鲜明的反映，而这方面最具代表性的当属女性文学中富于哲学意味的创作。此类作品同样有着生动的外观，但在主题意蕴上不胶滞于具体题材、个别事实，而是融入了女作家对超越现实、超越本体的哲学意义上根本性问题的思考。例如关于人之本质力量的探究，关于生命意义及其存在方式的诘问，对人性的透视，对人与自身、人与社会、人与自然关系的思考，对两性关系框架的探询等。与前两类主题的作品相比，此类创作在数量上明显偏少，并且思考深度还嫌不足，但它反映出女性文学的思想内涵正在向具有普遍意义的人类生活纵深处掘进的趋向，因而值得关注。

从以上的梳理中可以看到，在长期的文学实践中，女性创作者以持久而坚决地反对封建主义和对妇女解放的不懈追求引人瞩目，其作品的精神指向鲜明地体现了对传统妇女文学的批判与超越。

三

毋庸置疑，中国女性文学的思想内涵与创作主体的女性意识有着十分密切的联系。

从女性主体的角度来说，女性意识可以理解为包含两个层面：一是以女性的眼光洞悉自我，确定自身本质、生命意义及其在社会中的地位；二是从女性的角度出发审视外部世界，并对其加以富于女性生命特色的理解和把握。旧时代女子居于卑下地位，其性别特征被人为地扭曲，富于人之主体精神的女性意识也便从根本上受到扼杀、压抑。而中国现代女性意识的萌发、生长，又不能不受到特定社会历史环境的直接影响：一方面，在中国社会的发展进程中，妇女解放始终没有单独地从五四时期“人的解放”以及其后的社会解放和阶级解放的大题目中被提出来加以考虑，而是每每被后者所遮蔽或取代；另一方面，由于政治的、文化的以及其他方面的种种原因，整个中国社会人之个性意识的生长曾长期受到贬抑。正因为如此，中国现代女性意识的成长历程曲折而艰难。很多时候，女性意识实际上被忽略，甚或被消融于民族意识、阶级意识和社会意识之中。由社会运动中崛起并发展的女性文学，便是在“人的自觉”和“女性的自觉”相碰撞、相交融中起伏演变。其间，女性意识对文学作品的内在意蕴发生了多样的影响。

作为女性创作者主体意识的重要组成部分，女性意识是性别的自然属性和社会属性交互作用的综合。其形成固然不能排除来自生理因素的影响，但主要还是取决于女性主体的物质生活和精神生活实践。传统女性意识的构筑不仅基于妇女作为人类自身生产的主要承担者的自然现实，而且基于妇女长期处于被压迫、受奴役地位的历史境遇。在长期的封建社会里，女性不仅被剥夺了参与外部世界建构的各种权利而只能退守家庭，并且由于受到封建礼教的精神戕害，绝大多数人的女性意识实际上处于一种严重扭曲的状态——在强烈意识到自身性别的同时，否定了这种性别的“人”的实质；在被迫与传统妇女命运认同的过程中，自觉不自觉地生成按照男性中心的伦理规范看待外部世界和女性自身的眼光。妇女从物质生活到精神生活全方位地依赖、依附于男子，自觉不自觉地接受男性中心准则的生存现实，体现在创作中，便形成了旧时代妇女文学所特有的哀怨相思、感物伤怀、身世之叹的主调。

女性意识、女性角色的形成是历史的，其内涵也必然随历史的发展而演变。在19世纪末20世纪初启蒙思潮的影响下，女性意识开始注入“人”的质感。当秋瑾等民主革命先驱在“人”的意义上觉醒，独立人格初步得以确立时，女性意识的内涵也随之发生质的变化。现代意义上的女性意识依然包含女性之自然性的赋予，但其与女性之社会性的关系发生了根本改变。其中最为重要的是，在生而为女的自我体认中，注入了“人”的质素——五四女作家发出“什么时候才认识了女人是人呢”的呼问（石评梅《董二嫂》），宣称“要作一个社会的人”（庐隐《自传》）。在此，“人”的内涵首先是与男子“同等”的人，其侧重点在争取女性的社会权利。也就是说，女权于此首先是被看作人权的一部分，在“人之子”的意义上被提出，“作为人的女人”是其立足点。20 年代末期以后，在阶级斗争、民族斗争日趋尖锐的形势下，女作家参与社会所取的姿态各异，对女性自觉和“为人”“为女”之间关系的看法也不尽相同。大多数女作家基于对妇女屈辱卑微地位的反抗和参与社会历史进程的责任感，有意识地弱化并掩盖传统意义上的女性特征，自觉地由女性“小我”迈向社会大众，她们不仅将“做人”置于首位，而且几乎视为唯一。在她们看来，阶级、民族所遭受的灾难浩劫涵盖了女子个人由于性别而遭受的压迫奴役，阶级的、民族的抗争包容了女性寻求个性解放的奋斗。反映在创作上，即是忽略自然性别，社会意识突出而强烈，艺术表现上淡化或取消女性色彩。这种倾向对主题的审美创造也产生了重要影响，中国几千年历史文化所形成的女子格外注重家庭、伦理及个人情感体验的思维定势被突破，多数女作家的创作主题超越妇女生活、妇女问题范畴，呈现出面向严峻社会现实的更具开放色彩的姿态。从她们的精神产品中，很少能够看到与男性作者的明显区别，“女性气息”十分微弱以致不存。然而，值得注意的是，这些女作家创作面貌较之五四时期所发生的明显改观，固然反映了女性意识的发展受到阻遏的现实，但若从女性作为大写的“人”这一角度观之，则又可视为女性主体意识在特定历史条件下的一种充实和拓展。因为此时的转变并非来自女作家以男性思维、男性风采为范式的趋同，而是女性自身由“人”的觉醒所必然带来的社会参与意识在特定历史条件下与现实剧烈碰撞的结果。也就是说，当政治斗争成为社会生活重心之所在，特别是当民族处于生死搏杀的战争状态的情况下，女性主体意识十分自然地注入了参与社会进程的新内涵。尽管以传统的性别眼光为尺度衡量，她们的“女性味”大为淡化几近不存，但就其本质而言，又是“女性作为人”的现代女性意识合乎历史逻辑的发展。不过也毋庸讳言，这种倾向往往包含某种程度的误解，即简单化地将阶级解放、民族解放与妇女解放以及作为个体的人的彻底解放视为因果关系或以前者代替后者。这种误解与其他因素结合在一起，客观上曾导致女性主题、个性解放主题在相当长的时间里受到漠视乃至鄙弃，女性文学的发展也因此而付出代价。

另一些女作家则主要着眼于“作为女性的人”，认为男女平等并不等于女子男性化，“为人”“为女”在人格上应两相统一、协调发展。她们看重女子“母职”，视之为民族的命脉；强调女子性别特征对女性人格完善、心理健康以及生命历程的重大而深刻的影响；看重性别之间的差异，认为倘若忽视女性特征，会带来畸形、残缺的人生，不利于女性发展。从这种认识出发，她们在进行主题的审美创造时非但不曾忽略女性特征，而且有意识地采取不同的文学手段和艺术方式对其加以强化。例如对女性生命魅力的讴歌、赞美；对女性身上传统痼疾的反省、解剖；真实反映女性的人生悲苦；痛切揭露旧的传统习俗和一切恶势力对妇女的戕害；从女性的角度对历史、社会发出控诉和质问等。

在社会政治、经济、文化等多方面因素的综合作用下，从 20 世纪三四十年代到新中国成立后 17 年，前一种倾向构成女性文学创作的主导方面；80 年代中期以后，随着时代社会的变化，女性意识和个体生命意识复苏，后一类创作在新的历史条件下获得长足发展。一些女作家在肯定男女“同等”的前提下，着意强调女性与男性“不同样”的一面。有的注重考察“性”之于女性人生的重要意义，在创作中深入到女性心理和生理最隐秘的角落，揭示女性意识中来自生命本体的自然力与社会文化的深沉积淀；有的借讲述女人的故事诉说女性命运，表现在男性世界中女人沦为物、沦为性、沦为工具的生命悲剧，从中折射出人类的某种生存状态；有的深入开掘女性生活，揭示女性与女性之间的相互关系中所特有的卑琐、狡诈和丑陋，审视扭曲变形的女性灵魂，表现她们特殊方式的挣扎和反抗，剖露在那抑郁与燃烧背后所拥有的蓬勃的生命欲望和力量；有的将压抑深重的女性之躯与私人经验、幽闭场景一起带入创作，立足女性性别角色去体验世界，探索女性内宇宙以及两性关系中灵与肉的存在。在这些篇章中，有不少蕴含了创作主体鲜明的性别意识，其主题指向在于从人性和人的价值的角度探寻女性生存处境和精神解放的道路。它们反映了女作家将追求“人的自觉”和“女性的自觉”结合起来，以达到女性的全面实现的美好愿望。在此过程中，西方文化、哲学思潮的涌入，包括西方女权主义文化浪潮的波及，给创作者的女性观及文学主题带来重要影响。她们对男女平等的理解，对妇女解放的看法，不再仅止于妇女获得政治权利和经济地位，而进一步朝尊重女性独立人格、实现女性生命价值、弘扬女性精神自由等层面拓展。一些青年女作家还从西方后现代主义思想中获取滋养，在部分创作中体现了对男性中心社会解构与颠覆的思想或策略。这种局面意味着，中国女性文学开始走上更具有现代性和世界性的发展道路。

假若我们超越狭隘的文学史观来看待文学现象的话，就可以肯定地说，整个20世纪，中国女性文学在“人”与“女人”两个层面的统一与开掘方面，是取得了划时代的成就的。一方面，在相当长的时间里，发展较为突出的是偏重于社会生活主题的女性创作，这种现象的积极意义在于突出显示了冲破传统女性角色束缚之后，女性在社会生活、审美创造方面所获得的历史性解放，体现了女性意识本就自当拥有的社会性内涵。另一方面，具有自觉而强烈的女性本体意识的创作在女性文学的整体建构中同样绝不可少，它所进行的文学探索，使女性文学得以真正成为文坛上富于特色的存在。其题材选取、主题创造及艺术表现，不仅开拓了女性文学的视野，扩大了女性文学的内在空间，而且为整个中国文学的发展注入了生机与活力。

综上，女性意识的构成是丰富而多层面的，它既与消融女性性别特点、走向中性或无性的抽象意义上的“人”无缘，也并非仅局限于女子涉性的人生体验。女性意识发展的最高指向是人性的全面丰富和完善，是人的价值的全面实现，这一点与人之发展的最高指向是一致的。那些因女性意识侧重点不同而形态各异的成功创作，在女性文学史上无不具有自身的价值。在一定意义上它们殊途而同归，表现了现代女性争取自身解放、实现“人”的价值的强烈意愿。其内在的女性意识实际上有着共同的根基：女人是人。而区别仅在于，女作家们或寄希望于在阶级、民族乃至全人类的解放中探寻妇女彻底解放之途，或更重视以渗透着女性这一特殊的、人的类别特征的角色观察、反映和参与带普遍性的生活。20 世纪中国女性文学在“人的自觉”和“女性的自觉”的彼此消长、冲突、协调及整合中愈加开阔、深邃，百年间中国女性的文学实践正因为有着如此多重的内在意蕴而绚丽多彩。

〔原载《南开学报》（哲学社会科学版）2001 年第 4 期〕

女神与女从

——中国文学中女性伦理表现的两极性

王纯菲

对文学的女性主义批评是当下世界性的话语批评形态，自20世纪末以来，西方女权主义批评话语在中国文学批评界始终热度不减。然而，取西方女权主义批评理论之石，攻中国女性文学之玉，应该充分考虑中国女性文学表现的民族特征。中国传统文化，尤其是体现于女性及女性文学形象上的传统文化，是以伦理道德为核心加以表现的。从主导倾向上来看，如果说西方女性的“他者”地位主要在于男性政治、社会地位上的排“她”并导致“菲勒斯（Phallus）中心主义”的话，那么，以儒家文化精神为主导的父权制男性中心话语制定的女性伦理道德，则是中国女性历史上主体位置缺席的“元凶”。然而，中国儒家伦理道德的多层面规定之于女性又呈现较为复杂的现象。儒家伦理道德的妇德规定将女性置于“从属”“边缘”的地位，而儒家伦理道德中的孝道又将作为母亲的女性推到社会文化的“主体”体现者的位置。既是从属，又是主体，儒家伦理道德在女性身上体现的二律背反现象形成中国女性历史文化处境不同于西方女性的特殊性与复杂性，这也是中国文学女性伦理两极性表现的缘由。过去我们的女性研究多强调女性的“从属”“边缘”地位，忽视或较少研究伦理化的“母亲”的文化主体地位。其实，理性而全面地把握中国女性历史文化表现，探究“母性”文化现象产生的缘由，以及这两种女性文化现象内在的关联，应该成为中国女性以及中国女性文学研究的要点。

一

“母性崇拜”在中国是一种根深蒂固的文化现象。追根溯源，可从神话说起。中国古代神话中的创世者大多是女神。创世女神神话中最著名的是女娲神话，《山海经》记载：“有神十人，名曰女娲之肠，化为神，处栗广之野。”《说文解字》曰：“娲，古之神圣女，化万物者也”，女娲是抟土造人的开天辟地之神。神话和历史典籍中记载的女性创造者还有很多：西王母、羲和、常羲、嫘祖、华胥、女皇、简狄等。如“太阳之母”就是关于羲和的传说：“东海之外，甘水之间，有羲和之国。有女子名曰羲和，为帝俊之妻，生十日。”[①]在这些母本神话中，女性还是保护人类的英雄。如家喻户晓的女娲补天故事：“往古之时，四极废，九州裂，天不兼复，地不周载，火爁炎而不灭，水浩洋而不息。猛兽食颛民，鸷鸟攫老弱。于是女娲炼五色石以补苍天，断鳌足以立四极，杀黑龙以济冀州，积芦灰以止淫水。苍天补，四极正，淫水涸，冀州平。狡虫死，颛民生。”[②] 再如“精卫填海”，精卫口衔木石填海不止，其坚韧不拔的精神，感天动地，体现了女性的英雄性。神话中女性形象的又一特征则在于她们是氏族社会的领导者和管理者。西王母就是以女国首领和威力神形象出现的神话人物，《穆天子传》记载，周穆王到西王母之邦与西王母相见，西王母彬彬有礼，对穆天子应酬自如，俨然一位具有君王气象的妇人。西王母是威力神的传说则主要在于西王母是掌管瘟疫刑罚的女神。

中国神话中女神的创世形象、英雄形象及氏族管理者形象反映了女性在氏族社会的至高地位，翦伯赞先生对此有所评价：“人类最初崇拜的祖先，是女祖先，这已经是考古学和民俗学所证实了的。中国母系氏族时代的人群，也是供奉女祖先。他们都是‘受兹介福，于其王母’，而不是于其王父。据传说伏牺氏之族所崇拜的母神是华胥，神农氏之族的母神是安登，有熊氏之族的母神是附宝，少棉氏之族的母神是女节，陶唐氏之族的母神是庆都，有虞氏之族的母神是握登，夏后氏之族的母神是修己，商族的母神是简狄，周族的母神是姜嫄。这些古典的女神之走上氏族的祭坛，就正说明当时女子之崇高社会权威。”[③]女

---

① 《山海经广注》，影印文渊阁四库全书本。

② 《淮南子》，影印诸子集成本。

③ 翦伯赞：《先秦史》，北京大学出版社，1999，第115页。

性的神话地位为中国的“母性崇拜”奠定了坚实的文化根基。尽管后来父权意识崛起，后人在对神话故事不断的整理与篡改中，将创世救世与氏族管理功劳的一部分移植到男性祖先身上，但中华民族对原始女神的“母性”品格与“母性”精神的倾慕并没有因此消失，“在中国人的话语系统和内心世界里，总是把母亲（而不是父亲）作为最神圣最崇高的人格‘象征’……在很大意义上可以说，‘母性崇拜’是历史地积淀在中华民族文化意识极深之处的‘原始情结’，是炎黄子孙同自己的本土文化之间永远割舍不断的情感‘脐带’……它本质上是一种文化本体意义上的崇敬感和归属感”①。

中国神话流露的“母性崇拜”倾向，也可以在与西方神话的比照中见出。希腊神话中的创世者主要为男性，虽然也有地母盖娅与儿子乌拉诺斯生下六男六女十二天神及三个独眼巨怪和三个百首巨怪的传说，但宇宙的真正主宰宙斯及创造人世的神祇普罗米修斯均为男性。女性繁衍生命的功能在最初的文化记载中就被忽略、遗忘了。没有了创世纪的功绩，女性就失去了被崇拜、被倾慕的先天条件。希腊神话也塑造了很多女神形象，这些栩栩如生的形象少有中国女神的威严、敦厚、博爱、奉献的“母性品格”，而具更多人性的弱点。拥有天后头衔的赫拉是个每时每刻盯着丈夫宙斯，与其他女神、凡女争风吃醋的刻薄女人；智慧女神雅典娜也毫无宽容之怀，她曾帮助普罗米修斯创造人类，但因嫉妒普罗米修斯的功绩又加入塑造潘多拉的队伍，成为毁坏人类的帮凶；至于赫拉、雅典娜、爱神阿佛洛狄忒为争“最漂亮”的赞誉而导致长达十年、血流成河的特洛伊战争，潘多拉以美色惑“男”带来人类万劫不复的灾难，更是家喻户晓的故事。西方男权社会建立之初，就以其话语权掩埋了女性“崇高”的优点而将女性的弱点无限放大。妖女乱世、美女祸众，是西方男权社会强加到女性头上的“罪名”，它作为文化认可弥漫在西方后来的文化流传中。西方文化之根——两希文化的另一支脉文化——希伯来文化，在神话中塑造了圣母玛丽亚形象，其后来的文化意义在于她成为男权社会为女人塑造的“范型”。由于西方从生产方式到社会文化彻底将“母权制”推翻，西方母权制向父权制的过渡，就成了“一个十分自然的过渡”。②

固然，中西方以语言形式得以流转的神话，受制于语言定型、成熟的程度。

① 仪平策：《中国美学文化阐释》，首都师范大学出版社，2003，第162页。

②《马克思恩格斯选集》第4卷，人民出版社，1972，第52页。

或许，中国记述神话的语言定型期在母系氏族时期，而西方则在父系氏族时期，因此形成神话中性别角色的差异，这已无从考据。但不管怎么说，中西方神话的性别差异，对后来的性别文化的形成，则发生着重要影响。另外，中国母权制向父权制的过渡远没有西方那样来得彻底。中国先民的生态环境及生存方式，决定了中国是讲血缘、续宗嗣、重人伦的国家，母系社会的“母性崇拜”情结，在社会转型到父系社会时仍然被保存了下来，它在儒家的伦理道德的孝道系统中被发扬光大。儒家规定的道德信条“五教”——父义、母慈、兄友、弟恭、子孝，孝道是重要内容。“子孝”是儒家的根本性价值准则，它将母亲的权威定格在母子关系中。这种母性权威不仅体现于家庭，当母子关系表现为一种政治关系时，母性权威就会扩展到对政治的影响。中国历史上独具的政治体制“太后摄政”就是母性权威的扩展效应。在垂帘听政的过程中，作为母亲的女人可以通过对儿子的控制，掌控社会中心话语。宋代英宗高皇后，历英宗、神宗、哲宗三朝，于哲宗朝以太皇太后的身份临朝听政。英宗高皇后主政，以“守成”为其特点，表现出惜生重人的女性特征。当然，像英宗高皇后这样的女性在中国历史上也只有吕后、武则天、慈禧太后等几位，大多女性是在家庭范围内行使其母亲权威的。中国女性，在与丈夫的关系中毫无疑问地处于“从属”“臣服”的地位，而在与儿女的关系中，则在一定程度上分有“女神”余权与余威，甚至就是家之“女神”。这是中国女性在社会文化、社会位置上表现的复杂性与独特性。

文学文本中，“女神”式的伦理化的母亲形象多有表现，《孔雀东南飞》中的焦母、《说岳全传》中的岳母、《杨家将》中的佘太君、《状元堂陈母教子》的陈母、《西厢记》中的崔夫人、《红楼梦》中的贾母等等。这些母亲形象大体可分为三类：一类是深明大义的慈母形象，像教子“精忠报国”的岳母、深明大义的佘太君、温柔敦厚以忠孝训儿的陈母等，她们都是历史上著名的贤母，她们以圣贤之道教育儿子，并以后来长大成人的儿子的美名和功绩而彰显后世；一类是“恶母”形象，像焦母、崔夫人等，她们利用母亲权力，施展手段，是儿女幸福的扼杀者；还有一类居于两者之间，如《红楼梦》中的贾母，她有母亲的威严，虽算不上“贤母”，却也很难说是恶母。这三类母亲，在儿女面前都一言九鼎，俨如神祇。就以贾母为例，她是贾府的最高统治者，在贾府拥有至尊至圣的地位，其儿贾政在外高官厚禄、威风凛凛，在母亲面前只能诚惶诚恐，敬之若神明，做出稍有不合于母意的行为，即使是教训自己的儿子，也会遭到母亲的“恶逆”“不孝”的训斥，而一旦母亲以“恶逆”“不孝”斥之，贾政立刻就会因惹了母亲生气，触犯了“孝悌”的伦理规范而自谴、致歉。“恶逆”“不孝”是中国做儿子的男性的普遍化禁区，一旦陷入，则亲缘不容、社会不容、国家不容。中国女性正是在“母亲”的角色中冲破了重重伦理压迫，获得了一种“女神”般的人伦情感地位，在家庭伦理及由此辐射到的社会政治“中心”区域为自己保留了一个“隐性权威”的身份。

二

尽管中国女性在扮演“母亲”角色时有些许“亮色”，但在父系制的中国社会她们总体上是生活在儒家伦理道德规范的约束之中。随着中国父权宗法制统治的确立与稳定，父权统治针对女人制定的为维护男权社会秩序的伦理信条越来越缜密与周延，这些信条将女性推到政治伦理等级的下层，从而沦为男性的“附庸”“仆从”。“女从”角色，才是中国古代女性本质属性的角色。中国女性被置于“女从”地位较之西方女性被置于“他者”地位，有着更多的人伦色彩及伦理依据。这是因为中国古代文化特质之最突出点，在于它的人伦本体性。这与西方注重研究主体与客体、人与世界的二元对立关系的文化体系有着本质区别。从人伦本体性出发，《中庸》将儒家的伦理思想概括为“五伦”：“天下之达道五，所以行之者三。曰：君臣也，父子也，夫妇也，昆弟也，朋友之交也。五者天下之达道也。知仁勇三者，天下之达德也。所以行之者一也。”[①]孟子将五伦阐释为“父子有亲，君臣有义，夫妇有别，长幼有叙，朋友有信”[②]，这就将五伦规定的家庭亲属伦理关系，引申到社会政治关系，历代封建统治者均以“五伦”为治国之要。五伦中规定的君臣、父子、夫妻、长幼、朋友关系中，夫妻关系是人伦之始。在儒家传统典籍《周易》中有如是说法：“有天地然后有万物，有万物然后有男女，有男女然后有夫妇，有夫妇然后有父子，有父子然后有君臣，有君臣然后有上下，有上下然后礼义有所错。”因之，男女之间人伦秩序的确定就不仅是两性间的问题，而是整个国家的文化秩序问题，也是国家政治秩序的问题。

---

①《中庸辑略》，影印文渊阁四库全书本。

②《孟子正义》，影印诸子集成本。

在这样一个高度上，儒家学说将男女关系伦理秩序化：“夫天也，妻地也；夫日也，妻月也；夫阳也，妻阴也。天尊而处上，地卑而处下。日无盈亏，月有圆缺。阳唱而生物，阴和而成物。故妇人专以柔顺为德，不以强辩为美也。”① 天尊地卑、君尊臣卑、父尊子卑、男尊女卑，女人在儒家人伦之序中整体地被置于“卑下”“从属”的境地。为了保证男性的绝对优势，使女性永远处于“臣服”地位，体现封建统治者利益的儒家学说又为女人制定了一系列伦理道德规范。“三从四德”是其最本质、最核心的内容。“未嫁从父，既嫁从夫，夫死从子”，②女性的“从属”位置由“三从”伦理规范的确立而最终确定。“四德”是关于妇女在家庭道德方面的四项具体要求，始见于《周礼》，“九嫔掌妇学之法，以教九御妇德、妇言、妇容、妇功，各帅其属而以时御叙于王所”③，女子的言谈举止、思想操行受到严格的规定和限制。在三从四德的基础上，儒家学说又派生出许多具体的对女性道德的规约。其中，最严厉、最残酷的当属贞操规约。贞节观及贞节崇拜兴起于秦代，鼎盛于宋代，延续于元、明、清各代。贞节观要求“一女不更二夫”，更夫即失贞，失贞即失德，失德便不可为人。唐代诗人孟郊写过一首《列女传》：“梧桐相待老，鸳鸯会双死。贞妇贵殉夫，舍生亦如此。波澜誓不起，妾心古井水。”这是说，丈夫死了，妻子就得殉葬；即使不殉葬，也要终身独守，心里还要像不起波澜的古井一样没有半点杂念。为保贞节，很多妇女在遭遇男子调戏之后，知“耻”而自尽。男子丧妻可以大张旗鼓地娶妻纳妾，女子只能从一而终，男女之间地位的巨大差异、男女性爱极度的不平等以及女性性命的卑贱由此可见一斑。为进一步强化女性伦理、束缚女性行为，各朝各代还出版了大量规范女性行为的著作，如《闺范》《闺训千字文》《闺阁箴》《温氏母训》《女诫》《列女传》《家范》等，这些针对女人的著作，成为捆绑在女性身上的粗大绳索，将女性源于自然的生命能量、生命激情扼杀，将女人牢牢地定位在男性的“仆从”的位置上。

中国女性的“女从”地位在历代文学文本中都有展示，《诗经》中的弃妇诗是较早表现中国女性经礼化而除去“女神”光环变成“女从”的作品。《邶风·谷风》讲述了一个女子婚后吃苦耐劳，勤俭持家，终于帮助家庭摆脱贫困，却因人老色衰遭至丈夫遗弃的故事。这位弃妇在丈夫迎娶新人之夜被赶出家门，她

① 《家范》，影印文渊阁四库全书本。

② 《仪礼注疏》，影印文渊阁四库全书本。

③ 《周礼注疏》，影印文渊阁四库全书本。

无可奈何地悲呼："宴尔新昏，不我屑以"，"不我能慉，反以我为雠。既阻我德，贾用不售。昔育恐育鞫，及尔颠覆。既生既育，比予于毒。"诗中弃妇内心的怨情、内心的悲凉可感可触。《卫风·氓》也写了一个被弃的女子，较之《邶风·谷风》中女子对负心丈夫仍存幻想、仍取温厚态度相比，《氓》中女子则刚烈得多。她痛惜女子对自己命运的无可把握，怒斥丈夫"二三其德"的负心行为："桑之未落，其叶沃若。于嗟鸠兮！无食桑葚。于嗟女兮！无与士耽。士之耽兮，犹可说也。女之耽兮，不可说也。桑之落矣，其黄而陨。自我徂尔，三岁食贫。淇水汤汤，渐车帷裳。女也不爽，士贰其行。士也罔极，二三其德。"该诗不仅表现了女性在婚姻中与男子的不平等，也表现了当时整个社会对女子的道德要求。《氓》中女子与丈夫因没待父母之命、经媒妁之言而自由恋爱结婚，在遭丈夫遗弃回娘家后，同时遭遇到了娘家兄弟"咥其笑矣"的嘲弄。由此见出，早在《诗经》成诗时代，两性之间的不平等就已经确定。《诗经》以后，弃妇形象就成为中国文学中最常见的女性形象。

处于"女从"地位，文学中的女性难逃悲惨命运的形象比比皆是。唐传奇小说《霍小玉传》中的霍小玉就是一位被男性本位的伦理文化系统所扼杀的形象。小玉本是霍王与婢女所生之女，霍王死后被赶出家门，沦为歌女，与贵族公子李益相识相爱。小玉深知歌女地位的卑贱，对李益的爱不敢奢望："妾本娼家，自知非匹。今以色爱，托其仁贤。但虑一旦色衰，恩移情替，使女萝无托，秋扇见捐。极欢之际，不觉悲至。"李益则指天示日："粉身碎骨，誓不相舍。"然而在中国男权社会，伦理道德大于天，青楼女子无论如何洁身自好也不符合"妇德"之要求，女子的情感与命运在强大的社会伦理道德面前毫无价值可言，李益最终背弃海誓山盟，遗弃小玉，另娶豪门之女。可怜小玉只能在怒斥李益一番之后"长恸号哭数声而绝"。

下层社会的女子如此，皇宫贵戚的女子只要被认为触犯了男权社会的利益，也逃不掉凄惨的结局，唐明皇的宠妃杨玉环当是这样的女子。白居易的《长恨歌》、陈鸿的《长恨传》、洪昇的《长生殿》都以杨玉环故事为题材。在这些文本中，尽管对唐明皇与杨贵妃的爱情有所歌颂，但字里行间透露出男性作者对女性所谓"美貌祸国"的讽喻。杨贵妃以其倾国之貌、冰雪聪明、巧言善辩、揣摩迎合夫君心理等特质，力排众嫔妃，得唐明皇专宠，这行为本身就透露着女人对自己"仆从"命运的清醒认识与无奈认同。而后由唐玄宗、杨国忠、安禄山这些男权代表人物的胡作非为而导致的一切政治后果，都要由杨玉环这个柔弱女子以死偿还。在如此不公平的男权社会中，有着“回眸一笑百媚生，六宫粉黛无颜色”的倾城花容的杨玉环，只能终成一缕香魂。

“妇人，从人者也”，儒家伦理置女性于“从者”地位，将女性排除于中国社会主体生活之外，又将女性牢牢地定位于家庭伦理的秩序之中，无论女性自己如何挣扎，她都无法改变社会伦理赋予她的“第二性”的性别印记，她只能“女从”地生活，别无选择。

三

中国封建社会伦理文化导致的古代女性形象的两极化表现，呈现着中国女性文化的复杂性与特殊性。从表面上看“女神”般的威严与“女从”的低贱，这两种形象是对立的、相互否定的，但却拥有本质的一致。法国学者西蒙·德·波娃说：“一个人之为女人，与其说是‘天生’的，不如说是‘形成’的。没有任何生理上、心理上或经济上的定命，能决断女人在社会中的地位，而是人类文化之整体，产生出这居间于男性与无性中的所谓‘女性’。”[①]被西方女性主义者奉为至宝的西蒙·德·波娃的女人“形成”论同样适用于对中国女性的分析。“女神”与“女从” 两类女性都是中国古代道德文化濡染的产物，都是在男权社会的历史合力中形成，共同的文化根基铸就了“女神”与“女从”两类女性本质上的共同性。

她们都是中国男权社会伦理化、秩序化的产物。“妇女所谓的价值显然地异于男人所形成的价值。很自然就是这样。但是总是男人的价值占优势。”[②]在中国儒家伦理道德，尤其对于女性规定的伦理道德的强制推行下，中国女性体现女性特征的自身价值规定消隐了，她们成为符合男性社会伦理秩序的社会成员。“女从”形象是中国女性被秩序化、伦理化最鲜明的体现。漫长的中国封建社会的伦理灌输与强制，“三从四德”等妇德内容成为中国女性做女人的价值尺度，无数女性在这样的价值尺度下实践着从自然女性向道德女人的“形成”。即使在今天，中国女性的精神本质中仍然充斥着儒家伦理道德的影子，贤妻良母、相夫教子、温柔恭顺、女主内男主外仍是社会对女人的价值判断标准。再看“女

---

①〔法〕西蒙·波娃:《第二性——女人》，桑竹影、南珊译，湖南文艺出版社，1986，第23页。

②〔英〕弗吉尼亚·伍尔夫:《一间自己的屋子》，王还译，生活·读书·新知三联书店，1989，第91页。

神”般的母亲形象，深明大义的慈母形象本身就是儒家伦理道德培养的成功“范型”，她们是男权社会伦理道德的忠实维护者和执行者，她们的“女神”地位是建立在这样的“维护者”和“执行者”角色上的，她们的儿子之所以对她们顶礼膜拜就是因为她们是男权社会伦理道德的化身；她们用以训导儿孙的权力话语，正是男性社会规定的权力话语，她们实际上是男性话语的代言人和表述者。然而，当她们倾力扮演角色时，她们已经远离了女性的本质规定，她们成为没有男性特征的男权守护“神”。从这个角度说，作为母亲的女性在“孝”的温顺崇仰中，被实施了残酷的性别变异“手术”。所以，考察古代文学中这些威风凛凛的母亲形象，会发现在女性生活必不可少的爱情与婚姻两项内容中，她们只有由婚姻形式确定的家庭位置，绝少有两情相悦的爱情生活。而且，她们“母亲”角色的正式启动，又只能在配偶——社会或家庭的男性绝对权威的“缺席”状态下进行。“太后摄政”是因为皇帝丈夫驾崩，小皇帝尚小，皇帝丈夫活着，她们就只能退隐后宫。母亲中的“恶母”形象也是中国男权社会伦理化、秩序化的产物，是中国封建社会伦理秩序化的异化现象。《孔雀东南飞》中的焦母俨然是封建伦理道德的卫道士，媳妇刘兰芝严守“妇德”，她仍以“此妇无礼节，举动自专由”为由，唆使儿子休妻。她做得如此理直气壮是因为有强大的社会伦理道德体系为她撑腰，礼教规定了婆婆的爱恶足以决定媳妇的去留，刘兰芝自然不能与强大的社会伦理抗争，悲剧是必然的。

在中国漫长的封建社会中，儒家伦理道德作为社会主流文化长期熏陶中国妇女，使最初以强制性出现的法规戒律逐渐为女性接受，并内化为自身价值取向。“女神”与“女从”两类典范形象的形成，从某种意义上说，都是这种“内化”效应的结果。刘兰芝尽管被婆母无理逐出，却并未表现出对婆母的仇恨，而是按“妇德”要求虔诚地自检，把被休的责任揽在自己的身上，临走时她对婆母说：“昔作女儿时，生小出野里，本自无教训，兼愧贵家子”；还叮嘱小姑“勤心养公姥”；在丈夫面前，她则自认为“人贱物亦鄙，不足迎后人”。可见经由儒家礼教，自卑和顺从已成为刘兰芝内在的精神品格。“女神”般的母亲形象更能见出儒家伦理为中国女性所认同并内化为精神与行为价值取向的情形。男性社会伦理给了她们维护男权社会的权力，但她们误认为这种权力就是她们自己的权力。她们自觉地扮演着男权社会伦理忠实执行者的角色，在鲜血淋漓的“易性术”中，母亲们理直气壮地登临男权守护神的高座。这是一种灵魂的畸变，这也正是儒家女性伦理的彻底之处。英国女权主义倡导者伍尔夫把这种将男性标准内化为自身要求的妇女称作“房间里的天使”，她认为，这些“天使”由于经济上对男性依赖造成她们对男人的谄媚，她们自觉接受男人所强加于她的低人一等的观念，形成否定自身创造力的“反面本能”。与西方女性相比，中国伦理意识对女性精神的“侵蚀”更为“深入”与“悠长”。最为明显的表现是，儒家伦理道德构成着中国女性人格建构中最根深蒂固、最顽强、最基元的一部分，当我们今天说到中国妇女的优良品质时，其深层的道德尺度竟仍然是儒家“妇德”的道德尺度！当代一些“有教养”的女性仍以这种道德尺度进行自我约束与自我塑造，并且仍可赢得社会舆论的赞赏。

尽管“女神”与“女从”形象的两极表现，从本质上说都是男权社会伦理化、秩序化的结果，但这两种情形毕竟有所不同。处于“女从”地位的女性无社会主流文化话语权，她们的话语权利、女性意识与她们的身份一起被排挤到了社会的边缘地带，她们是社会主流文化的缺席者与受虐者；处于“母亲”地位的女性则不同，她们有家族或家庭话语权，尽管她们本质上守护男权，但她们也毕竟在守护男权中获得了一定的权力。前面提到，宋宣仁太后垂帘听政，以“守成”为政治基点，表现出惜生重人的女性特征。“守成”政治顺应宋代当时民心，宣仁太后得到了朝野广泛的爱戴，她去世后，很多人为她写悼念诗，苏颂的一首诗这样写：“避殿尊先后，垂帷祐圣孙。忧勤万机政，听纳七臣言。功载生民咏，神游永厚原。鸿名兼四德，难尽赞坤元。”[①]宣仁太后受人尊重，有她“避殿尊先后”道德自律的母仪天下所为，也有中华民族集体无意识的“母性崇拜”情结及儒家忠孝伦理意识的作用。这种情形下，女性对社会主流文化的“隐性作用”便发挥出来了。所以，从整体上说，中国女性确实被男性锻造的伦理世界打败了，女性沦为从属、卑贱的地位。但也应看到中国女性通过“母亲”这一崇高身份对作为家庭下一代成员乃至社会发挥的间接的、潜在的影响与作用。

儒家伦理道德在女性身上体现的二律背反现象，使中国女性在自我意识的觉醒、自我解放的自觉性方面整体地晚于西方女性。中国女人在成长过程中被规定的女儿、妻子、母亲三种身份中，前两种主要处于“女从”地位，熬到母亲地位时有了翻身得解放的感觉，她们在儿孙辈那里可以找到压抑的精神释放的突破口，所以她们格外看重母亲的地位与权力，尽管这是维护男权社会利益

---

① 《苏魏公文集》，影印文渊阁四库全书本。

的地位与权力。中国文学中的恶婆婆形象，从女性深层心理来看，就是这种地位与权力扭曲张扬的表现。“千年的媳妇熬成婆”，这些婆婆们都是从媳妇过来的，深知地位卑微的媳妇的艰辛与苦衷，但一旦成为婆婆，多年的精神压抑就会转化为权威力量，变本加厉地施加在儿媳身上。这是长久伦理压迫所致的变态，是难言的女性悲哀。中国千百年的“母性崇拜”与儒家的孝悌文化给予了母亲权威的合理性，它成了中国女性缓解压抑的一条出路，给了女性漫漫黑夜中一种企盼。因而，中国女性在自我解放上的要求便也因终可以熬成母亲的这点企盼，而失去了那种切身的紧迫感。纵观中国女性解放走过的道路，中国女性自我意识觉醒的突出表现主要发生在五四和新中国成立时期，都是借助于政治的力量进行的。在封建社会漫长的历程中，除了历史上几位有名的女性在自己的范围内进行有限的女性意识的彰显外，中国女性几乎没有发生像西方女性那样的原发性、群体性的自我解放运动，这种情形的存在，就女性自身来说，一方面与中国女性伦理道德精神“侵蚀”的深入性有关，另一方面也不能不说与中国女性在黑暗压迫中存有的那做“母亲”的企盼有关。

〔原载《南开学报》(哲学社会科学版) 2006 年第 6 期〕

重估现代女作家的出现
——以新文学期刊（1917—1925）中的女作者创作为视点*

张 莉

中国历史上现代意义的女学生——不是请私塾先生进入家庭，也不是名士文人在家中收的女弟子，出现在晚清。有资料可查的中国人自办的第一所女校出现在1898年。女学堂的出现，意味着几千年来一直生活在家内的中国女性可以合法地走出家庭、进女校读书，也使同龄女性之间的交流机会增多，与男性交往可能性加大，这是现代女作家出现的客观条件。但这并不意味着，进入学堂学习的女性就必然会成为现代女作家。她们需要写作实践、需要发表作品的机会，更需要个人的聪慧与努力。五四新文化运动中，女高师和燕京女大就出现了一大批具备上述条件的女大学生，其作品出现在高等学校校刊的同时，也开始进入新文学期刊，现代女作家们以集体的形式浮出水面：1918年，陈衡哲在《新青年》上发表诗歌、小说和独幕剧，成为《新青年》最重要的女性作者；1919年开始，冰心成为《晨报》《小说月报》的重要作者，也成为声名远播的女作家；大学三年间，庐隐写了大约有十几万字的作品，它们分别发表在《晨报副刊》、《人道》月刊、《批评》半月刊、《时事新报》（《文学旬刊》《学灯》）、《小说月报》、《小说汇刊》；从女高师到北大国学院，冯沅君的作品分别发表在《创造季刊》《创造周刊》《语丝》，她被誉为当时最勇敢的女作家；苏雪林则先后在《晨报副刊》《民铎》《民国日报》《国民日报》《时事新报》等刊物发表作品，另外，她还曾担任过《益世报·妇女周刊》的主要撰稿人；凌叔华则在《晨报

* 本文为教育部哲学社会科学研究重大课题攻关项目“性别视角下的中国文学与文化”（05JZD00030）阶段性成果（05JZD00030）。

副刊》及《现代评论》发表作品，日后成为《现代评论》的代表性作家；等等。

上面的史实表明，在五四的热风里，女学生们迅速成为新文学杂志的重要作者；同时，这样的统计也显示，新文学杂志为女性作者提供了相当广阔的发表作品的空间。事实上，在陈衡哲、冰心、庐隐、冯沅君、凌叔华等人成长为现代女作家的过程中，新文学报刊起了举足轻重的作用。

一、“她抓住了读者的心”：冰心与《晨报副刊》《小说月报》

在第一代女作家中，能用得上“家喻户晓”四个字来形容的，恐怕非冰心莫属。当然，这样的评价具有双重含义：她既和其他女作家一样在文坛上得到众多同行的赞誉，也得到了广大普通读者的认同。这除了冰心本身的写作才华之外，20世纪20年代发行量可观的《晨报》功不可没。

在晚年的回忆录中，冰心强调了自己是被五四运动震上文坛的事实。她当时是协和女子大学预科一年级的学生，参加了北京女学界联合会的宣传股——被要求多写反封建的文章，在报纸上发表。冰心的远房表哥刘放园，是北京《晨报》的编辑。表妹找到表哥，希望他帮忙。他“惊奇而又欣然地答应了”[①]。在这家报纸，冰心先是以女学生谢婉莹的署名发表了两篇杂感《二十一日听审的感想》《“破坏与建设时代”的女学生》，之后开始使用“冰心”发表文学作品。

从1919年9月18日首次使用“冰心女士”这个署名开始，到1920年12月21日止，“冰心女士”在这一年间毫无疑问地成为《晨报》的重要作者：1919年9月18日至22日，连载了《两个家庭》；半个月后，10月7日至11日连载《斯人独憔悴》；10月30日至11月3日，又连载了《秋雨秋风愁煞人》；11月22日到26日连载小说《去国》；1月6日至7日连载《庄鸿的姊姊》；1920年3月至5月，又有小说以连载的形式发表，它们是《最后的安息》（1920年3月11日至12日）、《还乡》（1920年5月20日至21日）等。除了这些连载小说，她还发表过杂感和单篇小说。粗略算来，一年多的时间里，“冰心女士”的名字几乎每月都有几天出现在《晨报》上，并且常常以连载形式。频繁发表作品，又常以连载形式，并不必然导致一位女学生成为读者关注的女作家。重要的还

① 冰心：《回忆“五四”》，载《冰心全集》第7卷，海峡文艺出版社，1998，第28页。

是要取决于作品本身的魅力——她被评论家赞誉为“抓住了读者的心”[①]。这对于日刊，尤其是以市民为主要读者群的报纸来说，尤其重要。

冰心之所以能“抓住”读者的心，除了她本人的敏锐观察力和艺术表现力之外，可能与她的表兄刘放园的点拨有关。谈到刘放园当年对自己的帮助，冰心回忆说他“鼓励我们多看关于新思潮的文章，多写问题小说”[②]。“新思潮”和“问题小说”应该得到重视，它们显示了在1919年时作为《晨报》编辑的刘放园对于社会敏感问题的把握：这位编辑触摸到了时代的脉搏、了解到《晨报》读者的兴趣点。刘在提出这些建议的同时，还给冰心寄去了当时新出版的刊物：《新青年》《新潮》《少年中国》《解放与改造》等等。刘的双重身份：表兄/编辑，既可以解读为一位编辑对于来自高校的女学生作者的希望，也可以解读为表兄帮助表妹提高稿子的命中率。无论出自何种立场，刘放园的心思都没有付之东流。从后来的情况看，聪明而善解人意的冰心领会了表兄的期待和建议，“把我所看到的听到的种种问题，用小说的形式写了出来”[③]。另外，对于一位初尝写作的年轻人而言，冰心还有着普通作者所没有的待遇，她没有收到过退稿。“我寄去的稿子，从来没有被修改或退回过，有时他还替上海的《时事新报》索稿。”[④]——正是表兄的引导、提携和呵护，使初次写作的冰心在《晨报》获得了得天独厚的条件。

自《斯人独憔悴》始，冰心的写作日渐成熟，她也慢慢习惯了以一种新鲜的视角讲述学生的世界。这些小说中的人物，与刚刚结束的五四运动相互映照，有点类似于五四运动参与者们生活侧记的印象。《斯人独憔悴》发表后，北京《国民公报》的“寸铁栏”一个星期后就有读者来信说，读完《斯人独憔悴》他想到了“李超”事件。[⑤]另外，当时的学生团体对小说也很感兴趣，在新明戏院演剧时，这部小说成为登上舞台的首选剧本——冰心的小说获得了现实与文本间的“互文”效果。

发现读者们对“社会问题小说”的热衷，同时，也发现了问题小说与现实之间的“互文性”，《晨报》编辑加强了冰心与读者们的互动。在1919年11月

---

① 阿英：《谢冰心小品序》，载范伯群编：《冰心研究资料》，北京出版社，1984，第401页。

② 冰心：《回忆“五四”》，载《冰心全集》第7卷，海峡文艺出版社，1998，第29页。

③ 冰心：《关于男人（之四），五、我的表兄们》，载《冰心全集》第7卷，海峡文艺出版社，1998，第689页。

④ 同上书，第689页。

⑤ 晚霞：《“寸铁栏”短评》，《国民公报》1919年10月17日。

22日至26日五天的连载中，冰心发表了留学生回国后报国无门的小说《去国》。一周之后，《晨报》就刊登了读者鹃魂的读后感《读冰心女士的〈去国〉感言》[①]。需要着重提到的是，这篇感言与一般的读者来信不大相同，它篇幅很长，以至发表时从第7版一直转到了第8版。把常常刊登广告的第8版让出篇幅刊登某个小说的读后感，显示了《晨报》对冰心作品引发的社会效应格外看重。

从作品发表到被人讨论、改编成话剧、作品的读后感被报纸大幅刊载，1919年8月至12月，年仅20岁的冰心的作品以密集连载的形式、以与国事紧密相关的主题，赢得《晨报》读者关注。到1919年12月1日《晨报》建刊一周年之际，纪念特刊上刊登了四位作者的文字。与三位作者胡适、鲁迅、起明（周作人）并列发表作品的，正是冰心。特刊的排列形式，是《晨报》对于刚刚20岁的冰心——一位女性作者的扶持。成就冰心新文学史上女诗人地位的，依然是《晨报》。1921年，冰心写了一段杂感，名为《可爱的》，在《晨报》登出来时被分了行。编者孙伏园对分行的解释是认为冰心的文章很有“诗趣”，所以就把杂感与诗趣打通了。分行发表鼓励了冰心大胆尝试，之后她又创作了《迎神曲》《送神曲》等。通常情况下，作者前无古人的尝试常常会受到编辑和报纸的质疑或否定，《晨报》也有着类似的困惑。在《晨报副刊》“新文艺”栏目将连载冰心小诗的前夜，刘放园在给冰心的电话中还有“这是什么？”[②]的疑问，但作为冰心的“老朋友”，《晨报》最终给予了其尝试以理解与支持。在1922年1月1日至26日，从新年的第一天开始连载《繁星》，而在同年的3月21日至6月30日，则陆续连载了《春水》。[③]

如果没有《晨报》，女学生谢婉莹会成为女作家冰心吗？这个假设或许没有意义。但这样的提问却提醒我们认识到载体对于作品，以及编辑对于作者的重要性。对于冰心的问题小说，正是《晨报》编辑最初多写问题小说的提醒、适时刊登读者来信的方法，才引发了读者的关注与讨论，也为冰心作品获得广泛的认同提供了条件。同时，正是《晨报》编辑的包容，才有了“冰心体”的一度盛行。换句话说，无论从影响力还是从发行量来说，《晨报》都为冰心成为知名的女作家提供了最为迅速、直接和最重要的平台。如果没有《晨报》，冰心也许依然会成为女作家，但是，她的成长道路恐怕会有更多的曲折。总之，冰心

① 鹃魂：《读冰心女士的〈去国〉的感言》，《晨报》1919年12月4日。
② 冰心：《我的文学生活》，载《冰心全集》第3卷，海峡文艺出版社，1998，第9页。
③ 冰心：《我是怎样写〈繁星〉和〈春水〉的》，载《冰心全集》第5卷，海峡文艺出版社，1998，第142页。

与《晨报》之间良好的合作关系，最终使其成为“新文艺运动中的一位最初的、最有力的、最典型的、女性的诗人，作者”[①]。

如果说《晨报》使冰心成为万众瞩目的女作家的话，那么，《小说月报》则为冰心提供了获得“文学同仁”认可的重要平台。1921年，冰心列名于文学研究会。同年，《小说月报》革新，全面登载新文学作品。1921年1月10日，在《小说月报》革新的第一期上刊载了杂志的“改革宣言”，附录了“文学研究会宣言”和“文学研究会简章”。这是具有“历史意义”的一刻，从此之后，这部杂志成为现代文学史上有着重要地位的文学期刊，现代文学史上大部分著名作家的小说，都从这里开始发表。也是在这一期上，冰心发表了小说《笑》，被排在仅次于周作人和沈雁冰的“理论”之后，显示了她被作为“文学研究会”主要作者的地位。同期发表作品的还有叶绍钧（叶圣陶）、许地山、瞿世英、耿济之等人。不能忽略的是，除冰心外，他们都是“文学研究会”的发起人。

1921年4月10日，冰心在《小说月报》发表《超人》。《超人》发表时，《小说月报》的主编茅盾化名“冬芬”讲述了自己看完这篇小说后的感受：“我不禁哭起来了！”这样的感受很快引起了读者的共鸣。之后，从1921年4月到1922年10月，冰心发表了八篇小说，另有一篇杂感和一篇散文。换句话说，在这个月刊杂志上，十八个月的时间里，她发表了十篇作品，大约每两期便有一篇，同时，她的作品也常被放在《小说月报》创作篇目的“头条”给予推荐。另外，在她频繁发表作品的1922年，《小说月报》在“创作批评”栏目中，还集中三期发表了读者对于冰心作品的感想：第8期的三篇感想是《评冰心女士底三篇小说》（佩蘅）、《读冰心作品志感》（直民）、《读了冰心女士的〈离家的一年〉以后》（张友仁）；第9期的两篇是《论冰心的〈超人〉和〈疯人笔记〉》（剑三）、《评冰心女士底〈遗书〉》（断崖）；第11期也是三篇，分别是《读冰心女士作品的感想》（赤子）、《读〈最后的使者〉后之推测》（式岑）、《对于〈寂寞〉的观察》（敦易）。——《小说月报》时代的冰心，如在《晨报副刊》一样受到了杂志的扶持，也使她获得了诸多“文学同仁”的认可。1923年1月和5月，冰心前期的两部代表著作《繁星》《超人》，以文学研究会丛书的形式相继在上海商务印书馆出版，进一步奠定了她的新文学女作家的地位。

---

① 黄英：《谢冰心》，载范伯群编：《冰心研究资料》，北京出版社，1984，第197页。

二、“金榜题名般的喜悦”：庐隐与《小说月报》

就庐隐的创作之路而言，《小说月报》是其文学生涯拯救者的说法并不夸张。此前，还是女高师学生的庐隐，曾把她的小说习作送给一位陈姓老师看，但受到了严厉的否定，他认为她的小说根本不像小说。①后来，庐隐在同乡郑振铎的介绍下，把这部小说寄给了茅盾（时任《小说月报》主编）。一个月后，小说在《小说月报》这一有着重要影响力的新文学杂志上发表。回忆录中，庐隐说这“金榜题名”般的惊喜，把灰心的她从自卑中解脱出来：“从此我对于创作的兴趣浓厚了，对于创作的自信力增加了。”②

《小说月报》不仅使庐隐的创作兴趣增强，也使这位刚刚踏上文坛之路的作者很快为读者知晓。自 1921 年 2 月 10 日《小说月报》第 12 卷 2 号上发表《一个著作家》后，在 6 月、7 月、8 月份，庐隐的小说连续三期被刊登；之后，第 11、12 期依然有她的小说发表。当然，1921 年 7 月 10 日这期，在发表小说的同时，还刊载了她的创作谈《创作的我见》。大致算来，1921 年《小说月报》出版的 12 期中，有 6 期刊载“庐隐女士”的作品。接下来，尽管没有 1921 年那样的发表频率，但在 1922 年、1923 年间，庐隐的许多代表作也依然在《小说月报》发表，其中包括《或人的悲哀》《丽石的日记》以及《海滨故人》等。

在《小说月报》，庐隐并没有享受像冰心那样被大力推介的待遇，也没有获得那样广泛的“同行认可”。但就庐隐创作生涯考察，《小说月报》毫无疑问是推动女学生庐隐成为新文学女作家的重要力量。自然，这并不意味着《小说月报》对庐隐的扶持是无原则的。庐隐的小说“很注意题材的社会意义”的开掘，其小说仅从取材范围而言也具有很大的开阔性，从城市到乡村、从教育到婚姻、恋爱、工人农民以至对民族问题的关注……她的着眼点，正与《小说月报》编者们的文学理念相吻合。因而，正如《晨报》认同冰心在问题小说创作方面的努力一样，《小说月报》对庐隐作品对于社会问题的关注表达了欣赏之意——只有杂志所追求的审美口味与作家作品气质之间相吻合时，杂志期刊对作者提供的平台才可以显现其作用。毕竟，作为杂志长期顾客的阅读者们的阅读趣味是

---

① 庐隐：《我的自传》，载钱虹编：《庐隐文选》，福建人民出版社，1985，第 586 页。

② 同上书，第 577 页。

不可忽视的，即使是报纸期刊有意扶持，若作者的气质和作品的格调与杂志风格不相吻合的话，读者也很难接受。

另外，需要指出的是，虽然冰心和庐隐都是《小说月报》的女作者，但庐隐为成为《小说月报》的作者所付出的努力可能要大于冰心。尽管茅盾以不无赞赏的语气认为庐隐的写作视野开阔，但是，也正是这种对其写作视野开阔的期待，在某种程度上束缚了这位刚刚进入文坛的女学生。在《灵魂可以卖吗？》这篇小说中，庐隐讲述了一位从女校辍学的纱厂女工对于灵魂自由的呼唤。这样的呼唤与其说是一位生产女工的想法，莫若说是当时对哲学颇感兴趣的女学生庐隐在学校课桌上想象女工生活更为合适一些。没有亲身经验和经历，再加上想象力的有限，在这些被夸奖为“社会题材开阔”的作品中，庐隐显现了创作者的吃力。她无法真实传达出一位女工的生活经验，也无法真实表达生活在困苦中的人们的心声。庐隐放弃了她熟悉的领域，去追求题材的丰富性，这样的结果是，一方面，她确实因此获得了更多的发表作品的机会（她的小说集《海滨故人》由上海商务印书馆出版，被收入《文学研究会丛书》）；另一方面，却是以她有意无意间牺牲自己所长为代价的。庐隐的创作及发表经验，既可以为20世纪20年代爱好文艺的女学生如何在新文学期刊杂志的帮助下成长为女作家提供佐证，也可以看作一位女作者为获得“主流”的认可所采取的“策略”（或是所做出的“牺牲”）。1922年底，写作经验日趋成熟的庐隐开始回归自我，她创作了一系列以女学生生活为题材的小说，即《丽石的日记》《海滨故人》等。在这里，她为文坛提供了一代女性知识分子形象，也找到了一种与个人气质相吻合的表达方式。

三、“东吉祥的座上宾”：凌叔华与《晨报副刊》和《现代评论》

在燕京女大读书时期，凌叔华就对文学创作深感兴趣。在给周作人的信中，她信心十足地表达理想，希望做一个女作家。并且，她还寄给了周作人一些稿件。“所寄来的文章是些什么，已经都不记得了，大概写的很是不错，便拣了一篇小说送给《晨报》在副刊发表了。”[①]在回忆中，周作人明确地说：“她的小说因我的介绍在《晨报》上连载”，“其时《现代评论》还未刊行”；此后“她的文

① 周作人：《几封信的回忆》，《文艺世纪》1963年第12期。

名渐渐为世上所知，特别是《现代评论》派的赏识，成为东吉祥的沙龙的座上宾了”[①]。一般认为，周作人推荐的这篇小说是《女儿身世太凄凉》，它经过著名编辑孙伏园的稍事修整，发表在1924年1月13日《晨报副刊》上，这通常被认为是凌叔华的处女作。求助于周作人去发表小说，这是凌叔华如何借助于著名老师的影响、为小说找到发表阵地的一个实例，它显示了一位热爱文艺的女学生在“表现自己”方面的主动精神。

《女儿身世太凄凉》与凌叔华后来的成名小说类似，都着眼于“高门大户”人家女儿的经历，更与当时“控诉家庭罪恶”的问题小说相似。另一篇小说《资本家的圣诞》，描画了一个贪图享乐、伪善、自私的资本家老爷形象。文章对资本家的蔑视态度和嘲讽语气也表现了当时身为女学生的凌叔华对待资本家的态度与立场。很明显，凌叔华早期发表在《晨报》上的小说，较之于后来发表在《现代评论》的作品，有着青涩、粗疏的特点，含蓄、委婉的凌氏风格还没有形成。

把凌叔华1924年1月的《女儿身世太凄凉》与1925年1月发表在《现代评论》上的《酒后》放在一起，会发现两篇作品在艺术追求上的某些变化。是什么使凌叔华早期的作品与《现代评论》时期的作品出现这样的差异？这恐怕与凌叔华本人的阅读习惯有关。据凌叔华自述，她是《晨报》长期的读者。学生时代，她对《晨报副刊》上的各种讨论，“什么‘女子参艺’哪，‘日本货’哪，‘爱情定则’哪，‘科学与玄学’哪……”[②]都很感兴趣。这样的一位热心读者，了解报纸编辑的“爱好”“口味”，明白读者们的兴趣所在并不奇怪。当她变成写作者，希冀自己的作品在报纸上发表时，恐怕在内心深处便有着迎合报纸办刊口味、盼望获得发表机会和众人关注的倾向。实际上，凌叔华早期小说在《晨报》上发表的事实也表明了其投稿“策略”之成功。正如上文所分析的，这种融入策略也出现在冰心、庐隐身上。她们的这种创作倾向，既与其当时青年学生的身份相关，也与她们的阅读倾向有关。与其把女作者们不约而同接近主流的写作姿态看作是女性主体意识的自我压抑，不如看作是作者的写作策略更符合事实。毕竟，这种策略不只是女性作者在运用，男性作者也不例外。也正因如此，新文学的倡导者们才得以推动一种新的阅读习惯、写作习惯的建立。

---

① 周作人：《几封信的回忆》，《文艺世纪》1963年第12期。

② 凌叔华：《读了纯阳性的讨论的感想》，载陈学勇编：《凌叔华文存》下卷，四川文艺出版社，1998，第802页。

1924 年 5 月，凌叔华在迎接泰戈尔的茶会上认识了陈源（陈西滢）。同年 12 月，《现代评论》创刊。1925 年 1 月，《酒后》发表在《现代评论》。之后，在 1925 年至 1926 年，凌叔华在《现代评论》上发表了《吃茶》《绣枕》《再见》《花之寺》《有福气的人》《等》《春天》《他俩的一日》和《小英》等小说，由此而广为人知。大约在 1926 年，陈、凌结婚。从这样的时间表中可以看到，《现代评论》创刊后，凌叔华的大部分小说都是发表在陈源做主编的杂志上。这与她辗转经由周作人把小说推荐给孙伏园发表的情况相比，待遇显然不同。由于特定的人际关系，凌叔华在 1925 年之后的创作更加顺利，自由写作的空间大了许多。这种相对自由的、不必过多迎合编辑和读者进行写作的客观条件，为凌叔华创作风格更大程度上依从内心而变化提供了便利。

四、结　语

由上可知，在冰心、庐隐、凌叔华成为女作家的过程中，新文学期刊扮演了重要的、不可或缺的角色。而这种情况并非个别和偶然。在其他女作家的成长之路上，新文学期刊的作用同样不可忽视。以中国现代文学史上的第一位女作家陈衡哲为例。陈最早能够为人所识，中国现代史上卓有地位的新期刊《新青年》的作用不可低估。自 1918 年《新青年》第 5 卷第 3 期开始，陈衡哲先后在《新青年》发表《人家说我发了痴》（1918 年第 5 卷第 3 期）、《老夫妻》（1918 年第 5 卷第 4 期）、《鸟》、《散伍归来的“吉普色”》（1919 年第 6 卷第 5 期）、《小雨点》（1920 年第 8 卷第 1 期）、《波儿》（1920 年第 8 卷第 2 期）等作品。作为最早在《新青年》发表文学作品的女作者，也是发表作品最多的女作者，陈衡哲进入《新青年》的作者群不仅仅是获得发表作品的机会，还意味着成为“新文学运动初期干部。最初出现于新文坛的女作家”。①

在《新青年》获得比其他女性作者更多的发表作品的机会，陈衡哲的留美求学经历值得关注。在美国读书期间，当胡适构想白话文写作的梦想时，陈衡哲便是他的支持者。因而，当胡适成为《新青年》的主将时，陈衡哲的作品便比别人更有机会发表。当然，1917 年至 1920 年间，正是文学革命与白话文写作都处于艰苦卓绝之时，如陈衡哲般对白话文写作有着创作实践热情、对文学

---

① 阿英：《中国新文学大系・史料索引卷》（影印本），上海文艺出版社，2003，第 220 页。

有着独特理解力的女作者，于《新青年》而言也是可宝贵的。

冯沅君的成名与创造社的期刊有关。冯以“淦女士”为笔名在《创造季刊》（第2卷第2期）上发表了《隔绝》之后，在《创造周报》第45期、46期、49期又相继发表了《旅行》《慈母》《隔绝之后》，进而以系列作品震惊了文坛。正如许多批评家指出的是，冯沅君只以几篇内容相近、结构类似的作品就获得了文坛的瞩目，一方面在于“她非常大胆的在封建思想仍旧显着它的威力的时代里勇敢而无畏的描写了女性的毫无掩饰的恋爱心理”①，这样的女性精神气质，符合了时人对于叛逆的、敢于主动表达爱的新女性形象的期待；另一方面与冯沅君本人是《创造》的读者，受到创造社创作观念的影响有关。其作品所获得的关注无疑借助了《创造季刊》《创造周报》的影响力。毕竟在短短的一段时间里，同一位女作者的稿件接连发表，会带给读者比较强的冲击力。

苏雪林的成名得益于《晨报副刊》《益世报》。1919年10月，刚到北京的苏雪林在《晨报副刊》上发表了《新生活里的妇女问题》。之后，她和同学一起，受邀担任《益世报·女子周报》的主编。1920年至1921年间，在《益世报》专门为女高师学生作者提供的阵地上，笔耕不辍的苏雪林以每月两三万字的产量成为《女子周刊》当仁不让的主笔。和当时大部分青年作者们类似，苏雪林以一位“五四人”的身份观察社会与人生以及妇女的生活经验，她的文字大都与反映现实黑暗、底层百姓生活以及礼教对女性的迫害有关。

尽管以上主要是以《新青年》《晨报副刊》《小说月报》《新青年》《创造》等杂志为主要考察对象，但并不意味着当时只有这些杂志对女性作者进行了扶持。事实上，在冰心、庐隐、冯沅君、苏雪林的创作目录上，《语丝》《时事新报·学灯》《民国日报·觉悟》《益世报》等报刊都曾刊载过她们的作品。正是来自新文学期刊的不约而同的支持，陈衡哲、冰心、庐隐、冯沅君、凌叔华等人及其作品才日益为广大读者熟悉，并引起同行关注。这是女作者们成长之路上具有重要意义的一步。从此，她们由热爱文艺的女学生逐步成长起来，最终成为广为人知的女作家。当然，作品关注社会问题、符合新文学事业的构想、显示其与“旧的”闺阁女作家的不同审美情趣，也是当时报纸期刊对于年轻女作者们的期待。最终，接受了现代教育的女作者们没有让编辑们失望，她们以旺盛的创作热情和优秀的作品回报了新文学期刊所提供的宝贵机会，进而“浮

① 黄英（阿英）编：《现代中国女作家》，北新书局，1931，第110页。

出历史地表”。

新文学女作家与新文学期刊之间紧密互动的事实表明，作为现代文学的重要组成，中国女性文学同现代男性创作是共生、同长的。唯其如此，中国新文学事业才得以完整与丰富。

〔原载《南开学报》（哲学社会科学版）2008 年第 2 期〕

论 20 世纪中国女性写作的历史意识与史述传统

王　侃

历史是意义阐释的终极结构。无论是国族或是个人，也无论是阶级或是性别，都必须通过“历史”来证明其存在的合法性。以性别视角而论，女性必须面对这样的历史尴尬：女性没有历史。女性在人类的“历史记忆”中被放逐，成为沉默的另一半。长期以来，历史或历史叙事一直是由男性神话的叙事传统所构建，在已有的历史叙事中，女性是缺席的他者，同时，因为其被支配和被书写的命运，女性又是历史永远的客体。作为两千年的历史盲点，女性是“一切已然成文的历史的无意识”。[①]必须承认，历史作为人类活动的场域，女性作为实践主体在其中的政治、经济、宗教、战争乃至文学等公共领域和公共空间的活动基本缺失，由历史所涵括的关于公共领域和公共空间的各种宏大叙事，涉及女性的部分几为空白。这种局面进一步恶化了各种历史价值的认知中对女性价值的压降趋势，性别关系中的等级制度与权力模式，已经成为历史意识中的“超稳定结构”。这使得 “历史”成为一个相对于女性的巨大的政治概念。针对历史的言说或书写对于女性来说是如此重要，是因为获得“历史”就意味着获得“拯救”。

由此，“历史”成为女性获得写作权利后必须首先面对的一个写作主题。通过一种历史书写，一种历史批判，阐明一种针对性别政治的历史意识，最终在历史叙事中构建女性自己的主体性，几乎成为女性写作的起点。这个主题的写作对于进入现代以来的中国女性写作而言，同样意义非凡。本文将论述中国女性写作自现代以来所形成的史述传统。

---

① 孟悦、戴锦华：《浮出历史地表——现代妇女文学研究》，中国人民大学出版社，2007，第 4 页。

一、历史认同：女国民化写作

女性写作始于“历史”，始于女性成为历史主体的渴望与内在动机。中国新文学中的女性写作也不会例外。但起步于 20 世纪初的中国现代女性写作与起源于近代的西方女性写作存在着历史意识的巨大差异。有着独立的妇女运动背景的西方女性写作一开始就表现出对男权中心的历史传统的对抗与解构，历史（history）作为男性神话（his-story）受到了女性写作全面的质疑与拷问，潜流与断层不断被揭示或展露，冲蚀和消解着作为稳定的历史表象的男性形象。而 20 世纪初的中国女性，只是启蒙运动这一文化“弑父”行为中被附带解放的“女儿”，只是“历史诡计”中的被动的获益者。她们不仅被启蒙话语所覆盖，同时也被启蒙政治所榨取和利用。她们的写作，同样深刻地体现了历史中的性别政治。

清末民初，中国女子被冠以“女国民”之称，这不仅意味着女性这一性别群体在法律上的权利定位，更重要的是一种带有平权色彩的历史身份的获得：“我侪所受之责任，应与男子相同，皆有国民之责任。”[①]带着这样的身份浮出历史地表，并带着这样的身份开始了“着眼于民族/国家/政治立场的文学起步”。[②]而此时，中国女性和中国女性写作所直接面对的“历史”，其实是不曾做过性别辨析的。她们在历史的“新/旧”断裂处，还没来得及对历史深层的男权结构进行清算，便匆匆开始与男性一起进行了构建新型历史的合谋。由秋瑾所开创和所代表的所谓“女国民化”写作，倡扬女性在公共领域和公共空间中的实践意义，实际上是强调女性作为政治化的公民主体介入历史，并在这种介入的过程中获得主体感。此时的中国女性写作表现出一种试图进入历史的真诚努力，是一种入世和“入史”的姿态。

这种姿态深刻地影响了此后的中国女性写作。我们可以看到，此后的中国女性写作或在新文学起步时加入启蒙话语的阐释、演绎和传播之中，或在阶级革命和民族解放运动中接续中国近代以秋瑾为典范的向“家”“国”并进的女权传统，超越个人和理念的狭隘立场，与阶级或国家意识形态互为融通，并最终

① 参见《江苏》第 3 期，1903 年 7 月。转引自罗苏文：《女性与近代中国社会》，上海人民出版社，1996，第 476 页。

② 王绯：《空前之迹：1851－1930 年中国妇女思想与文学发展史论》，商务印书馆，2004，第 181 页。

为阶级或国家意志所统摄。丁玲 20 世纪 30 年代的小说《田家冲》就可视为女性进入“历史”的一个经典比喻：三小姐的勇毅以及她在一个男性群体面前表现出的高度觉悟，意味着女性是推动历史进步的一种强劲的可见的力量。女性在这里被塑造成启蒙者（这一置换，改变了启蒙者形象惯由男性充任的政治修辞。这在很多人看来多少是一种谵妄的历史改写），她们在智慧、气质和胆略上都优于男性。在丁玲 1942 年以前的写作中，“女人、老妇和儿童，比起男人来都是更加能干的革命工作者——这一思想在《田家冲》中体现出来了，在《给孩子们》《一颗未出膛的枪弹》《新的信念》等小说中也反映出来了。”[①]丁玲自己也曾写道：“党的材料证明，许多男同志在敌人关押拷打之下自首了，而女同志则一个都没有。”[②]女性的历史主体感，在这样一种“越位”式的改写中被强调。说到底，这种“越位”改写表达的是女性力图深度介入历史的愿望和企图：她们试图成为历史的核心形象，而不再只是历史边缘的徘徊者。中心/边缘、主体/客体这样的话语结构清晰地呈现在丁玲的历史愿景中。在《田家冲》里，三小姐的家庭身份还意味着，在丁玲看来，革命实践是解决个人问题，特别是资产阶级妇女个人问题的办法。丁玲个人的政治选择是对三小姐这一文学形象的最好诠释。也就是说，丁玲主张女性的历史书写与历史实践应当取得统一，互为表里。女性写作如果缺乏实践基础，缺乏现实所指，那么，“妇女问题”就永远只能依赖于想象性解决，永远只能是一个“苍凉的手势”。丁玲在 1942 年以后的写作中，那种“僭越”性别秩序的女性形象悄然退隐，而这一现象只是说明了这样一个事实：在与历史合谋的进程中，她与她的写作已更为深刻地内在化于历史之中。

这样的历史意识在杨沫的《青春之歌》中得以充分地融汇、萃取与升华，形成一种经典化的表述模式。这部在各种文学史论中被称作“知识分子成长史”的小说，讲述了女性/个人如何可能进入历史。小说中首先的一个政治修辞是，知识分子被设置成女性形象（林道静），它体现了“延安话语”对于启蒙的角色秩序的重新规定，而知识分子与女性形象的这一叠合，深刻地反映了一个被疏于清算的历史规定：女性仍然是历史深渊中苦等拯救的落难者，只不过这一次她放下了祥林嫂的讨饭篮子，披上了知识分子的体面外衣。其次，从余永泽到

---

①〔美〕白露：《〈三八节有感〉和丁玲的女权主义在她文学作品中的表现》，载孙瑞珍、王中忱编：《丁玲研究在国外》，湖南人民出版社，1985，第 294－295 页。

②〔美〕里夫：参见《丁玲——新中国的先驱者》，《天下》1937 年第 5 期。

卢嘉川，再到江华，这些依次登场的由男性扮演的启蒙者与拯救者，其对林道静施以启蒙的内容由早先的个人主义转向更具国家意志的“历史与阶级意识”，这种转化的取义，就在于要将林道静锻造为一个更具家国意识与政治身份更为突出的女国民。再次，小说以“必然性”的雄辩姿态，证明了女性及其个人的“成长史”必须楔入更为宏大的历史，方能在终极意义上被赋予价值；脱离宏大历史的、单纯孤立的女性/个人成长史是没有意义的，至少是脆弱可笑的，它只能作为历史的否定项而遭到唾弃和批判。由《青春之歌》所代表的“十七年时期”的女性写作，包括陈学昭的《工作着是美丽的》，包括菡子、刘真的战争小说，无不是同一写作传统的再体现与再巩固。所以，“经历了民主革命的中国女性，仍然身处家国之内；所不同的是，以爱情、分工、责任及义务的话语建构起来的核心家庭，取代了父权制的封建家庭；而强大的民族国家的呼唤，则更为经常而有力地作用于女性的主体意识。”①

20 世纪 80 年代的中国女性写作，面对新的历史境遇，“女国民化”的写作传统仍然脉络清晰。同样强调对历史的介入，女性作家从对“伤痕”“反思”等启蒙叙事的参与，到对“改革”等国家叙事的支持，再到对“寻根”等民族叙事的体认，旗帜鲜明地汇入了各种宏大历史叙事。这在谌容的《人到中年》、张洁的《沉重的翅膀》、王安忆的《小鲍庄》、方方的《风景》等作品中，都可以得到清晰的印证。她们的写作，不只是在技术层面参与了历史记忆的构成，更重要的是，她们与秋瑾、丁玲形成呼应，在一个更为显豁也更为“高级”的层面上，以对公共领域和公共空间的介入而努力成为历史主体。

由丁玲、萧红、冯铿、罗淑、葛琴、草明、杨沫、张洁、王安忆等串起的作家名单，以及由《太阳照在桑干河上》《生死场》《生人妻》《青春之歌》《小鲍庄》《沉重的翅膀》等展开的作品目录，构成了中国新文学“女国民化写作”的谱系。女国民化写作被认为是杰姆逊式的“民族寓言”，是“家国之内”的话语叙事，是整合于启蒙现代性和民族国家的表述与认同之中的历史书写。

二、历史审视：革命内部的革命

现代以降的中国女性与男性在历史建构中的精神同盟，并不是一劳永逸的

---

① 戴锦华：《涉渡之舟——新时期中国女性写作与女性文化》，陕西人民教育出版社，2002，第 11 页。

婚姻缔约。随着女性主体的内在匮乏被逐渐体悟，尤其是以启蒙为名的各种宏大叙事对女性作为象征符号的利用和榨取一旦被参破，质疑就立刻变得不可避免。于是，历史便会在疑虑重重的审视中被疏离。

在对文学史的回顾中我们可以看到，一些起步于五四时期的女性作家，她们的某种写作热情相比于五四时期而提前退潮，她们不约而同地从启蒙角色中撤出，退守为一种远离历史的个人主义立场。冰心、庐隐、凌叔华，莫不如是。从“启蒙现代性”向“审美现代性”过渡，其中冰心大约是最具典型性的。夏志清认为冰心是个“离五四传统稍远的作家”，他说：“即使文学革命没有发生，她仍然会成为一个颇为重要的诗人和散文作家。”[①]丁玲也曾说冰心“不能真真有‘五四’精神”[②]。作为获取文学资格的一种策略，冰心以“问题小说”这样的启蒙叙事与历史做了一次短暂的合谋，随即放弃了小说的写作而改写诗和散文，并进入“爱的哲学”的话语世界。与五四文学普遍的激越和愤慨的话语方式不同，冰心的婉约“代表的是中国文学里感伤的传统”[③]。她放弃小说这样的叙事性文体，就是要规避“历史”对“叙事”的内在要求，规避新文学对叙事文体的“现实主义”功利性限定。[④]换句话说，放弃小说是冰心拒绝与历史进一步合谋的策略（她对童年记忆与对大自然的神秘主义的抒写，无不同时说明她对历史/现实的规避态度）；作为这一策略的另一面，她操起了诗与散文这样的抒情性文体，转向一种个人性的、自我的心灵化写作。冰心称自己的这种转向为“歇担在中途”[⑤]。面对进入历史后对主体性内在匮乏的愈益深刻的体悟，“历史”对于女性作家来说便愈益成为一种负担，一种不可承受之重，必须在精疲力竭时歇下。1930 年，冰心发表了《第一次宴会》，这个在冰心后来创作数量本就微小的小说中不被留意的作品，却揭示了一个隐秘的倾向：一个新婚的年轻女人，一个刚刚获得新的社会角色的女人，在翻检行李时发现母亲悄然赠送的礼物，霎时间被一股巨大的情感所击中；尽管她曾像美国作家艾德里安娜·雷奇所说的那样试图抵制母亲的影响（在小说中她曾表示不想有儿女，不想成为母亲。我们也可以在与冰心同时代的女性作家冯沅君的小说《慈母》《旅行》《隔

---

① 夏志清：《中国现代小说史》，载范伯群编：《冰心研究资料》，北京出版社，1984，第 411 页。
② 丁玲：《“五四”杂谈》，载《文艺报》第 2 卷第 3 期，1950 年 5 月 10 日。
③ 夏志清：《中国现代小说史》，载范伯群编：《冰心研究资料》，北京出版社，1984，第 411 页。
④ 安敏成：《现实主义的限制——革命时代的中国小说》，姜涛译，江苏人民出版社，2001。
⑤ 丁玲：《“五四”杂谈》，载《文艺报》第 2 卷第 3 期，1950 年 5 月 10 日。

绝》《隔绝之后》等小说中读到含义复杂的母女纽带关系。总体而言，在冯沅君的这些小说中，“母亲”这一形象在情感价值上被肯定，但在历史价值上被否定)，“不顾一切想弄清母亲与女儿的接合处，以便施行彻底的分离手术”[①]，但最后，女儿与母亲的角色裂痕却被一种共通的性别经验所弥合。对母亲形象的价值认同，对由母亲形象所代表的性别经验的认同，使冰心的历史意识弹向了“启蒙现代性”的反面，因为：在中国，“母亲”是父权制话语规范中“妇德”的代言形象，而在西方，“在英语中，母亲被说成 m’other，我的他者”[②]，即一种主体性缺失的空洞形象。毫无疑问，历史在冰心的写作中被疏离；即使仍然被冰心所书写，它也是被引入了另一个向度的：在那里，历史的世俗面孔正在被“母亲”所替代，历史的神圣内容正在被“母性”所填充。

丁玲则在其后的《我在霞村的时候》《在医院中》《夜》等小说中极为尖锐地触及了历史惰性对妇女的嘲弄、阻碍与深刻的伤害，其杂文《“三八”节有感》是一种激烈的与世抗辩，是愤怒的高潮。作为“革命”这一伟大历史事件的亲历者，丁玲以其独特的身份获得了进入历史核心区域的途径。在历史的结构深处，丁玲真切地感知了其间不可动摇的性别秩序。丁玲这个时期的写作揭示了女性话语与民族国家话语之间的冲突：从女性角度提出性别秩序问题，暴露了民族国家、阶级秩序内部的父/男权制。这种冲突会分裂、颠覆民族/阶级的主体形象，从而动摇国族主义的合法性。而丁玲在《“三八”节有感》之后的遭遇则说明她本人在进入历史时的现实困境。显然，历史（history）不会轻易改变其性别属性，不会随意将它已经握有的权杖易手，相反，它总是倾向于毁灭它所抗拒的东西。

1957 年，张爱玲发表《五四遗事》，隔着四十年的时间之河回望新文化运动：一对受过启蒙洗礼的青年男女，为自由恋爱而奋斗，但出人意料地最终有了一个一夫三妻的令人啼笑皆非的结局。“这已经是一九三六年了，至少名义上是个一夫一妻的社会，而他拥着三位娇妻在湖上偕游。”[③]这个小说不像张爱玲往常习惯做的那样醉心于感性心理与生活细节的厚描，而是直接地将性别理念

① 〔美〕艾德里安娜·雷奇：《关于女人的诞生》，转引自 L·爱森堡、S·奥巴赫：《了解女性》，屈小玲等译，光明日报出版社，1990，第 53 页。

② 〔法〕埃莱娜·西苏：《从潜意识场景到历史场景》，载张京媛：《当代女性主义批评》，孟悦译，北京大学出版社，1992，第 218 页。

③ 张爱玲：《五四遗事》，载《张爱玲文集》第 1 卷，安徽文艺出版社，1992，第 279 页。

戳露出叙事体外，揭示一种性别宿命论。由女性积极参与建构的历史尽管已有了四十年的厚度，其间有“启蒙与救亡的双重变奏”，也有“城头变幻大王旗”式的社会形态的改弦易辙，但性别奴役却一如既往；在工具理性的潜在作用下，无论历史置于何种主题之下（启蒙或救亡，激进或保守，革命或反革命），女性都只是徒具使用价值的历史工具，她们从来没有真正成为过历史主体，而从《新青年》开始就被反复提及的“女子问题”也从未真正在历史实践中找到过对应的解决途径。总体上说，张爱玲的小说只有一个叙事逻辑，即女性在性别结构中一直所处的劣势地位。这个叙事逻辑被这样一个基本命题所具体化：嫁人就是卖淫。这个命题在丁玲的《梦珂》中被挑明，在张爱玲的《沉香屑·第一炉香》《连环套》《倾城之恋》等作品中被放大。张爱玲说：“以美好的身体取悦于人，是世界上最古老的职业，也是极普通的妇女职业，为了谋生而结婚的妇人全可以归在这一项下。”[①]不管张爱玲的小说写得如何丰饶多姿、活色生香，其作品中真正有力量的部分仍然来自前述的叙事逻辑和基本命题，来自张爱玲对历史及其本质的绝望而苍凉的透视。

需要指出的是，无论是冰心、丁玲还是张爱玲，她们的写作并不与历史构成断裂关系。冰心的写作，最多只是历史边缘的写作，它的边缘性与男权核心的历史形成了一个结构性的并置格局，并且容易被男权中心的话语重新整合。冰心后来以乔装男性的身份写作《谈女人》的举动多少证明了这种重新整合的可能。丁玲的抗辩则向来被认为是“人民内部矛盾”，是“革命内部的革命”。[②]有论者在分析丁玲的《在医院中》时指出，主人公陆萍与医院的冲突具有了鲁迅《狂人日记》中狂人和社会之间的冲突同等的性质，他们都是试图指认环境的病态最终却反被认为“有病”，只不过陆萍所处环境的性质并非前现代的“封建习气”，而是 “以‘现代方式’组织起来的‘病态’”，陆萍的努力也就是一种完善“现代性”的努力。[③]也就是说，丁玲基于性别立场所做的历史批判，究

① 张爱玲：《谈女人》，载《张爱玲文集》第 4 卷，安徽文艺出版社，1992，第 72 页。

② 贺桂梅：《转折的时代——40～50 年代作家研究》，山东教育出版社，2003，第 239 页。

③ 黄子平：《病的隐喻与文学生产——丁玲的〈在医院中〉及其他》，载唐小兵编：《再解读——大众文艺与意识形态》，牛津大学出版社（香港），1993，第 58 页。

其目的还在于修复与改良历史。不管丁玲的个性有多强悍①，面对历史对女性的屈抑，她所做的仍然只是把某种愿望投射到历史帷幕上，而不是去撕裂它。而到了张爱玲，就只剩下彻头彻尾的一声叹息，只剩下对于历史宿命的彻底隐忍。

疏离化的历史书写，构成了中国女性写作针对历史的又一种写作传统。这在茹志鹃的《百合花》《静静的产院》《春暖时节》中被继承着。这个传统同样也深刻地影响了20世纪80年代的女性写作，我们可以不费力地在张洁的《方舟》、遇罗锦的《冬天里的童话》、张辛欣的《在同一地平线上》、刘西鸿的《你不可改变我》、铁凝的《棉花垛》以及王安忆的诸多小说中发现疏离于历史的个人/女性的话语叙述。疏离化的历史书写，虽然仍是历史结构内部的边缘化写作，但女性与历史的裂痕已经清晰可见。与此同时，裂痕虽然可见，但在一个仍然由宏大叙事所整合、所统摄的写作时代里，即使在像《在同一地平线上》这样已然是"'个人'终于上升为'主义'"②的作品里，与男性在同一地平线上共同成为历史主体的愿望仍然是女性写作的话语逻辑。"如果说女性对辗转于多重历史暴力之下的女性命运的书写，裂解了民族寓言书写的文化/政治整合企图，那么，女性笔下的贯穿了文明史因而超越了特定历史的女性命运的勾勒，却又在不期然间呼应并中入 80 年代主流文化的另一建构过程：以拒绝历史暴力的姿态、以本质化的中国历史场景的书写，完成'告别革命'、加入全球化进程的意识形态意图，而中国妇女解放的脉络与革命历史的复杂交织，却因此而再度遭到不同程度的遮蔽。"③

三、断裂与拒绝：20世纪90年代女性小说的历史书写

现代以来中国女性写作的史述传统深刻地影响了当代，尤其是20世纪90年代以来的中国女性写作的历史叙事：以此为前提，这个传统中的激进部分愈益演进，在20世纪90年代演化为断裂性、革命性与批判性的历史叙事形态。在这个演变过程中，"性别"成为一个历史分析的崭新范畴，成为批判性的理论

① 美国人海伦·斯诺曾这样描写她对延安时期丁玲的印象："她给你的印象是她可能打算做的任何事情都是彻底胜任的，不害怕的。她显然是一台发电机，有无可约束的能量和全力以赴的热情。我感到丁玲是一个只有一个人的党，在一切方面都非常独立不羁。"（海伦·斯诺：《中国新女性》，康敬贻译，中国新闻出版社，1985，第218－219页）

② 王安忆：《女作家的自我》，载《王安忆自选集之四·漂泊的语言》，作家出版社，1996，第415页。

③ 戴锦华：《涉渡之舟——新时期中国女性写作与女性文化》，陕西人民教育出版社，2022，第69页。

话语。也正是在这个不断演进的“历史叙事”中，中国的女性写作不断地在甄别着、调整着和建构着女性作为历史主体的位置和形象。我们可以清楚地看到，整个 20 世纪 90 年代女性作家在写作上对以男性为历史主体的宏大叙事做出了集体拒绝。

20 世纪 90 年代中国女性写作的历史叙事与秋瑾/丁玲式的崇尚入世入“史”的叙事传统有了很大的差异：它以拒绝历史的姿态展开了对男权历史的批判，并以制造或揭示断裂的方式进行着；与此同时，由于对自身主体性的强调，重写历史（她史，her-story）的冲动也成为这个时期女性写作的内在叙事动机。

20 世纪 90 年代的女性写作中的历史叙事，是从描写女性饱受历史驱逐以及女性进入历史后遭受的溃败感开始的。早些时候，丁玲《田家冲》中的三小姐，杨沫《青春之歌》中的林道静，这些文学形象都是女性在历史中获救的标本。正因为有了获救的最终效果，此前她们参与历史的种种行为与过程就变得有意义和有价值。但 20 世纪 90 年代中国女性的历史叙事却充满了女性进入历史的挫折感与溃败感。乐观与浪漫被绝望与残酷所取代。历史成为外在于女性的强大的异己力量，成为与女性互为否定的对立项，它不再为女性提供获救的途径，相反，它本身成为女性坠入万劫不复之深渊的宿命力量。铁凝的《玫瑰门》提供了这样一个文学范本：历史冷酷无情地拒斥了一个女人试图参与其中的种种努力，并最终让一个遍体鳞伤的女人彻底陷于溃败。主人公司猗纹的一生对应着若干以“革命”为强势表征的历史场景：大革命、通过革命而获得解放的新中国以及“文化大革命”。相应于中国的妇女解放运动与“革命”的天然联系，司猗纹的一生就是对“革命”的“永不定格”的呼应。但是，无论她怎么努力，她仍然不断被历史踢出，回到她“应在”的位置。历史碾过了伤痕累累的她，只有死亡才能终结她试图挤进历史时遭遇的全面溃败感。池莉的《凝眸》同样表达了女性进入历史的挫折感与溃败感。这个小说是对丁玲《田家冲》和杨沫《青春之歌》的改写，它同样讲述一个知识女性投身工农革命的故事，但最终却以这个女性对历史诡计的窥破，使她参与历史的热情和在历史中获救的企图被彻底浇灭和彻底击溃。在铁凝、池莉对历史暴力的批判中，历史的反女性本质带着某种狰狞赤裸裸地现形了。这表明，相对于女性和女性价值而言，历史具有显而易见的反动性。

历史或男性历史在性别视野中被宣判以后，等待它的就只有在进一步的写作实践中被解构、被颠覆的命运。20 世纪 90 年代，王安忆发表《叔叔的故事》。

这部深刻揭示了20世纪80年代中国社会思想与精神危机的小说，同样在女性写作的意义上被解读：这一次的危机征兆被赋予了男性历史。所谓“叔叔的故事”（uncle's story）只是“历史”（his-story）的另一种说法，是一个历史叙事的浓缩形式。“叔叔的故事”是一个在20世纪80年代的文学话语中被建构起来的，并且是在20世纪80年代的文学语境中众所周知、耳熟能详的公共历史，我们可以在张贤亮的《绿化树》《男人的一半是女人》等文本中毫不费力地发现它的人物与情节原型。关于“叔叔的故事”，关于这段历史，有着不同版本的叙述。来自“叔叔”本人的叙述代表了这段历史叙事的公共性与权威性，但坊间流传的其他叙述版本却对“叔叔的故事”非常不利，所有流传的叙述版本有力地拆解着公共的、权威的历史叙事。很快，“叔叔的故事”或曰以“叔叔”为表象的历史叙事，在对谎言的辨识中衰朽，“叔叔”所象征的文化英雄形象正在失去其历史基础。在性别话语中解读《叔叔的故事》则可以有进一步的结论：当我们在拆解“叔叔”这个文化英雄的历史形象时，他作为男性的主体形象同时被拆解；当我们在拆解一个当代知识分子的虚伪的公共历史时，虚伪的男性的公共历史也同时轰然倒塌。

在针对“父”的历史的解构完成之后，一种关于母亲谱系的历史书写，在20世纪90年代的中国女性写作中成为主流。张洁的《世界上最疼我的人去了》和《无字》、王安忆的《纪实与虚构》、徐小斌的《羽蛇》、赵玫的《我们家族的女人》、张抗抗的《赤彤丹朱》、池莉的《你是一条河》、蒋韵的《栎树的囚徒》等，成为这个时期中国女性作家历史想象的最为重要的文学范本。她们各自出发，在无路处前行；她们各自的历史叙述，又在总体上构成了中国女性历史想象的宏大谱系。通过她们的叙述，我们终于如伍尔芙所说——“幽暗朦胧地、忽隐忽现地，可以看见世世代代妇女们的形象”[①]。

母亲谱系的历史书写，在这个时期非常明显地呈现出两种形态：母亲谱系的外部书写与内部书写。所谓外部书写，是指将母亲置于历史（history）之中，置于历史关系和历史进程之中；所谓内部书写，是指游离于历史之外或潜抑于历史之下的母亲“秘史”，它通常是母女代际关系的结构呈现。进一步的辨析会发现“内外有别”：在外部书写中，当母亲不得不与历史中的男性形象和男性话

①〔英〕伍尔夫：《妇女与小说》，瞿世镜译，载李乃坤选编：《伍尔夫作品精粹》，河北教育出版社，1990，第398页。

语发生碰撞的时候，母亲一般地总是被叙述者推崇与庇护，其形象被一些伟大而美好的品德所填充；而在内部书写中，在母女代际关系这样一个“纯粹女性”的经验结构中，情况却一般走向前者的反面。

池莉的《你是一条河》、张洁的《世界上最疼我的人去了》是执着于母亲谱系的“外部书写”的范例。在《你是一条河》中，辣辣在三十岁时已经是八个孩子的母亲了，“母亲”作为文化代码中的生育符号的意义在这里被发挥到了极致。辣辣甫一登场，便处在历史场景的前台，“八个孩子中有三个名字记载了历史某个重大时期”。但实际上，对于辣辣来说，生命的延续和生活的可持续性才是她作为母亲唯一的角色功能。在这个小说里，历史的意义仅在于它使一个母亲为摆脱生存困境而做出的所有努力都具有了合法性，这其中包括辣辣在 1961 年的灾荒时期为十五斤大米和一棵包菜跟粮店的老李睡觉，包括她为每月微薄的生活费而保持着与小叔子王贤良及老朱头的暧昧“爱情”和“友谊”。作为母亲形象，她非常粗俗，她不符合男权文化的“圣洁”修辞。然而在另外一个层面上，她的圣洁却被内在地认可，甚至对于她作为母亲的生育功能的文化意义，池莉也在一个更为内在的性别立场上刻意强调。最终，这个母亲在与历史、与男性形象的碰撞中光芒四射。由男权话语所认定的“圣母”，与由女性立场出发所肯定的“圣母”，显然有着质的区别。后者对母亲形象的推崇，是建立在对母亲经验的内在肯定之上，同时，相对于男权话语对母亲形象的榨取和不可避免的侵害，它却始终将母亲置于庇护之中。在《世界上最疼我的人去了》中呈现的母—女—外孙女的血缘谱系，同样坚定地让男性形象处于缺席。无论是从未谋面的父亲，还是后来在母亲生活中出现过的男性他者，以及“我”的丈夫，他们作为“外人”成为这个血缘谱系的一个价值参照。正是因为有了这些男性形象的参照，母亲的无所诉求的全心付出才异常醒目。失母的疼痛被张洁这样表述着：最后的方舟倾覆了，救赎的热望在燃烧的泪水中被烧成灰烬。因此，在这个文本中，母亲的价值被空前放大。同样是认同母亲经验，张洁以一种大彻大悟的断然举动，将母亲直接置放于神圣祭坛。

徐小斌的《羽蛇》是母系“秘史”即内部书写的范本。《羽蛇》是一个有着巨大的颠覆企图的历史书写。按作者的说法，书中女人的名字玄溟、若木、羽蛇、金乌等，都是太阳的别称，小说再版时则更名为《太阳氏族》。这是一个用“太阳”来为女性命名的企图，它对同样曾用“太阳”来进行自我命名的男性历史构成颠覆企图——实际上，徐小斌也确实让这个家庭中唯一的男性高位截瘫，以另类阉割的方式宣告了男性历史的终结。这个重新命名的“太阳氏族”展示了一个庞大的母亲谱系。然而，这个以母女代际关系构成的母亲谱系却被仇恨所充斥。在谈到这个小说时，徐小斌自己表示：“慈母爱女的图画很让人怀疑。……母亲这一概念因为过于神圣而显得虚伪。实际上我写了母女之间一种真实的对峙关系，母女说到底是一对自我相关自我复制的矛盾体，在生存与死亡的严峻现实面前，她们其实有一种自己也无法证实的极为隐蔽的相互仇恨。”[①]小说的历史跨度也颇壮观：从晚清直到20世纪90年代，其中涉及的历史场景包括太平天国的密帏、晚清的宫廷、革命圣地延安、“四五”的广场以及20世纪90年代域外与境内的商战。在这些历史腹地，展开了以玄溟为首的、“后母系社会”式的“她史”。玄溟因为失去儿子而移恨若木，若木则把对母亲的仇恨转嫁给自己的女儿，仇恨就这样在这个血缘谱系里以多米诺骨牌的方式世代相传。为了从这个轨迹中逃离，羽开始了惊心动魄的自我拯救——这种拯救却意外地以暴虐和惨酷的自毁的方式展开：她六岁时就扼杀刚出生的弟弟；疯狂地跳楼摔伤自己；在背上刺青；痛斥一切事物；与一切人为仇；做脑叶切除手术……。类似的描写在徐小斌的另一个小说《天籁》中也展开过：歌唱家母亲，因政治灾难被流放西北后，一边培养女儿唱民歌，一边下毒手弄瞎女儿的眼睛，她期盼女儿的歌声传遍天下，自己也可借此扬名。我们看到，《金锁记》及其曹七巧作为一个“潜文本”在20世纪90年代徐小斌的“她史”中浮现了。同样的，王安忆的《长恨歌》、陈染的《无处告别》《另一只耳朵的敲击声》都是以母女代际关系为线索的、主题相近的“她史”叙述。

徐小斌式的“她史”书写在象征层面上构成了“弑母”的文化倾向。这种倾向有其性别意义上的书写价值：一方面，它以对性别经验本相的揭示，消解了男权话语中的母亲形象范式，消解了母亲形象在男权话语中的神化叙述。实际上，在徐小斌式的“她史”叙述中，被安置在母亲谱系中的母亲/女儿的文化身份已悄悄发生转换，她们之间的关系被转变为文化学上的“妇女与妇女”的关系。这样，张洁、池莉等对于母亲的颂扬便仍然价值不凡。另一方面，对于“她史”中残酷经验的描写，使得试图通过历史而获得拯救的命题仍然是一个沉重的、在怀疑中不得不再次悬置的命题。即使像羽那样以如此惨烈的方式试图将自己甩出命定的轨迹，但“脱离翅膀的羽毛不是飞翔，而是飘零，因为她的

① 贺桂梅：《伊甸园之光：徐小斌访谈录》，《花城》1998年第5期。

命运，掌握在风的手中”[1]（徐小斌语）；毫无疑问，在“她史”叙述的背后仍然站着一个身躯庞大而表情阴鸷的历史神话——尽管徐小斌已用“太阳氏族”的名义对它进行了驱逐。实际上，正是对于拯救之困境的深切认识，才使得 20 世纪 90 年代的女性写作不流于浅浮、盲目和廉价的乐观哄闹。

必须要指出的是，20 世纪 90 年代的“她史”叙述尽管“开始试图撰写一个关于历史不是这样而且从来没有这样的反历史的神话”[2]，但对“她史”中的母亲/女性经验的叙述却一直使用非历史化的处理方式。我们看到，张洁的《无字》虽然讲述的是跨越一个世纪的三代女人的故事，但她们的人生却被做了这样的总结：“如今一个世纪即将过去，各种花式虽有创新，本质依旧。所谓流行时尚，不过是周而复始地抖落箱子底儿。本世纪初的女人和现时的女人相比，这一个的天地未必更窄，那一个的天地未必更宽。”同样，《羽蛇》中的五代女人，她们的历史传承以自我复制的方式进行着，“历史严重改变了这些女人的外部，但没有改变女人的内在性”[3]。女性经验/女性形象在历史中的非历史化现象，一方面说明女性作为历史无意识所具有的非历史化性质，说明女性被历史“固化”的宿命，但另一方面，这也很容易使对女性形象/女性经验的叙述进入本质化的危机境地。

如果对现代以来中国女性写作进行某种总结的话，“主体性”当是一个重要的归纳范畴。对于女性来说，历时百年的“现代性”进程其实就是一个不断争取“主体性”的进程。历史研究的重大意义之一在于给“历史”祛魅。在这个持续的祛魅化进程中，历史主体毫不客气地从曾经的“神”变成了现在的“人”。毫无疑问，当“性别”这一历史溶剂被浇泼到历史的庞大身躯时，进一步的祛魅结果将不言而喻。这也是现代以来中国女性写作的内在的叙事动机。通过写作，通过针对“历史”的批判性写作，性别政治将被拖入“最漫长的革命”。

但通过对中国现代以来女性史述传统的分析可以看到，仅仅是进入既定的历史结构，或者是首先在前提上承认既定历史结构的合法性，女性的“主体性”进程便将在挫折中举步维艰。对于女性或女性写作来说，历史必须重新建构。

---

① 徐小斌：《个人化写作与外部世界》，载《中国女性文化》第 2 辑，中国文联出版社，2001，第 65 页。

②〔英〕伍尔夫：《妇女与小说》，瞿世镜译，载李乃坤选编：《伍尔夫作品精粹》，河北教育出版社，1990，第 398 页。

③ 陈晓明：《表意的焦虑：历史祛魅与当代文学变革》，中央编译出版社，2002，第 361 页。

只有在重新建构的历史结构与历史意识中，女性才有可能作为主体成为历史存在。也正因为此，20 世纪 90 年代以来的坚持批判向度和颠覆立场的女性写作，被视为是一种后革命景观。

〔原载《南开学报》（哲学社会科学版）2011 年第 6 期〕

徘徊在缺席和在场之间

——中国文学批评史上的女性声音

李祥林

当今中国，性别意识空前觉醒，性别研究（gender studies）日渐深入，女性批评者作为群体崛起在文坛上，这一事实有目共睹。①倘若把目光投向古代，从性别视角出发考察中国文学批评史，不能不注意到一个现象，这就是女性批评的缺席和在场。所谓"缺席"，是指女性批评在文学史书写的主流视域中大多缺少席位；所谓"在场"，是指女性批评在文学史实践的历史空间中原本实际在场。今天，认真检讨这种矛盾现象，对于我们完整把握古代中国文学批评史，以及对于当代中国女性文学批评的健康发展，不无重要意义。

一

性别批评提醒我们，英文"history"（汉语译为"历史"）是由"his"（他的）和"story"（故事）组成的，从构词上就标示出历史叙事中的男性优先原则。一部中国古代文学史，也长期在主流化表述中被男性笔墨所书写着。以戏曲艺术为例，迄今所知有作品传世的女剧作家首见于明末。检索相关书目，傅惜华的《明代杂剧全目》（1958）著录杂剧523种，其中有姓名可考者349种，无名氏作品174种；他的《明代传奇全目》（1959）中，作家姓名可考的传奇作品618种，无名氏作品332种，合计950种；阿英的《晚清戏曲小说目》（1954）中，

---

① 李祥林：《性别理论·学术研究·当代批评》，《新余高专学报》2003年第1期。

辑录了晚清戏剧共161种。三书合观，有明代女性剧作家6人，她们是秦淮名妓马守真、吴兴名妓梁小玉、女道士姜玉洁以及名门闺秀叶小纨、梁孟昭、阮丽珍；有晚清女性剧作家2人，她们是闺阁淑媛吴藻、刘清韵。明清两朝，女剧作家无论在人数还是在剧作数量上都跟男剧作家相去甚远。

中国历史上，不同的艺术品种有着不同的文化位置。在正统的目光中，诗文代表主流，位高名显，是“经国之大业”；小说、戏曲归属小道，身卑势弱，被“鄙弃不复道”。追踪史迹可知，“较之诗文创作，戏曲作家在群体性别阵营上的女性弱势很明显，尤其是在古代。从外部看，历史上的诗文女作家不在少数，但戏曲女作家寥若晨星；从内部看，女角戏向来为戏曲艺术所重，写戏并写得成就赫然的女作家中却属凤毛麟角。究其原因，盖在传统的男主女从的男性中心社会里，女子受教育的权利通常处于被剥夺状态……本势若此，即使像中国古典戏曲这滋生于俗文化土壤且跟边缘化境遇中的女性多有瓜葛的产物，也概莫例外。以《中国十大古典喜剧集》《中国十大古典悲剧集》和《中国十大古典悲喜剧集》为例，整整30部古今流传的名剧竟无一直接归属女性名下，就分明指证着一个别无选择的性别文化事实。在古代戏曲史上，女作家尽管不能说没有，却屈指可数，散兵游勇，影响甚微，难成什么大气候，加之‘边缘人’的角色身份自出生起就被社会所牢牢铸定，其人其作其成就亦大多囿于闺阁绣楼的狭窄天地，根本无法跟为数众多名声远播的男作家比肩，更谈不上什么名彰位显彪炳史册”[①]。就这样，在戏曲文学写作领域，两性差异俨然。

整体言之，由于女性群体的弱势化和边缘化，由于男性本位社会对女性才能、女性写作的怀疑、遮蔽和排斥，女性作家及作品长期处在文学史的地平线之下，甚至成为缺少叙述的章节。较之女性创作及其历史述说的弱势化，对于女性批评之历史书写的空白化更见突出。兹以中华书局、吉林文史出版社、文化艺术出版社、中国社会科学出版社分别出版的《中国美学史资料选编》(1980)、《中国古代文学理论辞典》(1985)、《古典戏曲美学资料集》(1992)、《中国古典戏剧理论史》(1993)四书为例，前三者属于工具资料书籍类，末者重在古典剧论历史梳理，这些著作为学界所熟悉，但书中均不见“第二性”作为戏曲批评

① 李祥林：《作家性别与戏曲创作》，《艺术百家》2003年第2期。

家的身影。[①]2001年复旦大学出版社出版的《中国文学批评史新编》，是这方面的权威著作之一，内容提要也言及该书"注意吸收学术研究的新成果"，在这部1065千字的著作中，关于宋元明清戏曲批评和曲论多有述说，但仅仅在第五编第六章"清代前中期戏曲批评"介绍吴仪一（吴人）时提及"坊刻《吴吴山三妇合评还魂记》等书中也附有吴氏曲论片段"，对三妇评点《还魂记》（即《牡丹亭》）则未置一语。再看同行学人中使用频率甚高、由中国戏曲研究院校点编辑的《中国古典戏曲论著集成》（1957），全书10册，从《教坊记》到《今乐考证》，共收入唐、宋、元、明、清48种专门论著，也没有一部出自女性之手。至于《中国大百科全书·戏曲曲艺》（1983）分卷，列出古今"戏曲研究家及论著"共55条，但属于女性的仅仅"冯沅君"一条。冯氏生于1900年，卒于1974年，著有《南戏拾遗》《古剧说汇》等，作为戏曲学者的她属于现代。难道，古代中国女性在戏曲批评领域，就是一个"失声"或"无语"的群体吗？

类似情况在诗文论方面也差不多。作为独立学科出现的中国古代文学批评及理论研究史，是以1927年陈钟凡的《中国文学批评史》问世为标志的，1997年北京师范大学出版社出版的《回顾与反思——古代文论研究七十年》即以此为学科起点。作为对中国古代文论的"研究之研究"，《回顾与反思》分别从资料整理、史的编撰、专题与范畴研究以及内地（大陆）和港台、古代与现代等方面为读者梳理了古代文论研究的历史与现状，其中涉及的古代文论信息不可谓不多，但遗憾的是，我们没有见到有关女性文学批评的专题章节。同类状况也见于1995年中华书局出版的《中国古典文学研究史》。不能怪这些综述性论著有所疏漏，而是长期以来中国古代文论研究原本在这方面少有发掘所致。诚然，1981年人民文学出版社出版的《中国文学理论批评史》（敏泽）对李清照的《词论》有专节介绍并指出这是"我国文学理论批评史上第一篇妇女作家的文论"，但仅此而已，历史上更多女性的批评声音尚未进入其叙述视野。在2005、2006年由北京大学出版社分别出版的《中国文学理论批评史》（张少康）、《中

---

① 谭帆、陆炜的《中国古典戏剧理论史》在1993年初版之后，于2005年由华东师范大学出版社出版了修订本。10余年后问世的新版，体例基本保持原态，明显不同之处是增加了3篇文章做附录，第3篇乃是《论〈牡丹亭〉的女性批评》。显然，在当代"性别研究"潮流的触动下，该书作者意识到了这部古典剧论史著的不足，但因全书结构不好大动，才以此权宜处理作为弥补。此外，倒是1995年安徽教育出版社出版的《中国戏剧学通论》（赵山林著）中有"吴仪一及其三妇的戏曲评点"一节，尽管文字不多，但指出了三妇合评本是"《牡丹亭》各种评点本中一种较有影响的本子"，"有其自身的独特价值"，惜未得到文学批评通史撰写者的重视。

国文学批评史》等书中，情形依然。很明显，这不单单是某个作者或某部著作的问题。

二

中国古代文学史上，不但有女性从事创作，而且有女性从事文学评论等。作为批评家，“第二性”也有出色贡献。1957 年商务印书馆出版的《历代妇女著作考》（胡文楷编著），收录“自汉魏以迄近代，凡得四千余家”，即为我们提示了这方面的重要信息。戏曲批评方面，据研究者统计，经明清妇女评论的剧作已知有 28 种，其中尤以《牡丹亭》着墨最多，成就和贡献也最大。[①]汤显祖这部闪耀着人文光辉的剧作自诞生起，就赢得红粉知音的青睐，“闺阁中多有解人”。明末建武女子黄淑素在《牡丹亭记评》中写道：“《西厢》生于情，《牡丹》死于情也。张君瑞、崔莺莺当寄居萧寺，外有警寇，内有夫人，时势不得不生，生则聚，死则断矣。柳梦梅、杜丽娘当梦会闺情之际，如隔万重山，且杜宝势焰如雷，安有一穷秀才在目，时势不得不死，死则聚，生则离矣。”这位女评论家将《牡丹亭》和《西厢记》对比，如此解读《牡丹亭》剧中情可使生者死、死者复生之叙事，别具慧眼。剧中，杜丽娘死而复生之初，柳梦梅迫不及待地要与之交欢，被前者委婉拒绝。柳以日前的云雨之情相讥，丽娘解释说：“秀才，比前不同。前夕鬼也，今日人也。鬼可虚情，人须实礼。”她再三表白自己依旧是豆蔻含苞的处女之身。黄淑素指出，“丽娘既生，厥父尚疑其为鬼，先生造意，岂独以杜宝为真迂呆哉？非也，总以死作主，生反作宾也”，认为这种“死作主，生作宾”的写法，正反映出杜丽娘还魂后在现实中所遭遇的矛盾与尴尬。一般说来，女性读《牡丹亭》，多不免聚焦在跟个人身世和女性命运相关的“情爱”二字上，但也不限于此，黄淑素评论就还涉及该剧结构主线、故事情节、人物性格和语言等，其曰：“至于《惊梦》《寻梦》二出，犹出非非想出；《写真》《拾画》，埋伏自然；《游魂》《幽媾》《欢挠》《盟誓》，真奇险莫可窥测；《回生》《婚走》，苦寓于乐，生寓于死，其白描手段乎……”[②]又，清代安徽女子程琼亦醉心汤氏此作，尝自批《牡丹亭》，名《绣牡丹》，后来她与丈夫合作的签注、评

---

① 华玮：《性别与戏曲批评——试论明清妇女之剧评特色》，《中国文哲研究集刊》1996 年第 9 期。

② 徐扶明：《牡丹亭研究资料考释》，上海古籍出版社，1987，第 88 页。

点本《才子牡丹亭》（重刻时又名《笺注牡丹亭》）即以此为底本，事见史震林《西青散记》卷四。在《批才子牡丹亭序》中，她说："我请借《牡丹亭》，上方合中国所有之子史百家，诗词小说为糜，以饷之。"《才子牡丹亭》的评点文字在篇幅上超过《牡丹亭》原剧五六倍，全书引述广泛，涉及诗、词、曲、小说、佛老、医学、风俗、制度等方方面面，尤其是对"情""色"的思考和大胆议论，表现出不寻常的批评意识。"秀外慧中"（《西青散记》评语）的程琼深知《牡丹亭》是女儿们所爱，她说"作者当年鸳鸯绣出从君看，批者今又把金针度与人矣"[①]，希望借此评点来帮助女性读者理解作品。有研究者指出，该书堪称古代戏曲第一奇评，尽管其内容精芜并存，但书中"对历史、思想史、科举制度、妇女问题都有一些精到的见解"，其承续晚明文学传统，批判假道学，张扬真情和人性，"批判的深刻和尖锐，即使在今天读来也不免感到震惊"。[②]该书刊行不久即遭禁毁，存世极稀，近年来才逐渐引起海内外学界关注。

"看古来妇女多有俏眼儿。"（《牡丹亭·淮泊》）明清女性就《牡丹亭》剧发表评论的尚有俞二娘、冯小青、洪之则等，她们对该剧的解读确实"多有俏眼儿"，其中成就大者有《吴吴山三妇合评牡丹亭还魂记》。吴吴山，姓吴名人，字舒凫，生于清顺治十四年（1657），钱塘文人，"三妇"指其早夭的未婚妻陈同及前后二妻谈则和钱宜。痴迷《牡丹亭》的三个女子，曾在剧本上留下一行行凝聚其心血的评点文字，从人物到场景，从关目到语言，妙见时出。在其眼中，"《牡丹亭》，丽情之书也。四时之丽在春，春莫先于梅柳，故以柳之梦梅，杜之梦柳寓意焉；而题目曰'牡丹亭'，则取其殿春也，故又云'春归怎占先'以反衬之"（《惊梦》批语）。她们认为，"儿女、英雄，同一情也"，"情不独儿女也，惟儿女之情最难告人"（《标目》批语），从这"最难告人"之情入手，该剧可谓是替痴情男女写照的"一部痴缘"（《言怀》批语），剧中主角是"千古一对痴人"（《玩真》批语），因情而死又因情而生的杜丽娘作为"情至"代表的是"千古情痴"，空前绝后。三妇评论在道学家处难免有"非闺阁所宜言者"之斥，但作为女性戏曲批评的杰出篇章，赢得了同性别支持者的喝彩。"临川《牡丹亭》，数得闺阁知音"，曾教钱宜学习诗文的李淑说："合评中诠疏文义，解脱名理，足使幽客启疑，枯禅生悟，恨古人不及见之，洵古人之不幸耳。"（《三妇评

---

① 阿傍（程琼）：《批才子牡丹亭序》，转引自蔡毅辑录：《中国古典戏曲序跋汇编》（二），齐鲁书社，1989，第1237页。

② 江巨荣：《〈才子牡丹亭〉的历史意蕴》，《南京师范大学文学院学报》2002年第2期。

本牡丹亭跋》）为三妇评本作跋的顾姒指出："百余年来，诵此书者如俞娘、小青，闺阁中多有解人……惜其评论，皆不传于世。今得吴氏三夫人合评，使书中文情毕出，无纤毫遗憾；引而伸之，转在行墨之外，岂非是书之大幸耶？"[①]自称"睹评最早"的女戏曲家林以宁（曾创作《芙蓉峡》传奇）也说："今得吴氏三夫人本，读之妙解入神，虽起玉茗主人于九原，不能自写至此。异人异书，使我惊绝。"(《三妇评本牡丹亭题序》)[②]康熙三十三年（1694）付梓的三妇评本，无可辩驳地确证着中华文学史上女性批评不同凡响的声音。当然，明清时期介入戏曲批评的女性不限于此，如清代创作剧本《繁华梦》的王筠也留下题剧、观剧诗多首（见《西园瓣香集》卷中），涉及的剧目有《桃花扇》《红拂记》《郁轮袍》以及当时流行的折子戏，在明清女性戏曲批评中独具特色，如《读〈红拂记〉有感》："披卷舒怀羡古风，侠肠偏出女英雄。而今多少庸脂粉，谁解尘埃识卫公。"又如，吴梅《顾曲麈谈》第四章亦言及洪昇女儿校点《长生殿》事，云："昉思有女名之则，亦工词曲，有手校《长生殿》一书，取曲中音义，逐一注明，其议论通达，不让吴山三妇之评《牡丹亭》也。"此外，涉足剧评的女子还有浦映渌、王筠、张藻、林以宁、徐钰、归懋仪、程黛香、汪端等等。诚然，《吴吴山三妇合评牡丹亭还魂记》是"中国历史上第一部出版的女性文学批评著作"[③]，但在中国文学史上，女性作为批评家发出自己声音的还要早得多，而且是自成体系和相当专业化。研究中国古代文论史，族别和性别问题是今人共同关注的。有如女性批评、少数民族文学批评在本土也曾长期被置于主流化视域之外。[④]然而，少数民族文学批评在多民族中国的历史上，不但古已有之，而且自具特色。比如，彝族有自成体系的古老文明和文字经典，"彝族以举奢哲、阿买妮的诗文论为开端，从中古到魏晋南北朝、唐宋至近古的元、明、清，目前已经发现、整理出版的文艺理论论著就达12家16卷之多"[⑤]。举奢哲是彝族古代大经师，也是著名的诗人、思想家、政治家、史学家和教育家，约生活在南北朝至隋朝期间，其著《彝族诗文论》是彝族古代文艺理论的奠基之作。阿买妮是古代彝族著名的经师、诗人、思想家、教育家、文论家，由于她对彝族文

---

① 顾姒：《还魂记跋》，毛效同：《汤显祖研究资料汇编》，上海古籍出版社，1986，第905—906页。

② 关于吴吴山三妇等明清女性评论《牡丹亭》，详见李祥林的《戏曲文化中的性别研究与原型分析》第8章"《牡丹亭》及明清女性接受"。

③〔美〕高彦颐：《闺塾师——明末清初江南的才女文化》，李志生译，江苏人民出版社，2005，第75页。

④ 李祥林：《少数民族·文论及美学·中国特色文化》，《西藏大学学报》2001年第1期。

⑤ 冯育柱、于乃昌、彭书麟主编：《中国少数民族审美意识史纲》，青海人民出版社，1994，第386页。

化贡献巨大，历代毕摩和彝族民众都非常敬重她，甚至把她神化，称之为“恒也阿买妮”。这“恒也”即天上、上天的意思，也就是说她是天神、天女。据彝族“盐仓”家支谱系记载，其世系是清康熙三年（1664）往上推66代，大约在魏晋时期，她跟举奢哲大致同时代。[①]除了有《独脚野人》《奴主起源》《猿猴做斋记》《横眼人和竖眼人》等作品，见于彝文古籍著录的《彝语诗律论》是这位彝族女学者在文艺理论上的杰出贡献，该书用五言诗体写成，2000余行。在这部比李清照《词论》更早而且篇幅远非前者能比的诗学著作里，诗人兼诗歌理论家的阿买妮从创作美学角度讨论了彝族诗歌的体式和声韵、作者的学识和修养等重要问题，见解精辟，论述到位。如，强调音韵之于诗歌的重要性：“如要写诗文，须得懂声韵。写者不知声，作者不懂韵，诗文难写成。”强调学识之于创作的重要性：“写诗写书者，若要根柢深，学识是主骨。学浅知闻陋，偏又要动笔，那么你所写，写诗诗不通，押韵韵不准。”不仅如此，自称“我和举奢哲，写下不少诗”的她，通篇都是在边举诗歌创作例子边讲诗歌创作理论，体现出理论与实践联系的论诗原则。

不可否认，阿买妮的《彝语诗律论》无论从理论内容还是从理论形态的精湛程度看，“都堪称是一部优秀的彝族古代诗学著作”[②]，其对彝族诗歌发展有着深远影响。值得注意的是，在多民族中国文化史上长期的族群发展及交往中，少数民族诗文论一方面有跟汉族诗文论相通之处，一方面也保持自身独具特色的话语系统，对其异质性特征我们理应尊重。在阿买妮的《彝语诗律论》中，读者可以看到“风”“骨”等范畴的使用，但其美学含义别具，如论诗歌之“骨”云：“诗文要出众，必须有诗骨，骨硬诗便好，题妙出佳作”；“诗有诗的骨，诗骨如种子，种子各有样，各样种不同”；“写诗抓主干，主干就是骨，主骨抓准了，体和韵相称”。这彝族诗学范畴之“骨”是以彝族传统文化中固有的“根骨”意识为基础的，具有本民族话语系统中的美学涵义，若是不加分辨地简单套用汉族诗学范畴之“骨”去解读，难免错位。又如，布麦阿钮《论彝诗体例》中的“诗中各有主，主体各不同。题由主所出，骨肉连相紧”，这“主”“题”两个范畴也不同于人们寻常所见，前者乃指主干、主体或主脑，即诗歌中所写的客观对象或事物（如咏山则山是主，咏水则水是主），后者则指题旨、题目或题

---

① 巴莫曲布嫫：《鹰灵与诗魂——彝族古代经籍诗学研究》，社会科学文献出版社，2002，第216－217页。

② 同上书，第220页。

材，即由此对象或事物所生发出来的情感、意向、行为及情节、意义等。至于阿买妮讲的“诗有多种角，诗角分短长”，“韵协声调和，诗角更明朗”（彝族格律诗中的“三段诗”分为三角：首段叫头角，二段叫中角，末段叫尾角），这“角”就更是彝族诗学的独特范畴。[①]此外，在中国文学批评史上，晚唐司空图的《廿四诗品》因以诗歌形式评论诗歌而被学术界称为“后设诗歌”（metapoem），看看阿买妮等人撰写的诗歌理论著作，其跟这种以诗论诗的“后设诗歌”在体式上不也有某种接近、相通之处吗？

中国文学批评史上的女性声音，不仅仅见于上述。明清之际，山阴女子王端淑编辑40余卷《名媛诗归》，并且对所录作家分别以优美文字进行评点，便向我们提供了女性作为文学批评家现身说法的历史信息。清代中期，江苏如皋女子熊琏著有《淡仙诗话》四卷，钱泳在《履园丛话》中对其“诗本性情”的真情立诗观就深表赞赏。出自女性之手的诗话类书籍，尚有沈善宝的《名媛诗话》、金燕的《香奁诗话》、陈芸的《小黛轩论诗诗》、杨芸的《古今闺秀诗话》等等，这些著作对于保存、传播和研究女性文学尤有重要价值。再如堪称清代“文学娘子军”的随园女弟子，才学兼备、能文擅诗，不但以其让人刮目相看的诗歌创作壮大了“性灵派”阵营，而且在诗文论方面也不乏见地，如金逸称“读袁公诗，取《左传》三字以蔽之，曰‘必以情’”（《随园诗话补遗》卷一〇）；王倩仿司空图以诗论诗云“句一落纸，已滞于形，存乎诗先，灵台荧荧”（《论诗八章》）；归懋仪以诗论文曰“文章亦一艺，功因载道起，天籁发自然，名言醖至理”（《拟古》）；席佩兰对比诗名与功名，有“君不见杜陵野老诗中豪，谪仙才子声价高。能为骚坛千古推巨手，不待制科一代名为标”（《夫子报罢归，诗以慰之》）之语；骆绮兰从女子“身在深闺，见闻绝少”而“又无山川登临，发其才藻”出发，反思了“女子之诗，其工也，难于男子”（《听秋馆闺中同人集序》）的社会现实；还有出自这些女子笔下的各种论诗诗（如席佩兰《与侄妇谢翠霞论诗》）、评戏诗（如潘素心《题〈长生殿〉传奇》）、题画诗（孙云凤如《题席佩兰女史拈花小照》），[②]凡此种种，均值得我们留意。事实上，女性对批评界未必全然陌生，有学者在分析清代女性写作中完颜恽珠的《国朝闺秀正始集·例言》指出：“这些东西告诉我们，妇女们非常通晓当时人论辩中的概念，

---

① 本文所引阿买妮、布麦阿钮的诗论，均见彭书麟、于乃昌、冯育柱主编：《中国少数民族文艺理论集成》，北京大学出版社，2005。

② 随园女弟子的言论及诗文，请参见王英志：《袁枚暨性灵派诗传》，吉林人民出版社，2000。

并使用它们作为自己评论文学、刊行作品、编选文集和执笔写作时手中的武器。”①

诸如此类，涉及诗学、词学、剧学等多方面，我想今天的文学史论研究者再没有理由视而不见。拨开千载缭绕的云雾，超越单一性别视野的局限，用心去发掘被遮蔽的女性文学批评资源，追寻历史上女性文学批评的声音，将历朝历代女性文学批评的言论搜集起来、整理成书并深入研究，将有助于我们整体还原中国文学批评史的真实面貌。

三

古代中国文学史上，原本在女性写作中就不可多得的女性批评，因种种缘故多有丢失或被遮蔽。汤显祖时代，有娄江女子俞二娘，秀慧能文词，尤其酷嗜《牡丹亭》，不但悉心捧读，而且饱研丹砂，蝇头细字，密密批注，“往往自写所见，出人意表”，这个闺中女子“幽思苦韵，有痛于本词者”，乃至为丽娘故事“惋愤而终”（事见张大复《梅花草堂笔记》，张乃汤显祖同时代人，彼此多有书信往来）。《牡丹亭》剧作者得知此事后，动情地写下《哭娄江女子二首》，诗云：“昼烛摇金阁，真珠泣绣窗。如何伤此曲，偏只在娄江？”“何自为情死？悲伤必有神。一时文字业，天下有心人。”娄江乃今江苏太仓，聪秀的俞家女子以心血批注的《牡丹亭》，不见传本，甚是可惜。为此，清代顾姒叹曰：“百余年来，诵此书者如俞娘、小青，闺阁中多有解人……惜其评论，皆不传于世。”（《三妇评本牡丹亭跋》）历史上，导致女性从事文学批评者有限以及女性的批评“不传于世”的因素甚多，但下述两点，无疑与男性中心社会的抑扬有关。

一是对女性才能的怀疑。女性才能在男性化的历史叙述中，向来是一个令人疑惑的存在。有两句流行的话从正、反两方面指证着这点：一个是贬语“头发长，见识短”，这是对女性才能的直接否定；另一个是褒语“女子无才便是德”，这是以表面褒扬方式来达到对女性才能的间接否定。在男主女从社会中，男子垄断文化而女性不得染指被视为天经地义，“通文墨”从来属于男性专利，那是他们立身处世、闯荡天下、入仕求官、光宗耀祖的“敲门砖”；这“砖”对于家

①〔美〕曼素恩：《缀珍集——十八世纪及其前后的中国妇女》，定宜庄、颜宜葳译，江苏人民出版社，2005，第126页。

门内“从父”“从夫”乃至“从子”的女子们当然用不着，古语所谓“聪明男子做公卿，女子聪明不出身”，即是这种现实写照。连身为女性的汉代班昭在《女诫》中也说：“夫云妇德，不必才明绝异也；妇言，不必辩口利辞也……”准此，“妇道无文”，远离文章、远离写作是女儿家的本分。生来“弄瓦”的女子命定该在家中成天围着灶台转，她们除了做“懵妇人”（如冯梦龙抨击“无才是德”时所言），还会有多大能耐呢？中国古代文艺史上，尽管也有像陶贞怀这样的女作家在《天雨花》自序中就弹词创作发表过“感发惩创之义”的文艺观点（这种观点不比那些高谈“文章乃经国之大事”的男儿们差），但总的说来，在性别观念刻板化的世俗眼光下，即使有不寻常的笔墨或言论出自“第二性”，也往往影响范围有限，更有甚者，还会被疑心为另有暗中捉刀之人，如清凉道人《听雨轩赘纪》中所言。有感于此类现象，高彦颐谈到中国古代女子剧评时指出：“《牡丹亭》的读者和评论者是经常受到怀疑的，如我们已经看到的，《吴吴山三妇合评牡丹亭还魂记》最初便是出于谈则的谦逊，而在其丈夫吴人的名义下于私人间流传的。重新在三妇名下发行，便遭遇到了不信任。吴人为三妇提供了一个详细的辩护，但也承认拿不出书面证据。他解释，在两次不同的偶然事件中，陈同和谈则的手稿都毁之一炬。厌烦了对三妇文字真实性做无休止的辩解，他便听任了永远不能说服每一个人这样的事实存在……”[①]

二是对女性写作的排斥。在男性主流社会语境中，女性写作为女才的体现，总体上不但得不到鼓励，而且要受到排斥。在封建时代官方力倡理学的背景下，女儿们以大胆言“情”的目光赞美《牡丹亭》，这毕竟是有离经叛道色彩的。当年，对吴人刊印三妇评论，就有人说三道四：“康熙间武林吴吴山有《三妇合评牡丹亭》一书……鄙见论之，大约为吴山所自评，而移其名与乃妇，与临川之曲，同一海市蜃楼，凭空驾造者也。从来妇言不出阃，即使闺中有此韵事，亦仅可于琴瑟在御时，作赏鉴之资，胡可刊版流传，夸耀于世乎？且曲文宾白中，尚有非闺阁所宜言者，尤当谨秘；吴山祇欲传其妇之文名，而不顾义理，书生呆气，即此可见也。是书当以不传为藏拙。”[②]在道学家的诫尺下，“有非闺阁所宜言者”的女性评论被视为违逆妇道的不良产品，其丈夫刊印她们的评论也是

① 〔美〕高彦颐：《闺塾师——明末清初江南的才女文化》，李志生译，江苏人民出版社，2005，第102—103页。

② 清凉道人：《听雨轩赘纪》，载王晓传辑录：《元明清三代禁毁小说戏曲史料》，作家出版社，1958，第289—290页。

悖礼之举；即使退一步讲，女性作为跟“家门外”社会绝缘的“家门内”群体，其写作也不过是“家门内”的消闲之物（所谓“绣余之作”），若跨出闺阁绣楼拿到“家门外”去广泛传播是万万不可以的。在权力话语的主宰下，男性化书写对女性笔墨的覆盖乃至删节，导致女性其人其作在历史上总是载之甚略乃至湮没不彰，对此不满的清代陈芸在《小黛轩论诗诗》自序中就指出：“嗟夫！妇女有才，原非易事，以幽闲贞静之枕，写温柔敦厚之语，葩经以二南为首，所以重《国风》也。惜后世选诗诸家，不知圣人删诗体例，往往弗录闺秀之作。”[①]这种现象，普遍存在于古代文学史上。“自恨罗衣掩诗句，举头空羡榜中名”（鱼玄机《游崇真观南楼睹新及第题名处》）；“磨穿铁砚非吾事，绣折金针却有功”（朱淑真《自责》）。古人这几句诗，从受压抑的女性心理角度讲述出女性写作受拒斥被边缘化的状况。

回眸百年中国现代史，你会发现，以女性创作为视点的“中国女性文学史”已出版多部，但迄今尚无一本“中国女性文学批评史”。其中缘由何在，从事文论研究和性别研究的学人们应该好好琢磨。笔者认为，除了上述原因，若是再作深入透视，对女性批评史的关注之所以远远迟于对女性创作史的关注，恐怕跟社会观念上某种将男女二分绝对化的性别本质主义（gender essentialism）陈见亦不无瓜葛，这就是所谓男子代表理性而女子代表感性，男子擅长逻辑思维而女子偏重情感体验。这种人为的划分，并非基于平等意识，而是带有等级制色彩的，犹如世界各地谚语“好女人没有大脑”（荷兰）、“女人只有半边大脑”（阿拉伯）、“铜头男子胜过金头女子”（哈萨克）、“智慧于男人，好比情感于女人”（日本）等等所言。[②]文学批评话语，文学理论构建，主要涉及理性思维、逻辑论析，在排斥“第二性”的传统社会观念中，此乃男子汉大丈夫所擅长的，所以文学批评史理所当然地要奉他们为主角；至于女子，大多数由于性别预设和教育分工而过早闭塞了她们这方面才能，即使少数人有此言说和声音，要么被视为对男性话语的鹦鹉学舌，要么被看作人微言轻而不登大雅之堂，被权力话语划归另类阵营的她们自然进入不了史家笔下的文学批评正史。这种情况不免使人联想到自然科学领域，当代女性主义科学批评运用“gender”概念考察和反思科学话语中的性别轨迹，质疑了主流科学的男性化倾向，分析了阻碍女性

① 陈芸：《小黛轩论诗诗序》，《长春阁集陈孝女集小黛轩论诗诗》，民国刊本。

②〔荷〕米尼克·斯希珀：《千万别娶大脚女人——世界谚语中的女人》，张晓红、朱琳译，新星出版社，2007，第77—79页。

进入科学研究领域的原因，发现历史上流行一种建立在两性等级制上的二分法，即把理性与情感、智慧与自然等对立起来，并在隐喻结构中将理性、智慧归结为男性的，而将情感、自然归结为女性的。按照性别批评，这种基于性别陈见的本质主义两分观务必受到批判，这种把认知才能仅仅标榜为“男性思维”的偏见也务必遭到唾弃，因为科学研究没理由在性别上设防，这里本该是“男性和女性共同施展各自认知才能的领域”[①]。今天，对于中国文学批评史，我们同样需要这种以质疑主流化男性传统为前提的重新认识、叙述和书写。

〔原载《南开学报》（哲学社会科学版）2014 年第 4 期〕

---

①〔美〕伊夫琳・福克斯・凯勒：《性别与科学：1990》，刘梦译，载李银河主编：《妇女：最漫长的革命——当代西方女权主义理论精选》，生活・读书・新知三联书店，1997，第 189－190 页。

论 20 世纪 80 年代我国文学评论中的性别意识

林树明

文学批评在 20 世纪 80 年代经历了深刻的转变，大概是新时期最辉煌的。当时我国的女性/女性主义文学批评明确彰显了当下文学中仍备受关注的性别意识，形成一股女性/女性主义文学批评思潮，但在大多数梳理那一时期文学批评的论著中，此思潮则被遮蔽或淡化了。

总结当代中国文学批评的众多论著，便存在此现象。这些成果讨论了“老三论”“新三论”“人物性格二重组合论”“日常生活审美化”“新时期写真实问题的讨论”“新时期吸收西方理论资源与创新”，以及现象学批评、原型批评、英美新批评、弗洛伊德主义、俄国形式主义、“结构主义—叙事学”、社会历史批评、后殖民主义批评、文艺社会学、文艺心理学、生态文艺学及接受美学等等，也描绘了“中国的文学人类学学派之前景展望”，还评述了小说领域的意识流、“京派”与“海派”，强调了 20 世纪 80 年代关于诗歌研究中“对现代主义的格外关注”“20 世纪 70—90 年代关于文艺与意识形态关系的探讨”“雅与俗的论争”，以及“文艺商品化”“文论失语症”“大众文化”，并研究了“‘后’语境与中国当代文学理论的接受取向”“中国当代文学理论研究的现代性立场”“新时期文学理论与教材建设”等等，皆与女性/女性主义文学批评无关，对于女性文学教材如《女性文学教程》(“普通高等教育‘十一五’国家级规划教材”，2007）等，也视而不见，便是关于“‘题材差别’论和‘题材决定’论”的讨论也未将女性写“小世界”与“大世界”的热烈讨论纳入其中。[①]这种状况直延续

---

① 参见朱立元主编的《新时期以来文学理论和批评发展概况的调查报告》(春风文艺出版社，2006)；蒋述卓、洪治纲主编的《文学批评教程》(武汉大学出版社，2010)；温儒敏等编的《中国现当代文学学科概要》(北京大学出版社，2005)；黄曼君主编的《中国 20 世纪文学理论批评教程》(华中师范大学出版社，2010）等。

至当下。近期某著名评论家在关于 80 年代文论的总结性发言中，同样对当时颇热闹的女性文学批评避而不谈。①

这些论著呈现三种情状：第一，大多数完全无视新时期女性/女性主义文学批评的存在，将其排斥在文艺学由一统性向多样性发展的重要转折之外，有意或无意让其自生自灭；第二，少数虽有所提及，但将其视为滞后于其他批评、还处于“不自觉”状态的书写，“并没有什么明确的性别意识”，“没有呈现出独立于那个时期其他文学批评的新的素质或品格”，②不被作为明确的“批评流派”或“文艺思潮”看待；第三，宣称其没有意识到性别与权力、阶级之间的关系，而在“人性”这一平面上展开，将作者的“性别意识”等同于“性意识”，并将所谓的 20 世纪 90 年代初女作家“盲视阶级身份”的“个人化写作”归咎于此。这些都使得整个 80 年代的女性/女性主义文学批评处于暧昧和尴尬的状态，与世界文论疏离。文学研究中的性别意识淡化，抑或无意识中的男性中心主义作祟，大概是造成这种现象的主要原因。

文学批评密切联系实际，其效果是对“常识”的批判，扩大文学回答问题的范畴，“对于性别和性态在文学各个方面的作用的分析，及先由女权主义，后由性研究和同性恋理论进行的批评”，是自 1960 年以来“三种最有影响的理论模式”，“女权主义在它众多的项目中通过拓宽文学的标准和引进一系列新的议题，已经给美国和英国的文学教育带来了根本性的变化”。③这是值得认真反思的。几十年前的荒煤之问值得重提：“文学评论谈人情、人性、人道主义、人的价值、人的尊严的文章与争议很多……女性的人的价值与尊严当然包含在人的价值与尊严之中，然而女性的价值与尊严是否有它特殊的意义，或者需要特别强调、重视的一面？现在的女性是否都真正得到了自由、平等和解放？”④

乔以钢指出，20 世纪 30、40 年代的女性文学研究，“就其不足方面来说，主要是两个方面，一是在对女性文学与外部社会生活的关系给予充分重视的同时，忽视了对其内在构成的深入探讨……未能将女性创作视为一个有独特价值、自身特色的文学系统进行观照。二是在研究格局上，随感式批评所占比重较大，

① 潘凯雄：《回望 80 年代文学批评》，《上海文化》2014 年第 1 期。

② 杨义主编：《中国当代文学研究（1949—2009）》，中国社会科学出版社，2011，第 367 页。

③〔美〕乔纳森·卡勒：《文学理论》，李平译，辽宁教育出版社，1998，第 132 页；直至当下，卡勒仍强调性别视角的重要性。参见乔纳森·卡勒《当今的文学理论》，《外国文学评论》2012 年第 4 期。

④ 荒煤：《关于女性文学的思考》，《批评家》1989 年第 4 期。

而富于学术底蕴的理论探讨明显欠缺，整个研究仍处于较为浅显的层面”①。20 世纪 80 年代的女性/女性主义文学批评弥补了这些不足。该批评以性别意识为逻辑起点和核心概念，探讨由性别、种族、阶级、经济及教育等因素所铸成的性别角色之间的交叉与矛盾，用各种批评方法对性别歧视话语进行解构，挖掘男女两性特殊的精神底蕴和文学的审美表达方式，建构新的女性及男性文学形象，为文学史上被淹没或受冷落的女作家鸣不平，突出文学的“性别性”和两性平等价值，产生了大批成果。这股思潮的话语主体以女性为主，也有不少男性参与。需要说明的是，20 世纪 90 年代以前，中文的“女性主义”与“女权主义”两词混用，90 年代后，文学批评中用得更多的是“女性主义”。

下面从文学评论中性别意识的张扬及女性/女性主义文学特点之思考、女性/女性主义文学概念之争、对国外女性主义文学批评的辩证汲取等方面讨论中国大陆 20 世纪 80 年代文学评论中的性别意识，为性别意识从传统到现代的过渡寻找依据，给予适当评价。

一、性别意识的张扬及女性/女性主义文学特点之思考

中国学界性别意识的较普遍觉醒始于 20 世纪初，妇女解放的进程与现代化、民主化进程同步。辛亥革命时期可谓妇女运动的自发期，该运动更多地纳入反帝反封的浪潮中，但也有一些开明之士，看到了女性解放问题的特殊性。20 世纪 30 年代中期以降，由于中国社会外患内忧的政局进一步恶化，使在五四时期本来就未引起充分重视的性属问题进一步边缘化。文坛也鲜明反映了这种趋势，从 20 世纪 40 到 70 年代，人们的性别意识呈现出从“中性”到“无性”这样的变化轨迹。性别意识淡化，忽视两性生理、心理特殊性及生存境遇的“拟男”主义也在这种口号下滋长起来。这种状况一直延续到粉碎“四人帮”时期。历尽浩劫的学者刘思谦对自己“性属”的体察颇说明问题：“我身为女人，就从来不知道女人是什么……只有当各种名目的‘角色’以它们那实实在在的重量向我纷纷挤压而来，我才深深意识到了我那和男人不一样的性别。然而此时‘女人’之于我，也不过是一些‘角色’的碎片而已。碎片下面，依然是一

① 乔以钢：《中国女性与文学——乔以钢自选集》，南开大学出版社，2004，第 377 页。

片混沌莫名，难以言说。”[①]按林丹娅的说法，“这便是中国女性大多人人心中有，但却不说出来或说不出来的事、的感觉、的体验”[②]！

“四人帮”的垮台，为文艺发展提供了契机。在关于“伤痕文学”与现实主义理论的论争中，“人性”“人道主义”等概念术语频频出现，批判极“左”路线，抚慰“伤痕”，呼唤人性，成了20世纪70年代末80年代初文学创作及评论的中心话题，也是促成女性文学批评勃兴的重要原因。与60年代末西方的女性主义有别而与五四时期相似，70年代末，性别问题随着社会政治问题重返学苑。对文学创作性别范畴的关注，表现了对人的价值的尊重，是80年代初“新启蒙主义思潮”和“现代性”诉求的具体表现和进一步深化。人们性别意识复苏，五四时期的“人性”概念融入了“性别性”。

性别意识（gender consciousness），又称性别观念（gender attitudes），是由男女两性的生理、心理及生存境遇的差异所产生的有关性别方面的意识，包括两性平等、性别角色分工、性别关系模式等方面的意识，与阶级意识、民族意识、国家意识等等构成具体的主体性。80年代中期影响较大的李泽厚、刘再复的“主体性”理论，仍是需要进一步深化的理论。在李泽厚看来，“‘主体性’概念包括有两个双重内容和含义。第一个‘双重’是：它具有外在的即工艺－社会的结构面和内在的即文化－心理的结构面。第二个‘双重’是：它具有人类群体（又可区分为不同社会、时代、民族、阶级、阶层、集团等等）的性质和个体身心的性质。这四者相互交错渗透，不可分割。而且每一方又都是某种复杂的组合体”[③]。从今天的角度看，如果让李泽厚补充的话，他一定会把“性别”因素纳入“双重内容”而详加论述。而刘再复所谓的“实践主体”“精神主体”“创作主体性”“对象主体性”及“接受主体性”，仍是较抽象的主体，需进一步具体化。其实，20世纪初，鲁迅便有了较具体的主体（“人”）概念。他说：“我所怕的，是中国人要从‘世界人’中挤出去。”“人”有性别、种族、贵贱、大小之分，处于“人”的最下层的是妇女和儿童，“人各有己，而群之大觉近矣”，“人”的觉醒，在于具体的“人”之觉醒，主要还在于妇女、儿童及农民的觉醒，

---

① 刘思谦：《女性文学研究教学参考资料·序》，载谢玉娥编：《女性文学研究教学参考资料》，河南大学出版社，1990，第1页。

② 林丹娅：《当代中国女性文学史论》，厦门大学出版社，1995，第157页。

③ 李泽厚：《李泽厚哲学美学文选》，湖南人民出版社，1985，第164－165页。

否则，人类无论怎样进化，总是偏枯的人类。[①]没有无性别的主体，“要成为一个主体就必须有性别。在这个性制度下，你不能既不是一个男人，又不是一个女人，而只是一个人”[②]。人的主体性是多元的，分层次且变化的，从性别角度看，至少由三个层面构成：男女两性的共同“人性”是元层面，是一种较抽象的规定性；由男女性别差异所形成的“类的属性”是中间层面，是较具体的规定性；而个体的“个性”是顶层面，是一种更具体的规定性。“人性”层面由经性别的“类”层面，转换为“个性”层面，个性层面又由经性别的“类”层面还原为普遍的人性层面。三个层面相互建构与制约，构成具体而真实的人的存在，在不同的文化语境中呈现出不同的主导风貌，构成每个主体的群体属性与独特性。话语创造主体，创造属性，文学创作主体既是传统性别文化、性别意识的传播者，也是新的性别文化、性别意识的铸造者。

1980 年，刘锡诚等人编的《当代女作家作品选》出版，在“编后记”中讨论了女作家的创作，开 80 年代女性文学推介之先。编者强调女作家面临更多的困难，“应加倍爱护和关心”，“作为女作家，她们既有各自的风格特色，从整体上来说，她们又有某些共同的特征。比如说，对妇女、爱情、婚姻、家庭、儿童心理，似乎有着更细腻入微的观察与感受，她们在选材方面，也有某种相对的共同性”[③]。1981 年，《新文学史料》刊出了阎纯德主编的《中国现代女作家》的部分内容，该专辑在 1983 年由黑龙江人民出版社出版。这些都标志着包括男性在内的健康的性别意识在文学领域的复苏。

批评主体性别意识的成熟更有赖于文学发展的水平。具有划时代意义的女性创作的繁荣，也是促使人们性别意识苏醒的重要原因。舒婷、张洁等有关情感与欲望的叙事，呈示了对女性的尊重、性别意识的觉醒，在关于这些作品的论争中，才触及了较具体的主体规定性，即性别属性。李子云在联邦德国举行的“现代中国文学讨论会”的发言中强调了这种趋势：“有些女作家开始站在妇女的立场，从自己的切身体验出发，表现了妇女的特殊问题与心态。中断已久的庐隐的《海滨故人》、冯沅君的《隔绝之后》、丁玲的《莎菲女士的日记》的

---

① 参见鲁迅的《热风·随感录·三十六》《灯下漫笔》《集外集拾遗补编·破恶声论》等文。

②〔美〕乔纳森·卡勒：《文学理论》，李平译，辽宁教育出版社，1998，第 108 页。

③ 刘锡诚等：《当代女作家作品选·编后记》，广东人民出版社，1980。

传统得到了延续。”[①]倡导两性平等的性别意识，构成了“改革开放意识”及“现代性”的有机组成部分。

性别意识的张扬主要表现在：第一，讨论文本的性别特色，强调作品风格、人物形象、叙事手法等方面的特殊性；第二，凸显女性意识，批判男尊女卑封建观念；第三，强调批评理论与创作主体性相存在的特殊性；等等。

当时关于女性文学的讨论，主要集中在一些非中心地区的杂志上，颇像联邦德国“康斯坦茨学派”兴起时的情形。1982 年，张维安归纳了以性别标志命名的女性文学的三个特点：第一，从女作家的独特角度，对爱情、婚姻及家庭做了较多的表现；第二，借助女性的直接体验塑造了各色妇女形象，特别是塑造了陆文婷式的当代新女性形象；第三，凭借母性的光辉，对儿童生活、心理做了独到的呈示[②]。张文及时对新时期崛起的女性创作做了综合审视，突出了女作者的性别身份认同意识，引发了人们对女性文学特点的持续关注。吴黛英、李子云、李小江、陈惠芬、王绯、谢冕、夏中义、季红真、赵玫、陈素琰、钱荫愉等人对张洁的《爱，是不能忘记的》《方舟》等小说给予充分肯定，就其产生的社会历史背景、思想艺术特色，特别是对于女性文学创作本身、女性文学对现实女性生存的启迪意义做了多方面的评论。吴黛英反复强调，虽然女性的作品千姿百态，但由于共同的生活经验，又使其作品在观察生活和反映生活方面显示出与男性不同的特点：第一，以“小”见长，擅长写“小题材”“小人物”“小事件”；第二，以“情”见长，情胜于理；第三，对美的内容、美的意境、美的语言有强烈的追求；第四，擅长心理描写，风格细腻柔和，长于对人的内心世界的微观反映。[③]从文学史发展的高度，李子云指出，宗璞等当代女作家开启了中国心理小说的先河，率先从以环境和人与人的关系表现人物的性格及命运的传统模式中解放出来，“转为以展现人物的内心世界为主的表现方式，以人物的心理活动过程进行结构……这种不同于传统的写法是由女作家开始的”[④]。李子云的《净化人的心灵》（1984）还评述了茹志鹃、宗璞等十一位女作家，强调了她们独特的女性视角。季红真在鸟瞰新时期近十年女性创作时延续了李子

---

① 李子云：《近七年来中国女作家创作的特点——在联邦德国“现代中国文学讨论会”上的发言》，《当代文艺探索》1986年第5期。

② 张维安：《在文艺新潮中崛起的中国女作家群》，《当代文艺思潮》1982 年第 3 期。

③ 吴黛英：《新时期“女性文学”漫谈》，《当代文艺思潮》1983年第4期；《从新时期女作家的创作看“女性文学”的若干特征》，《文艺评论》1985年第4期。

④ 李子云：《女作家在当代文学史所起的先锋作用》，《当代作家评论》1987 年第 6 期。

云的思路，说女作家不擅长说理，而喜欢按照心灵的逻辑表达自己对生活的独特理解，张洁的许多作品，譬如《爱，是不能忘记的》《沉重的翅膀》等，“其情绪所体现出来的心灵深度是男性作家所根本无法企及的”，“她们对主体感知内容，非凡的夸张能力，对小说艺术的发展作出了贡献，张辛欣式内心独白，刘索拉式非逻辑的叙事与对话，残雪梦魇一般的呓语，都表现出以心灵为主要世界的女性感知自身的独特方式”。[①]陈素琰的论著宏观地梳理了 20 世纪初至 80 年代中期女作家的创作，强调“女性作家的创作具有不容忽视的独特的性别特征”，即女作家情感的细腻、敏感与丰富，这种敏感既有对于女性自身的悉察，也包括了对“社会和全民族的忧患”[②]。荒煤在鸟瞰新时期十余年女性创作后强调女性文学自有其特点：“的的确确有一个在新的历史时期重新认识妇女解放的问题”，女性意识通过作品表现出来，女性搞创作，是自己解放自己的表现，由于女性生理、心理上的特点，也由于女性比男人经历了更多的苦难，女作家的创作有自己独特的风格，“也就是说她们所表现的世界、时代、社会、人都是女性眼睛中的世界、时代、社会和人”[③]。

总括诸多论著，认为比起男性文学来，新时期女性文学主要有如下特点：第一，对女性的境遇敏感而深切，展示了女性解放的艰苦历程，贯穿着激烈的现实批判精神；第二，存有温馨、博大的胸怀，富于浪漫主义，洋溢着理想主义的梦幻色彩；第三，更善于细腻地表现人物的心理活动，更喜欢按照心灵的逻辑表达对生活的独特理解；第四，更醉心于美的内容、美的意境、美的语言。

上述关于女性文学特点的提炼，也遭到一些质疑。反驳者认为：对女性文学所表现的女性的心灵美和文学美的界定，缺乏合乎逻辑的论证，心理描写非女作家独擅，意识流也不是“女性现实主义”。[④]有论者还指出了新时期女性文学的弱点：第一，缺乏男性文学在普遍意义上的那种“恢宏阔大的气魄”，“张力”不足；第二，表现对象相对“狭窄”，“多把目光集中在知识阶层的女性身上，对广大普通妇女的关注不够”，而男作家往往对普通妇女的命运更为关注。[⑤]关于这方面，后来被演绎为“阶级盲”或“女性主义话语中产化”“贵族化”。

---

① 季红真：《女性主义——近十年中国女作家创作的基本倾向》，《萌芽》1989 年第 10 期。

② 陈素琰：《文学广角的女性视野》，花城出版社，1988，第 118 页。

③ 荒煤：《关于女性文学的思考》，《批评家》1989 年第 4 期。

④ 王福湘：《“女性文学”论质疑——与吴黛英同志商榷兼谈几部有争议小说的评价问题》，《当代文艺思潮》1984 年第 2 期。

⑤ 禹燕：《女性文学的历史与现状——兼论什么是“女性文学”》，《当代文艺思潮》1985 年第 5 期。

价值取向明晰化，评论话语语境化，是当时女性文学批评的一大特色。需要凸显的是，当时强调女性作为一个“阶级”，张扬女性主体，批判男尊女卑传统文化观念，构成了人们性别意识的重要部分。20世纪80年代以降的女性/女性主义文学批评主要是一种社会政治/文化批评，密切联系现实，注重对性别等级关系、女性生存现实及意识形态话语机制的反思，并非“从单一性别的角度考虑问题，而无法更广泛地面对妇女在现实处境中所遭遇的社会/文化问题”，没有排斥“下层妇女”的利益诉求，也非“过分强调女性话语和阶级话语的分离”，比起五四时期至20世纪30年代女性文学强调“个性解放”的性别意识来，80年代文学批评中的性别意识更加系统地渗透了文化意识和阶级意识，更具有一种历史的指向性和现实针对性，避免了西方“性别本质主义”的某些弊端。这是一种至今仍需努力保持的具有中国特色的品质。

不少论者指出，正是男尊女卑文化，导致了妇女长期被压迫的地位，故批判男权话语机制，提倡女性自强自立，便成了当务之急。当时文学中的“女性意识”，主要是指自觉认识到女性的人格和尊严，强调女性自身价值实现的意识。这在关于张洁等人小说的讨论中表现出来。针对不少批评，论者联系妇女的现实处境指出，张洁的作品是“当代中国文学中女性的自我意识体现得最强烈、突出的代表”，“向广大妇女展示一条自我解放的道路”，“《方舟》这部中篇小说可以说高度集中地反映了当代妇女的命运，也是当代文学中第一次最鲜明地提出了妇女必须通过自强奋斗争得自身解放这一思想的作品。笔者认为，把《方舟》列为当代女性文学的开山力作，一点也不为过”。①《爱，是不能忘记的》所涉及的“爱情问题带有鲜明的‘妇女意识’，可以看作是当代中国妇女文学的开篇……作品强烈地反映出中国当代知识妇女的精神追求，这个主题在张洁以后的作品中经常出现，并影响到其他女作家，逐渐成为中国当代妇女文学中的重要主题”②。张洁等人所表现的女性意识，超越了五四时期的女性文学，具有透视和反映整个民族意识的现代化进程的意义，“如果说，五四时期的女性意识更多的还带有狭隘的女子气的‘女性中心意识’更多的是为了满足女性的虚荣，那么新时期女性文学中女性的自我意识则是女性的‘人’的意识的深化和拓展”③。不少男性也加入了讨论。针对各种批评，谢冕等为张洁辩护，肯定其对于妇

① 吴黛英：《新时期“女性文学”漫谈》，《当代文艺思潮》1983年第4期。
② 李小江：《为妇女文学正名》，《文艺新世纪》1985年第3期。
③ 于青：《苦难的升华——论女性文学女性意识的历史发展轨迹》，《当代文艺思潮》1987年第6期。

女解放的积极意义。谢冕说："我们的社会是多么古老的社会，男尊女卑的传统有多深厚，我们今天的空气，对于一个因为这种原因或那种原因离了婚单身独居的女人来说，她要活下去，的确有她的艰难，她一旦出了名，就有更多的麻烦了。"[①]夏中义大声疾呼"为梁倩们干杯吧！"宣称从鲁迅的祥林嫂到丁玲的莎菲，再到张洁的梁倩们，里程碑似的标出了中国妇女从自在到自为的解放历程，对梁倩等人的贬斥，是由于人们头脑中的男尊女卑思想作怪。梁倩们肩负中国妇女彻底解放的历史重任，是当代妇女解放的战士。[②]由此可见，男性完全可以具备健康的性别意识，成为女性主义文学批评的话语主体。新时期以来，荒煤、张炯、谢冕、阎纯德、吴思敬、陈骏涛、孙绍先、叶舒宪、康正果、王侃等男性学者对女性文学研究乃至女性主义文学批评皆倾注了极大热情，做出了贡献。故 21 世纪后学界提出的"微笑的女性主义""男性关怀"和"两性对话"等，不是孤立的个别事件，乃两性长期对话与沟通的产物。[③]

难能可贵的是，一些人还讨论了女性文学理论自身的特点及女作家的成才优势，具备了理论的自反性。朱虹明确强调，女性文学研究的根基是"妇女意识"，"妇女文学的研究评论要形成体系，要构成一门独立的学科必得建立理论和批评标准。妇女研究围绕的一个中心观念是'妇女意识'，妇女文学的批评标准也还是'妇女意识'。"[④]王绯主张，不同的性别角色对于世界的感知及表述形成差异，也会对批评本身造成影响，女性文学批评是基于妇女的社会意识、人格意识、审美意识进行自我评价的一种文学选择，其和传统的批评不同，必然"寻求和创立文学批评的新价值、新标准、新手段、新特质"。一般来说，女性文学批评更注重对女性经验意义上的真善美的追求，其批评眼光更注重批评对象对人的尊重、对女性的尊重。从整体上看，男性批评家对"分析·思辨型"和"感受·描述型"没有明显侧重，"而女性批评家更趋近于感受·描述型的批评思维，女性文学批评的智慧似乎不表现在抽象概括上，而是在具体的把握中，在知性和悟性上，女性批评家更多地发展了悟性"[⑤]。毛时安也认为，女性文学

---

① 何西来：《对于张洁创作的探讨（座谈会发言摘要）》，《文学评论》1982 年第 5 期。

② 夏中义：《从祥林嫂、莎菲女士到〈方舟〉》，《当代文艺思潮》1983 年第 5 期。

③ 参见林树明：《中国大陆对西方女性主义文学批评的回应》，《南开学报》（哲学社会科学版）2009年第2期；乔以钢也指出，促成男性的倾听及参与，是女性文论对于健全人类文化所具的重要意义与价值，参见乔以钢：《世纪之交中国女性文学研究的新进展》，《中国现代文学研究丛刊》2005年第5期。

④ 朱虹：《美国当前的"妇女文学"——〈美国女作家作品选〉序》，《世界文学》1981 年第 4 期。

⑤ 王绯：《女性文学批评：一种新的理论态度》，《当代文艺思潮》1987 年第 5 期。

批评自有其特色，如李子云的评论便具备一种女性特有的“兰气息，玉精神”，即“女性作家独有的阴柔之美”，“当论集作者以一个女性特有的温情、细腻去设身处地悉心体验作品提供的形象时，便能从纷乱的印象中，把握住那些仅仅属于‘这一个’作家独具的‘美的追求’的线索，提炼出构成其创作决定因素的主要印象”①。纪人在评吴宗蕙的论集时指出，女性评女性形象，确实有某些独到之处，首先是对女性文学题材特别敏感，其次是充溢着“女权主义”精神，不失时机地为妇女解放大声呼喊，社会批评与女性主义结合是其最大特色。②女性对于文学创作，也自有其优势。比起男性来，女性要成才需付出更多的努力，但对于文学，女性却有天然的优势：第一，女性的知觉能力比男性强；第二，女性的记忆特殊，有长于形象思维的特点，接近文学创作的要求；第三，女性有吃苦耐劳的人格优势。③这类对批评主体先在性的“元批评”，并不滞后于当时的其他批评。“与新时期初年相比，此时对女性文学进行探讨的学术意味明显增强。女性文学创作不再仅仅作为一般意义上的文学现象被加以归纳、研究，而是于其间引入了富于性别文化意味的探询”，“开始注意到创作主体的性别意识及其创作中与女性的性别体验相关的文学审美表现形态”。④丁帆、高楠所说的长期笼罩文坛的“价值混乱”“无病呻吟”及“疏离时势与争鸣声稀”之弊端，⑤此领域较少见。

关于女性表现“大世界”“小世界”的论争，也是关涉性别意识的问题，引起了热烈讨论。张抗抗曾提出女性文学“两个世界”的说法，吁求作家“必须公正地揭示和描绘妇女所面对的外部和内部的两个世界”。⑥随之而来的便是“小世界”/“大世界”这种更明确的区划：“女作家的文学眼光既应观照女性自身的‘小世界’，同时也应投射到社会生活的‘大世界’。”⑦女作家应以“女人”的意识表现“内在的世界”，以“超越女人”的“人”的意识表现“外在世界”。

① 毛时安：《兰气息，玉精神——读李子云论集〈净化人的心灵——当代女作家论〉》，《文学评论》1985年第2期。

② 纪人：《评吴宗蕙的〈小说中的女性形象〉》，《文学评论》1987年第2期。

③ 彭放：《缪斯钟情的女儿们——女作家成才规律初探》，《北方论丛》1989年第5期。

④ 乔以钢：《中国女性与文学——乔以钢自选集》，南开大学出版社，2004，第422－423页。

⑤ 参见丁帆：《有“社会良知”和深邃思想的文学批评》，《南方文坛》2014年第1期；高楠：《文论现代性的进一步思考：时空定性及当下中国形态》，《当代作家评论》2014年第4期。

⑥ 张抗抗：《我们需要两个世界》，《文艺报》1985年8月10日。

⑦ 马婀如：《对“两个世界”的观照中的新时期女性文学——兼论中国女作家文学视界的历史变化》，《当代文艺思潮》1987年第5期。

此论争不知不觉将人们引入了一个至今仍未跳出的女性文学评论的跨世纪怪圈。早在对冰心、丁玲、萧红等女作家的评论中，有论者便援用了类似“小世界”“大世界”的两分法。女作家表现家庭、爱人、朋友及自我的作品，其题材被视为有局限、狭小，带有落后的小资产阶级情调；而注目重大革命性的社会运动，便被视为表现了“大世界”，是先进的无产阶级文学。这种两分法贯穿于左联时期、延安时期及新中国成立 30 年的文学评论中，也在 20 世纪 80 年代中期的文学论争中表现了出来。有了“小世界/大世界”之分，那么，表现“女性自身”的作品便被打入了另册，被视为固执而片面地表现“性”“身体”的狭窄领域，与大众生活、意识形态或集体政治没有关联。

毫无疑问，“小世界”与“大世界”之分，是“个人”与“政治”长期对立的结果，是“先做人，然后才做女人”式二元对立思维的必然产物。在 20 世纪 80 年代中期，不少论者往往将“女人”和“男人”与“人”分割开来看待，来不及问一下这样的根本问题：“人”究竟由什么构成？两个世界互通互渗，女作家在表现所谓的“大世界”时，必然打上包括了主体多元的规定性。“为人莫作妇人身，百年苦乐由他人”难道是妇女私下的“小世界”个人叙事？不是对封建社会“大世界”的控诉？！虽然创作是主体参与信息社会所产生的个人行为，创作主体也不是一个集体性的主体，但其发生在意识形态的、宗教的、伦理的、美学的、言语的交汇处，承载着一个或若干个可能与之有联系的集体的信息。诚如荒煤所言，女作家“所表现的世界、时代、社会、人都是女性眼睛中的世界、时代、社会和人”。李子云也说，女作家不但写“重大题材”，那些写普通人的作品也往往“以小见大”，从“小人物”身上折射出“大问题”，譬如茹志鹃的《家务事》，通过“小人物”最普通的遭遇，呈示了应该尊重每一个普通人的呼吁。[①]就连张抗抗后来也指出：“只要女作家本身不是个中性人，那么她的创作中就会自然而然地流露出女性的风格和魅力的，这是由于其本身生理和心理的特点所决定的，无须刻意追求。”[②]王安忆也坚持认为，女作家在表现大时代、大运动、大不幸和大胜利的时候，总会与自己那一份小小的却重重的情感相联系。一些评论所谓的“人的意识”，往往是指“男人的意识”，一些作家所表现的“人”的意识，其实也仅是男权思想体系的一部分。再说，一部作品的

---

① 李子云：《满天星斗焕文章》，《读书》1983 年第 6 期。

② 张抗抗：《我很怀疑中国是否有女性文学》，《文艺报》1988 年 5 月 2 日。

艺术价值，并不仅仅以其所表现事物的“大小”来决定。

与性别意识有内在联系的女性文学的“雄化”问题，在80年代的文学论争中也形成一个热点。有人用“女人雄化”（男性化）来批评张洁、张辛欣作品的女主角及相关评论，说评者不应将“梁倩、荆华这样心理变态的女人，尊为‘当代妇女解放的战士’、‘中国妇女中最可爱的人’”，而“妇女雄化”是西方女权运动的末路，应该严加防范。也有批评者认为，张洁、张辛欣笔下人物的“雄化”，是作家“过分强化了女性的感觉”，“仍然没有逃出从自身角度去赢得权利或关注现实的模式”，五四以来的女性文学“不能囿于性别写作”，内容和语言所追求的目标应该是“无性化”。[①]吴黛英、李小江、盛英等人为“雄化”辩护。反驳者从女性的社会生活及心理构成、女性文学发展史等进行回应，认为女性“雄化”是新时期女作家自我的新认识，是妇女解放过程中不可或缺的环节、女性文学发展的必然。对“雄化女人”的表现，一方面“是对‘女性雄化’趋势提出的质疑”，另一方面“是对极‘左’思潮和‘无女性’时代的控诉”。[②]女性文学“雄化”是一种世界性的文学现象，“所谓的女性‘雄化’实际上女性身上原本存在的异性气质终于得到了合理的发展机会”，“一种既属于女性又属于男性的双性文学必将出现”。[③]所谓“雄化”，可理解为女性精神世界的丰富和话语范围的扩大。“无性化”或“去性别”书写十分可疑。如果从性别视域谈文学，“中性文学”或“双性文学”是不存在的。性别意识淡化的作品会很多，但其可能会突出了前述的时代、民族、阶级等因素了，用“性别”坐标去衡定纯属多余。要求女性文学“无性化”“去性别化”，并非“无性”，往往是男性化（有论者公开说“走向男人的世界，实现‘双性人格’”，向男性作品“看齐”），还是以男性/文学的固有属性为标尺裁定女性/文学，是一种男性中心主义的思维模式。“双性文学”是一个十分可疑的概念。[④]

毋庸讳言，当时关于女性文学的讨论，对性别意识与文学发展的动态性及多层意蕴的思考是不够的，对读者的状况也较少涉及。女性文学的特点及性别意识会不断发展变化，譬如世界女性文学的表现内容早已突破了弗·伍尔夫当年所言的“中产阶级的客厅”。同时，提倡“抗拒的阅读”，也是提高女性意识

---

① 张擎：《女性文学的娇弱、雄化和无性化》，《当代作家评论》1986年第5期。

② 李小江：《当代妇女文学中职业妇女问题》，《文艺评论》1987年第1期。

③ 吴黛英：《女性文学“雄化”之我见》，《文艺评论》1988年第2期。

④ 参见林树明：《性别诗学：意会与构想》，《中国文化研究》2000年第1期。

的重要方面。但理论是在论争中建立起来的，任何理论都不会有“和谐的答案”，文学属性像人的主体属性那样，具有一种过程性。关于女性文学的论争仍会持续，“只要有形成女性的社会因素存在，性别意识和性别文学是不会消失的”①。我们应看到，把某些特征界定为一个群体的根本属性会有问题，但这个群体也可将这些属性变为动力、追求的目标；同时，性别意识问题的多重意蕴，也为我们构建了一个探讨文学问题的动态语境，提供了多种视角，促进了学科的多元化及主体化（个性化），提升了人们的两性平等意识，培育了大批女性评论家，并为对西方女性主义文学批评的辩证汲取奠定了基础。从这一意义说，当时关于女性文学特点的讨论值得充分肯定。

文学领域性别意识的彰显，还包括了对男作家所表现的婚姻、家庭、性爱等问题的讨论，呈现了对男性性别意识的特殊关注。有论者注意到了当时一些人的报告文学中所反映的婚姻问题，强调了当代性爱观的复杂性，呼吁人们重视女性特有的情感要求和自我意识。②有的论者还探讨了张承志、路遥、张贤亮等人所表现的“西部妇女形象”，她们“不但缺乏必要的精神文明，也缺乏必要的物质文明”，对爱情的追求也是低层次的，“要使西部妇女获得真正的解放，还有待于社会的价值观念和生活方式的彻底更新”，这也便是西部妇女形象的重要价值。③对于男女作家性别意识及文学表达的差异，也有论者做了比较。宋永毅分析了王蒙、张贤亮、张洁、张辛欣等五男五女发表在 1980－1984 年间的 30 篇以爱情为主题或主线的小说，归纳出如下特点：第一，男作家以男性为主的人物比女性为主的要多四至五倍，女作家的主要人物大多是女性；第二，男作家笔下的男性大多是有才的甚至是英雄人物，而女作家笔下的男性负面比女性更多；第三，男作家笔下的女性大多是贤淑善良的传统形象，而女作家笔下的往往是争取解放的、充满现代色彩的妇女。由此论者认为，性心理内涵已渗透当代小说，“性沟”是存在的，“几千年的传统遗留下来的男女不平等的性观念对现代人性心理的影响是一种客观存在”④。对性别关系模式如此翔实独到的分析至今仍值得借鉴。

在百废待兴的新时期初年，古典文学领域性别意识的觉醒，以彰显爱情主

---

① 于青：《苦难的升华——论女性文学女性意识的历史发展轨迹》，《当代文艺思潮》1987 年第 6 期。

② 魏威：《当代人的家庭婚姻观——关于婚姻题材报告文学的随想》，《当代文艺思潮》1987 年第 4 期。

③ 夏青、常金生：《西部文学中的妇女形象刍议》，《当代文艺思潮》1986 年第 1 期。

④ 宋永毅：《当代小说中的性心理学》，《文学评论》1985 年第 5 期。

题的形式表现出来。爱情，是性别意识的风向标。《文学遗产》复刊后的第1期便刊登了王季思反思爱情内质的长文，从恩格斯“现代的性爱”的高度，为“文革”中被打入冷宫的《西厢记》等大唱赞歌，提倡男女平等、自由恋爱。[①]同期还有徐朔方分析《红楼梦》爱情主题的论文，批判一夫多妻制，提倡以思想情感的契合为基础的爱情。此前，徐朔方还从比较的角度，讨论了汤显祖与莎士比亚，将两者表现的爱情提高到反封建的高度。[②]尔后，《试论情歌的起源及其社会基础》(张海元)、《论叛逆女性形象在中国古典文学名著中的历史地位》(吴蕙娟)、《三千宫女胭脂面，几个春来无泪痕——简说唐代的宫怨诗》(韩理洲)、《谈〈国风〉中恋爱婚姻诗在文学史上的地位与影响》(徐送迎)及《高唐神女的跨文化研究》(叶舒宪)等文，高度肯定了古典文学中的爱情主题，提升了该领域的性别意识，也推动了当代女性文学评论的发展。值得一提的是，裴斐系统梳理了从《诗经》到《红楼梦》的爱情表现，提出了“女强男弱”的命题。论者称由于男性受封建思想形塑更深，反抗更艰难，故历代爱情文学充溢着赞美女性的主题，没有提供一个性格坚强的男性形象，女强男弱，要改变这种现象，主要在于解放男性:“在两性关系上反封建任务不仅是从社会地位上解放女性，还要从思想上解放男性”，“要改变中国爱情文学自近代开始的落后状态，关键在于解放男性”。[③]可谓一语中的。

重评古代女作家及其作品，也是性别意识觉醒的标志。苏者聪指出，女作家在文学史上是受歧视的，她们的作品或被焚毁，或遭贬斥，无一席之地，《文心雕龙》涉及作家数以百计，唯独不收女作家及其作品。《诗品》提到120多个作家，而论及妇女的只有4位。《昭明文选》60卷，只有2篇妇女的作品。《全唐诗》900卷，妇女作品只有12卷，占1.4%，且将其列入神仙鬼怪一类。《宋诗钞》根本未收妇女的作品。刘大杰、游国恩及中国社科院文学所编的《中国文学发展史》《中国文学史》，大多数有成就的女作家被排斥在外。“总之，长期以来，旧社会统治阶级对妇女的歧视、不良的社会偏见，造成了妇女在文学史上几乎是空白的现象”[④]。李清照、朱淑贞、薛涛、秋瑾、蔡琰、班婕妤等大批

① 王季思:《从〈凤求凰〉到〈西厢记〉——兼谈如何评价古典文学中的爱情作品》,《文学遗产》1980年第1期。

② 徐朔方:《〈红楼梦〉爱情题材的评价》,《文学遗产》1980年第1期;《汤显祖与莎士比亚》,《社会科学战线》1978年第2期。

③ 裴斐:《中国爱情文学传统及其特点》,《江汉论坛》1981年第6期。

④ 苏者聪:《略论中国古代女作家》,《武汉大学学报》(社会科学版)1987年第6期。

女作者成了热门话题。譬如李清照，1984年10月由中华书局编辑部等7个单位发起，召开了纪念李清照诞辰900周年暨李清照学术研讨会；1983至1989年间，讨论李清照的论文近百篇。论者不但高度评价了她的创作成就，还特别注意到了其与性别的关系，称李清照的"闺音"，是真正的女性之声，《醉花阴》《一剪梅》等作品，是唯有女作者才能写出的作品，"性别的差异，在中国封建社会意味着人身价值的不平等，这种情况决定了女性从事文学创作活动所具有的一定的特殊性，也决定了考察李清照的创作不能不注意到它与作者性别的有关因素"[①]。乔以钢的《中国古代女性文学创作的文化反思》、吴世昌的《论五言诗起源于妇女文学》、夏太生的《论〈离骚〉人物性别的寓意问题》、马茂元等的《韦庄讳言〈秦妇吟〉之由及其他》、钟来因的《唐朝道教与李商隐的爱情诗》、舒芜的《女性的发现——知堂妇女论略述》、叶嘉莹的《从西方文论看花间词的美感特质》等文，陈寅恪的《柳如是别传》、孙绍先的《英雄之死与美人迟暮》及康正果的《风骚与艳情》等著作，讨论了创作主体性别意识与社会政治、宗教及文学体裁和表现手法的复杂关系，拓展了文学研究的传统视域。

二、女性文学/女性主义文学概念之争

随着改革开放的深入、人们性别意识的觉醒、女性创作的发展及理论自觉意识的不断强化，关于女性文学的定义也提上了议事日程。20世纪80年代中期以性别范畴命名的女性文学概念的热烈讨论，呈示了女性/女性主义文学批评思潮学科化趋势，不"滞后"，也非"不自觉"。

宏观与微观相结合，属意于理性分析，论者从社会政治/文化语境、女性的社会生活及生理与心理特点、文学的范畴与分类、世界女性文学传统及新时期女性文学的繁荣等方面为女性文学之称谓辩护，提供学理支撑。

吴黛英首先为"女性文学"称谓的合理性辩护。她指出，关于文学类型的划分众多，有按时间及年代划分的，如古代文学、近代文学、现代文学等等；有按空间地域划分的，如中国文学、欧洲文学、亚洲文学等等；有按题材分的，如乡土文学等等，不一而足。那么，由于女性的生理、心理及社会生活与男性

---

① 乔以钢：《李清照文学创作中的自我形象和中国古代妇女文学创作》，《天津师大学报》（社会科学版）1989年第1期。

不同，其认识世界和反映的世界也不一样，按作品的性别特征对文学进行分类也就是顺理成章的事，“按作品表现出来的性别意识和性别特征”可将文学分为“男性文学”和“女性文学”。[①]陈惠芬从“自然的根源”和“社会的文化历史”阐释了女性文学存在的基础是女作家创作的“同一性”，“女性文学”的出现是人类自我意识提升的必然产物，其作为一个“独立的分支”，不仅仅是女权运动的结果，还“不难在自然、历史或心理学与社会科学的范围内找到有关‘同一性’的有用线索”，由于男女两性生理、心理及社会生活的差异，必然产生文学的差异，形成独特的风貌。“女性文学本身就是一个能有独立自足性的、一定类型的总体文学。这是由世界各国女性共同的身心状况和历史遭遇决定的；作为女性文学核心的‘妇女意识’本质上也是跨越种族、历史和国家而存在的”。[②]这之前，陈惠芬还讨论了王安忆、张抗抗、陆星儿小说中的三个女性，强调了女性文学表达的共同感受方式、叙事方法及女性人物情感的独特性，寻绎女性文学的“同一性”。叶鱼宣称，“无性”的观念是错误的，“既然世界上男女有别，就不应以抹去男女之间的性别来要求抽象的同一的‘无性’，而应该从性别这一角度来相互充实丰富和发展人类……如果不充分深刻地挖掘女性或男性各自的区别特质，我们又怎么笼统地认识和发展人类自身呢？”“‘女性文学’的含义应是：女性通过文学途径来充实和发展自身并以自身的充实与发展为人类认识自身做出贡献”。[③]关于女性文学（妇女文学）的界定，大致如下：

（一）女性为创作主体，以“女性意识”（或“妇女意识”，female consciousness）为核心概念界定女性文学。持这种观点的有朱虹、吴黛英、李小江、钱荫愉、金燕玉、陈思和等人，在关于女性文学的讨论中占多数，一般又称其为“狭义的女性文学”，也有的称为“女性主义文学”。“狭义的妇女文学”指“一切具有妇女意识的作品”或“由女作家创作的，描写妇女生活，并能体现出鲜明的女性风格的文学作品”，或“女作家所写的反映妇女生活感受的作品”。朱虹主张，并不是所有女作家写的都是女性文学，其应具备一种“女人的自觉”，女性文学缺乏女性主体意识，便像《复仇记》没有王子。[④]吴黛英指出，女性文学由作者

---

① 吴黛英：《女性世界和女性文学——致张抗抗信》，《文艺评论》1986 年第 1 期。

② 陈惠芬：《找出失落的那半：“认识你自己”——关于女性文学的思考兼及人类意识的提高等等》，《当代文艺思潮》1987 年第 2 期。

③ 叶鱼：《也谈谈“女性文学”的含义》，《文论报》1987 年 8 月 1 日。

④ 朱虹：《妇女文学——广阔的天地》，《外国文学评论》1988 年第 1 期。

的性别界定，应是由女作家创作的，表现了女性主体意识，描写妇女生活，并能体现出鲜明的女性风格的文学作品。[①]李小江宣称，女性文学在创作主体、题材和风格上都有自己的特点，妇女写妇女生活的才算妇女文学，一些虽是女作家写的但主题与妇女无关的不能视为女性文学。[②]钱荫愉明确将“女性意识”作为女性文学的界定标准：“妇女文学的基本界定显然不可能指所有妇女写的或有关妇女的作品”，一个人的生物性、社会性和历史性使其无法超越自身的性别意识，“它使女性对于生活有了独具的眼光、特有的逻辑和感知方式；在表达生活、表达自我时有了她们特殊的切入点和语义系统；她们的能力和价值观，她们的情感经验和情绪体验都成为男子所无法取代和逾越的”。[③]金燕玉也强调，“并不是所有女作家写的作品和所有写女性的作品都可以称作女性文学”，她推崇美国伊丽莎白·詹威关于女性文学的界定，即认为女性文学的作者应认识到男女两性不同的社会生活，并探寻一套不同的语义系统去表达。[④]

如此对女性主体意识的强调，实际上与女性主义文学的内涵较接近，像朱虹便把“妇女意识”作为女性主义文学的主要特征。这一思考向度一直延续至 21 世纪的今天。20 世纪 90 年代后戴锦华倾向于用“女性写作”代替“女性文学”的概念，强调“对女性创作的作品及女性写作行为的特殊关注”“女性视点与立场的流露”，[⑤]也旨在彰显女性创作的主体意识。刘思谦在 90 年代后的一系列文章中皆强调了女性文学的核心便是对女性主体意识的持守、“女性人文主义”的张扬，表现在女性由依附性向独立性的艰难蜕变，并认为卫慧、棉棉等人“以丧失主体人格为代价，自己把自己‘他者化’的作品，是不能算作女性文学的”，女性文学是“以女性为言说主体、经验主体、思维主体、审美主体的文学”。[⑥]乔以钢也指出，“中国女性文学主题的思想内涵、主题创造与创作主体的女性意识有着十分密切的联系”，女性意识的构成是丰富而多层面的，是女性作为“人”要求价值全面实现的意识，“可以理解为包含两个层面：一是以女性

---

① 吴黛英：《新时期“女性文学”漫谈》，《当代文艺思潮》1983年第4期；《女性世界和女性文学——致张抗抗信》，《文艺评论》1986年第1期。

② 李小江：《为妇女文学正名》，《文艺新世纪》1985 年第 3 期。

③ 钱荫愉：《从世界妇女文学的总体格局中看我国妇女文学的失落》，《文艺评论》1988 年第 1 期。

④ 金燕玉：《一条自己家的轨道——论新时期女性文学的崛起》，《南京师大学报》（哲学社会科学版）1989 年第 3 期。

⑤ 戴锦华：《涉渡之舟——新时期中国女性写作与女性文化》，陕西人民教育出版社，2002，第 20 页。

⑥ 刘思谦：《关于女性文学》，《文学评论》1993年第2期；《女性文学的现代性》，《文艺研究》1998年第1期；《女性文学这个概念》，《南开学报》（哲学社会科学版）2005年第2期。

的眼光洞悉自我，肯定自身本质、生命意义及其在社会中的地位；二是从女性立场出发审视外部世界，并对其加以富于女性生命特色的理解和把握”[①]。“女性的眼光”“女性立场”两个关键词，同样是对女性主体意识的强调。当时多数论者所说的“女性意识”，主要指女性自强自立、实现自我的主体意识，虽欠全面，却是女性文学的核心与标志性概念，至今仍弥足珍视。

一些男性也积极参与讨论，呈现了健康的性别意识。陈思和区分了“女性文学”与“女性作家创作的文学”，认为女性文学的界定应以女性意识为标志，而不应以生理性别划分：“并不是所有女性作家写的作品都是‘女性文学’”，那些不注意反映妇女的特殊问题与心态的不能视为女性文学，“‘女性文学’的提出，标志着女作家的女性意识的觉醒”。[②]

这样一些界定，恪守主体意识及身份建构，明确提出了性别不平等的问题，将五四以降关于女性文学的思考提升到一个新的层面，更具备一种解构男性中心主义的文化自觉，为对文学和其他文化产品的阐释提供了更丰富的概念框架。至今，仍有不少论者持守这样的立场。

（二）创作主体是女作家，题材可以是女性的生活，也可以是男性的，不必强求性别主体意识，一般又称其为“广义的女性文学”。王绯、张抗抗、禹燕等人持这种观点。以前谭正壁、谢无量等人编的中国女性文学史，也按此精神分类；1985 年创刊的《女作家》《女子文学》所发的作品，也可归入此类。所谓“广义的女性文学”，基本上按生理特征分类，指凡是妇女创作的，描写两性生活的文学。王绯认为女性文学的创作主体虽是女性，但女作家既可以描述“以表现妇女意识、妇女世界为主要追求的‘内在世界’”，也可以描述“超越妇女意识的‘外在世界’”。[③]张抗抗主张凡是女作家写的作品，都可以称为女性文学，题材包括男女，“浸透了男人和女人共同体验到的妇女对生活的一切爱和恨”，“如果能够把女作家所写的关于女人和男人以及整个社会生活的作品，统称为妇女文学，它的内涵和外延就会更加广泛和深刻”。[④]“女性文学是女性作者创造的一切作品，是她们表现的各种生活”，20 世纪 90 年代后期王侃等人仍持这

① 乔以钢：《多彩的旋律——中国女性文学主题研究》，南开大学出版社，2003，第 9 页。

② 陈思和：《女性文学和女作家的文学》，《文学角》1988 年第 6 期。

③ 王绯：《女性气质的积极社会实现——读〈女人的力量〉兼谈女性文学的开放》，《批评家》1986年第1期；后来，王绯进一步指出了中国妇女解放理论的“与男共舞”现象。参见王绯：《女性批评：从哪里来，到哪里去》，《文艺研究》2003年第6期。

④ 张抗抗：《我们需要两个世界》，《文艺评论》1986 年第 1 期。

样的观点，宣称女性文学是指女性作为书写主体的写作实践。[①]

文学是想象和虚构的产物，女性写男性或男性写女性皆无可非议。但凡是女作家的创作都应视为女性文学，无疑是一种宽泛的概念，在西方也常常被质疑。其优点是可以对作为创作主体的女性的"意识"有比较全面的了解，主体与他者和谐共存，或通过他者反思自身，内涵和外延就会更加广泛，然此类与女性主义文学却有较大差别。

（三）创作主体不分性别，只要是表现女性生活的，皆可视为女性文学，男性创作的女性形象也在女性文学的范畴，刘慧英、王富仁等人是这种看法的代表。刘慧英并不十分强调作者的性别而是强调作品的内涵，认为女性文学"反映女性生活和感受，探讨妇女解放"，"也包括了一些男作家笔下的妇女形象及他们有关妇女问题的作品"，当然，其主要是指女作家所写的反映妇女生活感受的作品。[②]王富仁推断男性意识和女性意识互为因果，沟通发展，由于社会由男性主导，"当男性为了自己的根本需要抑制着女性意识的自行运行的时候，男性就要把自己可以赋予女性的意识从外部赋予女性，男性就必须把女性意识包容在自己的意识之中"，女性意识的发展不仅仅是女性的任务，而是整个社会的事情，一些男作家可以更公开地表现女性"独特的心理特征"，"女性文学的发展也不仅仅是女性作家的任务，而是整个文学事业发展的需要"[③]。王富仁的出发点是批判男尊女卑意识，提倡两性平等，看法与刘慧英及法国埃莱娜·西苏（西苏的"女性书写"，便包括了男作家让·杰内特的作品）的比较接近，大概认为提倡女性独立自主的意识男女皆可具备，这也是孙绍先所倡导的"女性主义文学"的部分意思。

（四）女性主义文学。女性主义文学是指那些批判性别歧视，提倡两性平等的文学，更强调文学的文化内涵、女性主体意识的彰显，比女性文学更具性别政治的挑战性。朱虹、季红真用表现"女性本体的自觉"、揭示女性现实生活的艰难处境、显示了女性心理的深度及发展了女性特有的感知和表达方式来界定女性主义文学，还特别强调了中国的女性主义文学与西方波伏娃、杜拉斯式"女

① 王侃：《女性文学的内涵和视野》，《文学评论》1998年第6期。直至当下，仍有论者按生理性别划分"男性文学"与"女性文学"，并宣称以莫言为代表的"男性文学"超越了以铁凝为代表的"女性文学"。参见李蓉：《女性主义文学解体之后：问题、处境与发展》，《文艺研究》2014年第10期。

② 刘慧英：《生存的思索和爱情的内省——谈女性文学的主旋律》，《文学自由谈》1987 年第 2 期。

③ 王富仁：《谈女性文学——钱虹编〈庐隐外集〉序》，《名作欣赏》1987 年第 1 期。

权主义”的不同，保留了“古典主义特征”[①]。有人还将“女性主义文学”视为包括了男性创作的作品及批评，是以讨论女性问题为中心的作品：“凡是反映女性在男权社会的苦闷、彷徨、哀怨、抗争的作品，不问其作者性别如何，都视为‘女性主义文学’。”[②]孙绍先认为应该从“女性文学”走向“女性主义文学”，将男性创作的女性形象也纳入“女性主义文学”范围，因为斯威夫特、易卜生、李汝珍、鲁迅等人“也在为女性的屈辱地位奔走呼号”，可算是女性主义文学，并提出一种“走向‘双性人格’”的“女性主义文学”。在与钱荫愉等人的争鸣中，孙绍先明确宣称，两性后天形成的“文化性别”使“生理性别”趋于无，随着社会文化的发展，“人类总体的文化性别鸿沟会趋于消失，男性女性化，女性男性化”，因此，“女作家有一个超越性别界限的任务”。[③]当然，“女性文学/批评”加上“主义”，更是一种文化定位、批评实践，生理性别并不是首位的，像特里·伊格尔顿便常被称为“男性女权批评家”。

就像关于文学的定义本身是复合型的那样，以上四种界定具备一种互文性，皆有存在的合理性，其在不同的语境中可发挥特定的功能，且彰显两性平等价值的初衷是一致的。不少论者将张洁等人视为反感“女性文学”称谓的代表，这是欠妥当的。张洁并不反对“女性文学”这一概念，而是不满将一切女性写的文学都视为“女性文学”，认为不少女性的主体意识是较差的，往往把自己当“性”而不是人去兜售。[④]张抗抗明确宣称，“妇女文学真正的责任在于提高妇女”，“历史、自然和社会对妇女是不公正的”，这使女性本身也受到毒害，广大女性只有自强自爱，才能真正有力地批判大量存在的大男子主义。张辛欣也曾说，在作家前面冠以“女”字，颇有当今看女子踢足球的意思。按陈惠芬的说法，这本身就是一种“十分强烈的女性意识”。[⑤]上述疑虑也有人做了女性主义的读解，将其视为克莉斯蒂娃式的解构男性中心主义的策略，说她们在不否定男女已经取得平等权利的前提下，提倡鼓吹女性的特点和差异，这实际上解构了传统的平等神话，也消除了对女性的形而上理解。[⑥]

---

① 季红真：《女性主义——近十年中国女作家创作的基本倾向》，《萌芽》1989 年第 1 期。

② 参见孙绍先《女性主义文学·引言》，辽宁大学出版社，1987，第 3 页。

③ 孙绍先：《从女性文学到女性主义文学——兼与钱荫愉等人商榷》，《当代文艺思潮》1987 年第 5 期。

④ 张洁：《张洁答香港记者问：谈女权问题与“女性文学”》，《当代文学研究资料与信息》1989 年第 12 期。

⑤ 陈惠芬：《找出失落的那半：“认识你自己”——关于女性文学的思考兼及人类意识的提高等等》，《当代文艺思潮》1987 年第 2 期。

⑥ 参见胡缨、唐小兵：《我不是女权主义者》，《读书》1988 年第 4 期。

三、对国外女性主义文学批评的辩证汲取

女性主义文学批评是社会政治/文化的多元化呈现，是跨文明对话的产物。20 世纪 80 年代文学领域的性别意识及女性文学研究的学科化特征，也表现在对国外女性主义文学批评的引进和应用方面。新时期的女性主义文学批评，主要是从翻译、介绍国外的文学与批评开始的。这种引进介绍并非严格按其发生的时间顺序，而呈现一种共时状态。

1979 年 5 月，朱虹在《读书》发文评《简・爱》，彰显女性意识，开了从性别意识重写外国女性文学史的先河。论文认为，长期以来人们对《简・爱》的评价存在偏颇，未认识到小说的真正价值在于“通过一个妇女的命运对当时的英国社会发出了小资产阶级抗议的最强音”，并介绍了玛丽・葛温的《为女权一辩》等女权论著。[①]柳鸣九、杨静远等人紧随其后，阐释了乔治・桑、夏洛蒂・勃朗特等人的作品，为历史上被冷落的女作家翻案。称乔治・桑以“妇女的细腻”“从妇女的切身感受”创作艺术形象，“在十九世纪文学中具有了自己独特的题材和领域”，在法国具有“不可磨灭的地位”。[②]勃朗特的一系列小说“倡导男女平等、妇女独立自主、自我解放的民主主义思想”，“三十多年后易卜生在《玩偶之家》里提出的引起全欧洲思考的问题‘娜拉向何处去？’夏洛蒂早做出了明确的答案，只是没有被人理解和重视”，“夏洛蒂认为，真正的婚姻幸福，经久不衰的伉俪和谐，只有当妻子不但是丈夫生活上的伴侣，也是事业上的伴侣时，才得以保持和增进”。[③]这些成果，增强了国内女性自立自强的性别意识，可视为汲取国外女性主义文学理论的前奏。

稍后，朱虹站在女性主义立场上，在《美国女作家作品选》(《世界文学》1981 年第 4 期）中描画了美国带有女性主义色彩的“妇女文学”图谱。1983 年，她编选并附序言及作者简介的《美国女作家短篇小说选》出版，系统地开始了对西方女性主义文学及理论的译介。序言热情介绍了美国 20 世纪 60 年代后期女权运动的再次勃兴，较详尽地评述了它兴起的历史背景、现实表现及其在历史学、思想史、文学创作及批评方面所产生的影响，给国内广大读者介绍了有

---

① 朱虹：《简・爱——小资产阶级抗议的最强音》，《读书》1979 年第 5 期。

② 柳鸣九：《论乔治・桑的创作》，《文学评论》1980 年第 1 期。

③ 杨静远：《夏洛蒂・勃朗特小说中的爱情主题》，《文学评论》1980 年第 5 期。

鲜明政治色彩的《女性之谜》《性别政治》等女权运动的重要著作，报道了美国各科研机构和大学关于妇女研究及妇女研究课程的开设情况；在文学方面，朱虹鼓吹“妇女意识”，热情推介《自己的房间》《第二性》及《阁楼上的疯女人》等女性主义批评经典，讨论了历史上被埋没的女作家，并从历史和社会学的角度批评了形式主义文论忽视作家主体性的倾向，为女性主义批评鸣锣开道。选集所收的“妇女文学”实质上是女性主义文学，“反映了60、70年代的自觉的女权主义观点”。朱虹对西方女性主义的介绍具有启蒙的意义，产生了重要影响。1984年，丹尼尔·霍夫曼主编的《美国当代文学》被翻译出版，其中伊丽莎白·詹威所撰的“文学妇女”一章，将妇女文学用六七万字列专章编入文学史，在我国读者面前展现了西方文学中妇女的“反抗”阵容。除小说外，该书还对激进的女性主义诗歌做了大量介绍，阐述了被称为“妇女文学”的领域究竟包括哪些内容，探析女性独特的表达方式，并倡导一种跨国度的女性主体意识。该书的一些重要见解，被国内不少女性文学评论文章反复引用。1986年《外国文学》杂志在第12期推出了“妇女专号”，并在“编者按”中宣称其目的是“满足广大妇女姐妹及一切关心妇女的读者对国外妇女文学动态有一定的了解”；“引起读者自己更深入更广泛地去探讨文学中的妇女问题”。1988 年后，该刊又辟“妇女文学专栏”，介绍了多丽丝·莱辛、艾丽丝·沃克及托妮·莫里森等人的作品。1987年张讴编译的《20世纪世界女诗人作品选》出版，热情介绍了不少具有女权意识的诗作。1989年朱虹、文美惠主编的《外国妇女文学词典》出版，共收入 59 个国家的 652 位女作家的条目，还辟专章介绍了肖瓦尔特、克莉斯蒂娃等8位“女权主义”批评家，在我国第一次把世界妇女文学以经典的形式描述成与男性文学传统并驾齐驱的潮流。

乐黛云、孟悦、盛英、刘思谦、黄梅、陈惠芬等学者明确表达了对女性主义文学批评的欢迎。她们认为，女性主义最大的意义是可以对过去有很多解释，使中国妇女意识到全世界女性的共同命运，明白了女性社会权利和精神解放同真正的历史进步的关系，并逐渐明确了社会历史的与文化心理的综合分析方法论，找到了文学批评新的角度。[①]一些论者还强调了应注意的问题：“中国妇女的‘妇女意识’并不因与社会意识交融而泯灭。她们心房中对传统、对现实的愤怒与反抗，对自身命运、对女性角色的焦灼与悲愁，对生命、对爱情的温情

① 乐黛云等：《女权主义与文学批评》，《文学自由谈》1989年第6期。

与渴望，在文学中都留有深刻的印记。”这就需要女性主义批评“直接‘点化’”，性别意识具有民族特点，“不宜将外国人的妇女意识硬套到中国人头上”，而应该将中国妇女意识在文学中的发展轨迹及特征、中国女作家的审美特质，“历史地真实地具体地揭示与传达出来”，要达到这样的目的，对女性主义批评应该“多元接受”，以社会批评为本，注入心理学、人类学、生理学、现代美学等角度，“达到多角度剖示女性的性别经验、性别意识、性别心理，乃至性别审美诸特征的目的，为建立女性自身的价值标准与独特文化做出应有贡献”。[①]20 世纪 90 年代以降，陶洁、李小江、乔以钢、林丹娅、屈雅君等仍持这样的辩证立场，中国文论的现代性转换中存在的“西学的非语境转用”有所避免。

20 世纪 80 年代末，译介进一步深化。康正果的《女权主义文学批评述评》（《文学评论》1988 年第 1 期）概述了西方女性主义批评的大概面貌，专门介绍了凯特·米利特的《性的政治》（译为《性权术》）。《外国文学评论》《上海文论》《文艺理论研究》等也加强了对女性主义批评的推介。王逢振出版了《今日西方文学批评理论》（1988），热情介绍了美国男性理论权威对女性主义批评的高度赞扬态度。胡敏、林树明等人翻译出版了英国学者玛丽·伊格尔顿编的《女权主义文学理论》（1989）。这部集子是国内面世的第一部西方女性主义文学批评文集，汇集了 1929 年至 1986 年西方女性主义批评的代表性论述，其探讨范围除文学外，还包括戏剧、电影、雕塑及绘画，较全面地反映了当时女性主义批评各流派的基本面貌，故有人称“或许它能成为中国读者了解西方女权主义文学批评的入门之作”，也有人欣喜地誉为“雪中送炭”。弗·伍尔夫的《自己的房间》（王还译）1989 年出版，至 1992 年 6 月已三次重印。这样的深化有如下方面：第一，有了较全面的介绍，譬如对女性主义批评的美英派、法国派、女性主义读者接受理论、女同性恋女性主义批评、黑人女性主义批评、马克思主义女性主义批评、第三世界女性主义批评、女性主义原型批评及解构主义女性主义批评皆有所介绍，使人们对女性主义文学批评有了更深入、全面的了解；第二，更注重学科性、可操作性。早期的译介带有情绪化的鼓动，而此时期则加强了对具体操作方式的介绍，同时对思维方法也比较注重；第三，讨论了女性主义批评对自身缺陷的反思与对未来的展望，更具备一种积极扬弃的辩证立场。前期“破”的理论居多，此时则注重“立”的介绍。譬如关于解构主义女

---

① 盛英：《女性主义批评之我见》，《文论报》1988 年 6 月 5 日。

性主义批评的介绍，有一种理论的超前性，其中关于打破二元对立的第三种思维的观点，对国内各批评流派产生了积极影响。国内学者并未按所谓的“西方女性主义视中国妇女缺乏女权意识”定位自身，也未强求与西方女性主义“保持一致”，完全抹杀其差异性，甚而对西方女性主义顶礼膜拜，全盘吸收。有学者在探析大陆及台湾对西方文学批评的态度时强调指出，如果说20世纪70年代中国学苑对西方理论仍有强烈的保留或抗拒的话，到80年代末90年代初，西方理论在中国已占有特殊的位置了。当然，这些当代理论不再仅是“西方”的理论，尤其是在女性主义理论和后殖民话语方面，不同民族文化的批评家都做出了贡献。但应该说，从80年代初至今，我们对国外女性主义文学批评论著的引进缺乏系统性。

受其影响，以女性为主体的学者创作了一批引人注目的论著。此时期首先值得一提的是两本女性文学批评论著。1988年河南人民出版社推出了一套《妇女研究丛书》，其中水准虽参差不齐，但其佼佼者却基本上标志着国内女性独立的话语意识的成熟。其中，李小江的《夏娃的探索》令人瞩目，著者像西方女性主义那样，寻找“女性”，呼唤女性研究学科的诞生，抨击大男子主义传统，竭力为女性主义批评的全面展开摇旗呐喊。接着，代表该丛书最高成就的《浮出历史地表》出版。该著卓有成效地将社会学批评、符号学、结构主义叙事学、读者反应批评及解构批评结合在女性主义批评的大旗下，将鲁迅等男性作家的作品与丁玲等女性作家的作品比较，在现代文学史研究上第一次全面地向男性文学传统提出诘难；探索女性文学的特殊性，建立独特的女性文学研究框架，表现出浓烈的女性主义批判精神。因有了这部著作，中国大陆的女性主义批评才名副其实。用台湾学者张小虹的话来说，该书“为女性主义现代文学研究之重要里程碑”，“由五四‘诞生期’、30年代‘成长期’到40年代的‘成熟期’，中国现代女作家由‘女性被讲述’到‘女性自述’的系谱于焉完成”。[①]该著也可谓新时期“重写文学史”的开山之作。

女性主义批评论文激增也发生在这一时期。1989年《上海文论》第2期推出“女权主义批评专辑”。朱虹的《对采访者的“采访”》、孟悦的《两千年：女性作为历史的盲点》、海莹、花建的《FEMINISM 是什么？能是什么？将是什

---

① 张小虹：《性别的美学/政治：当代台湾女性主义文学研究》，载钟慧玲主编：《女性主义与中国文学》，里仁书局，1997，第126页。

么？》、王绯的《性扭曲：女界人生的两极剖析》、吕红的《一个罕见的女性世界》、毛时安等人的《大众传播中的女性形象》等文，摆出了不小的女性主义批评阵容。这是新时期面世的第一期“女性主义文学批评”专辑，强化了李小江、孟悦等人论著的影响力。诚如编者在“卷首语”中所言：“在批评多元化的倡导和追求下，女权主义文学批评正如一派春水，开始弥漫、拍打在批评的海岸……”国内其他一些报刊也发表了许多这方面的论文，如朱虹的《妇女文学——广阔的天地》与《禁闭在“角色”里的疯女人》、吕文辛与王巧凤的《悲剧性别：女人——论男性作家所塑造的女性形象》、刘敏的《天使与女妖——对王安忆小说的女权主义批评》等。从具体的批评方法看，新时期的女性主义批评并未拒斥各种当代批评流派或方法，而是采取拿来主义的态度，呈现出批评方法多样化的特点。它在持守女性价值、倡导两性平等的基本立场、质疑传统批评工具的同时，也大量借鉴了马克思主义文艺学、文艺心理学、读者接受理论、叙事学、解构批评及后殖民话语等方面的成果。

同时也应看到，在这样的批评浪潮中，有的论者把一些负面女性形象当成了妇女学习的榜样。譬如，有论者将《金梅瓶》中的潘金莲视为争取妇女解放的代表，无视隐含作者或叙事主体性别价值取向的“反妇女”内质。故性别意识的“彰显”并不意味着性别意识的“成熟”。

上述成果，远比当时国内的“形式主义批评”“原型批评”“新批评”“结构主义”“精神分析批评”“读者接受批评”及“后殖民批评”等多得多。董之林、林树明等人及时对这一批评思潮进行了梳理。董之林指出，20 世纪 80 年代中期以降国内的“女权主义文学批评”与国外的有同有异，“蕴藏着许多有关本民族自身传统文化特色的命题”：第一，对中国女性的命运进行历史性的文化反思；第二，质疑文学批评中的道德及美学评价标准；第三，重新认定女性“基型”；第四，批判文学作品中的男权主义。“与任何处在开拓阶段的理论一样，它自然也难免有偏激与片面之处，但是它对数千年封建文化传统发出的振聋发聩的叛逆之声，以及它对文学发展史独树一帜的见解，都将证实它对人文学科建设的功不可没。”[①]林树明分析了新时期女性主义批评产生的必然性与已然性，认为我国女性主义文学批评的特色是突破了西方一些女性仅从心理、本能

---

① 董之林：《来自女性世界的醒觉之声——近年来女权主义文学批评研讨情况评述》，《当代文学研究资料与信息》1989 年第 12 期。

论析女性文学的局限，更具历史意识和政治色彩，更关注广大女性的生存实际，其主潮为“现实主义——女性主义文学批评”[①]。这批成果，为20世纪90年代女性/女性主义文学批评的进一步繁荣奠定了坚实的基础，也塑形了男性健康的性别意识。王蒙说得颇具代表性：“它开始动摇了我们一些习焉不察的传统男权观念，使我们开始把问题作为问题来看，使我们对于许多天经地义源远流长的东西进行新的观照与思考；它表达了智慧的痛苦；它使我们的男性公民恍然大悟地开始思考女性们的严峻处境。”[②]

综上所论，20世纪80年代我国文学评论中的性别意识的发展轨迹如下：80年代初期至中期是萌发期，中期至末期是彰显期。由性别意识及国外女性主义文学批评催生的中国大陆女性/女性主义文学批评的勃兴培育了大批女性评论家，逐步呈现出价值取向明晰化、评论话语语境化及批评方法多样化的特色，形成了一股稳定而持续的文艺思潮，有力促进了文学创作和理论的繁荣发展，推动了人们两性平等意识的提升，促成了文学领域性别意识从传统到现代的转型。

〔原载《南开学报》（哲学社会科学版）2015年第2期〕

① 参见林树明：《评当代我国的女权主义文学批评》，《文学评论》1990年第4期。

② 王蒙：《走出男权传统的樊篱·序》，载刘慧英：《走出男权传统的樊篱》，生活·读书·新知三联书店，1995年。

作者简介

（以论文排列先后为序）

车铭洲（1936－2021），男，南开大学周恩来政府管理学院教授，主要从事西方哲学、政治学研究。

刘思谦（1934－　），女，河南大学文学院教授，博士生导师，主要从事文学理论及性别文学研究。

林丹娅（1958－　），女，厦门大学中文系教授，主要从事中国现当代文学、性别与文学文化研究。

屈雅君（1954－　），女，陕西师范大学文学院教授，主要从事女性文学批评和性别理论研究。

刘慧英（1960－　），女，中国现代文学馆研究员，主要从事中国现当代文学研究。

董丽敏（1971－　），女，上海师范大学人文学院教授，主要从事性别文化与中国现当代文学研究。

李　玲（1965－　）女，北京语言大学人文学院教授，主要从事中国现当代文学研究。

郭冰茹（1974－　），女，中山大学中文系教授，主要从事中国现当代文学和社会性别研究。

王　宁（1955－　），男，上海交通大学文科资深教授，清华大学“长江学者”特聘教授，主要从事比较文学与世界文学研究。

陈　洪（1948－　），男，南开大学讲席教授，主要从事中国古代小说理论、明清小说、文学与宗教研究。

杨联芬（1963－　），女，中国人民大学文学院教授，主要从事20世纪中国文学、性别与现代文学思潮研究。

侯　杰（1962－　），男，南开大学历史学院教授，主要从事中国近代社会史、性别史、宗教史研究。

刘　钊（1965－　），女，长春师范大学文学院教授，主要从事中国近现代文学与性别研究。

刘　堃（1981－　），女，南开大学文学院副教授，主要从事中国现当代文学研究。

马勤勤（1983－　），女，中国社会科学院文学研究所副编审，主要从事近代文学研究。

贺桂梅（1970－　），女，北京大学中文系教授，主要从事当代中国文学史、思想史、20世纪女性文学史研究与当代文化批评。

马春花（1972－　），女，中国海洋大学文学与新闻传播学院教授，主要从事中国现当代文学研究与性别研究。

季红真（1955－　），女，沈阳师范大学中国文化与文学研究所教授，主要从事中国现当代文学研究。

陈千里（1977－　），女，南开大学文学院教授，主要从事中国现代文学、性别与文学文化研究。

王　宇（1966－　），女，厦门大学南强重点岗位教授，主要从事中国现当代文学研究。

李　蓉（1969－　），女，浙江师范大学人文学院教授，主要从事文学身体学、女性文学和新诗研究。

黄晓娟（1971－　），女，广西民族大学教授，主要从事中国现当代文学研究，少数民族女性文学研究。

乔以钢（1953－　），女，南开大学文学院教授，主要从事中国现当代文学、性别与文学文化研究。

王纯菲（1953－　），女，辽宁大学文学院教授，主要从事文学理论研究。

张　莉（1971－　），女，北京师范大学文学院教授，主要从事中国现当代文学与文化研究。

王　侃（1968－　），男，杭州师范大学人文学院教授，主要从事中国现当代文学研究。

李祥林（1957－　），男，四川大学文学与新闻学院教授，主要从事艺术人类学、文艺美学、戏剧学、民俗学研究。

林树明（1954－　），男，贵州师范大学文学院教授，主要从事女性文学批评及性别诗学研究。